詩歌・俳句の賞事典

日外アソシエーツ

A Reference Guide to Awards and Prizes of Poems and Haiku

Compiled by
Nichigai Associates, Inc.

©2015 by Nichigai Associates, Inc.
Printed in Japan

本書はディジタルデータでご利用いただくことができます。詳細はお問い合わせください。

●編集担当● 加藤 博純
装丁：赤田 麻衣子

刊行にあたって

　本書は日本国内の詩歌・俳句に関する賞の概要、受賞情報を集めた事典である。

　"詩壇の芥川賞"とも呼ばれる「H氏賞」、歌人で国文学者の釈迢空にちなんだ短歌賞「迢空賞」、新人の歌集を対象にした「現代歌人協会賞」、俳句界でもっとも権威のある「蛇笏賞」をはじめ、詩、短歌、俳句、川柳などの国内の265賞を収録。関連賞を含めて賞ごとにその概要や歴代受賞者、受賞作品などを創設から一覧することができ、受賞者名索引を利用すれば、特定の人物の受賞歴を通覧することも可能である。

　小社では、賞の概要や受賞者について調べたいときのツールとして、分野ごとに歴代の受賞情報を集めた「映画の賞事典」(2009)、「音楽の賞事典」(2010)、「ビジネス・技術・産業の賞事典」(2012)、「漫画・アニメの賞事典」(2012)、「環境・エネルギーの賞事典」(2013)、「女性の賞事典」(2014)、「小説の賞事典」(2015)、「ノンフィクション・評論・学芸の賞事典」(2015) などを刊行している。本書と併せてご利用いただければ幸いである。

2015年10月

　　　　　　　　　　　　　　　　　　　　　　日外アソシエーツ

凡　例

1. 本書の内容

　　本書は国内の詩歌・俳句に関する265賞の受賞情報を収録した事典である。

2. 収録範囲
   1) 詩歌・俳句に関する賞を2015年10月末現在で収録した。
   2) 特定の時期に詩歌・俳句関連の部門が設けられていたり、賞の一部に詩歌・俳句関連部門が存在する場合は、該当する年・部門を収録した。

3. 賞名見出し
   1) 賞名の表記は原則正式名称を採用した。
   2) 改称や他の呼称がある場合は、目次に個別の賞名見出しを立て、参照を付した。

4. 賞名見出しの排列

　　賞名の五十音順に排列した。その際、濁音・半濁音は清音とみなし、ヂ→シ、ヅ→スとした。促音・拗音は直音とみなし、長音（音引き）は無視した。

5. 記載内容
   1) 概　要

　　　賞の概要として、賞の由来・趣旨／主催者／選考委員／選考方法／選考基準／締切・発表／賞・賞金／公式ホームページURLを記載した。記述内容は原則として最新回のものによった。

   2) 受賞記録

　　　歴代受賞記録を受賞年（回）ごとにまとめ、部門・席次／受賞者名（受賞時の所属、肩書き等）／受賞作品または受賞理由の順に記載した。

主催者からの回答が得られず、他の方法によっても調査しきれなかった場合は"＊"印を付した。

6．受賞者名索引
 1）受賞者名から本文での記載頁を引けるようにした。
 2）排列は、姓の読みの五十音順、同一姓のもとでは名の読みの五十音順とした。姓名区切りのない人物は全体を姓とみなして排列した。アルファベットで始まるものはABC順とし、五十音の後においた。なお、濁音・半濁音は清音とみなし、ヂ→シ、ヅ→スとした。促音・拗音は直音とみなし、長音（音引き）は無視した。

目　　次

文学一般

- *001*　青森県文芸賞 ……………………………………………… 3
- *002*　秋田魁新報社新年文芸 …………………………………… 3
- *003*　市川手児奈文学賞 ………………………………………… 8
- *004*　茨城文学賞 ………………………………………………… 10
- *005*　岩手芸術祭県民文芸作品集 ……………………………… 13
- *006*　岩手日報文学賞 …………………………………………… 24
- *007*　岡山県文学選奨 …………………………………………… 25
- *008*　小野市詩歌文学賞 ………………………………………… 32
- *009*　加藤郁乎賞 ………………………………………………… 33
- *010*　神奈川新聞文芸コンクール ……………………………… 33
- *011*　関西文学賞 ………………………………………………… 35
- *012*　岐阜県文芸祭作品募集 …………………………………… 37
- *013*　熊日文学賞 ………………………………………………… 40
- *014*　群馬県文学賞 ……………………………………………… 43
- *015*　芸象文芸賞 ………………………………………………… 47
- *016*　高知県芸術祭文芸賞 ……………………………………… 48
- *017*　高知県短詩型文学賞 ……………………………………… 57
- 　　　埼玉文学賞　→*019* 彩の国・埼玉りそな銀行 埼玉文学賞
- *018*　埼玉文芸賞 ………………………………………………… 60
- *019*　彩の国・埼玉りそな銀行 埼玉文学賞 ………………… 65
- *020*　詩歌文学館賞 ……………………………………………… 69
- *021*　島根県芸術文化祭文芸作品募集 ………………………… 72
- *022*　島根県民文化祭〔文芸作品〕 …………………………… 78
- *023*　市民文芸作品募集（広島市） …………………………… 82
- *024*　駿河梅花文学賞 …………………………………………… 88
- *025*　世田谷文学賞 ……………………………………………… 92
- *026*　多喜二・百合子賞 ………………………………………… 98
- *027*　東京オリンピック記念日本ペンクラブ文学賞 ………… 99
- *028*　とくしま県民文芸 ………………………………………… 99

目　次

029　とくしま文学賞……………………… 103
030　とやま文学賞………………………… 106
031　長塚節文学賞………………………… 109
032　長野文学賞…………………………… 111
033　日本海文学大賞……………………… 113
034　日本自費出版文化賞………………… 115
　　　広島市民文芸作品募集　→023 市民文芸作品募集（広島市）
035　福岡市文学賞………………………… 117
036　福島県文学賞………………………… 122
037　部落解放文学賞……………………… 132
038　北海道新聞文学賞…………………… 135
039　三重県文学新人賞…………………… 137
040　椋庵文学賞…………………………… 140
041　山本健吉賞…………………………… 142
042　読売文学賞…………………………… 144
043　療養文芸賞…………………………… 147
044　労働者文学賞………………………… 148

詩

045　伊東静雄賞…………………………… 151
046　岩手日報新年文芸〔詩〕…………… 152
047　H氏賞………………………………… 157
048　円卓賞………………………………… 159
049　岡本弥太賞…………………………… 159
050　小熊秀雄賞…………………………… 160
051　小野十三郎賞………………………… 161
052　改造詩賞……………………………… 163
053　交野が原賞…………………………… 163
054　加美現代詩詩集大賞………………… 167
055　関西詩人協会賞……………………… 167
056　北川冬彦賞…………………………… 168
057　銀河詩手帖賞………………………… 168
058　銀河・詩のいえ賞…………………… 169
059　ケネス・レクスロス詩賞…………… 170
060　現代詩加美未来賞…………………… 171

(7)

目　次

- *061* 現代詩女流賞………………………………… 173
- *062* 現代詩人アンソロジー賞…………………… 173
- *063* 現代詩人賞…………………………………… 175
- *064* 現代詩新人賞………………………………… 176
- *065* 現代詩手帖賞………………………………… 176
- *066* 現代詩花椿賞………………………………… 178
- *067* 現代少年詩集秀作賞………………………… 179
- *068* 現代少年詩集賞……………………………… 180
- *069* 現代少年詩集新人賞………………………… 180
- *070* 恋の五行歌賞………………………………… 181
- *071* 恋人の日 五行歌…………………………… 182
- *072* 五行歌花かご文芸賞………………………… 183
- *073* 国際詩人会議記念賞………………………… 184
- *074* 酒折連歌賞…………………………………… 184
- *075* 時間賞………………………………………… 188
　　　詩人会議　→*088* 壺井繁治賞
- *076* 詩人会議新人賞……………………………… 188
- *077* 詩人懇話会賞………………………………… 191
- *078* 詩人タイムズ賞……………………………… 192
- *079* 静岡県詩人賞………………………………… 192
- *080* 「詩と思想」新人賞………………………… 193
- *081* 島田利夫賞…………………………………… 194
- *082* 白鳥省吾賞…………………………………… 194
- *083* 高見順賞……………………………………… 200
- *084* 高村光太郎賞………………………………… 202
- *085* 地球賞………………………………………… 202
- *086* 中日詩賞……………………………………… 203
- *087* 中部日本詩人賞……………………………… 206
- *088* 壺井繁治賞…………………………………… 206
　　　土井晩翠賞　→*103* 晩翠賞
- *089* 東海現代詩人賞……………………………… 208
- *090* 藤村記念歴程賞……………………………… 209
- *091* 栃木県現代詩人会賞………………………… 211
- *092* 富田砕花賞…………………………………… 213
- *093* 中野重治記念文学奨励賞・全国高校生詩のコンクール…… 214
- *094* 中原中也賞…………………………………… 215
- *095* 中原中也賞…………………………………… 215
- *096* 〔新潟〕日報詩壇賞………………………… 216
- *097* 日本一行詩大賞・日本一行詩新人賞……… 217

(8)

目次

- 098　日本詩人クラブ詩界賞　218
- 099　日本詩人クラブ賞　219
- 100　日本詩人クラブ新人賞　221
- 101　年刊現代詩集新人賞　222
- 102　萩原朔太郎賞　223
    - 花椿賞　→066 現代詩花椿賞
    - 晩翠児童賞　→104 晩翠わかば賞・晩翠あおば賞
- 103　晩翠賞　224
- 104　晩翠わかば賞・晩翠あおば賞　225
- 105　日付けのある詩 ダイエー賞　228
- 106　兵庫詩人賞　229
- 107　広島県詩人協会賞　230
- 108　福岡県詩人賞　230
- 109　福島県自由詩人賞　232
- 110　福田正夫賞　232
- 111　文芸汎論詩集賞　234
- 112　北海道詩人協会賞　234
- 113　丸山薫賞　236
- 114　丸山豊記念現代詩賞　237
- 115　三越左千夫少年詩賞　238
- 116　三好達治賞　239
- 117　無限賞　240
- 118　室生犀星詩人賞　240
- 119　山形県詩賞　241
- 120　山之口貘賞　242
- 121　ユリイカ新人賞　243
- 122　横浜詩人会賞　244
- 123　ラ・メール新人賞　245
- 124　琉歌大賞　246
    - 歴程賞　→090 藤村記念歴程賞
- 125　歴程新鋭賞　248

短歌

- 126　青森県歌人賞　250
- 127　荒木暢夫賞　251

目　次

128	一路賞	252
129	岩手日報新年文芸〔短歌〕	252
130	上田三四二記念「小野市短歌フォーラム」	258
131	小田観蛍賞	262
132	歌壇賞	264
133	角川全国短歌大賞	265
134	角川短歌賞	268
135	河野裕子短歌賞	270
136	葛原妙子賞	271
137	原始林賞	271
138	現代歌人協会賞	273
139	現代歌人集会賞	275
140	現代短歌女流賞	277
141	現代短歌新人賞	277
142	現代短歌大系新人賞	278
143	現代短歌大賞	279
144	現代短歌評論賞	280
145	河野愛子賞	282
146	五島美代子賞	282
147	辛夷賞	283
148	〔斎藤茂吉記念中川町短歌フェスティバル〕茂吉記念賞・志文内賞	285
149	齋藤茂吉短歌文学賞	287
150	作品五十首募集	288
	志文内賞　→148　〔斎藤茂吉記念中川町短歌フェスティバル〕茂吉記念賞・志文内賞	
151	島木赤彦文学賞	289
152	島木赤彦文学賞新人賞	289
153	清水比庵大賞〔短歌の部〕	290
154	高見楢吉賞	292
155	啄木賞	292
156	田辺賞	293
157	「短歌」愛読者賞	294
158	短歌研究賞	295
159	短歌研究新人賞	297
160	「短歌現代」歌人賞	299
161	「短歌現代」新人賞	300
162	短歌公論処女歌集賞	301
163	短歌四季大賞	301
164	短歌新聞社賞	302

目　次

165　短歌新聞社第一歌集賞……………………………… 303
166　短歌新聞新人賞……………………………………… 303
167　中日短歌大賞………………………………………… 304
168　迢空賞………………………………………………… 304
169　寺山修司短歌賞……………………………………… 306
170　中城ふみ子賞………………………………………… 307
171　中城ふみ子賞………………………………………… 307
172　中山周三賞…………………………………………… 308
173　ながらみ現代短歌賞………………………………… 309
174　ながらみ書房出版賞………………………………… 309
175　なにわの宮新作万葉歌……………………………… 310
176　新墾賞………………………………………………… 312
177　新墾新人賞…………………………………………… 312
178　新墾評論賞…………………………………………… 314
179　新田寛賞……………………………………………… 315
180　日本歌人クラブ賞…………………………………… 315
181　日本歌人クラブ新人賞……………………………… 317
182　日本歌人クラブ推薦歌集…………………………… 318
183　日本歌人クラブ大賞………………………………… 319
184　日本歌人クラブ評論賞……………………………… 320
185　野原水嶺賞…………………………………………… 320
186　原阿佐緒賞…………………………………………… 322
187　常陸国 小野小町文芸賞〔短歌部門〕……………… 323
188　福島県短歌賞………………………………………… 325
189　北海道歌人会賞……………………………………… 327
190　北海道新聞短歌賞…………………………………… 329
191　前川佐美雄賞………………………………………… 330
192　「前田純孝賞」学生短歌コンクール……………… 331
　　　茂吉記念賞　→148〔斎藤茂吉記念中川町短歌フェスティバル〕茂吉記念
　　　賞・志文内賞
193　与謝野晶子短歌文学賞……………………………… 334
194　ラ・メール短歌賞…………………………………… 338
195　琉球歌壇賞…………………………………………… 339
196　若山牧水賞…………………………………………… 340
197　若山牧水短歌文学大賞……………………………… 341
198　渡辺順三賞…………………………………………… 341

俳句

199	朝日俳句新人賞	343
200	芦屋国際俳句祭	343
201	岩手日報新年文芸〔俳句〕	346
202	遠藤石村賞	351
	奥会津俳句大賞　→219 歳時記の郷奥会津俳句大賞	
203	鬼貫賞	352
204	鬼貫青春俳句大賞	356
205	柿衞賞	357
206	桂信子賞	358
207	角川全国俳句大賞	359
208	角川俳句賞	363
209	加美俳句大賞（句集賞）	365
210	虚子生誕記念俳句祭	366
211	現代俳句加美未来賞	368
212	現代俳句協会賞	369
213	現代俳句協会大賞	372
214	現代俳句協会年度作品賞	372
215	現代俳句女流賞	373
216	現代俳句新人賞	373
217	現代俳句大賞	375
218	現代俳句評論賞	376
219	歳時記の郷奥会津俳句大賞	377
220	西東三鬼賞	378
221	しれとこ文芸大賞〔俳句部門〕	379
222	新俳句人連盟賞	379
223	造幣局桜の通り抜け全国俳句大会	383
224	蛇笏賞	383
225	田中裕明賞	385
226	中日俳句賞	385
227	中部日本俳句作家会賞	387
228	鶴俳句賞	388
229	21世紀えひめ俳句賞	389
230	日本伝統俳句協会賞	389
231	俳句朝日賞	391

232	俳句αあるふぁ大賞	392
233	俳句研究賞	392
234	俳句四季大賞	393
235	俳人協会賞	394
236	俳人協会新鋭評論賞	396
237	俳人協会新人賞	396
238	俳人協会評論賞	398
239	俳壇賞	400
240	浜賞	401
241	常陸国 小野小町文芸賞〔俳句部門〕	402
242	福島県俳句賞	404
243	放哉賞	406
244	北斗賞	407
245	北海道新聞俳句賞	407
246	毎日俳句大賞	409
247	正岡子規国際俳句賞	411
248	三重県俳句協会年間賞	412
249	深吉野賞	414
250	文殊山俳句賞	415
251	ラ・メール俳句賞	419
252	琉球俳壇賞	419

川柳

253	青森県川柳社年度賞	422
254	岩手日報新年文芸〔川柳〕	423
255	オール川柳賞	428
256	風のまち川柳大賞	429
257	花童子賞	430
258	かもしか賞	431
259	青柳賞	432
260	川柳文学賞	432
261	稲人賞	433
262	冬眠子賞	434
263	馬奮賞	436
264	福島県川柳賞	436

目　次

265　不浪人賞 …………………………………………………… 442
　　　受賞者名索引 ……………………………………………… 445

詩歌・俳句の賞事典

文学一般

001 青森県文芸賞

青森県文芸協会創立35周年を記念して、平成17年創設。青森県在住者（又は居住歴のある者）が著した文芸書を対象とする。青森県文芸協会の解散に伴い、第10回（平成26年）をもって終了。

【主催者】青森県文芸協会
【選考方法】公募
【選考基準】（第10回）平成24・25年に刊行された文芸関係の本。共著と雑誌は除く
【締切・発表】（第10回）平成26年3月末日締切,5月各新聞紙上およびホームページで発表予定,7月授賞式
【賞・賞金】賞状および記念品

第1回（平17年）
　高橋 玖美子 「アイロニー・縫う」（詩集）
第2回（平18年）
　兼平 勉 「水の連鎖」（歌集）
第3回（平19年）
　梅内 美華子 「夏羽（なつばね）」（歌集）
　佐々木 とみ子 「まんどろ」（句集）
第4回（平20年）
　圓子 哲雄 「流離」（四行詩集）
　未津 きみ 「幻の川 幻の樹」（詩集）
第5回（平21年）
　加藤 憲曠 「米寿独歩」（句集）
　小笠原 茂介 「青池幻想」（詩集）
　小杉 伴子 「凍てし頬」（歌集）
第6回（平22年）
　詩歌・俳句部門受賞なし
第7回（平23年）
　北島 一夫 「生涯の歌」（定本詩集）
第8回（平24年）
　清水 雪江 「朝ぼらけ」（句集）
第9回（平25年）
　詩歌・俳句部門受賞なし
第10回（平26年）
　小笠原 眞 「詩人のポケット」（詩人論）

002 秋田魁新報社新年文芸

昭和21年創刊の「月刊さきがけ」懸賞小説廃止のあとをうけて、昭和26年新年号から秋田県内の文芸向上と、新人の育成を目的に創設した。

【主催者】秋田魁新報社
【選考委員】（平成25年）短編小説：高井有一,自由詩：吉田文憲,短歌：穂村弘,俳句：小澤實,川柳：成田孤舟
【選考方法】公募
【選考基準】〔対象〕短編小説,自由詩,短歌,俳句,川柳。〔原稿〕短編小説：400字詰で9枚まで,新年にふさわしい内容。詩：1行20字で40行以内,短歌：ハガキに1首,俳句・

川柳：ハガキに1句。各々1人1作品に限る
【URL】http://www.sakigake.jp/

(昭26年)
　門馬 久男 「破損馬一箇」(受賞部門不明)
(昭27年)
　該当作なし
(昭28年)
　該当作なし
(昭29年)
　小南 三郎 「馬喰」(受賞部門不明)
(昭30年)
　該当作なし
(昭31年)
　越後 直幸 「黒い鈴」(受賞部門不明)
(昭32年)
　ほんま よしみ 「伝説寺内村」(受賞部門不明)
(昭33年)
　渡辺 きの 「ハタハタ侍」(受賞部門不明)
(昭34年)
　石川 助信 「箕売り」(受賞部門不明)
(昭35年)
　加藤 富夫 「花まつり」(受賞部門不明)
(昭36年)
　杉田 瑞子 「履歴書」(受賞部門不明)
(昭37年)
　分銅 志静 「屋上の点景」(受賞部門不明)
(昭38年)
　安藤 善次郎 「冬の海」(受賞部門不明)
(昭39年)
　杉田 瑞子 「足音」(受賞部門不明)
(昭40年)
　該当作なし
(昭41年)
　小山田 宣康 「そしてまた,明日という言葉なしに」(受賞部門不明)
(昭42年)
　宮腰 郷平 「ある挿話」(受賞部門不明)
(昭43年)
　安藤 善次郎 「かけいの水」(受賞部門不明)
(昭44年)
　黒坂 源悦 「石ころ畑」(受賞部門不明)

(昭45年)
◇詩
　潟 柊一郎 「せがれへの詩」
◇俳句
　小松 蝶二
◇川柳
　荻原 義則
(昭46年)
◇詩
　坂本 梅子 「春の晩さん」
◇短歌
　土橋 茂徳
◇俳句
　原 キヨ
◇川柳
　小林 徳乃
(昭47年)
◇詩
　藤原 英一 「白い暦」
◇短歌
　木沢 長太郎
◇俳句
　渡部 六愁
◇川柳
　菅原 光波城
(昭48年)
◇詩
　斎藤 忠男 「来信」
◇短歌
　三浦 弥生
◇俳句
　田畑 隆次
◇川柳
　西 はじめ
(昭49年)
◇短歌
　村田 礼子
◇俳句
　木沢 虹秋
◇川柳
　沢石 やえ
(昭50年)

文学一般

◇詩
　斎藤 忠男　「雑草について」
◇短歌
　菊地 とし
◇俳句
　藤田 今日子
◇川柳
　田畑 伯史
（昭51年）
◇詩
　佐藤 矩男　「雪ん子」
◇短歌
　野本 三郎
◇俳句
　安部 聡
◇川柳
　佐々木 昇一
（昭52年）
◇詩
　佐々木 米三郎　「首途の盆」
◇短歌
　佐藤 キサ
◇俳句
　宮崎 良樹
◇川柳
　小林 泉里
（昭53年）
◇詩
　佐藤 矩男　「雪おろし」
◇短歌
　山崎 住代
◇俳句
　木曽 蕗夫
◇川柳
　土肥 寛泰
（昭54年）
◇詩
　進藤 小枝子　「土崎港西二丁目五番九号」
◇短歌
　畠沢 一己
◇俳句
　佐藤 佳子
◇川柳
　牧村 石水
（昭55年）
◇詩

　小松 彰　「歩く」
◇短歌
　伊藤 堅一郎
◇俳句
　高橋 巨松
◇川柳
　深山 輝
（昭56年）
◇詩
　磐城 葦彦　「失われたものに」
◇短歌
　斎藤 常夫
◇俳句
　高橋 鋼乙
◇川柳
　本間 酒好
（昭57年）
◇詩
　土門 進　「母川回帰」
◇短歌
　高野 実
◇俳句
　金 三路
◇川柳
　佐々木 イネ
（昭58年）
◇詩
　渡部 三千男　「酒」
◇短歌
　山田 石峰
◇俳句
　佐々木 踏青子
◇川柳
　堀井 万郎
（昭59年）
◇詩
　佐藤 鶏舎　「雨滴の系譜」
◇短歌
　松田 淳
◇俳句
　大橋 蕗風
◇川柳
　山田 みつる
（昭60年）
◇詩
　斎藤 忠男　「回復期」

◇短歌
　花岡 としみ
◇俳句
　佐々木 清志
◇川柳
　田畑 隆次
(昭61年)
◇詩
　安宅 武夫 「無限との境で」
◇短歌
　泉谷 周平
◇俳句
　金 三路
◇川柳
　境田 稜峰
(昭62年)
◇詩
　渡部 三千男 「音が集う場所」
◇短歌
　川崎 青蛇
◇俳句
　高階 水泉明
◇川柳
　加賀谷 和子
(昭63年)
◇詩
　渡部 三千男 「太陽」
◇短歌
　前田 和子
◇俳句
　村山 白朗
◇川柳
　小林 泉里
(平1年)
◇詩
　福司 満 「白神山地」
◇短歌
　板垣 ふみ
◇俳句
　畠山 文雄
◇川柳
　小松 悦峰
(平2年)
◇自由詩
　渡部 三千男 「空気の形」
◇短歌
　山口 重吉
◇俳句
　相馬 碧村
◇川柳
　加賀谷 としお
(平3年)
◇自由詩
　斎藤 忠男 「秋色」
◇短歌
　有江 敦子
◇俳句
　須田 とおる
◇川柳
　加賀谷 としお
(平4年)
◇自由詩
　見上 司 「星座」
◇短歌
　近江 安司
◇俳句
　今野 たけ子
◇川柳
　小諸 索
(平5年)
◇自由詩
　中村 範子 「流れは浅く」
◇短歌
　斎藤 アイ
◇俳句
　大貫 香代
◇川柳
　東海林 一有
(平6年)
◇自由詩
　前田 勉 「橋」
◇短歌
　鎌田 タカ子
◇俳句
　岸部 智子
◇川柳
　小林 セイ
(平7年)
◇自由詩
　宮野 榮子 「蜻蛉の夢」
◇短歌
　池田 陽子

◇俳句
　小松 悦峰
◇川柳
　三浦 敏弘
(平8年)
◇自由詩
　中村 範子 「種籾の注文」
◇短歌
　佐々木 勉
◇俳句
　斎藤 俊次
◇川柳
　佐藤 文雄
(平9年)
◇自由詩
　寺岡 玲 「神告鳥」
◇短歌
　菅原 恵子
◇俳句
　伊藤 慶子
◇川柳
　戸松 武夫
(平10年)
　＊
(平11年)
◇自由詩
　安田 準子 「湯っこ」
◇短歌
　熊谷 由美子
◇俳句
　斎藤 淳子
◇川柳
　高橋 清三郎
(平12年)
◇自由詩
　深町 一夫 「天の瞳へ」
◇短歌
　塚本 瑠子
◇俳句
　田畑 隆次
◇川柳
　鍋谷 福枝
(平13年)
◇自由詩
　田口 映 「凍樹―出発ち―」
◇短歌

　すずき いさむ
◇俳句
　中川 百合子
◇川柳
　京谷 京一
(平14年)
◇自由詩
　倉田 草平 「初仕事」
◇短歌
　森田 溥
◇俳句
　岩川 暁人
◇川柳
　小玉 大川
(平15年)
◇自由詩
　谷 恵美子 「遠い記憶」
◇短歌
　石井 夢津子
◇俳句
　深町 一夫
◇川柳
　荒川 祥一郎
(平16年)
◇自由詩
　石井 栄美 「なまはげが来た夜」
◇短歌
　加藤 隆枝
◇俳句
　荻原 都美子
◇川柳
　佐藤 憲夫
(平17年)
◇自由詩
　小玉 勝幸 「北の母のうた」
◇短歌
　宮崎 巧
◇俳句
　山内 靜
◇川柳
　相馬 留治
(平18年)
◇自由詩
　斎藤 千絵美 「生命(いのち)」
◇短歌
　熊谷 由美子

003 市川手児奈文学賞

◇俳句
　山田 恵子
◇川柳
　常葉 綾子
(平19年)
◇自由詩
　高橋 道弘 「地形図」
◇短歌
　菅原 恵子
◇俳句
　岸部 吟遊
◇川柳
　村上 重晃
(平20年)
◇自由詩
　山北 登 「ダンゴムシの宇宙」
◇短歌
　加藤 トシ子
◇俳句
　中川 靖風
◇川柳
　三浦 春水
(平21年)
◇自由詩
　みやの えいこ 「『かぐや』の月に」
◇短歌
　松田 淳
◇俳句
　今田 聡
◇川柳
　小松 隆義
(平22年)
◇自由詩
　深町 一夫 「黒い鞄」

◇短歌
　深町 一夫
◇俳句
　高橋 能康
◇川柳
　宮腰 流木
(平23年)
◇自由詩
　倉田 草平 「新しい息」
◇短歌
　石川 京子
◇俳句
　小田嶌 恭葉
◇川柳
　佐々木 昇一
(平24年)
◇自由詩
　倉田 草平 「私の若水」
◇短歌
　東海林 勇一
◇俳句
　安田 龍泉
◇川柳
　東海林 一有
(平25年)
◇自由詩
　酒井 善重郎 「新しい夢に向かって」
◇短歌
　菊地 順子
◇俳句
　坂 一草
◇川柳
　土谷 遠汐

003 市川手児奈文学賞

　市川は〈葛飾の真間の手児奈〉が万葉集に詠まれて以来,文学的土壌の豊かなところである。現代に至るまで,小説に,俳句に,短歌に,さらには川柳にと,市川を舞台とした作品が多く残されている。こうした市川の文芸風土への関心を全国にアピールするために,〈市川を詠む〉をテーマとした〈短歌・俳句・川柳〉を全国から募集する。第16回より詩部門が加わる。

【主催者】市川手児奈文学賞実行委員会,市川市

【選考委員】(第16回)短歌:清水麻利子(花實同人),俳句:能村研三(沖主宰),川柳:

003 市川手児奈文学賞

岡本公夫(川柳新潮社同人),詩:淵上熊太郎(詩人)

【選考方法】公募。(第16回)募集期間:7月14日〜10月16日

【選考基準】〔対象〕短歌・俳句・川柳・詩の4部門。〔応募テーマ〕「市川を詠む」市川の自然,文化,祭,史跡や建物,市川ゆかりの人物などを題材とする。題材は手児奈にこだわらない。〔応募方法〕各部門につき1人5点の未発表作品。複数部門への応募可。所定の用紙,またははがき,はがき大の用紙に,作品1点を楷書で記入し,氏名・年齢・住所を明記して送付のこと。一般の部と子どもの部(中学生以下)がある

【締切・発表】(第16回)平成27年10月16日締切(当日消印有効)。平成28年1月発表

【賞・賞金】大賞(各部門1点):賞状,賞金5万円,秀逸(各部門2点):賞状,賞金1万円,佳作(各部門3点):賞状,賞金5千円,大賞・秀逸・佳作と,入選作品を各部門から100点ずつ選び,作品集『市川を詠む〔市川百歌百句〕』に掲載。また,子どもの部の優秀作品も作品集に掲載する

【URL】http://www.city.ichikawa.lg.jp/cul01/1511000028.html

第1回(平12年)
◇短歌大賞
　神馬 せつを(石川県)
◇俳句大賞
　吉田 明(北海道)
◇川柳大賞
　筑間 武男(千葉県)
第2回(平13年)
◇短歌大賞
　増田 啓子(千葉県)
◇俳句大賞
　荒井 千佐代(長崎県)
◇川柳大賞
　春日 美恵子(千葉県)
第3回(平14年)
◇短歌大賞
　石井 久美子(千葉県)
◇俳句大賞
　矢沼 冬星(埼玉県)
◇川柳大賞
　祥 まゆ美(千葉県)
第4回(平15年)
◇短歌大賞
　岡本 邦夫(石川県)
◇俳句大賞
　遠藤 真砂明(千葉県)
◇川柳大賞
　山本 桂馬(東京都)
第5回(平16年)
◇短歌
　山口 光代(千葉県松戸市)
◇俳句
　千田 敬(市川市塩浜)
◇川柳
　吉村 金一(佐賀県鹿島市)
第6回(平17年)
◇短歌
　岩田 かほる(市川市行徳駅前)
◇俳句
　柴﨑 英子(市川市八幡)
◇川柳
　竹の内 一人(千葉県富山町)
第7回(平18年)
◇短歌
　関口 眞砂子(市川市曽谷)
◇俳句
　佐々木 よし子(千葉県浦安市)
◇川柳
　山下 寛治(市川市中国分)
第8回(平19年)
◇短歌
　内田 令子(東京都墨田区)
◇俳句
　柴田 歌子(市川市菅野)
◇川柳
　小田中 準一(市川市奉免町)
第9回(平20年)
◇短歌

福永 繁雄（市川市東菅野）
◇俳句
　　増島 淳隆（東京都葛飾区）
◇川柳
　　原 光生（市川市入船）
第10回（平21年）
◇短歌
　　吉村 紀子
◇俳句
　　松嶋 雉昭
◇川柳
　　祥 まゆ美
第11回（平22年）
◇短歌
　　上田野 出
◇俳句
　　安藤 しおん
◇川柳
　　中原 政人
第12回（平23年）
◇短歌
　　佐々木 恵子
◇俳句
　　宮島 宏子

◇川柳
　　南澤 孝男
第13回（平24年）
◇短歌
　　長谷川 祐次
◇俳句
　　渡辺 輝子
◇川柳
　　江口 信子
第14回（平25年）
◇短歌
　　土橋 いそ子
◇俳句
　　石川 笙児
◇川柳
　　山﨑 蓉子
第15回（平26年）
◇短歌
　　中原 政人
◇俳句
　　三枝 青雲
◇川柳
　　木内 紫幽

004 茨城文学賞

　　昭和41年8月より総合的な県芸術祭を開催しており，その一環として昭和51年より小説・評論と詩歌に文学賞がおくられることになった。

【主催者】 茨城県，茨城県教育委員会，茨城文化団体連合（茨城県芸術祭実行委員会）

【選考委員】 （平成25年度）小説：及川馥，杉井和子，堀江信男，詩：大塚欽一，硲杏子，橋浦洋志，短歌：片岡明，小泉史昭，秋葉靜枝，俳句：今瀬剛一，梅原昭男，鴨下昭，文芸評論・随筆：佐々木靖章，武藤功，米田和夫

【選考方法】 文学部門実行委員による推薦応募と，公募の二通りある

【選考基準】 〔対象〕前年9月1日～本年8月31日までに創作発表された作品（小説・詩・短歌・俳句・文芸評論・随筆）。小説評論部門では，単行本，雑誌及び原稿とする。詩歌部門は単行本とする（私製本も可）

【締切・発表】 8月31日締切。10月27日新聞紙上で発表

【賞・賞金】 賞状，記念品（楯）

（昭51年度）
◇詩歌

　　瀬谷 耕作　「一丁佛異聞」（詩集）
（昭52年度）

◇詩歌
　田崎 秀　「大洗」（歌集）
（昭53年度）
　詩歌・俳句部門受賞なし
（昭54年度）
◇詩歌
　今瀬 剛一　「約束」（句集）角川書店
　飯名 陽子　「弦楽」（句集）鷹俳句会
（昭55年度）
◇詩歌
　きくち つねこ　「雪輪」（句集）牧羊社
（昭56年度）
◇詩歌
　鈴木 満　「吉野」（詩集）
　吉田 次郎　「無辺光」（歌集）
（昭57年度）
　詩歌・俳句部門受賞なし
（昭58年度）
◇詩・短歌
　諏訪部 末子　「沢桔梗」（歌集）〔短歌研究社〕
（昭59年度）
◇詩・短歌
　原 桐子　「女面」（詩集）〔詩学社〕
　佐野 つね　「火焔土器」（歌集）〔新星書房〕
　阿久津 美枝子　「阿久津美枝子句集」〔八幡船社〕
（昭60年度）
◇短歌
　川村 歌子　「舞ひ舞ひつぶろ」（歌集）
◇俳句
　平本 くらら　「円座」（句集）
（昭61年度）
◇短歌
　井坂 淑子　「森の木霊」（歌集）
◇俳句
　沼尻 玲子　「直面」（句集）
（昭62年度）
◇短歌
　大久保 月夜　「血の音」（歌集）
◇俳句
　斉田 鳳子　「天の蔵」（句集）
（昭63年度）
◇短歌
　井坂 美智子　「氷上の舞」（歌集）
◇詩
　山本 十四尾　「風呂敷」（詩集）
　黒羽 由起子　「ひかる君」（詩集）
◇俳句
　成井 恵子　「紆影（うえい）」（句集）
（平1年度）
◇短歌
　桐原 美代治（水戸市）「無明の賦」
◇俳句
　西 幾多（日立市）「我に給ふ」
（平2年度）
◇詩
　大島 邦行（水戸市）「水運びの祭」
◇短歌
　大森 益雄（勝田市）「水のいのち」
　野口 敏子（勝田市）「風帽子」
（平3年度）
◇詩
　砂 杏子（本名・小林静江）「愛の香辛料」
　みつぎ しげる（本名・三次茂）「シロイカベ」
◇俳句
　牧 辰夫（本名・圷三郎）「机辺」
（平4年度）
◇詩
　海沼 千代（本名・海沼千代子）「朝の運河」
◇俳句
　中山 秀子　「良夜」
◇短歌
　小田部 雅子　「春の音叉」
（平5年度）
◇詩
　佐藤 節子　「落日を啣む」
　所 立子　「夜の鳥籠」
◇俳句
　該当作なし
◇短歌
　近藤 四郎　「歳月」
（平6年度）
◇詩
　高畑 弘　「不死鳥」（詩集）
　大塚 欽一　「非在の館」（詩集）
◇短歌
　高橋 禮子　「マリンスノー」（歌集）
◇俳句
　岡崎 桂子　「第一信」（句集）
◇茨城新聞社賞

004 茨城文学賞　　　　　　　　　　　　　　　文学一般

- 短歌
  - 川村 ハツエ　「孔雀青（ピーコックブルー）」
- (平7年度)
- ◇詩
  - 綱谷 厚子　「水語り」
  - 永井 力　「青い地球のソリチュード」（詩集）
- ◇短歌
  - 結城 みち子　「しんとろり」（歌集）
- ◇茨城新聞社賞
- 文学
  - 内藤 紀久枝　「戯雨」（詩集）
- (平8年度)
- ◇詩
  - 鈴木 有美子　「細胞律」（詩集）
- ◇短歌
  - 大竹 蓉子　「槿花領」（歌集）
  - 星田 郁代　「裂」（歌集）
- ◇俳句
  - 該当作なし
- (平9年度)
- ◇詩
  - 橘浦 洋志　「水俣」
- ◇短歌
  - 小泉 史昭　「ミラクルボイス」
- ◇俳句
  - 植村 幸北　「游」（句集）
- ◇茨城新聞社賞
  - 鈴木 満　「月山」（詩集）
- (平10年度)
- ◇詩
  - 大橋 千晶　「月と頭蓋」（詩集）
- ◇短歌
  - 中崎 長太　「海暗の章」（歌集）
  - 小泉 桃代　「神獣鏡」（歌集）
- ◇俳句
  - 該当作なし
- ◇茨城新聞社賞
  - 山本 十四尾　「雷道」（詩集）
- (平成11年度)
- ◇詩
  - 我妻 信夫　「石の島にて」
- ◇短歌
  - 加味 ます子　「自在」
- ◇俳句
  - 嶋田 麻紀　「史前の花」

- (平成12年度)
- ◇詩
  - 海野 庄一　「でんしょ山」
  - 若林 利子　「洋梨」
- ◇短歌
  - 中根 誠　「小牡鹿の角」
- ◇俳句
  - 該当作なし
- (平成13年度)
- ◇詩
  - 該当作なし
- ◇短歌
  - 田中 拓也　「夏引」
- ◇俳句
  - 桜井 筑蛙　「地酒」
  - 梅原 昭男　「赤い車」
- ◇茨城新聞社賞
  - 小松崎 爽青　句集「寂照」
  - 大竹 蓉子　歌集「木星離宮」
- (平成14年度)
- ◇詩
  - 落合 成吉　「冬の小公園」
- ◇短歌
  - 勝山 竹子　「ナルドの香油」
- ◇俳句
  - 神原 栄二　「人日」
- ◇茨城新聞社賞
  - 星田 郁代　歌集「遊」
  - 岡崎 桂子　句集「応援歌」
- (平成15年度)
- ◇詩
  - 海老沢 彰　「海図」
- ◇短歌
  - 片岡 明　「風邪の刃」
- ◇俳句
  - 金丸 鐵蕉　「千波」
- (平成16年度)
- ◇詩
  - 及川 馥　「鳥? その他」
- ◇短歌
  - 大塚 洋子　「半開きの門」
  - 荒木 富美子　「おもひぐさ」
- ◇俳句
  - 手塚 美佐　「中昔」
- (平成17年度)
- ◇詩

該当作なし
◇短歌
　勝井 かな子 「香澄」
　根本 正直 「湖空」
◇俳句
　蛯原 方僊 「頬杖」
◇茨城新聞社賞
　大塚 欽一 詩集「仮象の庭」
（平成18年度）
◇詩
　塚本 敏雄 「英語の授業」
◇短歌
　海野 庄一 「田んぼの風景」
◇俳句
　鴨下 昭 「冬木の芽」
（平成19年度）
◇詩
　草間 真一 「沈黙する水」
◇短歌
　梅本 千代子 「絲綢之路」（シルクロード）
◇俳句
　上野 燎 「望郷」
◇茨城新聞社賞
　手塚 美佐 句集「猫釣町」
　きくち つねこ 句集「白鳥」
（平成20年度）
◇詩
　米川 征 「腑」
◇短歌
　勝山 一美 「回心」コンバージョン
◇俳句
　藤田 輝枝 「潮流」
（平成21年度）
◇詩
　武子 和幸 「アイソポスの蛙」
　森川 治 「IRECO」
◇短歌
　秋葉 靜枝 「綾を育む」
◇俳句
　伊藤 トキノ 「百日紅」
◇茨城新聞社賞
　加味 ます子 歌集「有情」
（平成22年度）
◇詩
　真崎 節 「晴れの日」
◇短歌
　岡田 恭子 「水鏡」
◇俳句
　大竹 多可志 「水母の骨」
（平成23年度）
◇詩
　片岡 美沙保 「オベリスク」
◇短歌
　小田倉 玲子 「夕凪の時」
◇俳句
　中島 正夫 「樹齢」
◇茨城新聞社賞
　中根 誠 歌集「境界（シュヴェレ）」
（平成24年度）
◇詩
　神泉 薫 「あおい・母」
◇短歌
　宇佐美 矢寿子 「黒揚羽の森へ」
◇俳句
　駿河 岳水 「管制塔」
◇茨城新聞社賞
　原 桐子 「ここはどこですか」（詩集）
（平成25年度）
◇詩
　藤枝 正昭 「虹を呑む」
◇短歌
　加藤 要 「ひたすら」
◇俳句
　小松崎 黎子 「男時（おどき）」
◇茨城新聞社賞
　黒羽 由紀子 「南無、身を笛とも太鼓とも」（詩集）
　大森 益雄 「歌日和」（歌集）

005 岩手芸術祭県民文芸作品集

　岩手芸術祭の一環として文芸活動の振興をはかる目的で創設された。昭和44年より，優秀作品をおさめた県民文芸作品集が刊行されている。

005 岩手芸術祭県民文芸作品集

文学一般

- 【主催者】岩手県教育委員会,(公財)岩手県文化振興事業団,(社)岩手県芸術文化協会, 岩手日報社,IBC岩手放送,テレビ岩手,岩手めんこいテレビ,岩手朝日テレビ,エフエム岩手
- 【選考委員】(第67回)小説：柏葉幸子、斎藤純、戯曲・シナリオ：中村好子、昆明男、文芸評論：望月善次、牛崎敏哉、随筆：須藤宏明、野中康行、児童文学：高橋昭、藤原成子、齋藤英明、詩：照井良平、松﨑みき子、上斗米隆夫、短歌：伊藤幸子、小笠原和幸、菊池映一、菊池哲也、鈴木八重子、俳句：小畑柚流、小菅白藤、川原道程、草花一泉、畠山濁水、佐藤嘉吉、柳幸ヨミ、川柳：中島久光、宇部功、千葉暘子
- 【選考方法】公募
- 【選考基準】〔対象〕文学一般。未発表作品。〔資格〕岩手県在住者,岩手県出身者および本籍が岩手県にある者。〔原稿〕小説：原稿用紙30枚(点字は40枚)以内。戯曲：50枚(点字は66枚)程度の演劇一幕もの・ラジオドラマ・テレビドラマ。文芸評論：30枚(点字は40枚)以内、研究的内容のものも可とする。随筆：4枚(点字は6枚)。児童文学：30枚(点字は40枚)以内、フィクション、ノンフィクションを問わない。少年少女詩・童謡は3篇以内。詩：3篇以内。1篇につき5枚以内。短歌：400字詰原稿用紙に10首。俳句：雑詠7句、川柳：雑詠10句(題不要)、はがき使用で1人1枚に限る
- 【締切・発表】(第67回)平成26年7月1日～8月31日締切(当日消印有効),10月下旬発表。優秀作品は「県民文芸作品集」に掲載
- 【賞・賞金】芸術祭賞：3万円、優秀賞：2万円、奨励賞：1万円
- 【URL】http://www.iwate-bunshin.jp/

第1回(昭22年)～第22回(昭43年)
 *
第23回(昭44年)
 ◇詩
  佐藤 秀昭 「瀬戸卵に,お願いだから命名して」
 ◇短歌
  菊沢 研一 「湯島聖堂」
 ◇俳句
  該当作なし
 ◇川柳
  該当作なし
第24回(昭45年)
 ◇詩
  斎藤 岳城 「河・深い井戸」
 ◇短歌
  菊沢 研一 「風塵」
 ◇俳句
  菅原 多つを
 ◇川柳
  該当作なし
第25回(昭46年)

詩歌・俳句部門受賞なし
第26回(昭47年)
 ◇詩
  柳原 泰子 「ここから始めよう」
 ◇短歌
  八重嶋 勲 「熔岸流」
 ◇俳句
  後藤 仁
 ◇川柳
  田中 士郎
第27回(昭48年)
 ◇詩
  小菅 敏夫 「間奏曲」
 ◇短歌
  千葉 英雄 「石塵」
 ◇俳句
  田村 笙路 「白虎隊剣舞」
 ◇川柳
  藤村 秋裸
第28回(昭49年)
 ◇詩
  照井 一明 「巻雲」

◇短歌
　八重嶋 勲　「焼走り熔岩流」
◇俳句
　田村 恭子　「キリシタン遺跡―大籠」
◇川柳
　伊東 青鳥
第29回（昭50年）
◇短歌
　千田 伸一　「工事場」
◇俳句
　鈴木 利和　「鋳物師」
◇川柳
　柳清水 広作　「母なる海」
◇詩
　岩見 百丈　「釣り」
第30回（昭51年）
◇詩
　佐々木 匡　「報告」
◇短歌
　工藤 みほ子　「蓮ひらく」
◇俳句
　田村 美樹子　「和紙の里」
◇川柳
　小田島 花浪　「農家日誌」
第31回（昭52年）
◇詩
　佐々木 和彦　「紙吹峠」
◇短歌
　佐藤 和子　「売場」
◇俳句
　黒沢 老眼子　「廃獄」
◇川柳
　千葉 国男
第32回（昭53年）
◇詩
　村中 文人　「場所―断片的記録」
◇短歌
　佐藤 和子　「幻聴」
◇俳句
　三浦 ふく　「峡の村」
◇川柳
　盛合 秋水
第33回（昭54年）
◇詩
　風木 史　「デンデラ野村詩抄」
◇短歌

　坂本 秀子　「獨居」
◇俳句
　後川 杜鶯子　「大謀網」
◇川柳
　谷地 化石
第34回（昭55年）
◇詩
　該当作なし
◇短歌
　加藤 英治　「幼子」
◇俳句
　玉山 邦夫　「違う風」
◇川柳
　塩釜 篤
第35回（昭56年）
◇詩
　該当作なし
◇短歌
　石川 久子　「母」
◇俳句
　たけだ ひでを　「能夢幻」
◇川柳
　佐藤 康
第36回（昭57年）
◇詩
　該当作なし
◇短歌
　鎌田 昌子　「島渚」
◇俳句
　三浦 ふく　「山襞」
◇川柳
　田中 士郎
第37回（昭58年）
◇詩
　北原 陽子　「耳の街」
◇短歌
　菅原 キセノ　「稚蚕所」
◇俳句
　葉山 啓子
◇川柳
　佐藤 康
第38回（昭59年）
◇詩
　該当作なし
◇短歌
　槻山 チエ　「炎暑」

◇俳句
　　照井 ちうじ
　◇川柳
　　盛合 秋水
第39回（昭60年）
　◇詩
　　該当作なし
　◇短歌
　　該当作なし
　◇俳句
　　畠山 濁水
　◇川柳
　　熊谷 岳朗
第40回（昭61年）
　◇詩
　　該当作なし
　◇短歌
　　大越 美代　「家」
　◇俳句
　　渕向 正四郎
　◇川柳
　　千葉 国男
第41回（昭62年）
　◇詩
　　該当作なし
　◇短歌
　　佐藤 拡子　「砂時計」
　◇俳句
　　池元 道雄
　◇川柳
　　中島 久光
第42回（昭63年）
　◇詩
　　泉川 正　「男性家族」
　◇短歌
　　鈴木 タツ　「稲の花」
　◇俳句
　　柴田 冬影子　「嵯峨野の秋」
　◇川柳
　　田鎖 憲彦
第43回（平1年）
　◇詩
　　該当作なし
　◇短歌
　　浅沼 恵子（盛岡市）「夏雲」
　◇俳句
　　昆 ふさ子（盛岡市）「からす麦」
　◇川柳
　　小笠原 正花（釜石市）
第44回（平2年）
　◇詩
　　摂待 キク（宮古市）「プライバシー」
　◇短歌
　　大越 美代（盛岡市）「積乱雲」
　◇俳句
　　千葉 正子（盛岡市）「星合」
　◇川柳
　　富谷 英雄（大船渡市）
第45回（平3年）
　◇詩
　　岩渕 千満子（宮古市）「送り火」
　◇短歌
　　佐藤 達也（盛岡市）「丘畑」
　◇俳句
　　柴田 冬影子（盛岡市）「雪納豆」
　◇川柳
　　田代 時子
第46回（平4年）
　◇詩
　　本宮 正保（盛岡市）「生きがいいからね」
　◇短歌
　　佐川 知子（盛岡市）「ユダの花」
　◇俳句
　　茂木 安比古（盛岡市）「釣瓶落し」
　◇川柳
　　田代 時子（宮古市）「雑詠」
第47回（平6年）
　◇詩
　●芸術祭賞
　　佐藤 賢（盛岡市）「夏季憎悪」
　●優秀賞
　　山本 くみ（滝沢村）「アヌビスの末たち」
　●奨励賞
　　大森 哲郎（花巻市）「赤とんぼ」
　　高橋 貞子（岩泉町）「わたしの螢」
　◇短歌
　●芸術祭賞
　　佐藤 拡子（盛岡市）「曼陀羅」
　●優秀賞
　　照井 方子（盛岡市）「夢灯り」
　●奨励賞
　　一戸 みき子（盛岡市）「ワーレンにて」

武田 秀（盛岡市）「櫃取湿原をゆく」
◇俳句
● 芸術祭賞
照井 せせらぎ（盛岡市）「水口」
● 優秀賞
利府 さつき（盛岡市）「ジャワ更紗」
● 奨励賞
平山 千江（盛岡市）「白旗黄旗」
村上 美智子（盛岡市）「竹落葉」
◇川柳
● 芸術祭賞
あべ 和香（花巻市）
● 優秀賞
田鎖 憲彦（宮古市）
● 奨励賞
藤村 みどり（盛岡市）
箱石 松博（田老町）

第48回（平7年）
◇詩
● 芸術祭賞
宇部 京子（岩手郡滝沢村）「――のなかで」
● 優秀賞
大村 孝子（花巻市）「宮沢賢治の投影による三つの習作」
● 奨励賞
山本 くみ（岩手郡滝沢村）「イ・エ・ジ」
服部 清隆（岩手郡葛巻町）「柩より」
◇短歌
● 芸術祭賞
中村 芳子（盛岡市）「つくづくにくし」
● 優秀賞
鈴木 和江（宮城県白石市）「土のうつは」
● 奨励賞
古舘 幸子（宮古市）「鱗」
佐藤 拡子（盛岡市）「笑う岩偶」
◇俳句
● 芸術祭賞
川守田 梅（紫波郡紫波町）「陽炎の」
● 優秀賞
小山 百合子（盛岡市）「有明の月」
● 奨励賞
三上 良三（岩手郡滝沢村）「鳥の目」
藤原 己世児（盛岡市）「火夫」
◇川柳
● 芸術祭賞
藤村 みどり（盛岡市）

● 優秀賞
萬 柳水（宮古市）
● 奨励賞
はざま みずき（宮古市）
橋爪 湖舟（宮古市）

第49回（平8年）
◇詩
● 芸術祭賞
該当作なし
● 優秀賞
中森 都志子 「記憶の断片」
● 優秀賞
花石 邦夫 「冬の谷間」
● 奨励賞
多田 真樹 「螺旋構造」
久保 満 「吉兆」
◇短歌
● 芸術祭賞
山信田 明子 「縄文ポシェット」
● 優秀賞
横澤 悦子 「タイ日蝕紀行」
● 奨励賞
照井 方子 「焔」
高橋 ノブ 「遠花火」
◇俳句
● 芸術祭賞
鹿糠 麦童 「北限の海女」
● 優秀賞
入賞取り消し
● 奨励賞
砂金 青鳥子 「梅雨佛」
赤澤 北江 「捩り花」
◇川柳
● 芸術祭賞
あべ 和香
● 優秀賞
ふじむら みどり
● 奨励賞
月館 寿人
鳥居 澄子

第50回（平9年）
◇詩
● 芸術祭賞
ふじむら みどり（盛岡市）「発声練習」
● 優秀賞
本宮 正保（盛岡市）「流れついた者のた

めに」
- 奨励賞
  服部 清隆（一関市）「Rのテスト」
  中村 龍観（盛岡市）「一周忌」
◇短歌
- 芸術祭賞
  佐藤 良信（宮古市）「早池峰抄」
- 優秀賞
  小原 礼子（花巻市）「風車」
- 奨励賞
  横澤 悦子（盛岡市）「氷河」
  佐藤 拡子（盛岡市）「早池峰神楽」
◇俳句
- 芸術祭賞
  畠山 えつ子（北上市）「蓮の花」
- 優秀賞
  沼田 和子（盛岡市）「えんぶり」
- 奨励賞
  佐藤 ミヤ子（盛岡市）「下萌」
  浅田 白道（盛岡市）「香港」
◇川柳
- 芸術祭賞
  箱石 松博（田老町）
- 優秀賞
  菅沼 道雄（花巻市）
- 奨励賞
  久保田 清子（宮古市）
  馬渕 草（岩手町）

第51回（平10年）
◇詩
- 芸術祭賞
  加藤 和子 「雨ぁふるども」
- 優秀賞
  山本 くみ 「エルボン」
- 奨励賞
  中村 龍観 「星」
  ふじむら みどり 「裏切りの標本」
◇短歌
- 芸術祭賞
  横澤 悦子 「風雪」
- 優秀賞
  阿部 捷子 「古文書講座」
- 奨励賞
  佐藤 歌子 「古代の蓮」
  中村 淳悦 「大鷲」
◇俳句
- 芸術祭賞
  二階堂 光江 「黍畑」
- 優秀賞
  畠山 濁水 「岳神楽」
- 奨励賞
  加藤 りほ子 「紅蓮」
  小野田 キヨ 「威し銃」
◇川柳
- 芸術祭賞
  伊藤 一笑
- 優秀賞
  はざま みずき
- 奨励賞
  伊藤 敏子
  菅沼 道雄

第52回（平11年）
◇詩
- 芸術祭賞
  藤野 なほ子 「ラジオ」
- 優秀賞
  花石 邦夫 「犬が風を聞いている」
- 奨励賞
  山本 くみ 「綿毛の街」
  氏家 美恵子 「眠れない夜に」
◇短歌
- 芸術祭賞
  遊座 英子 「欅」
- 優秀賞
  千葉 春雄 「鯨尺」
- 奨励賞
  石川 節子 「サンクトペテルブルク」
  遠藤 カタ子 「'99岩手総体『白き槍』」
◇俳句
- 芸術祭賞
  佐々木 典子 「遠野の春」
- 奨励賞
  平山 千江 「谷の残花」
  渕向 正四郎 「牧まほろば」
◇川柳
- 芸術祭賞
  菅沼 道雄
- 優秀賞
  はざま みずき
- 奨励賞
  富谷 英雄
  鳥居 澄子

第53回（平12年）
◇詩
● 芸術祭賞
　花石 邦夫 「鵆鳥（うそ）」
● 優秀賞
　中森 都志子 「恐竜」
● 奨励賞
　野里 幸代 「線香花火」
　勝負澤 望 「ひぐらし」
◇短歌
● 芸術祭賞
　高橋 洋子 「沙羅の花」
● 優秀賞
　三條 ヒサ子 「ガラスの馬」
● 奨励賞
　中村 淳悦 「シードラゴン」
　佐藤 真知子 「クロスロード」
◇俳句
● 芸術祭賞
　伊藤 アヤ子 「吉野路」
● 優秀賞
　渡辺 紀子 「洗ひ髪」
● 奨励賞
　阿部 つや子 「早池峰夜宮」
　泉田 カツ 「けんか七夕」
◇川柳
● 芸術祭賞
　宇部 功
● 優秀賞
　鈴木 星児
● 奨励賞
　坂下 一美
　柳清水 広作
第54回（平13年）
◇詩
● 芸術祭賞
　藤森 重紀 「深海魚」
● 優秀賞
　油井 昭平 「春民」
● 奨励賞
　かしわばら くみこ 「ひぐらし」
　山崎 一彦 「猛獣使い」
◇短歌
● 芸術祭賞
　石川 節子 「キラウエア火山」
● 優秀賞

　菊池 トキ子 「畑土」
● 奨励賞
　阿部 スミ子 「稲の香」
　多田 愛弓 「ほうせんか」
◇俳句
● 芸術祭賞
　柴田 綾子 「越南の月」
● 優秀賞
　荒木 那智子 「西馬音内盆踊り」
● 奨励賞
　遠藤 照子 「リアス」
　沼宮内 凌子 「国栖の里」
◇川柳
● 芸術祭賞
　藤村 秋裸
● 優秀賞
　小田島 花浪
● 奨励賞
　柳清水 広作
　たかはし 重治
第55回（平14年）
◇詩
● 芸術祭賞
　該当作なし
● 優秀賞
　尹 ビョル 「温かな瓶」
● 奨励賞
　白土 千賀子 「どうしていそぐの」
　山本 薫 「傷痕―通学思考」
◇短歌
● 芸術祭賞
　千田 洋子 「夏の嵐」
● 優秀賞
　澤本 長清郎 「大湯遺跡」
● 奨励賞
　太田 ツエ 「薬師寺の塔」
　鈴木 八重子 「象潟にて」
◇俳句
● 芸術祭賞
　犬股 百合子 「風の盆」
● 優秀賞
　小野田 キヨ 「鮭のぼる」
● 奨励賞
　鈴木 きぬ絵 「盆の雨」
　伊藤 ふみ子 「処暑の湖」
◇川柳

- 芸術祭賞
  柳清水 広作
- 優秀賞
  橋爪 湖舟
- 奨励賞
  富谷 英雄
  佐々木 七草

第56回（平15年）
◇詩
- 芸術祭賞
  藤倉 清光 「草莽の唄」
- 優秀賞
  ふじむら みどり 「あなたをしったとき」
- 奨励賞
  大森 哲郎 「文字たちへ」
  宮本 望 「SPIRIT」
◇短歌
- 芸術祭賞
  鈴木 八重子 「殉教の地大籠」
- 優秀賞
  澤本 長清郎 「稲田」
- 奨励賞
  菊池 勉二 「遺髪遺爪（いはついそう）」
  佐川 知子 「塩湖」
◇俳句
- 芸術祭賞
  犬股 百合子 「北の盆」
- 優秀賞
  橋本 韶子 「舟こ流し」
- 奨励賞
  たけだ ひでを 西馬音内
  古澤 貞夫 「夜長」
◇川柳
- 芸術祭賞
  塩釜 アツシ
- 優秀賞
  あべ 和香
- 奨励賞
  高橋 はじめ
  畠山 軍子

第57回（平16年）
◇詩
- 芸術祭賞
  本平 進 「雉」
- 優秀賞
  中森 都志子 「朝のカラス」
- 奨励賞
  北原 陽子 「秋―Sさんを送る―」
  畠山 貞子 「暑くなりそうな朝」
◇短歌
- 芸術祭賞
  鈴木 八重子 「縄文の炎」
- 優秀賞
  阿部 スミ子 「農はだて」
- 奨励賞
  佐川 知子 「梟」
  藤倉 清光 「おのこの塑像」
◇俳句
- 芸術祭賞
  岡部 玄治 「知床」
- 優秀賞
  梅森 サタ 「鬼剣舞」
- 奨励賞
  古澤 貞夫 「蕎麦の花」
  鹿糠 麦童 「寒立馬」
◇川柳
- 芸術祭賞
  該当作なし
- 優秀賞
  塩釜 アツシ
- 奨励賞
  箱石 松博
  小原 金吾

第58回（平17年）
◇詩
- 芸術祭賞
  糠塚 玲 「壺」
- 優秀賞
  藤倉 清光 「「遡行遠野」茜の子守唄」
- 奨励賞
  横澤 和司 「静寂の部屋」
  北原 陽子 「声」
◇短歌
- 芸術祭賞
  女鹿 洋子 「彩雲」
- 優秀賞
  赤平 せつ子 「回想」
- 奨励賞
  高橋 ふさ 「干し草」
  佐藤 忠 「存在感」
◇俳句
- 芸術祭賞

小畑 柚流 「威銃」
- 優秀賞
  たけだ ひでを 「漆の里」
- 奨励賞
  畠山 濁水 「尾瀬ケ原」
  橋本 韶子 「舟こ流し」
◇川柳
- 芸術祭賞
  小原 金吾
- 優秀賞
  橋爪 湖舟
- 奨励賞
  新沼 志保子
  小笠原 正花

第59回（平18年）
◇詩
- 芸術祭賞
  かしわばら くみこ 「爪」
- 優秀賞
  永田 豊 「母のバラード」
- 奨励賞
  牧野 ユカ 「溶けた葉っぱ」
  吉田 修三 「妻の部屋からミシンの消えた日」
◇短歌
- 芸術祭賞
  遠藤 タカ子 「蘇民将来」
- 優秀賞
  佐川 知子 「西サハラ」
- 奨励賞
  八重嶋 アイ子 「農を楽しむ」
  三條 ヒサ子 「面影」
◇俳句
- 芸術祭賞
  さいとう 白沙 「薪能」
- 優秀賞
  渡辺 紀子 「シルクロードの秋」
- 奨励賞
  鹿内 美津 「蓮の巻葉」
  伊藤 晴子 「銀河へと」
◇川柳
- 芸術祭賞
  原田 快流
- 優秀賞
  中島 久光
- 奨励賞

小林 ひろ子
小関 豊治

第60回（平19年）
◇詩
- 芸術祭賞
  中村 祥子 「残暑」
- 優秀賞
  田村 博安 「一片」
- 奨励賞
  藤原 瑞基 「灯火」
  藤野 なほ子 「赤い月」
◇短歌
- 芸術祭賞
  三條 ヒサ子 「祈り」
- 優秀賞
  佐川 知子 「鼓動」
- 奨励賞
  遠藤 タカ子 「多賀城碑」
  藤原 保子 「北限の栴」
◇俳句
- 芸術祭賞
  梅森 サタ 「鵜飼」
- 優秀賞
  馬場 吉彦 「白川郷」
- 奨励賞
  犬股 百合子 「胡弓の音」
  佐々木 田三男 「牧場」
◇川柳
- 芸術祭賞
  野口 一滴
- 優秀賞
  富谷 英雄
- 奨励賞
  柳清水 広作
  中島 久光

第61回（平20年）
◇詩
- 芸術祭賞
  北原 陽子 「歩」
- 優秀賞
  該当作なし
- 奨励賞
  簡 智恵子 「手の上の蜃気楼」
  山田 貴子 「天空」
◇短歌
- 芸術祭賞

佐川 知子 「ひまはり」
- 優秀賞
  山本 豊 「時」
- 奨励賞
  伊藤 淑子 「連鎖」
  折居 路子 「門灯」

◇俳句
- 芸術祭賞
  新沼 志保子 「月見月」
- 優秀賞
  三田地 白畝 「風の盆」
- 奨励賞
  市野川 隆 「羽抜鶏」
  利府 ふさ子 「恐山」

◇川柳
- 芸術祭賞
  はざま みずき
- 優秀賞
  小笠原 正花
- 奨励賞
  八木田 幸子
  藤村 秋裸

第62回(平21年)
◇詩
- 芸術祭賞
  松﨑 みき子 「夏の砂浜」
- 優秀賞
  吉田 茉莉子 「空」
- 奨励賞
  白石 松則 「息子のジハード」
  せん 「白線の向こうへ」

◇短歌
- 芸術祭賞
  高橋 緑花 「繭」
- 優秀賞
  藤原 保子 「海折々」
- 奨励賞
  赤澤 篤司 「昴るは何故」
  遠藤 タカ子 「槐」

◇俳句
- 芸術祭賞
  該当作なし
- 優秀賞
  橘 千代子 「星月夜」
- 奨励賞
  後藤 冴子 「茄子の花」

荒木 那智子 「螢とぶ」
◇川柳
- 芸術祭賞
  鈴木 星児
- 優秀賞
  中島 久光
- 奨励賞
  河野 康夫
  長田 ふき

第63回(平22年)
◇詩
- 芸術祭賞
  吉田 茉莉子 「人感センサー」
- 優秀賞
  吉田 修三 「しあさって」
- 奨励賞
  匂坂 日名子 「おかえり」
  伊藤 恵理美 「化身」

◇短歌
- 芸術祭賞
  大越 美代 「黒き蝶」
- 優秀賞
  八重嶋 みね 「穂肥」
- 奨励賞
  赤平 せつ子 「星あかり」
  吉田 史子 「青き手帳」

◇俳句
- 芸術祭賞
  小林 輝子 「凍み返る」
- 優秀賞
  大坂 邦子 「しづかなる闇」
- 奨励賞
  鳥羽 幸子 「十三夜」
  梅森 サタ 「流灯会」

◇川柳
- 芸術祭賞
  中島 久光
- 優秀賞
  安藤 キサ子
- 奨励賞
  鈴木 みさを
  鳥居 澄子

第64回(平23年)
◇詩
- 芸術祭賞
  河野 康夫 「あの角をまがれば」

文学一般

- 優秀賞
  平山 千春 「鈴が鳴る」
- 奨励賞
  吉田 修三 「呼び名」
  吉田 茉莉子 「カミサマの宿題」
◇短歌
- 芸術祭賞
  伊藤 淑子 「震災」
- 優秀賞
  菊池 トキ子 「稲田」
- 奨励賞
  阿部 スミ子 「土の匂」
  清水 芳子 「鴇草」
◇俳句
- 芸術祭賞
  岡部 玄治 「祈り」
- 優秀賞
  平山 千江 「楽人」
- 奨励賞
  和田 タケ 「玫瑰」
  内村 唐春 「永平寺」
◇川柳
- 芸術祭賞
  箱石 松博
- 優秀賞
  中島 久光
- 奨励賞
  小田島 花浪
  小笠原 正花

第65回（平24年）
◇詩
- 芸術祭賞
  東野 正 「フクシマ原発崩壊」
- 優秀賞
  菊池 玲子 「くされ戦争」
- 奨励賞
  黄金崎 舞 「神様のロジック」
  伊藤 恵理美 「しう」
◇短歌
- 芸術祭賞
  吉田 史子 「からすうりの花」
- 優秀賞
  岡田 要二 「看取られて」
- 奨励賞
  赤平 せつ子 「水辺」
  工藤 玲音 「二学期」

◇俳句
- 芸術祭賞
  渡辺 紀子 「海猫渡る」
- 優秀賞
  小野田 キヨ 「小鳥来る」
- 奨励賞
  下舘 幸男 「踊笠」
  鈴木 正子 「母」
◇川柳
- 芸術祭賞
  野口 一滴
- 優秀賞
  小笠原 正花
- 奨励賞
  馬渕 草
  千葉 国男

第66回（平25年）
◇詩
- 芸術祭賞
  薪 窯子 「水無月の川」
- 優秀賞
  高橋 伽奈 「遠い」
- 奨励賞
  赤崎 学 「水のなかの町」
  中舘 公一 「行く」
◇短歌
- 芸術祭賞
  高橋 緑花 「牛飼ひ」
- 優秀賞
  該当作なし
- 奨励賞
  羽藤 堯 「還らぬ妻に」
  田浦 将 「静かな夏日」
◇俳句
- 芸術祭賞
  船越 光政 「復興」
- 優秀賞
  下田 榮一 「蟻の列」
- 奨励賞
  鈴木 和子 「震災遺構」
  津志田 武 「何も語らぬ海」
◇川柳
- 芸術祭賞
  鳥羽 ゆき子
- 優秀賞
  小原 金吾

- 奨励賞
  小田 治朗
  佐藤 岳俊
第67回(平26年)
◇詩
- 芸術祭賞
  加藤 和子 「石よ」
- 優秀賞
  高橋 伸彰 「カラスの遠近法―故清水昶氏に」
- 奨励賞
  佐々木 もなみ 「夏をおくる」
  伊藤 諒子 「まぼろしの村」
◇短歌
- 芸術祭賞
  石川 節子 「弟」
- 優秀賞
  三船 武子 「白木蓮」
- 奨励賞
  赤崎 泰司 「生きる」
  木下 知子 「過ごす春と夏」
◇俳句
- 芸術祭賞
  梅森 サタ 「盆唄」
- 優秀賞
  下田 榮一 「こがねむし」
- 奨励賞
  内藤 照子 「新豆腐」
  佐藤 忠 「牛磨く」
◇川柳
- 芸術祭賞
  小田 治朗
- 優秀賞
  熊谷 岳朗
- 奨励賞
  中野 裕子
  馬渕 草

006 岩手日報文学賞

「岩手日報」創刊110周年を記念して昭和61年に創設された。石川啄木,宮沢賢治をテーマとした作品,研究論文に与えられる「啄木賞」「賢治賞」と,県民を対象として「随筆賞」の3賞がある。平成17年の第20回で終了。随筆賞は改組し継続中。

【主催者】岩手日報社

【選考方法】啄木賞・賢治賞は推薦,随筆賞は公募

【選考基準】〔対象〕啄木賞・賢治賞:全国の研究者,関係機関が推薦する,当年4月から翌年3月までに出版された関係図書,論文の中の優れた研究作品。〔資格〕随筆賞:岩手県民。〔原稿〕随筆賞:400字詰原稿用紙5枚以内

【締切・発表】毎年7月上旬発表,7月21日(岩手日報創立記念日)表彰式

【賞・賞金】啄木賞・賢治賞:記念像と賞金各50万円,随筆賞:記念像と賞金10万円

第1回(昭61年)
◇啄木賞
  岩城 之徳 "実証的な啄木研究の第一人者として"
第2回(昭62年)
◇啄木賞
  該当者なし
第3回(昭63年)
◇啄木賞
  遊座 昭吾 「啄木秀歌」
第4回(平1年)
◇啄木賞
  林 丕雄(台湾省台北市)「漂泊詩人石川啄木の世界」(台北市・豪峰出版刊)
第5回(平2年)
◇啄木賞
  近藤 典彦(神奈川県相模原市)「国家を撃つ者」(同時代社)

第6回(平3年)
　◇啄木賞
　　太田 登(奈良県奈良市)「啄木短歌論考―抒情の軌跡」(八木書店)
第7回(平4年)
　◇啄木賞
　　該当者なし
第8回(平5年)
　◇啄木賞
　　塩浦 彰 「啄木浪漫/節子との半生」
第9回(平6年)
　◇啄木賞
　　上田 博 「石川啄木/抒情と思想」
第10回(平7年)
　◇啄木賞
　　該当者なし
第11回(平8年)
　◇啄木賞
　　黄 聖圭 「石川啄木入門」
第12回(平9年)
　◇啄木賞
　　平岡 敏夫 「石川啄木の手紙」
第13回(平10年)
　◇啄木賞
　　該当者なし
第14回(平11年)

　◇啄木賞
　　堀江 信男 「石川啄木―地方,そして日本の全体像への視点」〔おうふう〕
第15回(平12年)
　◇啄木賞
　　佐藤 勝 「石川啄木文献書誌集大成」〔武蔵野書房〕
第16回(平13年)
　◇啄木賞
　　該当者なし
第17回(平14年)
　◇啄木賞
　　田中 礼 「啄木とその系譜」〔洋々社〕
　　国際啄木学会(会長・上田博立命館大教授)「石川啄木事典」〔おうふう〕
第18回(平15年)
　◇啄木賞
　　該当者なし
第19回(平16年)
　◇啄木賞
　　望月 善次 「啄木短歌の読み方」〔信山社〕
第20回(平17年)
　◇啄木賞
　　木股 知央 「和歌文学大系77 一握の砂」〔明治書院〕

007 岡山県文学選奨

　県民の文芸創作活動を奨励し,もって豊かな県民文化の振興を図るため,岡山県芸術祭の一環として昭和41年度から実施された。県民文芸作品発表の場として定着している。

【主催者】岡山県,おかやま県民文化祭実行委員会

【選考方法】公募

【選考基準】〔資格〕岡山県内在住者。年齢は問わない。過去の入選者は,その入選部門には応募できない。〔対象〕未発表の創作作品(他の文学賞等へ同時に応募することはできない)。〔原稿〕小説A:1編・原稿用紙80枚以内,小説B:1編・原稿用紙30枚以内,随筆:1編・原稿用紙30枚以内,現代詩:3編一組,短歌:10首一組,俳句:10句一組,川柳:10句一組,童話:1編・20枚以内,いずれも,A4の400字詰縦書原稿用紙(特定の結社等の原稿用紙は使用不可),原稿には題名のみを記入。氏名(筆名)は記入しない。所定の事項を明記した別紙(A4の大きさ)を添付すること。ワープロ原稿可

【締切・発表】8月31日締切,発表11月中旬。入選(佳作)の作品及び準佳作については,作品集「岡山の文学」に収録する

【賞・賞金】〔賞金〕小説A:15万円。小説B,随筆,現代詩,短歌,俳句,川柳,童話:各10

007 岡山県文学選奨

万円。佳作はそれぞれ半額
【URL】http://www.pref.okayama.jp/page/303087.html

第1回（昭41年度）
◇詩
　三沢 浩二 「土の星」他4篇
◇短歌
　該当作なし
◇俳句
　赤沢 千鶴子 「雑詠」
第2回（昭42年度）
◇詩
　藤原 菜穂子 「ラウゼンバーグの……ぶらさげられた靴」
◇短歌
　中島 睦子 「夫病みて」
◇俳句
　須並 一衛 「雑詠」
第3回（昭43年度）
◇詩（佳作）
　小坂 由紀子 「秋のかかとが離れると」
　安達 純敬 「花」
◇短歌
　田淵 佐智子 「薔薇日記抄」
◇俳句
　雑賀 星枝 「雑詠」
第4回（昭44年度）
◇詩
　なんば みちこ 「声」
◇短歌
　小山 宜子 「雑詠」
◇俳句（佳作）
　田村 一三男 「雑詠」
　小合 千絵女 「雑詠」
第5回（昭45年度）
◇詩
　入江 延子 「私はレモンを掌にのせて」他2篇
◇短歌
　芝山 輝夫 「無題」
◇俳句（佳作）
　竹本 健司 「生国」
　田上 孝 「無題」
◇川柳
　三宅 武夫 「花好き」
第6回（昭46年度）
◇詩
　壺坂 輝代 「地を踏みしめる三つの詩」
◇短歌
　寺尾 生子 「農のあけくれ」
◇俳句
　小寺 無住 「梅はやし」
◇川柳
　島 洋介 「白い杖」
第7回（昭47年度）
◇詩（佳作）
　岡 隆夫 「まんねんろうの花」
　井上 けんじ 「飛翔への賛歌」
◇短歌
　三戸 保 「白き斑紋」
◇俳句（佳作）
　小池 和子 「無題」
　黒住 文朝 「無題」
◇川柳
　長谷川 紫光 「無題」
第8回（昭48年度）
◇詩（佳作）
　赤木 真也 「夕暮のうた」
　松枝 秀文 「黒い太陽」
◇短歌
　かんだ かくお 「猿の腰掛」
◇俳句
　本郷 潔 「藁火」
◇川柳
　光岡 早苗 「父」
第9回（昭49年度）
◇詩
　石蔵 和紘 「水杯」
◇短歌
　浜崎 達美 「窓辺の風」
◇俳句
　釼持 杜宇 「雑詠」
　細川 子生 「雑詠」
第10回（昭50年度）
◇詩
　杉本 知政 「季節」他2編

◇短歌
　花川 善一　「母逝きぬ」
◇俳句
　岡 露光　「黒富士」
◇川柳
　高田 よしお　「禁断の実」
第11回（昭51年度）
◇詩
　森崎 昭生　「翼について "蛇" "鳥"」他2編
◇短歌
　赤沢 郁満　「春夏秋冬」
◇俳句
　西村 舜子　「水光」
◇川柳
　西 山茶花　「乾いた傘」
第12回（昭52年度）
◇詩
　悠紀 あきこ　「声のスペクトラム」
◇短歌
　植田 秀作　「斑鳩」
◇俳句
　平松 良子　「盆の母」
◇川柳
　藤原 健二　「土の呟き」
第13回（昭53年度）
◇詩
　中原 みどり　「蔦のからまる家」他2編
◇短歌
　原田 竹野　「二十余年」
◇俳句
　重井 燁子　「無題」
◇川柳
　谷川 酔仙　「忘れ貝」
第14回（昭54年度）
◇詩
　今井 文世　「夜の部屋」
◇短歌
　福岡 武　「麻痺を嘆かふ」
◇俳句
　西村 牽牛　「雑詠」
◇川柳
　西条 真紀　「冬の独楽」
第15回（昭55年度）
◇詩
　成本 和子　「海からの電話」他2編
◇短歌

　中島 義雄　「臨床検査室」
◇俳句
　光畑 浩　「田鶴」
◇川柳（佳作）
　前原 勝郎　「みずいろの月」
　小橋 のぼる　「十年夫婦」
第16回（昭56年度）
◇詩
　吉田 博子　「陣痛の時」他2編
◇短歌
　鳥越 典子　「筆硯の日々」
◇俳句
　難波 白朝　「雑詠」
◇川柳
　土居 哲秋　「影の父」
第17回（昭57年度）
◇詩
　高田 千尋　「野良道から」他2篇
◇短歌
　菅田 節子　「鎌の切れ味」
◇俳句
　小林 千代　「雑詠」
◇川柳
　辻村 みつ子　「女」
第18回（昭58年度）
◇詩
　苅田 日出美　「生命記憶」他2編
◇短歌
　高原 康子　「機場にて」
◇俳句
　河野 以沙緒　「雑詠」
◇川柳
　小野 克枝　「道しるべ」
第19回（昭59年度）
◇現代詩
　木沢 豊　「わたしが住む場所」他2編
◇短歌
　佐藤 みつゑ　「癌を病む姉」
◇俳句
　北山 正造　「藪柑子」
◇川柳
　吉田 浪　「花一輪」
第20回（昭60年度）
◇現代詩（佳作）
　境 節　「いる」他2編
　日笠 芙美子　「水蜜桃」

◇短歌
　鳥越 静子 「兄の死前後」
◇俳句
　藤井 正彦 「初燕」
◇川柳
　田中 末子 「花によせて」
第21回（昭61年度）
◇現代詩
　陶山 えみ子 「花座標」他2編
◇短歌
　白根 美智子 「うつし絵の人」
◇俳句
　春名 暉海 「雑詠」
◇川柳
　中山 あきを 「独りの四季」
第22回（昭62年度）
◇現代詩
　下田 チマリ 「壁」「窓」「地図」
◇短歌
　六条院 秀 「農に老ゆ」
◇俳句
　丸尾 助彦 「雑詠」
◇川柳（佳作）
　尾高 比呂子 「ははよ」
　木下 草風 「機関車よ、貨車よ」
第23回（昭63年度）
◇現代詩（佳作）
　三船 主恵 「エキストラ」「オカリナ」「廃校」
　長谷川 節子 「舞台」「姿勢」「鍋」
◇短歌
　飽浦 幸子 「日本は秋」
◇俳句（佳作）
　国貞 たけし 「雑詠」
　赤尾 冨美子 「円空仏」
◇川柳
　小川 佳泉 「想い」
第24回（平1年度）
◇現代詩
　該当作なし
●佳作
　田中 郁子 「村」「浮く」「濁流」
　岡田 幸子 「死の形」「希望採集」「花のいけ贄」
◇短歌

　同前 正子 「ふるさとの海」
◇俳句
　国貞 たけし（武士）「比叡の灯」
◇川柳
　近藤 千恵子 「秋の地図」
第25回（平2年度）
◇現代詩
　田中 郁子 「ヘビシンザイの根」「ナスの花」「虹」
◇短歌
　金森 悦子 「ピノキオ」
◇俳句
　中山 多美枝 「鉾杉」
◇川柳
　寺尾 百合子 「葦」
第26回（平3年度）
◇現代詩
　岡田 幸子 「蛹」ほか二篇
◇短歌
　関内 惇（横山猛）「憖悸の冬」
◇俳句
　三村 紘司（宏二）「うすけむり」
◇川柳
　余田 加寿子（神谷嘉寿子）「ゆく末」
第27回（平4年度）
◇現代詩
　小椋 貞子 「私は海を恋しがる」（ほか三編）
◇短歌
　鳥越 伊津子 「婦長日記抄（続）」
◇俳句
　浦上 新樹（浦上新一郎）「検屍」
◇川柳
　谷川 渥子 「残り火」
第28回（平5年度）
◇現代詩
　西川 はる（本名＝森貴美代）「記憶の扉」ほか二篇
◇短歌
　佐藤 常子 「秋日抄」
◇俳句
　花房 八重子 「螢袋」
◇川柳
　本多 茂允（茂）「温い拳骨」
第29回（平6年度）

◇現代詩
　谷口 よしと(本名=谷口淑人)「年輪」ほか二篇
◇短歌
　光本 道子 「パリ祭」
◇俳句
　佐藤 十三男 「太陽も花」
◇川柳
　関山 野兎(本名=関山徹)「通り雨」
第30回(平7年度)
◇現代詩
　小舞 真理 「天啓」ほか二篇
◇短歌
　戸田 宏子 「風渡る」
◇俳句
　児島 倫子 「サハラの春」
◇川柳
　福力 明良 「ポケットの海」
第31回(平8年度)
◇現代詩
　該当作なし
　●佳作
　　坂本 遊(幸子)「ことばの地層Ⅰ・言聖」ほか二篇
　●佳作
　　高山 秋津(由城子)「十一月の朝」ほか二篇
◇短歌
　高田 清香 「大氷河」
◇俳句
　丸尾 凡(行雄)「サングラス」
◇川柳
　則枝 智子 「ひとり旅」
第32回(平9年度)
◇現代詩
　畑地 泉 「ブライダルベールの花が」ほか二篇
◇短歌
　丸尾 行雄 「老の過程」
◇俳句
　生田 作(穎作)「風の行方」
◇川柳
　小澤 誌津子(志津子)「雑詠」
第33回(平10年度)
◇現代詩
　片山 ひとみ 「三十分前」ほか二篇
◇短歌
　野上 洋子 「ゑのころ草」
◇俳句
　後藤 先子 「水ねむらせて」
◇川柳
　柴田 夕起子 「嵐の夜」
第34回(平11年度)
◇現代詩
　●入選
　　日笠 勝巳 「礼の道しるべ」ほか2編
◇短歌
　●入選
　　勝瑞 夫己子 「樹木と私」
◇俳句
　●入選
　　栗原 洋子 「山に雪」
◇川柳
　●入選
　　堀田 浜木綿 「母の伏せ字」
第35回(平12年度)
◇現代詩
　●入選
　　山田 輝久子 「バイオアクアリウム」ほか2編
◇短歌
　●入選
　　岡本 典子 「月の輪郭」
◇俳句
　●入選
　　前田 留菜 「大根」
◇川柳
　●入選
　　谷 智子 「遠花火」
第36回(平13年度)
◇現代詩
　●入選
　　合田 和美 「いつかの秋」ほか2編
◇短歌
　●入選
　　濱田 みや子 「夫の急逝」
◇俳句
　●入選
　　光吉 高子 「まなざし」
◇川柳
　●入選

東 おさむ 「亡友よ」
第37回(平14年度)
　◇現代詩
　　●入選
　　　河邉 由紀恵 「箱をあけられない―マザーグース風に―」ほか2編
　◇短歌
　　●入選
　　　勝山 秀子 「病室の窓」
　◇俳句
　　●入選
　　　山本 二三 「空容れて」
　◇川柳
　　●入選
　　　井上 早苗 「サンタ来る」
第38回(平15年度)
　◇現代詩
　　●入選
　　　長谷川 和美 「ジブンドキ時分時」
　◇短歌
　　●入選
　　　池田 邦子 「祈りむなしく」
　◇俳句
　　●入選
　　　吉田 節子 「何に追はれて」
　◇川柳
　　●入選
　　　江尻 容子 「桜いろの午後」
第39回(平16年度)
　◇現代詩
　　●入選
　　　みご なごみ 「パン屋・ガランゴロン・あきまにゅある・ばらばい」
　◇短歌
　　●入選
　　　難波 貞子 「夕映え」
　◇俳句
　　●入選
　　　古川 麦子 「夏の果」
　◇川柳
　　●入選
　　　草地 豊子 「遠景」
第40回(平17年度)
　◇現代詩
　　●入選
　　　長谷川 和美 「瓶の蓋・二途・変異」
　◇短歌
　　●入選
　　　大熨 允子 「数字」
　◇俳句
　　●佳作
　　　利守 妙子 「蕎麦の花」
　　　藤原 美恵子 「雛の市」
　◇川柳
　　●入選
　　　西村 みなみ 「唇の夕景色」
第41回(平18年度)
　◇現代詩
　　●入選
　　　斎藤 恵子 「川・雨・箒」
　◇短歌
　　●入選
　　　奥野 嘉子 「足袋の底裂きて」
　◇俳句
　　●入選
　　　笹井 愛 「古備前」
　◇川柳
　　●入選
　　　萩原 安子 「洗い髪」
第42回(平19年度)
　◇現代詩
　　●入選
　　　高山 秋津 「燐寸を擦る・蚊帳が出てきた・音」
　◇短歌
　　●入選
　　　三皷 奈津子 「暮れきるまでに」
　◇俳句
　　●入選
　　　金尾 由美子 「山笑ふ」
　◇川柳
　　●入選
　　　河原 千壽 「珈琲」
第43回(平20年度)
　◇現代詩
　　●佳作
　　　川井 豊子 「溯る旅・朝と万華鏡・テレビのない夜の、モノクロームなネガ」
　　　風守 「スモークリング・ウォージェネレーション・ブラックアンドホワイト」
　◇短歌

- 入選
  田路 薫 「幸せの裸の十歳」
- ◇俳句
- 入選
  広畑 美千代 「銀河」
- ◇川柳
- 入選
  江口 ちかる 「汽車走る」

第44回（平21年度）
◇現代詩
- 佳作
  高山 広海 「熱帯魚（天地/泡沫/廃用）」
  タケイ リエ 「塩沼/井戸/学校」
◇短歌
- 入選
  岸本 一枝 「理容業」
◇俳句
- 入選
  曽根 薫風 「牛飼」
◇川柳
- 入選
  練尾 嘉代 「人形の目」

第45回（平22年度）
◇現代詩
- 佳作
  岡本 耕平 「詩人/彫刻家/叔父」
  大池 千里 「しょいこ/オンターメンター/町工場の灯」
◇短歌
- 入選
  萩原 碧水 「母の弁当」
◇俳句
- 入選
  十河 清 「残心」
◇川柳
- 入選
  渡辺 春江 「逆ス」

第46回（平23年度）
◇現代詩
- 佳作
  倉臼 ヒロ 「蜘蛛/分娩/牧場」
  大島 武士 「約束/潜水/初夏」
◇短歌
- 佳作
  山口 紀久子 「合歓の花咲く」

浅野 光正 「送り火」
◇俳句
- 入選
  木下 みち子 「吾亦紅」
◇川柳
- 入選
  長谷川 柊子 「百葉箱」

第47回（平24年度）
◇現代詩
- 佳作
  岡本 耕平 「贈物/詩人/火事」
  武田 理恵 「プラム/おしゃべり/タイヤ飛び」
◇短歌
- 入選
  野城 紀久子 「明日を信じむ」
◇俳句
- 入選
  綾野 静恵 「晩夏」
◇川柳
- 佳作
  灰原 泰子 「つぶやき」
  工藤 千代子 「今を生きる」

第48回（平25年度）
◇現代詩
- 佳作
  高山 広海 「早春の山里/予定調和の夏/木守柿」
  中尾 一郎 「とうもろこし/キャベツ/そら豆」
◇短歌
- 入選
  土師 世津子 「シベリア巡拝」
◇俳句
- 入選
  江尻 容子 「文化の日」
◇川柳
- 入選
  三宅 能婦子 「紆余曲折」

第49回（平26年度）
◇現代詩
- 入選
  岡本 耕平 「どこまででん/けだものだもの/げんげのはな」
◇短歌

- 入選
  近藤 孝子 「われは見て立つ」
◇俳句
- 入選

　　　　　　　　　　　工藤 泰子 「魔方陣」
　　　　　　　　　　◇川柳
　　　　　　　　　　- 入選
　　　　　　　　　　　大家 秀子 「千の風」

---

008 小野市詩歌文学賞

　日本人の感性の原型である詩歌の一層の発展を願い、前年中に刊行された短歌・俳句に関する文芸作品の中から最も優れたものを顕彰する。小野市出身の歌人上田三四二没後20年に当たる平成21年に創設。全国の歌人,俳人約300人が優れた作品を推薦し,選考委員による選定をする。

【主催者】小野市
【選考委員】馬場あき子,宇多喜代子,永田和宏
【選考方法】非公募
【選考基準】〔対象〕前年の1月1日から12月31日までに刊行された,短歌,俳句に関する図書
【賞・賞金】正賞・副賞(100万円)
【URL】http://www.city.ono.hyogo.jp/p/1/8/43/9/17/

第1回(平21年)
　◇短歌部門
　　岡井 隆 「ネフスキイ」
　◇俳句部門
　　廣瀬 直人 「風の空」
　◇詩部門
　　三井 葉子 「句まじり詩集 花」
第2回(平22年)
　◇短歌部門
　　河野 裕子 「葦舟」
　◇俳句部門
　　金子 兜太 「日常」
　◇詩部門
　　山本 楡美子 「森へ行く道」
第3回(平23年)
　◇短歌部門
　　小池 光 「山鳩集」
　◇俳句部門
　　八田 木枯 「鏡騒」
　◇詩部門
　　水野 るり子 「ユニコーンの夜に」
第4回(平24年)
　◇短歌部門
　　花山 多佳子 「胡瓜草」
　◇俳句部門
　　小檜山 繁子 「坐臥流転」
　◇詩部門
　　岬 多可子 「静かに、毀れている庭」
第5回(平25年)
　◇短歌部門
　　高野 公彦 「河骨川」
　　伊藤 一彦 「待ち時間」
　◇俳句部門
　　友岡 子郷 「黙礼」
　◇詩部門
　　該当作なし
第6回(平26年)
　◇短歌部門
　　小島 ゆかり 「純白光 短歌日記2012」
　◇俳句部門
　　高野 ムツオ 「萬の翅」
第7回(平27年)
　◇短歌部門
　　坂井 修一 「亀のピカソ 短歌日記2013」
　◇俳句部門
　　大峯 あきら 「短夜」

009 加藤郁乎賞

学術文芸に限らず市井で風流に生きる人々を対象として創設。詩人で俳人の加藤郁乎氏が単独で選考に当たる。

【主催者】加藤郁乎賞運営委員会

【選考委員】加藤郁乎

【選考方法】加藤郁乎単独選考審査による候補者を挙げ、その後に開かれる運営委員会審査を経て決する

【賞・賞金】賞状ならびに記念品

第1回(平10年度)
　手島 泰六 「手島右卿論」〔高知新聞社〕
第2回(平11年度)
　黛 まどか 「ら・ら・ら奥の細道」〔光文社〕
第3回(平12年度)
　辻井 喬 「小説石田波郷 命あまさず」〔角川春樹事務所〕
第4回(平13年度)
　筑紫 磐井 「定型詩学の原理」〔ふらんす堂〕
第5回(平14年度)
　辻 桃子 「饑童子」〔沖積舎〕
第6回(平15年度)
　復本 一郎 「子規との対話」〔邑書林〕
第7回(平16年度)
　有馬 朗人 句集「不稀(ふき)」〔角川書店〕
第8回(平17年度)
　角川 春樹 句集「JAPAN」〔文學の森〕
第9回(平18年度)
　仁平 勝 「俳句の射程」〔富士見書房〕
第10回(平19年度)
　森村 誠一 「小説道場」〔小学館〕
第11回(平20年度)
　伊藤 勲 「加藤郁乎論」〔愛知大学文学会〕
第12回(平21年度)
　坂口 昌弘 「ライバル俳句史」
第13回(平22年度)
　安部 元気 句集「一座」〔日本伝統俳句協会〕
第14回(平23年度)
　戸恒 東人 「誓子―わがこころの帆」〔本阿弥書店〕

010 神奈川新聞文芸コンクール

県内文学活動の振興と新人発掘を目的に昭和46年に制定。

【主催者】神奈川新聞社

【選考委員】(第44回)短編小説：島田雅彦、現代詩：城戸朱理

【選考方法】公募

【選考基準】〔対象〕短編小説、現代詩。〔資格〕県内在住、在勤、在学者の未発表作品。〔原稿〕小説：400字詰原稿用紙15枚、現代詩：40行以内(400字詰め原稿用紙2枚以内)の作品を2編

【締切・発表】例年6月末締切、10月上旬発表、11月上旬授賞式

【賞・賞金】〔短編小説〕最優秀(1編)：30万円、佳作(10編)：3万円、〔現代詩〕最優秀(1編)：10万円、佳作(10編)：1万円

010 神奈川新聞文芸コンクール　　　文学一般

【URL】http://www.kanaloco.jp/

第1回（昭46年）
　◇現代詩
　　　佐藤 文生
第2回（昭47年）
　◇現代詩
　　　二関 天
第3回（昭48年）
　◇現代詩
　　　大石 規子
第4回（昭49年）
　◇現代詩
　　　福原 恒雄
第5回（昭50年）
　◇現代詩
　　　房前 玉枝
第6回（昭51年）
　◇現代詩
　　　金子 美知子
第7回（昭52年）
　◇現代詩
　　　亀川 省吾
第8回（昭53年）
　◇現代詩
　　　該当者なし
第9回（昭54年）
　◇現代詩
　　　永田 ゆき子
第10回（昭55年）
　◇現代詩
　　　林 信夫
第11回（昭56年）
　◇現代詩
　　　塚本 国夫
第12回（昭57年）
　◇現代詩
　　　林 信夫
第13回（昭58年）
　◇現代詩
　　　小池 弘子
第14回（昭59年）
　◇現代詩
　　　阿部 はるみ
第15回（昭60年）
　◇現代詩
　　　椎名 ミチ
第16回（昭61年）
　◇現代詩
　　　吉村 俊哉
第17回（昭62年）
　◇現代詩
　　　寺山 千代子
第18回（昭63年）
　◇現代詩
　　　こんどう こう
第19回（平1年）
　◇現代詩
　　　小倉 みちお　「披露宴にて」
第20回（平2年）
　◇現代詩
　　　たけやま 渓子　「後悔」
第21回（平3年）
　◇現代詩
　　　井村 浩司　「SWEET HOME YOKOSUKA」
第22回（平4年）
　◇現代詩
　　　下島 章寿　「ソバの花幻影」
第23回（平5年）
　◇現代詩
　　　くらた ちえ　「あす」
第24回（平6年）
　◇現代詩
　　　小倉 康雄　「遠雷」
第25回（平7年）
　◇現代詩
　　　石井 英紀　「喩・ひそむ」
第26回（平8年）
　◇現代詩
　　　くらた ちえ　「哀」
第27回（平9年）
　◇現代詩
　　　春風 静　「初めての手紙」
第28回（平10年）
　◇現代詩
　　　小倉 みちお　「お天気雨―または狐の嫁入り」

第29回（平11年）
　◇現代詩
　　該当者なし
第30回（平12年）
　◇現代詩
　　松岡 孝治　「会話」
第31回（平13年）
　◇現代詩
　　菊地原 松寿　「杳（とお）き母」
第32回（平14年）
　◇現代詩
　　永井 恒蔵　「四月の婚姻」
第33回（平15年）
　◇現代詩
　　粟屋 麻里　「隣の隣の大男」
第34回（平16年）
　◇現代詩
　　鏑木 恵子　「今日」
第35回（平17年）
　◇現代詩
　　草野 早苗　「葡萄畑」
第36回（平18年）
　◇現代詩
　　草野 早苗　「影」

第37回（平19年）
　◇現代詩
　　志村 正之　「ヒマワリ」
第38回（平20年）
　◇現代詩
　　該当者なし
第39回（平21年）
　◇現代詩
　　該当者なし
第40回（平22年）
　◇現代詩
　　照井 麻耶　「土」
第41回（平23年）
　◇現代詩
　　栗田 尚美　「曖昧な日々の紫陽花」
第42回（平24年）
　◇現代詩
　　鏑木 恵子　「波の名前」
第43回（平25年）
　◇現代詩
　　草野 理恵子　「美しい日々」
第44回（平26年）
　◇現代詩
　　今野 珠世　「潮騒」

011 関西文学賞

　日本文学に新風土を築くことを目標とした月刊雑誌「関西文学」の文学賞（関西文学選奨・関西文学賞）のうちの一つ。有為な新人の発掘を目的として、昭和40年11月に創設。第一回公募は昭和41年4月。

- 【主催者】関西文学
- 【選考委員】関西文学編集部
- 【選考方法】公募
- 【選考基準】〔対象〕小説、詩、文芸評論、随筆・エッセイの4部門〔資格〕作品の主題、内容は自由。ただし未発表の作品に限る〔原稿〕小説と文芸評論400字詰原稿用紙で30枚まで、詩1人3篇以内（枚数に制約なし）、随筆・エッセイ400字詰原稿用紙で10枚以内
- 【締切・発表】年1回。毎年8月31日（当日消印有効）締切。毎年、発表は新聞紙上（2月末）と「関西文学」誌上。同誌上では逐一中間発表をしたのち、選考結果、選評、作品は4～6月号に発表
- 【賞・賞金】小説部門と文芸評論部門の受賞作品には賞金各10万円と記念品。詩部門と随筆・エッセイ部門の受賞作品には賞金各5万円と記念品。各部門の佳作作品には記念品

011 関西文学賞

第1回(昭41年)
　詩部門受賞なし
第2回(昭42年)
　◇詩
　　鈴木 治美 「海綿の男」
第3回(昭43年)
　詩部門受賞なし
第4回(昭44年)
　◇詩
　　日岡 悦子 「埋葬」
第5回(昭45年)
　詩部門受賞なし
第6回(昭46年)
　詩部門受賞なし
第7回(昭47年)
　該当作なし
第8回(昭48年)
　◇詩
　　本吉 洋子 「優しい冬の系譜」
第9回(昭49年)
　該当作なし
第10回(昭50年)
　詩部門受賞なし
第11回(昭51年)
　該当作なし
第12回(昭52年)
　該当作なし
第13回(昭53年)
　◇詩(佳作)
　　三浦 玲子 「生活」
　　もり しんいち 「グビの村」
第14回(昭54年)
　◇詩
　　中西 弘貴 「窓のそと」
第15回(昭55年)
　◇詩(佳作)
　　新井 雅之 「てんかん」
第16回(昭56年)
　◇詩
　　川浪 春香 「木津川三題」
第17回(昭57年)
　◇詩(佳作)
　　貝原 昭 「秋の部屋」
　　竹添 敦子 「刺繍」
　　上杉 輝子 「鬼瓦」
第18回(昭58年)
　◇詩
　　犬塚 昭夫 「深夜の客」
第19回(昭59年)
　◇詩(佳作)
　　貝原 昭 「日の中で」
　　林 佳子 「再会」
第20回(昭60年)
　◇詩(佳作)
　　下出 祐太郎 「天職」
　　竹添 敦子 「風景」
第21回(昭61年)
　◇詩(佳作)
　　小林 尹夫 「泥の記憶」
　　下出 祐太郎 「漆芸抄」
第22回(昭62年)
　◇詩
　　橋爪 さち子 「月」
第23回(昭63年)
　◇詩
　　河村 敬子 「縫い川」
第24回(平1年)
　◇詩
　　該当作なし
第25回(平2年)
　◇詩
　　該当作なし
　•佳作
　　和泉 千鶴子 「背骨」
　　寺本 まち子 「七月」
第26回(平3年)
　◇詩
　　該当作なし
　•佳作
　　岸本 康弘 「神のサイン」
　　下出 祐太郎 「沈黙の樹液」
第27回(平4年)
　◇詩
　　下出 祐太郎 「鮮やかなうらぎり」
　•佳作
　　岸本 康弘 「宇宙語」
　　新垣 汎子 「風の形」
第28回(平5年)
　◇詩
　　岸本 康弘 「眼がふたつ」
第29回(平6年)

◇詩
　該当作なし
● 佳作
　清岳 こう
　越中 芳枝

第30回（平7年）
◇詩
　新井 美妃　「出会いは…」
● 佳作
　平岡 けい子　「海に浮かぶ女」

第31回（平8年）
◇詩部門
　該当作なし
● 奨励作
　丁 章　「はらからの誓い―尹東柱の墓の前で」
　うにまる　「朝焼けが三角に」

---

012 岐阜県文芸祭作品募集

「自然と人間」を基本テーマに，9部門で文学的視点からのふるさと岐阜の再発見とイメージの高揚を図るとともに，文芸創作活動の充実を目的とする。

【主催者】（公財）岐阜県教育文化財団

【選考委員】（第22回）創作（小説）：高橋健，山名恭子，創作（児童文学）：角田茉瑳子，船坂民平，随筆：浅野弘光，度会さち子，詩：椎野満代，頼圭二郎，短歌：市川正子，後藤左右吉，山本梨津子，俳句：桑原不如，辻恵美子，渡辺泪羅，川柳：大野三七吉，遠山登，成瀬雅子，狂俳：洗心庵岳泉，東雲庵昇竜，連句：河合はつ江，瀬尾千草，古田了

【選考方法】公募

【選考基準】1部門につき，1人1編または1組とし，日本語で書かれた未発表の作品に限る。〔資格〕不問。〔原稿〕創作：小説は400字詰原稿用紙で本文60枚以内，児童文学は400字詰原稿用紙で本文30枚以内。随筆：400字詰原稿用紙で本文5枚以内。詩：400字詰原稿用紙で本文30行以内。短歌：1組3首以内。俳句・川柳：1組3句以内。狂俳：1組狂俳課題各題1句詠3句以内（岐阜調狂俳による）。連句：1編短歌行（24句）。〔応募料〕1編または1組につき1000円

【締切・発表】（第22回）平成25年9月30日締切（当日消印有効），平成26年2月上旬直接通知にて発表，3月1日表彰式

【賞・賞金】文芸大賞・創作部門（小説・児童文学）（各1点）：賞金5万円，随筆・詩・連句部門（各1点）：賞金2万5千円，短歌・俳句・川柳・狂俳部門（各1点）：賞金1万円。優秀賞・創作（小説・児童文学）・随筆・詩・連句部門（各2点）：賞金1万円，短歌・俳句・川柳・狂俳部門（各2点）：賞金5千円

【URL】http://www.g-kyoubun.or.jp/jimk/

第1回（平3年度）
◇詩
　向井 成子　「老樹」
◇短歌
　白木 キクエ
◇俳句
　河合 要子
◇川柳
　田中 裕子

第2回（平4年度）
◇詩
　該当者なし
◇短歌
　味沢 通子
◇俳句

012 岐阜県文芸祭作品募集　　　　　　　　　　　文学一般

　　小椋 よ志江
　◇川柳
　　中林 映子
第3回（平5年度）
　◇詩
　　樋口 健司 「アンモナイト幻想」
　◇短歌
　　久野 治
　◇俳句
　　該当者なし
　◇川柳
　　平野 東
第4回（平6年度）
　◇詩
　　樋口 健司 「残映」
　◇短歌
　　武藤 敏子
　◇俳句
　　平川 節雄
　◇川柳
　　玉越 孫吉
第5回（平7年度）
　◇詩
　　小畑 頼和 「水縹（みはなだ）」
　◇短歌
　　不破 よね子
　◇俳句
　　若井 基一
　◇川柳
　　棚橋 光子
第6回（平8年度）
　◇詩
　　井手 ひとみ 「氾濫」
　◇短歌
　　亀山 冨喜子
　◇俳句
　　橋爪 つや子
　◇川柳
　　川島 美紗緒
第7回（平9年度）
　◇詩
　　山﨑 啓 「彗星」
　◇短歌
　　大坪 富枝
　◇俳句
　　大橋 正義

　◇川柳
　　太田 多賀江
第8回（平10年度）
　◇詩
　●文芸大賞
　　美谷添 充子 「こうちゃんのおじいちゃん」
　◇短歌
　●文芸大賞
　　松井 なるみ
　◇俳句
　●文芸大賞
　　丹羽 金子
　◇川柳
　●文芸大賞
　　市原 武千代
（平11年度）
　「第14回国民文化祭・ぎふ99」開催のため
　　一時休止
第9回（平12年度）
　◇文芸大賞
　●詩
　　該当者なし
　●短歌
　　桐山 歳男
　●俳句
　　宇津 みつを
　●川柳
　　田中 美枝子
　●狂俳
　　木犀庵 静志
　●連句
　　中西 道枝 「新秋」の巻
第10回（平13年度）
　◇文芸大賞
　●詩
　　山﨑 啓 「杣に棲む」
　●短歌
　　下里 尚子
　●俳句
　　加藤 美智子
　●川柳
　　武藤 敏子
　●狂俳
　　伊藤 牧水
　●連句
　　瀬尾 千草 「夕かなかな」の巻

第11回（平14年度）
　◇文芸大賞
　　●詩
　　　佐竹 重生 「棚田にて」
　　●短歌
　　　重山 宮子
　　●俳句
　　　井口 ひろ
　　●川柳
　　　北川 健治
　　●狂俳
　　　筒井 爽風
　　●連句
　　　淀川 しゞみ 「ハーモニカ」の巻

第12回（平15年度）
　◇文芸大賞
　　●詩
　　　浅野 牧子
　　●短歌
　　　白木 澄子
　　●俳句
　　　梅村 五月
　　●川柳
　　　広井 康枝
　　●狂俳
　　　熊澤 抱玉
　　●連句
　　　河合 はつ江

第13回（平16年度）
　◇文芸大賞
　　●詩
　　　池井戸 至誠
　　●短歌
　　　山口 順子
　　●俳句
　　　竹内 すま子
　　●川柳
　　　北川 健治
　　●狂俳
　　　佐藤 治水
　　●連句
　　　村田 冨美

第14回（平17年度）
　◇文芸大賞
　　●詩
　　　加藤 はや
　　●短歌
　　　熊谷 小夜子
　　●俳句
　　　嶋田 忠信
　　●川柳
　　　大島 凪子
　　●狂俳
　　　冨田 恭月
　　●連句
　　　瀬尾 千草

第15回（平18年度）
　◇文芸大賞
　　●詩
　　　岩田 彰峰
　　●短歌
　　　大島 綾子
　　●俳句
　　　西尾 啓子
　　●川柳
　　　北川 健治
　　●狂俳
　　　河合 玉峰
　　●連句
　　　いぬじま 正一

第16回（平19年度）
　◇文芸大賞
　　●詩
　　　大江 豊
　　●短歌
　　　高橋 美彌子
　　●俳句
　　　小畑 よしを
　　●川柳
　　　飯沼 麻奈美
　　●狂俳
　　　河村 花玉
　　●連句
　　　服部 秋扇

第17回（平20年度）
　◇文芸大賞
　　●詩
　　　倉田 史子
　　●短歌
　　　山口 好子
　　●俳句
　　　杉山 佳成

- 川柳
  武藤 敏子
- 狂俳
  雅松庵 照右
- 連句
  西條 裕子

第18回(平21年度)
◇文芸大賞
- 詩
  白木 憲
- 短歌
  後藤 千惠子
- 俳句
  大橋 満子
- 川柳
  安藤 徙
- 狂俳
  戸崎 峯子
- 連句
  服部 秋扇

第19回(平22年度)
◇文芸大賞
- 詩
  池井戸 至誠
- 短歌
  加納 かず江
- 俳句
  竹内 紫蓮
- 川柳
  長尾 茂
- 狂俳
  醍醐亭 秋月
- 連句
  田中 啓子

第20回(平23年度)
◇文芸大賞
- 詩
  尾川 義雄
- 短歌
  伊藤 久子
- 俳句
  川西 葉吉
- 川柳
  佐藤 伸子
- 狂俳
  波多野 寿扇
- 連句
  鈴木 漠

第21回(平24年度)
◇文芸大賞
- 詩
  木塚 康成
- 短歌
  後藤 恵子
- 俳句
  寺田 好子
- 川柳
  山田 茂夫
- 狂俳
  松風軒 渓雨
- 連句
  竹内 昭子

第22回(平25年度)
◇文芸大賞
- 詩
  かわい ふくみ
- 短歌
  永井 伴子
- 俳句
  大蔵 栄美子
- 川柳
  川村 彩香
- 狂俳
  河田 明楓
- 連句
  渡辺 柚

013 熊日文学賞

　地方にあって文学を志す人を励まし、優れた才能を発掘する。非公募で県内在住者の文学作品を対象に授賞していたが、平成22年から、応募された小説も選考対象とする。

【主催者】熊本日日新聞社

文学一般　　　　　　　　　　　　　　　　　　　　　　　　　　　　　013 熊日文学賞

【選考委員】河原畑広(前熊本近代文学館館長), 島田真祐(作家, 島田美術館館長), 古江研也(熊本電波高専教授), 岩岡中正(熊本大名誉教授)
【選考方法】公募とともに, 前年12月1日から当年11月30日までに出版・発行された県内在住者の小説, 詩, 短歌, 俳句, 川柳などの単行本, 同人誌掲載作品も対象とする
【選考基準】公募に関しては以下。〔対象〕未発表の小説。〔資格〕県内在住者。〔原稿〕50枚以上100枚以内(400字詰め原稿用紙換算)。パソコン, ワープロ文書に限り, A4用紙に印刷する。手書きは受け付けない。1人1編。締切りは11月末
【締切・発表】2月発表
【賞・賞金】賞状, 賞金30万円

(昭34年)
　詩歌・俳句部門受賞なし
(昭35年)
　詩歌・俳句部門受賞なし
(昭36年)
　詩歌・俳句部門受賞なし
(昭37年)
　安永 蕗子　「魚愁」(歌集)
(昭38年)
　上田 幸法　「太平橋」(詩集)
(昭39年)
　沼川 良太郎　「夜間飛行」(歌集)
(昭40年)
　詩歌・俳句部門受賞なし
(昭41年)
　◇詩
　宮川 久子　「未決書類」(歌集)
(昭42年)
　詩歌・俳句部門受賞なし
(昭43年)
　◇韻文
　金井 光子　「太陽のコラプション」(詩集)
(昭44年)
　◇韻文
　滝本 悠雅　「霜禽集」(歌集)
(昭45年)
　◇韻文
　堀川 喜八郎　「夏の錘」(詩集)
(昭46年)
　◇韻文
　緒方 惇　「緒方惇詩集」(詩集)
(昭47年)
　◇韻文
　綴 敏子　「暁の雨」(歌集)

(昭48年)
　◇韻文
　西村 慈　「冬の風鈴」(歌集)
(昭49年)
　◇韻文
　郷 松樹　「土につぶやく」(歌集)
(昭50年)
　◇韻文
　本田 真一　「娑婆巡邏曲」(詩集)
(昭51年)
　◇韻文
　該当作なし
(昭52年)
　◇韻文
　荒木 茅生　「海恋」(歌集)
(昭53年)
　◇韻文
　石田 比呂志　「琅玕」(歌集)
(昭54年)
　◇韻文
　桃原 邑子　「水の歌」(歌集)
(昭55年)
　◇韻文
　竹野 美智代　「麦馬車」(歌集)
　藤坂 信子　「野分」(詩集)「リルケを辿る」
　　(エッセー集)
(昭56年)
　◇韻文
　西村 光春　「音のなかで」(詩集)
(昭57年)
　◇韻文
　藤崎 久を　「風間」(句集)
(昭58年)

013 熊日文学賞　　　　　　　　　　　　　　　　　　　　文学一般

◇韻文
　美村 幹　「美村幹詩集」（詩集）
　清田 由井子　「草峠」（歌集）
（昭59年）
◇韻文
　阿木津 英　「天の鴉片」（歌集）
（昭60年）
◇韻文
　築地 正子　「菜切川」（歌集）
（昭61年）
◇韻文
　星永 文夫　「幻日環」（句集）
（昭62年）
◇韻文
　上村 耕一郎　「耕土」（歌集）
　宮川 港　「水と機関車」（詩集）
（昭63年）
◇韻文
　米納 三雄　「楝（あふち）の花」（詩集）
（平1年）
◇韻文
　植村 勝明　「石を割る渇者」（詩集）〔詩学社〕
（平2年）
◇韻文
　由宇 とし子　「闇辛子」（歌集）〔雁書館〕
（平3年）
◇韻文
　丸山 由美子　「炎」（詩集）〔熊日情報文化センター〕
（平4年）
　詩歌・俳句部門受賞なし
（平5年）
◇韻文
　柘植 周子　「紅葉山河」（歌集）〔砂子屋書房〕
（平6年）
　該当作なし
（平7年）
◇韻文
　あざ 蓉子　「ミロの鳥」（句集）〔ふらんす堂〕

（平8年）
　詩歌・俳句部門受賞なし
（平9年）
◇韻文
　松下 紘一郎　「苔径」（歌集）〔短歌研究社〕
（平10年）
　津留 清美 詩集「業とカノン」
（平11年）
　塚本 諄 歌集「青閼」（せいいき）
（平12年）
　詩歌・俳句部門受賞なし
（平13年）
　該当作なし
（平14年）
　小林 尹夫 詩集「方舟の光景」
（平15年）
　詩歌・俳句部門受賞なし
（平16年）
　詩歌・俳句部門受賞なし
（平17年）
　藤子 迅司良 詩集「新しい画布、若しくは駅（うまや）で」
（平18年）
　庄司 祐子 詩集「和田浦の夏」
（平19年）
　加藤 みゆき 歌集「水脈」
（平20年）
　該当作なし
（平21年）
　岩岡 中正　「春雲」（句集）〔ふらんす堂〕
（平22年）
　該当作なし
（平23年）
　詩歌・俳句部門受賞なし
（平24年）
　該当作なし
（平25年）
　浜名 理香　「流流」（歌集）〔砂子屋書房〕
（平26年）
　詩歌・俳句部門受賞なし
（平27年）
　詩歌・俳句部門受賞なし

文学一般

014 群馬県文学賞

群馬県における文学活動の振興をはかるため、昭和38年に創設した賞。

【主催者】群馬県、公益財団法人群馬県教育文化事業団、群馬県文学会議

【選考委員】(平成27年度)〔短歌部門〕阿部栄蔵、井田金次郎、内田民之、髙橋誠一、半田雅男〔俳句〕雨宮抱星、関口ふさの、髙橋洋一、中里麦外〔詩〕大橋政人、川島完、曽根ヨシ、堤美代、長谷川安衛〔小説〕石井昭子、並木秀雄、舩津弘繁、三澤章子、箕田政男〔評論・随筆〕愛敬浩一、桑原髙良、佐野進、竹田朋子、林桂〔児童文学〕浅川じゅん、栗原章二、中庭ふう、深代栄一、峯岸英子

【選考方法】公募

【選考基準】〔資格〕(1) 1年(対象期間)以上県内に在住している者で過去に県文学賞を受賞した部門以外の者。(2) 群馬県出身者で県内に在勤、在学し、文学活動を行っている者。〔対象〕前年7月1日から、本年6月30日までの間に印刷物の形で発表・刊行されたもの。短歌、俳句、詩、小説(戯曲を含む)、随筆、評論、児童文学(童話・童詩を含む)の各部門。〔原稿〕短歌30首、俳句30句、詩5編、童謡・童詩3編、その他は特に制限なし

【締切・発表】8月15日締切、10月中に報道機関を通じて発表。授賞式は県民芸術祭顕彰の一環として行う

【賞・賞金】賞状、賞金10万円、受賞作は別途作品集として刊行予定

【URL】http://www.gunmabunkazigyodan.or.jp/

第1回(昭38年)
　◇短歌
　　秩父 明水 「山住ひ」
　◇俳句(準賞)
　　秋元 花扇 「花見酒」
　　鈴木 吾亦紅 「峡奥」
　◇詩
　　阿部 富美子 「階段」他
第2回(昭39年)
　◇短歌
　　井田 金次郎 「寒き折りをりに」
　◇俳句
　　田川 江道 「分校抄」
　◇詩
　　長谷川 安衛 「はしる」
第3回(昭40年)
　◇短歌(準賞)
　　小平 房雄 「身辺余唱」
　　吉作 進一 「労働詠他」
　◇俳句
　　伊能 正峯 「農の詩」
　◇詩

　　野口 武久 「夢の中の土地」
第4回(昭41年)
　◇短歌
　　萩原 康次郎 「常凡」
　◇俳句
　　岡田 太京 「残菊」
　◇詩
　　久保田 穣 「対話」他
第5回(昭42年)
　◇短歌
　　横田 英二 「鉄工場」
　◇俳句
　　池 青珠 「思惟の記憶」
　◇詩
　　曽根 ヨシ 「場所」他
第6回(昭43年)
　◇短歌(準賞)
　　青柳 満佐美 「忘れむとせず」
　　斎藤 琴子 「残雪」
　◇俳句
　　小野塚 登子 「女ひとり」
　◇詩

岩井　達也　「高橋辰二追悼」他2篇
第7回（昭44年）
　◇短歌
　　　山下　和夫　「落葉季」
　◇俳句
　　　土屋　秀穂　「不惑のうた」
　◇詩
　　　梁田　ぼく　「太陽の虚構」他4篇
第8回（昭45年）
　◇短歌
　　　片山　静子　「水脈」
　◇俳句
　　　湯川　田々司　「峡の風韻」
　◇詩
　　　小桑　文秋　「鏡の家」他
第9回（昭46年）
　◇短歌（準賞）
　　　佐藤　久子　「暁けの灯」
　　　金井　茂治　「鰕夫（やもお）雑吟」
　◇俳句
　　　大島　松太郎　「山峡讃歌」
　◇詩
　　　柴田　茂　「草のなか」他
第10回（昭47年）
　◇短歌
　　　五十嵐　美世　「妬心」
　　　遠藤　良子　「泡」
　◇俳句
　　　白川　友幸　「朔太郎忌」
　◇詩
　　　石山　幸弘　「ノート拾遺」他
第11回（昭48年）
　◇短歌（準賞）
　　　白石　はま江　「たしかなる匂ひ」
　　　越沢　忠　「新雪」
　◇俳句
　　　石井　一舟　「風の音」
　◇詩
　　　篠木　健　「真昼」他5篇
第12回（昭49年）
　◇短歌
　　　浅見　政稔　「夕雲の彩」
　◇俳句
　　　矢島　多都美　「霧幾日」
　◇詩
　　　松田　孝夫　「耕種」他5篇

第13回（昭50年）
　◇短歌
　　　久保田　清一　「点となる影」
　◇俳句
　　　阿部　芳恵　「早春」
　◇詩
　　　真下　章　「屠場休日」他5篇
第14回（昭51年）
　◇短歌
　　　諸井　恵子　「をだまきの花」
　◇俳句
　　　根岸　苔雨　「故郷抄」
　◇詩
　　　堤　美代　「石けんを買いました」他5篇
第15回（昭52年）
　◇短歌
　　　登坂　喜三郎　「青き断面」
　◇俳句
　　　松井　春陽子　「ちちろ老ゆ」
　◇詩
　　　天笠　次雄　「水の話」他5篇
第16回（昭53年）
　◇短歌
　　　山口　貞子　「雪片」
　◇俳句
　　　木佐森　流水　「梅の村」
　◇詩
　　　小山　和郎　「渕」他5篇
第17回（昭54年）
　◇短歌
　　　丘　想人　「静かなる意志」
　◇俳句
　　　松原　孝好　「証（あかし）」
　◇詩
　　　今井　朝雄　「バシー海峡」他5篇
第18回（昭55年）
　◇短歌
　　　中村　均　「ほろほろ日記」
　◇俳句
　　　藤原　とみ子　「花の待針」
　◇詩
　　　清水　節郎　「無名絵師の憂鬱」他
第19回（昭56年）
　◇短歌
　　　棚橋　誠　「樹脂の球」
　◇俳句

松本 夜詩夫　「温知抄」
　◇詩
　　島田 千鶴　「水のない川」他
第20回（昭57年）
　◇短歌
　　福島 とり　「あしび」
　◇俳句
　　村松 敏子　「冬木の芽」
　◇詩
　　富沢 智　「失われたグリーンのうえで」他
第21回（昭58年）
　◇短歌
　　野上 悦代　「谿の斑雪」
　◇俳句
　　清水 一梧　「農閑譜」
　◇詩
　　大橋 政人　「夏の大三角」他4篇
第22回（昭59年）
　◇短歌
　　須田 利一郎　「葱坊主」
　◇俳句
　　関口 ふさの　「紙漉きの歌」
　◇詩
　　田島 敏　「からっこん覚え書」
第23回（昭60年）
　◇短歌
　　高橋 誠一　「鉦の余響」
　◇俳句
　　高橋 誠一　「軌条音」
　◇詩
　　井上 英明　「塩原へ」ほか4編
第24回（昭61年）
　◇短歌
　　内田 民之　「冬の樹が在り」
　◇俳句
　　堀越 定雄　「坂道」
　◇詩
　　佐藤 恵子　「白梅の道」
第25回（昭62年）
　◇短歌
　　津久井 和夫　「牛のことば」
　◇俳句
　　岸 栄　「冬蟹」
　◇詩
　　横田 松江　「残月」
　　中庭 房枝　「白い宝石」

第26回（昭63年）
　◇短歌
　　岡田 徳江　「泪涸れて」
　◇俳句
　　高橋 由枝　「藍の香」
　◇詩
　　早川 聡　「朝のコラージュ」
第27回（平1年）
　◇短歌
　　関口 みさ子　「百号の画布」
　◇俳句
　　塚越 秋琴　「絵そらごと」
　◇詩
　　川島 完　「トポス」他
第28回（平2年）
　◇短歌
　　笹沢 輝雄　「米の花」
　◇俳句
　　斎藤 東風人　「弱法師」
　◇詩
　　平方 秀夫　「触れないまま」（ほか）
第29回（平3年）
　◇短歌
　　森田 登紀　「花筵」
　◇俳句
　　荻原 芃悠　「妻逝く前後」
　◇詩
　　関口 将夫　「カラスの朝帰り」（ほか）
第30回（平4年）
　◇短歌
　　津久井 静明　「春夏秋冬」
　◇俳句
　　倉林 ひでを　「送り火」
　◇詩
　　飯田 光子　「ノビル味噌」（ほか）
第31回（平5年）
　◇短歌
　　竹内 信太郎　「低き水音」
　◇俳句
　　岸 アヤ子　「師を円心に」
　◇詩
　　黒河 節子　「柳絮しきり」（ほか）
第32回（平6年）
　◇短歌
　　吉田 ヒサノ　「木槿咲く」
　◇俳句

若槻 勝男　「生身魂」
◇詩
　　真下 宏子　「雪の日の別れ」(ほか)
第33回(平7年)
◇短歌
　　細野 美男　「鳥よけものよ にんげんよ」
◇俳句
　　ましお 湖(本名=真塩キク江)「釜鳴り」
◇詩
　　田口 三舩　「ケシの花と太陽と」(ほか)
第34回(平8年)
◇短歌
　　砂長 節子　「雪晴れ」
◇俳句
　　今井 君江　「子ばなれの」
◇詩
　　角田 弘子　「明りをともす樹」(ほか)
第35回(平9年)
◇短歌
　　松村 照子　「商ひ」
◇俳句
　　飯島 房江　「櫻の景」
◇詩
　　石綿 清子　「水甕」(ほか)
第36回(平10年)
◇短歌
　　橋本 倉吉　「峡の工事場」
◇俳句
　　猿渡 道子　「母の日の」
◇詩
　　房内 はるみ　「おぼろ月夜」(ほか)
第37回(平11年)
◇短歌
　　新井 重雄　「店閉づる」
◇俳句
　　南雲 夏　「稲ぼっち」
◇詩
　　古村 理瑛　「知恵の輪」(ほか)
第38回(平12年)
◇短歌
　　福島 榮子　「有相夢相」
◇俳句
　　石井 紅楓　「空っ風」
◇詩
　　新井 啓子　「足」(ほか)
第39回(平13年)

◇短歌
　　板谷 愛子　「香炉」
◇俳句
　　神久 たけを　「素草鞋」
◇詩
　　井上 敬二　「白い猫」
第40回(平14年)
◇短歌
　　深澤 巴　「残されし部屋」
◇俳句
　　志賀 敏彦　「初音聞く」
◇詩
　　志村 喜代子　「五月の穂」(ほか)
第41回(平15年)
◇短歌
　　清水 希志子　「牛飼ひの歌」
◇俳句
　　黒岩 喜洋　「太郎冠者」
◇詩
　　金井 裕美子　「サナギのにおい」(ほか)
第42回(平16年)
◇短歌
　　木戸 繁太郎　「老い妻と」
◇俳句
　　野島 美津子　「家宝のごと」
◇詩
　　須田 芳枝　「小石」ほか4編
第43回(平17年)
◇短歌
　　佐藤 正子　「春の満月」
◇俳句
　　酒井 芙美　「恋のラケット」
◇詩
　　堀江 泰壽　「ふりかえった窓」
第44回(平18年)
◇短歌
　　諸田 洋子　「生き甲斐」
◇俳句
　　吉岡 好江　「風みち」
◇詩
　　神保 武子　「夜の家 2」
第45回(平19年)
◇短歌
　　湯浅 茂子　「藺草の枕」
◇俳句
　　定方 英作　「木の葉髪」

◇詩
　武井 幸子 「澄んだ日の記憶」
第46回（平20年）
　◇短歌
　　井上 あやめ 「多胡の嶺」
　◇俳句
　　栗田 津耶子 「晩年」
第47回（平21年度）
　◇短歌
　　福田 久江 「おさご袋」
　◇俳句
　　相澤 礼子 「菊枕」
　◇詩
　　大塚 史朗 「半夏虫」他
第48回（平22年度）
　◇短歌
　　小林 功 「いのち」
　◇俳句
　　矢野 マサ子 「夫婦の黙」
　◇詩
　　中澤 睦士 「冬の解答」他
第49回（平23年度）
　◇短歌
　　竹内 敬子 「生きて今あり」
　◇俳句
　　山崎 昌彦 「希望」
　◇詩
　　鶴田 初江 「カワガラス」他
第50回（平24年度）
　◇短歌
　　下山 信行 「日日是好日」
　◇俳句
　　原田 要三 「良寛の風」
　◇詩
　　篠木 登志枝 「雪晴れて」他
第51回（平25年度）
　◇短歌
　　井田 善啓 「農の折をりに」
　◇俳句
　　齋藤 もと子 「埴輪の世」
　◇詩
　　伊藤 信一 「島の地図」ほか
第52回（平26年度）
　◇短歌
　　掛川 真由美 「あなたの椅子」
　◇俳句
　　川崎 節乃 「花の雨」
　◇詩
　　泉 麻里 「野に咲く」ほか

---

015 芸象文芸賞

　地域、年齢、職業、作品歴にこだわらず、自由で、素人のもつ荒削りな作品から新しい文学を創造するため、昭和52年創設。第6回で授賞中止。平成2年「芸象」が廃刊、「新芸象」に改題。3年発行元の芸風書院が解散し、現在は詩歌文学刊行会主催で「新芸象」の刊行が継続されている。

【主催者】芸象文学会

第1回（昭52年）
　該当者なし
　◇佳作
　　杉山 友理（現代詩）
　　大木 節子（短歌）
　　髙畠 フミ（俳句）
　　村田 鉄土（現代詩）
第2回（昭53年）
　北多浦 敏（現代詩）
◇佳作
　　寺本 まち子（現代詩）
　　松井 保（短歌）
　　佐々木 昇龍（俳句）
第3回（昭54年）
　　大木 節子（短歌）
　　馬場 洋子（現代詩）
◇佳作
　　吉田 久子（現代詩）

016 高知県芸術祭文芸賞

第4回(昭55年)
　該当者なし
　◇佳作
　　堀口 愛子(現代詩)
　　山口 和歌子(現代詩)
　　阿木 龍一(現代詩)
　　吉田 久子(現代詩)
　　寒川 靖子(短歌)
第5回(昭57年)

阿木 龍一(現代詩)
◇佳作
　広瀬 幸子(現代詩)
　諏訪原 和幸(現代詩)
　堀口 愛子(現代詩)
　寒川 靖子(短歌)
第6回(昭63年)
　詩歌・俳句部門受賞なし

016　高知県芸術祭文芸賞

広く県民の皆様から作品を公募して、優れた作品を顕彰し、地方文化の発展と高知県の文芸振興を図ることを目的とする。

【主催者】 高知県,(公財)高知県文化財団

【選考委員】 〔短編小説〕杉本雅史,松本睦,細川光洋〔詩〕小松弘愛,猪野睦,西岡寿美子〔短歌〕中野百世,市川敦子,梶田順子〔俳句〕松林朝蒼,橋田憲明,味元昭次〔川柳〕小笠原望,窪田和広,小野善江

【選考方法】 公募

【選考基準】 〔短編小説〕1人1編。400字詰原稿用紙10枚以内。〔詩〕1人1編。400字詰原稿用紙2枚以内。〔短歌〕1人3首以内(官製ハガキ使用)。〔俳句〕1人5句以内(官製ハガキ使用)。〔川柳〕1人5句以内(官製ハガキ使用)。〔資格〕作品は未発表のものであること。高知県在住者に限る

【締切・発表】 締切は9月30日(当日消印有効)、発表は11月中旬、報道機関の発表および本人あて通知

【賞・賞金】 〔短編小説〕高知県芸術祭文芸賞(1編)：賞状と副賞,高知県芸術祭文芸奨励賞(2編)：賞状と副賞。〔他部門〕文芸賞(1編)：賞状と副賞,奨励賞(5編)：賞状と副賞。ほかに佳作を選ぶこともある。入賞作品の著作権は,高知県及び(公財)高知県文化財団が所有

【URL】 http://www.pref.kochi.lg.jp/soshiki/140201/

第1回(昭47年度)
　◇詩
　　菊池 アヤ子 「火」
　◇短歌
　　笹岡 雅章
　◇俳句
　　川田 長邦
　◇川柳
　　該当作なし
第2回(昭48年度)
　◇詩

西方 郁子 「旅立ち」
◇短歌
　今村 美都子
◇俳句
　加賀山 明
◇川柳
　奴田原 紅雨
　古谷 恭一
第3回(昭49年度)
　◇詩

文学一般　　　　　　　　　　　　　　　　　　　　　016 高知県芸術祭文芸賞

　　西岡 瑠璃子 「秘境」
　◇短歌
　　橋本 龍児
　◇俳句
　　山本 雅子
　◇川柳
　　山崎 緑城
第4回（昭50年度）
　◇詩
　　浪越 慶造 「雪瀑」
　◇短歌
　　該当作なし
　◇俳句
　　沢田 明子
　◇川柳
　　中西 一歩
第5回（昭51年度）
　◇詩
　　安岡 抄希子 「脱出記」
　◇短歌
　　中野 良
　◇俳句
　　亀井 雉子男
　◇川柳
　　高橋 蟠蛇
第6回（昭52年度）
　◇詩
　　該当作なし
　◇短歌
　　該当作なし
　◇俳句
　　本久 義春
　◇川柳
　　岡田 星雨
第7回（昭53年度）
　◇詩
　　鈴木 義夫 「影」
　◇短歌
　　宮崎 茂美
　◇俳句
　　吉田 常光
　◇川柳
　　赤川 菊野
第8回（昭54年度）
　◇詩
　　武政 博 「鮪への直視」

　◇短歌
　　桃田 しげみ
　◇俳句
　　樫谷 雅道
　◇川柳
　　岡田 星雨
第9回（昭55年度）
　◇詩
　　鈴木 アヤ子 「むぎわら舟」
　◇短歌
　　西本 信子
　◇俳句
　　白石 晴子
　◇川柳
　　久保内 あつ子
第10回（昭56年度）
　◇詩
　　浜田 幸作 「冬の歩み」
　◇短歌
　　奥宮 武雄
　◇俳句
　　中村 秀男
　◇川柳
　　岡元 尚
第11回（昭57年度）
　◇詩
　　該当作なし
　◇短歌
　　該当作なし
　◇俳句
　　野村 ひろみ
　◇川柳
　　岡元 尚
第12回（昭58年度）
　◇詩
　　芝岡 満津子 「萩」
　◇短歌
　　松本 幸子
　◇俳句
　　桜井 慶史
　◇川柳
　　村田 一人（河渕隆夫）
第13回（昭59年度）
　◇詩
　　芝岡 満津子 「角」
　◇短歌

山中　理生（山中森夫）
◇俳句
　　岡本　歩城（岡本常雄）
◇川柳
　　山崎　明子
第14回（昭60年度）
◇詩
　　田中　福三　「筋引き包丁」
◇短歌
　　宮崎　茂美
◇俳句
　　三宮　たか志
◇川柳
　　高野　美江子
第15回（昭61年度）
◇詩
　　田村　伸一郎　「旅」
◇短歌
　　伊藤　美千代
◇俳句
　　友草　寒月（友草盛行）
◇川柳
　　中山　初美
第16回（昭62年度）
◇詩
　　中村　正直　「子宮」
◇短歌
　　比与森　喜美
◇俳句
　　該当作なし
◇川柳
　　佐竹　洋々（東洋）
第17回（昭63年度）
◇詩
　　宮地　たえこ　「穴」
◇短歌
　　該当作なし
◇俳句
　　吉田　舟一郎
◇川柳
　　柿葉　富貴子
第18回（平1年度）
◇詩
　　大岸　真弓　「父」
◇短歌
　　該当作なし

◇俳句
　　小松　敏舟（敏良）
◇川柳
　　岡村　見美子
第19回（平2年度）
◇詩
　　田村　伸一郎　「鮟鱇」
◇短歌
　　高野　基都
◇俳句
　　益　和寛
◇川柳
　　岡村　見美子
第20回（平3年度）
◇詩
　　西方　郁子　「真夜中の耳」
◇短歌
　　松田　春栄
◇俳句
　　益　和貴
◇川柳
　　久保内　あつ子
第21回（平4年度）
◇詩
　　島村　三津夫　「杣」
◇短歌
　　中村　時雄
◇俳句
　　西岡　栄子
◇川柳
　　小畑　定弘
第22回（平5年度）
◇詩
　　田村　伸一郎　「冬の日」
◇短歌
　　西岡　辰惟
◇俳句
　　高橋　以澄
第23回（平6年度）
◇詩
　　和田　よしみ　「叫びの合掌」
◇短歌
　　上岡　せつ子
◇俳句
　　下坂　雅道
◇川柳

竹島 洋子
第24回（平7年度）
◇詩
　　島村 三津夫 「千本山」
◇短歌
　　和田 耕人
◇俳句
　　吉田 舟一郎
◇川柳
　　山本 止
第25回（平8年度）
◇詩
　　松岡 とし子 「白い花」
◇短歌
　　山崎 葉
◇俳句
　　石本 和子
◇川柳
　　下坂 雅道
第26回（平9年度）
◇詩
　　深瀬 和儀 「評」
◇短歌
　　立花 一臣
◇俳句
　　明石 健次郎
◇川柳
　　下坂 雅道
第27回（平10年度）
◇詩
　　和田 よしみ 「ホルムスク・自由市（バ
　　ザール）」
◇短歌
　　町 耿子
◇俳句
　　萩野 文雄
◇川柳
　　沢村 洋子
第28回（平11年度）
◇詩
　●文芸賞
　　山本 絢子 「鴨緑江のほとりから」
　●文芸奨励賞
　　川村 幸美
　　安部 時子
　　深瀬 和儀

　　中原 繁博
　　濱田 喬子
◇短歌
　●文芸賞
　　該当作なし
　●文芸奨励賞
　　中西 定子
　　池知 ひろみ
　　しおた あきこ
　　浪越 慶造
　　町田 廣子
◇俳句
　●文芸賞
　　該当作なし
　●文芸奨励賞
　　橋本 正義
　　小橋 ユキ
　　松本 明子
　　高橋 蛙
　　金本 稔
　　山下 邦子
◇川柳
　●文芸賞
　　竹島 洋子
　●文芸奨励賞
　　益 辰男
　　西浜 高志
　　小野 善江
　　岡村 見美子
　　北村 和枝
第29回（平12年度）
◇詩
　●文芸賞
　　西方 郁子 「折鶴」
　●文芸奨励賞
　　須貝 清
　　中原 繁博
　　山本 絢子
　　和田 よしみ
　　森 礼子
◇短歌
　●文芸賞
　　小原 和子
　●文芸奨励賞
　　町田 廣子
　　和田 稔

猿田　秀見
古田　豊子
佐野　暎子
◇俳句
●文芸賞
沢村　洋子
●文芸奨励賞
高野　基都
宮尾　直美
中村　隆美
山﨑　光子
亀井　しげみ
◇川柳
●文芸賞
安岡　愛宏
●文芸奨励賞
小野　善江
山崎　至誠
下坂　雅道
小笠原　望
江口　桂子
第30回（平13年度）
◇詩
●文芸賞
深瀬　和儀　「蚕」
●文芸奨励賞
吉門　あや子
中山　俊子
宮本　泰子
清家　マリ子
濱田　瑠津
◇短歌
●文芸賞
山中　園子
●文芸奨励賞
徳永　逸夫
矢野　正一郎
猪原　あやめ
古田　豊子
谷口　益恵
◇俳句
●文芸賞
該当作なし
●文芸奨励賞
橋本　正義
筒井　延満

中村　時雄
山岸　雅恵
西込　聡子
浜田　博子
◇川柳
●文芸賞
小笠原　寛志
●文芸奨励賞
光森　藤子
下坂　雅道
岡村　見美子
浦田　鶴喜
常石　麗子
第31回（平14年度）
◇詩
●文芸賞
中山　俊子　「空白の日記」
●文芸奨励賞
濱田　喬子
森田　林
森　礼子
山崎　絢子
板原　和子
◇短歌
●文芸賞
宮橋　敏機
●文芸奨励賞
中村　時雄
窪田　敏子
市川　利枝
市川　浩子
井上　佳香
◇俳句
●文芸賞
高野　基都
●文芸奨励賞
下坂　雅道
上田　芙蓉子
西込　聡子
山本　房
◇川柳
●文芸賞
小笠原　信
●文芸奨励賞
小野　よしえ
小野　賢二

久保内 あつ子
高野 園
小笠原 望
第32回（平15年度）
◇詩
● 文芸賞
濱田 喬子 「深い足跡」
● 文芸奨励賞
田村 和子
岩合 可也
河村 朋子
山本 絢子
和田 よしみ
◇短歌
● 文芸賞
三宮 のり子
● 文芸奨励賞
田中 洋子
山中 一夫
中島 和代
金子 知代
上岡 せつ子
◇俳句
● 文芸賞
宮尾 直美
● 文芸奨励賞
中村 時雄
伊藤 よう子
青木 良繁
池野 いちび
岩城 鹿水
◇川柳
● 文芸賞
該当作なし
● 文芸奨励賞
吉尾 光生
尾﨑 巌
松井 鐘三
江口 桂子
下坂 雅道
第33回（平16年度）
◇詩
● 文芸賞
濱田 喬子 「晩鐘」
● 文芸奨励賞
田中 福三 「研ぐ」

山本 絢子 「見えない糸」
河村 朋子 「問答」
和田 よしみ 「壁」
西山 幸一 「美」
◇短歌
● 文芸賞
美﨑 明
● 文芸奨励賞
別當 正男
森下 美智子
山﨑 葉
市川 浩子
井上 佳香
◇俳句
● 文芸賞
下坂 雅道
● 文芸奨励賞
高野 基都
筒井 野光
青木 良繁
上田 芙蓉子
山下 正雄
◇川柳
● 文芸賞
森 政代
● 文芸奨励賞
近藤 真奈
桑名 知華子
竹内 千恵子
西村 信子
安岡 愛宏
第34回（平17年度）
◇詩
● 文芸賞
水田 佳 「黄色ひとつ」
● 文芸奨励賞
野村 土佐夫 「童謡」
濱田 喬子 「胸の谷間で」
武内 宏樹 「歴史の底」
さかい たもつ 「羽抜け鶏」
水口 里子 「消せない記憶」
◇短歌
● 文芸賞
德橋 夏希
● 文芸奨励賞
浜渦 静子

山下 由美子
藤原 靖子
安岡 智子
川村 幸子
◇俳句
● 文芸賞
　松内 かつみ
● 文芸奨励賞
　山本 房
　田村 七里
　伊藤 よう子
　竹崎 いと
　長崎 桃枝
◇川柳
● 文芸賞
　垣内 伸
● 文芸奨励賞
　竹島 洋子
　森 政代
　冨士田 三郎
　桑名 知華子
　内田 万貴
第35回（平18年度）
◇詩
● 文芸賞
　吉門 あや子　「刺しゅう」
● 文芸奨励賞
　都築 悦子　「搾取」
　濱田 喬子　「曾祖父ちゃん教えて」
　松原 一成　「白い杖」
　中原 繁博　「死の棘」
　宮本 泰子　「父と娘」
◇短歌
● 文芸賞
　野町 尚道
● 文芸奨励賞
　山﨑 葉
　美崎 明
　林 敏子
　藤本 茜
　明神 未季
◇俳句
● 文芸賞
　樫谷 雅道
● 文芸奨励賞
　下坂 雅道

柳井 眞路
中村 時雄
茨木 毅
馬場 英男
◇川柳
● 文芸賞
　近藤 真奈
● 文芸奨励賞
　桑名 知華子
　今城 久枝
　美崎 明
　山下 和代
　土居 志保子
第36回（平19年度）
◇詩
● 文芸賞
　野村 土佐夫　「おまんと」
● 文芸奨励賞
　濱田 喬子　「小指の約束」
　水田 佳　「一期一会—柘榴の木の下で—」
　都築 悦子　「言葉の功罪」
　伊藤 哲也　「重罪」
　西山 幸一　「祖父母」
◇短歌
● 文芸賞
　酒井 保
● 文芸奨励賞
　池田 儀代子
　浜渦 静子
　奥宮 武男
　山中 一夫
　稲毛 延年
◇俳句
● 文芸賞
　下坂 雅道
● 文芸奨励賞
　美崎 明
　伊藤 よう子
　山下 正雄
　山﨑 光子
　岸田 房子
◇川柳
● 文芸賞
　近藤 真奈
● 文芸奨励賞
　弘田 富喜

文学一般　　　　　　　　　　　　　　　　　　　016 高知県芸術祭文芸賞

　　下坂 雅道
　　竹島 洋子
　　有沢 佳
　　小野 賢二
第37回（平20年度）
◇詩
　● 文芸賞
　　やまさき・たどる　「ぼくの中の美和子との会話」
　● 文芸奨励賞
　　黒萩 範子　「セラピー」
　　岡村 久泰　「鎮魂の絵」
　　水田 佳　「ぬけ殻」
　　濱田 喬子　「十四歳の戦争」
　　水口 里子　「病葉」
◇短歌
　● 文芸賞
　　種田 恵美子
　● 文芸奨励賞
　　田村 七里
　　山中 一夫
　　谷脇 秀生
　　徳永 逸夫
　　安岡 智子
◇俳句
　● 文芸賞
　　竹崎 いと
　● 文芸奨励賞
　　大林 文鳥
　　松内 かつみ
　　山本 房
　　中村 竹子
　　伊藤 よう子
◇川柳
　● 文芸賞
　　竹島 洋子
　● 文芸奨励賞
　　土居 志保子
　　桑名 知華子
　　浜田 陽彩子
　　小川 てるみ
　　新谷 恵俊
第38回（平21年度）
◇詩
　● 文芸賞
　　木下 涼　「ぞうりとふろしきづつみ」

　● 文芸奨励賞
　　宮本 泰子　「右手」
　　濱田 喬子　「母の選択」
　　黒萩 範子　「聞こえますか」
　　西山 幸一　「声」
　　奥村 真眉　「塚地山」
◇短歌
　● 文芸賞
　　浜渦 静子
　● 文芸奨励賞
　　堀地 侑宏
　　三宮 淑
　　川渕 湧三
　　中村 時雄
　　竹﨑 香澄
◇俳句
　● 文芸賞
　　大林 文鳥
　● 文芸奨励賞
　　亀井 しげみ
　　山﨑 光子
　　山下 正雄
　　徳永 逸夫
　　松内 かつみ
◇川柳
　● 文芸賞
　　土居 志保子
　● 文芸奨励賞
　　窪田 敏子
　　風谷 豪
　　桑名 知華子
　　浜田 陽彩子
　　松本 栞
第39回（平22年度）
◇詩
　● 文芸賞
　　木下 涼　「覚悟」
　● 文芸奨励賞
　　るす いるす　「認識反射」
　　やまだ あかり　「なかなおり」
　　松原 一成　「守宮」
　　国広 聖　「悪友」
　　西山 幸一　「献立表」
◇短歌
　● 文芸賞
　　小原 和子

詩歌・俳句の賞事典　55

- 文芸奨励賞
  - 浜渦 静子
  - 美崎 明
  - 中島 和代
  - 林 敏子
  - 岩佐 明紀
- ◇俳句
  - ● 文芸賞
    - 橋本 昭和
  - ● 文芸奨励賞
    - 山下 正雄
    - 影山 公子
    - 伊藤 よう子
    - 津田 吾燈人
    - 吉本 桂香
- ◇川柳
  - ● 文芸賞
    - 山本 世志恵
  - ● 文芸奨励賞
    - 大野 早苗
    - 吉本 桂香
    - 南條 麗子
    - 西岡 登美子
    - 矢野 智大

第40回（平23年度）
- ◇詩
  - ● 文芸賞
    - 阿部 美晴 「母よ」
  - ● 文芸奨励賞
    - 都築 悦子 「鉄床に置く」
    - るすいるす 「こころ言の葉」
    - 松原 一成 「猪」
    - 西山 幸一 「欠点」
    - 野村 土佐夫 「手」
- ◇短歌
  - ● 文芸賞
    - 川村 幸子
  - ● 文芸奨励賞
    - 川渕 湧三
    - 坂本 瑞枝
    - 多賀 一造
    - 徳永 逸夫
    - 田村 慎太郎
- ◇俳句
  - ● 文芸賞
    - 山﨑 光子
  - ● 文芸奨励賞
    - 高野 基都
    - 伊藤 よう子
    - 久万 岬子
    - 柴口 美紀
    - 宮﨑 玲奈
- ◇川柳
  - ● 文芸賞
    - 遠近 哲代
  - ● 文芸奨励賞
    - 篠原 富枝
    - 小笠原 倫子
    - 近藤 真奈
    - 川添 郁子
    - 田中 綾花

第41回（平24年度）
- ◇詩
  - ● 文芸賞
    - 國廣 聖 「マーブリング」
  - ● 文芸奨励賞
    - 黒萩 範一 「いってらっしゃい」
    - 濱田 喬子 「北の街で」
    - 西山 幸一 「しゃべれ」
    - 吉門 あや子 「地芳峠」
    - 武内 宏城 「生きる」
- ◇短歌
  - ● 文芸賞
    - 徳永 逸夫
  - ● 文芸奨励賞
    - 蛭子 泰明
    - 宮橋 和代
    - 安岡 智子
    - 中内 歌鈴
    - 橋田 幹太
- ◇俳句
  - ● 文芸賞
    - 樫谷 雅道
  - ● 文芸奨励賞
    - 徳弘 賀年子
    - 山﨑 紀美子
    - 宮﨑 玲奈
    - 川村 貴子
    - 東谷 晴男
- ◇川柳
  - ● 文芸賞
    - 武内 宏城

- 文芸奨励賞
  　増田　純子
  　橋田　綾子
  　江口　桂子
  　萩原　良子
  　田村　莉子

017 高知県短詩型文学賞

　土佐市小学校教員森沢瑞(俳人・歌人)が交通事故で死亡したとき,遺族の寄付を基金として,昭和50年に創設した賞。隔年度に,俳句の部・川柳の部または短歌の部のいずれかを募集していたが,平成12年度より短歌の部・俳句の部・川柳の部の3部門を同時に開催している。

【主催者】高知県短詩型文学賞運営委員会

【選考委員】(第39回)〔俳句の部〕植田紀子,岡本雅洸,樫谷雅道,亀井雄子男,篠田たけし,高橋蛙,橋田憲明〔川柳の部〕小笠原望,窪田和広,清水かおり,竹﨑生泰,西川富恵,西村信子,古谷恭一〔短歌の部〕井上佳香,中野百世,西岡瑠璃子,細川光洋,依光ゆかり

【選考方法】公募。短歌・俳句・川柳各部選考委員による選考

【選考基準】〔資格〕高知県在住者および高知県出身の県外在住者。但し,過去の文学賞受賞者はその部門では応募不可。〔対象〕所定の期間内に作られた作品20首(句)。既発表・未発表を問わない。〔原稿〕応募用紙か市販の400字詰原稿用紙(A4)に,ボールペンか2B以上の鉛筆で,楷書・縦書きで記載する。ワープロ可。〔手数料〕2000円

【締切・発表】(第39回)平成26年1月31日締切(当日消印有効),3月上旬発表

【賞・賞金】各部門別に文学賞1名,佳作3名以内,文学賞には賞状と賞金3万円,副賞と選者色紙,佳作には賞状及び賞金1万円と選者色紙

第1回(昭50年)
◇俳句
　揚田 蒼生 「東にまわり」
第2回(昭51年)
◇俳句
　岡本 歩城 「朴ひらく」
第3回(昭52年)
◇短歌
　上東 なが子 「無明抄」
第4回(昭53年)
◇俳句
　大畠 新草 「始発駅」
第5回(昭54年)
◇短歌
　該当作なし
第6回(昭55年)
◇俳句
　久松 かつ子 「蝌蚪の詩」
第7回(昭56年)
◇短歌
　植田 馨 「歳月」
第8回(昭57年)
◇俳句
　前田 久之 「銀の白子」
第9回(昭58年)
◇短歌
　該当作なし
第10回(昭59年)
◇俳句
　森 武司 「村」
第11回(昭60年)
◇短歌
　吉本 有公子 「ギヤマンの壺」
第12回(昭61年)
◇俳句
　畠山 茂樹 「如月の月」
第13回(昭62年)
◇短歌

大元 和子 「冬の蓑虫」
第14回(昭63年)
 ◇俳句
  森本 青三呂 「麦秋」
第15回(平1年)
 ◇短歌
  近藤 政子 「未完のアリア」
第16回(平2年)
 ◇俳句
  高野 基都 「国有林に暮す」
第17回(平3年)
 ◇短歌
  岩村 共繁 「妻の命傾く日々」
第18回(平4年)
 ◇俳句
  喜多村 喜代子 「桐の花」
第19回(平5年)
 ◇短歌
  堀本 和繁 「いのち」
 ●佳作
  西川 比彩 「白き門」
  美崎 明 「片減りの靴」
第20回(平6年)
 ◇俳句
  白石 はる子 「生きのびて」
 ●佳作
  高野 基都 「母ありき」
  小笠原 喜美 「縁(えにし)」
  溝渕 淑 「遠き音」
第21回(平7年)
 ◇短歌
  伊藤 美千代 「わが日々」
 ●佳作
  正木 誠子 「永かりし冬」
  依光 ゆかり 「瞑想の犬」
第22回(平8年)
 ◇俳句
  藤原 悦子 「寒昴」
 ●佳作
  藤本 清子 「仮の蓋」
  山下 正雄 「蒙古斑」
 ◇川柳
  海地 大破 「償いの縄」
 ●佳作
  古谷 恭一 「骨の笛」
  沖 すが子 「海の青」

第23回(平9年)
 ◇短歌
  正木 誠子 「風のまにまに」
 ●佳作
  高橋 泰子 「百千の花」
  高橋 留子 「新在るがままの日々」
第24回(平10年)
 ◇俳句の部
  中内 かず子 「春の闇」
 ●佳作
  沖 石彦 「冬日和」
  北川 一深 「身ほとりの」
 ◇川柳の部
  小笠原 望 「四万十川の靄」
 ●佳作
  山本 三香子 「異国の雨」
  西村 信子 「砂時計」
第25回(平11年)
 ◇短歌の部
  高橋 泰子 「水のマーチ」
 ●佳作
  山中 園子 「母の足音」
  河野 とみえ 「青北風吹く頃」
第26回(平12年)
 ◇短歌の部
  佐竹 玲子 「2000年・夏」
 ●佳作
  黒岩 やよえ 「峡に生きる」
  田村 八重 「九十二才」
  高橋 留子 「泉むかなしみ」
 ◇俳句の部
  篠田 たけし 「ふるさと片々」
 ●佳作
  和泉 修司 「水」
  山崎 光子 「木の家」
  中村 竹子 「膝をくずせば」
 ◇川柳の部
  古谷 恭一 「風の中」
 ●佳作
  西村 信子 「ひとり芝居」
  小野 善江 「ポケットのもの」
  森 政代 「時間(とき)」
第27回(平13年)
 ◇短歌の部
  和田 伸 「棚田」
 ●佳作

依光 香奈 「ヴィーナス」
福富 奈加子 「海の家族」
山中 園子 「ふるさと」
◇俳句の部
　磯部 巌 「椎の木」
●佳作
　山岸 雅恵 「狐橋」
　溝渕 為象 「黒潮」
　安丸 槇子 「土佐源氏」
◇川柳の部
　小野 善江 「月の両手」
●佳作
　近藤 真奈 「夢の導火線」
　久保内 あつ子 「花道」
　岡村 見美子 「花の吐息」

第28回（平14年）
◇短歌の部
　沢村 多美 「笑ふほかなし」
●佳作
　田村 光 「雄々しき緑」
　美﨑 明 「納め太鼓」
　依光 香奈 「ニライカナイ」
◇俳句の部
　中村 竹子 「人台（じんだい）」
●佳作
　山岸 雅恵 「花は葉に」
　亀井 雉子男 「蝶の昼」
　井上 真実 「羽ばたく音」
◇川柳の部
　西村 信子 「女のつぶやき」
●佳作
　岡村 千鳥 「白い御飯」
　小野 賢二 「自画像」
　弘瀬 公美 「虹」

第29回（平15年）
◇短歌の部
　井上 佳香 「眠りの日々に」
●佳作
　三宮 のり子 「胸の明かりを」
　濱田 淑子 「いのちまぶしむ」
◇俳句の部
　井上 真実 「野の梅」
●佳作
　山岸 雅恵 「水の音」
　亀井 雉子男 「顔」
　安光 セツ 「生糸取り」

◇川柳の部
　広瀬 鮎美 「砂の国」
●佳作
　清水 かおり 「瞳の月」
　小野 賢二 「生きる」
　森 政代 「鏡」

第30回（平16年）
◇短歌の部
　小松 佳子 「春といひけむ」
●佳作
　山中 園子 「川は流れて」
　山下 由美子 「売参帽に」
　永橋 三八夫 「四万十川の四季」
◇俳句の部
　山岸 雅恵 「ガラスの眼」
●佳作
　亀井 雉子男 「忍冬」
　橋本 純子 「身ほとり」
　樫谷 雅道 「梟」
◇川柳の部
　桑名 知華子 「唐辛子」
●佳作
　近藤 真奈 「生命の中で」
　澤田 かよ子 「明日へ」
　清水 かおり 「生国の夜」

第31回（平17年）
◇短歌の部
　中島 かず 「邂逅」
●佳作
　山中 園子 「避らぬ別れ」
　中西 敏子 「摑めざるもの」
　山下 由美子 「朝の市場に」
◇俳句の部
　前田 美智子 「胎内音」
●佳作
　橋本 純子 「イエスの涙」
　安丸 槇子 「花烏賊」
　石原 しのぶ 「えごの花」
◇川柳の部
　内田 万貴 「遺愛」
●佳作
　澤田 かよ子 「澄む川」
　清水 かおり 「擬似餌」
　吉岡 左恵子 「風になる」

第32回（平18年）
◇短歌の部

中西 敏子　「日はまだ暮れず」
　●佳作
　　依光 ゆかり　「賑わしき日々」
　　小原 和子　「対き合ふ日日」
　　中西 定子　「わが日々」
　◇俳句の部
　　伊藤 よう子　「夕すげ」
　●佳作
　　安丸 槙子　「遠くて鳴りて」
　　樫谷 雅道　「残稲」
　　藤本 清子　「冴えかえる」
　◇川柳の部
　　清水 かおり　「うわごとの木」
　●佳作
　　久保田 真子　「春の泥」
　　福留 敬真　「夫婦碗」
　　樫谷 雅道　「美しい国」
第33回（平19年）
　◇短歌の部
　　田村 八重　「ほのぼのと朝」
　●佳作
　　上杉 芳子　「森の哀しみ」
　　竹村 咲子　「一生」
　　山下 由美子　「水の扉」
　◇俳句の部
　　森本 翔　「鷲の眼」
　●佳作
　　青木 良繁　「挽歌」
　　大林 文鳥　「山住まひ」
　　奥村 昭二　「大鷲」
　◇川柳の部
　　谷 忠　「大仕事」
　●佳作
　　増田 純子　「移ろい」
　　山下 正雄　「海月」
　　吉本 桂香　「波紋」

第34回（平20年）
　◇短歌の部
　　小原 和子　「おもかげ」
　◇俳句の部
　　畑山 弘　「冬の蝿」
　◇川柳の部
　　山下 正雄　「涙の種」
第35回（平21年）
　◇短歌の部
　　山下 由美子　「返信」
　◇俳句の部
　　大林 文鳥　「月の峪」
　◇川柳の部
　　畑山 弘　「ふくろうよ」
第36回（平22年）
　◇短歌の部
　　濱田 淑子　「輪廻」
　◇俳句の部
　　原田 浩佑　「暮秋」
　◇川柳の部
　　山下 和代　「かじられた林檎」
第37回（平23年）
　◇短歌の部
　　中山 秀子　「還らざる日々」
　◇俳句の部
　　藤本 清子　「磁石の針」
　◇川柳の部
　　原田 浩佑　「第六弦」
第38回（平24年）
　◇短歌の部
　　熊谷 敏郎　「老いてなほ」
　◇俳句の部
　　大前 逸子　「山ざくら」
　◇川柳の部
　　能津 健　「茜空」

018 埼玉文芸賞

　県内における文芸活動の振興を図るため，1年間における文芸各部門のうち特に優れた作品を顕彰する。

【主催者】埼玉県教育委員会，埼玉県

【選考方法】公募

018 埼玉文芸賞

【選考基準】〔対象〕前年12月から11月までの間に創作された作品。小説・戯曲：1編、文芸評論・伝記・エッセイ：1編、児童文学（小説・童話：1編、詩：10編）、詩：10編、短歌：50首、俳句：50句、川柳：50句。もしくは同部門、同期間内に新聞・雑誌等に発表又は単行本として刊行された作品。〔資格〕埼玉県内に在住又は在勤、在学（高校生以上）の方。〔原稿〕応募作品はB4判400字詰原稿用紙に、縦書き・楷書で記入。パソコン使用の場合は、A4判の用紙に縦書きで40字×40行で印字。単行本・掲載誌で応募することも可

【締切・発表】（第47回）平成27年11月30日（土）締切（当日消印有効）、平成28年3月上旬に入賞者へ結果を通知

【賞・賞金】埼玉文芸賞（各部門ごと）：賞状・記念品及び副賞20万円。該当者がいない部門について、準賞（賞状・記念品及び副賞10万円）を贈呈することがある。また、高校生等の作品について、選考委員の推薦により奨励賞（図書カード）を贈呈することがある。受賞作品は、毎年6月に刊行される「文芸埼玉」誌に掲載される

【URL】http://www.saitama-bungakukan.org/

第1回（昭45年）
◇詩
　中村 泰三　「北緯三十八度線」
◇短歌
　庄司 正史　「泰山木」
　荻野 須美子　「不意に秋」
◇俳句
　石塚 まさを　「途上小景」
◇俳句（奨励賞）
　玉上 茶六朗　「万緑」
　中谷 木城　「夏炉」
第2回（昭46年）
◇詩
　今井 忠弘　「狙撃手」
◇詩（奨励賞）
　松崎 移翠　「もぐらの唄」
　宇佐見 好弘　「神居古漂〈抄〉」
◇短歌
　平島 準　「窯場」
　清野 林次郎　「草塵」
◇俳句
　荒川 あつし　「白魚火」
　荒井 正階　「幣」
第3回（昭47年）
◇詩
　狩野 敏也　「おほうつく」
　牧野 芳子　「ある週末」
◇短歌
　清水 房雄　「又日々」
◇俳句
　中山 輝鈴　「四季身辺」
◇俳句（奨励賞）
　田島 梧朗　「絵馬の白狐」
　富田 よし　「冬椿」
第4回（昭48年）
◇詩
　該当作なし
◇詩（奨励賞）
　荻本 定義　「わすれ草」
　舟越 健之輔　「おまえはどこにいるか」
◇短歌
　該当作なし
◇短歌（奨励賞）
　金子 正男　「盲の父」
　星 貞男　「鉋の光」
　宮岡 昇　「樹液」
◇俳句
　岡田 壮三　「山国の四季」
◇俳句（奨励賞）
　品川 澪堂　「八朔」
　森田 公司　「壺の内」
第5回（昭49年）
◇詩
　福田 崇広　「つり人のうた」
◇短歌
　水野 昌雄　「冬の屋根」
◇俳句
　内田 まきを　「百日紅」

◇俳句(奨励賞)
　渡辺 豊子　「風穴」
　浅野 耕月　「耕土」
第6回(昭50年)
◇詩
　該当作なし
◇詩(奨励賞)
　金子 恵美子　「褐色の長い道」
　長谷部 高治　「雫」ほか
　町田 多加次　「ボクの富士」ほか
　松村 茂平　「紙骨」
◇短歌
　森下 百八　「情それぞれ」
◇俳句
　該当作なし
◇俳句(奨励賞)
　尾沢 杜郷　「秩父路の四季」
　萩原 正章　「秩父嶺」
　吉田 柯城　「樺雨氷」
第7回(昭51年)
◇詩
　該当作なし
◇詩(奨励賞)
　高橋 秀一郎　「伏流伝説」
　平野 文子　「野のカルテ」
◇短歌
　馬場 正郎　「遠い樹」
　田井 安曇　「天(乱調篇)」
◇俳句
　小内春 邑子　「素姓」
◇俳句(奨励賞)
　栄水 朝夫　「休み甕」
　金井 充　「寧日」
第8回(昭52年)
◇詩
　高橋 秀一郎　「鬼灯が…」
◇詩(奨励賞)
　秋野 さち子　「色のない風」
　五味 兎史郎　「壺の話」
◇短歌
　杜沢 光一郎　「黙唱」
　堀江 典子　「円錘花」
　猪俣 千代子　「堆朱」
◇俳句
　該当作なし
◇俳句(奨励賞)

　林 昌華　「風鐸」
　原田 しずえ　「入間野抄」
第9回(昭53年)
◇詩
　武村 志保　「竹の音」
◇短歌
　赤田 喜美男　「榛野」
◇俳句
　黒沢 宗三郎　「寒瀧」
◇俳句(奨励賞)
　菅谷 豊治　「棚田守」
　吉沢 巴　「雲の脚」
第10回(昭54年)
◇詩
　清水 正吾　「中世の秋」
◇短歌
　田中 しのぶ　「雨の声」
◇俳句
　鶴岡 りえ子　「櫂の音〈抄〉」他
第11回(昭55年)
◇詩
　該当作なし
◇詩(準賞)
　印堂 哲郎　「時の風」
　沢口 信治　「幼年」
◇短歌
　新井 冨士重　「陣見の空」
◇俳句
　中野 文夫　「白牡丹」
第12回(昭56年)
◇詩
　該当作なし
◇詩(準賞)
　小沢 克己　「遅滞」
　増子 文江　「花華」
◇短歌
　水城書房　「汞春院綢歌」
◇俳句
　丸山 一夫　「街夕焼」
第13回(昭57年)
◇詩
　石原 武　「夕暮れの神」
◇短歌
　川口 美根子　「紅塵の賦」
　大野 信貞　「入間野」
◇俳句

018 埼玉文芸賞

　　該当作なし
◇俳句(準賞)
　　樽沼 けい一　「遠目差」
　　山下 実　「山独活」
　　堀越 鶯林子　「蒲ざくら」
第14回(昭58年)
◇詩
　　該当作なし
◇詩(準賞)
　　印堂 哲郎　「非在へ」
　　川岸 則夫　「ロマネスク」
◇短歌
　　沖 ななも　「衣裳哲学」
◇俳句
　　該当作なし
◇俳句(準賞)
　　畑 稔　「風の章」
　　竹内 弥太郎　「神々のふるさと」
第15回(昭59年)
◇詩
　　笠井 剛　「同じ場所から」
◇詩(準賞)
　　水野 るり子　「ヘンゼルとグレーテルの島」
◇俳句
　　該当作なし
◇俳句(準賞)
　　岡田 青虹　「雪」
　　芝崎 芙美子　「絵馬」
第16回(昭60年)
◇詩
　　該当作なし
◇詩(準賞)
　　飯島 正治　「帰還伝説」
　　五月女 素夫　「ふじいろの木にのぼる」
◇短歌
　　田中 佳宏　「天然の粒」
◇俳句
　　田子 水鴨　「吾子の墓」
第17回(昭61年)
◇詩
　　該当作なし
◇詩(準賞)
　　亀田 道昭　「水のゆくえ」
　　広滝 光　「寒い夕焼」
　　篠崎 道子　「水の記憶」
◇短歌

　　植村 玲子　「禽獣」
◇俳句
　　該当作なし
◇俳句(準賞)
　　栄水 朝夫　「桐の木」
　　塩屋 高麗三　「旗すすき」
第18回(昭62年)
◇詩
　　該当作なし
◇詩(準賞)
　　間中 春枝　「わたしの外へ」
　　戸岡 尚　「島の系譜・島への系譜」
◇短歌
　　篠宮 光　「白昼」
◇俳句
　　該当作なし
◇俳句(準賞)
　　吉沢 巴　「母子草」
　　落合 美佐子　「花菜」
第19回(昭63年)
◇詩
　　該当作なし
◇詩(準賞)
　　只松 千恵子　「黒川千軒おいらん淵」
　　市川 満智子　「沼にて」「紙の空」
◇短歌
　　外塚 喬　「戴星」
◇俳句
　　該当作なし
◇俳句(準賞)
　　松本 翠　「朱の幡」
　　小沢 克己　「青鷹」
第20回(平1年)
◇詩
　　丸地 守　「死者たちの海の祭り」
◇短歌
　　金子 正男　「糸を撚る」
◇俳句
　　該当作なし
◇俳句(準賞)
　　権頭 和弥　「甑米」
　　染谷 多賀子　「神あそび」
　　小原 桴才　「墨を濃く」
◇川柳
　　該当作なし
◇川柳(準賞)

塩谷 久星 「白い杖」
　　松村 育子 「姥ざかり」
第21回（平2年）
　◇詩
　　栗原 澪子 「似たような食卓」
　◇短歌（準賞）
　　長沢 清子 「花更紗」
　　村上 節子 「雁来紅」
　◇俳句（準賞）
　　落合 敏 「鳥瞰」
　　樽沼 清子 「水木咲く」
　　伊藤 千代子 「嫌ひけり」
　◇川柳（準賞）
　　須田 尚美 「風の扉」
　　都築 はじめ
第22回（平3年）
　◇短歌
　　山崎 孝 「やどかり」
　◇俳句
　　斎藤 隆一 「青樫」
　◇詩（準賞）
　　山路 豊子 「波立つ鏡」
　　篁 久美子 「人一サルミの石」
　◇川柳（準賞）
　　須田 尚美（本名・尚義）「戯画の街」
　　山本 俊一 「父の独楽」
第23回（平4年）
　◇詩
　　飯島 正治 「無限軌道」
　◇川柳
　　須田 尚美 「蛍火」
　◇短歌（準賞）
　　菊地 富美 「雨と点」
　　小池 圭子 「鼓動」
　◇俳句（準賞）
　　遠野 翠 「袖垣」
　　新井 秋郎 「大寒の音」
第24回（平5年）
　◇短歌
　　金子 貞雄 「邑城の歌が聞こえる」
　◇詩（準賞）
　　大谷 佳子（美子）「花びら紡ぎ」
　　南郷 芳明（的場恭則）「未知の樹」
　◇俳句（準賞）
　　田中 浩子 「侘助」
　　栗原 憲司 「狭山」

　◇川柳（準賞）
　　松村 育子 「黄金の鋏」
　　都築 はじめ（一）「無題」
第25回（平6年）
　◇俳句
　　加治 幸福 「冬銀河」
第26回（平7年）
　　詩歌・俳句部門受賞なし
第27回（平8年）
　◇詩
　　早川 琢 「遍歴の夢つむぎ」
　◇短歌
　　金子 富美子 「パンのにおいのしているところ」
第28回（平9年）
　◇詩
　　木坂 涼 「金色の綱」
　◇短歌
　　平林 静代 「願浜」
第29回（平10年）
　◇短歌
　　菊地 富美 「夜明けのプレリュード」
第30回（平11年）
　◇短歌部門
　　小池 圭子 「ガンジスの人魚」
第31回（平12年）
　◇短歌部門
　　荻本 清子 「異郷歌篇」
第32回（平13年）
　　詩歌・俳句部門受賞なし
第33回（平14年）
　　詩歌・俳句部門受賞なし
第34回（平15年）
　◇詩部門
　　高田 昭子 「砂嵐」
第35回（平16年）
　◇詩部門
　　北畑 光男 「文明ののど」
　◇短歌部門
　　寺松 滋文 「爾余は沈黙」
第36回（平17年）
　◇詩部門
　　杜 みち子 「象の時間」
　◇短歌部門
　　伊東 悦子 「綾瀬川新秋」
　◇俳句部門

松永　浮堂　「げんげ」
第37回（平18年）
　◇詩部門
　　中原　道夫　「わが動物記、そして人」
　◇短歌部門
　　小田　亜起子　「if」
　◇川柳部門
　　小松　召子　「雪　無音」
第38回（平19年）
　　詩歌・俳句部門受賞なし
第39回（平20年）
　　詩歌・俳句部門受賞なし
第40回（平21年）
　◇短歌部門
　　桜井　映子　「きのうまで」
第41回（平22年）
　　詩歌・俳句部門受賞なし
第42回（平23年）

　◇短歌部門
　　大畑　恵子　「貝塚通り」
第43回（平24年）
　◇詩部門
　　高橋　次夫　「孤性の骨格」
　◇短歌部門
　　関根　志満子　「ぶらんこ」
第44回（平25年）
　◇詩部門
　　植村　秋江　「蟬坂」
第45回（平26年）
　◇詩部門
　　島田　奈都子　「からだの夕暮れ」
　◇短歌部門
　　宮本　永子　「青つばき」
第46回（平27年）
　◇俳句部門
　　澤田　佳久　「寒鵐（かんもず）」

019 彩の国・埼玉りそな銀行　埼玉文学賞

　埼玉県内の文学活動発展のため、昭和44年に創設された賞。のち、「埼玉文学賞」から「彩の国・埼玉りそな銀行　埼玉文学賞」に賞名変更した。

【主催者】埼玉新聞社

【選考方法】公募

【選考基準】〔対象〕小説, 詩, 短歌, 俳句。未発表作品。個人誌以外の同人誌への発表も不可。〔資格〕県内在住・在勤者はテーマ自由。県外者の場合には, 埼玉の事物・風土・人間・歴史などをテーマにした作品であること。〔原稿〕小説は400字詰め原稿用紙50枚以内, 詩は3編, 短歌は20首, 俳句は20句（同一テーマによる連作も可）

【締切・発表】毎年8月末締切, 10月頃埼玉新聞紙上に発表

【賞・賞金】小説：100万円, 詩, 短歌, 俳句：各30万円

第1回（昭44年）
　◇短歌
　　関根　栄子　「ガラスの鳥」
　◇詩（準賞）
　　鹿島　鷭　「秋」
　　宇佐見　好弘　「白い蝶」
　　杉谷　繕子　「あたらしいことばを」
第2回（昭45年）
　◇俳句
　　小内　春邑子　「秩父」

　◇詩（準賞）
　　石田　利夫　「村」
　　日暮　董路　「こどもの言葉を疑うことは」
第3回（昭46年）
　◇短歌
　　湯本　嘉秀　「断耳」
　◇俳句
　　落合　水尾　「破船」
　◇詩（準賞）
　　鈴切　幸子　「佇ちつくす」

019 彩の国・埼玉りそな銀行 埼玉文学賞　　　　　　　　　　　　　　文学一般

　栂野 孝子 「鵜飼い」
　福田 崇広 「横断」
第4回（昭47年）
　◇短歌
　　田中 佳宏 「二人逢わざれ」
　◇詩（準賞）
　　照井 秀雄 「土塀」
　　清水 勉 「乞食」
　　広滝 光 「祭」
第5回（昭48年）
　◇俳句
　　渡辺 文武 「秩父山塊」
　◇詩（準賞）
　　後藤 宏 「蟹」
　　西尾 浩子 「訪問」
第6回（昭50年）
　◇短歌
　　江村 道子 「かわく子等の掌」
　◇詩（準賞）
　　古田 のい子 「小経」
　　片岡 虎二 「森のなかで」
　　萩原 梓 「中禅寺陸軍病院」
第7回（昭51年）
　◇短歌
　　日暮 三雄 「蘇える貨車の―」
　◇詩（準賞）
　　永岩 孝英 「ふりきる」
　　北原 光男 「みかん」
　　白倉 真麗子 「節」
第8回（昭52年）
　　該当作なし
第9回（昭53年）
　◇詩
　　武田 多恵子 「白鷺」
第10回（昭54年）
　◇短歌
　　高野 久子 「栃本入川」
　◇詩（準賞）
　　篠崎 道子 「回帰」
　　湧口 光子 「地図」
第11回（昭55年）
　◇短歌
　　篠宮 光 「関東あるひは夏の韻律」
　◇俳句
　　針ケ谷 隆一 「刀匠―大隅俊平の世界」
　◇詩（準賞）

　　保坂 康夫 「帽子」
　　棚橋 民子 「直」
第12回（昭56年）
　◇短歌
　　山口 富江 「山の正月」
　◇詩（準賞）
　　高橋 博仁 「狙撃」
　　間中 春枝 「夏」
　　山崎 十死生 「紫陽花」
第13回（昭57年）
　◇短歌
　　高谷 善之助 「鶏を剖く」
　◇詩（準賞）
　　福島 みね子 「歪んだ骨」
　　早川 琢 「人形の眼の町」
　　卜部 真希子 「ロマンス」
第14回（昭58年）
　◇短歌
　　斎藤 広一 「秩父に住みて」
　◇詩（準賞）
　　菅原 優子 「掌の中の鳩」
第15回（昭59年）
　◇短歌
　　菊地 富美 「プライシグの斑点」
　◇俳句
　　波羅 素子 「若葉追う」
第16回（昭60年）
　◇短歌
　　坂本 開智 「秩父の昔・むかし」
　◇俳句
　　高松 洭浪 「二所の関まで」
　◇詩（準賞）
　　伊集院 昭子
　　寺西 恭子
第17回（昭61年）
　◇短歌
　　尾堤 輝義 「墜ちゆく田」
　◇俳句
　　田村 松司 「妻」
　◇詩（準賞）
　　山路 豊子
　　河内 さち子
第18回（昭62年）
　◇短歌
　　岩井 道也 「挽歌」
　◇俳句

019 彩の国・埼玉りそな銀行 埼玉文学賞

酒本 八重 「田の神」
◇詩
　田中 美千代 「カミソリ」
第19回（昭63年）
◇短歌
　飛高 敬 「少年の首」
◇俳句（準賞）
　上野 晃裕 「関東ローム」
　大石 雄鬼 「片虹」
◇詩（準賞）
　神保 きく代 「猫の死」
　渡辺 雄司 「青春工場」
第20回（平1年）
◇詩
　該当作なし
●準賞
　町田 千代子
　桜庭 英子
◇短歌
　該当作なし
●準賞
　宮川 智子
　中井 茂
◇俳句
　山崎 十死生 「ある日」
第21回（平2年）
◇詩
　該当作なし
●準賞
　力丸 瑞穂
　石井 睦子
◇短歌
　中井 優子 「夏風の向こうに」
◇俳句
　笹川 耕市 「ダリの髭」
第22回（平3年）
◇詩
　該当作なし
●準賞
　菊地 てるみ
　深沢 朝子
◇短歌
　岡本 保 「杣の棲処」
◇俳句
　豊田 豊 「楽聞くごとき」
第23回（平4年）

◇詩
　山路 豊子 「覚める」（ほか）
◇短歌
　渡辺 栄治 「ある日常」
◇俳句
　荒井 良子 「紫蘇きざむ」
第24回（平5年）
◇詩
　該当作なし
●準賞
　菅原 きよ子 「父」
　里見 静江 「少年」
◇短歌
　角田 水津雄 「鶩鳥の脚」
◇俳句
　黒沢 清二 「村が沈むぞ」
第25回（平6年）
◇詩
　該当作なし
●準賞
　笠井 光子 「螺旋階段」
　柳坪 幸佳 「八月六日によせて」
◇短歌
　該当作なし
●準賞
　石田 富一 「この世にいます」
　金子 富美子 「縦走」
◇俳句
　横川 俊夫 「冬海」
第26回（平7年）
◇詩
　該当作なし
●準賞
　遠藤 昭己 「影絵の村で」
　大谷 美子 「伝言」
◇短歌
　伊藤 幸子 「砂漠の果実—イスラエル紀行より」
◇俳句
　山田 ひろむ 「冬ガンガ」
第27回（平8年）
◇短歌
　斉藤 光悦 「足長象のスキップ」
◇俳句
　川村 ひろし 「永字八法」
◇詩準賞

019 彩の国・埼玉りそな銀行 埼玉文学賞

　　渡辺 頴子 「甕」
　　巴 希多 「文庫」
第28回（平9年）
　◇短歌
　　菅原 康子 「デリーの空」
　◇詩準賞
　　尾崎 玉枝 「綿毛」
　　金井 節子 「添い寝」
　◇俳準賞
　　小原 満 「病めば青し…」
第29回（平10年）
　◇短歌
　　谷口 ひろみ 「桜曼陀羅」
　◇詩準賞
　　落合 和 「アルキメデス」
　　山丘 桂子 「満ちていく」
　◇俳句準賞
　　柳谷 昌 「自然体」
　　富永 千里 「白木槿」
第30回（平11年）
　◇詩部門
　　該当作なし
　●準賞
　　小林 登茂子 「武州入間郡」
　◇短歌部門
　　鈴木 ユキ枝 「冬のバラ」
　◇俳句部門
　　尾堤 輝義 「天領」
第31回（平12年）
　◇詩部門
　　該当作なし
　●準賞
　　村田 寿子 「ビルマの毛糸」
　◇短歌部門
　　若谷 政夫 「慈姑（くわい）の花」
　　神田 ケサヨ 「引揚げ」
　◇俳句部門
　　金谷 和子 「曖昧に…」
第32回（平13年）
　◇詩部門
　　該当作なし
　●準賞
　　小野 恵美子 「雪」
　　郡司 乃梨 「ひらがなの時」
　◇短歌部門
　　殿谷 澄子 「那賀川」

　◇俳句部門
　　大木 繁司 「懐かしき家郷」
第33回（平14年）
　◇詩部門
　　該当作なし
　●準賞
　　小林 登茂子 「日傘」
　◇短歌部門
　　川名 佳子 「鋳物」
　◇俳句部門
　　清水 保巳 「羽抜鶏」
第34回（平15年）
　◇詩部門
　　里見 静江 「いのちの危機」
　◇短歌部門
　　百武 皐月 「ガンジス有情」
　◇俳句部門
　　岡崎 正宏 「河鹿鳴き」
第35回（平16年）
　◇詩部門
　　ささき ひろし 「駅」
　◇短歌部門
　　川辺 昭典 「廃市」
　◇俳句部門
　　髙松 文月 「嵯峨野」
第36回（平17年）
　◇詩部門
　●準賞
　　峯尾 博子 「蒲ザクラ」
　　松下 美恵子 「自分色」
　◇短歌部門
　　小野 肇 「アカシアの花」
　◇俳句部門
　　中村 美枝子 「混沌の沼」
第37回（平18年）
　◇詩部門
　　伊藤 伸太朗 「源流を求めて」
　◇短歌部門
　　山崎 啓子 「海めぐる」
　◇俳句部門
　　池田 雅夫 「棚田守」
第38回（平19年）
　◇詩部門
　●準賞
　　ふくもり いくこ 「手」
　　こや ひろこ 「そして凪の時間に」

文学一般　　　　　　　　　　　　　　　　　　　　　　　　　　　　　　　020 詩歌文学館賞

◇短歌部門
　笛木 智恵美　「鬼虫」
◇俳句部門
　高橋 邦夫　「里神楽」
第39回（平20年）
◇詩部門
　ふくもり いくこ　「活版印刷工場の青春」
◇短歌部門
　中井 茂　「パソコンの中の迷子」
◇俳句部門
　大野 ひろ志　「はなめぐり」
第40回（平21年）
◇詩部門
　こや ひろこ　「埼京線下り各駅列車」
◇短歌部門
　受賞作なし
◇俳句部門
　二宮 澄子　「海の鼓動」
　赤井 摩弥子　「座標軸」
第41回（平22年）
◇詩部門
　五藤 悦子　「地平」
◇短歌部門
　清水 晃子　「水輪」
◇俳句部門
　田島 良生　「雲の峰」
第42回（平23年）
◇詩部門
　秋本 カズ子　「山ゆり」

◇短歌部門
●準賞
　吉弘 藤枝　「災害ありて」
◇俳句部門
　沼尾 将之　「高麗」
第43回（平24年）
◇詩部門
　中尾 敏康　「二つの拒絶」
◇短歌部門
　藤村 光子　「猛暑の日々」
◇俳句部門
　天貝 弘　「山稜」
第44回（平25年）
◇詩部門
●準賞
　水木 萌子　「雲平線」
◇短歌部門
　靍島 駿　「緊急時避難準備区域解除後の広
　　野町」
◇俳句部門
　萩原 陽里　「父に」
第45回（平26年）
◇詩部門
　秋田 芳子　「川風」
◇短歌部門
　田中 愛子　「さくら草通り」
◇俳句部門
　大久保 和生　「秩父夜祭」

---

020 詩歌文学館賞

　現代詩歌を専門に収集、保存する目的で我が国で初めて創設された「日本現代詩歌文学館」を記念して、井上靖同名誉館長の提案によって昭和60年に設けられた。現代詩歌文学の振興に寄与することを目的とする。

【主催者】日本現代詩歌文学館振興会、(財)一ツ橋綜合財団

【選考委員】（第28回〜第30回）詩：井川博年、長田弘、平田俊子、短歌：大下一真、柏崎驍二、花山多佳子、俳句：大久保白村、鍵和田秞子、高野ムツオ

【選考方法】非公募。詩人、歌人、俳人及び主要専門誌主幹、文芸誌編集者、同文学館振興会役員、評議員のアンケートによる候補作品を参考に、選考委員が選出する

【選考基準】〔対象〕詩、短歌、俳句。毎年1月〜12月に刊行された作品集

【締切・発表】毎年3月に最終選考、5月に贈賞式

【賞・賞金】正賞鬼剣舞手彫り面,副賞各100万円
【URL】http：//www.shiikabun.jp/

第1回(昭和61年)
◇現代詩
　清水 哲男　「東京」〔書肆山田〕
◇現代短歌
　近藤 芳美　「祈念に」〔不識書院〕
◇現代俳句
　平畑 静塔　「矢素」〔角川書店〕
◇特別賞
　岩手県詩人クラブ(3年連続アンソロジー刊行)

第2回(昭和62年)
◇現代詩
　最匠 展子　「微笑する月」〔思潮社〕
◇現代短歌
　塚本 邦雄　「詩歌変」〔不識書院〕
◇現代俳句
　加藤 楸邨　「怒濤」〔花神社〕

第3回(昭和63年)
◇現代詩
　鈴木 ユリイカ　「海のヴァイオリンがきこえる」〔思潮社〕
◇現代短歌
　前 登志夫　「樹下集」〔小沢書店〕
◇現代俳句
　橋 閒石　「橋閒石俳句選集」〔沖積舎〕

第4回(平1年)
◇現代詩
　吉岡 実(辞退)「ムーンドロップ」〔書肆山田〕
◇現代短歌
　馬場 あき子　「月華の節」〔立風書房〕
◇現代俳句
　村越 化石　「筒鳥」〔浜発行所〕

第5回(平2年)
◇現代詩
　吉野 弘　「自然渋滞」〔花神社〕
◇現代短歌
　佐佐木 幸綱　「金色の獅子」〔雁書館〕
◇現代俳句
　佐藤 鬼房　「半跏坐」〔紅書房〕

第6回(平3年)
◇現代詩
　吉増 剛造　「螺旋歌」〔河出書房新社〕
◇現代短歌
　該当作なし
◇現代俳句
　永田 耕衣　「泥ん」〔沖積舎〕

第7回(平4年)
◇現代詩
　清岡 卓行　「パリの5月に」〔思潮社〕
◇現代短歌
　大西 民子　「風の曼陀羅」〔短歌研究社〕
◇現代俳句
　阿波野 青畝　「西湖」〔青畝句集刊行会〕

第8回(平5年)
◇現代詩
　大岡 信　「地上楽園の午後」〔花神社〕
◇現代短歌
　安永 蕗子　「青湖」〔不識書院〕
◇現代俳句
　能村 登四郎　「長嘯」〔角川書店〕

第9回(平6年)
◇現代詩
　辻 征夫　「河口眺望」〔書肆山田〕
◇短歌
　斎藤 史　「秋天瑠璃」〔不識書院〕
◇俳句
　中村 苑子　「吟遊」〔角川書店〕

第10回(平7年)
◇現代詩
　宗 左近　「藤の花」〔思潮社〕
◇短歌
　窪田 章一郎　「定型の土俵」〔砂子屋書房〕
◇俳句
　沢木 欣一　「眼前」〔角川書店〕

第11回(平8年)
◇現代詩
　高橋 睦郎　「姉の島」〔集英社〕
◇現代短歌
　島田 修二　「草木国土」〔花神社〕
◇現代俳句
　金子 兜太　「両神」〔立風書房〕

第12回(平9年)

◇現代詩
　田中 清光 「岸辺にて」〔思潮社〕
◇現代短歌
　武川 忠一 「翔影」〔雁書館〕
◇現代俳句
　安東 次男 「流」〔ふらんす堂〕
第13回（平10年）
◇現代詩
　新川 和江 「けさの陽に」〔花神社〕
◇現代短歌
　築地 正子 「みどりなりけり」〔砂子屋書房〕
◇現代俳句
　川崎 展宏 「秋」〔角川書店〕
第14回（平11年）
◇現代詩
　三井 葉子 「草のような文字」〔深夜叢書社〕
◇短歌
　岡井 隆 「ウランと白鳥」〔短歌研究社〕
◇俳句
　草間 時彦 「盆点前」〔永田書房〕
第15回（平12年）
◇現代詩
　粕谷 栄市 「化体」〔思潮社〕
◇短歌
　篠 弘 「凱旋門」〔砂子屋書房〕
◇俳句
　藤田 湘子 「神楽」〔朝日新聞社〕
第16回（平13年）
◇現代詩
　安水 稔和 「椿崎や見なんとて」〔編集工房ノア〕
◇短歌
　高野 公彦 「水苑」〔砂子屋書房〕
◇俳句
　成田 千空 「忘年」〔花神社〕
第17回（平14年）
◇詩
　伊藤 信吉 「老世紀界隈で」〔集英社〕
◇短歌
　竹山 広 「竹山広全歌集」〔雁書館・ながらみ書房〕
◇俳句
　清水 径子 「雨の樹」〔角川書店〕

第18回（平15年）
◇詩
　財部 鳥子 「モノクロ・クロノス」〔思潮社〕
◇短歌
　岡部 桂一郎 「一点鐘」〔青磁社〕
◇俳句
　松崎 鉄之介 「長江」〔角川書店〕
第19回（平16年）
◇詩
　安藤 元雄 「わがノルマンディー」
◇短歌
　山埜井 喜美枝 「はらりさん」
◇俳句
　森田 峠 「葛の崖」
第20回（平17年）
◇詩
　飯島 耕一 「アメリカ」
◇短歌
　宮 英子 「西域更紗」
◇俳句
　林 翔 「光年」
第21回（平18年）
◇詩
　入沢 康夫 「アルボラーダ」
◇短歌
　稲葉 京子 「椿の館」
◇俳句
　深見 けん二 「日月」
第22回（平19年）
◇詩
　池井 昌樹 「童子」〔思潮社〕
◇短歌
　岡野 弘彦 「バグダッド燃ゆ」〔砂子屋書房〕
◇俳句
　小原 啄葉 「平心」〔角川書店〕
第23回（平20年）
◇詩
　谷川 俊太郎 「私」〔思潮社〕
◇短歌
　清水 房雄 「巳哉微吟」〔角川書店〕
◇俳句
　鷹羽 狩行 「十五峯」〔ふらんす堂〕
第24回（平21年）
◇詩

長田 弘 「幸いなるかな本を読む人」〔毎日新聞社〕
◇短歌
　　橋本 喜典 「悲母像」〔短歌新聞社〕
◇俳句
　　友岡 子郷 「友岡子郷俳句集成」〔沖積舎〕
第25回（平22年）
◇詩
　　有田 忠郎 「光は灰のように」〔書肆山田〕
◇短歌
　　田井 安曇 「千年紀地上」〔角川書店〕
◇俳句
　　星野 麦丘人 「小椿居（せうちんきよ）」〔角川書店〕
第26回（平23年）
◇詩
　　須永 紀子 「空の庭、時の径」〔書肆山田〕
◇短歌
　　柏崎 驍二 「百たびの雪」〔柊書房〕
◇俳句
　　大峯 あきら 「群生海」〔ふらんす堂〕
第27回（平24年）
◇詩
　　須藤 洋平 「あなたが最期の最期まで生きようと、むき出しで立ち向かったから」〔河出書房新社〕

◇短歌
　　佐藤 通雅 「強霜（こはじも）」〔砂子屋書房〕
◇俳句
　　宇多 喜代子 「記憶」〔角川学芸出版〕
第28回（平25年）
◇詩
　　中上 哲夫 「ジャズエイジ」〔花梨社〕
◇短歌
　　雨宮 雅子 「水の花」〔角川書店〕
◇俳句
　　有馬 朗人 「流轉」〔角川書店〕
第29回（平26年）
◇詩
　　北川 朱実 「ラムネの瓶、錆びた炭酸ガスのばくはつ」〔思潮社〕
◇短歌
　　玉井 清弘 「屋嶋」〔角川書店〕
◇俳句
　　柿本 多映 「仮生」〔現代俳句協会〕
第30回（平27年）
◇詩
　　八木 忠栄 「雪、おんおん」〔思潮社〕
◇短歌
　　来嶋 靖生 「硯」〔柊書房〕
◇俳句
　　大牧 広 「正眼」〔東京四季出版〕

021 島根県芸術文化祭文芸作品募集

　昭和43年8月1日に県民待望の文化施設である島根県民会館が開館し、これを主会場として11月に美術、文芸、芸能部門の3部門による島根県芸術文化祭が開催された。平成14年度で終了し、「島根県民文化祭」へと移行。

【主催者】島根県教育委員会

【選考委員】釸川兼光、中西明、渡部幽棲（短歌）、土橋石楠花、久玉樵村、富田郁子（俳句）、金村青湖、長谷川博子（川柳）、高田頼昌、川辺真、佐々木道子（詩）、池野誠、石丸正、古浦義己（散文）

【選考方法】公募

【選考基準】〔資格〕島根県内在住在勤、在学者の未発表作品。〔原稿〕短歌：1人3首以内 俳句：1人3句以内 川柳：1人3句以内 詩：1人1篇400字詰原稿用紙2枚以内 散文（随筆、小説、評論等）：1人1篇、400字詰原稿用紙20枚以内

【賞・賞金】金賞（1名）、銀賞（2名）、銅賞（3名）、入選（若干名）、特別賞として知事賞（1

021 島根県芸術文化祭文芸作品募集
名）

第1回（昭43年）
◇短歌（金賞）
　吉儀 芙沙緒
◇俳句（金賞）
　久屋 三秋
◇川柳（金賞）
　栩木 歓象
◇詩（金賞）
　高田 頼昌
第2回（昭44年）
◇短歌（金賞）
　小田 裕候
◇俳句（金賞）
　森山 比呂志
◇川柳（金賞）
　錦織 健二
◇詩（金賞）
　布野 芙美夫
第3回（昭45年）
◇短歌（金賞）
　山根 芙美子
◇俳句（金賞）
　島田 節子
◇川柳（金賞）
　山根 はな子
◇詩（金賞）
　岩本 克幸
第4回（昭46年）
◇短歌（金賞）
　並河 健蔵
◇俳句（金賞）
　原本 守貞
◇川柳（金賞）
　斎坂 多一郎
◇詩（金賞）
　洲浜 昌三
第5回（昭47年）
◇短歌（金賞）
　山本 圭子
◇俳句（金賞）
　周藤 白鳳
◇川柳（金賞）
　石倉 吉蓼

◇詩（金賞）
　田中 まさき
第6回（昭48年）
◇短歌（金賞）
　並河 健蔵
◇俳句（金賞）
　森山 古遊
◇川柳（金賞）
　大峠 可動
◇詩（金賞）
　閤田 真太郎
第7回（昭49年）
◇短歌（金賞）
　石川 雅子
◇俳句（金賞）
　田中 信子
◇川柳（金賞）
　佐竹 君女
◇詩（金賞）
　金山 紀九重
第8回（昭50年）
◇短歌（金賞）
　上田 房一
◇俳句（金賞）
　児島 道昌
◇川柳（金賞）
　青山 不折庵
◇詩（金賞）
　成清 妙子
第9回（昭51年）
◇短歌（金賞）
　落海 敏子
◇俳句（金賞）
　小林 湖村
◇川柳（金賞）
　門脇 瓶底
◇詩（金賞）
　斉藤 清礼
第10回（昭52年）
◇短歌（金賞）
　坂井 ミスエ
◇俳句（金賞）
　布施 里詩

詩歌・俳句の賞事典

◇川柳（金賞）
　飯塚 虎秋
◇詩（金賞）
　田中 まさき
第11回（昭53年）
◇短歌（金賞）
　並河 健蔵
◇俳句（金賞）
　岸 明子
◇川柳（金賞）
　岡田 美智子
◇詩（金賞）
　梅木 裕
第12回（昭54年）
◇短歌（金賞）
　立石 幸男
◇俳句（金賞）
　波多野 弘秋
◇川柳（金賞）
　高見 鐘堂
◇詩（金賞）
　真壁 いくる
第13回（昭55年）
◇短歌（金賞）
　山崎 久子
◇俳句（金賞）
　安達 波外
◇川柳（金賞）
　福田 秀城
◇詩（金賞）
　該当作なし
第14回（昭56年）
◇短歌（金賞）
　寺井 ウメノ
◇俳句（金賞）
　久城 真一
◇川柳（金賞）
　川井 登
◇詩（金賞）
　該当作なし
第15回（昭57年）
◇短歌（金賞）
　沢田 光能
◇俳句（金賞）
　村上 けい子
◇川柳（金賞）
　平野 洋々
◇詩（金賞）
　該当作なし
第16回（昭58年）
◇短歌（金賞）
　高橋 しのぶ
◇俳句（金賞）
　服部 康人
◇川柳（金賞）
　藤野 華村
◇詩（金賞）
　佐田 朝雄
第17回（昭59年）
◇短歌（金賞）
　後長 美津子
◇俳句（金賞）
　福田 たみ子
◇川柳（金賞）
　広田 一歩
◇詩（金賞）
　酒井 礼子
第18回（昭60年）
◇短歌（金賞）
　並河 健蔵
◇俳句（金賞）
　森山 古遊
◇川柳（金賞）
　勝部 操子
◇詩（金賞）
　該当作なし
第19回（昭61年）
◇短歌（知事賞）
　三浦 礼子
◇短歌（金賞）
　長谷 茂子
◇俳句（知事賞）
　馬庭 ユリ
◇俳句（金賞）
　原 育子
◇川柳（知事賞）
　井上 喜四郎
◇川柳（金賞）
　松 彬
◇詩（知事賞）
　小林 延子
◇詩（金賞）

中筋 靖乃
第20回（昭62年）
◇短歌（知事賞）
　庄司 春子
◇短歌（金賞）
　岡田 幸生
◇俳句（知事賞）
　佐藤 火星
◇俳句（金賞）
　椋木 由起
◇川柳（知事賞）
　永田 穂積
◇川柳（金賞）
　長谷川 博子
◇詩（知事賞）
　大国 キヨ子
◇詩（金賞）
　井上 清子
第21回（昭63年）
◇短歌（知事賞）
　後長 美津子
◇短歌（金賞）
　西田 義隆
◇俳句（知事賞）
　須田 たけ子
◇俳句（金賞）
　小川 加女代
◇川柳（知事賞）
　大野 蒼流
◇川柳（金賞）
　森口 時夫
◇詩（知事賞）
　該当作なし
◇詩（金賞）
　錦織 英山
第22回（平1年）
◇短歌
　●知事賞
　　岩崎 益子
　●金賞
　　中島 雷太郎
◇俳句
　●知事賞
　　森山 比呂志
　●金賞
　　井上 峰花

◇川柳
　●知事賞
　　勝部 操子
　●金賞
　　水永 ミツコ
◇詩
　●知事賞
　　堀江 芳子　「かくれんぼ」
　●金賞
　　西田 義隆　「水鏡」
第23回（平2年）
◇短歌
　●知事賞
　　安部 歌子
　●金賞
　　山口 祐子
◇俳句
　●知事賞
　　小川 君子
　●金賞
　　手錢 美都子
◇川柳
　●知事賞
　　宮田 房子
　●金賞
　　大田 美磯
◇詩
　●知事賞
　　船谷 清子　「赤い刺し子」
　●金賞
　　小林 延子　「始発駅」
第24回（平3年）
◇短歌
　●知事賞
　　服部 澄江
　●金賞
　　斎藤 八重子
◇俳句
　●知事賞
　　板持 玲子
　●金賞
　　冨岡 千代子
◇川柳
　●知事賞
　　槻谷 一葉
　●金賞

松本 文子
◇詩
●知事賞
該当作なし
●金賞
井下 和夫 「ダム湖」
第25回（平4年）
◇短歌
●知事賞
冨岡 千代子
●金賞
日下 宣市
◇俳句
●知事賞
坂本 恵美子
●金賞
小川 加女代
◇川柳
●知事賞
広田 愛子
●金賞
島 祥庵
◇詩
●知事賞
該当作なし
●金賞
小林 延子 「出口」
第26回（平5年度）
◇短歌の部
●知事賞
福田 勲
●金賞
榊原 しげる
◇俳句の部
●知事賞
渡辺 きよ乃
●金賞
上川 みゆき
◇川柳の部
●知事賞
安達 みつ子
●金賞
田中 美襧子
◇詩の部
●知事賞
岩田 英作

●金賞
小林 延子
第27回（平6年度）
◇短歌の部
●知事賞
井上 しげ子
●金賞
安達 さと子
◇俳句の部
●知事賞
大屋 得雄
●金賞
板倉 れいじ
◇川柳の部
●知事賞
青山 凡人
●金賞
佐竹 君女
◇詩の部
●知事賞
小林 延子
●金賞
大国 キヨ子
第28回（平7年度）
◇短歌の部
●知事賞
村上 園子
●金賞
黒田 武夫
◇俳句の部
●知事賞
森山 叶保子
●金賞
上杉 静梢
◇川柳の部
●知事賞
内藤 静翁
●金賞
土江 清逸
◇詩の部
●知事賞
工通 那智子
●金賞
山根 繁樹
第29回（平8年度）
◇短歌の部

- 知事賞
  並河 健蔵
- 金賞
  該当作なし
◇俳句の部
- 知事賞
  加藤 倶子
- 金賞
  美濃地 礼子
◇川柳の部
- 知事賞
  森 茂美
- 金賞
  たかはし けいこ
◇詩の部
- 知事賞
  岩田 英作
- 金賞
  山根 繁樹

第30回（平9年度）
◇短歌の部
- 知事賞
  井上 文子
- 金賞
  沢田 光能
◇俳句の部
- 知事賞
  小村 絹代
- 金賞
  橋本 定明
◇川柳の部
- 知事賞
  竹治 ちかし
- 金賞
  高野 律子
◇詩の部
- 知事賞
  該当作なし
- 金賞
  山根 繁樹

第31回（平10年度）
◇短歌
- 知事賞
  岩佐 恒子
- 金賞
  安部 歌子

◇俳句
- 知事賞
  荒木 緋紗女
- 金賞
  山根 早苗
◇川柳
- 知事賞
  田中 美襧子
- 金賞
  山本 明参
◇詩
- 知事賞
  該当作なし
- 金賞
  山根 繁樹 「ふ」

第32回（平11年度）
◇短歌の部
- 知事賞
  榊原 しげる
- 金賞
  櫻尾 道子
◇俳句の部
- 知事賞
  上川 美絵
- 金賞
  中島 啓子
◇川柳の部
- 知事賞
  佐藤 治代
- 金賞
  奥田 勝子
◇詩の部
- 知事賞
  山根 繁樹
- 金賞
  難波 紀久子

第33回（平12年度）
◇短歌の部
- 知事賞
  岩佐 恒子
- 金賞
  福間 正子
◇俳句の部
- 知事賞
  古藤 正福
- 金賞

井上 栄子
◇川柳の部
● 知事賞
　青山 久子
● 金賞
　持田 俶子
◇詩の部
● 知事賞
　山根 繁樹
● 金賞
　梶谷 尚世
第34回（平13年度）
◇短歌の部
● 知事賞
　後長 美津子
● 金賞
　足立 旦美
◇俳句の部
● 知事賞
　福村 ミサ子
● 金賞
　松田 清子
◇川柳の部
● 知事賞
　持田 俶子
● 金賞
　荒木 ひとみ

◇詩の部
● 知事賞
　山根 繁樹
● 金賞
　柳楽 恒子
第35回（平14年度）
◇短歌の部
● 知事賞
　白根 佐知江
● 金賞
　奈良 正義
◇俳句の部
● 知事賞
　吉岡 房代
● 金賞
　須谷 康子
◇川柳の部
● 知事賞
　安部 道子
● 金賞
　佐藤 好野
◇詩の部
● 知事賞
　小林 延子
● 金賞
　佐野 正芳

022 島根県民文化祭〔文芸作品〕

県民から文芸作品を公募し，優秀な作品を表彰するとともに作品集を刊行することによって，県民の創作活動を助長奨励するとともに，広く県民の文芸に対する理解と関心を深め，もって県民の文化芸術活動の振興に資することを目的とする。

【主催者】島根県文芸協会，島根県，島根県文化団体連合会

【選考委員】短歌：水津正夫，西基宜，安部洋子，俳句：月森遊子，田中静龍，栗原稜歩，川柳：竹治ちかし，長谷川博子，三島淞丘，詩：田村のり子，閤田真太郎，山城健，散文：池野誠，安達日南子，丹羽隆

【選考方法】公募

【選考基準】〔資格〕県内に居住している人，県内に通勤通学している人及び県出身者。〔対象〕本人の自作かつ未発表の作品。短歌1人3首以内，俳句1人3句以内，川柳1人3句以内，詩1人1篇，散文（随筆，小説，評論等）1人1篇

【締切・発表】（平成27年度）平成27年9月4日締切（当日消印有効），優秀な作品を「島根文芸（第48号）」に掲載するほか，島根県文化振興室のホームページ上で受賞者を発

表。また，表彰式を12月13日に開催

【賞・賞金】【一般の部】知事賞：1名，金賞：1名，銀賞：2名，銅賞：3名，入選：若干名
【ジュニアの部】ジュニア部門大賞：1名，ジュニア部門優秀賞：1名，入選：若干名

【URL】http://www.pref.shimane.lg.jp/life/bunka/shinkou/bunkasai/

(平15年度)
◇短歌の部
● 知事賞
　青山 祐一
● 金賞
　柳楽 恒子
◇俳句の部
● 知事賞
　上川 美絵
● 金賞
　原 千恵子
◇川柳の部
● 知事賞
　伊藤 玲子
● 金賞
　銭山 昌枝
◇詩の部
● 知事賞
　中村 真緒
● 金賞
　三沢 清雄
(平16年度)
◇短歌
● 知事賞
　石倉 正枝
● 金賞
　渡部 鯨舟
◇俳句
● 知事賞
　土江 江流
● 金賞
　田久和 みどり
◇川柳
● 知事賞
　川本 畔
● 金賞
　橋本 幸子
◇詩
● 知事賞
　大山 博子
● 金賞
　田中 里実
(平17年度)
◇短歌
● 知事賞
　櫻尾 道子
● 金賞
　佐野 正芳
◇俳句
● 知事賞
　水 邦子
● 金賞
　吉岡 房代
◇川柳
● 知事賞
　三島 東風
● 金賞
　青山 久子
◇詩
● 知事賞
　佐田 光子
● 金賞
　ウキョウ チサ
(平18年度)
◇短歌
● 知事賞
　藤岡 春江
● 金賞
　福原 逸子
◇俳句
● 知事賞
　梶川 裕子
● 金賞
　元道 和子
◇川柳
● 知事賞
　伊藤 玲子
● 金賞

山藤 照恵
◇詩
・知事賞
　恩田 寿美子
・金賞
　金築 巽
（平19年度）
◇短歌
・知事賞
　山田 明子
・金賞
　池田 ツルヨ
◇俳句
・知事賞
　吉岡 和子
・金賞
　池田 都瑠女
◇川柳
・知事賞
　濱谷 ひろし
・金賞
　珍部 美江子
◇詩
・知事賞
　金築 巽
・金賞
　彩子
（平20年度）
◇短歌
・知事賞
　奈良 正義
・金賞
　有川 照子
◇俳句
・知事賞
　稲村 貞子
・金賞
　飯塚 ひろし
◇川柳
・知事賞
　該当作なし
・金賞
　山﨑 知惠子
◇詩
・知事賞
　くりす さほ

・金賞
　佐田 光子
（平21年度）
◇短歌
・知事賞
　廣瀬 みづゑ
・金賞
　藤井 桂子
◇俳句
・知事賞
　西村 松子
・金賞
　尾谷 五女子
◇川柳
・知事賞
　原 タカ子
・金賞
　梶谷 武利
◇詩
・知事賞
　高橋 留理子
・金賞
　大山 博子
（平22年度）
◇短歌
・知事賞
　福原 逸子
・金賞
　櫻尾 道子
◇俳句
・知事賞
　西村 松子
・金賞
　川瀬 清子
◇川柳
・知事賞
　青山 幸子
・金賞
　田中 美禰子
◇詩
・知事賞
　有原 一三五
・金賞
　小林 延子
（平23年度）
◇短歌

文学一般　　　　　　　　　022 島根県民文化祭〔文芸作品〕

- 知事賞
  青山 祐一
- 金賞
  大畑 千代江
◇俳句
- 知事賞
  木幡 花人
- 金賞
  石倉 かずえ
◇川柳
- 知事賞
  別所 花梨
- 金賞
  梶谷 幸子
◇詩
- 知事賞
  竹下 奈緒子
- 金賞
  中島 千尋
(平24年度)
◇短歌
- 知事賞
  大内 政江
- 金賞
  櫻尾 道子
◇俳句
- 知事賞
  大内 政江
- 金賞
  万代 紀子
◇川柳
- 知事賞
  松本 知恵子
- 金賞
  安黒 登貴枝
◇詩
- 知事賞
  佐藤 好野
- 金賞
  船谷 清子
(平25年度)

◇短歌
- 知事賞
  藤井 桂子
- 金賞
  沖田 稔子
◇俳句
- 知事賞
  青木 道子
- 金賞
  青木 紫女
◇川柳
- 知事賞
  柳樂 たえこ
- 金賞
  持田 俶子
◇詩
- 知事賞
  升田 尚世
- 金賞
  宮川 菊代
(平26年度)
◇短歌
- 知事賞
  森川 一二三
- 金賞
  井田 玲子
◇俳句
- 知事賞
  渡部 文子
- 金賞
  尾谷 五女子
◇川柳
- 知事賞
  福間 芳枝
- 金賞
  芝原 恵子
◇詩
- 知事賞
  角森 玲子
- 金賞
  金築 雨学

023 市民文芸作品募集（広島市）

広島市民から文芸作品を募集し、市民文芸作品集「文芸ひろしま」を出版することにより、発表の機会を提供し、創作活動の振興と発展に寄与することを目的とする。

【主催者】（財）広島市未来都市創造財団、中国新聞社

【選考方法】 公募

【選考基準】〔対象〕一般の部：(1)詩 (2)短歌 (3)俳句 (4)川柳 (5)小説・シナリオ (6)エッセイ・ノンフィクション (7)児童文学、ジュニアの部：(1)詩 (2)俳句（小学生・低学年：1～3年生、小学生・高学年：4～6年生、中学生の別に募集）。〔資格〕一般の部：広島市内に在住または通勤、通学している人（年齢制限なし）、ジュニアの部：広島市内に在住または通学している小・中学生。〔原稿〕一般の部 詩：1人1編、400字詰原稿用紙5枚以内、短歌・俳句・川柳：1人2首（句）以内、官製はがき1枚に連記、小説・シナリオ：1人1編、50枚以内、エッセイ・ノンフィクション：1人1編、30枚以内、児童文学：1人1編、20枚以内。ジュニアの部 詩：1人1編、400字詰原稿用紙3枚以内、俳句：1人2句まで、官製はがき1枚に連記

【締切・発表】 2月末締切、発表は翌年7月頃入賞者本人へ直接通知するほか、中国新聞紙上で発表予定

【賞・賞金】〔一般の部 詩、短歌、俳句、川柳の各部門〕1席（1名）：1万円、2席（2名）：各5千万円、3席（5名）：各3千円、佳作（若干名）：賞金なし。〔一般の部 小説・シナリオ、エッセイ・ノンフィクション、児童文学の各部門〕1席（1名）：5万円、2席（2名）：各2万5千円、3席（5名）：各1万5千円。〔ジュニアの部 詩、俳句の各部門〕1席（1名）：3千円の図書カード、2席（2名）：各2千円の図書カード、3席（5名）：各1千円の図書カード、佳作（若干名）：賞品なし。優秀作品は市民文芸作品集「文芸ひろしま」に掲載。出版権は広島市未来都市創造財団に帰属

【URL】 http://www.cf.city.hiroshima.jp/bunka/

第1回（昭56年）
◇詩
● 1席
　北村 均
◇短歌
● 1席
　高野 和子
◇俳句
● 1席
　沖川 とみえ
◇川柳
● 1席
　難波 春晴
第2回（昭57年）
◇詩
● 1席
　木村 恭子
◇短歌
● 1席
　馬場 元志
◇俳句
● 1席
　大杉 コトヨ
◇川柳
● 1席
　沼田 観杏
第3回（昭58年）
◇詩
● 1席
　万亀 佳子
◇短歌
● 1席

該当作なし
◇俳句
● 1席
　加計 姤
◇川柳
● 1席
　王寺 ハマコ
第4回（昭59年）
◇詩
● 1席
　鳴戸 謙祥
◇短歌
● 1席
　該当作なし
◇俳句
● 1席
　谷川 只子
◇川柳
● 1席
　沼田 観杏
第5回（昭60年）
◇詩
● 1席
　小柳 育実
◇短歌
● 1席
　中元 ミスエ
◇俳句
● 1席
　大杉 コトヨ
◇川柳
● 1席
　津村 靖憲
第6回（昭61年）
◇詩
● 1席
　桑本 みわ子
◇短歌
● 1席
　該当作なし
◇俳句
● 1席
　枦川 常子
◇川柳
● 1席
　大野 マスエ

第7回（昭62年）
◇詩
● 1席
　富永 義典
◇短歌
● 1席
　田中 道雄
◇俳句
● 1席
　鈴木 厚子
◇川柳
● 1席
　谷崎 法隆
第8回（昭63年）
◇詩
● 1席
　渡部 静香
◇短歌
● 1席
　中元 ミスエ
◇俳句
● 1席
　酒井 勇治
◇川柳
● 1席
　沖中 実
第9回（平1年）
◇詩
● 1席
　桂木 雅晶（本名・岡本貴徳）「LIVE〜創世紀・1985」
◇短歌
● 1席
　橋川 百代
◇俳句
● 1席
　藤瀬 朝子
◇川柳
● 1席
　富松 義典
第10回（平2年）
◇詩
● 1席
　田辺 完三郎 「見るために目を閉じる」
◇短歌
● 1席

023 市民文芸作品募集(広島市)　　　　　　　　　　　　　　　　　　　　文学一般

　西 よし子
◇俳句
　●1席
　　田部 黙蛙
◇川柳
　●1席
　　網本 義彦
第11回(平3年)
◇詩
　●1席
　　牧野 尚子　「海鳴り」
◇短歌
　●1席
　　森岡 天涯(本名・博)
◇俳句
　●1席
　　谷川 昭男
◇川柳
　●1席
　　君川 朱美
第12回(平4年)
◇詩
　●1席
　　松岡 政則　「憧憬」
◇短歌
　●1席
　　幾田 とし子
◇俳句
　●1席
　　竹久 清信
◇川柳
　●1席
　　大上 勝三
第13回(平5年)
◇詩
　●1席
　　該当作なし
◇短歌
　●1席
　　五百目 義一
◇俳句
　●1席
　　和田 一菜
◇川柳
　●1席
　　原 憲子

第14回(平6年)
◇詩
　●1席
　　該当作なし
◇短歌
　●1席
　　野間 洋夫
◇俳句
　●1席
　　加藤 真吾
◇川柳
　●1席
　　菊本 房子
第15回(平7年)
◇詩
　●1席
　　岩石 忠臣　「公園の夏」
◇短歌
　●1席
　　小杉 哲也
◇俳句
　●1席
　　河村 深雪
◇川柳
　●1席
　　佐東 晴登
第16回(平8年)
◇詩
　●1席
　　該当作なし
◇短歌
　●1席
　　宮本 洋子
◇俳句
　●1席
　　信広 進
◇川柳
　●1席
　　正木 一三
第17回(平9年)
◇詩
　●1席
　　該当作なし
◇短歌
　●1席
　　橋本 幹子

◇俳句
 ●1席
  原田 澤子
◇川柳
 ●1席
  藤川 美須子
第18回(平10年)
◇詩
 ●1席
  井藤 綱一 「いのち(北病棟621)」
◇短歌
 ●1席
  中野 冨子
◇俳句
 ●1席
  松野 和子
◇川柳
 ●1席
  藤川 美須子
第19回(平11年)
◇詩
 ●1席
  該当作なし
◇短歌
 ●1席
  荒槇 みき枝
◇俳句
 ●1席
  有田 照美
◇川柳
 ●1席
  君川 朱美
第20回(平12年)
◇詩
 ●1席
  木本 由美 「レストラン」
◇短歌
 ●1席
  豊田 武男
◇俳句
 ●1席
  加藤 志実恵
◇川柳
 ●1席
  菊本 花宝
第21回(平13年)

◇詩
 ●1席
  石川 敏夫 「幾何学」
◇短歌
 ●1席
  西村 昌子
◇俳句
 ●1席
  山根 明春
◇川柳
 ●1席
  和木坂 正康
第22回(平14年)
◇詩
 ●1席
  該当作なし
◇短歌
 ●1席
  馬場 元志
◇俳句
 ●1席
  平川 茂夫
◇川柳
 ●1席
  菊本 花宝
第23回(平15年)
◇詩
 ●1席
  大澤 優子 「骨」
◇短歌
 ●1席
  岩本 幸久
◇俳句
 ●1席
  星川 奈美枝
◇川柳
 ●1席
  津村 明正
第24回(平16年度)
◇一般の部・詩部門
 ●1席
  増田 康洋 「ブラウン管の中の永遠」
◇一般の部・短歌部門
 ●1席
  岡村 禎俊
◇一般の部・俳句部門

- 1席
  羽城 裕子
◇一般の部・川柳部門
- 1席
  亀井 朝子
◇ジュニアの部・小学生・詩部門
- 1席
  宮野 拓未（井口台小学校）「弟」
◇ジュニアの部・小学生・俳句部門
- 1席
  藤原 笙子（井口台小学校）
◇ジュニアの部・中学生・詩部門
- 1席
  杉田 尚美（口田中学校）「くつ」
◇ジュニアの部・中学生・俳句部門
- 1席
  山本 航平（可部中学校）

第25回（平18年度）
◇一般の部・詩部門
- 1席
  岩石 忠臣 「広場で遅い夜に」
◇一般の部・短歌部門
- 1席
  奥田 英人
◇一般の部・俳句部門
- 1席
  芦原 大造
◇一般の部・川柳部門
- 1席
  平本 恵美
◇ジュニアの部・小学生（低学年）・詩部門
- 1席
  酒井 愉未（安田小学校）「赤ちゃんはいいな」
◇ジュニアの部・小学生（高学年）・詩部門
- 1席
  米井 舜一郎（中野東小学校）「心」
◇ジュニアの部・小学生（低学年）・俳句部門
- 1席
  後藤 朱音（神崎小学校）
◇ジュニアの部・小学生（高学年）・俳句部門
- 1席
  伊藤 大輔（五日市南小学校）
◇ジュニアの部・中学生・詩部門
- 1席
  合路 菜月（祇園中学校）「ウチらの秋」

◇ジュニアの部・中学生・俳句部門
- 1席
  越智 文薫（祇園東中学校）

第26回（平21年度）
◇一般の部・詩部門
- 1席
  北森 みお 「T字橋の欄干」
◇一般の部・短歌部門
- 1席
  鈩谷 君子
◇一般の部・俳句部門
- 1席
  横山 愛
◇一般の部・川柳部門
- 1席
  吉川 徳子
◇ジュニアの部・小学生（低学年）・詩部門
- 1席
  北木 裕太 「クワガタ」
◇ジュニアの部・小学生（高学年）・詩部門
- 1席
  宮本 直子 「なみだ」
◇ジュニアの部・小学生（低学年）・俳句部門
- 1席
  白水 優樹
◇ジュニアの部・小学生（高学年）・俳句部門
- 1席
  辻谷 将真
◇ジュニアの部・中学生・詩部門
- 1席
  村上 あゆみ 「小さないのち」
◇ジュニアの部・中学生・俳句部門
- 1席
  横田 佑梨

第27回（平23年度）
◇一般の部・詩部門
- 1席
  中広 未来 「七十センチ」
◇一般の部・短歌部門
- 1席
  村上 光江
◇一般の部・俳句部門
- 1席
  重西 あつ子
◇一般の部・川柳部門
- 1席

宮本 茂久
◇ジュニアの部・小学生(低学年)・詩部門
●1席
　三上 公太郎 「ぼくのじいちゃん」
◇ジュニアの部・小学生(高学年)・詩部門
●1席
　松村 美咲 「決まった!!」
◇ジュニアの部・小学生(低学年)・俳句部門
●1席
　井上 瑠菜
◇ジュニアの部・小学生(高学年)・俳句部門
●1席
　廣田 天丸
◇ジュニアの部・中学生・詩部門
●1席
　松本 葉夏 「花火」
◇ジュニアの部・中学生・俳句部門
●1席
　高橋 志門
第28回(平25年度)
◇一般の部・詩部門
●1席
　秋吉 秀人 「もう一つの世界」
◇一般の部・短歌部門
●1席
　長田 芳江
◇一般の部・俳句部門
●1席
　林 東植
◇一般の部・川柳部門
●1席
　富松 義典
◇ジュニアの部・小学生(低学年)・詩部門
●1席
　羽山 鈴香 「私が生まれた日」
◇ジュニアの部・小学生(高学年)・詩部門
●1席
　三宅 真奈華 「おばあちゃんのまほうの手」
◇ジュニアの部・小学生(低学年)・俳句部門
●1席
　はせ川 りょう

◇ジュニアの部・小学生(高学年)・俳句部門
●1席
　青木 康太郎
◇ジュニアの部・中学生・詩部門
●1席
　西本 涼 「日記」
◇ジュニアの部・中学生・俳句部門
●1席
　栗田 優輝
第29回(平26年度)
◇一般の部・詩部門
●1席
　天海 千里
◇一般の部・短歌部門
●1席
　該当作なし
◇一般の部・俳句部門
●1席
　該当作なし
◇一般の部・川柳部門
●1席
　平本 恵美
◇ジュニアの部・小学生(低学年)・詩部門
●1席
　中野 優樹
◇ジュニアの部・小学生(高学年)・詩部門
●1席
　奥原 真理子
◇ジュニアの部・小学生(低学年)・俳句部門
●1席
　市来 雄大
◇ジュニアの部・小学生(高学年)・俳句部門
●1席
　寺岡 広伸
◇ジュニアの部・中学生・詩部門
●1席
　藤本 朋巳
◇ジュニアの部・中学生・俳句部門
●1席
　山根 遥

024 駿河梅花文学賞

大中寺の梅園造成100周年を記念して創設。きたるべき詩の世紀を切りひらくための一助として、清新芳醇な魂の表現として詩歌を公募し顕彰する。第10回（平成20年）で終了。

【主催者】駿河梅花文学賞実行委員会
【選考委員】（第10回）那珂太郎、高橋順子（現代詩）、笠原淳、高野公彦（短歌）、眞鍋呉夫、正木ゆう子（俳句）、加島祥造（英語俳句）
【選考方法】非公募
【選考基準】（梅花文学大賞）〔対象〕1年間に刊行された詩集・句集・歌集
【賞・賞金】賞金30万円
【URL】http : //www4.tokai.or.jp/baika/baika/index.html

第1回（平11年）
◇梅花文学大賞
　水原 紫苑 歌集「客人」〔河出書房新社〕
◇現代詩（那珂太郎選）
　●一般の部・入選
　　金谷 恵美子（静岡県三島市）「黙っているあなた」
　●学生の部・入選
　　池野 絢子（東京学芸大学教育学部附属高校2年）「空へ」
◇現代詩（高橋順子選）
　●一般の部・入選
　　宗田 とも子（神奈川県鎌倉市）「止まる」
　●学生の部・入選
　　小倉 淳（沼津盲学校高等部1年）「青」
◇短歌（春日井建・司修選）
　●一般の部・入選
　　牛尾 つゆ子（兵庫県神崎町）
　●学生の部・入選
　　保泉 希望（埼玉県滑川町 滑川高校3年）
　　浅原 由記（静岡県菊川町 常葉学園菊川高校2年）
◇俳句（種村季弘選）
　●一般の部・入選
　　恩田 侑布子（静岡県静岡市）
　●学生の部・入選
　　保泉 希望（埼玉県滑川町 滑川高校3年）
◇俳句（真鍋呉夫選）
　●一般の部・入選
　　星 裕子（福岡県宗像市）
　●学生の部・入選
　　渡井 雄也（神奈川県横浜市 秀英高校3年）
◇英語俳句
　●入選
　　John Wilson（U.S.A）
　　Ry Beville（U.S.A）

第2回（平12年）
◇梅花文学大賞
　山崎 るり子 詩集「おばあさん」〔思潮社〕
◇現代詩（那珂太郎選）
　●一般の部・入選
　　伊藤 伸太朗（千葉県松戸市）「誰もいない村」
　●学生の部・入選
　　藤島 富男（沼津市 沼津盲学校高等部保健理療科1年）「浜辺にて」
◇現代詩（高橋順子選）
　●一般の部・入選
　　尾崎 朋子（静岡県長泉町）「箱」
　●学生の部・入選
　　長谷川 陽子（静岡県富士市 元吉原中学校1年）「虹時計」
◇短歌（春日井建・司修選）
　●一般の部・入選
　　中山 いづみ（東京都豊島区）
　　市川 直子（静岡県清水市）
　●学生の部・入選
　　伊藤 恵美（埼玉県川口市 日本大学豊山女子中学校2年）
　　佐藤 秀太（神奈川県藤沢市 高校2年）

◇俳句（種村季弘選）
- 一般の部・入選
  内田 孝子（静岡県富士宮市）
- 学生の部・入選
  柿栖 陽介（沼津市 原東小学校4年）
◇俳句（真鍋呉夫選）
- 一般の部・入選
  有永 景雲（埼玉県朝霞市）
- 学生の部・入選
  小長谷 健（沼津市 片浜中学校1年）
◇英語俳句（鹿島祥造選）
- 入選
  Neca Stoller（U.S.A.）
  Raffael Cellini De Gruttola（U.S.A.）
  Jeff Duvall（U.S.A.）
  Jack Lent（U.S.A.）

第3回（平13年）
◇梅花文学大賞
  宮本 苑生 詩集「へんしん」〔思潮社〕
◇現代詩（那珂太郎選）
- 一般の部・入選
  高市 宗治（福岡県嘉穂郡）「桜道」
- 学生の部・入選
  後藤 隆（岐阜県岐阜市 私立鶯谷高校2年）「雑草」
◇現代詩（高橋順子選）
- 一般の部・入選
  山崎 恭子（静岡県富士市）「うりうりの瓜の刺」
- 学生の部・入選
  石川 美来（静岡県富士市 元吉原中学校2年）「春の中の私」
◇短歌（春日井建・司修選）
- 一般の部・入選
  平野 加恵子（大阪府河内長野市）
  白井 淑子（京都府舞鶴市）
  槇原 京子（静岡県清水市）
- 学生の部・入選
  橘田 有真（大阪府豊能郡 吉川小学校4年）
  川村 香織（沼津市 金岡中学校3年）
  望月 のぞみ（沼津市 金岡中学校3年）
◇俳句（種村季弘選）
- 一般の部・入選
  渡邉 理子（東京都府中市）
- 学生の部・入選
  塩澤 佐知子（沼津市 沼田小学校6年）
◇俳句（真鍋呉夫選）
- 一般の部・入選
  内田 孝子（静岡県富士宮市）
- 学生の部・入選
  渕田 東穂（沼津市 愛鷹中学校3年）
◇英語俳句（鹿島祥造選）
- 入選
  Sheila Windsor（U.K.）
  Cyril Walter Childs（New Zealand）
  Roderick J. Stewart（Canada）
  Paul Miller（U.S.A.）

第4回（平14年）
◇梅花文学大賞
  名取 里美 句集「あかり」〔角川書店〕
◇現代詩（那珂太郎選）
- 一般の部・入賞
  伊藤 伸太朗（千葉県松戸市）「秘密」
- 児童生徒の部・入選
  後藤 隆（岐阜県岐阜市 私立鶯谷高校3年）「夜明け前」
◇現代詩（高橋順子選）
- 一般の部・入賞
  金子 たんま（埼玉県さいたま市）「駅」
- 児童生徒の部・入選
  松井 香保里（神奈川県横浜市 共立女子中学校3年）「勇気」
◇短歌（春日井建・司修選）
- 一般の部・入選
  白井 淑子（京都府舞鶴市）
  上野 里美（静岡県清水市 静岡大学2年）
- 児童生徒の部・入選
  金栗 瑠美（熊本県熊本市 東海大学第二高校2年）
  松村 優作（沼津市 第四中学校1年）
◇俳句（種村季弘選）
- 一般の部・入賞
  内田 孝子（静岡県富士宮市）
- 児童生徒の部・入選
  古郡 優貴（沼津市 開北小学校6年）
◇俳句（真鍋呉夫選）
- 一般の部・入賞
  柿畑 文生（静岡県相良町）
- 児童生徒の部・入選
  金栗 瑠美（熊本県熊本市 東海大学第二高

校2年)
◇英語俳句(鹿島祥造選)
- 入選
  Boris Nazansky (Croatia)
  Yves Gerbal (France)
  Annie Gustin (U.S.A.)
  Donald McLeod (U.S.A.)
  Yoshinobu Arinaga(埼玉県)

第5回(平15年)
◇梅花文学大賞
  四元 康祐 詩集「世界中年会議」〔思潮社〕
◇現代詩(那珂太郎選)
- 一般の部・入賞
  伊藤 伸太朗(千葉県松戸市)「光の輪の中で」
- 児童生徒の部・入賞
  梅原 未里(静岡県富士市 元吉原中学校3年)「八方にらみの龍」
◇現代詩(高橋順子選)
- 一般の部・入賞
  坂野 敏江(静岡県長泉町)「父」
- 児童生徒の部・入選
  植田 拓夢(兵庫県宝塚市 大教大附属池田小学校2年)「カミキリ虫」
◇短歌(春日井建・司修選)
- 一般の部・入賞
  槙原 京子(静岡県清水市)
  有永 克司(埼玉県朝霞市)
- 児童生徒の部・入賞
  宮澤 知里(千葉県印西市 渋谷幕張中学校3年)
  鈴木 茂信(静岡県沼津市 常葉学園橘中学校2年)
◇俳句
- 一般の部・入賞
  遠藤 博之(神奈川県大和市)
  岩上 明美(静岡県天城湯ヶ島町)
- 児童生徒の部 ・入賞
  古賀 遼太(福岡県福岡市 博多青松高等学校1年)
  今村 ディーナ(東京都渋谷区 聖心インターナショナルスクール12年)
◇英語俳句(鹿島祥造選)
- 入選
  Hortensia Anderson (U.S.A.)
  Angelika Kolompar (Canada)
  Zdravko Kurnik (Croatia)

第6回(平16年)
◇梅花文学大賞
  藤田 世津子 歌集「反魂草」〔ながらみ書房〕
◇現代詩
- 一般の部・入賞
  伊藤 伸太朗(千葉県松戸市)「三つ編みの少女」
  金子 たんま(埼玉県さいたま市)「アモルフォファルス・ギガス」
- 児童生徒の部・入賞
  白尾 千夏(埼玉県玉川村玉川中学校)「蛍」
  長谷川 千江(沼津市第四小学校)「すずめのもよう」
◇短歌
- 一般の部・入賞
  伊藤 あさ子(愛知県常滑市)
  柿畑 文生(静岡県榛原郡相良町)
- 児童生徒の部・入賞
  杉本 さやか(沼津市第二中学校)
  後藤 嵩人(埼玉県玉川村玉川中学校)
◇俳句
- 一般の部・入賞
  田中 浩一(大阪府四条畷市)
  内田 孝子(静岡県富士宮市)
- 児童生徒の部・入賞
  鈴木 愛姫(愛知県川之江市南小学校)
  小松 宏企(沼津市原小学校)
◇英語俳句
- 入賞
  Frans Terryn (Kortrijk, Belgium)
  Myron Lysenko Victoria (Victoria, Australia)
  Jasminka Nadaskic Diordievic (Smedervo, Serbia & Montenegro)

第7回(平17年)
◇梅花文学大賞
  徳弘 康代 詩集「ライブレッドの重さについて」〔詩学社〕
◇現代詩
- 一般の部・入賞
  長谷川 潤子(静岡県長泉町)「縁側」
  坂野 敏江(静岡県長泉町)「まぼろしのハ

ガキ」
- 児童生徒の部・入賞
  小寺 ひろか（沼津市第四小学校）「プールの波」
  小林 美月（兵庫県宝塚市御殿山中学校）「ありと太陽」
◇短歌
- 一般の部・入賞
  井上 みつゑ（大分県安心院町）
  原 一男（静岡県熱海市）
- 児童生徒の部・入賞
  横井 和幸（愛知県佐屋町佐屋高校）
  戸口 知秋（埼玉県玉川村玉川中学校）
◇俳句
- 一般の部・入賞
  内田 孝子（静岡県富士宮市）
  山本 正雄（滋賀県彦根市）
- 児童生徒の部・入賞
  田中 秀直（兵庫県宝塚市西山小学校）
  田村 亜唯（沼津市今沢小学校）
◇英語俳句
- 入賞
  Eduard Tara（Iasi, Romania）
  Terryn Frans（Kortrijk, Belgium）
  Helen Ruggieri（New York, U.S.A）
  Jeff Leong（Kuala Lumpur, Malaysia）
  Zlatko Skotak（Zagreb, Croatia）

第8回（平18年）
◇梅花文学大賞
  齋藤 恵美子 詩集「最後の椅子」〔思潮社〕
◇現代詩
- 一般の部・入賞
  勝俣 文子（沼津市）「祖母に贈る」
  山村 かな（静岡県浜松市）「暑い夏の日」
- 児童生徒の部・入賞
  前田 有紀（岡山県岡山市岡山理科大学附属高校）「私の鳥籠は…」
  青木 魁星（沼津市第四小学校）「アトラスオオカブト」
◇短歌
- 一般の部・入賞
  大江 俊彦（静岡県前原市）
  水上 芙季（東京都調布市）
- 児童生徒の部・入賞
  小林 美月（兵庫県宝塚市御殿山中学校）

中野 光徳（静岡県焼津市焼津西小学校）
◇俳句
- 一般の部・入賞
  村田 武（沼津市）
  田村 久美子（兵庫県伊丹市）
- 児童生徒の部・入賞
  小池 珠々（沼津市中央幼稚園）
  名取 道治（神奈川県鎌倉市西鎌倉小学校）
◇英語俳句
- 入賞
  Gabriel Rosenstock（Ireland）
  Zeljka Vucinic Jambresic（Croatia）
  Carmen Elena Montopoli（U.S.A.）
  John Bernard Ower（U.S.A.）

第9回（平19年）
◇梅花文学大賞
  大木 孝子 句集「あやめ占」〔槐書房〕
◇現代詩
- 一般の部・入賞
  伊敷 大典（大阪府大阪市）「花人間」
  平島 慶子（静岡県静岡市）「打ち水」
- 児童生徒の部・入賞
  森 美那（沼津市浮島中学校）「わたしたちはたんぽぽ」
  徳田 詩織（神奈川県横浜市神奈川学園高校）「七チャンネルの砂嵐」
◇短歌
- 一般の部・入賞
  小川 靖枝（静岡県三島市）
  水上 芙季（東京都調布市）
- 児童生徒の部・入賞
  杉山 咲弥（静岡県沼津市加藤学園暁秀高校）
  島田 絢加（埼玉県ときがわ町玉川中学校）
◇俳句
- 一般の部・入賞
  田村 久美子（兵庫県伊丹市）
  水上 芙季（東京都調布市）
- 児童生徒の部・入賞
  下里 彩華（長野県安曇野市長野豊科高校）
  竹内 綾花（長野県安曇野市長野豊科高校）
◇英語俳句
- 入賞
  Milenko D. Cirovic Ljuticki（Serbia）
  Anton Ansford（New Zealand）

Angela Terry (U.S.A.)
Helen Buckingham (U.K.)
John Bird (Australia)

第10回(平20年)
◇梅花文学大賞
　小島 なお 歌集「乱反射」〔角川書店〕
◇現代詩
● 一般の部・入賞
　金子 たんま (埼玉県さいたま市)「同級生」
　重冨 いずみ (大阪府和泉市)
● 児童生徒の部・入賞
　柴田 ゆうみ (埼玉県ときがわ町玉川中学校)「透明なアルバム」
　植村 優香 (大阪府枚方市楠葉西小学校)「ゆりかごまりも」
◇短歌
● 一般の部・入賞
　保泉 一生 (埼玉県滑川町)
　水上 芙季 (東京都調布市)
● 児童生徒の部・入賞
　望月 俊佑 (静岡県静岡市静水岡小学校)
　渡辺 愛 (沼津市原中学校)
◇俳句
● 一般の部・入賞
　天野 啓子 (静岡県富士市)
　大久保 昇 (東京都文京区)
● 児童生徒の部・入賞
　植田 麻瑚 (沼津市愛鷹中学校)
　天野 礼菜 (富士市岩松小学校)
◇英語俳句
● 入賞
　Anthony Anatoly Kudryavitsky (Ireland)
　Margolak Jacek (Poland)
　John McDonald (U.K.)
　Peggy willis Lyles (U.S.A.)
　Scott Mason (U.S.A.)

025 世田谷文学賞

　区民の自主的な文化創造活動の支援の一つとして、区民より文芸作品8部門を4部門毎に隔年募集。区内在住の各部門文学者2名ずつを選考委員として選考する。また、上位入賞作品を「文芸せたがや」に掲載することで区民の文学への関心を促し、地域文化の振興を図る。昭和56年より授賞開始。

【主催者】(財)せたがや文化財団 世田谷文学館

【選考委員】短歌：草田照子、佐佐木幸綱、俳句：小川濤美子、髙橋悦男、川柳：おかの蓉子、速川美竹、詩：三田洋、渡辺めぐみ、随筆：高田宏、堀江敏幸

【選考方法】公募

【選考基準】〔資格〕世田谷区および世田谷区と縁組協定を結ぶ群馬県川場村内に在住・在勤・在学者、世田谷文学館友の会会員(区外在住者も可)。〔対象〕隔年毎に詩・短歌・俳句・川柳、随筆を募集。未発表のオリジナル作品で、一人各部門1点に限る。〔原稿〕400字詰め原稿用紙使用。詩：3枚以内、随筆：15枚以内。短歌・俳句・川柳：郵便はがきウラ面に3首(句)連記(必要事項をオモテ面の左部か下部に明記。ウラ面には一切の個人情報を書かない。)。〔応募規定〕パソコン、ワープロ原稿の場合は400字詰換算枚数を併記。以下を必ず記入。応募部門、住所、氏名(ふりがな)、年齢、職業(在勤・在学者は会社名又は学校名)、電話番号、友の会会員は会員番号、メールアドレス。応募作品の訂正・差し替え・返却は不可。入賞作品の複製権(第一出版権)は主催者に帰属する

【締切・発表】平成25年度は短歌、俳句、川柳、詩、随筆を募集。募集期間：平成25年9月1日～9月11日(必着)郵送または持参。入選者には11月下旬頃直接通知。「せたがや文化・スポーツ情報ガイド」平成25年12月25日号に掲載

【URL】http://www.setabun.or.jp/

第1回（昭56年）
　◇詩
　　森 玉江 「たきぎ運びの話」
　◇短歌
　　宮崎 郁子
　◇俳句
　　小野 完爾
第2回（昭57年）
　◇詩
　　此島 京子 「おくり火」
　◇短歌
　　緑川 浩明
　◇俳句
　　鮎川 ユキ
第3回（昭58年）
　◇詩
　　鈴木 明子 「大家族」
　◇短歌
　　山崎 正治
　◇俳句
　　村井 寿子
第4回（昭59年）
　◇詩
　　國中 治 「季節のピアニスト」
　◇短歌
　　苅田 敏夫
　◇俳句
　　田中 俊子
第5回（昭60年）
　◇詩
　　森 玉江 「忘るることなからん」
　◇短歌
　　下山 俊助
　◇俳句
　　山崎 正治
第6回（昭61年）
　◇詩
　　高橋 啓介 「なんとかして」
　◇短歌
　　村上 松夫
　◇俳句
　　東海 千枝子
第7回（昭62年）
　◇詩
　　森 玉江 「長くて短い日」
　◇短歌
　　苅田 敏夫
　◇俳句
　　田中 俊子
第8回（昭63年）
　◇詩
　　雨宮 芽衣 「十四歳の叫び」
　◇短歌
　　阿部 鞠子
　◇俳句
　　桜井 定雄
第9回（平1年）
　◇詩
　　立田 龍 「マイ ソウル」
　◇短歌
　　村上 松夫
　◇俳句
　　梅田 ひろよし
第10回（平2年）
　◇詩
　　今西 宏 「車内吊り」
　◇短歌
　　細川 はつ
　◇俳句
　　浅野 康子
第11回（平3年）
　◇詩
　　壱岐 やす江 「心への贈り物」
　◇短歌
　　西堀 澄子
　◇俳句
　　黒瀬 昭子
第12回（平4年）
　◇詩
　　長谷川 ゆき 「年老いた天使」
　◇短歌
　　川田 利雄
　◇俳句
　　長岐 靖朗
第13回（平5年）
　◇詩

塩津 美枝子 「人形の花嫁」
 ◇短歌
  青木 千佳子
 ◇俳句
  村井 聖子
第14回（平6年）
 ◇詩
  竹澤 伸一郎 「彼女のいない日」
 ◇短歌
  岩田 幸子
 ◇俳句
  田中 俊子
第15回（平7年）
 ◇詩
  遠藤 直子 「抱かれる砂に」
 ◇短歌
  古河 暉枝
 ◇俳句
  速水 美代子
 ◇川柳
  横井 昭
第16回（平8年）
 ◇詩
  藤野 和美 「私の愛する家族へ」
 ◇短歌
  佐藤 南壬子
 ◇俳句
  渡辺 満千子
 ◇川柳
  島田 小吉
第17回（平9年）
 ◇詩
  藍 まゆこ 「魚（ポワソン）」
 ◇短歌
  青木 千佳子
 ◇俳句
  田中 富子
 ◇川柳
  森田 美子
第18回（平10年）
 ◇詩
  水谷 有美 「木」
 ◇短歌
  田中 俊子
 ◇俳句
  川邊 房子

 ◇川柳
  山崎 尚生
第19回（平11年）
 ◇詩
  蓮岩 千夏 「海賊船」
 ◇短歌
  高橋 誠子
 ◇俳句
  江利口 裕子
 ◇川柳
  鈴木 藤太郎
第20回（平12年）
 ◇詩
  小作 久美子 「残飯」
 ◇短歌
  西原 芙美江
 ◇俳句
  日下野 仁美
 ◇川柳
  速川 加保里
第21回（平13年）
 ◇詩
  斉藤 久美子 「ある特攻隊の詩」
 ◇短歌
  小林 博之
 ◇俳句
  椎名 迪子
 ◇川柳
  速川 加保里
第22回（平14年）
 ◇詩
  林田 町子 「海よ」
 ◇短歌
  高橋 直子
 ◇俳句
  市橋 進
 ◇川柳
  岩崎 能江
第23回（平15年）
 ◇詩
  りう 「母の骨」
 ◇短歌
  松本 秀三郎
 ◇俳句
  木村 朝子
 ◇川柳

島田 輝美
第24回（平16年度）
◇詩
● 一席
　髙坂 哲也
● 二席
　斉藤 久美子
● 三席
　竹下 まさよ
　長久保 郁子
◇短歌
● 一席
　松本 秀三郎
● 二席
　熊代 吉彦
● 三席
　郷田 絵梨
　春名 祝代
◇俳句
● 一席
　日下野 由季
● 二席
　丸山 太郎
● 三席
　長田 裕子
　木村 朝子
◇川柳
● 一席
　平田 百合子
● 二席
　森田 美子
● 三席
　柏崎 澄子
　佐々野 京子
第25回（平17年度）
◇詩
● 一席
　古川 憲一
● 二席
　岩本 重樹
● 三席
　髙坂 哲也
　水谷 由美（網敷 由美）
◇短歌
● 一席
　内山 奈々

● 二席
　馬場 洋子
● 三席
　緑川 福子
　長谷川 瞳
◇俳句
● 一席
　川上 初義
● 二席
　花塚 つね
● 三席
　宮本 髙子
　松浦 貞子
◇川柳
● 一席
　山口 珠美
● 二席
　望月 皓実
● 三席
　竹本 宏平
　佐々野 京子
第26回（平18年度）
◇詩
● 一席
　岩本 重樹
● 二席
　野口 健治
● 三席
　古川 憲一
　堀川 恵美
◇短歌
● 一席
　石本 一美
● 二席
　山下 リエ
● 三席
　松本 秀三郎
　茨田 珠詠
◇俳句
● 一席
　美野輪 光
● 二席
　森 てふ子
● 三席
　小串 節子
　脇本 幸代

◇川柳
- 一席
  山口 珠美
- 二席
  安藤 紀楽
- 三席
  内田 惠子
  佐々野 京子

第27回（平19年度）
◇詩
- 一席
  水谷 有美
- 二席
  壱岐 梢
- 三席
  丸山 令子
  齋藤 久美子
◇短歌
- 一席
  斉藤 みよ
- 二席
  藤森 成雄
- 三席
  北條 忠政
  金成 文恵
◇俳句
- 一席
  石井 沙文
- 二席
  南 万里子
- 三席
  弘末 せい子
  百瀬 俊夫
◇川柳
- 一席
  佐々野 京子
- 二席
  岩本 重樹
- 三席
  柏崎 澄子
  はやかわ かずえ

第28回（平20年度）
◇詩
- 一席
  壱岐 梢
- 二席
  岩本 重樹
- 三席
  齋藤 久美子
  佐藤 彰
◇短歌
- 一席
  松本 秀三郎
- 二席
  林 郁男
- 三席
  加藤 美幸
  小野 絵里華
◇俳句
- 一席
  弓削 一江
- 二席
  竹内 光江
- 三席
  辻村 弘子
  久松 洋一
◇川柳
- 一席
  佐々野 京子
- 二席
  井上 圭子
- 三席
  安藤 紀楽
  小川 賀世子

第29回（平21年度）
◇詩部門
- 一席
  竹山 詩奈
- 二席
  山田 一子
- 三席
  宮本 智子
  桑原 亘子
◇短歌部門
- 一席
  金谷 雅子
- 二席
  加藤 美幸
- 三席
  木佐貫 冨美子
  今井 真由美
◇俳句部門

- 一席
  弓削 一江
- 二席
  髙岡 慧
- 三席
  長谷川 瞳
  佐藤 奈穂
◇川柳部門
- 一席
  西村 達
- 二席
  佐々野 京子
- 三席
  元田 漠
  はやかわ かずえ

第30回（平22年度）
  詩歌・俳句部門受賞なし
第31回（平23年度）
◇詩部門
- 一席
  萩野 洋子
- 二席
  小野 眞由子
- 三席
  田中 喜美子
  久村 美記
◇短歌部門
- 一席
  石川 佳世
- 二席
  真鍋 真悟
- 三席
  藤森 成雄
  上岡 智花子
◇俳句部門
- 一席
  川邊 房子
- 二席
  長谷川 瞳
- 三席
  南 万里子

  鳥山 ひろし
◇川柳部門
- 一席
  柏崎 澄子
- 二席
  城内 光子
- 三席
  望月 皓実
  岩崎 能楽

第32回（平25年度）
◇詩部門
- 一席
  丸山 由生奈
- 二席
  石川 厚志
- 三席
  駱駝 一間
  吉瀬 絢菜
◇短歌部門
- 一席
  水野 真幸
- 二席
  石本 一美
- 三席
  鈴木 智裕
  九里 亮太
◇俳句部門
- 一席
  池亀 惠美子
- 二席
  木瀬 晴也
- 三席
  弓削 一江
◇川柳部門
- 一席
  設楽 喜春
- 二席
  米本 卓夫
- 三席
  内田 恵子
  城内 光子

026 多喜二・百合子賞

小林多喜二の没後35周年を機に、故多喜二、及び故宮本百合子を記念して、昭和43年創設された賞で、発表された作品のうち、革命的民主主義的文学として優れたものに授賞する。平成18年より中止。

【主催者】日本共産党中央委員会
【URL】http://www.jcp.or.jp/

第1回（昭44年）
　詩歌・俳句部門受賞なし
第2回（昭45年）
　江口 渙 「わけしいのちの歌」〔鳩の森書房〕
第3回（昭46年）
　詩歌・俳句部門受賞なし
第4回（昭47年）
　該当作なし
第5回（昭48年）
　詩歌・俳句部門受賞なし
第6回（昭49年）
　該当作なし
第7回（昭50年）
　橋本 夢道 「無類の妻」〔昭森社〕
第8回（昭51年）
　詩歌・俳句部門受賞なし
第9回（昭52年）
　伊藤 信吉 「天下末年一庶民考」（詩集）〔新日本出版社〕
第10回（昭53年）
　碓田 のぼる 「花どき」〔長谷川書房〕
第11回（昭54年）
　岩間 正男 「風雪のなか―戦後30年」（歌集）〔新日本出版社〕
第12回（昭55年）
　古沢 太穂 「捲かるる鷗」（句集）〔竹頭社〕
第13回（昭56年）
　詩歌・俳句部門受賞なし
第14回（昭57年）
　詩歌・俳句部門受賞なし
第15回（昭58年）
　詩歌・俳句部門受賞なし
第16回（昭59年）
　該当作なし
第17回（昭60年）
　大島 博光 「大島博光詩集 ひとを愛するものは」〔新日本出版社〕
第18回（昭61年）
　八坂 スミ 「わたしは生きる」（歌集）〔新日本歌人協会〕
第19回（昭62年）
　詩歌・俳句部門受賞なし
第20回（昭63年）
　詩歌・俳句部門受賞なし
第21回（平1年）
　詩歌・俳句部門受賞なし
第22回（平2年）
　詩歌・俳句部門受賞なし
第23回（平3年）
　土井 大助 「朝のひかりが」〔新日本出版社〕
第24回（平4年）
　詩歌・俳句部門受賞なし
第25回（平5年）
　浅尾 忠男 「秩父困民紀行」（詩集）〔新日本出版社〕
第26回（平6年）
　詩歌・俳句部門受賞なし
第27回（平7年）
　◇詩
　　城 侑（詩人会議）「被爆―七〇〇〇の日々」（詩集）
第28回（平8年）
　該当作なし
第29回（平9年）
　詩歌・俳句部門受賞なし
第30回（平10年）
　該当作なし
第31回（平11年）

文学一般

該当作なし
第32回(平12年)
　詩歌・俳句部門受賞なし
第33回(平13年)
　該当作なし
第34回(平14年)
　詩歌・俳句部門受賞なし

第35回(平15年)
　詩歌・俳句部門受賞なし
第36回(平16年)
　該当作なし
第37回(平17年)
　該当作なし

027 東京オリンピック記念日本ペンクラブ文学賞

オリンピック東京大会を記念し、国際親善をはかり相互理解を深めるため、日本をテーマとする短編小説、評論、随筆、戯曲、詩に対して賞を設け、広く海外からの作品を募集した。

【主催者】社団法人日本ペンクラブ

【選考委員】川端康成(委員長)、芹沢光治良、伊藤整、高見順、江口清、蔵沢忠枝、福田宏年、福田陸太郎、五島茂、平松幹夫、丸岡明、松岡洋子、村上知行、村松正俊、村松剛、中島健蔵、中村光夫、中村真一郎、中屋健一、西村孝次、太田三郎、沢野久雄、斉藤襄治、佐藤晃一、白井浩司、高橋健二、田中睦夫、植田敏郎、山内俊雄、大和資雄、米川正夫

【選考方法】〔資格〕日本をテーマとした作品　〔資格〕外国人、1人1作で未発表のもの　〔原稿〕原稿用紙400字詰で30枚程度(欧文の場合6000語以内)

【締切・発表】昭和39年12月20日締切、昭和40年3月15日発表。

【賞・賞金】特賞1000ドル、佳作各500ドル

(昭40年)
◇最優秀作
　ジェームズ・カーカップ(英国)「海の日本」(連続詩)

◇佳作
　ジャン・ペロル(フランス)「遠い国から」(詩)

028 とくしま県民文芸

徳島県の文芸の向上と普及を図るため、昭和44年に創設された。平成15年度に「とくしま文学賞」へ移行。

【主催者】徳島県

【選考委員】(平成14年)森内俊雄(小説)、山下博之(文芸評論)、ふじたあさや(戯曲・脚本)、さねとうあきら(児童文学)、森内俊雄(随筆)、鈴木漠(現代詩)、河合恒治、紀野恵、斎藤祥郎、松並武夫(短歌)、上崎暮潮、大櫛静波、高井去私、瀧佳杖、福島せいぎ、吉田汀史、(俳句)井上博、岸下吉秋、長野とくはる、福本しのぶ(川柳)

【選考方法】公募

【選考基準】〔資格〕徳島県内に在住する者。〔対象〕俳句、短歌、川柳、現代詩、随筆、文芸評論、小説、戯曲・脚本、児童文学。〔原稿〕俳句、短歌、川柳は、1人2句もしくは2首以

内。現代詩は1編400字詰原稿用紙2枚以内で1人1編とする。随筆は同3枚以内。文芸評論は同20枚以内。小説は同30枚以内。戯曲・脚本は，同50枚以内。児童文学は同20枚以内とし1人1編とする。いずれも未発表の作品に限る

【締切・発表】9月30日（当日消印有効），12月上旬（徳島新聞紙上）に発表予定。また，入選作品を「とくしま県民文芸」として収録，翌年2月上旬単行本として発行する

【賞・賞金】記念品

（昭44年度）
◇俳句
　松村 ひさき
◇短歌
　一才 址郎
◇川柳
　井内 白水
◇現代詩
　関 明子 「自分の前に」
（昭45年度）
◇俳句
　岩佐 龍泉
◇短歌
　森 貞幸
◇川柳
　幸田 広信
◇現代詩
　大城 益夫 「れんか」
（昭46年度）
◇俳句
　杜 圭介
◇短歌
　紙谷 たか十樹
◇川柳
　高田 早苗
◇現代詩
　前田 美子子 「野の匂い」
（昭47年度）
◇俳句
　中村 桃舟
◇短歌
　松田 澄江
◇川柳
　中林 ユキ子
◇現代詩
　紀 比呂志 「未知の友人」
（昭48年度）

◇現代詩
　佐藤 説子 「三毛猫と女の村」
◇俳句
　岡本 虹村
◇短歌
　中川 常雄
◇川柳
　藤枝 彦信
（昭49年度）
◇俳句
　河野 穣
◇短歌
　白瀬 艶子
◇川柳
　藤枝 彦信
◇現代詩
　浜野 健郎 「ゆりあに」
（昭50年度）
◇俳句
　尾上 桂山
◇短歌
　大和 千代子
◇川柳
　東路 みつこ
◇現代詩
　榊原 礼子 「白い蝶の幻想」
（昭51年度）
◇俳句
　松村 ひさき
◇短歌
　野々宮 竹堂
◇川柳
　長野 とくはる
◇現代詩
　該当作なし
（昭52年度）
◇現代詩

森 和代
◇俳句
　吉田 一生
◇短歌
　藤川 サヨ子
◇川柳
　黒岩 一平
（昭53年度）
◇俳句
　河野 穣
◇短歌
　水口 秋水
◇川柳
　平岡 節子
◇現代詩
　該当作なし
（昭54年度）
◇俳句
　稲富 千代子
◇短歌
　市之瀬 恵美子
◇川柳
　坪井 博嗣
◇現代詩
　平井 広恵 「南へ向かう」
（昭55年度）
◇俳句
　松本 花子
◇短歌
　大岡 梅子
◇川柳
　勝木 治郎
◇現代詩
　中村 秀人 「春」
（昭56年度）
◇俳句
　尾崎 鳴汀
◇短歌
　水口 小百合
◇川柳
　六車 紅苑
◇現代詩
　該当作なし
（昭57年度）
◇俳句
　長富 健次

◇短歌
　天野 田鶴子
◇川柳
　森 楳園
◇現代詩
　永井 明子 「手袋」
（昭58年度）
◇俳句
　河野 穣
◇短歌
　田村 キヨ子
◇川柳
　竹田 あゆみ
◇現代詩
　芝山 久美子 「海」
（昭59年度）
◇俳句
　該当作なし
◇短歌
　橋本 日出香
◇川柳
　田村 敏子
◇現代詩
　近藤 恵美子 「走り梅雨」
（昭60年度）
◇俳句
　該当作なし
◇短歌
　西崎 まきこ
◇川柳
　辻岡 絹子
◇現代詩
　比留間 一
（昭61年度）
◇俳句
　近藤 一洸
◇短歌
　湯浅 ゆき恵
◇川柳
　池北 茂
◇現代詩
　該当作なし
（昭62年度）
◇俳句
　青山 友子
◇短歌

後藤 ユリ子
◇川柳
　　住友 光子
◇現代詩
　　西田 武生
(昭63年度)
◇俳句
　　原 文子
◇短歌
　　中 健二
◇川柳
　　稲垣 和代
◇現代詩
　　山瀬 裕之 「電子走査黙示録」
(平1年度)
◇現代詩
　　神野 美知 「蒼い秋」
◇俳句
　　丸山 香月
◇川柳
　　青木 百々代
◇短歌
　　常松 英江
(平2年度)
◇現代詩
　　小倉 泰夫 「緑色の月と青いノート」
◇川柳
　　内原 シゲコ
◇短歌
　　岡田 素子
◇俳句
　　庄野 千春
(平3年度)
◇現代詩
　　該当作なし
◇短歌
　　泉 静
◇俳句
　　木内 宜矩
◇川柳
　　大久保 佳奈
(平4年度)
◇現代詩
　　麦田 穣 「まがたま―旅の出雲玉作資料館
　　　にて―」
◇短歌

　　向井 清
◇俳句
　　片山 良子
◇川柳
　　田中 房江
(平5年度)
◇現代詩
　　小倉 泰夫 「言い出しっぺは僕じゃない」
◇短歌
　　川風 やすみ
◇俳句
　　福井 愛子
◇川柳
　　大西 貞子
(平6年度)
◇俳句
　　原 文子
◇短歌
　　河野 カナエ
◇川柳
　　松尾 隆
◇現代詩
　　白井 栄 「海の落し物」
(平7年度)
◇現代詩
　　該当作なし
◇俳句
　　廣瀬 克子
◇短歌
　　大柴 麻子
◇川柳
　　粟飯原 禮子
◇現代詩
　　該当作なし
(平8年度)
◇現代詩
　　該当作なし
◇短歌
　　佐坂 恵子
◇俳句
　　坂東 喜好
◇川柳
　　仁木 弘子
(平9年度)
◇現代詩
　　森口 啓子 「リンゴ」

◇短歌
　和仁 良一
◇俳句
　溝木 トクエ
◇川柳
　加藤 安子
(平10年度)
◇俳句
　中富 あき
◇短歌
　西崎 まき子
◇川柳
　松尾 正子
◇現代詩
　該当作なし
(平11年度)
◇俳句
　溝木 トクエ
◇短歌
　松家 千葉
◇川柳
　東塚 茂子

◇現代詩
　森口 規史 「照葉樹林に抱かれ」
(平12年度)
◇俳句
　先山 加代子
◇短歌
　宇山 嘉代子
◇川柳
　稲垣 和代
◇現代詩
　林 かよ 「断崖」
(平13年度)
◇俳句
　筒井 稔恵
◇短歌
　黒下 清子
◇川柳
　橋本 あきら
◇現代詩
　林 かよ 「戦跡の木」
(平14年度)
　＊

029 とくしま文学賞

　昭和44年にスタートした「とくしま県民文芸」を引き継いだもので、徳島県の文芸活動の向上と普及を目的にしている。

【主催者】徳島県、徳島県立文学書道館

【選考委員】(第13回)〔小説部門〕山本道子 〔脚本部門〕ふじたあさや 〔文芸評論部門〕依岡隆児 〔児童文学部門〕さねとうあきら 〔随筆部門〕佐々木義登 〔現代詩部門〕鈴木漠 〔短歌部門〕紀野恵、佐藤恵子、竹安隆代、松田一美 〔俳句部門〕岩田公次、西池冬扇、西本潤、福島せいぎ、船越淑子、山田譲太郎 〔川柳部門〕土橋旗一、徳長怜子、中尾住吉、福本清美 〔連句部門〕東條士郎

【選考方法】公募

【選考基準】〔資格〕徳島県内在住・徳島県出身の方。〔対象〕小説・脚本・文芸評論・児童文学・随筆・現代詩・短歌・俳句・川柳・連句の10部門。〔原稿〕短歌・俳句・川柳は葉書で1人2首もしくは2句以内。その他の部門は400字詰原稿用紙を使用。小説50枚以内、脚本100枚以内、文芸評論20枚以内、児童文学20枚以内、随筆5枚以内、現代詩2枚以内、連句(形式自由)2枚以内。ワープロで作成の場合はA4版用紙横置きでタテ20字×ヨコ20字の縦書きとする。〔応募規定〕未発表の作品に限る。応募作品の訂正・差し替え・返却不可。類想、類句は賞を取り消すことがある。入賞作品は「文芸とくしま」に収録、翌年2月中旬頃に発行する。

【締切・発表】9月30日締切(当日消印有効)、12月中旬(新聞紙上、文学書道館ホームペー

ジ）発表予定

【賞・賞金】〔小説・脚本〕最優秀作（各部門1点）：副賞5万円，〔文芸評論・児童文学〕最優秀賞（各部門1点）：副賞2万円，〔随筆・現代詩・短歌・俳句・川柳・連句〕最優秀賞（各部門1点）：副賞1万円

【URL】http://www.bungakushodo.jp/

第1回（平15年度）
◇現代詩
- 最優秀
  三島 奈穂子 「古文の接続の恋」
◇短歌
- 最優秀
  正本 豊喜
◇俳句
- 最優秀
  板東 紅魚
◇川柳
- 最優秀
  角 晴子
◇連句
- 最優秀
  該当作なし

第2回（平16年度）
◇現代詩
- 最優秀
  森口 啓子 「きりんのマフラー」
◇短歌
- 最優秀
  佐藤 康子 「ほろ酔いの嫗が語る過ぎ来しの輝いている創作部分」
◇俳句
- 最優秀
  丸山 香月 「藍染めの藍新涼に高く干す」
◇川柳
- 最優秀
  小川 恒子 「愛は幻風の切符を持たされる」
◇連句
- 最優秀
  西條 裕子〔ほか三名〕 「夢無限」

第3回（平17年度）
◇現代詩
- 最優秀
  吉田 さほ子 「虹のかたあし」
◇短歌
- 最優秀
  佐坂 恵子 「ばあちゃんに抱かれて寝るのが好きでした墓にふわふわコスモスを挿す」
◇俳句
- 最優秀
  小林 定 「土石流ありたる村に鯉のぼり」
◇川柳
- 最優秀
  稲垣 和代 「夫と手をつなぐと描ける未来の絵」
◇連句
- 最優秀
  西條 裕子〔ほか二名〕 「苺少女の巻」

第4回（平18年度）
◇現代詩
- 最優秀
  小倉 泰夫 「黄色い雨」
◇短歌
- 最優秀
  井上 千尋 「百人が百回差し出す人参を象のマリーは音立てず食む」
◇俳句
- 最優秀
  岩佐 松女 「跳ね橋のゆっくり開く暑さかな」
◇川柳
- 最優秀
  粟飯原 史恵 「命名の筆に一滴祝い酒」
◇連句
- 最優秀
  三輪 和〔ほか二名〕 「パレットに緑」

第5回（平19年度）
◇現代詩
- 最優秀
  坂東 正照 「祭りの夜のあとさき」
◇短歌
- 最優秀

小原 恵子 「一歩ずつ鷺が踏み入る水底に煙のような泥が涌き立つ」
◇俳句
●最優秀
中西 攝子 「吾亦紅風色のまだととのはず」
◇川柳
●最優秀
村橋 清子 「呱呱の声聞いて歴史が動き出す」
◇連句
●最優秀
洛中 落胡
迷鳥子 「短歌行 吉野太夫忌の巻」

第6回（平20年度）
◇現代詩
●最優秀
そが ちあき 「阿波狐論争」
◇短歌
●最優秀
該当作なし
◇俳句
●最優秀
小林 三冶子 「固まりし塩くだきおり震災忌」
◇川柳
●最優秀
仁木 弘子 「無位無冠笑いの渦にすぐ溶ける」
◇連句
●最優秀
日下 正幸，小田 智子，関 真由子，中東 栄子 歌仙「夏椿」

第7回（平21年度）
◇現代詩
●最優秀
該当作なし
◇短歌
●最優秀
森野 和代
◇俳句
●最優秀
前田 美代子
◇川柳
●最優秀
大西 貞子

◇連句
●最優秀
梅村 光明，赤坂 恒子

第8回（平22年度）
◇現代詩
●最優秀
加藤 節子
◇短歌
●最優秀
宇山 嘉代子
◇俳句
●最優秀
近藤 恵美子
◇川柳
●最優秀
勢井 千代
◇連句
●最優秀
岡本 信子，西條 裕子

第9回（平23年度）
◇現代詩
●最優秀
石原 緑子
◇短歌
●最優秀
佐坂 恵子
◇俳句
●最優秀
浜野 桃華
◇川柳
●最優秀
小畑 定弘
◇連句
●最優秀
梅村 光明，赤坂 恒子，竹内 菊

第10回（平24年度）
◇現代詩
●最優秀
田尾 さよ子
◇短歌
●最優秀
植村 邦子
◇俳句
●最優秀
先山 咲
◇川柳

- 最優秀
  福本 清美
◇連句
- 最優秀
  西條 裕子，竹内 菊，二橋 満璃

第11回（平25年度）
◇現代詩
- 最優秀
  金藤 行
◇短歌
- 最優秀
  坂東 典子
◇俳句
- 最優秀
  近藤 恵美子
◇川柳
- 最優秀
  岩本 敏子
◇連句
- 最優秀
  洛中 落胡，迷鳥子

第12回（平26年度）
◇現代詩
- 最優秀
  卯月 羊
◇短歌
- 最優秀
  古川 博幸
◇俳句
- 最優秀
  阿部 勝代
◇川柳
- 最優秀
  川原 みずえ
◇連句
- 最優秀
  井上 久美子，西條 裕子，早見 敏子

030 とやま文学賞

　一般社団法人富山県芸術文化協会が，昭和57年広く県民に開かれた総合文芸誌「とやま文学」創刊，同時に「とやま文学賞」を創設。文学に関するあらゆる分野の優れた創作活動及び研究の成果を選奨紹介し，特に気鋭の新人に発表の場を与えることをねらいとする。

【主催者】（一社）富山県芸術文化協会，富山県

【選考委員】木崎さと子，川本皓嗣

【選考方法】公募

【選考基準】〔対象〕文学に関する作品すべてを対象とし，未発表のものに限る。〔資格〕富山県在住者および出身者。〔原稿〕小説（戯曲を含む）・評論：400字詰原稿用紙（ワープロ・パソコン原稿は20字20行打ち）30枚以上50枚以内，児童文学・随筆：30枚程度，詩・短歌・俳句・川柳：詩3編以内，短歌30首，俳句20句，川柳20句。原稿には必ず部門・作品名（ふりがな）・住所・電話番号・氏名（ふりがな）・年齢・生年月日・職業・略歴・を付記。県外に在住の富山県出身者は出身市町村名を明記すること。報道および協会の機関誌に掲載する場合もある

【締切・発表】9月末日締切，翌年「とやま文学」に掲載発表

【賞・賞金】とやま文学賞：正賞記念品（善本秀作制作ブロンズ像），副賞10万円（総額）

【URL】http://www.tiatf.or.jp/

第1回（昭57年度）
　該当作なし

第2回（昭58年度）
　詩歌・俳句部門受賞なし

第3回（昭59年度）
◇短歌部門
　百谷 保 「牛飼の歌」
第4回（昭60年度）
◇俳句部門
　吉田 紫乃 「砂採り節」
第5回（昭61年度）
　詩歌・俳句部門受賞なし
第6回（昭62年度）
　詩歌・俳句部門受賞なし
第7回（昭63年度）
　該当作なし
第8回（平1年度）
　該当作なし
第9回（平2年度）
◇詩部門
　浜田 道子 「浸透圧」
第10回（平3年度）
◇俳句部門
　吉田 万里子 「盆の川」
第11回（平4年度）
◇短歌部門
　丸谷 長進 「八月十五日」
第12回（平5年度）
◇俳句
　川井 城子 「一日の影」
第13回（平6年度）
◇詩
　若栗 清子 「背中・少年抄・海」
◇短歌
　畠山 満喜子 「橋上」
◇俳句
　新保 吉章 「沖から夏」
第14回（平7年度）
◇短歌
　宮本 すず枝 「回転蘇」
◇俳句
　片桐 久恵 「秋団扇」
第15回（平8年度）
◇詩
　東山 順子 「開発Ⅰ・Ⅱ」
◇短歌
　米田 憲三 「神苑の森厳寒—立山曼陀羅の里にて」
第16回（平9年度）
◇短歌
　葉月 詠 「神の彫刻」
◇俳句
　川上 弥生 「墨の香に」
第17回（平10年度）
◇短歌
　佐野 善雄
◇詩
　永沢 幸治
第18回（平11年度）
　詩歌・俳句部門受賞なし
第19回（平12年度）
　詩歌・俳句部門受賞なし
第20回（平13度年）
◇川柳
　結城 健治
第21回（平14年度）
◇とやま文学賞
　•詩
　　魚家 明子 「春を懸想した結果」「HOME」
第22回（平15年度）
◇とやま文学賞
　•俳句
　　田井 三重子 「帆をあげよ」
◇佳作
　•短歌
　　島 なおみ 「星の汀に」
　　松田 由紀子 「夏休みの姉妹」
　　藤原 峯子 「雪無情」
　•俳句
　　石灰 潤子 「吉野墨」
　　手操 直美 「越の梅」
　•川柳
　　福井 幸子 「無題」
第23回（平16年度）
◇とやま文学賞
　•短歌
　　藤原 峯子 「春韻抄」
◇佳作
　•詩
　　疋田 恵梨 「駅で」
　•短歌
　　齋藤 淑子 「曼珠沙華」
　　池田 礼子 「ひゃくねんの孤独」
　•俳句
　　手操 直美 「硝子浮標」
　　滋野 聴流 「生と死と」

小坂 優美子　「恋」
- 川柳
　　福井 幸子　「美しい嘘」

第24回（平17年度）
◇とやま文学賞
　　該当作なし
◇佳作
- 短歌
　　齋藤 淑子　「朝顔」
　　池田 礼子　「農地の声」
- 俳句
　　久保 俊一　「梅雨」
　　牧長 幸子　「洛中洛外図」
- 川柳
　　福井 幸子　「隣国」

第25回（平18年度）
◇とやま文学賞
- 俳句
　　手操 直美　「壺中の天」
◇佳作
- 詩
　　伊藤 ヤスクニ　「石のしっぺがえし」
　　金谷 恵美　「ピアノの中で眠りたい」
- 短歌
　　玉木 恵子　「虹のブランコ」
　　仲井 真理子　「翡翠のひかり」
- 俳句
　　石灰 潤子　「土人形」
- 川柳
　　四枚田 正敏　「いのちのブザー」
　　増田 紗弓　「スローライフ」

第26回（平19年度）
◇とやま文学賞
- 短歌
　　仲井 真理子　「朱夏の蟬」
- 俳句
　　中尾 三九　「余震空」
◇佳作
- 短歌
　　山岸 昭　「想囚歌」
- 俳句
　　石灰 潤子　「友禅」
- 川柳
　　福井 幸子　「今」
　　小境 よしはる　「認知妻」

第27回（平20年度）
◇とやま文学賞
- 詩
　　大貫 國典　「通院日記」
- 短歌
　　山岸 昭　「悲母」
◇佳作
- 短歌
　　畠山 拓郎　「オセロゲーム」
- 俳句
　　鈴木 明子　「白湯」
　　小竹 嘉子　「風の盆」
- 川柳
　　湊 繁治　「闇の先に見えるもの」
　　砂田 勝行　「明日もあるぞ」

第28回（平21年度）
◇とやま文学賞
- 俳句
　　脇坂 琉美子　「風の秋」
◇佳作
- 短歌
　　細川 喜久恵　「ひと夜の家出」

第29回（平22年度）
◇とやま文学賞
　　詩歌・俳句部門受賞なし
◇佳作
- 詩
　　細川 喜久恵　「老理容師」
- 短歌
　　四辻 利弘　「親癌日誌」
- 俳句
　　細川 喜久恵　「紅絹布（もみきれ）」
- 川柳
　　八木 孝子　「日めくり」

第30回（平23年度）
◇とやま文学賞
- 短歌
　　細川 喜久恵　「なりわい」
◇佳作
- 詩
　　荒井 えい子　「弟へ」
　　中北 有飛　「選択」
- 俳句
　　成重 佐伊子　「饗（あえ）のこと」
- 川柳
　　伊東 志乃　「仮面舞踏会」

第31回（平24年度）

◇とやま文学賞
- 詩
  高橋 優子 「光の棺」
- 短歌
  山口 桂子 「肺葉の空」
◇佳作
- 短歌
  細川 喜久惠 「氷河」
- 俳句
  石灰 潤子 「淋しい春」
- 川柳
  岡野 満 「雨宿り」

第32回(平25年度)
◇とやま文学賞
- 詩
  徳永 光城 「秋の夕暮れ」
- 短歌
  江尻 映子 「ともに歩む」
◇佳作
- 詩
  有澤 かおり 「反転」
  金山 孝 「不思議の森」
  細川 喜久惠 「壺」
- 短歌
  渋谷 代志枝 「法螺の音」
- 俳句
  細川 喜久惠 「宙の芯」
- 川柳
  森谷 正成 「言霊を求め」

第33回(平26年度)
◇とやま文学賞
- 詩
  金山 孝 「織りなす人々」
- 短歌
  山森 和子 「地球は永久に」
- 俳句
  金谷 洋次 「秋景色」
◇佳作
- 短歌
  細川 喜久惠 「なりわい」
- 俳句
  小坂 優美子 「茄子の馬」

031 長塚節文学賞

常総市(旧・石下町)が生んだ明治の文人・長塚節を顕彰するとともに「節のふるさと常総」の文化を全国に発信していくために創設。

【主催者】常総市・節のふるさと文化づくり協議会

【選考委員】(第18回)〔短編小説部門〕高橋三千綱,堀江信男,成井惠子,〔短歌部門〕秋葉四郎,三枝昂之,米川千嘉子,〔俳句部門〕今瀬剛一,青木啓泰,嶋田麻紀

【選考方法】公募

【選考基準】〔対象〕短編小説,短歌,俳句。未発表作品。〔原稿〕短編小説:原稿用紙21～50枚,1人1編,短歌:1人2首まで,俳句:1人2句まで。〔応募規定〕応募料1作品につき1000円,小中高校生は無料

【締切・発表】毎年2月8日締切(当日消印有効),6月下旬,市HPで発表,入選者のみ直接通知,9月入選作品集刊行

【賞・賞金】〔短編小説〕大賞(1点):賞状と記念品,副賞20万円,〔短歌・俳句〕大賞(1点):賞状と記念品

【URL】http://www.city.joso.lg.jp

第1回(平9年)
◇短歌
- 大賞

田村 康治
◇俳句

031 長塚節文学賞

- 大賞
  - 佐藤 茂夫
- 第2回(平10年)
  - ◇短歌
    - ●大賞
      - 青木 保
  - ◇俳句
    - ●大賞
      - 柏村 四郎
- 第3回(平11年)
  - ◇短歌部門
    - ●大賞
      - 神田 三亀男
  - ◇俳句部門
    - ●大賞
      - 安藤 葉子
- 第4回(平12年)
  - ◇短歌部門
    - ●大賞
      - 白田 敦子
  - ◇俳句部門
    - ●大賞
      - 倉岡 智江
- 第5回(平13年)
  - ◇短歌部門
    - ●大賞
      - 藤田 光義
  - ◇俳句部門
    - ●大賞
      - 小林 靜枝
- 第6回(平14年)
  - ◇短歌部門
    - ●大賞
      - 宮崎 昭司
  - ◇俳句部門
    - ●大賞
      - 野村 洋子
- 第7回(平15年)
  - ◇短歌部門
    - ●大賞
      - 木村 浩重
  - ◇俳句部門
    - ●大賞
      - 石毛 惠美子
- 第8回(平16年)
  - ◇短歌部門
    - 加藤 恵美子
  - ◇俳句部門
    - 高橋 康子
- 第9回(平17年)
  - ◇短歌部門
    - 辻田 悦子
  - ◇俳句部門
    - 古澤 道夫
- 第10回(平18年)
  - ◇短歌部門
    - 富山 富美子
  - ◇俳句部門
    - 岩佐 聖子
- 第11回(平19年)
  - ◇短歌部門
    - ●大賞
      - 大河内 卓之
    - ●優秀賞
      - 市川 勢子
      - 石井 久衣
      - 荻津 博子
      - 増田 政
      - 堀江 拓也
  - ◇俳句部門
    - ●大賞
      - 吉江 正元
    - ●優秀賞
      - 安藤 陽子
      - 井坂 道子
      - 塚田 三樹子
      - 熊谷 亜津
      - 石塚 さく
- 第12回(平21年)
  - ◇短歌部門
    - 伊藤 孝恵 「里山の運動会は選手等を貸したり借りたり勝負はつかず」
  - ◇俳句部門
    - 渡辺 平江 「柿をむく夕日の色を回しつつ」
- 第13回(平22年)
  - ◇短歌部門
    - 針谷 まさお 「きょう播くはジャックの登りし豆の種八十三歳まだ夢がある」
  - ◇俳句部門
    - 井坂 道子 「新調の鎌の切れ味夏つばめ」
- 第14回(平23年)
  - ◇短歌部門

政井 繁之 「再興のなりて限界集落に子供歌舞伎のお捻りが飛ぶ」
◇俳句部門
　野口 光江 「音立てて節の郷の落葉踏む」
第15回(平24年)
◇短歌部門
　小田倉 量平 「汲むにつれ湯気立ちのぼる井戸水に霜ごと摘みし青菜を浸す」
◇俳句部門
　安藤 陽子 「餅搗や湯気の中より父母の声」
第16回(平25年)

◇短歌部門
　黒羽 文男 「水張田に映れる宙を食みながら早苗はすんすん伸びてゆくなり」
◇俳句部門
　井坂 あさ 「田の神にどんと一本新走り」
第17回(平26年)
◇短歌部門
　深町 一夫 「卒業の歌声ひびく安達太良の空を越えゆく白鳥の群れ」
◇俳句部門
　石崎 雅男 「苗碓と根付き平らな村となる」

032 長野文学賞

　長野日報社創業90周年を記念し、文壇ジャーナリズムにとらわれない、真摯に文学に取り組む人たちの発表の場として創設。18回で中止。

【主催者】長野日報社
【選考委員】藤田宜永(作家),井坂洋子(詩人),林郁(作家)
【選考方法】公募
【選考基準】〔対象〕小説、未発表原稿に限る。〔原稿〕小説：30枚。応募は1人1編。〔応募規定〕作品はコピーして全5セットを送付。応募原稿は返却せず、著作権は長野日報社に帰属する
【締切・発表】毎年6月15日締切(必着),11月1日長野日報紙上に発表,作品紹介は11月上旬(長野日報紙上)
【賞・賞金】長野文学賞(1編)：正賞懐中時計,副賞30万円

第1回(平3年)
◇長野文学賞
　詩歌・俳句部門受賞なし
◇部門賞
　● 詩
　　上野 秋宣(県精密試験場勤務)「影」
第2回(平4年)
◇長野文学賞
　詩歌・俳句部門受賞なし
◇部門賞
　● 詩
　　山田 英美子(和菓子店勤務)「鳥」
第3回(平5年)
◇長野文学賞
　詩歌・俳句部門受賞なし
◇部門賞
　● 詩
　　越中 芳枝(主婦)「海への思い」
第4回(平6年)
◇長野文学賞
　詩歌・俳句部門受賞なし
◇部門賞
　● 詩
　　丹羽 秋子(主婦)「月」
第5回(平7年)
◇長野文学賞
　詩歌・俳句部門受賞なし
◇部門賞
　● 詩
　　高槻 文子 「雲雀」
第6回(平8年)
◇長野文学賞

詩歌・俳句部門受賞なし
◇部門賞
　●詩
　　上越 深雪 「鏡に」
第7回(平9年)
◇長野文学賞
　詩歌・俳句部門受賞なし
◇部門賞
　●詩
　　越中 芳枝(主婦)「あずさ」
第8回(平10年)
◇長野文学賞
　詩歌・俳句部門受賞なし
◇部門賞
　●詩
　　矢崎 義人 「森では」
第9回(平11年)
◇長野文学賞
　　＊
◇部門賞
　●詩
　　＊
第10回(平12年)
◇長野文学賞
　詩歌・俳句部門受賞なし
◇部門賞
　●詩
　　伊藤 あけみ(長野県高遠町)「七月の風鈴に」
◇入選
　●詩
　　斉藤 節子(千葉県柏市)「帰省」
第11回(平13年)
◇長野文学賞
　詩歌・俳句部門受賞なし
◇部門賞
　●詩
　　阿部 昌代(長野市)「オートバイ乗りの詩(うた)」
◇入選
　●詩
　　斉藤 節子(柏市・茅野市出身)「春昼(しゅんちゅう)」
　　渋谷 善宏(駒ケ根市)「時の轍」
第12回(平14年)

◇長野文学賞
　詩歌・俳句部門受賞なし
◇部門賞
　●詩
　　金井 水子(長野県松本市)「夕暮れて」
◇入選
　●詩
　　吉村 健二(埼玉県狭山市(長野県岡谷市出身))「故郷」
　　斉藤 節子(千葉県柏市(長野県茅野市出身))「夜の雨」
第13回(平15年)
◇長野文学賞
　詩歌・俳句部門受賞なし
◇部門賞
　●詩
　　稲葉 翔(高遠町)「駆け抜けて今」
◇入選
　●詩
　　島田 奈都子(長野市)「早春」
　　寺岡 あさ子(香川県,下高井郡出身)「木」
第14回(平16年)
◇長野文学賞
　詩歌・俳句部門受賞なし
◇部門賞
　●詩
　　寺岡 あさ子(香川県坂出市、下高井郡出身)「あゆむ」
◇入選
　●詩
　　稲葉 翔(高遠町)「神田橋(じんでんばし)哀史」
第15回(平17年)
◇長野文学賞
　詩歌・俳句部門受賞なし
◇部門賞
　●詩
　　後藤 順 「ぐれる雨」
◇入選
　●詩
　　寺岡 あさ子 「おととい私の横に満月が降りてきて」
第16回(平18年)
◇長野文学賞
　詩歌・俳句部門受賞なし

文学一般　　　　　　　　　　　　　　　　　　　　　　　　　033 日本海文学大賞

◇部門賞
● 詩
　山浦 正嗣　「残り柿」
◇入選
● 詩
　中原 紀子　「届ける」
　後藤 順　「案山子の帰郷」
　阿部 昌代　「アフリカ」
第17回（平19年）
◇長野文学賞
　詩歌・俳句部門受賞なし

◇部門賞
● 詩
　唐沢 みつほ　「初夏の朝陽の中に」
◇入選
● 詩
　矢崎 義人（諏訪市）「やんばる」
第18回（平20年）
◇長野文学賞
　詩歌・俳句部門受賞なし（小説部門のみの募集）

033 日本海文学大賞

「北陸中日新聞」（中日新聞北陸本社発行）の創刊30年を記念し、日本海地域の文学振興と隠れた才能の発掘を願って創設「一定の社会的責任を果たした」として平成19年の第18回で終了した。

【主催者】中日新聞北陸本社

【選考委員】（第18回）〔第1次選考〕小説部門：千葉龍（作家・詩人）、森英一（金沢大学教授）、白崎昭一郎（作家）、山崎寿美子（作家）詩部門：稗田菫平（牧人主宰）、池田星爾（詩人）、谷かずえ（詩人）、川上明日夫（詩人）、柴田恭子（歴程同人）〔第2次選考〕小説部門：高田宏（作家）、新井満（作家）、松本侑子（作家）、安部龍太郎（作家）、竹田真砂子（作家）詩部門：秋谷豊（詩人）、西岡光秋（詩人）、岡崎純（中日詩人会会長）、河津聖恵（詩人）

【選考方法】公募

【選考基準】〔対象〕小説、詩。〔資格〕プロ・アマ不問。〔原稿〕小説は400字詰原稿用紙100枚以内、詩は4枚以内

【締切・発表】締切は毎年6月30日（当日消印有効）、10月下旬北陸中日新聞紙上にて発表

【賞・賞金】〔小説〕大賞：正賞賞額、副賞100万円、〔詩〕大賞：正賞賞額、副賞20万円

【URL】http://www.chunichi.co.jp/hokuriku/

第1回（平2年）
◇詩
　該当作なし
● 奨励賞
　若狭 雅裕　「日月抄」
　尾山 景子　「レーの夕暮れ」
　半田 信和　「進化について」
第2回（平3年）
◇詩
　藤吉 外登夫　「加賀野浄土」
● 奨励賞

　谷山 千絵　「ラブレター習作」
　藤 房子　「なあ あんたさん」
第3回（平4年）
◇詩
　山村 信男　「晩濤記」
● 奨励賞
　白滝 慎里子　「手（3編）」
　半田 信和　「イノチヲ写ス」
第4回（平5年）
◇詩

司 茜(本名・大倉香恵子)「若狭に想う」
- 奨励賞
  藤 房子
  刑部 あき子
- 佳作賞
  西辻 融
  若栗 清子

第5回(平6年)
◇詩
  池田 星爾 「石臼の唄―ダムで沈んだ村のためのレクイエム」
- 奨励賞
  刑部 あき子
  山田 ひろし
  村上 弥生
- 佳作賞
  丸山 乃里子
  宮崎 登志子

第6回(平7年)
◇詩
  麦田 穣 「龍」

第7回(平8年)
◇詩
  高橋 協子 「メビウスの森」

第8回(平9年)
◇詩
  該当作なし

第9回(平10年)
◇詩
  岡島 弘子 「一人分の平和」

第10回(平11年)
◇詩
  檜 晋平 「しらさぎ川」

第11回(平12年)
◇詩
  向井 成子 「サンザシの実」

第12回(平13年)
◇詩
  あずま 菜ずな 「磯蟹」

第13回(平14年)
◇詩
  後藤 薫 「朱い実」
- 奨励賞
  あおい なおき 「越前双耳壺の話」
  梅原 和人 「内灘砂丘」
- 佳作
  太田 房子 「突然に」
  竜田 道子 「六月の雨」
  越田 茂 「能登上布」
  藤 よし子 「ハイラル草原の丘に」

第14回(平15年)
◇詩部門
- 大賞
  清﨑 進一 「路地裏」
- 奨励賞
  西村 進 「うっぷるい秘話」
- 佳作
  竜田 道子 「縛られた巨人」
  伊藤 伸太朗 「少女の声」
  八木 博信 「光の中に」

第15回(平16年)
◇詩部門
- 大賞
  大竹 晃子(東京)「お母さんの海」
- 北陸賞
  越田 茂(石川)「ぶり起こし」
- 佳作
  加藤 雄三(神奈川)「ヨンベさん」
  中下 重美(兵庫)「つつむ」
  樹里越 都(石川)「イグジステンス」

第16回(平17年)
◇詩部門
- 大賞
  大江 豊(愛知)「漂う、国」
- 北陸賞
  中嶋 充(石川)「4Bのえんぴつ」
- 佳作
  深谷 孝夫(三重)「間垣が奏でる」
  佐々 林(兵庫)「砂の旅」
  斉藤 礼子(岐阜)「産声」

第17回(平18年)
◇詩部門
- 大賞
  安原 輝彦(埼玉)「寒ブリ」
- 北陸賞
  大野 直子(石川)「てんば」
- 佳作
  戸田 和樹(京都)「飛び砂」
  早川 純(石川)「シリカゲル」
  おぎ ぜんた(ケニア)「森の中の木漏れ日の下で」

第18回(平19年)

◇詩部門
- 大賞
  佐々 林(兵庫)「兵隊の雨が降る」
- 北陸賞
  清水 薫(石川)「塩丸烏賊」
- 佳作
  大野 直子(石川)「時間」
  川野 圭子(広島)「顔替え屋」
  越田 茂(石川)「五月凧」

034 日本自費出版文化賞

自費出版文化の振興のために「日本自費出版文化賞」を平成9年創設。自費出版物に光を当てて著者の功績を讃え、かつ自費出版の再評価、活性化を促進しようとするもの。

【主催者】(社)日本グラフィックサービス工業会,自費出版ネットワーク

【選考委員】(第19回)色川大吉(歴史家)、鎌田慧(ルポライター)、中山千夏(作家)、秋林哲也(編集者)、佐藤和夫(千葉大学名誉教授)、藤野健一(編集者)、小池一子(クリエイティブ・ディレクター)

【選考方法】公募

【選考基準】〔資格〕制作費用の全額または一部を著者(個人・団体)が負担し,日本国内で平成15年以降に出版され,主として日本語で書かれた一般書で,製本された著書が対象。著者の国籍は不問。一般書とは,一般の人が理解できる内容の書籍を指し,特定の専門的な内容の著書については審査できないことがある。〔対象〕募集作品は次の7部門。1.地域文化部門(郷土史,地域誌,民俗記録,地域人物伝,記念誌等) 2.個人誌部門(自分史,一族史,追悼集,遺稿集,旅行記,趣味等) 3.小説部門(小説,童話など散文で書かれた物語形式の文芸) 4.エッセー部門(随筆・随想など散文で書かれた小説以外の文芸) 5.詩歌部門(現代詩,俳句,短歌など韻文で書かれた文芸) 6.研究・評論部門(人文・歴史・法律・経済社会・理工他の研究,評伝,評論等) 7.グラフィック部門(画集,写真集,絵本等)。〔応募規定〕所定の応募用紙に必要事項を記入し,応募著書1冊と共に郵送または託送。応募著書は返却しない。応募受付の連絡希望は官製はがきに自身の宛名を記入し同封のこと(電話等による問い合わせには応じられない)。登録手数料2000円(1点)。インターネットで直接申込可。「専用フォーム」から情報を送信の上,登録手数料やホームページ登録料を郵便振替で支払う

【締切・発表】受付期間:毎年11月1日より翌年の3月末日まで。入選,部門賞,特別賞,大賞は最終選考委員会終了後,記者会見の席上にて発表。「朝日新聞」紙上,自費出版ホームページ等のメディアに掲載。入選,入賞作品は応募締切の翌年10月に開催予定の表彰式(自費出版フェスティバル内)および関連するイベントなどで展示公開する

【賞・賞金】(第19回)大賞:賞状ならびに賞金20万円(1点),部門賞:賞状ならびに賞金5万円(各部門1点),特別賞:各部門1点,協賛各社賞状ならびに記念品,入選:賞状(各部門10点程度)

【URL】http://www.jsjapan.net/

第1回(平10年度)
◇大賞
　詩歌・俳句部門受賞なし

◇部門賞など
- 文芸部門
  赤山 勇 「募集(ぼっしゅう)」

第2回（平11年度）
　◇大賞
　　詩歌・俳句部門受賞なし
　◇部門賞など
　　● 文芸部門
　　　詩歌・俳句部門受賞なし
第3回（平12年度）
　◇大賞
　　詩歌・俳句部門受賞なし
　◇部門賞など
　　● 文芸歌・句集部門
　　　林 多美子　「北限文庫5 歌集 風葬」
第4回（平13年度）
　◇大賞
　　詩歌・俳句部門受賞なし
　◇部門賞
　　● 文芸B部門
　　　松岡 英士　「みどりの風」
第5回（平14年度）
　◇大賞
　　詩歌・俳句部門受賞なし
　◇部門賞など
　　● 文芸B部門
　　　三好 みどり　「歌集 律速」
第6回（平15年度）
　◇大賞
　　該当作なし
第7回（平16年度）
　◇大賞
　　詩歌・俳句部門受賞なし
　◇文芸 歌・句集部門賞
　　長江 時子　川柳句集「仙人掌の花」〔長江時子〕
第8回（平17年度）
　◇大賞
　　詩歌・俳句部門受賞なし
　◇文芸 歌・句集部門賞
　　墳崎 行雄　「砂時計」〔角川書店〕
第9回（平18年度）
　◇大賞
　　詩歌・俳句部門受賞なし
　◇文芸B部門賞
　　浜村 半蔵, 浜村 キヨ　「二人歌集 冬の炎」〔浜村半蔵・キヨ〕
第10回（平19年度）
　◇大賞

　　詩歌・俳句部門受賞なし
　◇文芸B部門賞
　　瀧本 博　「少年少女のための新編昭和万葉俳句集〜昭和二十年八月十五日を詠う」〔ホンニナル出版〕
第11回（平20年度）
　◇大賞
　　詩歌・俳句部門受賞なし
　◇文芸B部門賞
　　なかおか 昌太　「梟のいる場所」〔中岡昌太〕
第12回（平21年度）
　◇大賞
　　詩歌・俳句部門受賞なし
　◇文芸B部門賞
　　赤松 菊男　「竹の花」〔創栄出版〕
　◇特別賞
　　冨永 滋　「詩集 蜘蛛の行い」〔新星座〕
第13回（平22年度）
　◇大賞
　　詩歌・俳句部門受賞なし
　◇詩歌部門賞
　　佐野 恭子　「歌集 菜殻火」〔せいうん〕
　◇特別賞・富士フイルムグラフィックシステムズ賞
　　河合 佳代子　「奈良朱し―私の奈良百句」〔創栄出版〕
第14回（平23年度）
　◇大賞
　　詩歌・俳句部門受賞なし
　◇詩歌部門賞
　　福地 順一　「津軽・抄―方言詩集」〔鳥影社〕
　◇特別賞
　　三田村 正彦　「歌集エンドロール」〔青磁社〕
第15回（平24年度）
　◇大賞
　　詩歌・俳句部門受賞なし
　◇詩歌部門句集
　　清家 信博　「一番星」〔揺籃社〕
　◇特別賞
　　佐々 幸子　「早春」〔佐々幸子〕
第16回（平25年度）
　◇大賞

文学一般　　　　　　　　　　　　　　　　　　　　035 福岡市文学賞

　　詩歌・俳句部門受賞なし
　◇詩歌部門賞
　　登坂 雅志 「アフリカ詩集」〔花神社〕
第17回（平26年度）
　◇大賞
　　詩歌・俳句部門受賞なし
　◇詩歌部門賞
　　荒尾 駿介 「あらおしゅんすけ詩集「安達

　　太良のあおい空」―3.11の記録別冊付録
　　「福島からの手紙」」
第18回（平27年度）
　◇大賞
　　詩歌・俳句部門受賞なし
　◇詩歌部門賞
　　嵯峨 美津江 「遊絲」

035 福岡市文学賞

　福岡市において文学活動をつづける作家の中から，特に年間を通じて顕著な実績を重ねた作家を選考し，更に福岡市文学活動の推進力として発揮されるよう顕彰するとともに，それらの作品を収載した作品集を発行し，福岡市の芸術文化の振興に寄与するもの。

【主催者】福岡市

【選考方法】非公募

【選考基準】〔対象〕小説，詩，短歌，俳句，川柳の各部門で，近年顕著な文学創作活動を行った，主として福岡市に在住の作家。すぐれた著書の出版，もしくはすぐれた作品を継続的に発表し，福岡市の芸術文化の振興に寄与した人

【締切・発表】2月中旬に受賞者を発表し，3月下旬に表彰する

【賞・賞金】受賞者は，原則として各部門1名とし，賞状及び賞金10万円を授与する

【URL】http://www.city.fukuoka.lg.jp/

第1回（昭45年度）
　◇詩
　　滝 勝子
　◇短歌
　　内田 さち子
　　江上 栄子
　◇俳句
　　松尾 しのぶ
　　松田 洋星
　◇川柳
　　日下部 舟可
　　龍興 秋外
第2回（昭46年度）
　◇詩
　　堺 忠一
　◇短歌
　　白水 広
　　大野 素子
　◇俳句

　　古賀 寿代
　　古賀 青霜子
　◇川柳
　　安武 仙涙
　　鷹野 青鳥
第3回（昭47年度）
　◇詩
　　山本 哲也
　◇短歌
　　田鍋 はじめ
　　鳥巣 太郎
　◇俳句
　　今村 俊三
　◇川柳
　　島 垢吉
　　高木 千寿丸
第4回（昭48年度）
　◇詩
　　柴田 基典

035 福岡市文学賞　　　　　　　　　　　　　　　　文学一般

◇短歌
　三上 りつよ
◇俳句
　岡部 六弥太
　林 十九楼
◇川柳
　山見 都星
　大和 柳子

第5回（昭49年度）
◇詩
　片瀬 博子
◇短歌
　佐藤 秀
◇俳句
　植木 京雛子
　城谷 文城
◇川柳
　那津 晋介
　谷岡 不可止

第6回（昭50年度）
◇詩
　高松 文樹
◇短歌
　中野 与八郎
　吉武 俊子
◇俳句
　西本 弥生
　伊藤 てい子
◇川柳
　中田 竹葉子
　林 千代子

第7回（昭51年度）
◇詩
　江川 英親
◇短歌
　山崎 正夫
　恒成 美代子
◇俳句
　一田 牛畝
　山城 寒旦
◇川柳
　吉田 四馬路
　森 真吾

第8回（昭52年度）
◇詩
　崎村 久邦

◇短歌
　酒井 直
　近藤 隆司
◇俳句
　伊藤 通明
　菊川 芳秋
◇川柳
　土居 一亭

第9回（昭53年度）
◇詩
　石村 通泰
◇短歌
　中村 法翠
◇俳句
　笠 怡土子
　佐々木 菁子
◇川柳
　小野 杏子
　山見 いく子

第10回（昭54年度）
◇詩
　山口 要
◇詩（奨励賞）
　門田 照子
◇短歌
　橋本 満
　山埜井 喜美枝
◇俳句
　城内 里風
　鮫島 春潮子
◇川柳
　杉原 新二
　佐々木 義雄

第11回（昭55年度）
◇詩
　野田 寿子
◇短歌
　沢田 藤一郎
　音成 京子
◇俳句
　林 澄山
　辻 文子
◇川柳
　樋口 祐海
　武藤 瑞こ

第12回（昭56年度）

118　詩歌・俳句の賞事典

◇詩
　清水 ゑみ子
◇短歌
　桑原 廉靖
　松下 静祐
◇俳句
　小島 隆保
　平田 羨魚
◇川柳
　早良 葉
　播磨 圭之介
第13回（昭57年度）
◇詩
　麻田 春太
◇短歌
　三宅 愛子
　桝谷 啓市
◇俳句
　的野 冷壺人
　秦 夕美
◇川柳
　江藤 けいち
　一鬼 ふく世
第14回（昭58年度）
◇詩
　有田 忠郎
◇短歌
　福山 喜徳
◇俳句
　井尾 望東
◇川柳
　末松 仙太郎
第15回（昭59年度）
◇詩
　金子 秀俊
◇短歌
　江嶋 寿雄
◇俳句
　山崎 冨美子
◇川柳
　野田 はつ
第16回（昭60年度）
◇詩
　籠 秀美
◇短歌
　久津 晃

◇俳句
　高田 律子
◇川柳
　近藤 ゆかり
第17回（昭61年度）
◇詩
　福間 明子
◇短歌
　加藤 悟
◇俳句
　足立 律子
◇川柳
　荒 幸介
第18回（昭62年度）
◇詩
　坂田 燁子
◇短歌
　朝倉 恭
◇俳句
　藤崎 美技子
◇川柳
　大場 可公
第19回（昭63年度）
◇詩
　今村 嘉孝
◇短歌
　藤田 潔
◇俳句
　志摩 一平
◇川柳
　冨永 紗智子
第20回（平1年度）
◇詩
　該当者なし
◇短歌
　隈 智恵子
◇俳句
　坪井 芳江
◇川柳
　鷹野 五輪
第21回（平2年度）
◇詩
　古賀 博文
◇短歌
　本村 正雄
◇俳句

035 福岡市文学賞　　　　　　　　　　　　　　　　　文学一般

　楢崎 六花
◇川柳
　中尾 好郎
第22回（平3年度）
◇詩
　吉田 まり子
◇短歌
　桜井 ツ子
◇俳句
　鮫島 康子
◇川柳
　真島 十三枝
第23回（平4年度）
◇詩
　荒木 力
◇短歌
　溝上 桓子
◇俳句
　一丸 文子
◇川柳
　森 雷音
第24回（平5年度）
◇詩
　月岡 祥朗
◇短歌
　久仁 栄
◇俳句
　松本 ヤチヨ
◇川柳
　板木 継生
第25回（平6年度）
◇詩
　羽田 敬二
◇短歌
　大野 展男
◇俳句
　柴田 佐知子
◇川柳
　藤田 菁彦
第26回（平7年度）
◇詩
　鈴木 薫
◇短歌
　藤渡 由久子
◇俳句
　野中 亮介

◇川柳
　松本 百子
第27回（平8年度）
◇詩
　松田 軍造
◇短歌
　清水 修一
◇俳句
　長 島星
◇川柳
　野 輝俊
第28回（平9年度）
◇詩
　吉貝 甚蔵
◇短歌
　木原 昭三
◇俳句
　木村 風師
◇川柳
　熊谷 孝子
第29回（平10年度）
◇詩
　樋口 伸子
◇短歌
　青木 昭三
◇俳句
　北 きりの
◇川柳
　井手 典生
第30回（平11年度）
◇詩
　田中 圭介
◇短歌
　江頭 慶典
◇俳句
　大里 泰照
◇川柳
　平川 店村
第31回（平12年度）
◇詩
　渡辺 玄英
◇短歌
　原田 純子
◇俳句
　賀来 章輔
◇川柳

谷川 定子
第32回（平13年度）
　◇詩
　　岡 たすく
　◇短歌
　　諸岡 史子
　◇俳句
　　朝田 魚生
　◇川柳
　　森 志げる
第33回（平14年度）
　◇詩
　　上野 眞子
　◇短歌
　　長野 瑞子
　◇俳句
　　田代 朝子
　◇川柳
　　伊豆丸 竹仙
第34回（平15年度）
　◇詩
　　石川 敬大
　◇短歌
　　末房 長明
　◇俳句
　　尾崎 澪
　◇川柳
　　山田 よしこ
第35回（平16年度）
　◇詩
　　井本 元義　「花のストイック」
　◇短歌
　　藤野 早苗　「アパカバール」
　◇俳句
　　服部 たか子　「紙人形」
　◇川柳
　　大塚 純生　「顔のない顔」
第36回（平17年度）
　◇詩
　　片桐 英彦　「物のかたち」
　◇短歌
　　桜川 冴子　「月人壮子」
　◇俳句
　　松岡 耕作　「転がる桃」
　◇川柳
　　坂本 浩子　「春の鬼」

第37回（平18年度）
　◇詩
　　田島 安江　「トカゲの人」
　◇短歌
　　小島 恒久　「原子野（げんしや）」
　◇俳句
　　杜 あとむ　「空飛ぶマンタ」
　◇川柳
　　小川 清隆　「おもかげ」
第38回（平19年度）
　◇詩
　　柿添 元　「生きねばならぬ」
　◇短歌
　　福間 妙子　「うめ・もも・さくら」
　◇俳句
　　池松 幾生　「月影」
　◇川柳
　　長崎 桼市　「涅槃図」
第39回（平20年度度）
　◇詩
　　脇川 郁也
　◇短歌
　　木場 君代
　◇俳句
　　立石 京
　◇川柳
　　小池 一恵
第40回（平21年度）
　◇詩
　　尚 泰二郎
　◇短歌
　　山崎 つぎの
　◇俳句
　　三舩 熙子
　◇川柳
　　敷田 無煙
第41回（平22年度）
　◇詩
　　秋山 喜文
　◇短歌
　　取違 克子
　◇俳句
　　池田 昭雄
　　池田 守一
　◇川柳
　　長井 すみ子

第42回(平23年度)
　◇詩
　　おだ じろう
第43回(平24年度)
　◇短歌
　　池野 京子
　◇俳句
　　田代 素人
　◇川柳
　　布谷 ゆずる
第44回(平25年度)
　◇詩
　　鍋山 ふみえ
　　大原 美代
　◇短歌
　　新谷 休呆

　◇俳句
　　大里 えつを
　◇川柳
　　中村 鈴女
第45回(平26年度)
　◇詩
　　門田 照子
　　山本 美重子
　◇短歌
　　髙田 明美
　◇俳句
　　中村 祐子
　　馬場 公江
　◇川柳
　　森園 かな女

036 福島県文学賞

県民から作品を公募して優秀作品を顕彰し,本県文学の振興と地方文化の進展をはかる。

【主催者】福島県,福島民報社

【選考委員】（第67回）〔小説・ドラマ部門〕松村栄子,九頭見和夫,高見沢功 〔エッセー・ノンフィクション部門〕古川日出男,佐藤洋一,鴨原靖彦 〔詩部門〕長田弘長,久保鐘多,齋藤貢 〔短歌部門〕小池光,佐藤文一,遠藤たか子 〔俳句部門〕黒田杏子,江井芳朗,永瀬十悟

【選考方法】公募

【選考基準】〔対象〕未発表の自作品,前年1月1日以降発行の同人誌または単行本に初めて発表された自作品のいずれでもよい。ただし,営利を目的に刊行された単行本は対象外とする。複数の部門に応募できるが,1人1部門につき1作品とする。同人誌に分割して発表された複数作品でも,連続性が強く,合わせて1作品と認められるものは,全体量と最終作品発表の時点が規定内であれば応募できる。当文学賞の審査結果発表以前に他の文学賞に入賞した作品,および同一年度に他の文学賞に応募した作品は,選考の対象外とする。〔原稿〕〈小説〉400字詰原稿用紙で30枚以上100枚以内。〈ドラマ〉400字詰原稿用紙で45枚以上100枚以内で,40分から100分程度で上映,上演出来るもの。〈エッセー・ノンフィクション〉一般：400字詰原稿用紙で20枚以上100枚以内。青少年：400字詰原稿用紙で10枚以上50枚以内。〈詩〉一般：10篇以上,青少年：5篇以上でいずれも漢詩は除く。1篇ごとの作品題と作品全体の題を記載すること。〈短歌〉一般：50首,青少年：20首。各作品は1行で記載し,作品全体の題を記載する。〈俳句〉一般：50句,青少年：20句。各作品は1行で記載し,作品全体の題を記載する。〔資格〕応募時点で福島県在住者または県内の学校・事業所に在籍・勤務する者とする。ただし,東日本大震災の影響により県外に避難している者及び学生・生徒については県外勉学中の県出身者を含む。青少年とは,中学生以上で締切日現在20歳未満の者をいう。青少年は一般の部に応募できるが,その場合は一般の規格を満たすものでなければならない

文学一般　　　　　　　　　　　　　　　　　　　　　　　　　036 福島県文学賞

【締切・発表】（第67回）平成26年7月31日締切（当日消印有効），10月下旬〜11月上旬直接通知および報道発表，授賞式11月上旬
【賞・賞金】各部門ごとに「文学賞」「準賞」「奨励賞」「青少年奨励賞」を授与

第1回（昭23年度）
　◇詩
　　大谷 忠一郎　「月宮殿」
　◇短歌
　　高見 楢吉　「半田良平」
　◇俳句
　　山下 率賓子　「凍土」
第2回（昭24年度）
　　詩歌・俳句部門受賞なし
第3回（昭25年度）
　◇詩
　　大滝 清雄　「三光鳥の歌」
　　上野 菊江　「アヌビス」
　◇短歌
　　清水 延晴　「渾沌たる感傷」
　　鈴木 竹八　「現実観照」
　◇俳句
　　坂本 雅流　「金星」
　　黒木 野雨　「青胡桃」
第4回（昭26年度）
　◇短歌
　　一条 和一　「一路」
　◇俳句
　　佐藤 六歩　「板屋」
　　半谷 綾子　「みちのく抄」
第5回（昭27年度）
　◇短歌
　　内藤 正泰　「柵」
　◇俳句
　　岡和田 天河水　「鹿の子絞」
第6回（昭28年度）
　◇詩
　　木村 常利　「童話」
　◇短歌
　　国分 津宜子　「朴の花」
　◇俳句
　　紺野 杜山　「鮭」
第7回（昭29年度）
　◇詩
　　渡辺 秋哉　「感傷地帯」
　◇短歌
　　浦井 伝　「安太多良」
　◇俳句
　　平 斗羅夫　「坂」
　　韮沢 あき子　「女髪」
第8回（昭30年度）
　◇短歌
　　作山 暁村　「構図」
第9回（昭31年度）
　◇詩
　　三谷 晃一　「蝶の記憶」
　　斎藤 庸一　「防風林」
　◇短歌
　　熊木 英乃　「崩雪」
　◇俳句
　　矢部 居中　「絎紐」
第10回（昭32年度）
　◇詩
　　高橋 新二　「永河を横ぎる蟬」
第11回（昭33年度）
　◇短歌
　　服部 童村　「自然律」
　◇俳句
　　遠藤 驕子　「驕子句集」
第12回（昭34年度）
　◇短歌
　　佐藤 汀花　「青き嵐」
　◇俳句
　　矢村 蕉風　「松籟」
第13回（昭35年度）
　◇詩
　　上田 令人　「受胎」
　◇俳句
　　佐々木 一空　「杭壁」
第14回（昭36年度）
　◇詩
　　若松 丈太郎　「夜の森」
　◇短歌
　　川上 平太郎　「会津」
　　草野 比佐男　「就眠儀式」
第15回（昭37年度）

詩歌・俳句の賞事典　123

◇詩
　　長谷部 俊一郎 「山に生きる」
◇短歌
　　唐橋 秀子 「深雪」
第16回(昭38年度)
◇短歌
　　飯村 仁 「冬の風」
◇俳句
　　松村 景一路 「風の手帳」
第17回(昭39年度)
◇詩
　　柊 立星 「天啓」
◇短歌
　　黒須 忠一 「草屋根」
◇俳句
　　山口 水青 「カキ屋ぐらし」
第18回(昭40年度)
◇詩
　　蛯原 由起夫 「蝶と羊歯」
◇短歌
　　富田 吟秋 「幽心抄」
◇俳句
　　渡部 柳春 「盆地唱和」
第19回(昭41年度)
◇詩
　　渡辺 元蔵 「時間の断章」
◇短歌
　　金谷 正二 「素描日日」
◇俳句
　　樋山 よしの 「草の花」
第20回(昭42年度)
◇詩
　　和田 榛二 「盆地」
◇短歌
　　角田 一男 「雪層」
◇俳句
　　後藤 迫州 「生活哀歌」
第21回(昭43年度)
◇詩
　　片岡 文雄 「地の表情」
◇短歌
　　大原 良夫 「冬野」
◇俳句
　　江川 千代八 「落鮎」
第22回(昭44年度)
◇詩

　　成田 緑 「ベッドの上のフーガ」
◇俳句
　　大島 守夫 「鍛冶工日日」
第23回(昭45年度)
◇短歌
　　国分 弥次郎 「雪野」
◇俳句
　　栃窪 浩 「千語万語」
第24回(昭46年度)
◇詩
　　有賀 祥吉 「木の中をぶどうの房が」
◇俳句
　　慶徳 健 「空よ海よ」
第25回(昭47年度)
◇詩
　　斉藤 武 「妖宴」
◇短歌
　　佐藤 博 「平沙」
　　川上 重明 「砂時計」
◇俳句
　　結城 良一 「発破音」
　　鹿山 隆 「いのちあるさへ」
第26回(昭48年度)
◇詩
　　小川 琢士 「夢・現実」
第27回(昭49年度)
◇短歌
　　若狭 マサ 「風丘」
　　大谷 山女 「銀紙のふね」
◇俳句
　　阿部 登世 「白道」
　　佐藤 浩子 「風雲」
第28回(昭50年度)
◇短歌
　　高橋 正子 「石の声」
　　佐藤 嘉金 「青蟬抄」
◇俳句
　　伊藤 吉夫 「槙立てり」
　　門馬 政隆 「山背風」
第29回(昭51年度)
◇詩
　　竹内 智恵子 「会津俚耳覚え」
◇俳句
　　富岡 秀夫 「地吹雪」
　　大森 喜安 「緋連雀」
第30回(昭52年度)

◇詩
　大井 義典　「線」
◇短歌
　田代 平　「漂泊者」
第31回（昭53年度）
　詩歌・俳句部門受賞なし
第32回（昭54年度）
◇俳句
　田中 一荷水　「女帯」
第33回（昭55年度）
◇詩
　太田 隆夫　「童戯考」
◇短歌
　髙橋 正史　「羊の旋律」
第34回（昭56年度）
◇詩
　長久保 鐘多　「散文詩集 象形文字」
◇俳句
　小林 雪柳　「炎昼の絹豆腐」
第35回（昭57年度）
◇詩
　槇 さわ子　「般若」
◇俳句
　末永 有紀　「朝の蟬」
第36回（昭58年度）
◇短歌
　大石 邦子　「冬の虹」
第37回（昭59年度）
◇俳句
　石田 雲瀞　「北国の詩」
第38回（昭60年度）
◇詩
　前田 新　「貧農記―わが鎮魂」
◇短歌
　佐藤 春夫　「楕円軌道」
◇俳句
　池田 義弘　「氷る機関車」
第39回（昭61年度）
◇詩
　阿部 正栄　「辺境」
第40回（昭62年度）
◇詩
　斉藤 貢　「奇妙な容器」
　鈴木 八重子　「ゆれる家」
◇短歌
　栗城 永好　「座標移動」

◇俳句
　小室 幽風　「瘤のある木」
第41回（昭63年度）
◇詩
　柴田 武　「幻みちのくのほそ道」
◇短歌
　中川西 好幸　「峡の雲」
◇俳句
　樅山 尋（樅山ひろ子）
第42回（平1年度）
◇詩
　該当作なし
◇短歌
　髙橋 定吉　「鰯雲」
◇俳句
　笹山 美津子　「華甲」
第43回（平2年度）
◇詩
　該当作なし
◇短歌
　小沼 幸次　「槻の丘」
◇俳句
　該当作なし
第44回（平3年度）
◇詩
　斎藤 久夫　「掌の果実」
◇短歌
　髙坂 覚治　「篠山」
　星 陽子　「風の洞」
◇俳句
　該当作なし
第45回（平4年度）
◇詩
　穂坂 道夫　「杼の音」
◇短歌
　該当作なし
◇俳句
　若林 紫霞　「草木染」
第46回（平5年度）
◇詩
　和合 亮一　「ジャム」
◇短歌
　該当作なし
◇俳句
　該当作なし
第47回（平6年度）

◇詩
　　該当作なし
◇短歌
　　本田 一弘　「わか草の」
◇俳句
　　矢吹 厨夫　「釣行 その他」
第48回（平7年度）
◇詩
　　粥塚 伯正　「水棲類」
◇短歌
　　該当作なし
◇俳句
　　馬目 単　「海原」
第49回（平8年度）
◇詩
　　該当作なし
◇短歌
　　該当作なし
◇俳句
　　該当作なし
第50回（平9年度）
◇詩
　　該当作なし
◇短歌
　　吉田 健一　「異邦人」
◇俳句
　　高橋 静葩　「會津盆地」
第51回（平10年度）
◇詩
　　郷 武夫　「指の家族」
◇短歌
　　鈴木 友紀　「朱」
◇俳句
　　益永 涼子　「冬の計算機」
第52回（平11年度）
◇詩部門
●準賞
　　渡辺 理恵　「闇にだきしめられて」
●奨励賞
　　片岡 節子　「冬の蟬」
　　菅野 裕之　「振り返る場所」
　　芳賀 稔幸　「サイフォン」
●青少年奨励賞
　　梅津 しずか　「宇宙と地球とこの海と」
　　武田 依子　「生きている」
　　佐々木 薫　「死界」

◇短歌部門
●準賞
　　高橋 俊彦　「藁麦屋折々」
　　佐藤 祐禎　「冬海の藻」
●奨励賞
　　五十嵐 仲　「忘却曲線」
　　橋本 武一郎　「谿田」
●青少年奨励賞
　　雲藤 孔明　「しあわせごっこ」
◇俳句部門
●文学賞
　　宍戸 祥二　「日本の霊場『鳥帰る』」
●準賞
　　佐藤 昌市　「落葉篭」
●奨励賞
　　中村 晋　「立夏」
◇青少年奨励賞
　　熊谷 一也　「虹と大河」
　　鈴木 智草　「雨のち晴れ」
第53回（平12年度）
◇詩部門
●文学賞
　　小林 きく　「未来への峠」
●奨励賞
　　渡部 哲男　「秋の決算」
　　今泉 令子　「明日になれば」
●青少年奨励賞
　　横山 千秋　「ダイナマイトで学校を」
　　長利 有生　「還らざる日々」
　　佐藤 瑞枝　「水浅葱」
◇短歌部門
●準賞
　　金澤 宏光　「木洩れ日」
●奨励賞
　　志賀 朝子　「青葉しづく」
　　高木 佳子　「生きる」
　　上野 昭男　「返り咲き」
●青少年奨励賞
　　北野澤 頼子　「星消えて」
　　横山 千秋　「十六歳の雨」
◇俳句部門
●準賞
　　橋本 絹子　「小鳥来る」
　　江井 芳朗　「山背牛」
　　吉野 トシ子　「寒紅」
●奨励賞

矢吹 遼子 「白粉」
大和田 富美 「夜空」
● 青少年奨励賞
　山口 尚美 「麦わら帽子」
第54回(平13年度)
◇詩部門
● 文学賞
　高原 木代子 「山繭」
● 準賞
　片岡 れんげ 「ガラスの繭」
● 奨励賞
　寶玉 義彦 「紳士レコーダー(異常あり)」
● 青少年奨励賞
　遠藤 綾子 「十七―十八」
　大内 雅之 「兄への思い」
◇短歌部門
● 準賞
　宮崎 英幸 「同期会」
　上野 昭男 「小満の日に」
　高木 佳子 「再生」
● 奨励賞
　田中 滋子 「橋 その2」
● 青少年奨励賞
　木田 春菜 「夏に還りぬ」
◇俳句部門
● 文学賞
　遠藤 蕉魚 「胡麻の花」
● 準賞
　中村 晋 「夏燕」
● 奨励賞
　春日 石疼 「鬼の団欒」
● 青少年奨励賞
　横山 千秋 「青い空」
　佐久間 隆 「夏風に吹かれて」
第55回(平14年度)
◇詩部門
● 準賞
　齋藤 多美子 「すべての玩具を夜に流して」
● 奨励賞
　須藤 成恭 「恋の記憶・外十四編」
　髙木 道浩 「坂道」
● 青少年奨励賞
　鈴木 圭祐 「カラッポの日々」
　相模 音夢 「夏虫が見上げる」
◇短歌部門
● 準賞

五十嵐 徳昌 「揺れるクロッカス」
今野 金哉 「無影灯」
● 奨励賞
　三瓶 弘次 「ふたりの夕餉」
　奥山 隆 「検品室」
　山家 和子 「風と砂と」
● 青少年奨励賞
　渡邉 実紀 「あの空の青さ」
◇俳句部門
● 文学賞
　佐藤 昌市 「風と日と」
● 準賞
　永瀬 十悟 「万有引力」
● 奨励賞
　益永 孝元 「秋の蝶」
● 青少年奨励賞
　眞田 隆法 「鬼やんま」
　会沢 未奈子 「ピンクを好む春」
　蒼空 星夜 「夜半集」
第56回(平15年度)
◇詩部門
● 文学賞
　細谷 節子 「風になり鳥になり」
● 奨励賞
　浅井 たけの 「曼珠沙華」
　岩田 武昭 「つむじ」
● 青少年奨励賞
　内村 由惟 「うたかたのうたうたいた
　　　　　　かった」
　遠藤 好美 「冷凍硝子」
◇短歌部門
● 奨励賞
　増子 良衛 「山村の風いん」
　矢澤 重徳 「鄙の歌 青空」
　伊藤 正幸 「四つ切り林檎」
　大堀 千枝子 「日々の断片」
　後藤 滋 「晩年」
　鈴木 恵美子 「キリストに似し父」
● 青少年奨励賞
　薪塩 悠 「囲碁全国大会記」
◇俳句部門
● 文学賞
　永瀬 十悟 「猫会」
● 準賞
　春日 石疼 「花野踏む」
● 奨励賞

江藤 文子 「飾り窓」
- 青少年奨励賞
  遠藤 英雄 「心の奥の天使達」
  渡辺 奈津美 「こんにちは私の名前は奈津美です」

第57回（平16年度）
◇詩部門
- 文学賞
  該当作なし
- 準賞
  寶玉 義彦（原町市）「excavation」
- 奨励賞
  ナガノ サヨコ（長野 左容子）（いわき市）「魚群」
  久間 カズコ（伊達郡霊山町）「一日の終りに」
- 青少年奨励賞
  肩歌 こより（高田 良美）（郡山市）「いらつめ」
  渡部 未来（東京都新宿区）「夜がやってくる」
  馬上 広士（いわき市）「くり返す失敗 〜ぼくの詩〜」
◇短歌部門
- 文学賞
  小野木 正夫（会津若松市）「デイケア」
- 準賞
  田中 滋子（大沼郡会津高田町）「声青々し」
- 奨励賞
  高久 正美（西白河郡大信村）「農に生きる」
- 青少年奨励賞
  佐藤 博（双葉郡富岡町）「十六歳の僕の心」
◇俳句部門
- 文学賞
  江井 芳朗（相馬郡小高町）「浜通り抄3」
- 準賞
  益永 孝元（郡山市）「冬の虹」
- 奨励賞
  佐藤 弘子（福島市）「既視感」
- 青少年奨励賞
  渡邊 俊幸（須賀川市）「白の楕円形」
  渡辺 知寛（田村郡三春町）「水平線」

第58回（平17年度）
◇詩部門
- 文学賞
  木戸 多美子（齋藤 多美子）（二本松市）「BLUE NUDE」
- 準賞
  髙木 道浩（いわき市）「あんパンに牛乳」
- 奨励賞
  川田 政通（須賀川市）「書くよ 俺は」
- 青少年奨励賞
  猪狩 智子（いわき市）「祖父が死んだこと」
◇短歌部門
- 文学賞
  田中 滋子（大沼郡会津美里町）「遠景」
- 準賞
  遠藤 たか子（原町市）「梅雨前線」
- 奨励賞
  高橋 純一（仙台市）「ザーカイ」
- 青少年奨励賞
  黒河 更沙（坂本 剛志）（いわき市）「教室雑景」
◇俳句部門
- 文学賞
  中村 晋（福島市）「故郷」
- 準賞
  佐藤 弘子（福島市）「むかご降らせて」
- 奨励賞
  伊藤 ユキ子（伊達郡飯野町）「鬱の魔法」
- 青少年奨励賞
  氷雨月 そらち（清野 わかば）（福島市）「自転車の風がとおりすがりにこんなものをくれた」
  長谷川 英樹（福島市）「稜線」
  仁井田 梢（郡山市）「十八歳」

第59回（平18年度）
◇詩部門
- 文学賞
  みうら ひろこ（根本 洋子）（双葉郡浪江町）「豹」
- 準賞
  受賞作なし
- 奨励賞
  福西 トモ子（会津若松市）「銀杏」
- 青少年奨励賞
  西方 純成（今野 恭成）（福島市）「DIVE！ 世界」
  佐藤 麻美（福島市）「今ここにしかいない君に」

八巻 未希子（福島市）「じゅうはっさい」
◇短歌部門
- 文学賞
  遠藤 たか子（南相馬市）「水のうへ」
- 準賞
  髙橋 成子（会津若松市）「クレーンの位置」
- 奨励賞
  志賀 邦子（南相馬市）「日々…思い人」
- 青少年奨励賞
  吉田 隼人（伊達市）「世界空洞説」
◇俳句部門
- 文学賞
  受賞作なし
- 準賞
  伊藤 ユキ子（伊達郡飯野町）「春夜の鬼」
- 奨励賞
  古市 文子（いわき市）「早苗饗」
  添田 勝夫（石川郡古殿町）「清原のピアス」
  田中 雅秀（田中 雅子）（大沼郡会津美里町）「卒業試験」
- 青少年奨励賞
  吉田 隼人（伊達市）「入院病棟を駆ける"夏"」
  佐藤 寿樹（相馬市）「流星」
  土屋 枝穂（郡山市）「父の愚痴」

第60回（平19年度）
◇詩部門
- 文学賞
  寶玉 義彦（南相馬市）「アフリカの夜明け」
- 準賞
  該当作なし
- 奨励賞
  中村 哲也（福島市）「黄昏のサルベージ船」
  渡部 未来（東京都（西会津町））「未来予想図」
  室井 大和（白河市）「花筏」
- 青少年奨励賞
  大越 史遠（大越 千絵）（福島市）「情操教育」
  小松 美奈子（須賀川市）「InaCOMA（昏睡）」
◇短歌部門
- 文学賞
  籐 やすこ（髙橋 安子）（いわき市）「厨はわが領」
- 準賞
  志賀 邦子（南相馬市）「あしたの君へ」
- 奨励賞
  平墆 年郎（喜多方市）「在宅医療」
- 青少年奨励賞
  松本 侑子（郡山市）「病室」
◇俳句部門
- 文学賞
  伊藤 ユキ子（伊達郡飯野町）「青大将も寝どき」
- 準賞
  江藤 文子（須賀川市）「赤ひといろ」
- 奨励賞
  平子 玲子（いわき市）「真青」
- 青少年奨励賞
  半澤 恵（福島市）「素足」
  橋本 歩（本宮市）「想ひ出」

第61回（平20年度）
◇詩部門
- 文学賞
  受賞作なし
- 準賞
  中村 哲也（福島市）「四季の余白 セゾンデートル」
  川田 政通（能美 政通）（いわき市）「絵理子」
- 奨励賞
  佐藤 雅通（会津若松市）「旅人の時代」
  青天目 起江（いわき市）「糧」
- 青少年奨励賞
  安齋 莉香（二本松市）「ひと夏、少年は考える」
  手塚 美奈子（福島市）「夢を、語るひと」
  大竹 みづき（福島市）「DEAR…」
◇短歌部門
- 文学賞
  髙橋 成子（会津若松市）「ハンカチの木」
- 準賞
  鈴木 博太（いわき市）「第四の夏」
- 奨励賞
  伊藤 喜代子（佐々木 喜代子）（いわき市）「数瞬の生」
- 青少年奨励賞
  井上 雨衣（井上 法子）（いわき市）「ミザントロープ」

◇俳句部門
- 文学賞
  佐藤 弘子(福島市)「禾持って」
- 準賞
  田中 雅秀(田中 雅子)(会津美里町)「初蝶」
- 奨励賞
  国分 衣麻(國分 いま子)(須賀川市)「夜の冷蔵庫」
- 青少年奨励賞
  薄井 幹太(須賀川市)「ザ・少年歳時記」
  大谷 晃仁(いわき市)「こわれもの」

第62回(平21年度)
◇詩部門
- 文学賞
  加藤 主税 「春来」
- 準賞
  該当作なし
- 奨励賞
  佐藤 寿樹 「風のきた道」
  鈴木 圭祐 「また朝がくる、不快な」
- 青少年奨励賞
  小林 裕子 「青ボールペン」
  光山 楓 「summer」

◇短歌部門
- 文学賞
  鈴木 博太 「リバーシブル・シティ」
- 準賞
  鈴木 紀男 「朝顔」
- 奨励賞
  永友 暢 「棘が刺さったままの指」
- 青少年奨励賞
  薄井 幹太 「磐陽寮青葉三〇九左」

◇俳句部門
- 文学賞
  該当作なし
- 準賞
  矢吹 遼子 「髪を梳く」
  古市 文子 「稲の花」
- 奨励賞
  蒲倉 琴子 「鴎の肺」
  田崎 武夫 「咆哮」
- 青少年奨励賞
  服部 広幹 「ぬるいコーラ」
  田村 安里 「今日も晴れ」
  長谷川 瑠里 「昼の星」

第63回(平22年度)
◇詩部門
- 文学賞
  高坂 光憲 「燃やすもの」
- 準賞
  手塚 美奈子 「幸福論」
- 奨励賞
  安田 純子 「安田文野刀自命」
- 青少年奨励賞
  鈴木 杏奈 「想いは天上へ昇る」

◇短歌部門
- 文学賞
  該当作なし
- 準賞
  小林 和子 「稲穂の海」
- 準賞
  三瓶 弘次 「五つの仮面」
- 奨励賞
  鎌倉 智恵人 「パーツ」
  大越 巌 「メモワール」
- 青少年奨励賞
  根本 爽花 「飛べない鳥」

◇俳句部門
- 文学賞
  斎藤 耕心 「今年米」
- 準賞
  須田 君代 「白絣」
- 奨励賞
  該当作なし
- 青少年奨励賞
  笠井 ルリ子 「散らかったサンダル」
  関根 尚樹 「月曜の朝」

第64回(平23年度)
◇詩部門
- 文学賞
  久間 カズコ 「山百合」
- 準賞
  館山 智子 「春の海」
- 奨励賞
  星 結衣 「ふくしま2011」

◇短歌部門
- 文学賞
  志賀 邦子 「被災地」
- 準賞
  山本 圭子 「師走の夕陽」
- 奨励賞

横山 敏子　「この地に生きる」
・青少年奨励賞
　　澤邊 稜　「こころのうた」
◇俳句部門
・文学賞
　　古市 文子　「震災の日々」
・準賞
　　蒲倉 琴子　「立ねぷた」
・奨励賞
　　齋藤 茂樹　「ふるさとの四時」
・青少年奨励賞
　　和田 幸恵　「刹那」
第65回（平24年度）
◇詩部門
・文学賞内
　　内池 和子　「漂流する秋」
・奨励賞
　　井上 法子　「セミデフレア」
　　わたなべ えいこ　「桜」
・青少年奨励賞
　　木田 くるみ　「生命の歌」
◇短歌部門
・文学賞
　　小林 和子　「花水注ぐ」
・準賞
　　鈴木 恵美子　「愛しきもの」
・奨励賞
　　佐々木 勢津子　「父のカナリア」
・青少年奨励賞
　　薄井 はあと　「回想記II」
◇俳句部門
・文学賞
　　春日 石疼　「樹（き）」
・準賞
　　田﨑 武夫　「夏つばめ」
・奨励賞
　　甲田 雅子　「震災・原発事故」
・青少年奨励賞
　　薄井 はあと　「回想記I」
第66回（平25年度）
◇詩部門
・文学賞
　　該当作なし
・準賞
　　わたなべ えいこ　「黄の荒涼」
　　室井 大和　「迎え火」

・奨励賞
　　二階堂 晃子　「悲しみの向こうに―故郷・双葉町を奪われて」
　　大河内 真人　「鯨になる日」
・青少年奨励賞
　　野木 碧音　「想起」
◇短歌部門
・文学賞
　　鈴木 紀男　「紫陽花」
・準賞
　　小林 真代　「五月、六月」
・奨励賞
　　片野 邦子　「ハートのしるし」
　　澤邊 裕栄子　「ダイアリー」
・青少年奨励賞
　　該当作なし
◇俳句部門
・文学賞
　　益永 孝元　「花明り」
・準賞
　　久保 羯鼓　「十三夜」
・奨励賞
　　中田 昇　「供華」
・青少年奨励賞
　　奥山 雄冴　「夏の思い出」
第67回（平26年度）
◇詩部門
・文学賞
　　木村 孝夫　「ふくしまという名の舟にゆられて」
・準賞
　　片岡 美有季　「あること、ないこと」
・奨励賞
　　しわた るみ　「タイミング」
・青少年奨励賞
　　薄井 はあと　「回想記III」
◇短歌部門
・文学賞
　　鈴木 恵美子　「柳絮とぶ」
・準賞
　　佐々木 勢津子　「いつかは一人」
・奨励賞
　　斎藤 久子　「あの日から」
・青少年奨励賞
　　相馬 智佳　「朝焼けのなか眠る」
◇俳句部門

037 部落解放文学賞

- 文学賞
  渡辺 家造 「一匹の蛍」
- 準賞
  高野 美子 「三年目の離郷」
- 奨励賞
  猪狩 行々子 「父逝きて」
- 青少年奨励賞
  茨木 優太 「春夏秋冬、キミのとなりで」

---

037 部落解放文学賞

部落解放―人間解放にむけた文化創造に取り組むために創設。

【主催者】部落解放文学賞実行委員会

【選考委員】(第39回)梁石日(作家),黒古一夫(文芸評論家),鎌田慧(ルポライター),野村進(ノンフィクションライター),金時鐘(詩人),高良留美子(詩人),今江祥智(作家),山下明生(児童文学作家),木村光一(演出家),芳地隆介(劇作家),鵜山仁(演出家),岡真理(京都大学大学院教授)

【選考方法】公募

【選考基準】〔対象〕識字,記録表現,小説,詩,児童文学,戯曲,評論の各部門。〔資格〕不問。共同制作も可。同人誌,サークル誌,各地の部落史研究所・研究会の紀要に発表した作品も可。戯曲は上演済み台本でも可。〔原稿〕未発表自作原稿。400字詰め原稿用紙150枚以内。識字は1人1篇,詩は1人3篇以内

【締切・発表】毎年10月31日締切,5月下旬～6月上旬発表

【賞・賞金】入選作:賞金20万円と選者サイン入り本,佳作:選者サイン入り本と副賞

第1回(昭49年)
◇詩
　阪本 ニシ子, 広田 静子 「表をあむ,兄やんは今日から兵隊,動員を知らせる夜」
◇特別賞
　石川 一雄 「短歌九篇」
第2回(昭50年)
◇詩
　みずた 志げこ 「母の話から「おもたあ荷」」
第3回(昭51年)
　詩歌・俳句部門受賞なし
第4回(昭52年)
◇詩
　木村 準 「みささぎ村」
第5回(昭53年)
　詩歌・俳句部門受賞なし
第6回(昭54年)
◇詩
　中野 幸治 「月光仮面」
第7回(昭55年)
　詩歌・俳句部門受賞なし
第8回(昭56年)
◇詩
　松本 太吉 「人間の土地」
　松江 ちづみ 「手紙」
第9回(昭57年)
　詩歌・俳句部門受賞なし
第10回(昭58年)
◇詩
　山本 こずえ 「葛藤の日々を越えて」
第11回(昭59年)
◇詩
　上田 わこ 「冬のひがん花に」
第12回(昭60年)
◇詩
　吉村 美代子 「鬼がわら」
第13回(昭61年)
◇詩
　福田 典子 「信・じ・て・い・ま・す…」
第14回(昭62年)

◇詩
　　西村 まさ子 「村の生活」(連作)
第15回(昭63年)
　◇詩
　　五味 兎史郎 「夢の話」
第16回(平1年)
　◇詩
　　組坂 道子 「黄砂よ」
　　川崎 友子 「おかあ―母 まつもとつたえの語りから」
第17回(平2年)
　◇詩
　　井上 ハツミ 「頭がいたくなる」
　　西村 まさ子 「ぞうりつくり」
第18回(平3年)
　◇詩
　　西村 まさ子 「連作1991年―くらしの中で」
　　井上 ハツミ 「こうりゃきびうまかったあ」
第19回(平4年)
　　詩歌・俳句部門受賞なし
第20回(平5年)
　　詩歌・俳句部門受賞なし
第21回(平6年)
　　詩歌・俳句部門受賞なし
第22回(平7年)
　◇詩
　　藤原 美幸　「因果詩編 その一」
　　阿保 幸江　「言葉の悪魔」
第23回(平8年)
　◇詩
　　松本 勲　「崩壊」
第24回(平9年)
　◇詩
　　金 鐘礼　「私のなかで あじさい」(連作)
　　金 蓮玉　「私のなかで たんぽぽ」(連作)
　　李 周南　「私のなかで しその葉」(連作)
　　金 壬生　「私のなかで はすの母」(連作)
　　金 両今　「私のなかで 空のムクゲ」(連作)
　　永尾 三郎　「さぶちゃんも最後まで面倒みんかい！」
第25回(平10年)
　◇入選
　●詩部門
　　小西 恒子(兵庫県)「白いレンゲ」
　◇佳作
　●詩部門
　　浅野 政枝(北海道)「普通人渇望人生」
　　栗原 登里(群馬県)「おばちゃんが好き(三色すみれ)」
　　高瀬 初美(兵庫県)「ハルおばさんの里帰り」
第26回(平11年)
　◇入選
　●詩部門
　　浅野 政枝(北海道)「説明」
　　浅野 政枝(北海道)「夏の薪ストーブ」
　　井上 ハツミ(広島県)「柿の木」
　　井上 ハツミ(広島県)「門付」
　◇佳作
　●詩部門
　　古川 テル(愛媛県)「マラソン」
　　永尾 三郎(埼玉県)「クギ」
　　栗原 登里(群馬県)「花売りの日々」
　◇奨励賞
　　詩歌・俳句部門受賞なし
第27回(平12年)
　◇入選
　●詩部門
　　後藤 順(岐阜県)「欠ける」
　◇佳作
　●詩部門
　　伊神 慎一(千葉県)「熱風」
　　木本 久枝(大阪府)「なんでやの」
　　井上 ハツミ(広島県)「ままごとあそび せっちゃんはおいしゃさん」
　　高瀬 初美(兵庫県)「遠い日」
　◇奨励賞
　　詩歌・俳句部門受賞なし
第28回(平13年)
　◇入選
　●詩部門
　　小西 恒子(兵庫県)「グラジオラス」
　　有永 吉伸(埼玉県)「彫金師」
　◇佳作
　●詩部門
　　中井 千鶴子(大阪府)「みやげ」
　　後藤 順(岐阜県)「捜す」
　　永尾 三郎(埼玉県)「火葬場の煙」
第29回(平14年)
　◇入選
　●詩部門

伊藤 伸太朗(千葉県)「線路工夫」
◇佳作
- 詩部門
  藤森 重紀(東京都)「吹雪の道を行ったつおん」
  石村 勇二(大阪府)「2001年 晩秋」

第30回(平15年)
◇入選
- 詩部門
  藤森 重紀(東京)「位牌を削る夜」
◇佳作
- 詩部門
  中井 千鶴子(大阪)「盆踊り」
  後藤 順(岐阜)「遺跡の仕事」
  高瀬 初美(兵庫)「静かな朝」

第31回(平16年)
◇入選
- 詩部門
  小西 恒子(兵庫)「ぜんざい」
  山田 たかし(埼玉)「ばあむくーへん」
◇佳作
- 詩部門
  伊藤 伸太朗(千葉)「みぞれ降る夕暮れ」
  摩耶 甲之介(岡山)「敵はアッコ、敵はアッコ シナばあさんの話より」
  和田 よしみ(高知)「サンカと呼ばれようた」
◇特別表彰
- 詩部門
  井上 ハツミ(広島)「糸取り女工」

第32回(平17年)
◇入選
- 詩部門
  後藤 隆(静岡)「いもうと 小船」
◇佳作
- 詩部門
  磐城 葦彦(神奈川)「アカシアの花」
  摩耶 甲之介(岡山)「「秀樹さん、秀樹さん」玉城琉球店で聞いたさ」
◇努力賞
  詩歌・俳句部門受賞なし

第33回(平18年)
◇入選
  詩歌・俳句部門受賞なし
◇佳作
- 詩部門
  阿部 千代美(大阪)「四丁目の子どもたち」
  伊藤 伸太朗(千葉)「解放感と悲しみ」
  後藤 順(岐阜)「カエルの沼」
  士田多良 無季(岡山)「詩ノート『決戦』―弟武平に」

第34回(平19年)
◇入選
- 詩部門
  永井 孝史(神奈川)「声が重なる」
◇佳作
- 詩部門
  久保 和友(滋賀)「消えた橋をさがす」
  大江 豊(愛知)「蝸牛の耳」
  後藤 順(岐阜)「飴の記憶」

第35回(平20年)
◇詩部門
- 入選
  森 実恵 「仮分数」
- 佳作
  鮮 一孝 「晩秋にて」
  久保 和友 「消えた線路をさがすⅠⅡⅢ」
  大江 豊 「村の駅長」
  三嶋 正枝 「着ぐるみうさぎ」

第36回(平21年)
◇詩部門
- 入選
  久保 和友 「伊吹山が見える町で」
- 佳作
  ゆきなか すみお 「殿下来京」
  後藤 順 「抜け殻集め」
  鮮 一孝 「甲乙丙」
  大江 豊 「雲になった、平尾さん」

第37回(平22年)
◇詩部門
- 入選
  後藤 順 「祖母の赤まんま」
  くるみざわ しん 「コンピューター」
- 佳作
  伊藤 伸太朗 「鎖」
  久保 和友 「伊吹山が見える町でⅢ」
  藤原 美幸 「つづき」

第38回(平23年)
◇詩部門
- 入選
  森水 陽一郎 「青い意志」

久保 和友　「連作 伊吹山が見える町で」
和板 中　「棄墓（すてばか）」
金子 時雨　「部落という輪郭」
- 佳作
海野 兼夫　「ひとしずく」
庄司 満　「公園」
西岡 映子　「よちよち もたもた」

- 入選
金子 時雨　「部落という輪郭II」
- 佳作
胡桃澤 伸　「田舎教師」
伊藤 伸太朗　「誰もいない公園で」
木本 久枝　「雲」
井上 ハツミ　「やもり」
久保 和友　「城塞 伊吹山が見える町で」

第39回（平24年）
◇詩部門

---

038 北海道新聞文学賞

北海道新聞社が創立25周年を記念して昭和42年に創設した賞で，原則として北海道内在住者が刊行した小説，評論，詩集などに対して与えられる。

【主催者】北海道新聞社

【選考委員】（第48回）〔創作・評論部門〕加藤幸子，川村湊，久間十義，李恢成，〔詩部門〕笠井嗣夫，工藤正廣，松尾真由美

【選考方法】公募＋推薦

【選考基準】〔対象〕前年9月から当該年8月末までに発行された創作，評論，詩集などの単行本と同人誌などに発表された作品。ただし合同詩集は含まない。未発表作品の場合，創作・評論は400字詰め原稿用紙50〜150枚以内，詩は詩集の形態とするが収録編数に制限はない。いずれもワープロなどで印字し，表紙をつけるなど簡単に製本されたもの。手書き不可。5部ずつ送る。二重応募無効。〔資格〕作者は原則として道内在住者

【締切・発表】8月下旬締切，11月北海道新聞紙上にて発表。北海道新聞短歌賞，北海道新聞俳句賞受賞作品と併せた受賞作品集を翌年1月末に刊行

【賞・賞金】〔創作・評論部門〕正賞：ブロンズ・レリーフと副賞100万円，佳作：記念品と副賞20万円。〔詩部門〕正賞：ブロンズ・レリーフと副賞50万円，佳作：記念品と副賞15万円

【URL】http://www.hokkaido-np.co.jp/cont/doshin-bungaku/

第1回（昭42年）
　詩歌・俳句部門受賞なし
第2回（昭43年）
　◇俳句
　　木村 敏男　「日高」
第3回（昭44年）
　該当作なし
第4回（昭45年）
　◇詩
　　永井 浩　「陶器の時代」
第5回（昭46年）
　詩部門受賞なし

第6回（昭47年）
　◇俳句
　　進藤 紫　「壺」
第7回（昭48年）
　該当作なし
第8回（昭49年）
　◇歌集
　　平松 勤　「幻日」柏葉書院
第9回（昭50年）
　詩部門受賞なし
第10回（昭51年）

◇歌集
　　岡崎 正之　「帽灯」辛夷社
第11回（昭52年）
　　詩部門受賞なし
第12回（昭53年）
　　詩部門受賞なし
第13回（昭54年）
　◇詩集
　　佐々木 逸郎　「劇場」自費出版
第14回（昭55年）
　　詩部門受賞なし
第15回（昭56年）
　◇詩集
　　水口 幾代　「散華頌」雁書館
第16回（昭57年）
　　詩部門受賞なし
第17回（昭58年）
　　詩部門受賞なし
第18回（昭59年）
　　詩部門受賞なし
第19回（昭60年）
　　詩部門受賞なし
第20回（昭61年）
　◇詩集
　　山川 精　「命爾賓難民物語」
第21回（昭62年）
　　詩部門受賞なし
第22回（昭63年）
　　詩部門受賞なし
第23回（平1年）
　　詩部門受賞なし　「伐り株」
第24回（平2年）
　◇詩集
　　斎藤 邦男　「幻獣図譜」
第25回（平3年）
　◇詩集
　　伊東 廉　「民話」
第26回（平4年）
　　詩部門受賞なし
第27回（平5年）
　　詩部門受賞なし
第28回（平6年）
　　詩部門受賞なし
第29回（平7年）
　◇詩集
　　倉内 佐知子　「新懐胎抄」（書肆山田）

第30回（平8年）
　　詩部門受賞なし
第31回（平9年）
　　詩部門受賞なし
第32回（平10年）
　　詩部門受賞なし
第33回（平11年）
　　詩部門受賞なし
第34回（平12年）
　　詩部門受賞なし
第35回（平13年）
　◇詩
　　竹中 征機　「雁の木」
第36回（平14年）
　◇詩
　　大貫 喜也　「黄砂蘇生」〔思潮社〕
　●佳作
　　堺 兀歩　「非（ひ）ぐる日」〔旭図書刊行センター〕
　　熊谷 ユリヤ　「名づけびとの深い声が」〔思潮社〕
第37回（平15年）
　◇詩
　　江原 光太　「北極の一角獣」
第38回（平16年）
　◇詩部門
　　木田 澄子（函館市）「Kleinの水管」（詩集）〔緑鯨社〕
第39回（平17年）
　◇詩部門
　　金 太中（東京都）「わがふるさとは湖南（ホナム）の地」（詩集）〔思潮社〕
第40回（平18年）
　◇詩部門
　　佐々 幸子（室蘭市）「うみ」（詩集, 自家製冊子）
第41回（平19年）
　◇詩部門
　　荒木 元（函館市）「砂浜についてのいくつかの考察と葬られた犬の物語」（詩集）〔亜璃西社〕
第42回（平20年）
　◇詩部門
　　金石 稔（北見市）「星に聴く」（詩集）〔書肆山田〕

第43回(平21年)
　◇詩部門
　　該当作なし
　●佳作
　　谷崎 真澄　「カナリアは何処か」〔星座の会〕
　　土屋 一彦　「へんなへん」〔グッフォーの会〕
第44回(平22年)
　◇詩部門
　　橋場 仁奈　「ブレス/朝、私は花のように」〔荊冠舎〕
　●佳作
　　野宮田 功　「野宮田功詩集」

橋本 征子　「秘祭」〔書肆青樹社〕
第45回(平23年)
　◇詩部門
　　林 美脉子　「宙音(そらね)」〔書肆山田〕
第46回(平24年)
　◇詩部門
　●本賞
　　荒巻 義雄　「骸骨半島」〔林檎屋文庫〕
第47回(平25年)
　◇詩部門
　　萩原 貢　「小さな椅子の鬣(たてがみ)」〔緑鯨社〕
第48回(平26年)
　◇詩部門
　　阿部 嘉昭　「ふる雪のむこう」〔思潮社〕

039 三重県文学新人賞

　三重県の芸術・文化の振興に寄与するため,昭和46年に創設した賞で県内在住の新人を発掘し,その文芸活動を奨励する。平成12年に終了し,平成13年度より「三重県文化賞」に一本化した。

【主催者】三重県

【選考方法】推薦(選考委員,教育事務所,教育委員会から候補者をあげる。各部門1名を選考)

【選考基準】〔資格〕県内在住者

【締切・発表】年度により変動があるが,2～3月頃行なう

【賞・賞金】5万円

第1回(昭46年度)
　◇詩
　　北村 守
　◇短歌
　　新見 和子
　◇俳句
　　伊藤 政美
　◇川柳
　　橋本 征一郎
第2回(昭47年度)
　◇詩
　　滝川 勇吉
　◇短歌
　　内田 歳也

　◇俳句
　　平川 圭一
　◇川柳
　　坂 敏子
第3回(昭48年度)
　◇詩
　　山下 久樹
　◇短歌
　　喜田 さかえ
　◇俳句
　　倉田 茂
　◇川柳
　　寺前 充
第4回(昭49年度)

039 三重県文学新人賞

◇詩
　加藤　恵子
◇短歌
　水谷　澄子
◇俳句
　山口　圭子
◇川柳
　藤森　弘子
第5回（昭50年度）
◇詩
　石倉　綾子
◇短歌
　青木　郁男
◇俳句
　下平　しづ子
◇川柳
　魚見　孝子
第6回（昭51年度）
◇詩
　米倉　雅久
◇短歌
　末繁　雅子
◇俳句
　野呂　則代
◇川柳
　服部　光延
第7回（昭52年度）
◇詩
　西出　新三郎
◇短歌
　橋本　俊明
◇俳句
　中根　炎
◇川柳
　奥野　誠二
第8回（昭53年度）
◇詩
　三輪　博久
◇短歌
　中田　重夫
　若林　卓宣
◇俳句
　木戸口　真澄
◇川柳
　森本　道生
第9回（昭54年度）

◇詩
　北川　寿子
◇短歌
　石川　勲
◇俳句
　橋本　輝久
◇川柳
　石田　寿子
第10回（昭55年度）
◇詩
　宮田　澄子
◇短歌
　寺内　柾子
◇俳句
　林　英男
◇川柳
　樋口　仁
第11回（昭56年度）
◇詩
　浜条　智里
◇短歌
　井上　千代子
◇俳句
　北村　純一
◇川柳
　坂倉　広美
第12回（昭57年度）
◇詩
　内海　康子
◇短歌
　古川　光代
◇俳句
　西口　昌伸
◇川柳
　市川　福寿
第13回（昭58年度）
◇詩
　北川　朱美
◇短歌
　大井　力
◇俳句
　北村　保
◇川柳
　大嶋　都嗣子
第14回（昭59年度）
◇詩

大西 規子
　◇短歌
　　大沢 優子
　◇俳句
　　大西 健司
　◇川柳
　　堀 かずみ
第15回（昭60年度）
　◇詩
　　喜早 章治
　◇短歌
　　大平 修身
　◇俳句
　　山田 孝治
　◇川柳
　　竹内 訓恵
第16回（昭61年度）
　◇詩
　　吉原 幸宏
　◇短歌
　　城 俊行
　◇俳句
　　永井 美代
　◇川柳
　　坂井 兵
第17回（昭62年度）
　◇詩
　　寺下 昌子
　◇短歌
　　荒武 瑞枝
　◇俳句
　　森田 高志
　　福山 良子
　◇川柳
　　須場 秋寿
第18回（昭63年度）
　◇詩
　　東 俊郎
　◇短歌
　　浜野 正子
　◇俳句
　　田中 翠
　◇川柳
　　桝本 和子
第19回（平1年度）
　◇詩

　　黒田 加恵
　◇短歌
　　大辻 隆弘
　◇俳句
　　吉田 栄
　◇川柳
　　松井 千鶴子
第20回（平2年度）
　◇詩
　　鬼頭 和美
　◇短歌
　　青木 久佳
　◇俳句
　　小泉 忠子
　◇川柳
　　本多 和子
第21回（平3年度）
　◇詩
　　落合 花子
　◇短歌
　　川本 政
　◇俳句
　　坂口 勉
　◇川柳
　　菱川 朝子
第22回（平4年度）
　◇詩
　　下社 裕基
　◇短歌
　　李 正子
　◇俳句
　　前田 典子
　◇川柳
　　前田 賀信
第23回（平5年度）
　◇詩
　　新井 利子（四日市市）
　◇短歌
　　濱野 和弘（尾鷲市）
　◇俳句
　　山崎 美代子（名張市）
　◇川柳
　　福田 弘（名張市）
第24回（平6年度）
　◇詩
　　道端 長七（伊勢市）

040 椋庵文学賞

◇短歌
　生駒 さが(大宮町)
◇俳句
　橋本 理恵(伊賀町)
◇川柳
　高橋 忠(四日市市)
第25回(平7年度)
◇詩
　山根 克典(伊勢市)
◇短歌
　藤原 清次(伊勢市)
◇俳句
　飯田 晴久(松阪市)
◇川柳
　小河 みち子(鈴鹿市)
第26回(平8年度)
◇詩
　阪本 雅子(桑名市)
◇短歌
　人見 邦子(津市)
◇俳句
　東子(本名＝東溝京子)(上野市)
◇川柳
　倉田 恵美子(関町)
第27回(平9年度)
◇詩
　向井 清子(松阪市)
◇短歌
　岩花 キミ代(桑名市)
◇俳句
　近藤 昶子(桑名市)
◇川柳
　前川 栄(久居市)
◇児童文学
　中根 草子(亀山市)
第28回(平10年度)
◇詩
　八木 道雄(尾鷲市)
◇短歌
　三浦 太郎(四日市市)
◇俳句
　林 和琴(松阪市)
◇川柳
　宮村 典子(亀山市)
◇児童文学
　桜井 可美(亀山市)
第29回(平11年度)
◇詩
　村井 一朗(玉城町)
◇短歌
　星野 収子(東員町)
◇俳句
　光野 及雄(久居市)
◇川柳
　青砥 孝子(鈴鹿市)
◇児童文学
　加藤 正美(亀山市)
第30回(平12年度)
◇詩
　清水 弘子(四日市市)
◇短歌
　刀根 美奈子(津市)
◇俳句
　西田 尚子(上野市)
◇川柳
　松本 きりり(本名＝松本晴美)(津市)
◇児童文学
　日間賀 京子(久居市)

040 椋庵文学賞

　県内の文学振興に寄与する目的で,故町田昌直氏の寄付金を基に椋庵文学賞財団を設立,昭和43年から授賞して今日に至っている。

【主催者】椋庵文学賞財団

【選考方法】公募および推薦

【選考基準】〔対象〕本年中に高知県在住者が発表した文学作品(ジャンルは問わない)で受賞作品として推薦されたもの。但し,重賞・故人の作品は対象としない。連続又

は断続的に発表されたものについては、一部でも終了の時期が本年中であればよい。印刷製本され、奥付を有すること。〔原稿〕400字詰め原稿用紙50枚以上の分量をもつものであること。詩歌・随筆・童話等についてはその分量を問わないが、著者単独の作品集であること

【締切・発表】12月20日締切（締切後の年内出版予定のものは連絡のこと）、2月下旬表彰式
【賞・賞金】優秀作品1点には賞状・記念品及び賞金10万円
【URL】http://www.k3.dion.ne.jp/~bunkyo/kyoukai/syourei/mukuansyo.htm

第1回（昭42年）
　該当作なし
第2回（昭43年）
　詩歌・俳句部門受賞なし
第3回（昭44年）
　片岡 文雄　「悪霊」（詩集）岬書房
第4回（昭45年）
　詩歌・俳句部門受賞なし
第5回（昭46年）
　杉本 恒星　「巌の径」（句集）壺発行所
第6回（昭47年）
　大崎 二郎　「その夜の記録」（詩集）二人発行所
第7回（昭48年）
　詩歌・俳句部門受賞なし
第8回（昭49年）
　該当作なし
第9回（昭50年）
　該当作なし
第10回（昭51年）
　小林 落花　「痴の境涯」（句集）大学堂書店
第11回（昭52年）
　詩歌・俳句部門受賞なし
第12回（昭53年）
　該当作なし
第13回（昭54年）
　該当作なし
第14回（昭55年）
　詩歌・俳句部門受賞なし
第15回（昭56年）
　該当作なし
第16回（昭57年）
　詩歌・俳句部門受賞なし
第17回（昭58年）
　詩歌・俳句部門受賞なし
第18回（昭59年）
　該当作なし
第19回（昭60年）
　詩歌・俳句部門受賞なし
第20回（昭61年）
　詩歌・俳句部門受賞なし
第21回（昭62年）
　詩歌・俳句部門受賞なし
第22回（昭63年）
　詩歌・俳句部門受賞なし
第23回（平1年）
　詩歌・俳句部門受賞なし
第24回（平2年）
　該当作なし
第25回（平3年）
　詩歌・俳句部門受賞なし
第26回（平4年）
　詩歌・俳句部門受賞なし
第27回（平5年）
　たむら ちせい　「兎鹿野抄」（句集）
第28回（平6年）
　詩歌・俳句部門受賞なし
第29回（平7年）
　清岳 こう　「凹凸をなぞりながら」
第30回（平8年）
　田村 満智子　「夢喰鳥」（歌集）
　盛田 勝寛
第31回（平9年）
　詩歌・俳句部門受賞なし
第32回（平10年）
　吉川 朔子　「それた銃弾のあとで」（詩集）
第33回（平11年）
　詩歌・俳句部門受賞なし
第34回（平12年）
　詩歌・俳句部門受賞なし
第35回（平13年）
　国見 純生　「蜻蜓のごとく」（歌集）

041 山本健吉賞

第36回（平14年）
　松林 朝蒼 「句集 遠狭」（句集）
第37回（平15年）
　野村 土佐夫 「香長平野 野村土佐夫詩集」
　（詩集）
第38回（平16年）
　詩歌・俳句部門受賞なし
第39回（平17年）
　詩歌・俳句部門受賞なし
第40回（平18年）
　片岡 千歳 「最上川」（詩集）
第41回（平19年）
　該当作なし
第42回（平20年）
　詩歌・俳句部門受賞なし
第43回（平21年）
　該当作なし
第44回（平22年）
　沢村 多美 「赤き月」（歌集）
第45回（平23年）
　詩歌・俳句部門受賞なし
第46回（平24年）
　該当作なし
第47回（平25年）
　森 武司 「華（はな）」（句集）
第48回（平26年）
　詩歌・俳句部門受賞なし

---

041 山本健吉賞

　短詩文芸発展に多大な業績を残した評論家・山本健吉を顕彰し、一年間で最良の仕事を残した俳人、歌人、詩人、評論家を発見・表彰する目的で設置している。第1回授賞は平成13年。創設時には俳句部門、短歌部門、詩部門、評論部門、歌詞部門の5部門があったが、平成17年に歌詞部門、23年に短歌部門、詩部門が廃止された。平成26年より、「山本健吉賞」と改称し、俳句賞と評論賞を設ける。俳句賞は、これまでの年間作品に対しての贈賞ではなくこれまで俳壇で優れた作品を生み出してきた人物に対して贈られる（非公募制）。評論賞は公募制で、新しく優れた評論家を輩出することを目的に設立した。

【主催者】山本健吉賞実行委員会, 文學の森
【選考委員】俳句賞：金子兜太, 評論賞：坂口昌弘, 大輪靖宏
【選考方法】俳句賞：推薦, 評論賞：公募
【選考基準】（評論賞）〔対象〕俳句に関しての作家論, 作品論, 本質論など自由。ただし、未発表作品に限る。〔原稿〕400字詰め原稿用紙25〜50枚。ワープロ原稿の場合は、1ページ400字になるよう印字すること
【締切・発表】俳句賞：毎年2月〜3月に、金子兜太氏と文學の森で選出。評論賞：（第16回山本健吉評論賞）平成26年8月31日締切（当日消印有効）、発表は「俳句界」平成27年1月号誌上にて（3月号に全文掲載）
【賞・賞金】俳句賞：賞状, 副賞30万円, 評論賞：賞状, 副賞10万円

第1回（平13年）
◇俳句部門
　伊藤 敬子 「百景」
◇短歌部門
　島田 修二 「行路」
◇詩部門
　田中 清光 「再生」
◇評論部門
　田中 義信 「元禄の鬼才 宝井其角」
　宮坂 静生 「俳句からだ感」
◇歌詞部門
　福山 雅治 「桜坂」
第2回（平14年）

◇俳句部門
　黛 まどか 「京都の恋」
◇短歌部門
　玉井 清弘 「六白」
◇詩部門
　守中 高明 「シスター・アンティゴネーの暦のない墓」
◇評論部門
　井川 博年 「そして、船は行く」
　平井 照敏 「蛇笏と楸邨」
　原 満三寿 「金子光晴の世界」
◇歌詞部門
　ゴスペラーズ 「ひとり」
第3回(平15年)
◇俳句部門
　山上 樹実雄 「四時抄」
　きくち つねこ 「花晨」
◇短歌部門
　大島 史洋 「爐火」
　成瀬 有 「流離伝」
◇詩部門
　四元 康祐 「世界中年会議」
◇評論部門
　深沢 了子 「近世中期の上方俳壇」
　仁平 勝 「俳句のモダン」
◇歌詞部門
　BEGIN「島人ぬ宝」
第4回(平16年)
◇俳句部門
　きちせ あや 「消息」
◇短歌部門
　佐佐木 幸綱 「はじめての雪」
◇詩部門
　該当作なし
◇評論部門
　東 聖子 「蕉風俳諧における<季語・季題>の研究」
◇歌詞部門
　該当作なし
第5回(平17年)
◇俳句部門
　角川 春樹 「海鼠の日」
◇短歌部門
　水原 紫苑 「あかるたへ」
◇詩部門
　季村 敏夫 詩集「木端微塵」

◇評論部門
　加藤 郁乎 「市井風流―俳林随筆」
　宗田 安正 「昭和の名句集を読む」
第6回(平18年)
◇俳句部門
　該当作なし
◇短歌部門
　吉川 宏志 「海雨」
◇詩部門
　清水 哲男 「黄燐と投げ縄」
◇評論部門
　うさみ としお 「長谷川素逝 圓光の生涯」
　新倉 俊一 「評伝 西脇順三郎」
　エズラ・パウンド 「詩集『ピサ詩篇』の翻訳と注釈」
第7回(平19年)
◇俳句部門
　角川 春樹 「角川家の戦後」(句集)〔思潮社〕
◇短歌部門
　栗木 京子 「けむり水晶」(歌集)〔角川書店〕
◇詩部門
　吉田 文憲 「六月の光、九月の椅子」(詩集)〔思潮社〕
◇評論部門
　前田 霧人 「鳳作の季節」〔沖積舎〕
第8回(平20年)
◇俳句部門
　村越 化石 「八十路」〔角川書店〕
◇短歌部門
　米川 千嘉子 「衝立の絵の乙女」〔角川書店〕
◇詩部門
　アーサー・ビナード 「左右の安全」〔集英社〕
◇評論部門
　山田 春生 「戦中戦後俳壇史 俳句の旗手」〔駒草書房〕
第9回(平21年)
◇俳句部門
　伊藤 通明 「荒神」
◇短歌部門
　島田 修三 「東洋の秋」
◇詩部門

高貝 弘也 「子葉声韻」
◇評論部門
　中村 雅樹 「俳人 宇佐美魚目」
第10回(平22年)
◇俳句部門
　中岡 毅雄 「啓示」〔ふらんす堂〕
◇短歌部門
　永田 和宏 「日和」〔砂子屋書房〕
◇詩部門
　川口 晴美 「半島の地図」〔思潮社〕
第11回(平23年)
◇俳句部門

加藤 郁乎 「晩節」〔角川学芸出版〕
◇評論部門
　岩岡 中正 「虚子と現代」〔角川書店〕
第12回(平24年)
◇俳句部門
　山陰 石楠 「天心」〔金剛俳句会〕
◇評論部門
　鈴木 豊一 「俳句編集ノート」〔石榴舎〕
第13回(平25年)
◇俳句部門
　深見 けん二 「菫濃く」〔ふらんす堂〕

042 読売文学賞

　昭和24年、戦後の文芸復興と日本文学の振興を目的に制定された。小説,戯曲,評論・伝記,詩歌俳句,研究・翻訳の5部門について授賞。第19回からは随筆・紀行を加え全6部門とし、第46回から戯曲を戯曲・シナリオ部門に改め現在に至っている。

【主催者】読売新聞社

【選考委員】(第66回)池澤夏樹,伊藤一彦,小川洋子,荻野アンナ,川本三郎,高橋睦郎,辻原登,沼野充義,野田秀樹,松浦寿輝,山崎正和

【選考方法】推薦(毎年11月に既受賞者をはじめ文芸界の多数に文書で推薦を依頼し,12月に第一次選考会,1月に第二次選考会)

【選考基準】〔対象〕1年間(前年11月からその年の11月まで)に発表・刊行された文学作品の中から各部門について最も優れた作品に授賞する。小説,戯曲,随筆・紀行,評論・伝記,詩歌俳句,研究・翻訳の6部門

【締切・発表】発表2月

【賞・賞金】正賞硯,副賞200万円

【URL】http://info.yomiuri.co.jp/culture/bungaku/

第1回(昭24年)
◇詩歌賞
　斎藤 茂吉 「ともしび」〔岩波書店〕
　草野 心平 「蛙の詩」〔大地書店〕
第2回(昭25年)
◇詩歌賞
　高村 光太郎 「典型」〔中央公論社〕
　会津 八一 「会津八一全歌集」〔中央公論社〕
第3回(昭26年)
◇詩歌賞

　佐藤 佐太郎 「帰潮」〔第二書房〕
第4回(昭27年)
◇詩歌俳句賞
　佐藤 春夫 「佐藤春夫全詩集」〔創元社〕
第5回(昭28年)
◇詩歌俳句賞
　松本 たかし 「石魂」(俳句)〔笛発行所〕
　金子 光晴 「人間の悲劇」(詩)〔創元社〕
第6回(昭29年)
◇詩歌俳句賞
　石田 波郷 「石田波郷全句集」〔創元社〕

第7回（昭30年）
◇詩歌俳句賞
　該当作なし
第8回（昭31年）
◇詩歌俳句賞
　西脇 順三郎　「第三の神話」〔創元社〕
第9回（昭32年）
◇詩歌俳句賞
　五島 美代子　「新輯母の歌集」〔白玉書房〕
　生方 たつゑ　「白い風の中で」〔白玉書房〕
第10回（昭33年）
◇詩歌俳句賞
　吉野 秀雄　「吉野秀雄歌集」〔弥生書房〕
　堀口 大学　「夕の虹」〔昭森社〕
第11回（昭34年）
◇詩歌俳句賞
　村野 四郎　「亡羊記」〔無限社〕
第12回（昭35年）
◇詩歌俳句賞
　小沢 碧童　「碧童句集」〔中央公論事業出版〕
第13回（昭36年）
◇詩歌俳句賞
　宮 柊二　「多く夜の歌」〔白玉書房〕
第14回（昭37年）
◇詩歌俳句賞
　三好 達治　「三好達治全詩集」〔筑摩書房〕
第15回（昭38年）
◇詩歌俳句賞
　浅野 晃　「寒色」(詩集)〔果樹園社〕
第16回（昭39年）
◇詩歌俳句賞
　蔵原 伸二郎　「岩魚」〔陽炎発行所〕
第17回（昭40年）
◇詩歌俳句賞
　那珂 太郎　「音楽」〔思潮社〕
　柴生田 稔　「入野」〔白玉書房〕
第18回（昭41年）
◇詩歌俳句賞
　木下 夕爾　「定本木下夕爾詩集」〔牧羊社〕
第19回（昭42年）
◇詩歌俳句賞
　土屋 文明　「青南集」「続青南集」〔白玉書房〕
第20回（昭43年）
◇詩歌俳句賞
　入沢 康夫　「わが出雲・わが鎮魂」〔思潮社〕
　飯田 龍太　「忘音」牧羊社
第21回（昭44年）
◇詩歌俳句賞
　山本 太郎　「覇王紀」〔思潮社〕
第22回（昭45年）
◇詩歌俳句賞
　緒方 昇　「魚仏詩集」〔明啓社〕
　初井 しづ枝　「冬至梅」(歌集)〔白玉書房〕
　野沢 節子　「鳳蝶」(句集)〔牧羊社〕
第23回（昭46年）
◇詩歌俳句賞
　吉野 弘　「感傷旅行」〔葡萄社〕
　坪野 哲久　「碧巌」(歌集)〔タイガー・プロ社〕
第24回（昭47年）
◇詩歌俳句賞
　岡崎 清一郎　「詩集春鶯囀」〔落合書房〕
　玉城 徹　「樛木」(歌集)〔短歌新聞社〕
第25回（昭48年）
◇詩歌俳句賞
　該当作なし
第26回（昭49年）
◇詩歌俳句賞
　小野 十三郎　「拒絶の木」〔思潮社〕
第27回（昭50年）
◇詩歌俳句賞
　吉田 正俊　「流るる雲」〔白玉書房〕
　角川 源義　「西行の日」〔牧羊社〕
第28回（昭51年）
◇詩歌俳句賞
　中村 稔　「羽虫の飛ぶ風景」(詩集)〔青土社〕
第29回（昭52年）
◇詩歌俳句賞
　会田 綱雄　「遺言」(詩集)〔青土社〕
　森 澄雄　「鯉素」(句集)〔永田書房〕
第30回（昭53年）
◇詩歌俳句賞
　田谷 鋭　「母恋」(歌集)〔白玉書房〕
第31回（昭54年）
◇詩歌俳句賞
　竹中 郁　「詩歌ポルカマズルカ」〔潮流社〕
第32回（昭55年）

◇詩歌俳句賞
　葛原 繁　「玄 三部作歌集」〔石川書房〕
第33回（昭56年）
　◇詩歌俳句賞
　　天野 忠　「詩集私有地」〔編集工房ノア〕
第34回（昭57年）
　◇詩歌俳句賞
　　山崎 栄治　「山崎栄治詩集」〔沖積舎〕
　　谷川 俊太郎　「詩集日々の地図」〔集英社〕
第35回（昭58年）
　◇詩歌俳句賞
　　角川 春樹　「流され王」〔牧羊社〕
第36回（昭59年）
　◇詩歌俳句賞
　　田村 隆一　「奴隷の歓び」〔河出書房新社〕
第37回（昭60年）
　◇詩歌俳句賞
　　斎藤 史　「渉りかゆかむ」
第38回（昭61年）
　◇詩歌俳句賞
　　該当作なし
第39回（昭62年）
　◇詩歌俳句賞
　　岡野 弘彦　「天の鶴群」
　　高橋 睦郎　「稽古飲食」
第40回（昭63年）
　◇詩歌俳句賞
　　北村 太郎　「港の人」〔思潮社〕
第41回（平1年）
　◇詩歌俳句賞
　　清岡 卓行　「ふしぎな鏡の店」〔思潮社〕
第42回（平2年）
　◇詩歌俳句賞
　　川崎 展宏　「句集 夏」〔角川書店〕
第43回（平3年）
　◇詩歌俳句賞
　　渋沢 孝輔　「啼鳥四季」〔思潮社〕
第44回（平4年）
　◇詩歌俳句賞
　　真鍋 呉夫　「雪女」〔冥草舎〕
第45回（平5年）
　◇詩歌俳句賞
　　馬場 あき子　「阿古父」〔砂子書房〕
　　平出 隆　「左手日記例言」〔白水社〕
第46回（平6年）
　◇詩歌俳句賞
　　鈴木 真砂女　「都鳥」〔角川書店〕
第47回（平7年）
　◇詩歌俳句賞
　　伊藤 一彦　「海号の歌」
第48回（平8年）
　◇詩歌俳句賞
　　高橋 順子　「時の雨」
　　白石 かずこ　「現れるものたちをして」
第49回（平9年）
　◇詩歌俳句賞
　　前 登志夫　「青童子」
第50回（平10年）
　◇詩歌俳句賞
　　永田 和宏　「饗庭」
第51回（平11年）
　◇詩歌俳句賞
　　荒川 洋治　「空中の茱萸」
第52回（平12年）
　◇詩歌俳句賞
　　多田 智満子　「長い川のある国」〔書肆山田〕
第53回（平13年）
　◇詩歌俳句賞
　　天沢 退二郎　「幽明偶輪歌」〔思潮社〕
第54回（平14年）
　◇詩歌俳句賞
　　長谷川 櫂　句集「虚空」〔花神社〕
第55回（平15年）
　◇詩歌俳句賞
　　栗木 京子　歌集「夏のうしろ」〔短歌研究社〕
第56回（平16年度）
　◇詩歌俳句賞
　　飯島 耕一　詩集「アメリカ」
　　岡井 隆　歌集「馴鹿（トナカイ）時代今か来向かふ」
第57回（平17年度）
　◇詩歌俳句賞
　　小澤 實　句集「瞬間」
第58回（平18年度）
　◇詩歌俳句賞
　　辻井 喬　「鷲がいて」
第59回（平19年度）
　◇詩歌俳句賞
　　岡部 桂一郎　「竹叢」（「岡部桂一郎全歌集」

文学一般

収録)〔青磁社〕
第60回(平20年度)
◇詩歌俳句賞
　時田 則雄 「ポロシリ」
第61回(平21年度)
◇詩歌俳句賞
　河野 道代 「花・蒸気・隔たり」
第62回(平22年度)
◇詩歌俳句賞
　大木 あまり 「星涼」
第63回(平23年度)
◇詩歌俳句賞
　粒来 哲蔵 「蛾を吐く」〔花神社〕
　佐佐木 幸綱 「ムーンウォーク」〔ながらみ書房〕
第64回(平24年度)
◇詩歌俳句賞
　和田 悟朗 「風車」〔角川書店〕
第65回(平25年度)
◇詩歌俳句賞
　高野 ムツオ 「萬の翅」〔角川学芸出版〕
第66回(平26年度)
◇詩歌俳句賞
　高野 公彦 「流木」〔角川学芸出版〕

043 療養文芸賞

　療養生活の大きな支えになる療養者・回復者の文芸活動を育成することを目的に,昭和45年療養文芸賞が創設された。受賞作品は,年刊療養文芸選集に掲載していたが,平成2年度版を最後に廃刊,賞も終了となった。

【主催者】㈶結核予防会

【選考委員】吉行淳之介,島村喜久治,日本放送協会,毎日新聞社,厚生省,結核予防会

【選考方法】自薦・他薦

【選考基準】〔対象〕結核予防会に送られてくる療養文芸書・誌,そのほか,自他から推薦の療養者・回復者の文芸作品をその対象とする。ただし,俳句,短歌,詩,川柳などについては,一作品のみをもってその対象とせず,その人の年間創作活動の全体,あるいはその作品集を対象とする

【締切・発表】各年度,4月1日から募集し翌年3月31日締切。発表は「複十字」誌。受賞作品は,年刊療養文芸選集に掲載する

【賞・賞金】賞状と副賞7万円

第1回(昭45年)
　森川 邇朗 「土偶」(歌集)
第2回(昭46年)
　菅原 精博 「鯛」(歌集)
◇特別賞
　平田 六露子 「風紋」(遺句集)
第3回(昭47年)
　森 富男 「茗荷の花」(歌集)
◇別賞
　菊池 比呂志 「菊池比呂志句集」
第4回(昭48年)
　鈴木 和子 「盲ひ病むも」(歌集)
第5回(昭49年)
　岡井 久子 「ヨブの夜」(詩集)
　横山 隆 「はこべらの歌」(詩集)
第6回(昭50年)
　国立福岡東病院短歌会(代表・岩瀬昌二)
　　「年刊歌集東雲」
第7回(昭51年)
　野池 太郎 「窓」(歌集)
第8回(昭52年)
　柴村 恒子 "数年来の歌作"
第9回(昭53年)
　寺島 保夫 「冬の声」(詩集)
◇別賞

伊藤 貞子　「伊藤貞子歌集」
第10回（昭54年）
　　島崎 光正　「虹のたてごと」
　　渡辺 常雄　「闘病の日日」（歌集）
第11回（昭55年）
　　能匠 余俟子　「花明りして」（歌集）
　　深町 文雄　「心の足跡」（詩集）
　◇特別賞
　　田崎 秀　「清瀬」（歌集）
第12回（昭56年）
　　八田 多美　「泰山木」（歌集）
第13回（昭57年）
　　浜田 昌子　「母の鏡台」（詩集）
　　岡西 雅子　「共に生きる」（エッセイ）「小菊」「視線」（詩）こもれび41号
第14回（昭58年）
　　永田 陽子　「残照」（詩集）

　　木島 弘　「叫び」（詩集）
第15回（昭59年）
　　丸山 節子　「レモンの香」（詩集）
　◇特別賞
　　伊利 桃子　「伊利金作遺句集蟬しぐれ」
第16回（昭60年）
　　詩歌・俳句部門受賞なし
第17回（昭61年）
　　該当作なし
第18回（昭62年）
　　該当作なし
第19回（昭63年）
　　該当作なし
第20回（平1年）
　　該当作なし
第21回（平2年）
　　該当作なし

044 労働者文学賞

労働者文学会議が結成10周年を記念し，平成元年創設。以後，毎年一般募集を続けている。

【主催者】労働者文学会

【選考委員】（第28回）鎌田慧，木下昌明，磐城葦彦，篠原貞治，加野康一，御法川均

【選考方法】公募

【選考基準】〔対象〕小説，評論，ルポルタージュ，詩。未発表作品，ただし前年中に発行された同人誌，非商業誌掲載作品も可。〔原稿〕小説50枚以内，評論・ルポルタージュ30枚以内，1編。詩100行以内，2編とする

【締切・発表】毎年1月末日締切，7月発行の「労働者文学」に発表

【賞・賞金】小説（入選）：5万円，記録・評論（入選）：3万円，詩（入選）：2万円，佳作（各ジャンル）：記念品

【URL】http://rohbun.ciao.jp/index.html

第1回（労働者文学賞）1989.3.20発表
　◇詩部門
　● 入選
　　該当作なし
第2回（労働者文学賞1989）
　◇詩部門
　● 入選
　　滝口 忠雄　「路地」「発車前」「蟻」

第3回（労働者文学賞1990）
　◇詩部門
　● 入選
　　赤木 比佐江　「目の容積」「冬の日に」
第4回（労働者文学賞1991）
　◇詩部門
　● 入選
　　該当作なし

第5回（労働者文学賞1992）
◇詩部門
● 入選
該当作なし
第6回（労働者文学賞1993）
◇詩部門
● 入選
大江 豊 「犬の散歩」
森田 博 「車椅子/少年」
第7回（労働者文学賞1994）
◇詩部門
● 入選
寺島 博之 「時間症候群」
第8回（労働者文学賞1995）
◇詩部門
● 入選
中野 忠和 「自動読取区分機」
第9回（労働者文学賞1996）
◇詩部門
● 入選
畑 章夫 「仕事二題」
田中 伸治 「肴」
第10回（労働者文学賞1997）
◇詩部門
● 入選
御法川 均 「駅頭ビラ」
岸本 明美 「漁唄」
第11回（労働者文学賞1998）
◇詩部門
● 入選
該当作なし
第12回（労働者文学賞1999）
◇詩部門
● 入選
村山 稔 「目」
大岩 弘 「時代の乗客」
第13回（労働者文学賞2000）
◇詩部門
● 入選
島田 勇 「蓮根を掘る」
金沢 秀樹 「予感」
第14回（労働者文学賞2002）
◇詩部門
● 入選
大越 弘 「鍋の中のプライド」
第15回（労働者文学賞2003）
◇詩部門
● 入選
後藤 薫 「コオロギ」
第16回（労働者文学賞2004）
◇詩部門
● 入選
島田 奈都子 「歌う」
第17回（労働者文学賞2005）
◇詩部門
● 入選
該当作なし
第18回（労働者文学賞2006）
◇詩部門
● 入選
木村 まき 「千鳥が淵戦没者墓苑 春」，
「五十九年前の夏 生まれたひとに」
第19回（労働者文学賞2007）
◇詩部門
● 入選
該当作なし
第20回（労働者文学賞2008）
◇詩部門
● 入選
磐城 葦彦 「国境の風」
第21回（労働者文学賞2009）
◇詩部門
● 入選
石川 和雄 「時速四キロの悪夢」
第22回（労働者文学賞2010）
◇詩部門
● 入選
該当作なし
第23回（労働者文学賞2011）
◇詩部門
● 入選
該当作なし
第24回（労働者文学賞2012）
◇詩部門
● 入選
後藤 順 「もずく」
第25回（労働者文学賞2013）
◇詩部門
● 入選
該当作なし
第26回（労働者文学賞2014）
◇詩部門

044 労働者文学賞

- 入選
  該当作なし

第27回（労働者文学賞2015）

◇詩部門
- 入選
  該当作なし

詩

045 伊東静雄賞

長崎県諫早市市制50周年を記念し、郷土出身の叙情詩人・伊東静雄氏にちなんで平成2年3月に創設された。

【主催者】諫早市、伊東静雄顕彰委員会
【選考委員】田中俊廣、高塚かず子、以倉紘平、伊藤桂一（順不同）
【選考方法】公募
【選考基準】〔対象〕未発表の現代詩。一人一篇のみ。〔原稿〕400字詰原稿用紙を使用2枚以内
【締切・発表】毎年8月末日締切、11月発表
【賞・賞金】1席（1編）：賞金50万円（1席がない場合は、2篇奨励賞を選出、賞金各25万円）

第1回（平2年）
　本多 寿 「海の馬」
第2回（平3年）
　該当作なし
　◇奨励賞
　　角田 清文 「トラック環礁」
　　堀内 統義 「八月の象形文字」
　　福田 尚美 「父のちち」
第3回（平4年）
　新井 章夫 「水郷」
第4回（平5年）
　該当作なし
　◇奨励賞
　　柳生 じゅん子 「静かな時間」
　　甫守 哲治 「積み石の唄」
　　池 崇一 「胡蝶飛ぶ」
第5回（平6年）
　貝原 昭 「日の哀しみ」
第6回（平7年）
　該当作なし
　◇奨励賞
　　遠藤 昭己 「水の誘惑」
　　帆足 みゆき 「冬の匣」
　　森 一歩 「骨壺」
第7回（平8年）
　遠藤 昭己 「異郷のセレナーデ」
第8回（平9年）
　該当作なし
　◇奨励賞
　　寺下 昌子 「峠の魚」
　　浦川 ミヨ子 「酸漿」
　　城 千枝 「羊歯の化石と学徒兵」
第9回（平10年）
　松本 知沙 「八重桜」
第10回（平11年）
　小林 陽子 「焼く」
第11回（平12年）
　該当作なし
　◇奨励賞
　　羽田 敬二 「立亡」
　　門田 照子 「火炎忌」
　　福 明子 「渇夏」
第12回（平13年）
　帆足 みゆき 「虫を搗（つ）く」
第13回（平14年）
　該当作なし
　◇奨励賞
　　小町 よしこ 「赤とんぼ」
　　谷本 州子 「綾取り」

中山 直子 「ガラスの中の花」
第14回（平15年）
　　村尾 イミ子 「サラサバテイラ」
第15回（平16年）
　　真下 宏子 「天の渚」
第16回（平17年）
　　彦坂 まり 「夏の駅」
第17回（平18年）
　　斉藤 礼子 「文字」
第18回（平19年）
　◇奨励賞
　　おおむら たかじ 「青紙…豊之助の馬」
　　下川 敬明 「サーフィン―水平線の彼方へ
　　　ヘラクレイトスと共に」
第19回（平20年）
　　原 利代子 「桜は黙って」
第20回（平21年度）
　　該当作なし
　◇奨励賞
　　頼 圭二郎 「白い夏の散歩」

池谷 敦子 「しんしんと山桃の実は落ち」
第21回（平22年度）
　　該当作なし
　◇奨励賞
　　在間 洋子 「宴」
　　新垣 汎子 「六・七日の尋ね人」
第22回（平23年度）
　　西村 泰則 「黒揚羽（くろあげは）」
第23回（平24年度）
　　該当作なし
　◇部門 奨励賞
　　和井田 勢津 「南ばん漬けの作り方」
　　飽浦 敏 「おもろの産土」
第24回（平25年度）
　　谷元 益男 「滑車」
第25回（平26年度）
　　該当作なし
　◇部門 奨励賞
　　八重樫 克羅 「しのたまご」
　　いわた としこ 「水の位置」

---

046 岩手日報新年文芸〔詩〕

　文学の振興。新人の発掘，育成を目指し岩手日報社が昭和29年に創設した。
【主催者】岩手日報社
【選考委員】城戸朱理
【選考方法】公募
【選考基準】〔資格〕県内在住者または出身者。〔原稿〕400字詰原稿用紙2枚以内
【締切・発表】締切11月15日。紙上発表（1月1日付）
【賞・賞金】1席1万5千円，2席1万円，3席5千円

（昭29年）
◇天
　八下 重成
◇地
　村松 尚
◇人
　菊池 弘子
（昭30年）
◇天
　田中 光代
◇地

佐藤 守男
◇人
　村松 尚
（昭31年）
◇天
　村松 尚
◇地
　伊藤 昭一
◇人
　梶 左内
（昭32年）

◇天
　上路 のり
◇地
　村上 昭夫
◇人
　石村 研次郎
(昭33年)
◇天
　大村 孝子
◇地
　有原 昭夫
◇人
　諏訪 道郎
(昭34年)
◇天
　藤野 なほ子
◇地
　阿部 三夫
◇人
　藤倉 清光
(昭35年)
◇天
　藤倉 清光
◇地
　北川 れい
◇人
　木沢 長太郎
(昭36年)
◇天
　藤倉 清光
◇地
　紙 十一
◇人
　平野 春作
(昭37年)
◇天
　藤倉 清光
◇地
　長尾 登
◇人
　飯坂 弘高
(昭38年)
◇天
　後藤 仁
◇地
　北 マヤ

◇人
　藤倉 清光
(昭39年)
◇天
　村上 昭夫
◇地
　長尾 登
◇人
　及川 安津子
(昭40年)
◇天
　村上 昭夫
◇地
　山崎 孝
◇人
　長尾 登
(昭41年)
◇天
　長尾 登
◇地
　藤倉 清光
◇人
　及川 安津子
(昭42年)
◇天
　長尾 允子
◇地
　本宮 正保
◇人
　山崎 孝
(昭43年)
◇天
　長尾 登
◇地
　川村 敏男
◇人
　藤倉 清光
(昭44年)
◇天
　長尾 登
◇地
　宮島 右近
◇人
　及川 敬子
(昭45年)
◇天

046 岩手日報新年文芸〔詩〕

　長尾 登
◇地
　山崎 孝
◇人
　下斗 米八郎
(昭46年)
◇天
　長尾 登
◇地
　本宮 正保
◇人
　及川 翠嶂
(昭47年)
　長尾 登
　及川 敬子
　藤倉 清光
(昭48年)
◇1席
　駒井 耀介
◇2席
　山崎 孝
◇3席
　長尾 登
(昭49年)
◇1席
　渡辺 真吾
◇2席
　藤倉 清光
◇3席
　長尾 登
(昭50年)
◇1席
　長尾 登
◇2席
　砂子沢 巌
◇3席
　及川 安津子
(昭51年)
◇1席
　藤井 逸郎
◇2席
　藤倉 清光
◇3席
　田村 博安
(昭52年)
◇1席
　斎藤 岳城
◇2席
　藤倉 清光
◇3席
　朝倉 宏哉
(昭53年)
◇1席
　藤倉 清光
◇2席
　東野 正
◇3席
　香 蕗茁
(昭54年)
◇1席
　藤倉 清光
◇2席
　田村 博安
◇3席
　竹池 節子
(昭55年)
◇1席
　八重樫 哲
◇2席
　藤倉 清光
◇3席
　東野 正
(昭56年)
◇1席
　砂子沢 巌
◇2席
　藤倉 清光
◇3席
　木沢 長太郎
(昭57年)
◇1席
　豊田 慶子
◇2席
　西条 良平
◇3席
　藤 京介
(昭58年)
◇1席
　北原 陽子
◇2席
　佐藤 康二
◇3席

千葉　祐子
（昭59年）
◇1席
　　内川　吉男
◇2席
　　伊藤　由美子
◇3席
　　青山　洋子
（昭60年）
◇1席
　　佐々木　匡
◇2席
　　千葉　祐子
◇3席
　　藤倉　清光
（昭61年）
◇1席
　　藤倉　清光
◇2席
　　狩野　美瑠子
◇3席
　　東野　正
（昭62年）
◇1席
　　藤倉　清光
◇2席
　　花石　邦夫
◇3席
　　中村　淳悦
（昭63年）
◇1席
　　藤倉　清光
◇2席
　　伊藤　友紀
◇3席
　　小笠原　杏児
（平1年）
◇1席
　　花石　邦夫
◇2席
　　東野　正
◇3席
　　高橋　迪子
（平2年）
◇1席
　　及川　安津子　「蟹」

◇2席
　　高橋　湖景　「招き猫」
◇3席
　　糠塚　文子　「空のかけら」
（平3年）
◇1席
　　高橋　迪子　「殺し文句」
◇2席
　　小山　美幸　「謎謎」
◇3席
　　及川　安津子　「歩みの跡」
（平4年）
◇1席
　　高橋　迪子　「包丁さばき」
◇2席
　　花石　邦夫　「無人販売所」
◇3席
　　及川　安津子　「帰路」
（平5年）
◇1席
　　田村　博安　「熟秋」
◇2席
　　大森　哲郎　「樹」
◇3席
　　松崎　みき子　「設計書」
（平6年）
◇1席
　　高橋　迪景　「別れ」
◇2席
　　里神　久美子　「秋日和」
◇3席
　　及川　安津子　「韮」
（平7年）
◇1席
　　高橋　湖景　「家族」
◇2席
　　田村　博安　「朝に」
◇3席
　　かしわばら　くみこ　「休日」
（平8年）
◇1席
　　及川　安津子　「走者」
◇2席
　　野村　誠子　「言葉」
◇3席
　　田村　宏子　「天の国から」

(平9年)
　◇1席
　　佐藤 タケオ 「渓流」
　◇2席
　　及川 安津子 「名言」
　◇3席
　　里神 久美子 「一枚の赤紙」
(平10年)
　◇1席
　　広田 航 「息子よ」
　◇2席
　　高橋 洲美熙「種よ」
　◇3席
　　花石 邦夫 「沢内村」
(平11年)
　◇1席
　　大森 哲郎（花巻市）「一つの声」
　◇2席
　　さと みずの（盛岡市）「廃道にて」
　◇3席
　　高橋 迪子（盛岡市）「『義務』ということ」
(平12年)
　◇1席
　　大森 哲郎（花巻市）「小さな呟き」
　◇2席
　　野村 誠子（花巻市）「新しい朝に」
　◇3席
　　菊池 ヤヨヒ（北上市）「土をつつむ」
(平13年)
　◇1席
　　鈴木 芳子（陸前高田市）「暮らしの色」
　◇2席
　　田口 勉之介（一戸町）「時代」
　◇3席
　　高橋 迪子（盛岡市）「習性」
(平14年)
　◇1席
　　河野 康夫（盛岡市）「人間と機械」
　◇2席
　　田口 勉之介（一戸町）「前へ進もう」
　◇3席
　　高橋 洲美熙（東和町）「杉森」
(平15年)
　◇1席
　　河野 康夫（盛岡市）「歯車」
　◇2席
　　吉田 実（千厩町）「年輪」
　◇3席
　　しみず こう（種市町）「夫婦」
(平16年)
　◇1席
　　高橋 トシ（北上市）「いとしきもの」
　◇2席
　　田口 勉之介（一戸町）「この一年」
　◇3席
　　野村 誠子（花巻市）「呪文」
(平17年)
　◇1席
　　餘目 注吉（盛岡市）
　◇2席
　　三嶋 洋（藤沢町）
　◇3席
　　田口 勉之介（一戸町）
(平18年)
　◇1席
　　田口 勉之介（一戸町）
　◇2席
　　岩泉 美佳子（宮古市）
　◇3席
　　里神 久美子（大船渡市）
(平19年)
　◇1席
　　三浦 啄治（盛岡市）
　◇2席
　　岩泉 美佳子（宮古市）
　◇3席
　　高橋 允枝（花巻市）
(平20年)
　◇1席
　　高橋 洲美熙（東和町）
　◇2席
　　吉田 修三（盛岡市）
　◇3席
　　佐藤 岳俊（奥州市）
(平21年)
　◇1席
　　高橋 洲美熙（花巻市）
　◇2席
　　吉田 修三（盛岡市）
　◇3席
　　金野 清人（盛岡市）
(平22年)

◇1席
　藤倉 清光（盛岡市）
◇2席
　及川 安津子（盛岡市）
◇3席
　高橋 岑夫（秋田県大仙市）
(平23年)
◇1席
　高橋 トシ（北上市）
◇2席
　照井 知二（北上市）
◇3席
　藤倉 清光（盛岡市）
(平24年)

◇1席
　高橋 岑夫（秋田県大仙市）
◇2席
　藤倉 清光（盛岡市）
◇3席
　菊池 ヤヨヒ（北上市）
(平25年)
◇1席
　藤倉 清光（盛岡市）
◇2席
　花石 邦夫（盛岡市）
◇3席
　東野 正（盛岡市）

047 H氏賞

新人の優れた詩集を，広く社会に推奨することを目的にH氏（平沢貞二郎氏，昭和35年まで匿名であったためこの名前がある）の基金により，昭和25年に創設。

【主催者】日本現代詩人会
【選考方法】非公募。全国1000余名の会員投票および，選考委員の推薦による
【選考基準】〔対象〕前年の1月1日から12月31日の間に発行され，奥付にその期間中の発行年月日が付されている詩集。〔資格〕新人。会員であるか否かは問わない
【締切・発表】締切は1月，発表は各新聞および当会発行の冊子「現代詩」
【賞・賞金】記念品と賞金50万円
【URL】http://www.japan-poets-association.com/prize/

第1回（昭26年）
　殿内 芳樹 「断層」〔草原書房〕
第2回（昭27年）
　長島 三芳 「黒い果実」〔日本未来派発行所〕
第3回（昭28年）
　上林 猷夫 「都市幻想」〔日本未来派発行所〕
第4回（昭29年）
　桜井 勝美 「ボタンについて」〔時間社〕
第5回（昭30年）
　黒田 三郎 「ひとりの女に」〔昭森社〕
第6回（昭31年）
　鳥見 迅彦 「けものみち」〔昭森社〕
第7回（昭32年）
　井上 俊夫 「野にかかる虹」〔三一書房〕
　金井 直 「飢渇」私家版
第8回（昭33年）
　富岡 多恵子 「返礼」〔山河出版社〕
第9回（昭34年）
　吉岡 実 「僧侶」〔書肆ユリイカ〕
第10回（昭35年）
　黒田 喜夫 「不安と遊撃」〔飯塚書店〕
第11回（昭36年）
　石川 逸子 「狼・私たち」〔飯塚書店〕
第12回（昭37年）
　風山 瑕生 「大地の一隅」〔地球社〕
第13回（昭38年）
　高良 留美子 「場所」〔思潮社〕

第14回(昭39年)
　石原 吉郎　「サンチョ・パンサの帰郷」〔思潮社〕
第15回(昭40年)
　沢村 光博　「火の分析」〔思潮社〕
第16回(昭41年)
　入沢 康夫　「季節についての試論」〔錬金社〕
第17回(昭42年)
　三木 卓　「東京午前三時」〔思潮社〕
第18回(昭43年)
　鈴木 志郎康　「罐製同棲又は陥穽への逃亡」〔思潮社〕
　村上 昭夫　「動物哀歌」〔思潮社〕
第19回(昭44年)
　石垣 りん　「表札など」〔思潮社〕
　犬塚 堯　「南極」〔地球社〕
第20回(昭45年)
　知念 栄喜　「みやらび」〔仮面社〕
第21回(昭46年)
　白石 かずこ　「聖なる淫者の季節」〔思潮社〕
第22回(昭47年)
　粒来 哲蔵　「孤島記」〔八坂書房〕
第23回(昭48年)
　一丸 章　「天鼓」〔思潮社〕
第24回(昭49年)
　郷原 宏　「カナンまで」〔檸檬社〕
第25回(昭50年)
　清水 哲男　「水甕座の水」〔紫陽社〕
第26回(昭51年)
　荒川 洋治　「水駅」〔書紀書林〕
第27回(昭52年)
　小長谷 清実　「小航海26」〔れんが書房新社〕
第28回(昭53年)
　大野 新　「家」〔永井出版企画〕
第29回(昭54年)
　松下 育男　「肴」〔紫陽社〕
第30回(昭55年)
　一色 真理　「純粋病」〔詩学社〕
第31回(昭56年)
　小松 弘愛　「狂泉物語」〔混沌社〕
　ねじめ 正一　「ふ」〔櫓人出版社〕
第32回(昭57年)
　青木 はるみ　「鯨のアタマが立っていた」〔思潮社〕
第33回(昭58年)
　井坂 洋子　「GIGI」〔思潮社〕
　高柳 誠　「卵宇宙/水晶宮/博物誌」〔湯川書房〕
第34回(昭59年)
　水野 るり子　「ヘンゼルとグレーテルの島」〔現代企画室〕
第35回(昭60年)
　崔 華国　「猫談義」〔花神社〕
第36回(昭61年)
　鈴木 ユリイカ　「Mobile・愛」〔思潮社〕
第37回(昭62年)
　佐々木 安美　「さるやんまだ」〔遠人社〕
　永塚 幸司　「梁塵」〔紫陽社〕
第38回(昭63年)
　真下 章　「神サマの夜」〔紙鳶社〕
第39回(平1年)
　藤本 直規　「別れの準備」〔花神社〕
第40回(平2年)
　高階 杞一　「キリンの洗濯」〔あざみ書房〕
第41回(平3年)
　杉谷 昭人　「人間の生活」〔鉱脈社〕
第42回(平4年)
　本多 寿　「果樹園」〔本多企画〕
第43回(平5年)
　以倉 紘平　「地球の水辺」〔湯川書房〕
第44回(平6年)
　高塚 かず子　「生きる水」〔思潮社〕
第45回(平7年)
　岩佐 なを　「霊岸」〔思潮社〕
第46回(平8年)
　片岡 直子　「産後思春期症候群」〔書肆山田〕
第47回(平9年)
　山田 隆昭　「うしろめた屋」〔土曜美術社出版販売〕
第48回(平10年)
　貞久 秀紀　「空気集め」〔思潮社〕
第49回(平11年)
　鍋島 幹夫　「七月の鏡」〔思潮社〕
第50回(平12年)
　龍 秀美　「TAIWAN」〔詩学社〕
第51回(平13年)

森 哲弥 「幻想思考理科室」〔編集工房ノア〕
第52回（平14年）
　松尾 真由美 「密約―オブリガート」〔思潮社〕
第53回（平15年）
　河津 聖恵 「アリア、この夜の裸体のために」〔ふらんす堂〕
第54回（平16年）
　松岡 政則 「詩集 金田君の宝物」〔書肆青樹社〕
第55回（平17年）
　山本 純子 「あまのがわ」〔花神社〕
第56回（平18年）
　相沢 正一郎 「パルナッソスへの旅」〔書肆山田〕
第57回（平19年）
　野木 京子 「ヒムル、割れた野原」〔思潮社〕
第58回（平20年）
　杉本 真維子 「袖口の動物」〔思潮社〕
第59回（平21年）
　中島 悦子 「マッチ売りの偽書」
第60回（平22年）
　田 原 「石の記憶」
第61回（平23年）
　髙木 敏次 「傍らの男」
第62回（平24年）
　廿楽 順治 「化車」〔思潮社〕
第63回（平25年）
　石田 瑞穂 「まどろみの島」〔思潮社〕
第64回（平26年）
　峯澤 典子 「ひかりの途上で」
第65回（平27年）
　岡本 啓 「グラフィティ」〔思潮社〕

048 円卓賞

雑誌「円卓」が創刊4年を迎えて、いっそうの充実をはかるため昭和39年創設。同誌の終刊とともに2回で終った。

【主催者】南北社
【選考委員】伊藤桂一、大竹延、尾崎秀樹、駒田信二、榊山潤、林富士馬、日沼倫太郎（第1回）
【選考基準】「円卓」誌上に掲載された作品におくられる。
【賞・賞金】正賞時計、副賞5万円

第1回（昭39年）
　萩原 葉子 「木馬館」
第2回（昭40年）
　財部 鳥子 「いつも見る死」
　吉行 理恵 「私は冬枯れの海にいます」

049 岡本弥太賞

高知詩人協会の発足とともに県内在住詩人たちの活動高揚のため、郷土先輩詩人の名を冠した詩集賞を設けたもの。協会の消滅により現在廃止。

【主催者】高知詩人協会
【賞・賞金】賞状と副賞1万円

第1回（昭38年）
　猪野 睦 「沈黙の骨」
第2回（昭39年）

坂本 稔　「鋼の花束」
岡崎 功　「ミノトオルの指環」

第3回（昭40年）
　嶋岡 晨　「永久運動」

---

050 小熊秀雄賞

　昭和42年，小熊秀雄の詩業をたたえ，北海道旭川市に小熊秀雄詩碑が建立され，それを記念して43年に創設された。第4回までは北海道在住の詩人に贈呈されていたが，第5回より全国の詩人を対象としている。平成18年11月1日より市民の手による"小熊秀雄賞"として実行委員会と組織を変更，第41回小熊秀雄賞より実施。

【主催者】小熊秀雄賞市民実行委員会
【選考委員】（第49回）石本裕之，堀川真，アーサー・ビナード，佐川亜紀
【選考方法】全国公募
【選考基準】〔応募規定〕毎年の1月1日～12月末日までに刊行された個人の詩集（他の賞の受賞作品を除く）。応募には詩集5部を，応募先へ送付
【締切・発表】1月末日締切（当日消印有効），4月中旬に新聞紙上で発表，5月中旬贈呈式（旭川市）
【賞・賞金】正賞「詩人の椅子，1脚（板津邦夫氏デザイン）」，副賞30万円
【URL】http://www.ogumahideo-prize.jp/

第1回（昭43年）
　枯木 虎夫　「鷲」
第2回（昭44年）
　友田 多喜雄　「詩法」
第3回（昭45年）
　萩原 貢　「悪い夏」
第4回（昭46年）
　小野 連司　「鰻屋闇物語」
第5回（昭47年）
　川田 靖子　「北方沙漠」
第6回（昭48年）
　川口 昌男　「海の群列」
第7回（昭49年）
　西岡 寿美子　「杉の村の物語」
　小坂 太郎　「北の儀式」
第8回（昭50年）
　該当作なし
第9回（昭51年）
　片岡 文雄　「帰郷手帖」〔慕蟬堂〕
第10回（昭52年）
　津坂 治男　「石の歌」
　沢田 敏子　「市井の包み」

第11回（昭53年）
　福中 都生子　「福中都生子全詩集」
　うちだ 優　「寄留地」
第12回（昭54年）
　石毛 拓郎　「笑いと身体」〔詩辞詩宴社〕
第13回（昭55年）
　米屋 猛　「家系」〔思潮社〕
第14回（昭56年）
　佐合 五十鈴　「仮の場所から」〔不動工房〕
第15回（昭57年）
　和田 英子　「点景」〔摩耶出版社〕
　阿部 岩夫　「不羈者」〔永井出版企画〕
第16回（昭58年）
　大崎 二郎　「走り者」〔青帖社〕
第17回（昭59年）
　岸本 マチ子　「コザ中の町ブルース」〔花神社〕
　大谷 従二　「朽ちゆく花々」〔鳥影社〕
第18回（昭60年）
　山本 耕一路　「山本耕一路全詩集」〔青葉図書〕
第19回（昭61年）

詩

藤本 瑆「非衣」
第20回（昭62年）
　岩渕 欽哉　「サバイバルゲーム」
第21回（昭63年）
　加藤 文男　「南部めくら暦」
第22回（平1年）
　弓田 弓子　「大連」
第23回（平2年）
　甲田 四郎　「大手が来る」〔潮流出版社〕
第24回（平3年）
　坂本 つや子　「黄土の風」
第25回（平4年）
　佐川 亜紀　「死者を再び孕む夢」
◇特別賞
　金 時鐘　「野原の詩」
第26回（平5年）
　宮本 善一　「郭公抄」
第27回（平6年）
　佐藤 博信　「俗名（ぞくみょう）の詩集」
第28回（平7年）
　坂井 信夫　「冥府の蛇」〔土曜美術社出版販売〕
第29回（平8年）
　倉内 佐知子　「新懐胎抄」
第30回（平9年）
　木津川 昭夫　「迷路の闇」
第31回（平10年）
　長嶋 南子　「あんぱん日記」〔夢人館〕
第32回（平11年）
　嶋岡 晨　「乾杯」
第33回（平12年）
　松尾 静明　「丘」〔三宝社〕
第34回（平13年）
　こたき こなみ　「星の灰」〔書肆青樹社〕
第35回（平14年）

玉川 鵬心　「花嫌い神嫌い」〔思潮社〕
第36回（平15年）
　佐相 憲一　「愛、ゴマフアザラ詩」〔土曜美術社出版販売〕
第37回（平16年）
　黒羽 英二　「須臾（しゅゆ）の間に」〔詩画工房〕
第38回（平17年）
　寺田 美由記　「かんごかてい（看護過程）」〔詩学社〕
第39回（平18年）
　水島 美津江　「冬の七夕」〔土曜美術社出版販売〕
第40回（平19年）
　斎藤 紘二　「直立歩行」〔思潮社〕
第41回（平20年）
　新井 高子　「タマシイ・ダンス」〔未知谷〕
　竹田 朔歩　「サム・フランシスの恁麼（にんま）」〔書肆山田〕
第42回（平21年）
　浜江 順子　「飛行する沈黙」〔思潮社〕
第43回（平22年）
　花崎 皋平　「アイヌモシリの風に吹かれて」〔小樽詩話会事務所〕
第44回（平23年）
　酒井 一吉　「鬼の舞」〔能登印刷出版部〕
第45回（平24年）
　該当作なし
第46回（平25年）
　大江 麻衣　「にせもの」〔紫陽社〕
　与那覇 幹夫　「ワイドー沖縄」〔あすら舎〕
第47回（平26年）
　該当作なし
第48回（平27年）
　中島 悦子　「藁の服」〔思潮社〕

051 小野十三郎賞

　現代詩の理論的指導者として，文学運動を推進した小野十三郎氏を記念して創設。氏の詩業の現代詩における位置づけと再評価を検討しつつ，関西から全国発信しながら，現代詩や現代文学のあるべき全体像を回復する場となること，全国の新しい創造的な書き手たちを奨励することを目的とする。詩集または詩評論書を対象とする。

【主催者】大阪文学協会，小野十三郎賞実行委員会

051 小野十三郎賞

【選考委員】（第17回）金時鐘,倉橋健一,小池昌代,坪内稔典

【選考方法】公募

【選考基準】〔対象〕「詩集」または「詩評論書」。第17回は平成26年7月1日〜27年6月30日刊行のもの。〔応募規定〕「詩集」等の著作を2部送付する。その際「小野十三郎賞応募」と明記の上,本名,年齢,住所,電話番号を記入したものを添付

【締切・発表】（第17回）平成27年7月10日締切,9月下旬報道機関,文芸誌等を通じて発表。11月下旬,大阪市内で贈呈式。月刊文芸誌「樹林」で受賞発表と各選考委員の選評,受賞著作の抜粋を掲載

【賞・賞金】小野十三郎賞：賞金50万円

【URL】http://www.osaka-bungaku.or.jp/

第1回（平11年）
 瀧 克則 「墓を数えた日」〔書肆山田〕
◇小野十三郎記念特別賞
 「核」（主宰・河邨文一郎）（札幌市）
 「三重詩人」（主宰・伊藤眞司）（三重県嬉野町）

第2回（平12年）
 高橋 秀明 「言葉の河」

第3回（平13年）
 八重 洋一郎 「夕方村」〔檸檬新社〕
 北川 透 「詩論の現在」（1〜3）〔思潮社〕

第4回（平14年）
 甲田 四郎 「陣場金次郎洋品店の夏」〔ワニ・プロダクション〕
◇小野十三郎賞特別賞
 中平 耀 「マンデリシュターム読本」〔群像社〕

第5回（平15年）
 苗村 吉昭 「バース」〔編集工房ノア〕
◇小野十三郎賞特別賞
 杉山 平一 「戦後関西詩壇回想」〔思潮社〕

第6回（平16年）
◇小野十三郎賞
 渋谷 卓男 「朝鮮鮒」（詩集）

第7回（平17年）
◇小野十三郎賞
 添田 馨 「語族」（詩集）

第8回（平18年）
◇小野十三郎賞
 たかとう 匡子 「学校」（詩集）

第9回（平19年）
◇小野十三郎賞
 長津 功三良 「影たちの墓碑銘」（詩集）〔幻棲舎〕
 中岡 淳一 「宙家族」（詩集）〔書肆青樹社〕
◇小野十三郎賞特別賞
 久保田 穣 「栗生楽泉園の詩人たち」（詩評論書）〔ノイエス朝日〕

第10回（平20年）
◇小野十三郎賞
 小池 昌代 「ババ、バサラ、サラバ」（詩集）〔本阿弥書店〕
 田中 郁子 「ナナカマドの歌」（詩集）〔思潮社〕
◇小野十三郎賞第10回記念特別賞
 関口 裕昭 「評伝 パウル・ツェラン」（詩評論書）〔慶應義塾大学出版会〕

第11回（平21年）
◇小野十三郎賞
 該当作なし
◇小野十三郎賞特別奨励賞
 山口 春樹 「象牙の塔の人々」（詩集）
 岡島 弘子 「野川」（詩集）

第12回（平22年）
◇小野十三郎賞
 三井 喬子 「青天の向こうがわ」（詩集）
◇小野十三郎賞特別賞
 季村 敏夫 「山上の蜘蛛」（詩評論書）

第13回（平23年）
◇小野十三郎賞
 谷元 益男 「水源地」（詩集）

第14回（平24年）
◇小野十三郎賞
 宋 敏鎬 「真心を差し出されてその包装を

開いてゆく処」(詩集)　　　　　　　　すら舎刊〕
第15回(平25年)　　　　　　　　　第16回(平26年)
　◇小野十三郎賞　　　　　　　　　　◇小野十三郎賞
　　与那覇 幹夫 「ワイドー沖縄」(詩集)〔あ　　杉谷 昭人 「農場」(詩集)

---

052 改造詩賞

改造社による「改造」100号記念の懸賞詩賞。

【賞・賞金】賞金1等100円,2等50円

第1回(昭4年)　　　　　　　　　　　◇2等
　◇1等　　　　　　　　　　　　　　　井上 広雄 「ペリカン」
　　近藤 東 「レエニンの月夜」

---

053 交野が原賞

小・中・高校生の文芸創作を奨励するため,詩作品を対象に年1回「交野が原賞」を設け,児童・生徒の作品を広く募集していた。第34回(平成23年)をもって終了し,それを機に交野詩話会は解散した。

【主催者】交野詩話会,交野市教育委員会(共催)

【選考委員】金堀則夫

【選考方法】公募

【選考基準】小・中・高校生。作品内容は自由,一人詩三編以内。未発表で自作に限る。学校名,学年,氏名(ふりがな),住所を必ず書く

【締切・発表】毎年7月20日締切。9月に各学校が本人に通知。優秀作品は詩誌「交野が原」に発表

【賞・賞金】賞状と掲載誌

【URL】http://www5d.biglobe.ne.jp/~kanahori/kanahori/katano/katanogaharasyou.htm

第1回(昭54年)
　◇特選
　　うめだ まさき(寝屋川・国松緑丘小1年)「ありくんごめん」
　　中島 信子(交野・倉治小3年)「雨の子ども」
　　上殿 智子(交野・岩船小4年)「色えんぴつ」
　　川野 由美子(交野・第二中1年)「もうひとつの世界」

第2回(昭54年)
　◇特選
　　くや ゆきえ(交野・倉治小1年)「とんぼ」
　　小嶋 誠司(交野・藤が尾小3年)「とろけちゃったみたい」
　　入江 亮一(寝屋川・国松緑丘小6年)「ぼくと野菜」
　　間嶋 真紀(四條畷・四條畷中3年)「父に」

第3回(昭55年)
　◇特選
　　いわつき ともき(交野・星田小1年)「ぼくのふとん」
　　樋上 学(交野・交野小4年)「トマト」
　　木下 恭美(交野・第三中2年)「一つの戦争」
　　村上 潔(大阪府立交野高3年)「さみしがりやの空」
第4回(昭56年)
　◇特選
　　ごとう まゆみ(交野・旭小3年)「おなかがチャボチャボ」
　　黒田 亜紀(交野・旭小4年)「おふろ」
　　植木 里枝(交野・郡津小4年)「もらった地球」
　　美濃 千鶴(交野・郡津小5年)「本」
　　古舘 佳永子(交野・第一中2年)「球技大会」
第5回(昭57年)
　◇特選
　　黒木 尚子(寝屋川・国松緑丘小5年)「いつもとちがうしゅんちゃん」
　　黒田 亜紀(交野・旭小5年)「雪と悲しみ」
　　永久 教子(四條畷・四條畷中2年)「カレンダー王国の救世主」
第6回(昭58年)
　◇特選
　　井上 京子(交野・私市小4年)「夕日の下のすすき」
　　山中 奈己(四條畷・四條畷中2年)「犬っころ」
　　奥野 祐子(大阪聖母女学院高1年)「核」
第7回(昭59年)
　◇特選
　　樋上 学(交野・第一中2年)「母」
　　北村 喜久恵(大阪府立四條畷高2年)「色を干す女」
第8回(昭60年)
　◇特選
　　早川 友恵(交野・岩船小5年)「まど」
　　内藤 麻美(交野・星田小6年)「なっとう」
　　橋本 知春(交野・第三中2年)「音の世界」
　　浜口 慶子(大阪府立寝屋川高2年)「ラッシュアワー」

第9回(昭61年)
　◇特選
　　尼 崇(枚方・藤坂小5年)「あめんぼ」
　　前田 三穂(交野・倉治小6年)「夜景」
　　永田 理子(交野・第二中1年)「くつを下さい―雨からの手紙」
第10回(昭62年)
　◇特選
　　西澤 智子(交野・私市小6年)「鏡の中の私」
　　森川 扶美(交野・妙見坂小6年)「るす番」
　　美濃 千鶴(大阪府立四條畷高2年)「蟬」
第11回(昭63年)
　◇特選
　　長谷川 真弓(交野・倉治小3年)「水道」
　　黒木 俊介(寝屋川小・国松緑丘小4年)「お母さん耳見てなー」
　　大久保 美穂(交野・第三中3年)「自我」
　　松田 文(大阪信愛女学院高1年)「電車様」
第12回(平1年)
　◇特選
　　松田 樹里(交野・交野小3年)「妹」
　　藤田 亜希(交野・第三中2年)「半人前」
　　藤井 和美(大阪信愛女学院高1年)「忘却」
　　黒田 亜紀(大阪府立四條畷高3年)「ヨウジ」
第13回(平2年)
　◇特選
　　深堀 広子(交野・交野小4年)「帰り道」
　　渋田 説子(交野・第三中3年)「アスファルト」
　　早川 友恵(大阪信愛女学院高1年)「ガラスの道」
第14回(平3年)
　◇特選
　　取渕 はるな(交野・長宝寺小1年)「シャワー」
　　岸田 裕美(交野・交野小5年)「私にはまだわからないつらさ」
　　江原 美奈(交野・第四中3年)「グラスのデッサン」
第15回(平4年)
　◇特選
　　取渕 はるな(交野・長宝寺小2年)「ぬかみそ」

中野 始恵（交野・交野小4年）「わたしはゲララ」
早川 友恵（大阪信愛女学院高3年）「神樹」

第16回（平5年）
◇特選
山野 真寛（交野・交野小2年）「すずめ」
近藤 さやか（交野・妙見坂小6年）「一つ目子ぞう」
田中 常貴（交野・第四中1年）「カセットテープ」
高石 晴香（大阪府立交野高1年）「花びら」

第17回（平6年）
◇特選
平井 澪（交野・星田小3年）「おばあちゃんはダイエット中」
大野 美樹（交野・第四中3年）「裸のリクエスト」
小川 美希（大阪府立交野高1年）「未来」

第18回（平7年）
◇特選
松永 扶沙子（交野・岩船小1年）「あめはいきている」
濱嶋 ゆかり（交野・私市小3年）「なめくじとり」
平井 澪（交野・星田小4年）「目を閉じれば」
野口 さやか（交野・第三中2年）「写真は語る」
税所 知美（神戸常磐女子高1年）「あの日に戻れるなら」

第19回（平8年）
◇特選
松永 沙恵子（交野・岩船小4年）「ティッシュ」
今田 暁子（大阪国際文化中2年）「私は改札機恐怖症」
重田 真由子（大阪信愛女学院高1年）「橋」

第20回（平9年）
◇特選
吉川 和志（交野・倉治小4年）「ぼくの足には神様がいる」
松本 梨沙（交野・第四中3年）「時計と一休み」
堀内 麻利子（大阪府立四條畷高1年）「憂いのGAMER」

佐藤 梓（大阪府立四條畷高1年）「しあわせ」

第21回（平10年）
◇特選
山村 麻友（交野・郡津小2年）「耳をすませば」
大野 圭奈子（交野・郡津小5年）「作家になりたい」
伊藤 貴子（交野・星田小6年）「サファリパークの仲間たち」
大藪 直美（大阪府立交野高2年）「幻影伝」
松田 樹里（大阪府立寝屋川高3年）「ブラウン管の向こう」

第22回（平11年）
◇特選
星野 美奈（交野・倉治小5年）「いねになってみたら」
西尾 ひかる（交野・交野小6年）「雨の日の夢」
四方 彩瑛（交野・第三中2年）「夏がくる」
大藪 直美（大阪府立交野高3年）「アナクロニズム」

第23回（平12年）
◇特選
中田 健一（交野・郡津小5年）「雲」
茨木 明日香（寝屋川・宇谷小5年）「電気」
黒川 智庸（交野・第二中2年）「風」
四方 彩瑛（交野・第三中3年）「こわれてしまう」

第24回（平13年）
◇特選
鍵野 杏澄（交野・旭小3年）「とうもろこし」
上野 彩（交野・郡津小6年）「25m」
西岡 彩乃（交野第三中2年）「我が家への坂道」
四方 彩瑛（大阪信愛女学院高1年）「あのころ」

第25回（平14年）
◇特選
平山 誠介（交野・岩船小学校2年）「おこられた」
西岡 彩乃（交野・第三中学校3年）「悩みの力」
四方 彩瑛（大阪信愛女学院高校2年）「鯉

053 交野が原賞　　　　　　　　　　　　　　　詩

　　に問う」
第26回(平15年)
　◇特選
　　鈴木 勇貴(交野・郡津小4年)「みみずの体そう」
　　岡田 昇祥(交野・岩船小6年)「初夏2003」
　　前田 卓(交野・第一中3年)「人形」
　　西岡 彩乃(大阪府立四条畷高校1年)「メイド イン アフガニスタン」
　　四方 彩瑛(大阪信愛女学院高校3年)「開眼供養」
第27回(平16年)
　◇特選
　　岡田 智実(交野・妙見坂小2年)「きゅうり」
　　上野 弘樹(交野・郡津小5年)「変わる毎日」
　　蟻川 知奈美(交野・第四中2年)「憂鬱」
　　西岡 彩乃(大阪府立四條畷高2年)「彩」
　　山田 春香(福岡・三井高3年)「心の伝言」
第28回(平17年)
　◇特選
　　埜辺 綾香(交野・星田小2年)「時間」
　　平山 瑞幾(交野・岩船小3年)「おまつりのかめ」
　　上野 弘樹(交野・郡津小6年)「雨雲」
　　吉田 愛(交野・第四中3年)「晴天」
　　上野 彩(大阪府立四條畷高1年)「門」
　　西岡 彩乃(大阪府立四條畷高3年)「深海、青い色の宝石」
第29回(平18年)
　◇特選
　　吉田 楓(交野・妙見坂小2年)「本」
　　高瀬 直美(交野・岩船小5年)「寒げい古」
　　櫻井 美月(交野・倉治小6年)「たまらない」
　　上野 弘樹(交野・第二中1年)「追憶」
　　堂馬 瑞希(大阪府立寝屋川高2年)「誰にもわからない世界」
第30回(平19年)
　◇特選
　　長江 優希(交野・妙見坂小3年)「いもほり」
　　埜辺 綾香(交野・星田小5年)「登山」
　　岡田 哲志(交野・第三中2年)「π(パイ)」
　　橋本 孝平(交野・第四中3年)「きれいなもの」
　　上野 彩(大阪府立四條畷高3年)「月極駐輪場」
　　渡部 真理奈(東京・明星高3年)「帰路」
第31回(平20年)
　◇特選
　　大矢 涼太郎(交野・倉治小1年)「一年生」
　　戸田 桃香(交野・長宝寺小1年)「つたえたい」
　　瀬川 愛(交野・私市小6年)「人生」
　　上野 弘樹(交野・第二中3年)「原点」
　　橋本 孝平(大阪府立交野高1年)「ある棒人間」
第32回(平21年)
　◇特選
　　登 丈士　「ぼくはひがんばな」
　　大家 加凪　「トマトちゃん」
　　池田 蒼水　「わからない時」
　　埜辺 綾香　「真っ白い侵略者」
　　岡田 哲志　「数学」
　　中村 拓海　「無知」
第33回(平22年)
　◇特選
　　池田 逸水　「石」
　　冨田 勢也　「ザリザリくん」
　　原口 優花　「今の私の本当の気持ち」
　　川口 知子　「ジューサー」
　　上野 弘樹　「怯弱」
第34回(平23年)
　◇特選
　　油谷 鷹平　「わんぱくずもう」
　　冨田 勢也　「かぼちゃ」
　　大家 加凪　「畑の草」
　　前川 碧　「ローマ字」
　　鶴岡 祐介　「出陣」
　　鶴岡 里菜　「雨上がりの庭で」
　　埜辺 綾香　「素直な言葉」
　　岡田 哲志　「水たまり」

054 加美現代詩詩集大賞

「夢 海をめざし 愛 ふるさとに帰る 鮎の凛烈 川よ語れ」という町民憲章をもつ中新田町(現・加美町)が,詩を通して,若鮎のような新しい精神が生まれてほしいという願いを込めて制定。平成15年合併により,町名が中新田町から加美町に変更されたのに伴い賞名を変更した。第6回(平成18年度)をもって終了。

【主催者】加美町
【選考方法】公募

第1回(平13年)
◇いのちの詩賞
　林 政子(千葉県)　詩集「さくら」
第2回(平14年)
◇いのちの詩賞
　谷内 修三(福岡県)　詩集「逆さまの花」
第3回(平15年)
◇いのちの詩集賞
　小網 恵子(東京都)　詩集「耳の島」
◇スウェーデン現代詩詩集加美大賞
　ダーヴィッド・ヴィークグレン 「これからの文化人類学研究のために」
第4回(平16年度)
◇いのちの詩賞
　外崎 ひとみ(青森市)　詩集「ほのかたらい」
◇スウェーデン現代詩詩集加美大賞
　トーマス・トランストロンメル(スウェーデン)「大いなる謎」
第5回(平17年度)
◇いのちの詩賞
　杜 みち子(さいたま市)　詩集「象の時間」
◇スウェーデン現代詩詩集加美大賞
　カタリーナ・フロステンソン(スウェーデン)「カルカス」一五行一より一編
第6回(平18年度)
◇いのちの詩賞
　鈴木 八重子(いわき市)　詩集「種子がまだ埋もれているような」

055 関西詩人協会賞

関西詩人協会は,現代詩の振興と発展に寄与するため,「協会賞」は刊行された優れた詩集,「奨励賞」は詩集ならびに詩作品集を対象とし推奨する。また,後援を受ける「桃谷容子基金」の現代詩の振興の趣旨をより顕彰するため,公募とし,毎年実施する。公募は関西における詩的発揚と文学発展をめざし関西圏内とする。

【主催者】関西詩人協会,桃谷容子基金(後援)
【選考委員】(第4回)杉山平一,青木はるみ,以倉紘平,島田陽子,日高てる
【選考方法】公募
【選考基準】〔資格〕関西圏内に在住または詩誌などに関係する人。〔対象〕(1) 前年の7月1日から当年6月30日の間に刊行された詩集。(2) 詩誌などに発表した作品または未発表作品10編以上を一組に綴じた詩作品集(私家版小詩集・ワープロまたはパソコンでA4用紙にプリント。タイトルを付ける。奥付に作成・発行年月)。ただし,全詩集・選詩集,翻訳詩集,外国語による詩集および復刻・再版・遺稿集による詩集は除く
【締切・発表】7月10日締切,10月1日発行の会報に発表

056 北川冬彦賞

【賞・賞金】協会賞(1点)：30万円，奨励賞(1点)：10万円

第1回(平11年)
　◇協会賞
　　青山 由美子　「宿題」
第2回(平14年)
　◇協会賞
　　美濃 千鶴　「要求」
第3回(平17年)
　◇協会賞
　　佐山 啓 詩「俺とあいつ」

　◇佳作
　　北原 千代　「軍手」
第4回(平20年)
　◇協会賞
　　冨上 芳秀 詩集「アジアの青いアネモネ」
　　〔詩遊社〕
　◇奨励賞(新人賞)
　　赤野 貴子 詩作品集「やかん」

056 北川冬彦賞

昭和40年「時間」創刊15周年を記念して時間社により創設された。「時間」誌上に発表された作品の中から選んで授賞,昭47年第7回の授賞をもって中止した。

【主催者】時間社

【選考委員】井上靖,小野十三郎,金子光晴,北川冬彦,吉田精一(第7回)

【締切・発表】賞金5万円(第7回)

第1回(昭41年)
　◇詩
　　桜井 勝美　「葱の精神性」
　◇論文
　　鵜沢 覚
第2回(昭42年)
　◇詩
　　町田 志津子　「鏡」
　◇論文
　　北川 多紀　「ヨーロッパ見聞」
第3回(昭43年)
　◇詩
　　横井 新八　「葦の根拠」

第4回(昭44年)
　　周田 幹雄　「壁」
　　庭野 富吉　「男」
第5回(昭45年)
　　佐藤 精一　「月光」
　　今川 洋子　「ボタン」
第6回(昭46年)
　　北川 多紀　「横光利一さんと私の子」
　　伊藤 幸也　「ピアノと女」
第7回(昭47年)
　　松本 建彦　「匂い水」
　　加瀬 かつみ　「神馬」

057 銀河詩手帖賞

銀河詩手帖の復刊を記念し,またフレッシュな詩人の発掘を目指して設定。

【主催者】銀河書房

【選考委員】犬塚堯,磯村英樹,杉山平一,中江俊夫

【選考方法】〔対象〕現代詩 〔資格〕男女年齢不問,詩集,作品 〔原稿〕何枚でも可。
【締切・発表】毎年締切は10月末日,入選作は「銀河詩手帖」翌年正月号に発表。年1回。
【賞・賞金】記念品と賞金10万円

第1回(昭56年)
　継田 龍「小さな〈つ〉」
　丸野 きせ「無音の地球のへりを歩いていたい」
第2回(昭57年)
　山内 清「せかいの片側」(詩集)鳥語社
第3回(昭58年)
　新田 富子「キャベツを刻むとき」(詩集)岩手出版
第4回(昭59年)
　山下 徹「黙礼」(詩集)自家版
第5回(昭60年)
　堀 雅子「いのちの織り人」海風社
第6回(昭61年)
　枡谷 優「猪村」「鳶ケ尾根(とっびゃご)」(詩集)地帯社,近代文芸社
第7回(昭62年)
　小野 静枝「それから,それから」(詩集)
第8回(昭63年)
　宮崎 ミツ「旅に出たひと」編集工房ノア

058 銀河・詩のいえ賞

　同人誌「銀河詩手帖」200号を機に,大阪・新世界の文化発展に貢献する意味を込めて平成16年に創設。人間愛溢れる作品を同人から募る。選考委員の東淵修(「銀河詩手帖」主宰)が平成20年2月に死去したため,賞は平成20年(第5回)をもって終了。

【主催者】銀河詩手帖
【選考委員】東淵修
【選考方法】「銀河詩手帖」同人
【選考基準】〔資格〕「銀河詩手帖」同人であること。〔対象〕詩集,詩など
【締切・発表】毎年「銀河詩手帖」春号で発表
【賞・賞金】トロフィー,賞状
【URL】http://www.ginga-shinoie.com/

第1回(平16年)
　近藤 摩耶 詩集「新世界・光と影—オリジナルフォトグラフ」
第2回(平17年)
　青柳 悠 詩集「鳩の影」
第3回(平18年)
　大原 鮎美 詩集「次の駅まで」
　笹木 一重 詩集「ちりん」
第4回(平19年)
　佐々木 城 詩「一行詩三題」
　丹下 仁 詩集「ぼくの人生」
第5回(平20年)
　山崎 睦男 詩「無花果(いちぢく)」,エッセイ「吉増剛造さん・マリリアさん・ジャン=フランソワ・ポーヴロスさんを銀河詩のいえにお迎えして」

059 ケネス・レクスロス詩賞

日本語を母国語とする女子学生を対象とした。第10回で中止。

【主催者】ケネス・レクスロス詩賞委員会

第1回（昭50年）
◇日本語部門
　該当者なし
◇日本語部門（佳作）
　肥田 ひかる
　平林 優子
◇英語部門
　リンダ・アーリック
第2回（昭51年）
◇日本語部門
　田口 育子
◇日本語部門（佳作）
　徳田 サナエ
　浜田 珠子
　船越 政子
◇英語部門
　ウィニー・アン・イヌイ
◇英語部門（佳作）
　赤西 光子
第3回（昭52年）
◇日本語部門
　井上 志津子
◇日本語部門（特賞）
　籠池 友未子
◇日本語部門（佳作）
　榊山 裕子
　朋来 りん
　中野 万紀子
◇英語部門
　奥田 由香里
◇英語部門（佳作）
　エリン・ミドリ・モリタ
　吉田 かほる
第4回（昭53年）
◇日本語部門
　億川 れい子
◇日本語部門（佳作）
　鍵山 純子
　北田 静子
　福本 早穂
◇英語部門
　塩見 真弓
◇英語部門（佳作）
　宮崎 綾子
第5回（昭54年）
◇日本語部門
　金 洋子
◇日本語部門（佳作）
　池田 由美子
　石井 昌子
　永井 知子
　西海 ゆう子
◇英語部門
　花岡 真紀子
◇英語部門（佳作）
　河野 桂子
　森 祐希子
第6回（昭55年）
◇日本語部門
　川端 あや子
◇日本語部門（特賞）
　渡海 直美
◇日本語部門（佳作）
　川田 敬子
　木本 好
　新谷 葉子
　長野 従子
◇英語部門
　高嶋 裕美
◇英語部門（佳作）
　河野 桂子
　田中 美穂子
　森 祐希子
第7回（昭56年）
◇日本語部門
　寺本 まち子
◇日本語部門（佳作）
　大上 ミツ子

詩　　　　　　　　　　　　　　　　　　　　　　　　　　　　　　　　　　　　060 現代詩加美未来賞

　　田草川 きみえ
　　長野 尊子
　　名古 きよえ
　　西海 ゆう子
◇英語部門
　　河野 桂子
◇英語部門（佳作）
　　小森 栄子
　　苗田 澄江
第8回（昭57年）
◇日本語部門
　　林 美脉子
◇日本語部門（佳作）
　　片岡 葉子
　　名古 きよえ
　　古市 幸子
◇英語部門
　　伊藤 路子

◇英語部門（特賞）
　　ギブソン・松井 佳子
◇英語部門（佳作）
　　橋本 佳代子
第9回（昭58年）
◇日本語部門
　　酒匂 優子
◇日本語部門（佳作）
　　田草川 きみえ
　　辰野 朱美
　　滝沢 文美
◇英語部門
　　松井 みどり
◇英語部門（佳作）
　　鎌田 裕子
　　塚本 晶子
第10回
　　　　＊

060 現代詩加美未来賞

「夢 海をめざし 愛 ふるさとに帰る 鮎の凛烈 川よ語れ」という町民憲章をもつ中新田町（現・加美町）が，詩を通して，若鮎のような新しい精神が生まれてほしいという願いを込めて制定。平成15年合併により，町名が中新田町から加美町に変更されたのに伴い賞名を変更した。第16回（平成18年度）をもって終了。

【主催者】加美町
【選考方法】公募

第1回（平3年）
◇中新田若鮎賞
　渡辺 真也（松阪市，松江小4年）「おにぎり」
◇中新田あけぼの賞
　中川 さや子（香川県津田町，鶴羽小4年）
　「じいちゃんの戦争」
◇落鮎塾若鮎賞
　白鳥 創（宮城県中新田町，中新田小3年）
　「じかん」
第2回（平4年）
◇中新田若鮎賞
　麻生 哲彦（大分県三重町）「竹」
◇中新田あけぼの賞
　木村 美紀子（島根県津和野町）「白い布」
◇落鮎塾若鮎賞
　川地 雅世（京都市左京区）「春のじかん」
◇中新田縄文賞
　畠山 恵美（古川市）「あたしのしごと」
第3回（平5年）
◇中新田若鮎賞
　山口 真澄（五所川原市）「先生VSコンバイン」
◇中新田あけぼの賞
　佐々木 麻由（五所川原市）「東京」
◇落鮎塾若鮎賞
　箕輪 いづみ（横浜市）「黒板の蛇」
◇中新田縄文賞
　徳岡 久生（船橋市）「紫陽花」
第4回（平6年）
◇中新田若鮎賞

井村 愛美（静岡県金谷町）「川の子ども」
◇中新田あけぼの賞
　米谷 恵（宮城県中新田町）「姉妹」
◇落鮎塾若鮎賞
　巻渕 寛濃（千葉県市川市）「迷惑細胞になった日」
◇中新田縄文賞
　畑中 しんぞう（東京都）「坂本君」
第5回（平7年）
◇中新田若鮎賞
　堀越 綾子（仙台市）「えぷろん」
◇中新田あけぼの賞
　井村 愛美（静岡県金谷町）「放か後」
◇落鮎塾若鮎賞
　牛島 敦子（富山市）「湖畔」
◇中新田縄文賞
　加藤 千香子（三重 松阪市）「かみさまⅠ」
第6回（平8年）
◇中新田若鮎賞
　一戸 隆平（青森 五所川原市）「つり」
◇中新田あけぼの賞
　奥平 麻里子（盛岡市）「ジャングル・ジム」
◇中新田縄文賞
　若栗 清子（富山市）「変声期」
第7回（平9年）
◇中新田若鮎賞
　井村 愛美（静岡 金谷町）「ろくろ首の食事」
◇中新田あけぼの賞
　熊崎 博一（横浜市）「失ったもの」
◇中新田縄文賞
　該当作なし
第8回（平10年）
◇中新田若鮎賞
　平野 絵里子（仙台市）「アース」
◇落鮎塾あけぼの賞
　牛島 敦子（富山市）「無題」
◇中新田縄文賞
　該当作なし
第9回（平11年）
◇中新田若鮎賞
　恩田 光基（静岡市）「石のつばさ」
◇落鮎塾あけぼの賞
　渡辺 祥子（京都市）「ヒコウキ雲」
◇中新田縄文賞
　宮本 苑生（調布市）「なめくじ」

◇スウェーデン現代詩中新田賞
　エバ・リビッキ（スウェーデン）
第10回（平12年）
◇中新田若鮎賞
　小林 美月（宝塚市）
◇落鮎塾あけぼの賞
　横山 千秋（いわき市）
◇スウェーデン現代詩中新田賞
　リンダ・ボーストレム
第11回（平13年）
◇中新田若鮎賞
　橋立 佳央理（新潟県）「ゆきのようせい」
◇落鮎塾あけぼの賞
　水野 翠（愛知県）「サーカスの魔術師」
◇中新田縄文賞
　該当作なし
◇中新田ロータリー賞
　房内 はるみ（群馬県）「座くりをまわす女」
第12回（平14年）
◇中新田若鮎賞
　大内 みゆ（宮城県）「わたしの家のぴいちゃん」
◇落鮎塾あけぼの賞
　井村 愛美（静岡県）「貝色の電車」
◇中新田縄文賞
　清水 耕一（東京都）「寝ぼけてでんしゃに」
◇中新田ロータリー賞
　本多 陽子（千葉県）「遺跡」
第13回（平15年）
◇加美若鮎賞
　佐藤 悠樹（宮城県）「友達」
◇落鮎塾あけぼの賞
　太宰 ありか（宮城県）「真夏の夜のできごと」
◇加美縄文賞
　房内 はるみ（群馬県）「秋炎」
◇中新田ロータリー賞
　金子 たんま（埼玉県）「三月の川辺」
◇みやぎ少年未来賞
　●宮城県教育長賞
　高野 太郎（宮城県）「水しぶき」
　●河北新報社賞
　平山 桂衣（宮城県）「ゆき」
第14回（平16年度）
◇加美若鮎賞
　藤川 沙良（長崎市）「地球ぎ」

◇落鮎塾あけぼの賞
　築野 恵(東京都)「太郎君」
◇加美縄文賞
　矢野 孝久(長野県高山村)「象の飼い方」
◇加美ロータリー賞
　北川 典子(広島市)「こんぶ干す女(ひと)」
第15回(平17年度)
◇加美若鮎賞
　早坂 美咲(宮城県加美町)「もしもアリだったら」
◇落鮎塾あけぼの賞
　山川 奈々恵(宮城県亘理町)「波」
◇加美縄文賞
　情野 晴一(宮城県加美町)「子供の見る眼」

◇加美ロータリー賞
　安楽 健次(福岡県田川市)「夏は夕方─五才の風」
第16回(平18年度)
◇加美若鮎賞
　工藤 大輝(宮城県加美町)「ランドセルの苦情」
◇落鮎塾あけぼの賞
　文月 悠光(北海道札幌市)「ちっぽけな肉片」
◇加美縄文賞
　白川 松子(東京都)「キリンの涙」
◇加美ロータリー賞
　上野 健夫(新潟県新潟市)「農婦・母」

061 現代詩女流賞

「ミセス」創刊15周年を記念して「現代短歌女流賞」「現代俳句女流賞」とともに昭和51年創設。将来女流詩壇を担うに足ると思われる、中堅女流詩人の詩集を対象とする。第13回(昭和63年)の授賞をもって終了。

【主催者】文化学園文化出版局

第1回(昭51年)
　三井 葉子 「浮舟」〔深夜叢書社〕
第2回(昭52年)
　会田 千衣子 「フェニックス」〔思潮社〕
第3回(昭53年)
　田村 さと子 「イベリアの秋」〔思潮社〕
第4回(昭54年)
　山本 沖子 「朝のいのり」〔文化出版局〕
第5回(昭55年)
　多田 智満子 「蓮喰いびと」〔書肆林檎屋〕
第6回(昭56年)
　太原 千佳子 「物たち」〔詩学社〕
第7回(昭57年)
　藤原 菜穂子 「いま私の岸辺を」〔地球社〕
第8回(昭58年)
　菊池 敏子 「紙の刃」〔紫陽社〕
第9回(昭59年)
　征矢 泰子 「すこしゆっくり」〔思潮社〕
第10回(昭60年)
　新井 千裕 「復活祭のためのレクイエム」〔花神社〕
第11回(昭61年)
　高橋 順子 「花まいらせず」〔書肆山田〕
第12回(昭62年)
　永瀬 清子 「あけがたいくる人よ」〔思潮社〕
第13回(昭63年)
　村瀬 和子 「永見(ひみ)のように」〔知良軒〕

062 現代詩人アンソロジー賞

毎年度発行の「現代詩人アンソロジー」の応募者の作品から、優れたものを表彰する。

062 現代詩人アンソロジー賞　　　　　　　　　　　　　詩

第12回で終了し、「銀河・詩のいえ賞」へと移行した。
- 【主催者】銀河書房
- 【選考委員】東淵修
- 【選考方法】公募
- 【選考基準】〔対象〕詩
- 【締切・発表】「銀河詩手帖」誌上で発表
- 【賞・賞金】楯, 賞状

第1回（平3年）
　◇最優秀
　　槙 さわ子　「夢屋」
　◇優秀
　　大城 鎮基　「初秋空」
　　谷川 真一　「家の中から吹く風」
第2回（平4年）
　◇最優秀
　　谷口 謙　「暖冬」
　◇優秀
　　黒羽 英二　「沖縄最終戦場地獄巡礼行」
　　三角 とおる　「たべる」
第3回（平5年）
　◇最優秀
　　山崎 睦男　「白鯨」
　◇優秀
　　木村 宙平　「堕（おと）された嵐」
第4回（平6年）
　◇最優秀
　　斉藤 ジュン　「'90年」
　◇優秀
　　近藤 摩耶　「回想都市」
　　檜垣 勝則　「作業帽」
　　後 恵子　「ファラオの呪い」
第5回（平7年）
　◇最優秀
　　吉田 博哉　「愛妻」
　◇優秀
　　田中 桜子　「平和よ永遠に」
　　かんなみ やすこ　「日比谷公園」
第6回（平8年）
　◇最優秀
　　三方 克　「ビール」
　◇優秀
　　今宮 信吾　「この場所で」
第7回（平9年）
　◇最優秀
　　近藤 摩耶　「緑地帯曜日」
　◇優秀
　　田井 伸子　「ほんとうのこと いうけど」
　　今西 孝司　「職人暮らし二題」
第8回（平10年）
　◇最優秀
　　下林 昭司　「キャラコの草履」
　◇優秀
　　笹木 一重　「四人姉妹」
　　川下 喜人　「赤とんぼ」
第9回（平11年）
　◇最優秀
　　青柳 悠　「あのときの老犬に」
　◇優秀
　　丸本 明子　「破れ凧」
第10回（平12年）
　◇最優秀
　　笹本 正樹　「ドルフィンの愛」
　◇優秀
　　赤井 良二　「カタカナキャピタリズム」
　　須賀 千鶴子　「八月の小さな旅」
第11回（平13年）
　◇最優秀
　　赤井 良二　「アメリカニッポン」
　◇優秀
　　藤沢 晋　「あいさつ」
第12回（平14年）
　　黒川 明子　「自然が教えてくれる」
　◇優秀
　　外村 文象　「ある別れ」

063 現代詩人賞

詩人・沢野起美子の基金提供の申し出により、中堅以上の詩人の優れた詩集を顕彰することを目的に昭和58年に創設。

【主催者】日本現代詩人会

【選考委員】（第33回）鈴木比佐雄、山田隆昭、高階杞一、中谷順子、丸山由美子、水田宗子、八木幹夫

【選考方法】非公募。全国1000余名の会員投票および選考委員の推薦による

【選考基準】〔対象〕前年の1月1日から12月31日の間に発行され、奥付にその期間の発行年月日を日付とした詩集

【締切・発表】締切は前年末、発表は各新聞、「現代詩人会会報」および当会発行の冊子「現代詩」

【賞・賞金】賞金50万円、および記念品

【URL】http://www.japan-poets-association.com/prize/

第1回（昭58年）
　飯島 耕一 「夜を夢想する小太陽の独言」〔思潮社〕
第2回（昭59年）
　犬塚 堯 「河畔の書」〔思潮社〕
第3回（昭60年）
　清岡 卓行 「初冬の中国で」〔青土社〕
第4回（昭61年）
　原 子朗 「長編詩・石の賦」〔青土社〕
第5回（昭62年）
　新川 和江 「ひきわり麦抄」〔花神社〕
第6回（昭63年）
　高良 留美子 「仮面の声」〔土曜美術社〕
第7回（平1年）
　安西 均 「チェーホフの猟銃」〔花神社〕
第8回（平2年）
　藤原 定 「言葉」〔沖積舎〕
第9回（平3年）
　那珂 太郎 「幽明過客抄」〔思潮社〕
第10回（平4年）
　大木 実 「柴の折戸」〔思潮社〕
第11回（平5年）
　田村 隆一 「ハミングバード」〔青土社〕
　堀場 清子 「首里」〔いしゅたる社〕
第12回（平6年）
　該当者なし
第13回（平7年）
　嵯峨 信之 「小詩無辺」〔詩学社〕
第14回（平8年）
　阿部 弘一 「風景論」〔思潮社〕
第15回（平9年）
　水橋 晋 「大梟を夫にもった曾祖母」〔成巧社〕
第16回（平10年）
　片岡 文雄 「流れる家」〔思潮社〕
第17回（平11年）
　山本 十四尾 「雷道」〔青樹社〕
第18回（平12年）
　岩瀬 正雄 「空」〔須永書房〕
第19回（平13年）
　以倉 紘平 「プシュパブリシュティ」〔湯川書房〕
第20回（平14年）
　粒来 哲蔵 「鳥幻記」〔書肆山田〕
第21回（平15年）
　木村 迪夫 「いろはにほへとちりぬるを」〔書肆山田〕
第22回（平16年）
　時里 二郎 「翅の伝記」〔書肆山田〕
第23回（平17年）
　平林 敏彦 「舟歌」〔思潮社〕
第24回（平18年）
　藤井 貞和 「神の子犬」〔書肆山田〕
第25回（平19年）

064 現代詩新人賞

小長谷 清実 「わが友、泥ん人」〔書肆山田〕
第26回（平20年）
小柳 玲子 「夜の小さな標（しるべ）」〔花神社〕
第27回（平21年）
辻井 喬 「自伝詩のためのエスキース」
第28回（平22年）
高橋 睦郎 「永遠まで」
第29回（平23年）

高垣 憲正 「春の謎」
第30回（平24年）
杉山 平一 「希望」〔編集工房ノア〕
第31回（平25年）
池井 昌樹 「明星」〔思潮社〕
第32回（平26年）
甲田 四郎 「送信」
第33回（平27年）
八木 忠栄 「雪、おんおん」〔思潮社〕

---

064 現代詩新人賞

「現代詩手帖」創刊25周年を記念して制定され、昭和57年に第1回を行った。その後、平成18年に思潮社創立50周年を記念して、募集・授賞をした。

【主催者】 思潮社
【選考委員】 吉増剛造、稲川方人、平田俊子、野村喜和夫、城戸朱理
【選考方法】 公募
【締切・発表】 「現代詩手帖」平成18年11月号にて発表
【賞・賞金】 正賞：記念品、副賞：30万円

（昭57年）
　平田 俊子 「鼻茸について」他5編
（平成18年）
◇詩部門
　中尾 太一 「ファルコン、君と二人で写った写真を僕は今日もってきた」
● 奨励賞
　山﨑 高裕 「HOMEANDHOMEWORK」
　森 悠紀 「汀の、後に来る街」

　薄井 灌 「鶺鴒一册」
　藤井 五月 「0の子宮」他
◇評論部門
　該当者なし
● 奨励賞
　佐原 怜 「大手拓次論―詩の根源と『幽霊的』な詩について」
　森 悠紀 「ポップ（ル）2006―来るべき民衆詩」

---

065 現代詩手帖賞

昭和35年創設、「現代詩手帖」の毎月の新人作品欄に掲載された作品を対象に、1年間でもっとも活躍した新人に与える。

【主催者】 思潮社
【選考方法】 公募
【選考基準】 〔対象〕詩、または評論。〔資格〕自作未発表の作品。〔原稿〕400字詰原稿用紙に縦書きで記入するか、20字詰でプリントする。枚数および作品数の制限はない
【締切・発表】 新人欄の締切は毎月20日で、翌々月の「現代詩手帖」新人作品欄に選評と

ともに掲載される。現代詩手帖賞は毎年3月20日で締切、1年間の入選作を対象に決定される。入選発表は「現代詩手帖」5月号

【賞・賞金】賞金10万円

【URL】http://www.shichosha.co.jp/

第1回（昭35年）
　生米 高
第2回（昭36年）
　栗原 まさ子
第3回（昭37年）
　山本 哲也
　矢崎 義人
第4回（昭38年）
　長谷 康雄
第5回（昭39年）
　沖浦 京子
第6回（昭40年）
　該当者なし
第7回（昭41年）
　清水 昶
第8回（昭42年）
　金井 美恵子
第9回（昭43年）
　福田 薬師
第10回（昭44年）
　山口 哲夫
　帷子 耀
第11回（昭45年）
　該当者なし
第12回（昭48年）
　宮園 マキ
第13回（昭49年）
　青木 はるみ
第14回（昭51年）
　まき まさみ
　谷内 修三
第15回（昭52年）
　沢 孝子
　田辺 美砂
第16回（昭53年）
　斎藤 真智子
　伊藤 比呂美
第17回（昭54年）
　倉田 比羽子

第18回（昭55年）
　白石 公子
第19回（昭56年）
　牧村 則村
第20回（昭57年）
　糸井 茂莉
第21回（昭58年）
　岸野 昭彦
第22回（昭59年）
　筏丸 けいこ
　山本 英子
第23回（昭60年）
　河津 聖恵
　千島 数子
第24回（昭61年）
　鈴木 智則
　飯島 詭理
第25回（昭62年）
　中村 ひろ美
第26回（昭63年）
　長谷部 奈美江
　関口 涼子
第27回（平1年）
　田中 久雄
　高岡 淳四
第28回（平2年）
　該当者なし
第29回（平3年）
　杉本 優子
　三浦 優子
第30回（平4年）
　高橋 美弥子
第31回（平5年）
　石井 孝幸
　清村 霧子
第32回（平6年）
　福田 拓也
第33回（平7年）
　柏木 麻里

第34回（平8年）
　加藤 律子
第35回（平9年）
　飯田 伸一
第36回（平10年）
　本間 淳子
第37回（平11年）
　石田 瑞穂
　小笠原 鳥類
第38回（平12年）
　桑折 浄一
　駒ケ嶺 朋乎
第39回（平13年）
　峠谷 光博
第40回（平14年）
　杉本 真維子
　藤原 安紀子
第41回（平15年）
　小池田 薫
　水無田 気流
第42回（平16年）
　三角 みづ紀
第43回（平17年）
　廿楽 順治
　永澤 康太
第44回（平18年）
　最果 タヒ
　望月 遊馬
第45回（平19年）
　佐藤 雄一
第46回（平20年）
　文月 悠光
　奥津 ゆかり
第47回（平21年）
　白鳥 央堂
　高村 而葉
第48回（平22年）
　岩尾 忍
　暁方 ミセイ
第49回（平23年）
　榎本 櫻湖
　ブリングル
第50回（平24年）
　依田 冬派
第51回（平25年）
　森本 孝徳
第52回（平26年）
　岡本 啓
第53回（平27年）
　板垣 憲司
　野崎 有以

066 現代詩花椿賞

美を伝える言葉の力をも高めたいという思いから昭和58年に創設された。

【主催者】 資生堂
【選考委員】 4人の選考委員のうち1年に1人ずつ交替する。任期4年
【選考方法】 各選考委員が推薦し、討議により決定
【選考基準】 〔対象〕年度内（前年9月1日〜当年8月31日）に刊行された詩集
【締切・発表】 9月中旬選考会、11月下旬贈賞式
【賞・賞金】 賞状、正賞（特製香水入れ）、賞金100万円
【URL】 http://www.shiseido.co.jp/corp/culture/gendaishi/

第1回（昭58年）
　安西 均　「暗喩の夏」〔牧羊社〕
第2回（昭59年）
　吉増 剛造　「オシリス、石ノ神」〔思潮社〕
第3回（昭60年）
　谷川 俊太郎　「よしなしうた」〔青土社〕
第4回（昭61年）

嵯峨 信之 「土地の名―人間の名」〔詩学社〕
第5回(昭62年)
　木坂 涼 「ツッツッと」〔詩学社〕
第6回(昭63年)
　安藤 元雄 「夜の音」〔書肆山田〕
第7回(平1年)
　大岡 信 「故郷の水へのメッセージ」〔花神社〕
第8回(平2年)
　高橋 順子 「幸福な葉っぱ」〔書肆山田〕
第9回(平3年)
　稲川 万人 「2000光年のコノテーション」〔思潮社〕
第10回(平4年)
　財部 鳥子 「中庭幻灯片」〔思潮社〕
第11回(平5年)
　高橋 睦郎 「旅の絵」〔書肆山田〕
第12回(平6年)
　入沢 康夫 「漂ふ舟」〔思潮社〕
第13回(平7年)
　八木 幹夫 「野菜畑のソクラテス」〔ふらんす堂〕
第14回(平8年)
　辻 征夫 「俳諧辻詩集」〔思潮社〕
第15回(平9年)
　小池 昌代 「永遠に来ないバス」〔思潮社〕
第16回(平10年)
　多田 智満子 「川のほとりに」〔書肆山田〕
第17回(平11年)
　池井 昌樹 「月下の一群」〔思潮社〕
第18回(平12年)
　山崎 るり子 「だいどころ」〔思潮社〕
第19回(平13年)
　高貝 弘也 「再生する光」〔思潮社〕
第20回(平14年)
　清岡 卓行 「一瞬」〔思潮社〕
第21回(平15年)
　野村 喜和男 「ニューインスピレーション」〔書肆山田〕
第22回(平16年)
　八木 忠栄 「雲の縁側」〔思潮社〕
第23回(平17年)
　藤井 貞和 「神の子犬」〔書肆山田〕
第24回(平18年)
　辻井 喬 「鷲がいて」〔思潮社〕
第25回(平19年)
　新川 和江 「記憶する水」〔思潮社〕
第26回(平20年)
　奥田 春美 「かめれおんの時間」〔思潮社〕
第27回(平21年)
　岩成 達也 「みどり、その日々を過ぎて。」
第28回(平22年)
　有働 薫 「幻影の足」
第29回(平23年)
　季村 敏夫 「ノミトビヒヨシマルの独言」
第30回(平24年)
　城戸 朱理 「漂流物」
第31回(平25年)
　藤原 安紀子 「アナザ ミミクリ」
第32回(平26年)
　石牟礼 道子 「祖さまの草の邑」

067 現代少年詩集秀作賞

　主催者・芸風書院解散のため、平成2年第7回で終了した「現代少年詩集新人賞」を引きつぐ形で、3年創設。4年第2回をもって賞は終了。年刊アンソロジー「現代少年詩集」は教育出版センター内銀の鈴社で引き続き刊行されている。

【主催者】教育出版センター
【選考委員】清水たみ子、秋原秀夫、重清良吉、高木あきこ
【選考方法】非公募
【選考基準】〔対象〕年刊アンソロジー詩集「現代少年詩集」の掲載作
【締切・発表】9〜10月頃発表

【賞・賞金】賞金総額10万円

第1回（平3年）
　北村 蔦子　「息子」
　西川 夏代　「シーソーゲーム」
　池田 夏子　「にいちゃんの木」
　はたち よしこ　「ねこ」
　中尾 安一　「灯」

第2回（平4年）
　白根 厚子　「電話からの花束」
　高瀬 美代子　「仲直り」
　はやし あい　「たのしかった一日」
　小林 雅子　「電車ウサギ」
　高橋 忠治　「しゃくりしゃっくり」

068 現代少年詩集賞

少年詩の質的向上のため昭和63年に創設された。平成2年芸風書院が解散し、第3回をもって終了。

【主催者】芸風書院
【選考委員】清水たみ子，羽曽部忠，秋原秀夫，重清良吉，高木あきこ
【選考方法】非公募
【選考基準】〔対象〕年刊アンソロジー「現代少年詩集」の中から最も優れたものを選出する
【締切・発表】例年9月10月頃発表
【賞・賞金】賞金10万円

第1回（昭63年）
　該当者なし
第2回（平1年）
　小松 静江　「さみしい桃太郎」
第3回（平2年）
　木村 信子　「てがみって てのかみさま」

069 現代少年詩集新人賞

少年詩の質的向上のために昭和59年創設された。芸風書院が解散したため，平成2年第7回で終了。3年からは教育出版センター主催の「現代少年詩集秀作賞」として，新たに行われるようになった。

【主催者】芸風書院
【選考委員】清水たみ子，羽曽部忠，秋原秀夫，重清良吉，高木あきこ
【選考方法】非公募
【選考基準】〔対象〕年刊アンソロジー「現代少年詩集」掲載作品より選出
【締切・発表】毎年10月頃発表
【賞・賞金】新人賞5万円，奨励賞記念品

第1回（昭59年）
　はたち よしこ 「もやし」
◇奨励賞
　高崎 乃理子 「太古のばんさん会」
　北藤 徹 「メルヘン洋菓子秋田駅前支店」
第2回（昭60年）
　白根 厚子 「ちょうちんあんこう」
◇奨励賞
　はやし あい 「柿の木の下に」
　檜 きみこ 「ごめんなさい」
　金森 三千雄 「あの日」
第3回（昭61年）
　坂本 京子 「虹」
◇奨励賞
　柏木 恵美子 「花のなかの先生」
　鈴木 美智子 「あしおと」
第4回（昭62年）
　富田 栄子 「おじいちゃんの眼」
◇奨励賞
　菅原 優子 「桃の木の冬」
　西川 夏代 「卒業式の日」
　菊永 謙 「台風」
第5回（昭63年）
　たかはし けいこ 「参観日」
◇奨励賞
　仲埜 ひろ 「雑草」
　小関 秀夫 「秋穂積」
第6回（平1年）
　小泉 周二 「犬」
◇奨励賞
　藤井 則行 「友へ」
　清水 恒 「かなぶん」
第7回（平2年）
　檜 きみこ 「指さし」
◇奨励賞
　岡安 信幸 「山男になった日」
　間中 ケイ子 「かさぶた」

---

070 恋の五行歌賞

　口語で自由に書ける新しい短詩型、五行歌の普及、優れた五行歌人の発掘のために創設。

【主催者】市井社, 五行歌の会

【選考委員】（第5回）草壁焰太、高樹郷子、紫野恵、蛇夢、三好叙子

【選考方法】公募

【選考基準】〔対象〕未発表の五行歌。一行は一息で読める長さ。洗練された完成度も望まれる。〔資格〕不問、応募点数制限なし

【締切・発表】（第5回）平成16年10月31日締切（当日消印有効）。月刊『五行歌』2月号にて発表

【賞・賞金】大賞（1点）：5万円、準大賞（2点）：3万円、秀作（10点）：1万円

第1回（平9年）
◇最優秀
　栄 よみを
第2回（平10年）
◇最優秀
　椎名 みなみ
第3回（平13年）
◇最優秀
　高樹 郷子
◇秀作
　上野 万紗子
　橋本 智美
第4回（平16年）
◇最優秀
　桜井 匠馬
◇準大賞
　海の 空こ
　佐藤 正子
◇秀作

071 恋人の日 五行歌

　　遊子
　　神島 宏子
　　稲本 英
　　南野 薔子
◇H賞
　　上野 万紗子
　　いぶやん
　　山尾 素子
第5回（平17年）
　◇大賞
　　浅田 佳代美
　◇準大賞
　　南野 薔子

　　秋山 さえみ
　◇秀作
　　小鳥遊 優
　　加藤 愛己
　　雅 流慕
　　栗田 みゆき
　　佐藤 由理香
　　岡本 育子
　　塚田 三郎
　　松倉 敏子
　　ともこ
　　足立 拓也

071 恋人の日 五行歌

　　口語で自由に書ける新しい短詩型、五行歌の普及、優れた五行歌人の発掘のために創設。毎年6月12日の「恋人の日」に向け、恋人への思いを詠む。平成21年以降休止。

【主催者】全国額縁組合連合会, 五行歌の会（後援）

【選考委員】草壁焰太

【選考方法】公募

【選考基準】〔対象〕未発表の五行歌。一行は一息で読める長さ。洗練された完成度も望まれる。〔資格〕不問、応募点数制限なし

【賞・賞金】賞品：額縁, 味の素製品, AGF製品, ロイズ製品

【URL】http://dp43031982.lolipop.jp/

平成18年
　◇AGFフローラル・香り大賞
　　なないろ
　◇ロイズ ナモラード・味わい大賞
　　梵鐘
　◇富士フイルム スウィートメモリー・思い出大賞
　　川原 ゆう
平成19年
　◇AGFフローラル・香り大賞
　　鈴野 鳴道
　◇ロイズ ナモラード・味わい大賞
　　花戸 みき
　◇富士フイルム スウィートメモリー・思い出大賞
　　杏
平成20年
　◇AGF大賞
　　木村 円
　◇ラーソンジュール・ニッポン（株）大賞
　　多和良 悦子
　◇全国額縁組合連合会大賞
　　前 しおん

072 五行歌花かご文芸賞

"普段の言葉で字数にこだわらず、五行で書く新形式の詩歌・五行歌を一般に広く普及させることを目的に創設。平成11年、「五行歌大賞」として開始され、第9回よりさらに企画を充実させるとともに名称を「五行歌花かご文芸賞」に変更。当初の目的を達したとの判断から、第15回（平成21年）の公募をもって休止とした。

【主催者】（株）彩雲出版
【選考委員】（第15回）草壁焔太, 仲本有花
【選考方法】公募
【賞・賞金】大賞：賞金5万円、佳作：賞金1万円
【URL】http://www.saiun.jp

第1回（平11年）
　出島 恵美（静岡市）
第2回（平11年）
　松尾 文恵（四日市市）
第3回（平12年）
　中山 光一（福岡市）
第4回（平12年）
　白井 淑子（舞鶴市）
第5回（平13年）
　山本 淑子（新城市）
第6回（平13年）
　伊波 伊久子（那覇市）
第7回（平14年）
　下川 愛子（筑後市）
第8回（平14年）
　石田 宰（市川市）
第9回（平15年）
　森内 奈穂子（札幌市）
第10回（平16年）
　◇大賞
　　水辺 灯子
　◇特別賞
　　八木田 順峰
　◇佳作
　　名塚 多香子
　　渡部 静香
　　谷 流水
　　井上 しのぶ
　　大西 立笑
第11回（平17年）
　◇大賞
　　いぶやん
　◇佳作
　　宮代 健
　　小野 正恵
　　勝部 薫
　　渡部 静香
　　加藤 哲夫
第12回（平18年）
　◇大賞
　　藤原 惠子
　◇佳作
　　中山 純花
　　冨田 祐理香
　　嵐太
　　光城 健悦
　　藤田 悠一郎
第13回（平19年）
　◇大賞
　　井上 しのぶ
　◇佳作
　　神川 知子
　　田中 久子
　　叶 静游
　　名塚 多香子
　　望月 浩子
第14回（平20年）
　◇大賞
　　後藤 栄里子（東京都）
　◇佳作
　　勝部 薫（宮城県）

八木田 順峰（青森県）
中村 静江（埼玉県）
嵐太（長野県）
瓦家 克巳（兵庫県）
第15回（平21年）
◇大賞
　後藤 栄里子

◇佳作
　野上 卓
　平賀 陸太
　坂内 敦子
　ジェイムス
　本田 しおん

073 国際詩人会議記念賞

昭和55年11月東京で開催された「'80地球の詩祭」と、「国際詩人会議」を記念して、作品を一般から公募した。

【賞・賞金】賞金5万円

（昭55年）
　栗田 久夫　「カイバル峠往還」

内藤 保幸　「夏時刻」

074 酒折連歌賞

山梨県甲府市にある酒折宮が連歌発祥の地とされていることにちなみ、多くの人が連歌に興味・関心と創作意欲をもち、現在は衰微している連歌をよみがえらせ普及させて、文学の振興、文化の創造に資するために、平成10年に創設した。

【主催者】山梨学院大学、酒折連歌賞実行委員会

【選考委員】（第17回）宇多喜代子、三枝昂之、井上康明、もりまりこ、辻村深月

【選考方法】公募

【選考基準】主催者が5・7・7の「問いの片歌」4句（10回、15回の記念大会は5句）を提示する。その中から応募者が1～4句を選び、5・7・7の答えの片歌をつくって応募する。なお、提示された問いの片歌4句すべてに応募しても差し支えない。また、応募句数に制限はない。応募資格は不問

【締切・発表】締切9月30日、結果発表2月1日（記念大会を除く）

【賞・賞金】文部科学大臣賞（大賞受賞者）、山梨県知事賞、山梨県教育委員会教育長賞、甲府市長賞、入選、奨励賞、特別賞（高校生以下）、山梨県教育委員会教育委員長賞（アルテア賞最優秀受賞者）、アルテア賞 アルテア賞は斬新で若々しく、将来楽しみな才能を見出すことを狙いとしている

【URL】http://www.sakaorirenga.gr.jp/

第1回（平12年）
◇大賞
　松浜 夢香（北海道）

◇佳作
　山本 栄子（山梨県）
　寺田 冴夕水（神奈川県）

高野 英子（アメリカ）
◇入選
　山本 とし子（山梨県）
　金子 信吉（山梨県）
　茨木 早苗（京都府）
　中村 仁美（東京都）
　岩井 未希（山梨県）
　天野 翔（神奈川県）
　天辰 芳徳（石川県）
第2回（平13年）
◇大賞
　竹内 睦夫（長野県）
◇佳作
　松浜 夢香（北海道）
　内藤 麻衣子（山梨県）
　伊藤 紘美（愛知県）
◇アルテア賞最優秀
　馬場 ダイ（東京都）
◇アルテア賞
　仲村 涼子（沖縄県）
　林 勇男（熊本県）
　斉藤 亜希子（山梨県）
　畑田 脩（山梨県）
　六路木 里司（兵庫県）
　深澤 英司（山梨県）
　高山 千暁（山梨県）
　矢野 莉亜（奈良県）
　笠井 佑起（山梨県）
◇入選
　河田 政雄（島根県）
　西村 嘉彦（福岡県）
　土田 宏美（愛知県）
　木下 千聡（秋田県）
　青 陽子（愛知県）
　竹内 睦夫（長野県）
　加藤 親夫（埼玉県）
　本木 和彦（茨城県）
　堀口 富男（茨城県）
　原 陽子（島根県）
第3回（平14年）
◇大賞
　井須 はるよ（大阪府）
◇佳作
　藤 なおみ（神奈川県）
　宮坂 翔子（山梨県）
　取兜 甲児（石川県）

◇アルテア賞最優秀
　萩原 朝子（静岡県）
◇アルテア賞
　キヌコ・エガース（デンマーク）
　成田 實（青森県）
　宮川 治佳（福井県）
　宮坂 翔子（山梨県）
　山口 尚哉（北海道）
　望月 佐也佳（山梨県）
　西永 耕（山梨県）
　水井 秀雄（千葉県）
　鈴木 敏充（埼玉県）
◇入選
　丸茂 春菜（山梨県）
　木村 美香（東京都）
　小林 友香（山梨県）
　加藤 順子（山梨県）
　早川 真由（山梨県）
　滝瀬 麻希（山梨県）
　堀内 澄子（山梨県）
　川瀬 伊津子（埼玉県）
　田中 正俊（群馬県）
　山下 奈美（静岡県）
第4回（平15年）
◇大賞
　山下 奈美（静岡県）
◇佳作
　斉藤 まち子（千葉県）
　河西 京祐（山梨県）
　須永 由紀子（神奈川県）
◇アルテア賞最優秀
　森田 優子（鹿児島県）
◇アルテア賞
　東 香奈（和歌山県）
　久保田 俊介（山梨県）
　佐藤 秀貴（山梨県）
　大塚 美都（山梨家）
　正實 愛子（福岡県）
　小野 由美子（茨城県）
　杉村 幸雄（鹿児島県）
　佐藤 章子（山梨県）
　松崎 加代（福岡県）
◇入選
　萩原 朝子（静岡県）
　茶郷 葉子（東京都）
　正實 愛子（福岡県）

矢野 千恵子（千葉県）
羽生 朝子（茨城県）
多田 有花（兵庫県）
安井 華奈子（山梨県）
矢吹 泰子（栃木県）
福田 正彦（神奈川県）
川口 一朗（東京都）

第5回（平16年）
　◇大賞
　　高橋 雄三（福島県）
　◇佳作
　　中野 千秋（群馬県）
　　山本 四雄（大阪府）
　　松井 更（神奈川県）
　◇アルテア賞最優秀
　　佐藤 彩香（山梨県）
　◇アルテア賞
　　渡辺 真樹子（山梨県）
　　横山 麻里子（富山県）
　　橘立 英樹（新潟県）
　　村上 智香（神奈川県）
　　伊藤 小百合（神奈川県）
　　山本 弥祐（福岡県）
　　青山 英梨香（山梨県）
　　久木元 絵理（東京都）
　　富川 正輝（東京都）

第6回（平17年）
　◇大賞
　　遼川 るか（P.N.）（神奈川県）
　◇佳作
　　宮川 治佳（福井県）
　　室井 睦美（山梨県）
　　松林 新一（山梨県）
　◇アルテア賞最優秀
　　名取 隼希（山梨県）
　◇アルテア賞
　　原田 渚（神奈川県）
　　蜂谷 惇起（岡山県）
　　天川 央士（鹿児島県）
　　岡部 佑妃子（山梨県）
　　佐藤 紗也佳（北海道）
　　吉田 奈未（静岡県）
　　浅利 奈穂（山梨県）
　　梶原 由加里（山梨県）
　　根本 若奈（神奈川県）

第7回（平18年）
　◇大賞・文部科学大臣賞
　　藤沢 美由紀（埼玉県）
　◇佳作
　　今井 洋子（広島県）
　　坂内 敦子（福島県）
　　水谷 あづさ（奈良県）
　◇アルテア賞最優秀
　　加藤 龍哉（山梨県）
　◇アルテア賞
　　鈴木 敬太（静岡県）
　　渡邉 ひとみ（大分県）
　　桜庭 芙美佳（千葉県）
　　藤木 春華（千葉県）
　　羽田 麻美（千葉県）
　　斎藤 友紀子（山梨県）
　　大塚 幸絵（秋田県）
　　今泉 静香（群馬県）
　　酒井 菜穂子（大阪府）

第8回（平19年）
　◇大賞・文部科学大臣奨励賞
　　島津 あいり（愛知県）
　◇佳作
　　仁平井 麻衣（東京都）
　　平井 玲子（山梨県）
　　大原 薫（神奈川県）
　◇アルテア賞最優秀
　　前田 三菜津（京都府）
　◇アルテア賞
　　加藤 理花（福井県）
　　海野 千秋（茨城県）
　　白石 温子（北海道）
　　桐谷 聖香（大阪府）
　　小島 みすず（東京都）
　　志賀 秋花（東京都）
　　飯田 麻依（東京都）
　　伊部 隆太（福井県）
　　イズミタ ハルカ（東京都）

第9回（平20年）
　◇大賞・文部科学大臣奨励賞
　　村上 京子（東京都）
　◇佳作
　　小林 未紅（静岡県）
　　津島 綾子（山梨県）
　　金本 かず子（山梨県）
　◇アルテア賞最優秀
　　藤原 拓磨（静岡県）

◇アルテア賞
　漆原 成美(山梨県)
　初芝 彩(東京都)
　田邉 真利絵(東京都)
　深澤 建己(山梨県)
　松野 友香(京都府)
　白川 有理沙(山梨県)
　窪田 あゆみ(福井県)
　森本 津弓(山梨県)
　石戸谷 祐希(青森県)
第10回(平20年)
◇大賞・文部科学大臣賞
　大江 豊(愛知県)
◇佳作
　弓野 広貴(千葉県)
　堀江 真純(東京都)
　玉利 明子(山梨県)
◇アルテア賞最優秀
　石橋 沙也佳(兵庫県)
第11回(平21年)
◇大賞・文部科学大臣賞
　佐藤 八重子(山梨県)
◇佳作
　遠山 久美子(山梨県)
　大和田 百合子(千葉県)
　藤倉 清光(岩手県)
◇アルテア賞最優秀
　石川 直樹(東京都)
第12回(平22年)
◇大賞・文部科学大臣賞
　谷口 ありさ(神奈川県)
◇山梨県知事賞
　小笠原 久枝(東京都)
◇山梨県教育委員会教育長賞
　逢坂 久美子(青森県)
◇甲府市長賞
　金巻 未来(山梨県)
◇アルテア賞最優秀
　佐藤 寛乃(宮城県)
第13回(平23年)
◇大賞・文部科学大臣賞
　宍戸 あけみ(宮城県)
◇山梨県知事賞

　松本 一美(東京都)
◇山梨県教育委員会教育長賞
　石川 明(北海道)
◇甲府市長賞
　仲川 暁実(埼玉県)
◇アルテア賞最優秀・山梨県教育委員会教育
　委員長賞
　梶山 未来(茨城県)
第14回(平24年)
◇大賞・文部科学大臣賞
　水谷 あづさ(奈良県)
◇山梨県知事賞
　坂内 敦子(福島県)
◇山梨県教育委員会教育長賞
　永松 果林(山梨県)
◇甲府市長賞
　朝山 ひでこ(神奈川県)
◇アルテア賞最優秀・山梨県教育委員会教育
　委員長賞
　渡辺 雄大(東京都)
第15回(平25年)
◇大賞・文部科学大臣賞
　大原 健三(東京都)
◇山梨県知事賞
　山本 町子(兵庫県)
◇山梨県教育委員会教育長賞
　水野 真由美(神奈川県)
◇甲府市長賞
　勝俣 麗奈(山梨県)
◇アルテア賞最優秀・山梨県教育委員会教育
　委員長賞
　風間 彩花(埼玉県)
第16回(平26年)
◇大賞・文部科学大臣賞
　渋谷 史恵(宮城県)
◇山梨県知事賞
　三枝 新(山梨県)
◇山梨県教育委員会教育長賞
　山本 高聖(山梨県)
◇甲府市長賞
　永澤 優岸(神奈川県)
◇アルテア賞大賞・文部科学大臣賞
　安藤 智貴(山梨県)

075 時間賞

昭和28年に第2次「時間」創刊を機に創設、ネオ・リアリズムの実践作品を質的に向上させるため「時間」誌上に発表された作品の中から選んだ。昭和34年1月で中止。

【主催者】時間社

【選考委員】（第1回）村野四郎, 深尾須磨子, 大江満雄, 安藤一郎, 北川冬彦

第1回（昭29年）
◇作品賞
　鵜沢 覚 「ガラス, 砂」他
　町田 志津子
◇評論賞
　沢村 光博

第2回（昭30年）
◇作品賞
　大河原 巌 「牛の連作」
◇評論賞
　江頭 彦造
　桜井 勝美

第3回（昭31年）
◇作品賞
　沢村 光博 「世界のどこかで天使がなく」
　芳賀 章内 「絆, ベッド」他
◇評論賞
　該当作なし

第4回（昭32年）
◇作品賞
　藤富 保男 「題名のない詩」
◇評論賞
　大河原 巌 「詩人の戦争責任についての意見」
◇新人賞（1位）
　西原 邦子 「硝子の上の日々」他
◇新人賞（2位）
　鎗田 清太郎 「氷雨の日々」他
◇新人賞（3位）
　喜谷 繁暉 「仏陀」他

第5回（昭33年）
　盛合 要道 「寒い部屋, 静かな天地」他
◇新人賞
　菊田 守 「啄木鳥」
　逆瀬川 とみ子 「蛾」
　零石 尚子 「ある恐怖」

076 詩人会議新人賞

広く全国的な規模での新人の才能発掘を意図し, かつ自由で民主的な詩運動を発展させるために, 昭和42年詩人会議により創設された賞である。

【主催者】詩人会議

【選考方法】公募

【選考基準】詩部門：1人1編, 400字4枚以内, テーマ自由。評論部門：1人1編, 400字30枚以内, 詩に関するもの

【締切・発表】1月10日締切,「詩人会議」5月号にて発表

【賞・賞金】入選：各1名に賞金5万円・記念品・表彰状, ジュニア賞・佳作入選は2万円・表彰状

【URL】http://www.ne.jp/asahi/hiroba/shijin-kaigi/

第1回（昭42年）
　　織田 三乗　「中ぶる自転車」
第2回（昭43年）
　　該当作なし
第3回（昭44年）
　　平石 佳弘　「廃しつ病床の愛の歌」
第4回（昭45年）
　　沢田 敏子　「坂をのぼる女の話」
第5回（昭46年）
　　該当作なし
第6回（昭47年）
　　枕木 一平　「夜へ」
　　辛 鐘生　「パンチョッパリのうた」
第7回（昭48年）
　　該当作なし
第8回（昭49年）
　　うちだ 優　「同居」
第9回（昭50年）
　　上野 邦彦　「虜囚」
第10回（昭51年）
　◇詩部門
　　該当作なし
　◇評論部門
　　上手 宰　「初期『荒地』の思想について」
第11回（昭52年）
　◇詩部門
　　郷 武夫　「背広の坑夫」他2編詩人会議五
　　月号
第12回（昭53年）
　　坂口 直美　「月経」詩人会議五月号
第13回（昭54年）
　　該当作なし
第14回（昭55年）
　　柴田 三吉　「登攀」
第15回（昭56年）
　　該当作なし
第16回（昭57年）
　◇詩部門
　　草野 信子　「旧国道にて」
　◇評論部門
　　該当作なし
第17回（昭58年）
　◇詩部門
　　田口 映　「夕暮れ」
　◇評論部門
　　石原 靖　「金子光晴の戦時期―桜本冨雄論
　　への一考察」
第18回（昭59年）
　◇詩部門
　　該当作なし
　◇評論部門
　　該当作なし
第19回（昭60年）
　◇詩部門
　　藤森 光男　「板窓」
　◇評論部門
　　該当作なし
第20回（昭61年）
　◇詩部門
　　該当作なし
　◇評論部門
　　該当作なし
第21回（昭62年）
　◇詩部門
　　草間 真一　「僕らの足」
　◇評論部門
　　該当作なし
第22回（昭63年）
　◇詩部門
　　垣花 恵子　「予感」
　◇評論部門
　　該当作なし
第23回（平1年）
　◇詩部門
　　北村 真　「風食」
　◇評論部門
　　該当作なし
第24回（平2年）
　◇詩部門
　　宮沢 一　「寝台列車」
　◇評論部門
　　該当作なし
第25回（平3年）
　◇詩部門
　　該当作なし
　◇評論部門
　　該当作なし
第26回（平4年）
　◇詩部門
　　該当作なし
　◇評論部門

該当作なし
第27回（平5年）
　◇詩部門
　　該当作なし
　◇評論部門
　　該当作なし
第28回（平6年）
　◇詩部門
　　米沢　寿浩
　◇評論部門
　　該当作なし
第29回（平7年）
　◇詩部門
　　山下　わたる
　◇評論部門
　　該当作なし
第30回（平8年）
　◇詩部門
　　丸山　乃里子　「葦」
　◇評論部門
　　該当作なし
第31回（平9年）
　◇詩部門
　　市川　賢司　「シベリア・午後・十時」
　◇評論部門
　　該当作なし
第32回（平10年）
　◇詩部門
　　繭　かなり　「階段の途中で」
　◇評論部門
　　高村　昌憲　「現代詩の社会性―アラン再考」
第33回（平11年）
　◇詩部門
　　柳瀬　和美　「終章」
　◇評論部門
　　該当作なし
第34回（平12年）
　◇詩部門
　　高鶴　礼子　「セミパラチンスクの少年」
　◇評論部門
　　該当作なし
第35回（平13年）
　◇詩部門
　　明本　美貴　「明小華」
　◇評論部門
　　ゆきゆき亭　こやん　「日本語と押韻」

第36回（平14年）
　◇詩部門
　　宇宿　一成　「若い看護婦の肖像」
　◇評論部門
　　該当作なし
第37回（平15年）
　◇詩部門
　　木目　夏　「植民地的息」
　◇評論部門
　　宮下　隆二　「詩人・河上肇」
第38回（平16年）
　◇詩部門
　　美和　澪　「つづれさせ　こおろぎ」
　●佳作
　　高井　俊宏　「父」
　　山田　よう　「虚構の中へ」
　　廣中　奈美　「ミラーハウス」
　◇評論部門
　　該当作なし
第39回（平17年）
　◇詩部門
　　浅田　杏子　「蟹」
　●佳作
　　橘　上　「屋上」
　　長崎　太郎　「風呂屋」
　◇評論部門
　　該当作なし
第40回（平18年）
　◇詩部門
　　おぎ　ぜんた　「ノー！」
　●佳作
　　今岡　貴江　「てのひら」
　　坪井　大紀　「エントリーシート」
　◇評論部門
　　該当作なし
第41回（平19年）
　◇詩部門
　　加藤　万知　「サカナ」
　●佳作
　　葛原　りょう　「鉱石」
　　りょう　城　「体」
　　森　美沙　「急に放り出された気分やわ」
　◇評論部門
　　該当作なし
第42回（平20年）
　◇詩部門

鮮 一孝 「竹の声を聴く」
● 佳作
　玄原 冬子 「こんぺいとう」
　青木 美保子 「母の繭」
◇評論部門
　小野 絵里華 「詩にみる〈日本身体〉の変容──萩原朔太郎を中心に」

第43回（平21年）
◇詩部門
　高 典子 「献水」
● 佳作
　石田 美穂 「自由帳」
　岩崎 明 「一本のピン」
◇評論部門
　該当作なし

第44回（平22年）
◇詩部門
　佐藤 誠二 「島においでよ」
● 佳作
　大江 豊 「おめん売り」
　中村 花木 「変色する流域」
　平野 加代子 「そうなるよりは」
◇評論部門
　該当作なし
● 佳作
　前川 幸士 「マヤコフスキーの詩」

第45回（平23年）
◇詩部門
　末永 逸 「とおいまひる」
● 佳作
　水月 りら 「エジソンのシンバル」
　倉原 ヒロ 「肉塊」
　福島 雄一郎 「石」
◇評論部門
　田中 茂二郎 「有馬敲 ことばの穴を掘りつづける」
● 佳作
　宮下 誠 「上政治の青春──ある農民詩人の虚と実」

第46回（平24年）
◇詩部門
　島田 奈都子 「むら」
● 佳作
　紫 水菜 「夏」
　井上 尚美 「水の村 沈む目」
　草野 理恵子 「湖の凍らない場所」
◇評論部門
　該当作なし

第47回（平25年）
◇詩部門
　白石 小瓶 「見とどける者」
● 佳作
　川島 睦子 「骨と灰」
　佐藤 康二 「三月の火」
◇評論部門
　該当作なし
● 佳作
　前川 幸士 「終りと始まり」

第48回（平26年）
◇詩部門
　赤羽 浩美 「中川村図書館にて」
● 佳作
　うえじょう 晶 「記憶の切り岸」
　高嶋 英夫 「白い馬がいる川のほとりで」
◇評論部門
　該当作なし

第49回（平27年）
◇詩部門
　大西 はな 「深夜警備の夫を待つと」
● 佳作
　淡波 悟 「確認のダイアローグ」
　秋野 かよ子 「風のおはなし」
◇評論部門
　該当作なし
● 佳作
　小川 南美 「余白が訴える響き──「こだまでしょうか」」

---

077 詩人懇話会賞

詩人懇話会が昭和14年に創設した賞で，特に若い世代の優秀な詩人を賞するためのもの。

【主催者】詩人懇話会

078 詩人タイムズ賞

> 【選考委員】全会員
> 【選考基準】応募ではない、刊行された詩集の中から、全会員が選考して授賞した。
> 【賞・賞金】正賞200円、副賞長谷川賞300円

第1回（昭13年）
　佐藤 一英　「空海頌」
第2回（昭14年）
　三好 達治　「岬千里」「春の岬」

第3回（昭15年）
　西村 皎三　「遺書」
第4回（昭18年）
　蔵原 伸二郎　「戦闘機」

078 詩人タイムズ賞

> 昭和57年創設。第4回で中止となる。
> 【主催者】詩人タイムズ社
> 【選考基準】年間、受贈誌書（詩集）の中より授賞。
> 【締切・発表】毎年1月発表（月刊、詩人タイムズ12月号誌上発表）
> 【賞・賞金】5万円および記念品

第1回（昭57年）
　岡村 民　「光に向って」（詩集）「五采」（詩誌）
第2回（昭58年）
　堀口 大平　（同氏の黄土社出版の詩集に）

第3回（昭59年）
　福田 美鈴　「父, 福田正夫―雷雨の日まで」
第4回（昭60年）
　河西 新太郎　（「日本詩人」（詩誌）100号発行に）

079 静岡県詩人賞

> 昭和57年以後中止。
> 【主催者】静岡県詩人会

第1回（昭51年）
　小長谷 静夫
第2回（昭52年）
　森 真佐枝
　芹沢 加寿子
第3回（昭53年）
　佐野 旭
　小川 アンナ
第4回（昭54年）

＊
第5回（昭55年）
　石割 忠夫
第6回（昭56年）
　遠藤 進夫
　望月 光
第7回（昭57年）
　堀地 郁男

080 「詩と思想」新人賞

詩の新人をひろく発掘するため、昭和55年に創設した賞。「詩と思想」休刊により第5回の受賞をもって中断するも昭和62年第6回を再開、昭和63年第7回で再度中断。平成11年第8回を再開、その後、順調に毎年発表し続ける。

- 【主催者】土曜美術社出版販売
- 【選考委員】相沢史郎、高良留美子、森田進
- 【選考方法】公募のみ
- 【選考基準】詩集2冊以内の新人
- 【締切・発表】毎年8月31日締切。「詩と思想」12月号紙上にて受賞作発表
- 【賞・賞金】受賞者の単行詩集無料制作（A5版、上製本、96頁）
- 【URL】http://www5.vc-net.ne.jp/~doyobi/

第1回（昭55年）
　松尾 茂夫 「ホノルル・スター・ブレテイン」(「ありふれた迷路のむこう」摩耶出版)
　松井 啓子 「くだもののにおいのする日」(「くだもののにおいのする日」駒込書房)

第2回（昭56年）
　井奥 行彦 「友達」(「紫あげは」所収)
　森田 進 「夏」開花期29集

第3回（昭57年）
　相場 きぬ子 「分譲ヒマラヤ杉」(「おいでおいで」所収)

第4回（昭58年）
　松原 立子 「白い戦争」MTSSY3号
　坂本 京子 「ちり紙交換回収日」詩と思想22号

第5回（昭59年）
　坂井 のぶこ 「鳥の足につれていかれそうになった夜」

第6回（昭62年）
　中森 美方 「採集誌・七鬼村津波」〔詩集『朝の水』〕

第7回（昭63年）
　谷崎 真澄 (「星座」)「元植民地」
　中本 鎣 (『症候詩』)「ギンネム林の魂祭」

第8回（平11年）
　清岳 こう（日本詩人クラブ会員）「海をする」

第9回（平12年）
　伊藤 啓子（「山形詩人」,「てん」）「水音」

第10回（平13年）
　江口 節（日本詩人クラブ, 日本現代詩人会）「積み上げて」

第11回（平14年）
　渡辺 めぐみ（日本詩人クラブ）「恐らくそれは赦しということ」

第12回（平15年）
　三島 久美子（日本現代詩人会）「雨の手紙」

第13回（平16年）
　中堂 けいこ 「エンジェルバード」

第14回（平17年）
　中村 純 「子どものからだの中の静かな深み」

第15回（平18年）
　林 木林 「夕焼け」

第16回（平19年）
　橋爪 さち子 「手紙」

第17回（平20年）
　加藤 思何理 「少年は洪水を待ち望む」

第18回（平21年）
　伊藤 浩子 「私」

第19回（平22年）
　岡田 ユアン 「明朝体」

第20回（平23年）
　小野 ちとせ 「木という字には」

第21回（平24年）

永方 ゆか 「からくり」
第22回（平25年）
　為平 澪 「売買」
第23回（平26年）
　花潜 幸 「初めの頃であれば」

081 島田利夫賞

詩人島田利夫没後20年とこれを機に発行された遺稿詩集「夜空は濺青」を記念して，上毛新聞社後援のもとに，群馬県関係の若き詩徒の発掘と育成をめざす。第10回で中止。

【主催者】島田利夫賞選考委員会

【選考委員】新井隆男，石田茂夫，石山幸弘，一木繁，大塚史朗，久保田穣，堤美代，原廸代，平石佳弘，松田孝夫，梁瀬和男

【選考方法】中学生以上27才まで（27才は島田利夫の没年に因む）。

【締切・発表】締切は毎年7月15日，8月上旬上毛新聞紙上，及び詩誌「夜明け」発表。

【賞・賞金】入選3万円と記念品，佳作1万円と記念品，選外佳作記念品

第1回（昭53年）
　小嶋 和香代 「八月の子守唄」
第2回（昭54年）
　該当作なし
第3回（昭55年）
　◇準入選
　津久井 通恵 「春の風」
　内山 利恵 「車窓」
第4回（昭56年）
　酒井 和男 「逆立ち」
第5回（昭57年）
　◇準入選
　千明 啓子 「海」
　福田 誠 「'79夏」
第6回（昭58年）
　古溝 智子 「胃の痛み」
第7回（昭59年）
　◇準入選
　千明 紀子 「彼」
第8回（昭60年）
　早川 聡 「背景のない自画像」
第9回（昭61年）
　◇準入選
　井上 敬二 「帰途」
　川辺 義洋 「悪霊」
第10回（昭62年）
　◇準入選
　荒井 哲夫 「銀河列車」

082 白鳥省吾賞

宮城県築館町（現・栗原市）出身の詩人・白鳥省吾の功績を顕彰するため創設。「自然」「人間愛」のいずれかをテーマとした詩を募集し，自由詩の優れた作品に贈る。

【主催者】栗原市，白鳥省吾記念館

【選考委員】中村不二夫，原田勇男，佐々木洋一，佐佐木邦子，三浦明博

【選考方法】公募

【選考基準】〔対象〕「自然，人間愛」のいずれかをテーマとした詩。未発表のオリジナル作品（同人誌などに発表したものは不可）。形式は自由。〔資格〕国籍，年齢，プロ・

アマなど一切不問。〔応募規定〕1人2点以内。400字詰め(B4)の原稿用紙2枚以内、縦書き。「詩」の後に別葉で郵便番号、住所、氏名(ペンネームの場合は本名も列記。ふりがなを付ける)、年齢(中学生以下は学校名、学年も明記)、性別、職業、電話番号を必ず記入。郵送または持参のこと(メール・FAXは不可)。要項請求は80円切手添付の返信用封筒を同封のこと

【締切・発表】(第17回)小・中学生の部は平成27年7月1日から10月20日まで、一般の部は平成27年7月1日から10月31日まで募集、入賞者への通知をもって発表とする。28年2月21日表彰式

【賞・賞金】〔一般の部〕最優秀(1編):賞金20万円、優秀〔2編〕:各10万円、〔小中学生の部〕最優秀賞(1編):奨学金10万円、優秀(2編):奨学金各5万円、特別賞(3編):奨学金各3万円。副賞あり

【URL】http://www.kuriharacity.jp/index.cfm/12,0,64.html

第1回(平12年)
◇一般の部
● 最優秀
　麦田 穣(徳島県徳島市)「南極の赤とんぼ」
● 優秀
　井手 ひとみ(岐阜県北方町)「柿の木」
　千田 さおり(宮城県金成町、一関第二高校)「転嫁」
◇小中学生の部
● 最優秀
　平塚 和正(石巻市立東浜小学校6年)「おやじ」
● 優秀
　鈴木 理代(仙台市立第一中学校2年)「蟬」
　白鳥 みさき(築館町立富野小学校1年)「がんのかぞく」
◇特別賞
　平岡 真実(大阪市立本田小学校1年)「おとうさん」
　気仙 ゆりか(むつ市立田名部中学校3年)「水枕」
　阿部 翔平(塩釜市立玉川小学校3年)「とべなかったチュン」

第2回(平13年)
◇一般の部
● 最優秀
　浅野 政枝(札幌市北区)「赤い川」
● 優秀
　今 久和(東京都練馬区)「[Bunkamura紀行 エドワード・ホッパー「真昼」]」
　佐藤 光幸(秋田県湯沢市)「遭難」

◇小中学生の部
● 最優秀
　佐藤 晴香(宮城県・高清水町立高清水小学校2年)「大かいじゅうがやってきた」
● 優秀
　泉 正彦(札幌市・北嶺中学校3年)「冬の匂い」
　菅原 健太郎(宮城県・築館町立富野小学校6年)「夜」
● 特別賞
　渡辺 英基(宮城県・築館町立築館中学校2年)「会話」
　佐々木 孝保(宮城県・金成町立津久毛小学校5年)「一回目のつり」
　鈴木 孝枝(宮城県・金成町立津久毛小学校5年)「見てられない」

第3回(平14年)
◇一般の部
● 最優秀賞
　川井 豊子(岡山県倉敷市)「バイラは十二歳」
● 優秀賞
　藤森 重紀(東京都町田市)「再会の挨拶」
　勝又 攻(静岡県御殿場市)「『訪問者』」
● 審査員推薦作品
　安原 輝彦(埼玉県北本市)「病院待合室にて」
◇小中学生の部
● 最優秀賞
　須藤 隆成(金成町立津久毛小学校・1年

082 白鳥省吾賞　　　　　　　　　　　　　　　　　　　詩

生)「いねこき」
- 優秀賞
  遠藤 竣(一迫町立一迫小学校・4年生)「見つけるぞ！ イチハサマ・エンドウ・ザウルス」
  橋立 佳央理(新潟中央幼稚園・年長)「『ほたるのダンス』　『さなぎのゆめ』」
- 特別賞
  熊谷 絵梨香(栗駒町立岩ケ崎小学校・5年生)「口ごたえ」
  佐藤 司(築館町立富野小学校・6年生)「神楽」
  仁平井 麻衣(杉並区立松の木中学校・1年生)「『人にやさしかったころ』」
◇奨励賞
  善本 彩(京都市立高野中学校・3年生)「八月二十九日・神を見た日」

第4回(平15年)
◇一般の部
- 最優秀賞
  根木 実(和歌山市)「お日様(ひいさん)の唄」
- 優秀賞
  島田 奈都子(長野市)「『租界の町で』」
  越後 千代(滋賀県大津市)「招待状」
◇小中学生の部
- 最優秀賞
  遠藤 俊(一迫町立一迫小学校5年)「ぜったいはなさない」
- 優秀賞
  熊谷 徳治(高清水町立高清水小学校1年)「こうびトンボ」
  高井 俊宏(栃木県小山第三中学校1年)「涙」
- 特別賞
  鈴木 杏奈(栃木県作新学院小等部2年)「ママのおとまり」
  原田 佳奈(大阪市立明治小学校2年)「お正月」
  原田 潤(大阪市立明治小学校4年)「魚つり」
◇奨励賞
  阿部 優希実(塩釜市立玉川小学校・1年生)「おかあさん」
第5回(平16年)

- 最優秀賞
  安原 輝彦(埼玉県北本市)「午後の客」
- 優秀賞
  橋爪 幸子(大阪府池田市)「梅干し」
  松﨑 智則(熊本県水俣市)「手紙」
◇小・中学生の部
- 最優秀賞
  小岩 巧(金成町立津久毛小学校2年)「すごいしゅん間」
- 優秀賞
  坂井 百合奈(新潟市立万代長嶺小学校3年)「表札の中の家族」
  森田 有理恵(金成町立津久毛小学校2年)「ああ、ざんねん」
- 特別賞
  石川 翔太(金成町立津久毛小学校1年)「ドリルロボットがやってきた」
  尾崎 怜(一迫町立金田小学校1年)「おじいちゃんへ」
  綱田 康平(北九州市立風師中学校3年)「こづかい」
◇奨励賞
  尾形 花菜子(高清水町立高清水小学校6年)「おじちゃんが教えてくれたこと」
  金成町立津久毛小学校
第6回(平17年)
◇一般の部
- 最優秀賞
  おぎ ぜんた(荻ノ迫 善六)(ケニア・ナイロビ)「象の分骨」
- 優秀賞
  吉田 薫(大阪府大阪市)「あいはら整骨院」
  後藤 順(岐阜県岐阜市)「帰郷」
◇小・中学生の部
- 最優秀賞
  鈴木 隆真(宮城県・金成町立津久毛小学校4年)「ポジションはどこだ」
- 優秀賞
  岩野 将人(宮城県・高清水町立高清水小学校2年)「じいちゃんさみしくないですか」
  岡崎 佑哉(東京都・町田市立町田第三小学校3年)「まちへおりていく小さな山みち」
- 特別賞

196　詩歌・俳句の賞事典

坂井 泰法(新潟県・新潟市立万代長嶺小学校1年)「ありのなつバテ」
相馬 沙織(宮城県・金成町立津久毛小学校5年)「守りたい」
伊藤 真大(宮城県・築館町立築館中学校2年)「兄貴」
- 奨励賞
  佐々木 亮太(宮城県・金成町立津久毛小学校3年)「セミは太陽がすきなんだよ」
  阿部 佑哉(宮城県・雄勝町立大須小学校4年)「海」

第7回(平18年)
◇一般の部
- 最優秀賞
  上田 由美子(広島県広島市)「一枚のハガキ」
- 優秀賞
  詩村 あかね(五藤 悦子)(埼玉県越谷市)「鉄路」
  藤木 泉(佐藤 和泉)(東京都台東区)「谷間の鳥たち」

◇小・中学生の部
- 最優秀賞
  坂井 泰法(新潟県・新潟市立万代長嶺小学校2年)「ほしがき大ばあちゃん」
- 優秀賞
  朝比奈 楓(宮城県・栗原市立津久毛小学校3年)「かみなり」
  菅原 力(宮城県・栗原市立津久毛小学校1年)「あさもや」
- 特別賞
  鈴木 悠朔(宮城県・栗原市立若柳小学校2年)「かえるのなみだ」
  岡崎 佑哉(東京都・町田市立町田第三小学校4年)「とかげ」
  阿部 優希実(宮城県・塩釜市立玉川小学校4年)「バイクに乗ったおかあライダー」

第8回(平19年)
◇一般の部
- 最優秀賞
  エドワード・ユーダイ(米国バージニア州アーリントン)「しましまに濡れて」
- 優秀賞
  酒井 加奈(千葉県市川市)「サンクチュアリ」

狩野 彰一(神奈川県横浜市)「だーぁ、だーぁ、だーぁ」
- 審査員奨励賞
  手塚 亜純(静岡県沼津市)「その手で再び」

◇小・中学生の部
- 最優秀賞
  菅原 沙恵(宮城県・栗原市立津久毛小学校5年)「一の字のすき間から」
- 優秀賞
  山口 果南(宮城県・塩釜市立玉川小学校2年)「妹が立って走った」
  菅原 一真(宮城県・栗原市立津久毛小学校1年)「あわてんぼうにんじゃガエル」
- 特別賞
  佐々木 亮太(宮城県・栗原市立津久毛小学校5年)「お父さん、まかせて」
  高橋 秋斗(宮城県・栗原市立津久毛小学校5年)「とんだ救助隊」
  草橋 佑大(宮城県・栗原市立築館中学校1年)「ばーちゃんのうめぼし」
- 審査員奨励賞
  浅野 マリ(宮城県・栗原市立尾松小学校5年)「ねこと私と夢と」
  鈴木 美咲(宮城県・栗原市立津久毛小学校5年)「早くみんなと」

第9回(平20年)
◇一般の部
- 最優秀賞
  中下 重美(兵庫県三田市)「木の肌」
- 優秀賞
  吉村 金一(佐賀県鹿島市)「道標のように」
  原 亮(東京都台東区)「ぼくたちの和音」
- 審査員奨励賞
  佐藤 理沙(宮城県栗原市)「変わらない姉妹愛」
  伊藤 杏奈(宮城県栗原市)「かえりみち」

◇小・中学生の部
- 最優秀賞
  大澤 友加(東京都・板橋区立西台中学校3年)「我家の鋳掛屋さん」
- 優秀賞
  後藤 香澄(宮城県・栗原市立金成小学校4年)「今日はさみしくないね」
  熊谷 絵美里(宮城県・栗原市立金成小学校4年)「牛しの歯〜」

- 特別賞
  坂井 泰法(新潟県・新潟市立万代長嶺小学校4年)「雪の朝」
  佐々木 茜(宮城県・栗原市立尾松小学校6年)「はち」
  鈴木 杜生子(宮城県・栗原市立若柳小学校1年)「きょうふのやまヒル」

第10回(平21年)
◇一般(高校生以上)の部
- 最優秀賞
  大澤 榮(北海道恵庭市)「漁川にて」
- 優秀賞
  高橋 泰子(宮城県加美郡)「ハッタギ追い」
  門馬 貴子(福島県南相馬市)「馬鹿親父」
- 審査員奨励賞
  菅原 文子(宮城県栗原市)「人間愛」
  大城 ゆり(沖縄県名護市・高校2年)「私のルーツ」

◇小・中学生の部
- 最優秀賞
  菅原 力(宮城県・栗原市立津久毛小学校4年)「地の底から」
- 優秀賞
  岡崎 佑哉(北海道・札幌市私立札幌大谷中学校1年)「夜の旅立ち」
  大谷 加玲(兵庫県・神戸市私立京都女子中学校2年)「指定席」
- 特別賞
  後藤 香澄(宮城県・栗原市立金成小学校5年)「空が笑った」
  髙橋 歩夢(宮城県・大崎市立清滝小学校4年)「とくいになったヘチマ」
  髙橋 渉(宮城県・栗原市立大岡小学校6年)「だっこく」

第11回(平22年)
◇一般(高校生以上)の部
- 最優秀賞
  川野 圭子(広島県呉市)「セルジャント・ナムーラ」
- 優秀賞
  吉田 薫(大阪府大阪市)「ヘルパー」
  橋本 詩音(東京都久留米市・学生)「さらば」
- 審査員奨励賞
  藤原 瑞基(岩手県紫波町・高校2年)「冬の喧嘩」

◇小・中学生の部
- 最優秀賞
  鈴木 裕哉(宮城県・栗原市立金成小学校2年)「お母さんツバメ」
- 優秀賞
  鈴木 智博(宮城県・女川町立女川第3小学校5年)「メロウド漁をする父」
  菅原 蓮(宮城県・栗原市立津久毛小学校2年)「びっきのたいぐん」
- 特別賞
  菅原 泰輝(宮城県・栗原市立金成小学校2年)「たいしたもんだ」
  白鳥 咲由莉(宮城県・栗原市立築館中学校3年)「蜘蛛と私とあいつ」
- 審査員奨励賞
  菅原 徹也(宮城県・栗原市立萩野小学校6年)「眠れない」
  宮下 自由(群馬県・藤岡市立北中学校1年)「あったかい手」

第12回(平23年)
◇一般(高校生以上)の部
- 最優秀賞
  上野 健夫(新潟県新潟市)「火を入れる」
- 優秀賞
  宇宿 一成(鹿児島県指宿市)「鮫」
  五藤 悦子(埼玉県 越谷市)「うさぎ」
- 審査員奨励賞
  磯野 伸晃(東京都文京区・高校2年)「『セミ』の話」

◇小・中学生の部
- 最優秀賞
  佐藤 真悠(宮城県・栗原市立高清水中学校3年)「看板」
- 優秀賞
  小野寺 紅葉(宮城・栗原市立萩野小学校・1年)「もちをしょった日」
  大原 康介(宮城県・栗原市立金成小学校3年)「屋根にのぼって」
- 特別賞
  齋藤 美桜(茨城県ひたちなか市・茨城大学教育学部附属小学校5年)「願い」
  後藤 のはら(秋田県・横手市立増田中学校2年)「細胞」
  中村 瑠南(東京都・杉並区立井荻小学校6

年)「お母さんがいっぱい」
- 審査員奨励賞
  坂井 敏法(新潟県・新潟市立万代長嶺小学校4年)「じいちゃんのひみつ」

第13回(平24年)
◇一般(高校生以上)の部
- 最優秀賞
  くりす たきじ(和歌山県和歌山市)「朝の日記 2011夏」
- 優秀賞
  根本 昌幸(福島県相馬市)「雨」
  高藤 典子(三重県松阪市)「蘇芳」
- 審査員奨励賞
  平井 拓哉(宮城県仙台市・高校3年)「消失」

◇小・中学生の部
- 最優秀賞
  坂井 敏法(新潟県・新潟市立万代長嶺小学校5年)「こいのぼり」
- 優秀賞
  小野寺 日向(宮城県・栗原市立志波姫中学校1年)「蝉よ鳴け」
  翁 竜生(宮城県・栗原市立金成小学校5年)「『ハー』と『フー』」
- 特別賞
  梁川 和奏(宮城県・栗原市立金成中学校2年)「笑っている」
  高橋 昂大(宮城県・栗原市立沢辺小学校6年)「夏休みの研究」
- 審査員奨励賞
  加藤 佑理(愛知県・刈谷市立刈谷東中学校3年)「夕暮れの雑踏」

第14回(平25年)
◇一般(高校生以上)の部
- 最優秀賞
  五藤 悦子(埼玉県越谷市)「青いカナリア」
- 優秀賞
  草野 理恵子(神奈川県横浜市)「よしよし・・・」
  花潜 幸(東京都東久留米市)「手首の白い花」
- 審査員奨励賞
  沼倉 順子(宮城県栗原市)「静思」

◇小・中学生の部
- 最優秀賞
  村上 恵璃華(宮城県・栗原市立金成小学校4年)「何だか、すまない」
- 優秀賞
  後藤 ゆうひ(秋田県・横手市立増田中学校2年)「静かに暮らしていたのに」
  佐藤 大空(宮城県・栗原市立金成小学校4年)「後をついて行くと」
- 特別賞
  佐藤 佑香(宮城県・栗原市立金成中学校3年)「蝉」
  髙橋 怜央(宮城県・栗原市立志波姫中学校2年)「祖父」
  佐藤 健太(宮城県・栗原市立志波姫中学校3年)「雑草魂」

第15回(平26年)
◇一般(高校生以上)の部
- 最優秀賞
  草野 理恵子(神奈川県横浜市)「澄んだ瞳」
- 優秀賞
  千田 基嗣(宮城県気仙沼市)「船」
  中村 花木(群馬県前橋市)「春太郎」
- 審査員奨励賞
  瀧哉(大阪府堺市)「キャンプの夜」

◇小・中学生の部
- 最優秀賞
  菅原 蓮(宮城県・栗原市立津久毛小学校6年)「父の図書カード」
- 優秀賞
  菅原 壮志(宮城県・栗原市立金成小学校6年)「にわとりが家にやってきた」
  若林 路佳(宮城県・聖ウルスラ学院英知中学校3年)「愛について」
- 特別賞
  金森 悠夏(宮城県・聖ウルスラ学院英知中学校2年)「反抗期」
  佐藤 修平(宮城県・栗原市立志波姫中学校3年)「「風の色は」」
  鈴木 杜生子(宮城県・栗原市立若柳中学校1年)「私の家族は」
- 審査員奨励賞
  菅原 理史(宮城県・栗原市立高清水中学校2年)「繰り返す毎日」

第16回(平27年)
◇一般(高校生以上)の部
- 最優秀賞

花潜 幸(東京都東久留米市)「河、あなたに出会い離れるまで」
- 優秀賞
  石橋 真美(兵庫県川西市)「母になった日」
  里見 静江(埼玉県熊谷市)「畑の秋」
- 審査員奨励賞
  感王寺 美智子(宮城県気仙沼市)「きらめく海」

◇小・中学生の部
- 優秀賞
  金森 悠夏(宮城県・聖ウルスラ学院英知中学校3年)「凶器」
  伊藤 圭佑(愛知県・みよし市立南中学校2年)「夏の絵」
- 特別賞
  竹内 結哉(宮城県・栗原市立金成小学校2年)「おい、ゲンキ」
  高橋 未夢(宮城県・栗原市立瀬峰中学校1年)「母、父、姉」
  菅原 結(宮城県・名取市立下増田小学校1年)「ねんどのへんしん」
- 審査員奨励賞
  水島 知周(栃木県・宇都宮市立中央小学校5年)「くっついたね」
  成瀬 瑠衣(宮城県・栗原市立築館中学校2年)「自転車」

083 高見順賞

高見順の日本文学にのこした功績を記念して創設。現代詩文学の発展のためにすぐれた人材を発掘顕彰し、もってわが国文化の向上に資することを目的とする。

【主催者】 (財)高見順文学振興会

【選考委員】 (平成27年度)井坂洋子,野村喜和夫,堀江敏幸,天沢退二郎,高橋睦郎(毎年1人が入れ替る。任期5年)

【選考方法】 推薦詩集のアンケートをとり、一次選考の参考にする。(遺漏なきを期するため、選考委員外の詩人、評論家、ジャーナリズム関係者にも推薦を依頼する。)5人の選考委員の合議により選考が行われる

【選考基準】 〔対象〕前年12月1日から翌年11月30日までに刊行された詩集

【締切・発表】 1月中旬頃本選考会が開催され、新聞紙上で発表。3月に贈呈式・授賞パーティが行われる

【賞・賞金】 正賞と副賞50万円、ならびに記念品

【URL】 http://www016.upp.so-net.ne.jp/takami/

第1回(昭45年度)
　三木 卓 「わがキディ・ランド」〔思潮社〕
　吉増 剛造 「黄金詩篇」〔思潮社〕
第2回(昭46年度)
　粕谷 栄市 「世界の構造」〔詩学社〕
第3回(昭47年度)
　中江 俊夫 「語彙集」〔思潮社〕
第4回(昭48年度)
　吉原 幸子 「オンディーヌ」「昼顔」〔思潮社,サンリオ出版〕
第5回(昭49年度)
　飯島 耕一 「ゴヤのファースト・ネームは」〔青土社〕
第6回(昭50年度)
　谷川 俊太郎(辞退)「定義」「夜中に台所でぼくはきみに話しかけたかった」〔思潮社,青土社〕
第7回(昭51年度)
　吉岡 実 「サフラン摘み」〔青土社〕
第8回(昭52年度)
　粒来 哲蔵 「望楼」〔花神社〕
第9回(昭53年度)

長谷川 龍生 「詩的生活」〔思潮社〕
第10回（昭54年度）
　　　渋沢 孝輔 「廻廊」〔思潮社〕
第11回（昭55年度）
　　　安藤 元雄 「水の中の歳月」〔思潮社〕
第12回（昭56年度）
　　　鷲巣 繁男 「行為の歌」〔小沢書店〕
第13回（昭57年度）
　　　入沢 康夫 「死者たちの群がる風景」〔河出書房新社〕
第14回（昭58年度）
　　　三好 豊一郎 「夏の淵」〔小沢書店〕
第15回（昭59年度）
　　　天沢 退二郎 「〈地獄〉にて」〔思潮社〕
第16回（昭60年度）
　　　新藤 凉子 「薔薇ふみ」〔思潮社〕
　　　岡田 隆彦 「時に岸なし」〔思潮社〕
第17回（昭61年度）
　　　川崎 洋 「ビスケットの空カン」〔花神社〕
第18回（昭62年度）
　　　高橋 睦郎 「兎の庭」〔書肆山田〕
　　　松浦 寿輝 「冬の本」〔青土社〕
第19回（昭63年度）
　　　阿部 岩夫 「ベーゲェット氏」〔思潮社〕
　　　高柳 誠 「都市の肖像」〔書肆山田〕
第20回（平1年度）
　　　岩成 達也 「フレベヴリイ・ヒツポポウタムスの唄」〔思潮社〕
第21回（平2年度）
　　　小長谷 清実 「脱けがら狩り」〔思潮社〕
　　　辻 征夫 「ヴェルレーヌの余白に」〔思潮社〕
第22回（平3年度）
　　　佐々木 幹郎 「蜂蜜採り」〔書肆山田〕
第23回（平4年度）
　　　辻井 喬 「群青, わが黙示」〔思潮社〕
　　　新井 豊美 「夜のくだもの」〔思潮社〕
第24回（平5年度）
　　　吉田 加南子 「定本 闇」〔思潮社〕
第25回（平6年度）
　　　井坂 洋子 「地上がまんべんなく明るんで」〔思潮社〕
第26回（平7年度）
　　　瀬尾 育生 「DEEP PURPLE」〔思潮社〕
第27回（平8年度）
　　　白石 かずこ 「現れるものたちをして」〔書肆山田〕
第28回（平9年度）
　　　荒川 洋治 「渡世」〔筑摩書房〕
第29回（平10年度）
　　　塔 和子 「記憶の川で」〔編集工房ノア〕
第30回（平11年度）
　　　小池 昌代 「もっとも官能的な部屋」〔書肆山田〕
　　　野村 喜和夫 「風の配分」〔水声社〕
第31回（平12年度）
　　　田口 犬男 「モー将軍」〔思潮社〕
第32回（平13年度）
　　　鈴木 志郎康 「胡桃ポインタ」〔書肆山田〕
　　　阿部 日奈子 「海曜日の女たち」〔書肆山田〕
第33回（平14年度）
　　　藤井 貞和 「ことばのつえ、ことばのつえ」〔思潮社〕
第34回（平15年度）
　　　中上 哲夫 「エルヴィスが死んだ日の夜」〔書肆山田〕
第35回（平16年度）
　　　相澤 啓三 「マンゴー幻想」〔書肆山田〕
　　　建畠 晢 「零度の犬」〔書肆山田〕
第36回（平17年度）
　　　伊藤 比呂美 「河原荒草」〔思潮社〕
第37回（平18年度）
　　　岬 多可子 「桜病院周辺」〔書肆山田〕
第38回（平19年度）
　　　北川 透 「溶ける、目覚まし時計」〔思潮社〕
　　　稲川 方人 「聖一歌章」〔思潮社〕
第39回（平20年）
　　　高貝 弘也 「子葉声韻」〔思潮社〕
第40回（平21年）
　　　岡井 隆 「注解する者」〔思潮社〕
　　　岸田 将幸 「〈孤絶―角〉」〔思潮社〕
第41回（平22年）
　　　金 時鐘 「失くした季節」〔藤原書店〕
第42回（平23年）
　　　辺見 庸 「眼(め)の海」〔毎日新聞社〕
第43回（平24年）
　　　川上 未映子 「水瓶」〔青土社〕
第44回（平25年）
　　　吉田 文憲 「生誕」〔思潮社〕
第45回（平26年）
　　　杉本 真維子 「裾花」〔思潮社〕

084 高村光太郎賞

故高村光太郎の業績を記念して高村光太郎記念会を設立し,昭和32年には高村光太郎賞を創設した。「詩」と「造型」の二部門があり高村光太郎全集(昭和32〜33年)の印税を賞金にあてた。昭和42年,第10回でこの賞は中止となった。

【主催者】高村光太郎記念会
【選考委員】(詩部門)伊藤信吉,尾崎喜八,亀井勝一郎,金子光晴,草野心平(第1回)
【選考基準】造型部門と,詩および詩に対する評論が対象。
【賞・賞金】賞金は10万円

第1回(昭33年)
　会田 綱雄 「鹹湖」
第2回(昭34年)
　山之口 貘 「定本山之口貘詩集」
　草野 天平 「定本草野天平詩集」
第3回(昭35年)
　岡崎 清一郎 「新世界交響楽」〔造形出版社〕
第4回(昭36年)
　山本 太郎 「ゴリラ」〔ユリイカ〕
　手塚 富雄 「ゲオルゲとリルケの研究」〔岩波書店〕
第5回(昭37年)
　田中 冬二 「晩春の日に」
第6回(昭38年)
　高橋 元吉 「高橋元吉詩集」〔河出書房新社〕
　田村 隆一 「言葉のない世界」〔昭森社〕
　金井 直 「無実の歌」〔弥生書房〕
第7回(昭39年)
　山崎 栄治 「聚落」〔弥生書房〕
第8回(昭40年)
　中桐 雅夫 「中桐雅夫詩集」〔思潮社〕
第9回(昭41年)
　生野 幸吉 「生野幸吉詩集」〔思潮社〕
第10回(昭42年)
　中村 稔 「鵜原抄」〔思潮社〕
　富士川 英郎 「江戸後期の詩人たち」〔麦書房〕

085 地球賞

同人雑誌「地球」の創刊25周年を記念して,昭和51年に創設された賞。国内外の優れた詩集,詩論集,訳詩集に対して贈られる。第33回で終了。

【主催者】地球社
【選考方法】推薦
【選考基準】全国の詩人,評論家の推薦により候補作品をえらぶ
【賞・賞金】正賞レリーフと賞金30万円

第1回(昭51年度)
　衣更着 信 「庚甲その他の詩」〔書肆季節社〕
第2回(昭52年度)
　広部 英一 「邂逅」〔紫陽社〕
第3回(昭53年度)
　金丸 桝一 「日の浦曲・抄」
第4回(昭54年度)
　石垣 りん 「略歴」〔花神社〕

第5回(昭55年度)
　瀬谷 耕作　「稲虫送り歌」〔黒詩社〕
第6回(昭56年度)
　小柳 玲子　「叔母さんの家」〔駒込書房〕
第7回(昭57年度)
　新井 豊美　「河口まで」〔アトリエ出版企画〕
第8回(昭58年度)
　右原 厖　「それとは別に」〔編集工房ノア〕
第9回(昭59年度)
　財部 鳥子　「西游記」〔思潮社〕
第10回(昭60年度)
　岸本 マチ子　「サンバ」〔花神社〕
第11回(昭61年度)
　石川 逸子　「千鳥ケ淵へ行きましたか」〔花神社〕
　阿部 岩夫　「織詩・十月十日,少女が」〔思潮社〕
第12回(昭62年度)
　永瀬 清子　「あけがたにくる人よ」〔思潮社〕
第13回(昭63年度)
　片岡 文雄　「漂う岸」〔土佐出版社〕
第14回(平1年度)
　安水 稔和　「記憶めくり」〔編集工房ノア〕
第15回(平2年度)
　辻井 喬　「ようなき人の」〔思潮社〕
第16回(平3年度)
　知念 栄喜　「滂沱」〔まろうど社〕
第17回(平4年度)
　岩瀬 正雄　「わが罪 わが謝罪」〔須永書房〕
第18回(平5年度)
　川杉 敏夫(「火牛」同人,日野市)「芳香族」〔詩学社〕
第19回(平6年度)
　支倉 隆子(「歴程」同人,札幌市)「酸素31」〔思潮社〕
第20回(平7年度)
　青山 かつ子(「にゅくす」「暴徒」「すてむ」同人,港区)「さよなら三角」〔詩学社〕
第21回(平8年度)
◇翻訳賞
　石原 武(英米現代詩)
　金 光林(韓国現代詩)
　田村 さと子(ラテン・アメリカ文学)
第22回(平9年度)
　伊藤 桂一　「連翹の帯」〔潮流社〕
第23回(平10年度)
　尾花 仙朔　「黄泉草子形見祭文(よみそうしかたみさいもん)」〔湯川書房〕
　柴田 三吉　「わたしを調律する」〔ジャンクション・ハーベスト〕
第24回(平11年度)
　今辻 和典　「西夏文字」〔書肆青樹社〕
第25回(平12年度)
　陳 千武(台湾)
　金 南祚(韓国)
　アレク・デベリアク(スロベニア)
第26回(平13年度)
　岡島 弘子　「つゆ玉になる前のことについて」〔思潮社〕
第27回(平14年度)
　新延 拳　「わが祝日に」〔書肆山田〕
第28回(平15年度)
　鈴木 有美子　「水の地図」〔思潮社〕
第29回(平16年度)
　髙貝 弘也　「半世記」〔書肆山田〕
第30回(平17年度)
　森田 進,佐川 亜紀　「在日コリアン詩選集 1916〜04年」〔土曜美術社出版販売〕
第31回(平18年度)
　倉橋 健一　「化身」〔思潮社〕
第32回(平19年度)
　斎藤 恵美子　「ラジオと背中」〔思想社〕
第33回(平20年度)
　中村 不二夫　「コラール」〔土曜美術社出版販売〕

086 中日詩賞

　中部地方の詩の興隆と発展のため,また詩界で活躍した人を顕彰するため,昭和36年に「中部日本詩賞」として制定され,第5回(昭和40年)より「中日詩賞」と改称した。

中日詩賞

【主催者】中日詩人会,中日新聞社
【選考方法】非公募
【選考基準】〔資格〕中部地方(愛知・岐阜・三重・静岡・長野・福井・石川・富山の8県)在住および職場を有する者。〔対象〕毎年4月から翌年3月迄に出版された詩集,評論集
【締切・発表】5月15日締切。中日新聞紙上,中日詩人会会報にて発表
【賞・賞金】賞状と賞金10万円,新人賞：5万円

第1回(昭36年)
　後藤 一夫 「終章」〔思潮社〕
第2回(昭37年)
　錦 米次郎 「百姓の死」〔榛の木社〕
第3回(昭38年)
　杉浦 盛雄 「白い耕地」〔思潮社〕
第4回(昭39年)
　中江 俊夫 「20の詩と鎮魂歌」〔思潮社〕
　御沢 昌弘 「カバラ氏の首と愛と」〔詩学社〕
第5回(昭40年)
　殿岡 辰雄 「重い虹」〔詩宴社〕
第6回(昭41年)
　小池 亮夫 「小池亮夫詩集」〔小池亮夫詩集刊行会〕
第7回(昭42年)
　南 信雄 「長靴の音」〔北荘文庫〕
　板倉 鞆音 「訳詩集・リンゲルナッツ詩集」〔思潮社〕
第8回(昭43年)
　該当作なし
第9回(昭44年)
　黛 元男 「ぼくらの地方」〔三重詩話会〕
第10回(昭45年)
　平光 善久 「骨の遺書」〔不動工房〕
第11回(昭46年)
　永島 卓 「暴徒甘受」〔構造社〕
第12回(昭47年)
　柏木 義雄 「相聞」〔不動工房〕
第13回(昭48年)
　伊藤 勝行 「未完の領分」〔不動工房〕
第14回(昭49年)
　吉富 宜康 「构の村」(私家版)
第15回(昭50年)
　吉田 欣一 「わが射程」〔幻野工房〕
　黒部 節子 「いまは誰もいません」〔不動工房〕
第16回(昭51年)
　梅田 卓夫 「額縁」〔不動工房〕
第17回(昭52年)
　岡崎 純 「極楽石」〔紫陽社〕
第18回(昭53年)
　冨長 覚梁 「記憶」〔不動工房〕
第19回(昭54年)
　横井 新八 「物活説」〔青樹社〕
第20回(昭55年)
　水野 隆 「水野隆詩集」
第21回(昭56年)
　沢田 敏子 「未了」〔朱流の会〕
第22回(昭57年)
　浅井 薫 「殺」〔青磁社〕
第23回(昭58年)
　該当作なし
第24回(昭59年)
　日原 正彦 「それぞれの雲」「ゆれる葉」〔七月堂〕
　谷沢 迪 「時の栞」
第25回(昭60年)
　佐合 五十鈴 「繭」〔不動工房〕
第26回(昭61年)
　宮田 澄子 「籾の話」〔潮流社〕
第27回(昭62年)
　埋田 昇二 「富岳百景」〔思潮社〕
第28回(昭63年)
　村瀬 和子 「永見のように」〔知良軒〕
第29回(平1年)
　永谷 悠紀子 「ひばりが丘の家々」
第30回(平2年)
　なかむら みちこ 「ねむりのエスキス」〔百鬼社〕
第31回(平3年)
　広部 英一 「愛染」〔紫陽社〕

第32回（平4年）
　河田 忠 「負の領域」〔宝文館出版〕
　宮沢 肇 「鳥の半分」〔土曜美術社〕
第33回（平5年）
　鈴木 哲雄 「蟬の松明」〔環の会〕
　成田 敦 「水の発芽」
第34回（平6年）
　吉永 素乃 「未完の神話」〔青樹社〕
　◇次賞
　岩井 礼子 「冬の果樹園」〔青樹社〕
第35回（平7年）
　小川 アンナ（本名＝芦川照江）「晩夏光幻視」
第36回（平8年）
　渡辺 力 「地衣類」〔樹海社〕
第37回（平9年）
　北川 朱実 「神の人事」〔詩学社〕
第38回（平10年）
　宇佐美 孝二 「浮かぶ箱」〔人間社〕
第39回（平11年）
　川上 明日夫 「蜻蛉座」〔土曜美術出版販売〕
第40回（平12年）
　溝口 章 「45ノート残欠」〔土曜美術出版販売〕
第41回（平13年）
　江原 律 「遠い日」
第42回（平14年）
　河村 敬子 「もくれんの舟」〔思潮社〕
第43回（平15年）
　高橋 喜久晴 「流謫の思想」〔書肆青樹社〕
第44回（平16年）
　◇中日詩賞
　草野 信子 「地上で」〔ジャンクション・ハーベスト〕
　◇新人賞
　畑田 恵利子 「無数のわたしがふきぬけている」〔詩学社〕
第45回（平17年）
　◇中日詩賞
　三井 喬子 「牛ノ川湿地帯」〔思潮社〕
　◇新人賞
　金田 久璋 「言問いとことほぎ」〔思潮社〕
第46回（平18年）
　◇中日詩賞
　大西 美千代 「てのひらをあてる」〔土曜美術社出版販売〕
　◇新人賞
　近藤 起久子 「レッスン」〔ジャンクション・ハーベスト〕
第47回（平19年）
　◇中日詩賞
　該当作なし
　◇新人賞
　大野 直子（金沢市）「寡黙な家」〔私家版〕
　岩辺 進（牧之原市）「危険な下り坂」〔書肆山田〕
第48回（平20年）
　◇中日詩賞
　柴田 恭子（高岡法科大学教授, 富山市）「母不敬」〔思潮社〕
　◇新人賞
　早矢仕 典子（岐阜市）「空、ノーシーズン」〔ふらんす堂〕
第49回（平21年）
　◇中日詩賞
　中神 英子 「夜の人形」〔思潮社〕
　◇新人賞
　斉藤 なつみ 「私のいた場所」〔砂子屋書房〕
第50回（平22年）
　◇中日詩賞
　池谷 敦子 「ぐらべりま」〔日本文学館〕
　◇新人賞
　浅野 牧子 「蔓草の海を渡って」〔ジャンクション・ハーベスト〕
　神内 八重 「柘榴の記憶」〔幻冬舎ルネッサンス〕
第51回（平23年）
　◇中日詩賞
　野根 裕 「季節抄」〔樹海社〕
　◇新人賞
　彦坂 まり 「夜からの手紙」〔土曜美術社出版販売〕
第52回（平24年）
　◇中日詩賞
　田中 勲 「最も大切な無意味」〔ふたば工房〕
　◇新人賞
　安藤 まさみ 「七月の猫」〔ふらんす堂〕

087 中部日本詩人賞

第53回（平25年）
　◇中日詩賞
　　若山 紀子 「夜が眠らないので」〔土曜美術社出版販売〕
　◇新人賞
　　酒見 直子 「空へ落ちる」〔洪水企画〕
第54回（平26年）
　◇中日詩賞

　　北条 裕子 「花眼」
　◇新人賞
　　林 美佐子 「鹿ヶ谷かぼちゃ」
第55回（平27年）
　◇中日詩賞
　　竹内 新 「果実集」〔思潮社〕
　◇新人賞
　　やまうち かずじ 「わ音の風景」〔思潮社〕
　　藤原 伴 「doner」

---

087 中部日本詩人賞

昭和27年に、詩の興隆と発展のために創設。昭和36年、主催者の中部日本詩人連盟が中日詩人会に改組されたのを機に「中部日本詩賞（現・中日詩賞）」と改称された。

【主催者】 中日詩人会
【選考委員】 中部日本詩人連盟（現・中日詩人会）、中部日本新聞社

第1回（昭27年）
　中野 嘉一 「春の病歴」〔詩の家〕
第2回（昭28年）
　長尾 和男 「地球脱出」〔SATYA〕
第3回（昭29年）
　岩瀬 正雄 「炎天の楽器」〔豊橋文化協会〕
第4回（昭30年）
　小出 ふみ子 「花詩集」〔新詩人社〕

第5回（昭31年）
　河合 俊郎 「漁火」〔知加書房〕
第6回（昭32年）
　該当作なし
第7回（昭33年）
　倉地 宏光 「きみの国」〔日本未来派〕
第8回（昭34年）
　伊藤 正斉 「粘土」〔コスモス社〕

---

088 壺井繁治賞

昭和48年「詩人会議賞」として制定されたが、53年、壺井繁治の功績を記念して「壺井繁治賞」と改称した。壺井繁治賞は、民主的詩運動の発展に貢献することを目的として設定する。

【主催者】 詩人会議
【選考委員】 （第42回）秋村宏、上手宰、小森香子、佐々木洋一、佐藤文夫、白根厚子、都月次郎
【選考方法】 会員・会友からの推薦でリストをつくる
【選考基準】 〔対象〕前年に出版された詩集、詩文集、詩論集
【賞・賞金】 表彰状・記念品・賞金20万円
【URL】 http://www.ne.jp/asahi/hiroba/shijin-kaigi/

第1回（昭48年）　　　　　　　　　　　村上 国治 「村上国治詩集」

第2回（昭49年）
　佐藤 文夫　「ブルースマーチ」
第3回（昭50年）
　城 侑　「豚の胃と腸の料理」
第4回（昭51年）
　津布久 晃司　「生きている原点」
　三田 洋　「回漕船」〔思潮社〕
第5回（昭52年）
　滝 いく子　「あなたがおおきくなったとき」
第6回（昭53年）
　鳴海 英吉　「ナホトカ集結地にて」〔ワニプロダクション〕
第7回（昭54年）
　浅井 薫　「越境」青磁社
第8回（昭55年）
　上手 宰　「星の火事」〔版木舎〕
　宮崎 清　「詩人の抵抗と青春―槇村浩ノート」〔新日本出版社〕
第9回（昭56年）
　仁井 甫　「門衛の顔」〔視点社〕
　瀬野 とし　「なみだみち」〔柊の会〕
第10回（昭57年）
　中 正敏　「ザウルスの車」〔詩学社〕
　小田切 敬子　「流木」〔青磁社〕
第11回（昭58年）
　大崎 二郎　「走り者」〔青帖社〕
第12回（昭59年）
　近野 十志夫　「野性の戦列」〔青磁社〕
　佐藤 栄作　「白い雲と鉄条網」〔佐藤栄作詩集出版実行委員会〕
第13回（昭60年）
　草野 信子　「冬の動物園」〔視点社〕
第14回（昭61年）
　赤山 勇　「アウシュビッツトレイン」〔詩人会議出版〕
　坪井 宗康　「その時のために」〔手帖舎〕
第15回（昭62年）
　芝 憲子　「沖縄の反核イモ」〔青磁社〕
　くにさだ きみ　「ミッドウェーのラブホテル」〔視点社〕
第16回（昭63年）
　斎藤 林太郎　「斎藤林太郎詩集」私家版
第17回（平1年）
　みもと けいこ　「花を抱く」〔視点社〕
第18回（平2年）
　筧 槙二　「ビルマ戦記」〔山脈文庫〕
第19回（平3年）
　片羽 登呂平　「片羽登呂平詩集」〔青磁社〕
第20回（平4年）
　鈴木 文子　「女にさよなら」〔オリジン出版センター〕
第21回（平5年）
　津森 太郎　「食えない魚」
第22回（平6年）
　柴田 三吉　「さかさの木」〔ジャンクション・ハーベスト〕
第23回（平7年）
　金井 広　「人間でよかった」〔詩人会議出版〕
第24回（平8年）
　坂田 満　「盆地の空」〔詩人会議出版〕
第25回（平9年）
　茂山 忠茂　「不安定な車輪」〔南方新社〕
第26回（平10年）
　彼末 れい　「指さす人」〔風来舎〕
　稲木 信夫　「詩人中野鈴子の生涯」〔光和堂〕
第27回（平11年）
　佐々木 洋一　「キムラ」
　遠山 信男　「詩の暗誦について」（評論集）
第28回（平12年）
　葵生川 玲　「はじめての空」
第29回（平13年）
　市川 清　「記憶の遠近法」
第30回（平14年）
　伊藤 真司　「切断荷重」
第31回（平15年）
　中山 秋夫　「囲みの中の歳月」
第32回（平16年）
　猪野 睦　「ノモンハン桜」
第33回（平17年）
　真栄田 義功　「方言札」
第34回（平18年）
　杉本 一男　「消せない坑への道」
第35回（平19年）
　久保田 穣　「サン・ジュアンの木」
第36回（平20年）
　杉谷 昭人　「霊山 OYAMA」〔鉱脈社〕
第37回（平21年）
　小森 香子　「生きるとは」

第38回（平22年）
　宇宿 一成　「固い薔薇」
第39回（平23年）
　清水 マサ　「鬼火」〔詩人会議出版〕
　◇詩人論賞
　草倉 哲夫　「幻の詩集 西原正春の青春と詩」〔朝倉書林〕
第40回（平24年）
　秋村 宏　「生きものたち」〔雑草出版〕
第41回（平25年）
　照井 良平　「ガレキのことばで語れ」〔詩人会議出版〕
第42回（平26年）
　熊井 三郎　「誰かいますか」〔詩人会議出版〕

089 東海現代詩人賞

　東海詩壇の向上のため、また、中日詩人会に対し、野の声を代弁するために、昭和45年に創設された。平成5年2月東海現代詩人会会長の前川知賢氏の死去に伴い、同会は解散。授賞は第20回が最後となった。

【主催者】東海現代詩人会
【選考委員】石川正夫、内海康子、日原正彦、前川知賢
【選考方法】公募
【選考基準】〔対象〕締切前1年間の新作品でなるべく一冊にまとまっているもの。作品の外訳詩、評論集も可。2冊送付のこと
【締切・発表】締切10月10日。11月詩祭で正式発表
【賞・賞金】賞状と金一封

第1回（昭45年）
　北村 守　「まんじゅしゃげ電車」
第2回（昭46年）
　該当作なし
第3回（昭47年）
　松下 のりお　「孤独のポジション」
　福田 万里子　「夢の内側」
　沢田 敏子　「女人説話」
第4回（昭48年）
　由利 俊　「ひかりによる吹奏を」
第5回（昭49年）
　該当作なし
第6回（昭50年）
　日原 正彦　「輝き術」
　南 信雄　「漁村」
第7回（昭51年）
　立川 喜美子　「そこの住人は」
第8回（昭52年）
　谷沢 迪　「華骨牌」
　谷川 柊　「転生譚ほか」

第9回（昭53年）
　木沢 豊　「森羅通信」
　森 真佐枝　「沙羅の椅子」
第10回（昭54年）
　林崎 二郎　「見えない運河」
　山海 清二　「黒っぽい風景」
第11回（昭55年）
　埋田 昇二　「花の形態」
　紫 圭子　「紫圭子詩集」
第12回（昭56年）
　冬木 好　「ゼロの運命」
　なかむら みちこ　「夕べの童画」
第13回（昭57年）
　遠藤 進夫　「菜園」
　大西 美千代　「水の物語」
第14回（昭58年）
　田中 国男　「野の扇」
第15回（昭59年）
　高橋 正義　「都市生命」
　市川 愛　「舞踏・ほか」

第16回（昭60年）
　宮内 徳男　「惣中記」
第17回（昭61年）
　大城 鎮基　「星の方途」〔鳥影社〕
第18回（昭62年）
　悠紀 あきこ　「手をひらくとき」〔詩の会

　　裸足〕
第19回（昭63年）
　坂井 信夫　「エピタフ」〔漉林書房〕
第20回（平1年）
　麦田 穣　「新しき地球」〔沖積舎〕

090 藤村記念歴程賞

詩壇に刺激を与えるため、「歴程」に島崎家から寄せられた島崎藤村の印税をもとに昭和38年「歴程賞」が創設された。59年に「藤村記念歴程賞」と改称。第49回（平成23年）より歴程同人の醵金による賞となる。

【主催者】「歴程」同人

【選考委員】池井昌樹、井川博年、粕谷栄市、川口晴美、近藤洋太、新藤凉子、高見弘也、高橋順子、野村喜和夫、鈴村和成、八木幹夫

【選考方法】非公募、選考委員の推薦による

【選考基準】〔対象〕詩、詩劇、詩に関する評論、研究、資料、翻訳。また、ポエジーを中核とした絵画、彫刻、建築、音楽、映画その他も対象となることがある（同人への授賞は出来るかぎり避けるが、特に秀れた作品は授賞対象となりうる）。その年間の活字となった詩や詩論ばかりでなく、広い意味での詩的精神に貫かれた仕事に対しておくられる

【締切・発表】毎年9月頃「歴程」誌上及び新聞紙上に発表

【賞・賞金】正賞、副賞50万円、記念品（草野心平日記・全5巻）

【URL】http://homepage2.nifty.com/rekitei/rekisi/rekisi.html

第1回（昭38年）
　伊達 得夫　"「ユリイカ抄」と生前の出版活動に対して"
第2回（昭39年）
　辻 まこと　「虫類図譜」（漫画）〔芳賀書店〕
第3回（昭40年）
　金子 光晴　「IL」〔勁草書房〕
第4回（昭41年）
　安西 冬衛　"生前の詩業に対して"
第5回（昭42年）
　岩田 宏　「岩田宏全詩集」〔思潮社〕
第6回（昭43年）
　宗 左近　「炎える母」〔弥生書房〕
第7回（昭44年）
　大岡 信　「蕩児の家系」〔思潮社〕
第8回（昭45年）
　粟津 則雄　「詩の空間」「詩人たち」〔思

　　潮社〕
第9回（昭46年）
　本郷 隆　「石果集」〔歴程社〕
　岡崎 清一郎　「岡崎清一郎詩集」〔思潮社〕
第10回（昭47年）
　鷲巣 繁男　「定本鷲巣繁男詩集」〔国文社〕
第11回（昭48年）
　石原 吉郎　「望郷と海」〔筑摩書房〕
第12回（昭49年）
　渋沢 孝輔　「われアルカディアにもあり」〔青土社〕
　高内 壮介　「湯川秀樹論」〔工作舎〕
第13回（昭50年）
　植村 直己　"未知の世界の追及・探険とその精神に対して"
　山本 太郎　「ユリシーズ」（長編詩）「鬼文」（詩集）

第14回（昭51年）
　安東 次男　「安東次男著作集」〔青土社〕
第15回（昭52年）
　斎藤 文一　「宮沢賢治とその展開―氷室素の世界」（評論）〔国文社〕
　天沢 退二郎　「Les invisibles」〔思潮社〕
第16回（昭53年）
　飯島 耕一　「飯島耕一詩集」"全2巻の達成に加えて「next」「北原白秋ノート」ほかさまざまなジャンルにわたる多彩な成果"
　藤田 昭子　"「出縄」をはじめとする最近の仕事"
第17回（昭54年）
　吉増 剛造　「熱風 A Thousand steps」（詩集）〔中央公論社〕
第18回（昭55年）
　谷口 幸男　"「アイスランド サガ」〔新潮社〕,その他北欧古代中古文学の訳業"
　中桐 雅夫　「会社の人事」〔晶文社〕
第19回（昭56年）
　岩成 達也　「中型製氷器についての連続するメモ」〔書肆山田〕
第20回（昭57年）
　宇佐美 英治　「雲と天人」（随筆集）〔岩波書店〕
　高橋 睦郎　「王国の構造」〔小沢書店〕
第21回（昭58年）
　白石 かずこ　「砂族」〔書肆山田〕
第22回（昭59年）
　吉岡 実　「薬玉」〔書肆山田〕
　菊地 信義　"装幀の業績に対して"
第23回（昭60年）
　高橋 新吉　「高橋新吉全集」〔青土社〕
第24回（昭61年）
　北村 太郎　「笑いの成功」（詩集）〔書肆山田〕
　長谷川 龍生　「知と愛と」（詩集）〔思潮社〕
第25回（昭62年）
　辻 征夫　「天使・蝶・白い雲などいくつかの瞑想」「かぜのひきかた」〔書肆山田〕
　朝吹 亮二　「OPUS」〔思潮社〕
第26回（昭63年）
　入沢 康夫　「水辺逆旅歌」（詩集）〔書肆山田〕
　川田 順造　「声」（評論集）〔筑摩書房〕
第27回（平1年）
　中村 真一郎　「蠣崎波響の生涯」（評論集）〔新潮社〕
　粕谷 栄市　「悪霊」（詩集）〔思潮社〕
第28回（平2年）
　埴谷 雄高　"小説,詩,評論にわたる今日までの業績に対して"
第29回（平3年）
　三浦 雅士　「小説という植民地」（評論集）〔福武書店〕
　是永 駿〔訳著〕　「芒克（マンク）詩集」〔書肆山田〕
第30回（平4年）
　中村 稔　「浮泛漂蕩（ふはんひょうとう）」（詩集）〔思潮社〕
　真鍋 呉夫　「雪女」（句集）
第31回（平5年）
　岡本 太郎　「全業績」
　葉 紀甫　「葉紀甫漢詩詞集1,2」（私家版）
第32回（平6年）
　柴田 南雄（作曲家）　"全業績に対して"
第33回（平7年）
　那珂 太郎　「鎮魂歌」〔思潮社〕
第34回（平8年）
　清岡 卓行　「通り過ぎる女たち」〔思潮社〕
第35回（平9年）
　池井 昌樹　「晴夜」（詩集）〔思潮社〕
　高柳 誠　「昼間の採譜術」「触感の解析学」「月光の遠近法」（詩画集）〔書肆山田〕
第36回（平10年）
　川崎 洋　「日本方言詩集」「自選自作朗読CD詩集」「かがやく日本語の悪態」「大人のための教科書の歌」〔思潮社〕他
第37回（平11年）
　新川 和江　「はたはたと頁がめくれ…」〔花神社〕および全業績
第38回（平12年）
　辻井 喬　「群青、わが黙示」「南冥・旅の終り」「わたつみ・しあわせな日日」の三部作〔思潮社〕
第39回（平13年）
　清水 徹　「書物について―その形而下学と形而上学」〔岩波書店〕
第40回（平14年）

幸田 弘子 "古典から現代の小説・短歌・俳句などを朗読する「舞台朗読」という芸術ジャンルを確立"
藤井 貞和 「ことばのつえ、ことばのつえ」〔思潮社〕
第41回（平15年）
吉本 隆明 「吉本隆明全詩集」〔思潮社〕
井坂 洋子 「箱入豹」〔思潮社〕
第42回（平16年）
安藤 元雄 詩集「わがノルマンディー」
平出 隆 評伝「伊良子清白」「伊良子清白全集」
第43回（平17年）
安水 稔和 "詩集「蟹場（がにば）まで」に至る菅江真澄に関する営為"
三木 卓 評論「北原白秋」
第44回（平18年）
井川 博年 詩集「幸福」
高橋 英夫 "評論集「時空蒼茫」を含む批評、評論の全業績"
第45回（平19年）
岡井 隆 "「岡井隆全歌集・全四巻」（思潮社）を含む短歌や詩の評論などの全業績に対して"
第46回（平20年）
北川 透 評論「中原中也論集成」〔思潮社〕
第47回（平21年）
鈴村 和成 "「ランボーとアフリカの8枚の写真」（河出書房新社）など一連の紀行への評価"
第48回（平22年）
相沢 正一郎 「テーブルの上のひつじ雲/テーブルの下のミルクティーという名の犬」〔書肆山田〕
高貝 弘也 「露光」〔書肆山田〕
第49回（平23年）
福間 健二 「青い家」
◇特別賞
毛利 衛（日本科学未来館長）
山中 勉（財団法人「日本宇宙フォーラム」主任研究員）"プロジェクト「宇宙連詩」への関わり"
第50回（平24年）
野村 喜和夫 「ヌードな日」〔思潮社〕,「難解な自転車」〔書肆山田〕,「スペクタクルそして豚小屋」（英訳詩集）〔米オムニドーン社〕
第51回（平25年）
新藤 凉子, 河津 聖恵, 三角 みづ紀 「連詩・悪母島の魔術師（マジシャン）」〔思潮社〕
第52回（平26年）
高橋 順子 「海へ」〔書肆山田〕

091 栃木県現代詩人会賞

昭和42年1月栃木県現代詩人協会設立を機として新人発掘のため「栃木県現代詩人協会賞」を設定。平成4年度に主催者が「栃木県現代詩人会」と名称変更したのに伴い、賞名も「栃木県現代詩人会賞」と改められた。

【主催者】栃木県現代詩人会
【選考委員】和田恒男, 金井清, 野澤俊雄, 戸井みちお, 中島茶雄
【選考方法】担当理事が推薦し、役員会で決定する
【選考基準】〔対象〕前年中に県内詩人によって発刊された詩集のうち最もすぐれた新人の詩集に贈呈
【締切・発表】12月末日, 6月の総会の席上表彰, 会報・地方新聞等に発表
【賞・賞金】賞状及び副賞

栃木県現代詩人会賞

第1回
　岡田 昌寿 「羚羊」
第2回
　森 羅一 「青春恒久彷徨歌」
第3回
　石岡 チイ 「埴輪の庭」
　日登 敬子 「正しく泣けない」
第4回
　該当作なし
第5回
　江連 博 「樹神」
　川田 京子 「マドモアゼルKに」
第6回
　高山 利三郎 「雲夢」
　本郷 武夫 「答える者」
第7回
　そらやま たろう 「海と風」
第8回
　該当作なし
第9回
　西田 吉孝 「□あるいは■」
第10回
　篠崎 勝己 「化祭」
　日野 章子 「霧の朝」
第11回
　該当作なし
第12回
　滝 葉子 「陽のかげった牧場」
第13回
　該当作なし
第14回
　綾部 健二 「工程」
第15回
　該当作なし
第16回
　青柳 晶子 「みずの炎」
　篠崎 京子 「熱のある夢」
第17回
　該当作なし
第18回
　藤 庸子 「ヘルメスの沓」
　森戸 克美 「赤色彗星倶楽部」
第19回
　該当作なし
第20回
　該当作なし

第21回
　青木 幹枝 「家」
第22回
　平塚 幸男 「流れの淵で」
　斉藤 新一 「逃げそびれた靴音」
第23回
　幸田 和俊 「空想する耳」〔龍詩社〕
第24回
　北見 幸雄 「藁の匂い」〔檸檬社〕
第25回
　小林 昌子 「岩魚」〔龍詩社〕
　深津 朝雄 「群鴉」〔紙鳶社〕
第26回
　石下 典子 「花の裸身」〔龍詩社〕
第27回
　星野 由美子 「還りたい」
第28回
　該当作なし
第29回
　該当作なし
第30回
　該当作なし
第31回
　該当作なし
第32回
　都留 さちこ 「ケイの居る庭」
第33回
　該当作なし
第34回
　該当作なし
第35回
　塚本 月江 「横町からの伝言」
第36回
　和氣 康之 「夢夢」
第37回
　湯沢 和民 「あおみどろのよるのうた」
第38回
　岩下 夏 「さまよい雀」
第39回
　入田 一慧 「花郎」
　山形 照美 「ムーン・アクアリウム」
第40回
　三本木 昇 「むらさき橋」
第41回
　板橋 スミ子 「蜘蛛」〔銅林社〕

第42回
　　岡田 喜代子 「午前3時のりんご」
第43回
　◇新人賞
　　該当作なし
第44回
　◇新人賞
　　貝塚 津音魚 「魂の緒」
第45回

◇新人賞
　　松本 ミチ子 「解けない闇」
　　大野 敏 「遠景」
第46回
　◇新人賞
　　該当作なし
第47回
　◇新人賞
　　齊藤 昌子 「紅の花」

092 富田砕花賞

　詩人富田砕花は,大正期の民衆詩派詩人として,ホイットマンの「草の葉」の訳詩者として知られている。大正9年以降芦屋に定住し,"兵庫県文化の父"ともよばれた。平成2年,砕花の生誕100年,芦屋市制50周年,教育委員会設置40周年を記念し,創設された。

【主催者】富田砕花顕彰会
【選考委員】鈴木漠,時里二郎,福井久子,松尾茂夫,安水稔和
【選考方法】公募
【選考基準】〔対象〕詩集。〔資格〕前年7月から当該年6月末日までに発行された詩集。(但し,翻訳,アンソロジー,復刻及び遺稿集は除く)。〔応募期間〕5月1日から7月31日まで(必着)〔応募方法〕詩集2冊,応募票(郵便番号・住所,氏名(フリガナ)・ペンネームもあれば併記,連絡先(電話番号・携帯電話可))を送付
【締切・発表】(第26回)平成27年7月31日締切(必着),10月中旬に発表,11月15日に贈呈式
【賞・賞金】正賞賞状,副賞50万円
【URL】http://www.city.ashiya.lg.jp/gakushuu/saika.html

第1回(平2年)
　　長田 弘 「心の中にもっている問題」〔晶文社〕
第2回(平3年)
　　時里 二郎 「星痕を巡る七つの異文」〔書肆山田〕
第3回(平4年)
　　北畑 光男 「救沢(すくいざわ)まで」〔土曜美術社〕
第4回(平5年)
　　大崎 二郎 「沖縄島」〔青帖社〕
第5回(平6年)
　　平林 敏彦 「磔刑の夏」〔思潮社〕
第6回(平7年)
　　西岡 寿美子 「へんろみちで」〔二人発行所〕
第7回(平8年)
　　深津 朝雄 「石の蔵」〔青樹社〕
第8回(平9年)
　　中塚 鞠子 「駱駝の園」〔思潮社〕
第9回(平10年)
　　広部 英一 「苜蓿」〔詩学社〕
第10回(平11年)
　　清岳 こう 「天南星の食卓から」〔土曜美術社出版販売〕
第11回(平12年)
　　川島 完 「ピエタの夜」〔紙鳶社〕
第12回(平13年)
　　山本 美代子 「西洋梨そのほか」〔編集工房ノア〕

第13回（平14年）
　木津川 昭夫　「掌の上の小さい国」〔思潮社〕
第14回（平15年）
　皆木 信昭　「ごんごの渕」〔書肆青樹社〕
第15回（平成16年）
　くにさだ きみ　「壁の目録」〔土曜美術社〕
第16回（平成17年）
　秋山 基夫　「家庭生活」〔思潮社〕
　川上 明日夫　「夕陽魂」〔思潮社〕
第17回（平成18年）
　苗村 吉昭　「オーブの河」〔編集工房ノア〕
　境 節　「薔薇のはなびら」〔思潮社〕
第18回（平19年）
　秋川 久紫　「花泥棒は象に乗り」
　日笠 芙美子　「海と巻貝」
第19回（平20年）
　中西 弘貴　「飲食＜おんじき＞」〔編集工房ノア〕
　松尾 静明　「地球の庭先で」〔三宝社〕

第20回（平成21年）
　金田 弘　「虎擲龍拏（こてきりょうだ）」〔書肆山田〕
第21回（平成22年）
　閤田 真太郎　「十三番目の男」〔砂子屋書房〕
　永井 ますみ　「愛のかたち」〔土曜美術社出版販売〕
第22回（平成23年）
　司 茜　「塩っ辛街道」〔思潮社〕
　万亀 佳子　「夜の中の家族」〔花神社〕
第23回（平成24年）
　嶋岡 晨　「終点オクシモロン」〔洪水企画〕
　髙橋 冨美子　「子盗り」〔思潮社〕
第24回（平成25年）
　岩佐 なを　「海町」〔思潮社〕
　江口 節　「オルガン」〔編集工房ノア〕
第25回（平成26年）
　尾世川 正明　「フラクタルな回転運動と彼の信念」〔土曜美術社出版〕

093 中野重治記念文学奨励賞・全国高校生詩のコンクール

　丸岡町出身の文学者・中野重治を顕彰するため平成3年に創設。第14回（平成17年度）をもって終了。

【主催者】（財）丸岡町文化振興事業団

【選考委員】（第14回）荒川洋治, 定道明, ねじめ正一

【選考方法】公募

【選考基準】〔対象〕詩。テーマは自由。未発表作品〔資格〕高等学校, 高等専門学校及び盲学校, ろう学校, 養護学校の高等部に在学中の生徒〔原稿〕400字詰め原稿用紙A4版1篇5枚以内（1人3篇まで）

【賞・賞金】大賞（1篇）：図書券5万円・記念品, 準大賞（2篇）：図書券3万円・記念品, 特別賞（7篇）：図書券2万円, 優秀作（10篇）：図書券1万円, 佳作（20篇）：図書券5千円

第1回（平3年）
　＊
第2回（平4年）
　＊
第3回（平5年）
　倶利伽羅 希　「図書館」
第4回（平6年）
　豊原 清明　「春彼岸」

第5回（平7年）
　小野 誠　「降り続ける雨の中を歩く」
第6回（平9年）
　犬間 絢子　「浴室小景」
第7回（平10年）
　◇大賞
　松原 雪春　「妊婦の娘」
第8回（平11年）

◇大賞
　　若木 まりも 「白鳥の歌」
第9回（平12年）
　◇大賞
　　仁井 拓 「ぐるぐるぐる」
第10回（平13年）
　◇大賞
　　藤井 智子 「病室」
第11回（平14年）
　◇大賞
　　森 優香 「キョリ」
第12回（平15年度）
　◇大賞
　　宮崎 祐子（熊本県）「朝」
第13回（平16年度）
　◇大賞
　　加藤 亮平（京都府）「たい!!」
第14回（平17年度）
　◇大賞
　　亀山 隆二（沖縄県）「静かな夜」

094 中原中也賞

新進詩人の創作詩稿を以て授賞の対象とする。
【主催者】四季社
【選考委員】四季同人が選考
【選考基準】前年度中の詩集，雑誌等に発表された作品，または応募の未発表原稿。
【締切・発表】結果は同誌に発表
【賞・賞金】賞金100円

第1回（昭14年）
　立原 道造
第2回（昭15～16年）
　高森 文夫
　杉山 平一
第3回（昭17年）
　平岡 潤

095 中原中也賞

山口市出身の詩人・中原中也の業績を顕彰するとともに，詩を通じた芸術文化意識の向上を目的とする。新鮮な感覚を備えた優れた現代詩の詩集に贈られ，新人賞的な性格をもつ。
【主催者】山口市
【選考委員】（第21回）荒川洋治，井坂洋子，佐々木幹郎，高橋源一郎，蜂飼耳
【選考方法】公募・推薦（新聞社，出版社，詩人等）
【選考基準】（第21回）〔対象〕平成26年12月1日から平成27年11月30日までに刊行された現代詩の詩集（奥付入りの印刷された詩集）。〔公募〕著者本人が同じ詩集3部を「中原中也記念館」へ送付する
【締切・発表】（第21回）平成27年12月13日締切（当日消印有効），選考会終了後，報道機関を通じて発表。4月29日（中原中也の生誕日）贈呈式，「ユリイカ」4月号，山口市および中原中也記念館ホームページに掲載予定

096 〔新潟〕日報詩壇賞

【賞・賞金】正賞中原中也ブロンズ像, 副賞100万円
【URL】http://www.chuyakan.jp/

第1回（平8年）
　豊原 清明 「夜の人工の木」〔霧工房〕
第2回（平9年）
　長谷部 奈美江 「もしくは、リンドバーグの畑」〔思潮社〕
第3回（平10年）
　宋 敏鎬 「ブルックリン」〔青土社〕
第4回（平11年）
　和合 亮一 「AFTER」〔思潮社〕
第5回（平12年）
　蜂飼 耳 「いまにもうるおっていく陣地」〔紫陽社〕
第6回（平13年）
　アーサー・ビナード 「釣り上げては」〔思潮社〕
第7回（平14年）
　日和 聡子 「びるま」〔私家版〕
第8回（平15年）
　中村 恵美 「火よ！」〔書肆山田〕
第9回（平16年）
　久谷 雉 「昼も夜も」〔ミッドナイト・プレス〕
第10回（平17年）
　三角 みづ紀 「オウバアキル」〔思潮社〕
第11回（平18年）
　水無田 気流 「音速平和 sonic peace」〔思潮社〕
第12回（平19年）
　須藤 洋平 「みちのく鉄砲店」〔私家版〕
第13回（平20年）
　最果 タヒ 「グッドモーニング」〔思潮社〕
第14回（平21年）
　川上 未映子 「先端で、さすわ ささされるわ そらええわ」〔青土社〕
第15回（平22年）
　文月 悠光 「適切な世界の適切ならざる私」〔思潮社〕
第16回（平23年）
　辺見 庸 「生首」〔毎日新聞社〕
第17回（平24年）
　暁方 ミセイ 「ウイルスちゃん」〔思潮社〕
第18回（平25年）
　細田 傳造 「谷間の百合」〔書肆山田〕
第19回（平26年）
　大崎 清夏 「指差すことができない」
第20回（平27年）
　岡本 啓 「グラフィティ」〔思潮社〕

096 〔新潟〕日報詩壇賞

昭和44年から毎年2回, 春は読者文芸欄の掲載作の中から, 秋は広く作品を公募して, 最優秀作を寄せた人に贈った。昭和62年より新潟日報文学賞に移行。

【主催者】新潟日報社
【選考委員】山本太郎（春）, 吉原幸子（59年秋）
【選考方法】400字詰め原稿用紙で50行以内。未発表のもの。
【締切・発表】秋の公募は8月募集開始, 9月下旬締切, 10月下旬か11月初旬, 紙上で発表。
【賞・賞金】入賞1名1万円, 佳作1席1名7千円, 2席1名6千円

第1回（昭44年春）
　荒木 勇三 「千匹の僕ら」
第2回（昭44年秋）
　小根山 トシ 「グチの秋」
第3回（昭45年春）
　たかはし とみお 「眠り」

第4回（昭45年秋）
　　和田 とみ子 「思い」
第5回（昭46年春）
　　孤源 和之 「川について」
第6回（昭46年秋）
　　たかはし とみお 「名まえ」
第7回（昭47年春）
　　斎藤 俊一 「埠頭にて」
第8回（昭47年秋）
　　斎藤 俊一 「通過して行った」
第9回（昭48年春）
　　小林 和之 「夕ぐれの雪」
第10回（昭48年秋）
　　金子 鋭一 「蟬」
第11回（昭49年春）
　　斎藤 健一 「鉄道踏切」
第12回（昭49年秋）
　　金井 健一 「母」
第13回（昭50年秋）
　　五十嵐 俊之 「ドコダッテイツモト同ジ秋ノ日ダネ」
第14回（昭51年春）
　　横尾 裕 「銭湯で」
第15回（昭51年秋）
　　金井 健一 「叔父」
第16回（昭52年春）
　　下条 ひとみ 「積もった雪の上で」
第17回（昭52年秋）
　　新井 正人 「漁火」
第18回（昭53年春）
　　佐野 雪 「逢魔が時」
第19回（昭53年秋）
　　中西 ひふみ 「峰ん巣」
第20回（昭54年春）
　　星 可規 「地図の上から」
第21回（昭54年秋）
　　五十嵐 善一郎 「落日」
第22回（昭55年春）
　　安田 雅博 「遠島記4」
第23回（昭55年秋）
　　加瀬 雅子 「吉田さんの話」
第24回（昭56年春）
　　岩淵 一也 「不在」
第25回（昭56年秋）
　　星野 きよえ 「ロシナンテという馬」
第26回（昭57年春）
　　藤村 柊 「人間が転んた」
第27回（昭57年秋）
　　藤 洋子 「夫」
第28回（昭58年春）
　　岩淵 一也 「開花期」
第29回（昭58年秋）
　　金井 健一
第30回（昭59年春）
　　宮島 志津江 「讃歌」
第31回（昭59年秋）
　　斎藤 健一 「八月の子供」
第32回（昭60年春）
　　長田 清子 「夏の終わり」
第33回（昭60年秋）
　　大森 千代
第34回（昭61年春）
　　石井 清子
第35回（昭61年秋）
　　石井 清子

097 日本一行詩大賞・日本一行詩新人賞

　角川春樹が提唱する「魂の一行詩」は，正岡子規以来の詩歌革新運動である。日本一行詩協会では，本来の歌の原意である心を「撃ち」魂に「訴える」句集，及び歌集の多数の応募を待つ。

【主催者】日本一行詩協会
【選考方法】公募

【賞・賞金】正賞：記念品,副賞30万円

第1回（平20年）
　◇大賞
　　大森 理恵　「ひとりの灯」（句集）
　◇新人賞
　　大森 健司　「あるべきものが…」（句集）
　　篠原 霧子　「白炎」（歌集）
第2回（平21年）
　◇新人賞
　　森 水晶　「星の夜」（歌集）〔ながらみ書房〕
第3回（平22年）
　◇大賞
　　眞鍋 呉夫　「月魄」（句集）〔邑書林〕
　　前 登志夫　「野生の聲」（歌集）〔本阿弥書店〕
第4回（平23年）
　◇大賞
　　森 澄雄　「蒼茫」（詩集）〔角川学芸出版〕

第5回（平24年）
　◇大賞
　　河野 裕子　「蟬声」（歌集）〔青磁社〕
　　田井 三重子　「寒鰤の来る夜」（句集）〔文學の森〕
　◇新人賞
　　松本 純　「三草子」（句集）〔すずしろ会〕
第6回（平25年）
　◇大賞
　　永田 和宏　「夏・二〇一〇」（歌集）〔青磁社〕
　　大道寺 将司　「棺一基 大道寺将司全句集」〔太田出版〕
第7回（平26年）
　◇大賞
　　小島 ゆかり　「純白光 短歌日記2012」〔ふらんす堂〕

---

098 日本詩人クラブ詩界賞

詩の研究書,評論集,訳・編詩集の中から,優れたものを表彰し,広く社会に推奨することを目的とする。平成13年授賞開始。

【主催者】一般社団法人日本詩人クラブ

【選考委員】（第15回）武子和幸（選考委員長）,太田雅孝,木村淳子,太原千佳子,小川英晴

【選考方法】推薦

【選考基準】〔対象〕前年の1月1日から12月31日の間に刊行され,奥付にその期間中の発行年月日を日付として持つもの。ただし,全集,著作集,再刊本等復刻を中心とするものは対象としない。〔資格〕会員・非会員を問わない

【締切・発表】1月中旬締切,2月下旬発表

【賞・賞金】正賞ブロンズ像（行動美術協会会員・村井和夫制作）,副賞20万円

【URL】http://homepage3.nifty.com/japan-poets-club/

第1回（平13年）
　秋吉 久紀夫〔訳〕　「現代シルクロード詩集」〔土曜美術出版販売〕
第2回（平14年）
　松田 幸雄〔訳〕　D・H・ロレンス詩集「鳥と獣と花」〔彩流社〕

第3回（平15年）
　該当作なし
第4回（平16年）
　水谷 清　「クロード・ロワ詩集『忍び靴の詩篇』」
第5回（平17年）

神品 芳夫 「自然詩の系譜」
第6回（平18年）
　　　佐藤 伸宏 「日本近代象徴詩の研究」
第7回（平19年）
　　　石原 武 「遠いうた 拾遺集」
第8回（平20年）
　　　鼓 直, 細野 豊 「ロルカと二七年世代の詩人たち」
　　　藤井 貞和 「言葉と戦争」
第9回（平21年）
　　　井田 三夫 「テオフィル・ド・ヴィオー」
第10回（平22年）
　　　川中子 義勝 「神への問い」

第11回（平23年）
　　　呉 世宗 「リズムと抒情の詩学」
第12回（平24年）
　　　井上 輝夫 「詩想の泉をもとめて」
　◇特別賞
　　　西條 八束 「父・西條八十の横顔」
第13回（平25年）
　　　中野 敏男 「詩歌と戦争」
第14回（平26年）
　　　坂本 正博 「金子光晴『寂しさの歌』の継承──金井直・阿部謹也への系譜」
第15回（平27年）
　　　冨岡 悦子 「パウル・ツェランと石原吉郎」

099 日本詩人クラブ賞

　習熟した詩人の詩書の中からすぐれたものを表彰し広く社会に推奨することを目的とし、昭和43年から授賞を開始した。

【主催者】一般社団法人日本詩人クラブ

【選考委員】（第48回）齋藤貢（選考委員長），川島完，佐川亜紀，古屋久昭，薬師川虹一，禿慶子，北岡淳子

【選考方法】推薦

【選考基準】〔対象〕前年の1月1日から12月31日の間に発行され，奥付にその期間内の発行年月日を日付として持つ詩書。ただし全集，全詩集，選詩集等の旧作を中心とするものは対象としない

【締切・発表】1月中旬締切，2月下旬発表

【賞・賞金】正賞レリーフ（高田博厚制作），副賞30万円

【URL】http://homepage3.nifty.com/japan-poets-club/

第1回（昭43年）
　　　木村 孝 「詩集・五月の夜」他詩帖同人
第2回（昭44年）
　　　北 一平 「詩集・魚」他
第3回（昭45年）
　　　武田 隆子 「詩集・小鳥のかげ」他
第4回（昭46年）
　　　西岡 光秋 「詩集・鵜匠」
第5回（昭47年）
　　　該当作なし
第6回（昭48年）
　　　田村 のり子 「出雲・石見地方詩史五十年」

第7回（昭49年）
　　　村上 草彦 「橋姫」
　　　石原 武 「離れ象」
第8回（昭50年）
　　　高橋 波 「冬の蝶」
第9回（昭51年）
　　　中野 嘉一 「前衛詩運動史の研究」
第10回（昭52年）
　　　該当作なし
第11回（昭53年）
　　　堀口 定義 「弾道」〔思潮社〕
第12回（昭54年）

099 日本詩人クラブ賞

　　和田 徹三　「和田徹三全詩集」〔沖積舎〕
第13回（昭55年）
　　藤原 定　「環」〔弥生書房〕
　　星野 徹　「玄猿」〔沖積舎〕
第14回（昭56年）
　　伊藤 賢三　「水辺」〔紙碑の会〕
　　鈴木 漠　「投影風雅」〔書肆季節社〕
第15回（昭57年）
　　高橋 新吉　「空洞」〔立風書房〕
第16回（昭58年）
　　大滝 清雄　「ラインの神話」〔沖積舎〕
　　宮崎 健三　「類語」〔国文社〕
第17回（昭59年）
　　足立 巻一　「雑歌」〔理論社〕
第18回（昭60年）
　　中村 隆　「詩人の商売」〔蜘蛛出版社〕
第19回（昭61年）
　　瀬谷 耕作　「奥州浅川騒動」
第20回（昭62年）
　　黒部 節子　「まぼろし戸」
　　鈴木 満　「翅」
第21回（昭63年）
　　秋谷 豊　「砂漠のミイラ」
第22回（平1年）
　　筧 槇二　「怖い瞳」
第23回（平2年）
　　小柳 玲子　「黄泉のうさぎ」〔花神社〕
第24回（平3年）
　　宗 昇　「くにざかいの歌」〔詩学社〕
第25回（平4年）
　　土橋 治重　「根」〔土曜美術社〕
　　相良 平八郎　「地霊遊行」〔書肆季節社〕
第26回（平5年）
　　藤富 保男　「やぶにらみ」
第27回（平6年）
　　田中 清光　「風の家」
第28回（平7年）
　　原子 修　「未来からの銃声」〔縄文詩劇の会〕
　　菊地 貞三　「いつものように」〔花神社〕
第29回（平8年）
　　小松 弘愛　「どこか偽者めいた」

第30回（平9年）
　　岡崎 純　「寂光」
第31回（平10年）
　　河邨 文一郎　「シベリア」〔思潮社〕
第32回（平11年）
　　木津川 昭夫　「竹の異界」〔砂子屋書房〕
第33回（平12年）
　　田口 義弘　「遠日点」〔小沢書店〕
第34回（平13年）
　　松尾 静明　「都会の畑」〔三宝社〕
第35回（平14年）
　　冨長 覚梁　「そして秘儀そして」〔れんげ草舎〕
第36回（平15年）
　　井奥 行彦　「しずかな日々を」〔書肆青樹社〕
第37回（平16年）
　　吉野 令子　「歳月、失われた蕾の真実」
第38回（平17年）
　　尾花 仙朔　「有明まで」
第39回（平18年）
　　川島 完　「ゴドー氏の村」
第40回（平19年）
　　麻生 直子　「足形のレリーフ」
第41回（平20年）
　　大掛 史子　「桜鬼」
第42回（平21年）
　　清水 茂　「水底の寂かさ」
第43回（平22年）
　　硲 杏子　「水の声」
第44回（平23年）
　　北岡 淳子　「鳥まばたけば」
第45回（平24年）
　　一色 真理　「エス」
第46回（平25年）
　　佐川 亜紀　「押し花」
　　岡野 絵里子　「陽の仕事」
第47回（平26年）
　　金堀 則夫　「畦放」
第48回（平27年）
　　柴田 三吉　「角度」

100 日本詩人クラブ新人賞

新人の詩集の中から、優れたものを表彰し、広く社会に推奨することを目的として設立された。平成3年授賞を開始した。

【主催者】一般社団法人日本詩人クラブ

【選考委員】（第25回）竹内美智代（選考委員長）、岡隆夫、野仲美弥子、橋浦洋志、吉田義昭、谷口ちかえ、長谷川忍

【選考方法】推薦

【選考基準】〔対象〕前年の1月1日から12月31日の間に発行された詩書。ただし、全集、全詩集、選詩集等の旧作を中心とするものは対象としない。〔資格〕会員・非会員を問わない

【締切・発表】1月中旬締切、2月下旬発表

【賞・賞金】正賞ブロンズ像（創型会同人・福本晴男制作）、副賞20万円

【URL】http://homepage3.nifty.com/japan-poets-club/

第1回（平3年）
　中村 不二夫 「Mets」〔土曜美術社〕
第2回（平4年）
　江島 その美 「水の残像」〔土曜美術社〕
第3回（平5年）
　北岡 淳子 「生姜湯」〔書肆青樹社〕
第4回（平6年）
　柴田 三吉 「さかさの木」〔ジャンクション・ハーベスト〕
第5回（平7年）
　清水 恵子 「あびて あびて」〔思潮社〕
第6回（平8年）
　草野 信子 「戦場の林檎」
第7回（平9年）
　鈴木 有美子 「細胞律」
第8回（平10年）
　橋浦 洋志 「水俣」〔思潮社〕
第9回（平11年）
　樋口 伸子 「あかるい天気予報」
第10回（平12年）
　白井 知子 「あやうい微笑」
第11回（平13年）
　佐々木 朝子 「砂の声」
第12回（平14年）
　網谷 厚子 「万里」
第13回（平15年）
　該当作なし
第14回（平16年）
　吉田 義昭 「ガリレオが笑った」
第15回（平17年）
　星 善博 「水葬の森」
第16回（平18年）
　竹内 美智代 「切通し」
第17回（平19年）
　岡野 絵里子 「発語」
第18回（平20年）
　肌勢 とみ子 「そぞろ心」
第19回（平21年）
　斎藤 恵子 「無月となのはな」
第20回（平22年）
　伊与部 恭子 「来訪者」
　倉本 侑未子 「真夜中のパルス」
第21回（平23年）
　渡辺 めぐみ 「内在地」
第22回（平24年）
　大野 直子 「化け野」
第23回（平25年）
　池田 順子 「水たまりのなかの空」
第24回（平26年）
　中島 真悠子 「錦繡植物園」
第25回（平27年）
　石下 典子 「うつつみ」

101 年刊現代詩集新人賞

昭和54年,創設。年刊現代詩集の参加者の中から,優れた新人を選ぶ。昭和62年をもって終了。

【主催者】 芸風書院

【選考委員】 三田忠夫,藤一也,木津川昭夫,山田寂雀,名古屋哲夫,合田曠,川村洋一,岡田武雄,丸山勝久,福谷昭二,藤坂信子,斉藤正敏,北多浦敏,秋原秀夫

【選考基準】 年刊現代詩集委員会または同人誌主宰の推せんによって年刊現代詩集に掲載された作品の中から選出。

【締切・発表】 年刊現代詩集は毎年6月,12月発行(作品締切1月,7月末日)発表は毎年3月上旬,本人通知,主要新聞紙上及び芸風ジャーナル等。

【賞・賞金】 新人賞 賞状及び賞金総額20万円,奨励賞 賞状及び記念品

第1回(昭54年)
　山本 美代子 「人魚」
　広岡 昌子 「河太郎文」
◇奨励賞
　小松 弘愛 「嘔吐」
　木下 幸江 「風」
　高橋 和子 「ゼロの季節」
第2回(昭56年)
　打田 早苗 「女犯不動」
　鈴木 豊志夫 「噂の耳」
　中野 博子 「月と魚と女たち」
◇奨励賞
　小松 弘愛 「鳥」
　鈴木 操 「ひがん花幻想」
　掛布 知伸 「不良志願」
　たかとう 匡子 「私の夏は」
第3回(昭57年)
　そらやま たろう 「詩人偽証」
　槇 さわ子 「蜘蛛の糸」
◇奨励賞
　掛布 知伸 「裏町どしらそふぁみれど」
　岩佐 なを 「水域から」
　紫 圭子 「アクリル」
　原 桐子 「ほたる火」
　若林 光江 「沈黙」
第4回(昭58年)
　紫 圭子 「ストーン・サークル」
◇佳作
　えぬ まさたか 「ぶち猫のドジ幽閉の五日間」
　坂本 登美 「サンクチュアリ=聖域」
　綾部 健二 「飛行論」
　神崎 崇 「落花」
　渡辺 真理子 「あなたと私の穴について」
　山田 隆昭 「仮構の部屋」
第5回(昭59年)
　渡辺 真理子 「ザリガニ飼う後めたさは」
　山田 隆昭 「鬼を言う」
◇奨励賞
　えぬ まさたか 「少年マサ鬼面に会う」
　渡辺 卓爾 「夢景」
　冨沢 宏子 「そんな時が……」
　川島 洋 「棒を捨てた男の話」
　川口 泰子 「しご」
第6回(昭60年)
　神庭 泰 「黙示録」
　鈴木 操 「階」
◇奨励賞
　渡辺 洋 「漁火」
　波多野 マリコ 「子供たちの夜の祭り」
　宇野 雅詮 「利休」
　矢代 廸彦 「葬年式」
　天路 悠一郎 「秩父行」
第7回(昭61年)
　波多野 マリコ 「白日夢」
　鈴木 素直 「馬喰者の話」
◇奨励賞
　朝比奈 克子 「ファンタジア」
　中村 吾郎 「褌同盟」

長久保 鐘多　「部屋」
　三浦 玲子　「何もしない日」
　吉田 博哉　「屋根裏の少年」
第8回(昭62年)
　渡辺 洋　「うつろい」
　中村 吾郎　「金が原オーライ」

◇奨励賞
　鈴木 八重子　「帯」
　鎌田 さち子　「ぼくの旅」
　高橋 輝雄　「おやじ」
　中内 治子　「森はすでに」
　藤田 晴央　「反歌・この地上で」

102 萩原朔太郎賞

　萩原朔太郎をはじめ,大正から昭和を経て現在に至るまで日本詩壇において活躍する多くの詩人を輩出してきた前橋市が,平成4年に市制施行100周年を記念して創設。日本近代詩史に多大な貢献をした萩原朔太郎の業績を永く顕彰し,日本文化発展に寄与するとともに,市民文化の向上を図ることを目的とする。

【主催者】前橋市,萩原朔太郎賞の会

【選考委員】佐々木幹郎(詩人),建畠晢(詩人、美術評論家),松浦寿輝(詩人、小説家、東京大学名誉教授),三浦雅士(文芸評論家),吉増剛造(詩人)

【選考方法】非公募。予備選考を行う「推薦委員会」を開催し候補作品を選び,本選考を行う「選考委員会」の開催を経て受賞作品を決定する

【選考基準】〔対象〕現代詩。前年8月1日から当該年7月31日までに発表された作品

【締切・発表】毎年11月頃,文芸誌「新潮」に掲載。萩原朔太郎の生誕日11月1日の直前の土日に贈呈式を開催

【賞・賞金】正賞:萩原朔太郎像(ブロンズ像),副賞:100万円

【URL】http://www.city.maebashi.gunma.jp/kurashi/230/

第1回(平5年)
　谷川 俊太郎　「世間知ラズ」
第2回(平6年)
　清水 哲男　「夕陽に赤い帆」
第3回(平7年)
　吉原 幸子　「発光」〔思潮社〕
第4回(平8年)
　辻 征夫　「俳諧辻詩集」
第5回(平9年)
　渋沢 孝輔　「行き方知れず抄」〔思潮社〕
第6回(平10年)
　財部 鳥子　「烏有の人」
第7回(平11年)
　安藤 元雄　「めぐりの歌」〔思潮社〕
第8回(平12年)
　江代 充　「梢にて」〔書肆山田〕
第9回(平13年)
　町田 康　「土間の四十八滝」
第10回(平14年)
　入沢 康夫　「遅い宴楽(とほいうたげ)」〔書肆山田〕
第11回(平15年)
　四元 康祐　「噤(つぐ)みの午後」〔思潮社〕
第12回(平16年)
　平田 俊子　「詩七日(しなのか)」
第13回(平17年)
　荒川 洋治　「心理」
第14回(平18年)
　松本 圭二　「アストロノート」
第15回(平19年)
　伊藤 比呂美　「とげ抜き 新巣鴨地蔵縁起」
第16回(平20年)
　鈴木 志郎康　「声の生地」
第17回(平21年)

松浦 寿輝　「吃水都市」
第18回（平22年）
　　　小池 昌代　「コルカタ」
第19回（平23年）
　　　福間 健二　「青い家」
第20回（平24年）
　　　佐々木 幹郎　「明日」

第21回（平25年）
　　　建畠 晢　「死語のレッスン」
第22回（平26年）
　　　三角 みづ紀　「隣人のいない部屋」
第23回（平27年）
　　　川田 絢音　「雁の世」

103 晩翠賞

仙台が生んだ詩人・土井晩翠を顕彰するため昭和35年に創設された。毎年優れた詩的業績を示した詩人に贈られる。50回（平成21年）をもって休止。

【主催者】 土井晩翠顕彰会，仙台文学館

【選考委員】 （第50回）粟津則雄，安藤元雄，三浦雅士

【選考方法】 公募

【選考基準】 〔対象〕前年6月1日から本年5月31日までに刊行された詩集。全詩集，アンソロジー，訳詩集，外国語による詩集は除く。

【締切・発表】 （第50回）平成21年7月25日締切（当日消印有効），9月中旬発表，10月18日贈呈式

【賞・賞金】 賞状，土井晩翠レリーフ（柳原義達氏制作），賞金100万円

第1回（昭35年）
　　　鎌田 喜八　「エスキス」
第2回（昭36年）
　　　粒来 哲蔵　「舌のある風景」
第3回（昭37年）
　　　斎藤 庸一　「雪のはての火」
第4回（昭38年）
　　　寒河江 真之助　「鞭を持たない馭者」
第5回（昭39年）
　　　吉田 慶治　「あおいの記憶」
第6回（昭40年）
　　　中村 俊亮　「愛なしで」
第7回（昭41年）
　　　宝 譲　「冬の雨」他3編
第8回（昭42年）
　　　村上 昭夫　「動物哀歌」
第9回（昭43年）
　　　前原 正治　「作品，緑の微笑」他5編
第10回（昭44年）
　　　岩泉 晶夫　「遠い馬」
第11回（昭45年）
　　　高橋 兼吉　「真珠婚」
第12回（昭46年）
　　　中 寒二　「尻取遊び」
第13回（昭47年）
　　　及川 均　「及川均詩集」
第14回（昭48年）
　　　沢野 紀美子　「冬の桜」
　　　北森 彩子　「城へゆく道」
第15回（昭49年）
　　　佐藤 秀昭　「毛越寺二十日夜祭」
第16回（昭50年）
　　　高木 秋尾　「けもの水」
第17回（昭51年）
　　　相田 謙三　「あおざめた鬼の翳」
　　　泉谷 明　「濡れて路上いつまでもしぶき」
第18回（昭52年）
　　　香川 弘夫　「わが津軽街道」
第19回（昭53年）
　　　庄司 直人　「庄司直人詩集」
第20回（昭54年）
　　　藤原 美幸　「普遍街夕焼け通りでする立ち

ばなし」
第21回(昭55年)
　吉岡 良一 「暴風前夜」
第22回(昭56年)
　佐々木 洋一 「星々」
第23回(昭57年)
　小笠原 茂介 「みちのくのこいのうた」
第24回(昭58年)
　有我 祥吉 「クレヨンの屑」
第25回(昭59年)
　尾花 仙朔 「縮図」
第26回(昭60年)
　菊地 貞三 「ここに薔薇あらば」
第27回(昭61年)
　糸屋 鎌吉 「尺骨」
第28回(昭62年)
　内川 吉男 「メルカトル図法」
第29回(昭63年)
　加藤 文男 「労使関係論」
第30回(平1年)
　大坪 孝二(岩手県)
　堀江 沙オリ(秋田県)
第31回(平2年)
　小山内 弘海(青森県)
　斎藤 忠男(秋田県)
第32回(平3年)
　木村 迪夫(山形県)
第33回(平4年)
　関 富士子(福島県)
　宮 静枝(岩手県)
第34回(平5年)
　千葉 香織(宮城県)
第35回(平6年)
　清水 哲男(詩人)「夕陽に赤い帆」〔思潮社〕
第36回(平7年)
　徳岡 久生 「私語辞典」〔思潮社〕
第37回(平8年)
　時里 二郎 「ジパング」〔思潮社〕
第38回(平9年)
　黒部 節子 「北向きの家」〔夢人館〕
第39回(平10年)
　平田 俊子 「ターミナル」〔思潮社〕
第40回(平11年)
　藤井 貞和 「『静かの海』石、その韻(ひび)き」〔思潮社〕
　安水 稔和 「生きているということ」〔編集工房ノア〕
第41回(平12年)
　豊原 清明 「朝と昼のてんまつ」〔編集工房ノア〕
第42回(平13年)
　松本 邦吉 「発熱頌」〔書肆山田〕
第43回(平14年)
　吉田 文憲 「原子野」〔砂子屋書房〕
第44回(平15年)
　白石 かずこ 「浮遊する母、都市」〔書肆山田〕
第45回(平16年)
　山崎 るり子 「風ぼうぼうぼう」〔思潮社〕
第46回(平17年)
　高岡 修 「犀(さい)」〔思潮社〕
第47回(平18年)
　和合 亮一 「地球頭脳詩篇」〔思潮社〕
第48回(平19年)
　新井 豊美 「草花丘陵」〔思潮社〕
第49回(平20年)
　水無田 気流 「Z境(ぜっきょう)」〔思潮社〕
第50回(平21年)
　斎藤 恵子 「無月となのはな」〔思潮社〕

104 晩翠わかば賞・晩翠あおば賞

　土井晩翠顕彰会では、仙台が生んだ詩人・土井晩翠を顕彰するため、昭和35年に東北地方および仙台市の国内姉妹都市の小・中学生の詩作品を対象とした「晩翠児童賞」を設けた。48回を迎えた平成19年から、名称を「晩翠わかば賞」(小学生対象)、「晩翠あおば賞」(中学生対象)と改めた。

【主催者】土井晩翠顕彰会, 仙台文学館

104 晩翠わかば賞・晩翠あおば賞　　詩

【選考委員】（第54回）梶原さい子（歌人），佐々木洋一（詩人），高野ムツオ（俳人），とよたかずひこ（絵本作家），和合亮一（詩人）

【選考方法】公募

【選考基準】〔対象〕東北地方及び仙台市国内姉妹都市の小学生・中学生による詩作品。仙台市国内姉妹都市：北海道白老町，長野県中野市，徳島県徳島市，大分県竹田市，愛媛県宇和島市。〔応募規定〕(1) 個人での応募（1人5編以内），(2) 学校・団体での応募（9月から翌年8月までに発行された学校文集，詩集，機関紙等でも可）

【締切・発表】8月31日締切（必着），10月贈呈式

【賞・賞金】晩翠わかば賞・あおば賞（各1名）：賞状，記念品。優秀賞（数名）：賞状，記念品。佳作（数名）：賞状，記念品

【URL】http://www.sendai-lit.jp/

第1回（昭35年）
　日下部 政利
第2回（昭36年）
　鈴木 茂
第3回（昭37年）
　石森 明夫
第4回（昭38年）
　菱沼 紀子
第5回（昭39年）
　小俣 佳子
第6回（昭40年）
　中村 喜代子
第7回（昭41年）
　佐藤 起恵子
第8回（昭42年）
　熊谷 きぬ江
第9回（昭43年）
　子玉 智明
第10回（昭44年）
　佐藤 裕幸
第11回（昭45年）
　武田 忠信
第12回（昭46年）
　鈴木 次男
第13回（昭47年）
　伊藤 律子　「家ふぐし」
第14回（昭48年）
　荒屋敷 良子　「下北の海」
第15回（昭49年）
　石井 まり子　「せんたく機の中のあたし」
第16回（昭50年）
　伊藤 郁子　「私の母子手帳」
第17回（昭51年）
　阿部 朋美　「かいがら」
第18回（昭52年）
　関口 順子　「読書して」他
第19回（昭53年）
　いいとよ ひであき　「ぶらんこ」
第20回（昭54年）
　もぎ まさき　「わらびざのたいこ」
第21回（昭55年）
　白岩 登世司　「いねはこび」
第22回（昭56年）
　阿部 ゆか　「残月」
第23回（昭57年）
　浜野 勝郎　「手紙―三回目の手術」
第24回（昭58年）
　まき ともゆき　「かんからうまっこ」
第25回（昭59年）
　高柳 佳絵　「二人乗り自転車」
第26回（昭60年）
　小川 宗義　「はがね魚」
第27回（昭61年）
　菅原 結美　「虫おくり」
第28回（昭62年）
　荒川 麻衣子　「いねの花」
第29回（昭63年）
　佐藤 直樹　「せみのう化」
第30回（平1年）
　氏家 武紀（宮城県）
第31回（平2年）
　あおき としみち（青森県）

第32回（平3年）
　井面 咲恵（岩手県）
第33回（平4年）
　菊池 薫（岩手県）
第34回（平5年）
　千葉 克弘（宮城県）
第35回（平6年）
　高橋 敦子（宮城県）「神楽」（詩）
第36回（平7年）
　岩淵 大地
第37回（平8年）
　佐藤 美恵（宮城県）「千明が歩いた」
第38回（平9年）
　村山 明日香（宮城県）「みんなでとんぼ」
第39回（平10年）
　大内 雅友　「いつからだろう」
第40回（平11年）
　◇晩翠児童賞
　　ひで ゆりか（宮城県佐沼小二年）「かけっこ」
　◇優秀賞
　　たかはし ひろき（宮城県瀬峰小一年）「ぴいちゃんのめ」
　　さとう めぐみ（宮城県米川小三年）「わたしがんばるよ」
第41回（平12年）
　◇晩翠児童賞
　　あべ きよひろ（宮城県志津川小一年）「ぼくのあさがおへ」
　◇優秀賞
　　沢口 美香（青森県清水頭小三年）「はずかしいな」
　　大久保 寿樹（青森県切谷内小三年）「牛のふんとり」
　　栗原 啓輔（宮城県第三小四年）「言えない理由」
第42回（平13年）
　◇晩翠児童賞
　　千葉 明弘（宮城県嵯峨立小四年）「ぼくとはん画」
　◇優秀賞
　　すずき みどり（宮城県上沼中央小一年）「くりの木もわらったよ」
　　まつもと ひろと（福島県開成小一年）「ねこになりたい」
　　さとう こずえ（岩手県愛宕小二年）「ゴッホの絵本をよんで」
　　高橋 千束（宮城県米岡小五年）「おねえちゃん」
第43回（平14年）
　◇晩翠児童賞
　　やまだ まお（宮城県山下小一年）「げんきかな しんぺいくん」
　◇優秀賞
　　佐藤 綾（宮城県豊里小五年）「力がほしい」
　　佐藤 大祐（宮城県大谷地小二年）「インタビュー」
第44回（平15年）
　◇晩翠児童賞
　　遠藤 めぐみ（宮城県豊里小六年）「祖母の涙」
　◇優秀賞
　　村上 恵理子（岩手県大宮中二年）「ビッグバン」
　　にった さか（宮城県菅谷台小一年）「おねえちゃんだよ」
第45回（平16年）
　◇晩翠児童賞
　　千葉 未来（宮城県気仙沼市立鹿折小六年）「和田さんの言葉」
第46回（平17年）
　◇晩翠児童賞
　　千葉 雅人（宮城県栗原市立富野小三年）「家ていほう間」
第47回（平18年）
　◇晩翠児童賞
　　千葉 颯一朗（宮城県登米市立中津山小三年）「おじいさん」
第48回（平19年）
　◇晩翠わかば賞
　　佐々木 里緒（南三陸町在住・小学2年）「たんぽが とけたよ」
　◇晩翠あおば賞
　　菅原 遼（仙台市在住・高校1年）「祈り」
第49回（平20年）
　◇晩翠わかば賞
　　大和田 千聖 「ちさと、おせ。もっと、おせ。」
　◇晩翠あおば賞
　　該当作なし

第50回（平21年）
　◇晩翠わかば賞
　　阿部 仁美　「神楽の神様」
　◇晩翠あおば賞
　　高橋 真彩　「夏そして私」
第51回（平22年）
　◇晩翠わかば賞
　　たかはし れいか　「先生にしつもん」
　◇晩翠あおば賞
　　菅原 奏　「夏の一枚」
第52回（平23年）
　◇晩翠わかば賞
　　福士 湧太　「跳び箱」
　◇晩翠あおば賞
　　岡崎 史歩　「うめぼし」

第53回（平24年）
　◇晩翠わかば賞
　　本郷 祈和人　「たびしいお花見」
　◇晩翠あおば賞
　　佐々木 凌雅　「魂と壁」
第54回（平25年）
　◇晩翠わかば賞
　　熊谷 真響　「願いごと」
　◇晩翠あおば賞
　　金森 悠夏　「あじさいの小さな花」
第55回（平26年）
　◇晩翠わかば賞
　　佐藤 裕之介　「まほうのつなみ」
　◇晩翠あおば賞
　　金森 悠夏　「私の葉」

105 日付けのある詩 ダイエー賞

　日々の生活とともにあるダイエーが、科学万博ダイエー館＜詩人の家＞に展示のため、昭和59年に創設した賞。第3回をもって中止となる。

【主催者】株式会社ダイエー

【選考委員】浅井慎平、鈴木志郎康、岡井隆、細野晴臣、清水哲男、中内功

【選考方法】〔資格〕年齢、男女、国、プロ・アマの別を問わない。学校やグループ単位でも可。〔対象〕詩1200字以内、俳句、短歌5点以内。映像（2分の1インチのビデオテープ3分以内）1点。音（カセットテープ3分以内）1点。いずれも未発表の自作に限る。

【締切・発表】第2回は、昭和60年7月31日締切。予選通過作品を公開審査（9月7日）により、決定。発表は＜詩人の家＞およびダイエー各店など。

【賞・賞金】ダイエー賞（1点）楯、詩集（歌集・句集）の出版または商品券50万円。審査委員奨励賞（6点）楯、商品券30万円。ジュニアダイエー賞（小中学生対象）楯、賞品。商品券5万円。

第1回（昭59年）
　伊藤 誠　「巡り会いの日に」（カセットテープ）
　◇審査委員奨励賞
　　武藤 千代美　（短歌）
　　市川 雅一　「12月31日 1年間を〜」（カセットテープ）
　　浜江 順子　「プールで1000m泳いだ日」（詩）
　　天野 千絵　（俳句）
　　小松 義光　（カセットテープ）
　　田中 英子　「ブリの頭」（詩）
　◇パブリックダイエー賞
　　三千山 祐子　（俳句）
　◇ジュニアダイエー賞
　　古賀 勇司　（詩）
　　成田 隆直
第2回（昭60年）
　山口 淑枝　「あやとり」（詩）
　◇審査委員奨励賞
　　片山 修　（短歌）
　　戸村 幸子　（短歌）

福田 均 「グラジオラス」(詩)
　　森田 農成 「土曜日の音楽作工」(カセット
　　　テープ)
　　藍 朋子 (俳句)
　　田中 英子 「たとえばドライフラワーのそ
　　　らいろのライラックの花」(詩)
　◇パブリックダイエー賞
　　牛島 麻三子
第3回(昭61年)
　　チャイニーズ・ピーターパン・クラブ
　　　「運動会」(カセットテープ)
　◇審査委員奨励賞
　　竹内 文子 (短歌)
　　和田 慧子 「犬のいる風景」(カセットテー
　　　プ)
　　倉持 富陽女 (俳句)
　　木村 圭子 (短歌)
　　川越 政行 「虹を見た日の詩」(詩)
　　永島 直子 (俳句)
　◇ジュニアダイエー賞
　　笹谷 哲也 「おみやげ」(詩)
　　細川 忠生 「お母さん」(詩)

106 兵庫詩人賞

昭和53年, 第3次「兵庫詩人」の再出発記念に創設。

【主催者】兵庫詩人発行所

【選考委員】(第15回)審査・推薦委員：青木重雄,赤井成夫,伊勢田史郎,内田豊清,大賀二郎,片田芳子,君本昌久,小林武雄,直原弘道,谷村杭三郎,津高和一,長浜謙,春木吉彦,福永祥子,丸田礼子,丸本明子,和田英子,岡見裕輔,渡辺信雄,兵庫詩人編集部

【選考方法】推薦委員の推薦

【選考基準】〔対象〕当該年度中の季刊「兵庫詩人」に発表された詩作品

【締切・発表】「兵庫詩人」1月号に発表

【賞・賞金】賞状と記念品

第1回(昭54年度)
　綾見 謙(辞退)
第2回(昭55年度)
　西本 昭太郎
第3回(昭56年度)
　中村 隆
第4回(昭57年度)
　丸本 明子
第5回(昭58年度)
　大賀 二郎
第6回(昭59年度)
　桑島 玄二
第7回(昭60年度)
　伊勢田 史郎
第8回(昭61年度)
　内田 豊清(辞退)
第9回(昭62年度)
　該当作なし
第10回(昭63年度)
　福永 栄子
第11回(平1年度)
　丸田 礼子
第12回(平2年度)
　該当作なし
第13回(平3年度)
　綾見 謙(辞退)
第14回(平4年度)
　岡見 裕輔
　渡辺 信雄
第15回(平5年度)
　該当作なし
第16回(平6年度)
　休止

107 広島県詩人協会賞

アンソロジー「広島県詩集」第10集より創設。現在は中止となっている。

【主催者】 広島県詩人協会

【選考基準】 アンソロジー「広島県詩集」より選出。

第1回（昭49年）
　岡村 津太夫　「石臼の詩」
　西野 徹　「風土」
　井野口 慧子　「オレンジ」
第2回（昭50年）
　中村 信子　「橋を渡る」
　木川 陽子　「天井」
　田中 虎市　「牛の涎」

第3回（昭51年）
　木川 陽子　「花まほろし」
　伊藤 真理子　「風鐸」
　万亀 佳子　「祈り」
第4回（昭52年）
　木村 恭子　「石蝶」
　仁田 昭子　「球根」

108 福岡県詩人賞

年内に出版された県内の詩集のなかで優れたものに授与。県内詩人の顕彰のため昭和40年に創設

【主催者】 福岡県詩人会

【選考委員】 福岡県詩人会会員5人。交替制

【選考方法】 非公募

【選考基準】 〔対象〕前年1月〜12月に刊行された現代詩集。〔資格〕福岡県内在住者及び福岡県詩人会会員

【締切・発表】 福岡県詩人会会報、その他新聞に発表

【賞・賞金】 賞金5万円

【URL】 http://fukuokashijin.wix.com/fukuokashijin

第1回（昭40年）
　崎村 久邦　「饑餓と毒」(詩集)
第2回（昭41年）
　野田 寿子　「詩誌歩道」他の詩活動
第3回（昭42年）
　有田 忠郎　「詩の位置」(詩評)
第4回（昭43年）
　山本 哲也　「夜の旅」
第5回（昭44年）
　岡 昭雄　「精神について」
第6回（昭45年）
　該当作なし

第7回（昭46年）
　滝 勝子　「渡る」
第8回（昭47年）
　境 忠一　「ものたちの言葉」
　古賀 忠昭　「泥家族」
第9回（昭48年）
　高野 義裕　「ハイエナ」
第10回（昭49年）
　鈴木 召平　「北埠頭シリーズ」
第11回（昭50年）
　該当作なし

第12回（昭51年）
　　該当作なし
第13回（昭52年）
　　岡田 武雄 「婦命伝承」
第14回（昭53年）
　　安永 俊国 「安永俊国詩集」
第15回（昭54年）
　　石村 通泰 「水唱（みなうた）」
第16回（昭55年）
　　片瀬 博子 「やなぎにわれらの琴を」
第17回（昭56年）
　　柴田 基典 「無限氏」
第18回（昭57年）
　　江川 英親 「狼の嘘」
　　鍋島 幹夫 「あぶりだし」
第19回（昭58年）
　　谷内 修三 「THE MAGIC BOX」
第20回（昭59年）
　　上山 しげ子 「角を曲がるとき」
　◇奨励賞
　　村上 淳 「摩天楼のレストランにて」
第21回（昭60年）
　　樋口 伸子 「夢の肖像」
第22回（昭61年）
　　龍 秀美 「花象譚」
第23回（昭62年）
　　余戸 義雄 「塔の見える道」
　　福間 明子 「原色都市圏」
第24回（昭63年）
　　中西 照夫 「無限軌道」
第25回（平1年）
　　今村 嘉孝 「無音」
　　土田 晶子 「通話音」
第26回（平2年）
　　舌間 信夫 「哀しみに満ちた村」
第27回（平3年）
　　幸松 栄一 「居住区」
第28回（平4年）
　　吉田 利子 「カンダタ」
　　渡辺 玄英 「水道管のうえに犬は眠らない」
第29回（平5年）
　　荒木 力 「那の津の先輩たち」
第30回（平6年）
　　二沓 ようこ（本名＝渡辺まゆみ）「火曜サスペンス劇場」（詩集）
第31回（平7年）
　　柳生 じゅん子 「静かな時間」
第32回（平8年）
　　河本 佐恵子 「手紙は私を運べない」
第33回（平9年）
　　門田 照子 「抱擁」
第34回（平10年）
　　柏木 恵美子 「幻魚記」
第35回（平11年）
　　井上 寛治 「兄」
第36回（平12年）
　　田中 圭介 「草茫茫 海茫茫」
　　脇川 郁也 「露切橋」
第37回（平13年）
　　坪井 勝男 「樹のことば」〔梓書院〕
第38回（平14年）
　　林 舜 「旦過の魚」
第39回（平15年）
　　田島 安江 「博多湾に霧の出る日は」
第40回（平16年）
　　該当作なし
第41回（平17年）
　　岡 たすく 「日常の問い」
　　さき 登紀子 「どこにもない系図」
第42回（平18年）
　　石川 敬大 「九月沛然として驟雨」
　　高取 美保子 「千年の家」
第43回（平19年）
　　山本 源太 「蛇苺」
第44回（平20年）
　　該当作なし
第45回（平21年）
　　中原 澄子 「長崎を最後にせんば」
　　原田 暎子 「月子」
第46回（平22年）
　　片桐 英彦 「ただ今診察中」
　　吉貝 甚蔵 「夏至まで」
第47回（平23年）
　　古賀 博文 「王墓の春」
第48回（平24年）
　　該当作なし
第49回（平25年）
　　鍋山 ふみえ 「アーケード」
　　吉田 詣子 「祝婚歌」

第50回（平26年）
　相澤 正史 「川を渡る」
第51回（平27年）
　山崎 純治 「異本にまた曰く」
　山本 美重子 「一次元のココロ」

109　福島県自由詩人賞

　県詩人の実作活動を励まし県詩壇の充実発展を目的とし、同時に県詩壇に実績ある著名詩人をながく記念し、県詩人の自由な立場に基き純正・合理・民主的な方法による詩人賞を毎年設けるものである。第9回の授賞をもって中止。

【主催者】福島県自由詩人賞理事会
【選考委員】（第9回）北川冬彦、川上春雄、寺山弘、鈴木八重子、今川洋子、渡辺元蔵
【選考方法】応募は県在住者又は出身者に限る。自作詩10編（原稿紙にまとめ、3部提出）
【締切・発表】朝日新聞福島（支局）版に詳細に亘って発表（毎年9月末日）
【賞・賞金】賞金2万5千円（2名）

第1回（昭41年）
　草野 比佐男
　高 ゆき子
第2回（昭42年）
　渡辺 元蔵
　大沢 静江
　鈴木 八重子
第3回（昭43年）
　太田 隆夫
　大井 義典
第4回（昭44年）
　鈴木 勝好
　羽曽部 忠
第5回（昭45年）
　高 ゆき子
　伊東 良
第6回（昭46年）
　物江 秀夫
　伊東 良
第7回（昭47年）
　大沢 静江
　太田 隆夫
第8回（昭48年）
　大沢 静江
　物江 秀夫
第9回（昭49年）
　つちや みつぐ
　二上 英朗

110　福田正夫賞

　井上靖の提言により発足。新人の発掘のためと、現代詩壇への貢献を図って創設。

【主催者】福田正夫詩の会
【選考委員】金子秀夫、亀川省吾、瀬戸口宣司、傳馬義澄、長谷川忍、古田豊治、福田美鈴
【選考方法】非公募。同人詩誌、その他詩誌発行所、特定の詩人に推薦を依頼し、その中から選考委員が選出する
【選考基準】〔対象〕前年度発行の社会性を持つ可能性のある新人の詩集。福田正夫詩の会及び選考委員に送られた詩集も対象となる

福田正夫賞

【締切・発表】締切なし。発表は「焔」冬号(毎年11月発行)、年1回
【賞・賞金】賞状、福田達夫作テラコッタ、福田正夫全詩集

第1回(昭62年)
　以倉 紘平 「日の門」〔詩学社〕
第2回(昭63年)
　若松 丈太郎 「海のほうへ海のほうから」〔花神社〕
第3回(平1年)
　桃谷 容子 「黄金の秋」〔詩学社〕
　◇特別賞
　蒲生 直英 "長年の詩業績と詩集「山のある町」に対して"
第4回(平2年)
　塚田 高行 「声の木」〔詩学社〕
　◇特別賞
　宮本 道 "「宮本道作品集」ほかの業績に対して"
第5回(平3年)
　草間 真一 「オラドゥルへの旅」〔詩人会議〕
第6回(平4年)
　伊藤 芳博 「どこまで行ったら嘘は嘘?」〔書房ふたば〕
第7回(平5年)
　松島 雅子 「神様の急ぐところ」〔詩学社〕
第8回(平6年)
　金井 雄二 「動きはじめた小さな窓から」〔ふらんす堂〕
第9回(平7年)
　黒羽 由紀子 「夕日を濯ぐ」
第10回(平8年)
　麻生 秀顕 「部屋」〔土曜美術社〕
第11回(平9年)
　吉田 章子 「小さな考古学」〔書肆青樹社〕
第12回(平10年)
　田村 周平 「アメリカの月」〔ガル出版企画〕
第13回(平11年)
　苗村 吉昭 「武器」〔編集工房ノア〕
第14回(平12年)
　李 美子 「遙かな土手」〔土曜美術社出版販売〕
第15回(平13年)
　松田 悦子 「シジババ」〔自家版〕
第15回(平13年)
　秋元 炯 「血まみれの男」〔土曜美術社出版販売〕
第16回(平14年)
　石井 春香 「砂の川」〔編集工房ノア〕
第17回(平15年)
　畑田 恵利子 「無数のわたしがふきぬけている」〔詩学社〕
第18回(平16年)
　早矢仕 典子 「水と交差するスピード」〔詩学社〕
第19回(平17年)
　中村 明美 「詩集 ねこごはん」
第20回(平18年)
　小網 恵子 「浅い緑、深い緑」〔水仁舎〕
第21回(平19年)
　田中 裕子 「美しい黒」〔侃侃社〕
第22回(平20年)
　斎藤 なつみ 「私のいた場所」〔砂子屋書房〕
第23回(平21年)
　渡 ひろこ 「メール症候群」〔土曜美術社出版〕
第24回(平22年)
　富山 直子 「マンモスの窓」〔水仁舎〕
第25回(平23年)
　渋谷 卓男 「雨音」〔ジャンクション・ハーベスト〕
第26回(平24年)
　大城 さよみ 「詩集 ヘレンの水」〔本田企画〕
第27回(平25年)
　塩野 よみ子 「詩集 桃を食べる」〔土曜美術社出版〕
第28回(平26年)
　吉川 伸幸 「詩集 こどものいない夏」〔土曜美術社出版〕

111 文芸汎論詩集賞

文芸汎論社あてに寄贈された詩集（翻訳も含む）の中から選考した。昭和10年に創設したが、文芸汎論の終刊とともに昭和18年第10回で終った。

- 【主催者】文芸汎論社
- 【選考委員】（第1回）佐藤春夫, 百田宗治, 堀口大学
- 【選考基準】文芸汎論社あてに寄贈された詩集（翻訳詩集も含む）の中から選考。
- 【締切・発表】文芸汎論誌上に発表。
- 【賞・賞金】賞牌および副賞30円

第1回（昭10年上）
　丸山 薫　「幼年」
第2回（昭10年下）
　伊東 静雄　「わがひとに与ふる哀歌」
第3回（昭11年）
　北川 冬彦　「いやらしい神」〔蒲田書房〕
第4回（昭12年）
　菱山 修三　「荒地」
◇詩業功労賞
　西川 満
第5回（昭13年）
　中野 秀人　「聖歌隊」
第6回（昭14年）
　村野 四郎　「体操詩集」〔アオイ書房〕
　木下 夕爾　「田舎の食卓」
　山本 和夫　「戦争」
第7回（昭15年）
　岡崎 清一郎　「肉体輝燿」
　竹内 てるよ　「静かなる愛」
第8回（昭16年）
　近藤 東　「万国旗」〔文芸汎論社〕
　殿岡 辰雄　「黒い帽子」〔文芸汎論社〕
　北園 克衛　「固い卵」〔文芸汎論社〕
第9回（昭17年）
　高祖 保　「雪」〔文芸汎論社〕
第10回（昭18年）
　笹沢 美明　「海市帖」〔湯川弘文館〕
　野長瀬 正夫　「大和吉野」
　杉山 平一　「夜学生」
◇名誉賞
　田中 冬二　「橡の黄葉」

112 北海道詩人協会賞

北海道内の過去1年間に刊行された優秀な詩集を顕彰し、道内の詩活動の振興に資するために創設された。

- 【主催者】北海道詩人協会
- 【選考委員】委員長：原子修, 委員：渡会やよひ, 谷崎眞澄, 瀬戸正昭, 文梨政幸, 岩本誠一郎, 橋本征子
- 【選考方法】非公募。協会事務局に届いたもの, また選考委員が入手したもの
- 【選考基準】〔対象〕前年中に刊行された道内居住者の個人詩集。協会員は道外居住者も対象にする
- 【締切・発表】毎年12月末締切, 毎年5月総会時に発表

【賞・賞金】 賞状と副賞10万円

第1回（昭39年度）
　　大貫 喜也 「眼・アングル」
第2回（昭40年度）
　　太田 清 「村の恋人たち」
第3回（昭41年度）
　　新井 章夫 「風土の意志」
第4回（昭42年度）
　　山本 丞 「家系のいらだち」
第5回（昭43年度）
　　原子 修 「鳥影」
第6回（昭44年度）
　　小松 瑛子 「朱の棺」
第7回（昭45年度）
　　瀬戸 哲郎 「螢を放つ」
第8回（昭46年度）
　　浅野 秋穂 「狼」
第9回（昭47年度）
　　矢口 以文 「にぐろの大きな女」
第10回（昭48年度）
　　水無川 理子 「哀海」
第11回（昭49年度）
　　伊東 廉 「逆光の径」
第12回（昭50年度）
　　鷲谷 峰雄 「幼年ノート」
第13回（昭51年度）
　　古川 春雄 「極冠慟哭」
第14回（昭52年度）
　　文梨 政幸 「郊外」
第15回（昭53年度）
　　倉内 佐知子 「恋母記」
第16回（昭54年度）
　　該当作なし
第17回（昭55年度）
　　高橋 明子 「水瓶の母」
　　渡辺 宗子 「ああ蠣がいっぱい」
第18回（昭56年度）
　　光城 健悦 「人名伝」
第19回（昭57年度）
　　浅野 明信 「バラのあいつ」
第20回（昭58年度）
　　安英 晶 「極楽鳥」
第21回（昭59年度）
　　高橋 秀郎 「歴史」
第22回（昭60年度）
　　該当作なし
第23回（昭61年度）
　　長井 菊夫 「天・地・人」
　　小柴 節子 「誕生」
第24回（昭62年度）
　　畑野 信太郎 「巣の記憶」
第25回（昭63年度）
　　米谷 祐司 「北さ美学さ」
第26回（平1年度）
　　谷崎 真澄 「夜間飛行」
第27回（平2年度）
　　斎藤 邦男 「幼獣図譜」
第28回（平3年度）
　　渡会 やよい 「洗う理由」
第29回（平4年度）
　　藤田 民子 「ゼリービーンズ岬の鳥たち」
第30回（平5年度）
　　該当作なし
第31回（平6年度）
　　天野 暢子 「そして手斧も」
第32回（平7年度）
　　山根 千惠子 「風の扉 水の扉 そっとたたく白い手」
第33回（平8年度）
　　萩原 貢 「桃」
第34回（平9年度）
　　福島 瑞穂 「ふゆのさんご」
　　小林 小夜子 「卵宇宙」
第35回（平10年度）
　　若宮 明彦 「貝殻幻想」
第36回（平11年度）
　　斉藤 征義 「コスモス海岸」〔土曜美術社出版販売〕
第37回（平12年度）
　　橋本 征子 「闇の乳房」〔縄文詩劇の会〕
第38回（平13年度）
　　該当作なし
第39回（平14年度）
　　尾形 俊雄 「黄色いみずのなかの杭」〔花神社〕
第40回（平15年度）
　　該当作なし

第41回（平16年度）
　綾部 清隆　「傾斜した縮図」〔林檎屋〕
　坂本 孝一　「古里珊内村へ」〔緑鯨社〕
第42回（平17年度）
　岩木 誠一郎　「あなたが迷いこんでゆく街」〔ミッドナイトプレス〕
第43回（平18年度）
　野村 良雄　「通いなれた道で」〔雨彦の会〕
第44回（平19年度）
　横関 丈司　「ラビリントスのために」〔緑鯨社〕
第45回（平20年度）
　該当作なし
第46回（平21年度）
　東 延江　「花散りてまほろし」〔林檎屋〕
第47回（平22年度）
　該当作なし
第48回（平23年度）
　熊谷 ユリヤ　「声の記憶を辿りながら」〔思潮社〕
　番場 早苗　「陸繋砂州」〔響文社〕
第49回（平24年度）
　湯田 克衛　「海の街から」〔白鴎〕
　おの さとし　「Å（オングストローム）」〔緑鯨社〕
第50回（平25年度）
　田中 聖海　「雨の降る日」
第51回（平26年度）
　該当作なし
第52回（平27年度）
　中筋 智絵　「犀」

113 丸山薫賞

現代詩史に多大な貢献をなした詩人・丸山薫の業績を永く顕彰するため,没後20年を記念して平成6年に制定。全国から公募した詩集の中から優れた現代詩集に賞を贈る。

【主催者】豊橋市

【選考委員】（第21回）菊田守,新藤涼子,高橋順子,八木忠栄,八木幹夫

【選考方法】公募,推薦

【選考基準】〔対象〕現代詩集。〔資格〕前年度に刊行された詩集。翻訳,復刻,再版,遺稿集及び全詩集,選集,外国語による詩集は除く

【締切・発表】6月30日締切,9月発表

【賞・賞金】正賞賞状と楯,副賞100万円

【URL】http://www.city.toyohashi.aichi.jp/bunka/

第1回（平6年）
　菊田 守（元日本現代詩人会理事長）「詩集 かなかな」
第2回（平7年）
　秋谷 豊（「地球」主宰）「詩集 時代の明け方」
第3回（平8年）
　中江 俊夫（本名=安田勤）（詩人）「梨のつぶての」
第4回（平9年）
　香川 紘子（詩人）「DNAのパスポート」
第5回（平10年）
　鈴木 亨　「火の家」（花神社）
第6回（平11年）
　なんば みちこ　「蛾（いき）」〔土曜美術社出版販売〕
第7回（平12年）
　小山 正孝　「十二月感泣集」〔潮流社〕
第8回（平13年）
　菊地 隆三　「夕焼け 小焼け」〔書肆山田〕
第9回（平14年）
　鎗田 清太郎　「思い川の馬」〔書肆青樹社〕

114 丸山豊記念現代詩賞

久留米市が生んだ詩人,丸山豊の功績を後世に伝えるため,平成3年度創設。作家の創作意欲を奨励するとともに,広く文学界の振興と,地域の芸術文化の普及向上に寄与することを目的とする。

【主催者】丸山豊記念現代詩賞実行委員会

【選考委員】野沢啓,木坂涼

【選考方法】非公募

【選考基準】〔対象〕発表の前年1年間(1月1日から12月31日まで)に国内で出版された現代詩に関する刊行物で奥付に発行日の記載のあるもの(自費出版も含む)

【締切・発表】3月下旬発表,5月中旬記念講演会

【賞・賞金】賞状と賞金100万円

【URL】http://www.ishibashi-bunka.jp/maruyama/

第1回(平4年)
　谷川 俊太郎 「女に」
第2回(平5年)
　伊藤 信吉 「上州おたくら―私の方言詩集」
第3回(平6年)
　新川 和江,加島 祥造 「潮の庭から」
第4回(平7年)
　朝倉 勇 「鳥の歌」
第5回(平8年)
　みずかみ かずよ 「みずかみかずよ全詩集 いのち」〔石風社〕
第6回(平9年)
　安水 稔和 「秋山抄」
第7回(平10年)
　相澤 史郎 「夷歌」
第8回(平11年)
　野田 寿子 「母の耳」〔土曜美術社出版販売〕
第9回(平12年)
　高良 留美子 「風の夜」〔思潮社〕
第10回(平13年)
　高橋 順子 「貧乏な椅子」〔花神社〕
第11回(平14年)
　まど・みちお 「うめぼしリモコン」〔理

第10回(平15年)
　三谷 晃一 「河口まで」〔宇宙塵詩社〕
第11回(平16年)
　槙 さわ子 「祝祭」〔ふらんす堂〕
第12回(平17年)
　柏木 義雄 「客地黄落」〔思潮社〕
第13回(平18年)
　山本 博道 「パゴダツリーに降る雨」〔書肆山田〕
第14回(平19年)
　新藤 凉子 「薔薇色のカモメ」〔思潮社〕
第15回(平20年)
　新川 和江 「記憶する水」〔思潮社〕
第16回(平21年)
　木村 迪夫 「光る朝」〔書肆山田〕
第17回(平22年)
　以倉 紘平 「フィリップ・マーロウの拳銃」〔沖積舎〕
第18回(平23年)
　山本 みち子 「夕焼け買い」〔土曜美術社出版販売〕
第19回(平24年)
　北畑 光男 「北の蜻蛉」〔花神社〕
第20回(平25年)
　暮尾 淳 「地球(jidama)の上で」〔青娥書房〕
第21回(平26年)
　高階 杞一 「千鶴さんの脚」〔澪標〕

論社〕
第12回（平15年）
　金井 雄二 「今、ぼくが死んだら」〔思潮社〕
第13回（平16年）
　中上 哲夫（神奈川県）「エルヴィスが死んだ日の夜」〔書肆山田〕
第14回（平17年）
　森崎 和江（福岡県）「ささ笛ひとつ」〔思潮社〕
第15回（平18年）
　西沢 杏子（東京都）「ズレる？」〔てらいんく〕
第16回（平19年）
　井川 博年（東京都）「幸福」〔思潮社〕
第17回（平20年）
　古賀 忠昭（福岡県久留米市）「血のたらちね」〔書肆山田〕
第18回（平21年）
　中本 道代 「花と死王」〔思潮社〕
第19回（平22年）
　文月 悠光 「適切な世界の適切ならざる私」〔思潮社〕
第20回（平23年）
　佐々木 安美 「新しい浮子 古い浮子」〔栗売社〕
第21回（平24年）
　市原 千佳子 「月しるべ」〔砂子屋書房〕
第22回（平25年）
　秋 亜綺羅 「透明海岸から鳥の島まで」〔思潮社〕
第23回（平26年）
　鈴木 志郎康 「ペチャブル詩人」〔書肆山田〕
第24回（平27年）
　若尾 儀武 「流れもせんで、在るだけの川」〔ふらんす堂〕

115 三越左千夫少年詩賞

　少年詩、童謡を中心に多年に亘り創作活動をした詩人三越左千夫の遺族の申し出により、日本児童文学者協会が三越家からの基金委託を受け平成9年より創設。少年詩の振興のため、詩人達を励まし、この分野の活性化をはかるのが目的。

【主催者】（一社）日本児童文学者協会

【選考委員】尾上尚子、菊永謙、高木あきこ、藤井則之、山中利子

【選考基準】〔対象〕毎年前年の1月～12月に発行された中堅、新人詩人による少年少女詩集（童謡詩集を含む）

【締切・発表】4月下旬に発表

【賞・賞金】賞金5万円

【URL】http://jibunkyo.main.jp/index.php/award

第1回（平9年）
　菅原 優子 「空のなみだ」〔リーブル〕
◇特別賞
　重清 良吉 「草の上」〔教育出版センター〕
第2回（平10年）
　小泉 周二 「太陽へ」〔教育出版センター〕
　たかはし けいこ 「とうちゃん」〔教育出版センター〕
第3回（平11年）
　山中 利子 「だあれもいない日」〔リーブル〕
◇特別賞
　桜井 信夫 「ハテルマシキナ」〔かど創房〕
第4回（平12年）
　高階 杞一 「空への質問」〔大日本図書〕
◇特別賞
　青戸 かいち 「小さなさようなら」〔銀の鈴社〕

第5回（平13年）
　尾上 尚子 「シオンがさいた」〔リーブル〕
第6回（平14年）
　島村 木綿子 「森のたまご」〔銀の鈴社〕
◇特別賞
　李 芳世 「こどもになったハンメ」〔遊タイム出版〕
第7回（平15年）
　石津 ちひろ 「あしたのあたしはあたらしいあたし」〔理論社〕
第8回（平16年）
　菊永 謙 「原っぱの虹」〔いしずえ〕
◇特別賞
　田中 ナナ 「新緑」〔いしずえ〕
第9回（平17年）
　海沼 松世 「空の入り口」〔らくだ出版〕
　李 錦玉 「いちど消えたものは」〔てらいんく〕
第10回（平18年）
　村瀬 保子 「窓をひらいて」〔てらいんく〕
◇特別賞
　上笙 一郎 「日本童謡事典」〔東京堂出版〕
第11回（平19年）
　いとう ゆうこ 「おひさまのパレット」〔てらいんく〕
第12回（平20年）
　間中 ケイ子 「猫町五十四番地」〔てらいんく〕
第13回（平21年）
　藤井 かなめ 「あしたの風」〔てらいんく〕
第14回（平22年）
　杉本 深由起 「漢字のかんじ」〔銀の鈴社〕
第15回（平23年）
　内田 麟太郎 「ぼくたちは なく」〔PHP研究所〕
　鈴木 初江 「また あした」〔リーブル〕
第16回（平24年）
　江﨑 マス子 「こうこいも」〔らくだ出版〕
第17回（平25年）
　さわだ さちこ 「ねこたちの夜」〔出版ワークス〕
　最上 二郎 「おーい山ん子」〔らくだ出版〕
第18回（平26年）
　清水 ひさし 「清水ひさし詩集 かなぶん」
　檜 きみこ 「詩集 クケンナガヤ」
第19回（平27年）
　西沢 杏子 「詩集 虫の恋文」〔花神社〕

116 三好達治賞

　大阪にゆかりがあり大きな業績を残した三好達治を顕彰し、併せてその年の最も優れた詩集を発表した詩人にこの賞を贈ることにより、文学界の人材育成と共に詩を通じて豊かな芸術文化の意識高揚を図ることを目的に平成17年度創設。

【主催者】大阪市

【選考委員】（第10回）委員長：中村稔（詩人）、委員：新川和江（詩人）、池井昌樹（詩人）、以倉紘平（詩人）

【選考方法】応募作及び推薦作（主催者が関係先に依頼）から、選考委員会において受賞作1点を選考する

【選考基準】〔対象〕美しく知的な日本語で綴られた詩集を発表した詩人。〔対象作品〕（第10回）発行日が平成25年12月1日から平成26年11月30日の詩集（奥付の発行年月日による）。ただし、翻訳・復刻・再版・遺稿集・全詩集・撰集・外国語による詩集は除く

【締切・発表】（第10回）平成26年12月1日締切（当日消印有効）、平成27年2月発表予定、3月贈呈式予定

【賞・賞金】1名（該当者がいない場合は贈呈しない）：正賞・賞状、副賞・賞金100万円と福井県特産品

117 無限賞

【URL】http://www.city.osaka.lg.jp/keizaisenryaku/page/0000009268.html

第1回（平18年）
　清水 哲男　「黄燐と投げ縄」〔書肆山田〕
第2回（平19年）
　伊藤 桂一　「ある年の年頭の所感」〔潮流社〕
第3回（平20年）
　田中 清光　「風景は絶頂をむかえ」〔思潮社〕
第4回（平20年度）
　池井 昌樹　「眠れる旅人」
第5回（平21年度）
　長田 弘　「世界はうつくしいと」
第6回（平22年度）
　粕谷 栄市　「遠い川」
第7回（平23年度）
　細見 和之　「家族の午後」
第8回（平24年度）
　高階 杞一　「いつか別れの日のために」
第9回（平25年度）
　藤田 晴央　「夕顔」
第10回（平26年度）
　高橋 順子　「海へ」

117 無限賞

　（株）無限によって昭和48年に創設された賞、単行本として発表されたすぐれた詩集に与える。

【主催者】（株）無限

【選考委員】（第1回）西脇順三郎、村野四郎、草野心平、編集部

【選考基準】単行本として発表された詩集が対象。

【締切・発表】結果は「無限」誌上に発表。

【賞・賞金】記念レリーフと賞金20万円

第1回（昭48年）
　安藤 一郎　「磨滅」
第2回（昭49年）
　天野 忠　「天野忠詩集」
第3回（昭50年）
　三好 豊一郎　「三好豊一郎詩集」〔サンリオ出版〕
第4回（昭51年）
　北村 太郎　「眠りの祈り」思潮社
第5回（昭52年）
　田村 隆一　「詩集1946〜1976」〔河出書房新社〕
第6回（昭53年）
　白石 かずこ　「一艘のカヌー、未来へ戻る」〔思潮社〕
第7回（昭54年）
　大岡 信　「春 少女に」（詩集）〔書肆山田〕
第8回（昭55年）
　川崎 洋　「食物小屋」〔思潮社〕

118 室生犀星詩人賞

　室生犀星がうけた野間文芸賞の賞金を基金として、昭和34年に制定。昭和37年に故人となったのちも、犀星の名を記念して続けられたが、昭和42年第7回で中止となった。

【主催者】室生家
【選考委員】佐藤春夫, 堀口大学, 西脇順三郎
【選考基準】その年に出た詩集の中から選ばれる。公募はしない。
【締切・発表】12月17日頃締切。結果は新聞に発表。
【賞・賞金】賞金5万円

第1回（昭35年）
　滝口 雅子 「青い馬」「鋼鉄の足」
第2回（昭36年）
　富岡 多恵子 「物語の明くる日」
　辻井 喬 「異邦人」
第3回（昭38年）
　会田 千衣子 「鳥の町」〔東山書店〕
　磯村 英樹 「したたる太陽」〔地球社〕
第4回（昭39年）
　薩摩 忠 「海の誘惑」〔木犀書房〕
　吉原 幸子 「幼年連禱」〔歴程社〕
第5回（昭40年）
　那珂 太郎 「音楽」〔思潮社〕
　寺門 仁 「遊女」〔風社〕
　新川 和江 「ローマの秋・その他」〔思潮社〕
第6回（昭41年）
　加藤 郁乎 「形而情学」〔思潮社〕
　松田 幸雄 「詩集1947―1965」〔地球社〕
第7回（昭42年）
　関口 篤 「梨花をうつ」〔思潮社〕
　河合 紗良 「愛と別れ」〔詩苑社〕
　高田 敏子 「藤」〔昭森社〕

119　山形県詩賞

詩人の顕彰とレベルアップのため昭和46年11月に真壁仁, 佐藤総右（両故人）と神保光太郎, 吉野弘により, 選考委員会"雁戸の会"として創設。その後地元詩人両氏の死去により, 雁戸の会々員をもって構成している。第17回で休止。

【主催者】山形県詩賞選考委員会 雁戸の会
【選考委員】清田美伯ほか
【選考基準】山形県出身および県内在住の詩人による, その年の1月～12月までに出版された詩集の中から選考して与える。
【締切・発表】その年の1月1日から12月31日を年度として決める。発表は次年の3月10日前後。
【賞・賞金】賞状, 賞品, 賞金5万円

第1回（昭47年）
　横山 七郎 「第二詩集」〔不在発行所〕
第2回（昭48年）
　芳賀 秀次郎 「出羽国叙情」〔虹書房〕
第3回（昭49年）
　駒谷 茂勝 「冬の鍵」〔虹書房〕
◇特別賞
　赤塚 豊子 「アカツカトヨコ詩集」〔蒼群社〕
第4回（昭50年）
　該当作なし
◇特別賞
　菅野 仁 「湿った黒い土について」〔蒼群社〕
第5回（昭51年）
　星 寛治 「滅びない土」〔地下水出版部〕

第6回（昭52年）
　　佐藤　経雄　「浮上する家」〔中部詩人サロン〕
第7回（昭53年）
　　高橋　英司　「出発」〔詩学社〕
第8回（昭54年）
　　木村　迪夫　「わが八月十五日」〔たいまつ社〕
第9回（昭55年）
　　松山　豊顕　「まひるの星」〔無限〕
第10回（昭56年）
　　菊地　隆三　「転」〔季刊恒星社〕
第11回（昭57年）
　　阿部　岩夫　「不羈者」〔永井出版企画〕

第12回（昭58年）
　　細野　長年　「象嵌」〔YKC〕
第13回（昭59年）
　　万里小路　譲　「海は埋もれた涙のまつり」〔あうん社〕
第14回（昭60年）
　　丹野　茂　「札」〔私家版〕
◇特別賞
　　大滝　安吉　「純白の意志　大滝安吉詩篇詩論集」〔花神社〕
第15回（昭61年）
　　駒込　毅　「魚の泪」〔あうん社〕
第16回（昭62年）
　　該当作なし

120　山之口貘賞

「琉球新報」創刊85年を記念して昭和53年に創設。琉球弧の文学活動を振興し、詩人の発掘を目指す。

【主催者】琉球新報社

【選考方法】公募

【選考基準】〔対象〕前年5月1日から当年4月末日までに発表された詩集。広い意味で山之口貘の文学作品を受け継ぐ詩作品、ないし詩作活動。〔資格〕沖縄・奄美在住者および沖縄・奄美出身者で応募は自薦、他薦を問わず。詩集4部同封

【締切・発表】5月末日締切。受賞者は7月上旬琉球新報紙上で発表

【賞・賞金】賞状と賞金10万円

第1回（昭53年）
　　岸本　マチ子　「黒風」〔オリジナル企画〕
第2回（昭54年）
　　伊良波　盛男　「幻の巫島」〔矢立出版〕
第3回（昭55年）
　　勝連　敏男　「勝連敏男詩集1961〜1978」〔行路出版〕
　　芝　憲子　「海岸線」〔青磁社〕
第4回（昭56年）
　　大湾　雅常　「海のエチュード」〔紫陽社〕
第5回（昭57年）
　　高橋　渉二　「群島渡り」〔沖積舎〕
　　船越　義彰　「きじなむ物語」〔那覇出版社〕
第6回（昭58年）
　　矢口　哲郎　「仮に迷宮と名付けて」〔矢立出版〕
第7回（昭59年）
　　高良　勉　「岬」〔海風社〕
　　与那覇　幹夫　「赤土の恋」〔現代詩工房〕
第8回（昭60年）
　　市原　千佳子　「海のトンネル」〔修美社〕
第9回（昭61年）
　　八重　洋一郎　「字彗（ばず）」〔神無書房〕
第10回（昭62年）
　　松原　敏夫　「アンナ幻想」〔海風社〕
第11回（昭63年）
　　佐々木　薫　「潮風の吹く街で」〔海風社〕
第12回（平1年）
　　進　一男　「童女記」〔書肆季節社〕
第13回（平2年）

大瀬 孝和 「夫婦像・抄」〔薬玉社〕
第14回(平3年)
　　　花田 英三 「ピエロタの手紙」〔矢立出版〕
第15回(平4年)
　　　上原 紀善 「サンサンサン」(自費出版)
第16回(平5年)
　　　山中 六 「見えてくる」〔本多企画〕
第17回(平6年)
　　　仲川 文子 「青卵」〔本多企画〕
第18回(平7年)
　　　安里 正俊 「マッチ箱の中のマッチ棒」
　　　〔ボーダーインク〕
第19回(平8年)
　　　仲嶺 眞武 「再会」
第20回(平9年)
　　　飽浦 敏 「星昼間〔ぷしぃぴろーま〕」
第21回(平10年)
　　　中里 友豪 「遠い風」(ボーダイング)
第22回(平11年)
　　　宮城 隆尋 「盲目」〔私家版〕
　　　藤井 令一 「残照の文化―奄美の島々」
　　　〔南海日々新聞社〕
第23回(平12年)
　　　山口 恒治 「真珠出海」〔榕樹書林〕
　　　宮城 英定 「存在の苦き泉」〔伊集舎〕
第24回(平13年)
　　　山川 文太 「げれんサチコーから遠く」
　　　〔ニライ社〕
第25回(平14年)
　　　佐藤 洋子 「(海)子、ニライカナイのうた
　　　を織った」〔矢立出版〕
　　　勝連 繁雄 「火祭り」〔ボーダーインク〕
第26回(平15年)
　　　松永 朋哉 「月夜の子守唄」〔私家版〕
第27回(平16年)
　　　仲程 悦子(浦添市牧港)「蜘蛛と夢子」
　　　〔自費出版〕
　　　水島 英己(東京都八王子市)「今帰仁で泣
　　　く」〔思潮社〕

第28回(平17年)
　　　大城 貞俊(宜野湾市嘉数)「或いは取るに
　　　足りない小さな物語」〔なんよう文庫〕
　　　久貝 清次(東京都渋谷区)「おかあさん」
　　　〔私家版〕
第29回(平18年)
　　　岡本 定勝(宜野湾市愛知)「記憶の種子」
　　　〔ボーダーインク〕
第30回(平19年)
　　　仲村渠 芳江(沖縄市知花)「パンドルの
　　　卵」〔詩遊社〕
第31回(平20年)
　　　大石 直樹(浦添市港川)「八重山賛歌」
　　　〔文進印刷〕
第32回(平21年度)
　　　上江洲 安克 「うりずん戦記」〔地方小出
　　　版流通〕
　　　トーマ ヒロコ 「ひとりカレンダー」
　　　〔ボーダーインク〕
第33回(平22年度)
　　　瑤 いろは 「マリアマリン」〔地方小出版
　　　流通〕
第34回(平23年度)
　　　下地 ヒロユキ 「それについて」〔古仙
　　　文庫〕
　　　新城 兵一 「草たち、そして冥界」〔あす
　　　ら舎〕
第35回(平24年度)
　　　網谷 厚子 「瑠璃行」〔思潮社〕
第36回(平25年度)
　　　西原 裕美 「私でないもの」
第37回(平26年度)
　　　かわかみ まさと 「与那覇湾―ふたたびの
　　　海よ―」〔あすら舎〕
　　　米須 盛祐 「詩集 ウナザーレィ」〔沖縄
　　　自分史センター〕
第38回(平27年度)
　　　波平 幸年 「小の情景」〔ブイツーソ
　　　リューション〕

121 ユリイカ新人賞

　書肆ユリイカにより、ユリイカ(ギリシヤ語の、私は発見した)の精神をおし進め、新し

い詩人を発見する精神を以て,昭和32年に創設。昭和35年第4回で中止。
【主催者】書肆ユリイカ
【選考委員】(第4回)飯島耕一,大岡信,清岡卓行,黒田三郎,三好豊一郎,山本太郎
【選考基準】一般から未発表作品三編を募集し,その中から選考して与えた。
【締切・発表】選考結果は「ユリイカ」誌上に発表,入選者の詩集を刊行した。
【賞・賞金】詩集刊行,詩集の半分を贈呈。

第1回(昭32年)
　該当作なし
第2回(昭33年)
　風山 瑕生

第3回(昭34年)
　間宮 舜二郎
第4回(昭35年)
　該当作なし

122 横浜詩人会賞

昭和43年創設。清新な詩人の発掘を目指す。
【主催者】横浜詩人会
【選考方法】非公募。推薦(会員によるアンケート)あり
【選考基準】〔対象〕前年6月1日より当年5月31日までの1年間に刊行された詩集,詩論集(神奈川県内在住者)
【締切・発表】9月初旬,神奈川新聞紙上で発表
【賞・賞金】30万円,神奈川新聞社より副賞
【URL】http://yokohamasijinkai.web.fc2.com/

第1回(昭43年度)
　石原 武 「軍港」
第2回(昭44年度)
　菅野 拓也 「緩やかな季節」
　今辻 和典 「鳥葬の子どもたち」
第3回(昭45年度)
　竹川 弘太郎 「ゲンゲ沢地の歌」
　東野 伝吉 「生産原点からの発想」
第4回(昭46年度)
　金子 秀夫 「内臓空間」
　石田 京 「そこだけが磨かれた」
第5回(昭47年度)
　二関 天 「華麗なる断絶」
　中野 妙子 「愛咬」
第6回(昭49年度)
　荒船 健次 「青い馬のかたち」

第7回(昭50年度)
　島田 勇 「現代の乞食」
第8回(昭51年度)
　石毛 拓郎 「植物体」
第9回(昭52年度)
　木村 恵子 「青春の軌跡」
第10回(昭53年度)
　仲山 清 「詩編 凶器L調書」
　弓田 弓子 「面遊び」
第11回(昭54年度)
　佐久間 隆史 「「黒塚」の梟」
第12回(昭55年度)
　油本 達夫 「渡河」
第13回(昭56年度)
　渋田 耕一 「石の章」
第14回(昭57年度)

禿 慶子 「彼岸人」
第15回（昭58年度）
　　絹川 早苗 「マダム・ハッセー」
第16回（昭59年度）
　　若林 克典 「地図の上で」
第17回（昭60年度）
　　相良 蒼生夫 「ゑるとのたいわ」
第18回（昭61年度）
　　山本 十四尾 「葬花」
第19回（昭62年度）
　　福原 恒雄 「体の時間」
第20回（昭63年度）
　　神津 不可思 「獅子の伝説」「死海」
第21回（平1年度）
　　すみ さちこ 「透きてくずれず」
　　小川 勢津子 「マカロニの穴にスパゲッ
　　　ティを通して」
第22回（平2年度）
　　水橋 晋 「蛮亭」
第23回（平3年度）
　　佐川 亜紀 「死者を再び孕む夢」
　　中上 哲夫 「スウェーデン美人の金髪が緑
　　　色になる理由」
第24回（平4年度）
　　富永 たか子 「シルクハットをかぶった
　　　河童」
　　大瀬 孝和 「赤い花の咲く島」
第25回（平5年度）
　　今泉 協子 「能登の月」
　　西村 富枝 「街」
第26回（平6年度）
　　村野 美優 「はぐれた子供」
第27回（平7年度）
　　淵上 熊太郎 「パーフェクト・パラダイス」
第28回（平8年度）
　　徳弘 康代 「横浜＝上海」
第29回（平9年度）
　　樋口 えみこ 「なにか理由がなければ立っ
　　　ていられないのはなぜなんだろう」
第30回（平10年度）
　　金井 雄二 「外野席」
第31回（平11年度）
　　田村 雅之 「鬼の耳」
第32回（平12年度）
　　奥原 盛雄 「ゆくゆくものは戸をあけて」
第33回（平13年度）
　　光冨 郁也 「サイレント・ブルー」
第34回（平14年度）
　　長田 典子 「おりこうさんのキャシィ」
第35回（平15年度）
　　川端 進 「釣人知らず」
　　佐伯 多美子 「果て」
第36回（平16年度）
　　坂 多瑩子 「どんなねむりを」
第37回（平17年度）
　　中村 純 「草の家」
第38回（平18年度）
　　大谷 良太 「薄明行」
第39回（平19年度）
　　村山 精二 「帰郷」
第40回（平20年度）
　　柴田 千晶 「セラフィタ氏」
第41回（平21年）
　　浅野 言朗 「2(6乗)=64/窓の分割」
　　桜井 さざえ 「海の伝説」
第42回（平22年）
　　鈴木 正枝 「キャベツのくに」〔ふらん
　　　す堂〕
第43回（平23年）
　　小川 三郎 「コールド・スリープ」〔思潮〕
第44回（平24年）
　　伊藤 悠子 「ろうそく町」〔思潮社〕
第45回（平25年）
　　武田 いずみ 「風職人」〔ジャンクション・
　　　ハーベスト〕
第46回（平26年）
　　阿部 はるみ 「幻の木の実」

---

123 ラ・メール新人賞

　昭和58年7月・夏号より季刊で発行されることとなった「現代詩ラ・メール」の年度ごとの行事として，優れた女性詩の新人を発掘する目的で創設された。対象はＳ会員（年間

予約購読者)。平成5年春,同誌の終刊とともに終了。

- 【主催者】書肆水族館,現代詩ラ・メールの会
- 【選考委員】新川和江,吉原幸子
- 【選考方法】公募
- 【選考基準】〔対象〕詩 〔資格〕「現代詩ラ・メール」投稿者(S会員)がその年度に寄せた作品中,最も優れた作品の作者に与えられる。投稿権はS会員のみ,1号につき2篇まで,未発表の詩作品
- 【締切・発表】第10回は平成4年4月,7月,10月,5年1月各末日締切の投稿作品が選考を経て夏・秋・冬・春各号に掲載され,その中から受賞者が選ばれ5年4月・春号に発表される
- 【賞・賞金】賞金10万円と雑誌編集人(選考委員兼任)2名より記念品

第1回(昭59年)
　鈴木 ユリイカ 「生きている貝」他
第2回(昭60年)
　中本 道代 「悪い時刻」他
第3回(昭61年)
　笠間 由紀子 「二月」他
第4回(昭62年)
　国峰 照子 「浮遊家族」他
第5回(昭63年)
　柴田 千秋 「博物館」他
第6回(平1年)
　小池 昌代 「浮力」他
第7回(平2年)
　岬 多可子 「ここから」(ほか)
第8回(平3年)
　千葉 香織 「鳥」(ほか)
第9回(平4年)
　高塚 かず子 「水」(ほか)
第10回(平5年)
　宮尾 節子 「私を渡る」

124 琉歌大賞

琉歌は14世紀頃三線の伝来により,士族から庶民まで広く日常的に親しまれた。そして普段の生活の中に密着した歌が数多く残されている。伝説的女琉歌人「恩納ナビー」は恩納村の美しい自然の中"波の声""風の声"を感じ,自由奔放かつ大胆な歌を数多く残した。『琉歌大賞』は私達の大切な文化と歌心を育て,恵まれた自然をいつまでも伝え残すことを目的としている。

- 【主催者】琉歌大賞実行委員会,恩納村,恩納村商工会,NPOふれあいネットONNA,琉球新報社
- 【選考委員】(第23回)〔一般の部〕當間一郎,仲程昌徳,仲田栄松,糸数正男,〔児童生徒の部〕大城和子,中村啓子,古堅宗明
- 【選考方法】公募
- 【選考基準】〔資格〕問わない。ただし,児童生徒の部は中学3年生まで。〔対象〕応募テーマに添った未発表の8・8・8・6音からなる作品。一般の部は琉歌,児童生徒の部は定型詩とする。〔応募規定〕一人三首以内とし,ハガキ一通に一作品を記入。応募作品は,主催者側において自由に使用できるものとする
- 【締切・発表】一般の部,児童生徒部,毎年8月末日締切,11月初旬,琉球新報紙上で発表
- 【賞・賞金】一般の部は琉歌大賞(1名):賞状・記念品・リゾートホテル宿泊券,優秀賞

(2名)：賞状・記念品・リゾートホテル宿泊券，奨励賞(7名)：賞状・記念品，入選(40名以内)：賞状・記念品，特別賞(若干名)：記念品。児童生徒の部は大賞(1名)：賞状・図書券・記念品・リゾートホテル宿泊券，優秀賞(9名以内)：賞状・図書券・記念品，入選(40名以内)：賞状・図書券

【URL】http://www.onnaweek.jp

第1回(平3年度)
　◇一般の部
　●琉歌大賞
　　宮城 秀一(名護市)
第2回(平4年度)
　◇一般の部
　●琉歌大賞
　　平田 嗣光(沖縄市)
第3回(平5年度)
　◇一般の部
　●琉歌大賞
　　金城 美代子(石川市)
第4回(平6年度)
　◇一般の部
　●琉歌大賞
　　渡慶次 道検(本部町)
第5回(平7年度)
　◇一般の部
　●琉歌大賞
　　浦崎 政子(名護市)
　◇児童生徒の部
　●大賞
　　當山 千巌(沖縄カトリック小学校)
第6回(平8年度)
　◇一般の部
　●琉歌大賞
　　銘苅 輝子(恩納村)
　◇児童生徒の部
　●大賞
　　二俣 ひな子(喜瀬武原小中学校)
第7回(平9年度)
　◇一般の部
　●琉歌大賞
　　上地 富子(那覇市)
　◇児童生徒の部
　●大賞
　　新垣 彰子(恩納中3年)
第8回(平10年度)
　◇一般の部
　●琉歌大賞
　　屋比久 ゆき子(米国)
　◇児童生徒の部
　●大賞
　　友寄 祥子(具志川中3年)
第9回(平11年度)
　◇一般の部
　●琉歌大賞
　　大城 盛嗣(那覇市)
　◇児童生徒の部
　●大賞
　　金城 エリナ(恩納小6年)
第10回(平12年度)
　◇一般の部
　●琉歌大賞
　　真喜志 知子(那覇市)
　◇児童生徒の部
　●大賞
　　宮城 沙紀(大北小3年)
第11回(平13年度)
　◇一般の部
　●琉歌大賞
　　喜納 静(恩納村)
　◇児童生徒の部
　●大賞
　　高良 優樹(真嘉比小4年)
第12回(平14年度)
　◇一般の部
　●琉歌大賞
　　外間 重子(恩納村)
　◇児童生徒の部
　●大賞
　　仲間 佐和子(喜瀬武原中2年)
第13回(平15年度)
　◇一般の部
　●琉歌大賞
　　中村 靖彦(那覇市)
　◇児童生徒の部

- 大賞
  - 仲間 佐和子（喜瀬武原中3年）
- 第14回（平16年度）
  - ◇一般の部
    - ●琉歌大賞
      - 大村 廣子（那覇市）
  - ◇児童の部
    - ●大賞
      - 与儀 紋佳（喜瀬武原小）
- 第15回（平17年度）
  - ◇一般の部
    - ●琉歌大賞
      - 源河 史都子（中城村）
  - ◇児童の部
    - ●大賞
      - 宮城 力也（塩屋小）
- 第16回（平18年度）
  - ◇一般の部
    - ●琉歌大賞
      - 比嘉 良信（アメリカ ハワイ州）
  - ◇児童の部
    - ●大賞
      - 三瓶 健明（三鷹市立第七中学校）
- 第17回（平19年度）
  - ◇一般の部
    - ●琉歌大賞
      - 中村 哲二郎（沖縄市）
  - ◇児童生徒の部
    - ●大賞
      - 松田 弥斗（恩納村立仲泊小学校）
- 第18回（平20年度）
  - ◇一般の部
    - ●琉歌大賞
      - 徳門 純子（宜野湾市）
  - ◇児童生徒の部
    - ●大賞
      - 伊波 亜友夢（恩納村立恩納小学校）
- 第19回（平21年度）
  - ◇一般の部
    - ●琉歌大賞
      - 宮城 盛吉（那覇市）
  - ◇児童生徒の部
    - ●大賞
      - 山城 美希恵（恩納村立恩納小学校）
- 第20回（平22年度）
  - ◇一般の部
    - ●琉歌大賞
      - 田場 房子（宜野湾市）
  - ◇児童生徒の部
    - ●大賞
      - 小渡 みるか（恩納村立恩納小学校）
- 第21回（平23年度）
  - ◇一般の部
    - ●琉歌大賞
      - 金城 正子（嘉手納町）
  - ◇児童生徒の部
    - ●大賞
      - 小山 道世（三鷹市立第三中学校）
- 第22回（平24年度）
  - ◇一般の部
    - ●琉歌大賞
      - 城間 とみ子（那覇市）
  - ◇児童生徒の部
    - ●大賞
      - 仲村 美南（宜野湾市立嘉数中学校）
    - ●最優秀賞
      - 大城 玄（三鷹市立第三中学校）
- 第23回（平25年度）
  - ◇一般の部
    - ●琉歌大賞
      - 禱 キヨ（那覇市）
  - ◇児童生徒の部
    - ●大賞
      - 仲村 美南（宜野湾市立嘉数中学校）

125 歴程新鋭賞

詩壇に刺激を与えるため昭和30年に創設された歴程賞が,59年に藤村記念歴程賞と改称され,その新人賞として,平成2年創設。

【主催者】歴程同人

【選考委員】池井昌樹,井川博年,粕谷栄市,川口晴美,近藤洋太,新藤涼子,高見弘也,高橋

順子,野村喜和夫,鈴村和成,八木幹夫

【選考方法】 非公募。選考委員の推薦による

【選考基準】〔対象〕前年9月1日から,当該年8月31日までに発表された第1詩集あるいは第3詩集まで。新人の新鋭にふさわしいその年最高の新詩集に対して贈られる賞

【締切・発表】 9月発表,11月中旬贈呈式

【賞・賞金】 正賞、副賞10万円、記念品(草野心平日記・全5巻)

【URL】 http://homepage2.nifty.com/rekitei/rekisi/rekisi.html

第1回(平2年)
　阿部 日奈子 「植民市の地形」〔七月堂〕
　薦田 愛 「苧環論」〔書肆山田〕
第2回(平3年)
　建畠 晢 「余白のランナー」〔思潮社〕
第3回(平4年)
　守中 高明 「未生譚」〔思潮社〕
第4回(平5年)
　野村 喜和夫 「特性のない陽のもとに」〔思潮社〕
第5回(平6年)
　城戸 朱理 「不来方抄」〔思潮社〕
第6回(平7年)
　高貝 弘也 「生の谺(こだま)」〔思潮社〕
第7回(平8年)
　江代 充 「白V字 セルの小径」〔書肆山田〕
第8回(平9年)
　該当作なし
第9回(平10年)
　河津 聖恵 「夏の終わり」
　法橋 太郎 「山上の舟」〔思潮社〕
第10回(平11年)
　川端 隆之 「ポップフライもしくは凡庸な打球について」
第11回(平12年)
　荒川 純子 「デパガの位置」〔思潮社〕
第12回(平13年)
　該当作なし

第13回(平14年)
　田野倉 康一 「流記」〔思潮社〕
第14回(平15年)
　該当作なし
第15回(平16年)
　小笠原 鳥類 「素晴らしい海岸生物の観察」〔思潮社〕
第16回(平17年)
　藤原 安紀子 「音づれる声」〔書肆山田〕
第17回(平18年)
　浜田 優 「ある街の観察」〔思潮社〕
第18回(平19年)
　三角 みづ紀 「カナシヤル」〔思潮社〕
第19回(平20年)
　該当作なし
第20回(平21年)
　目黒 裕佳子 「二つの扉」
　杉本 徹 「ステーション・エデン」
第21回(平22年)
　該当作なし
第22回(平23年)
　該当作なし
第23回(平24年)
　該当作なし
第24回(平25年)
　そらしといろ 「フラット」〔思潮社〕
第25回(平26年)
　該当作なし

短歌

126 青森県歌人賞

広く青森県歌壇において,すぐれた作歌活動をした者を顕彰する。昭和39年度に創設。平成4年度から「優秀歌集・歌書」推薦制度が設けられ,発展的解消を図る意味で,廃止された。

【主催者】青森県歌人懇話会,青森県文化振興会議

【選考委員】(第28回)吉島栄蔵,成田小五郎,三ツ谷平治,本保与吉,加藤武,大沢寿夫,伊藤ヒサ子,福井緑,福士修二

【選考方法】推薦。選考委員会の選考を経て正,副会長会議において決定する

【選考基準】〔対象〕優秀な短歌作品,歌論,歌集〔資格〕青森県歌人懇話会員であること。推薦状とともに関係資料を添付すること。推薦は県歌人懇話会に所属する結社とする

【締切・発表】(第28回)平成4年1月31日締切(当日消印有効)。県内主要新聞,県歌集,県歌人懇話会発行資料に発表

【賞・賞金】賞状と賞品

第1回(昭39年)
　大沢 清三
第2回(昭40年)
　三ツ谷 平治
第3回(昭41年)
　島田 忠雄 「日暦」
第4回(昭42年)
　福井 緑
第5回(昭43年)
　鎌田 純一 「みちのく吟」
第6回(昭44年)
　福川 徳一 「あけくれ」
第7回(昭45年)
　奈良 峰子 「系譜」
第8回(昭46年)
　中村 雅之 「海と潟」
第9回(昭47年)
　該当者なし
第10回(昭48年)
　該当者なし
第11回(昭49年)
　該当者なし
第12回(昭50年)
　大沢 寿夫 "歌論その他"
第13回(昭51年)
　該当者なし
第14回(昭52年)
　該当者なし
第15回(昭53年)
　該当者なし
第16回(昭54年)
　該当者なし
第17回(昭55年)
　該当者なし
第18回(昭56年)
　該当者なし
第19回(昭57年)
　田向 竹夫 「小世界」
第20回(昭58年)
　該当者なし
第21回(昭59年)
　該当者なし
第22回(昭60年)
　該当者なし

第23回（昭61年）
　該当者なし
第24回（昭62年）
　川口 幾久雄
第25回（昭63年）
　該当者なし
第26回（平1年）
　加藤 武（弘前市・「形成」）歌集「雲の構図」

第27回（平2年）
　中村 喜良雄（板柳・「泉」）評論「明治に於ける板柳の短歌活動」
第28回（平3年）
　須々田 一朗（青森市・「アスナロ」）歌集「やすかた」「野木和」
　稲垣 道（八戸市・「国原」）歌集「花の流離」

127 荒木暢夫賞

　香川県歌人会会長で北原白秋門の高弟であった歌人荒木暢夫の業績を記念して香川県歌人会が創設。平成10年第32回をもって終了。

【主催者】香川県歌人会
【選考委員】横山文雄, 森田敏子, 十河俊子, 稲暁, 井上洋子, 関貞美
【選考方法】公募
【選考基準】〔対象〕新作（自作未発表）短歌20首〔資格〕香川県内在住者
【締切・発表】毎年1月末締切。マスコミ発表。「香川歌人」誌上に選考経過と作品を発表
【賞・賞金】賞状, 荒木暢夫氏の色紙

第1回（昭42年）
　吉田 佐紀子 「冬」
第2回（昭43年）
　吉良 保子 「低き椅子」
第3回（昭44年）
　川口 和弓 「冬のポスト」
第4回（昭45年）
　稲葉 育子 「砂嘴」
第5回（昭46年）
　山下 喜巳子 「わが額に雪降るとき」
第6回（昭47年）
　多田 達代 「青の世界」
第7回（昭48年）
　玉田 忠義 「夜の作業場」
第8回（昭49年）
　真部 照美 「わが内の花壺に水を」
第9回（昭50年）
　近藤 和正 「人工血管（シヤントー）の音」
第10回（昭51年）
　小倉 保子 「藺草田の四季」
　横山 代枝乃 「冬の渚」

第11回（昭52年）
　関 貞美 「借耕牛の道」
第12回（昭53年）
　上総 和子 「水明り越ゆ」
第13回（昭54年）
　詫間 孝 「南十字星の下に」
第14回（昭55年）
　石原 光久 「金属プレス工場」
第15回（昭56年）
　砂古口 聡 「藍に寄す」
第16回（昭57年）
　佐藤 弘美 「脆き足もと」
第17回（昭58年）
　池口 功 「冬の工事場」
第18回（昭59年）
　大谷 多加子 「冬海のいろ」
第19回（昭60年）
　竹安 啓子 「商う日々」
第20回（昭61年）
　香川 不二子 「ブレストかけて」
第21回（昭62年）

小林 高雄　「暗き操舵室」
第22回（昭63年）
　　　近藤 飛佐夫　「行路往来」
第23回（平1年）
　　　小松 永日　「麻酔科医の歌」
第24回（平2年）
　　　中川 久子　「作業場の詩」
第25回（平3年）
　　　前川 真佐子　「時空の迷路」
第26回（平4年）
　　　隅 さだ子　「嘘とエァーポケット」
　　　棚木 恒寿　「ガリレオの秋」
第27回（平5年）
　　　子川 多栄子　「廃車のオブジェ」
第28回（平6年）
　　　増田 佐和子　「食物の科学」
第29回（平7年）
　　　稲 暁　「冬鴎」
第30回（平8年）
　　　佐柄 郁子　「木枯らしの果て」
第31回（平9年）
　　　武井 綾子　「冬の菫」
第32回（平10年）
　　　受賞辞退

128　一路賞

一路会によって昭和16年に創設された賞で,年度内の短歌または評論の優秀なものに与えた。

【主催者】一路会
【選考委員】山下陸奥,山形義雄,藤本勤,長倉智恵雄,池原橘雄
【選考基準】年度内の短歌作品または作歌論の優秀なるものに与える。
【締切・発表】年1回4月
【賞・賞金】賞金20円

第1回（昭16年）
　　池原 楢雄
　　鈴木 庫治

第2回（昭17年）
　　北浜 正男
　　芝山 永治

129　岩手日報新年文芸〔短歌〕

文学の振興,及び新人の登龍門として岩手日報社が昭和22年に創設。

【主催者】岩手日報社
【選考委員】馬場あき子
【選考方法】公募
【選考基準】〔原稿〕はがきに3首以内
【締切・発表】11月15日締切,1月1日に紙上掲載
【賞・賞金】1席1万5千円,2席1万円,3席5千円

（昭22年）　　　　　　　　　　◇天

小石 清晃
◇地
　　佐藤 重
◇人
　　福田 みよ
(昭23年)
◇天
　　村田 桂一郎
◇地
　　沢田 寿
◇人
　　福田 みよ
(昭24年)
◇天
　　生内 定夫
◇地
　　東山 信一
◇人
　　伊藤 雀畝
(昭25年)
◇天
　　牧原 弘
◇地
　　佐藤 重
◇人
　　佐藤 喜一郎
(昭26年)
◇天
　　菊池 祐次
◇地
　　千葉 幸子
◇人
　　佐藤 重
(昭27年)
◇天
　　砂島 加根夫
◇地
　　長谷川 美生
◇人
　　森山 耕平
(昭28年)
◇天
　　小輪田 泉水
◇地
　　佐々木 照子
◇人

　　砂島 加根夫
(昭29年)
◇天
　　荒谷 常雄
◇地
　　斎藤 義昭
◇人
　　板宮 清治
(昭30年)
◇天
　　菊沢 研一
◇地
　　津志田 清四郎
◇人
　　佐々木 忠一
(昭31年)
◇天
　　佐藤 昭孝
◇地
　　菊池 流星
◇人
　　菊沢 研一
(昭32年)
◇天
　　八木 藤水
◇地
　　吉田 恭子
◇人
　　竹内 徳緒
(昭33年)
◇天
　　塔影書屋主
◇地
　　高橋 緑花
◇人
　　山本 大愚
(昭34年)
◇天
　　城田 誠子
◇地
　　菊池 流星
◇人
　　駒木戸 達
(昭35年)
◇天
　　石上 りつ

◇地
　柵山 徳四郎
◇人
　早坂 波津子
(昭36年)
◇天
　瀬川 裕
◇地
　菊池 流星
◇人
　大塚 昭平
(昭37年)
◇天
　菊池 喜峯
◇地
　志良石 忠平
◇人
　菊池 流星
(昭38年)
◇天
　菊池 勉
◇地
　北館 廸子
◇人
　石上 りつ
(昭39年)
◇天
　菊池 ひとみ
◇地
　宍戸 椎草
◇人
　坂本 忠作
(昭40年)
◇天
　菊池 映一
◇地
　白鳥 北秋
◇人
　宮牛 昌二
(昭41年)
◇天
　菊池 流星
◇地
　北館 廸子
◇人
　藤野 益雄
(昭42年)
◇1席
　藤野 益雄
◇2席
　白鳥 北秋
◇3席
　菊沢 研一
(昭43年)
◇1席
　岩持 文江
◇2席
　藤野 益雄
◇3席
　千葉 美津子
(昭44年)
◇1席
　千葉 英雄
◇2席
　菊池 精
◇3席
　岩持 文江
(昭45年)
◇1席
　菅原 杜詩
◇2席
　千葉 英雄
◇3席
　八重嶋 勲
(昭46年)
◇1席
　佐藤 良信
◇2席
　坂本 忠作
◇3席
　菊池 金兵衛
(昭47年)
◇1席
　三島 洋
◇2席
　一戸 みき子
◇3席
　佐々木 良治
(昭48年)
◇1席
　八重嶋 勲
◇2席

短歌

　村田 光義
◇3席
　熊谷 つや
(昭49年)
◇1席
　岩淵 正力
◇2席
　川田 とし
◇3席
　吉田 祐倫
(昭50年)
◇1席
　村田 光義
◇2席
　菅原 照子
◇3席
　渡口 喜代彦
(昭51年)
◇1席
　千葉 英雄
◇2席
　千葉 さだ
◇3席
　川田 とし
(昭52年)
◇1席
　加藤 英治
◇2席
　二井 夏子
◇3席
　川田 とし
(昭53年)
◇1席
　千葉 英雄
◇2席
　鎌田 昌子
◇3席
　藤野 益雄
(昭54年)
◇1席
　安斉 純二
◇2席
　北館 廸子
◇3席
　工藤 みほ子
(昭55年)

◇1席
　佐藤 良信
◇2席
　佐藤 和子
◇3席
　高橋 緑花
(昭56年)
◇1席
　米倉 よりえ
◇2席
　菅野 幸子
◇3席
　深沢 キヌ
(昭57年)
◇1席
　佐藤 和子
◇2席
　鎌田 昌子
◇3席
　千葉 英雄
(昭58年)
◇1席
　佐々木 了治
◇2席
　中村 とき
◇3席
　及川 秀士
(昭59年)
◇1席
　藤井 永子
◇2席
　鎌田 昌子
◇3席
　佐藤 白鷺
(昭60年)
◇1席
　冨平 与詩夫
◇2席
　清水 芳子
◇3席
　高橋 ふき
(昭61年)
◇1席
　根山 チエ
◇2席
　鎌田 昌子

◇3席
　八重嶋 アイ子
(昭62年)
◇1席
　佐川 知子
◇2席
　菅野 幸子
◇3席
　大志田 幾世
(昭63年)
◇1席
　小川 とよ
◇2席
　菊池 和子
◇3席
　大越 美代
(平1年)
◇1席
　佐々木 丁治
◇2席
　佐藤 拡子
◇3席
　小川 とよ
(平2年)
◇1席
　藤原 保子
◇2席
　塩釜 篤
◇3席
　塚 君子
(平3年)
◇1席
　佐藤 義行
◇2席
　小川 とよ
◇3席
　三浦 みち子
(平4年)
◇1席
　中村 淳悦
◇2席
　田保 鏡子
◇3席
　那須 ヤス子
(平5年)
◇1席
　佐藤 洋子
◇2席
　佐藤 孝雄
◇3席
　高橋 愛子
(平6年)
◇1席
　畠山 美恵
◇2席
　鈴木 稔
◇3席
　里神 久美子
(平7年)
◇1席
　佐々木 貞雄
◇2席
　富谷 英雄
◇3席
　阿部 みさ
(平8年)
◇1席
　佐藤 歌子
◇2席
　阿部 煕子
◇3席
　及川 梅子
(平9年)
◇1席
　三田地 信一
◇2席
　後藤 トミ
◇3席
　鈴木 弘太郎
(平10年)
◇1席
　佐々木 貞雄
◇2席
　新田 吉司
◇3席
　ふじむら みどり
(平11年)
◇1席
　佐藤 歌子(宮古市)
◇2席
　石井 啓子(盛岡市)
◇3席

佐々木 貞雄（宮古市）
（平12年）
◇1席
　小菅 哲郎（北上市）
◇2席
　平賀 良子（花巻市）
◇3席
　遠藤 タカ子（北上市）
（平13年）
◇1席
　加藤 エイ（盛岡市）
◇2席
　和田 庄司（盛岡市）
◇3席
　佐藤 歌子（宮古市）
（平14年）
◇1席
　畠山 美恵（大船渡市）
◇2席
　伊藤 清（花巻市）
◇3席
　鈴木 清次（北上市）
（平15年）
◇1席
　佐藤 道子（宮古市）
◇2席
　茂井 あてら（水沢市）
◇3席
　伊藤 清（花巻市）
（平16年）
◇1席
　藤 治郎（藤沢町）
◇2席
　及川 寿（釜石市）
◇3席
　伊藤 清（花巻市）
（平17年）
◇1席
　佐藤 白鷺（江刺市）
◇2席
　館山 治雄（藤沢町）
◇3席
　藤村 みどり（盛岡市）
（平18年）
◇1席
　佐々木 聖雄（大船渡市）

◇2席
　菅野 利代（水沢市）
◇3席
　小野寺 正美（水沢市）
（平19年）
◇1席
　岡田 要二（盛岡市）
◇2席
　岩岡 良太郎（野田村）
◇3席
　片岸 ゆり子（盛岡市）
（平20年）
◇1席
　和田 庄司（盛岡市）
◇2席
　佐藤 歌子（宮古市）
◇3席
　三嶋 洋（藤沢町）
（平21年）
◇1席
　工藤 成希（盛岡市）
◇2席
　長澤 けんじ（宮古市）
◇3席
　長田 ふき（奥州市）
（平22年）
◇1席
　和田 庄司（盛岡市）
◇2席
　佐藤 歌子（宮古市）
◇3席
　菅原 貞子（一関市）
（平23年）
◇1席
　鹿糠 麦童（久慈市）
◇2席
　佐藤 歌子（宮古市）
◇3席
　菊池 秋光（花巻市）
（平24年）
◇1席
　阿部 加津子（花巻市）
◇2席
　藤倉 清光（盛岡市）
◇3席
　鈴木 文子（盛岡市）

(平25年)
◇1席
　有谷 良子（田野畑村）
◇2席
　石川 薫（奥州市）
◇3席
　藤 彬（盛岡市）

130 上田三四二記念「小野市短歌フォーラム」

　兵庫県小野市出身の歌人・作家・文芸評論家，故上田三四二氏の業績を称え，後世に伝えるために平成元年8月に創設された。平成18年度の第17回大会より，上田三四二記念「小野市短歌フォーラム」と改称。

【主催者】小野市，小野市教育委員会，小野市文化連盟
【選考委員】馬場あき子，永田和宏
【選考方法】公募
【選考基準】〔対象〕短歌。〔資格〕自作未発表作品で，一人1首に限る。〔原稿〕所定の用紙またはインターネットにより投稿（応募料1000円，小・中・高校生の部は無料）
【締切・発表】（第26回）平成27年1月19日締切，表彰式は6月6日，全応募者に詠草集を配布（小・中・高校生は，学校へ配布）
【賞・賞金】賞〔一般の部〕最優秀：1席から5席，入選：15首，佳作：30首〔小・中・高校生の部〕最優秀：3首，優秀：30首，学校賞
【URL】http://www.city.ono.hyogo.jp/p/1/8/43/9/14/

第1回（平1年度）
◇1席
　塩谷 勇
◇2席
　福場 忠美
◇3席
　本間 秀子
◇4席
　鉄谷 冨江
◇5席
　嶋岡 妙子
第2回（平2年度）
◇1席
　加納 正一
◇2席
　大西 とし子
◇3席
　小野 務
◇4席
　渡辺 ジュン
◇5席
　金 忠亀
第3回（平3年度）
◇1席
　中川 宣子
◇2席
　東 貴美
◇3席
　金子 とみ
◇4席
　大中 留司
◇5席
　大庭 愛夫
第4回（平4年度）
◇1席
　矢野 善喜
◇2席
　野江 敦子
◇3席
　稲田 春英

◇4席
　竹住 英子
◇5席
　該当者なし
第5回（平6年度）
◇1席
　水本 佐代子
◇2席
　高山 政信
◇3席
　嶋崎 清吉
◇4席
　鐵谷 冨江
◇5席
　大庭 愛夫
第6回（平7年度）
◇1席
　村上 章子
◇2席
　中山 光一
◇3席
　花石 文雄
◇4席
　吉武 久美子
◇5席
　阿部 俊子
第7回（平8年度）
◇1席
　北村 禎三
◇2席
　副島 幸子
◇3席
　亀割 富子
◇4席
　河野 康子
◇5席
　松田 博子
第8回（平9年度）
◇1席
　松田 早苗
◇2席
　森谷 康弘
◇3席
　田窪 鎭夫
◇4席
　西山 宏美

◇5席
　西尾 朋江
第9回（平10年度）
◇1席
　丸山 美知子
◇2席
　木本 千枝子
◇3席
　澤辺 清子
◇4席
　駒井 高治
◇5席
　守屋 ひでお
第10回（平11年度）
◇1席
　藤井 順子
◇2席
　藤林 正則
◇3席
　小西 たね
◇4席
　加藤 美智子
◇5席
　中北 明子
第11回（平12年度）
◇1席
　中野 昭子
◇2席
　横尾 貞吉
◇3席
　林田 親利
◇4席
　花石 文雄
◇5席
　石原 純子
第12回（平13年度）
◇1席
　杉村 総子
◇2席
　池田 友幸
◇3席
　外石 トミイ
◇4席
　吉田 民子
◇5席
　乾 百樹

第13回（平14年度）
◇1席
　南　輝子
◇2席
　黄　得龍
◇3席
　郷原　節子
◇4席
　牛越　敏夫
◇5席
　友松　勇
第14回（平15年度）
◇1席
　藤田　かのえ
◇2席
　北山　つね子
◇3席
　井上　初子
◇4席
　竹田　志げ子
◇5席
　藤村　和己
第15回（平16年度）
◇1席
　安住　多恵子（鳥取県八東市）「たんぽぽのまあるき綿毛の崩れゆく切り捨てられし円周率に」
◇2席
　梶尾　栄子（兵庫県小野市）
◇3席
　河本　恵津子（広島県広島市）
◇4席
　太田　冨美恵（兵庫県和田山町）
◇5席
　丸尾　東洋子（岡山県山陽町）
第16回（平17年度）
◇1席
　池田　康乃（兵庫県赤穂市）「鮟鱇を摑む手ときどき持ちかへて道のまんなか大股で来る」
◇2席
　辻本　美加（熊本県熊本市）
◇3席
　中里　茉莉子（青森県十和田市）
◇4席
　尾関　當補（岡山県総社市）
◇5席
　池本　登代子（兵庫県神戸市）
第17回（平18年度）
◇1席
　清水　矢一（兵庫県篠山市）「試験場水族館の静けさに生徒らなべて魚の呼吸す」
◇2席
　高野　基都（高知県高知市）
◇3席
　渡邉　照夫（埼玉県鴻巣市）
◇4席
　塩見　房子（兵庫県神戸市）
◇5席
　中川　輝子（大阪府富田林市）
第18回（平19年度）
◇1席
　吉原　和子（大阪府吹田市）「老人の街となりゆくニュータウン竹の子通りを介護車の行く」
◇2席
　古口　博之（愛知県春日井市）
◇3席
　杉山　春代（静岡県静岡市）
◇4席
　大田　ちず子（兵庫県佐用町）
◇5席
　納庄　とし子（兵庫県加古川市）
第19回（平20年度）
◇1席
　渡邉　照夫（埼玉県鴻巣市）「吾が他に娘の名前呼び捨てる男のありて嫁ぎてゆきぬ」
◇2席
　石井　恒子（神奈川県相模原市）
◇3席
　西山　あかね（兵庫県尼崎市）
◇4席
　保泉　一生（埼玉県滑川町）
◇5席
　仲村　正男（静岡県浜松市）
第20回（平21年）
◇一般の部
　●1席
　　藤川　みえ子（姫路市）「パソコンの位置を

変えれば意外にも花を活けたき場所のみつかる」
- 2席
  小菅 暢子(東京都足立区)
- 3席
  梶原 貞江(明石市)
- 4席
  内海 鈴子(たつの市)
- 5席
  三木 郁(芦屋市)

◇小・中・高校生の部
- 最優秀
  奥田 祥平(小野市立中番小学校)「リフティングやってもやってもできなくてすわりこんだら夕やけの空」
  名倉 朋希(私立三田学園中学校)「人間とあまりしゃべらぬ父だけどしゃべれぬ犬に一人つぶやく」
  岳本 芳孝(長崎工業高等学校)「ムンムンと鋳造室にこもる熱とろとろアルミを鋳型に寝かせる」

第21回(平22年)
◇一般の部
- 1席
  青木 信一(静岡県静岡市)「どうしても眼が描けない自画像の眼のない顔とたたかっている」
- 2席
  友次 洋子(伊丹市)
- 3席
  向井 靖雄(大阪府岸和田市)
- 4席
  藤井 重行(山口県宇部市)
- 5席
  籠島 道城(静岡県静岡市)

◇小・中・高校生の部
- 最優秀
  酒井 嶺(小野市立小野小学校)「弟はいつもぼくについてくる大好きだけどいじわるしちゃう」
  柏木 美和(小野市小野中学校)「夕暮れに君から言われた一言はこげたクッキーみたいな味がした」
  宮崎 沙耶香(長野県 飯田女子高等学校)「帰る場所あるかのように雲行けり三十点の答案握る」

第22回(平23年)
◇一般の部
- 1席
  牧野 真弓(加古川市)「身の内に素数を秘めていし如くメタセコイアは冬空に立つ」
- 2席
  朝井 美津子(西脇市)
- 3席
  直井 友子(香川県丸亀市)
- 4席
  若林 久子(神戸市)
- 5席
  菊池 尚子(岩手県奥州市)

◇小・中・高校生の部
- 最優秀
  藤原 有紗(小野市立小野東小学校)「ハムスターすごくかわいいしんゆうだどんなしぐさもいやされちゃうな」
  大道 実和(兵庫県 甲南女子中学校)「写真より実物見ると目に残るまどがはずれた原爆ドーム」
  小川 莉奈(茨城県 下館第一高等学校)「山茶花の影で話をしたっけね君のまつげをまだ覚えてる」

第23回(平24年)
◇一般の部
- 1席
  旭 千代(千葉県茂原市)「売られゆく船三艘に旗立てて最後のとも綱父は外せり」
- 2席
  谷池 宏美(神戸市)
- 3席
  高瀬 道子(西脇市)
- 4席
  垣内 啓子(加西市)
- 5席
  東山 美鈴(加西市)

◇小・中・高校生の部
- 最優秀
  西尾 友伸(小野市立市場小学校)「むしさがしおちばをふんででてきたよちいさなとかげふゆのこうえん」
  田中 佐理奈(青森県 堀口中学校)「完成し

た毛糸の手袋はめる朝指の先から冬になりゆく」
宮本 奈実(岐阜県 飛騨神岡高等学校)
「『ひょっとして明日はあなたの誕生日』忘れてたふり覚えていたのに」

第24回(平25年)
◇一般の部
- 1席
  石原 安藝子(加古川市)「少年の背負へる白き楽器ケース羽化せまりたるやうにふくらむ」
- 2席
  山田 凍蝶(加古川市)
- 3席
  平原 あをい(山口県大島郡)
- 4席
  藤原 勢津子(三木市)
- 5席
  古谷 智子(福井県小浜市)

◇小・中・高校生の部
- 最優秀
  岡本 拓己(小野市立大部小学校)「プレゼントラジコンだめと父が言うでもきめるのはサンタさんです」
  杉村 雅(小野市立小野南中学校)「あほなこといっつも一緒にしとるけどいちばんたよれる大事な仲間」
  佐野 裕貴(茨城県 結城第二高等学校)「花ってさ草が化けてるだから好き変わり者でも君が大好き」

第25回(平26年)
◇一般の部
- 1席
  加藤 トシ子(秋田市)「冬なほも裸のままの小便小僧肩に小鳥を休ませてゐる」
- 2席
  東山 美鈴(橿原市)
- 3席
  桂 日呂志(加東市)
- 4席
  田中 昭子(舞鶴市)
- 5席
  武智 イチ子(岩国市)

◇小・中・高校生の部
- 最優秀
  前田 栞那(小野市立市場小学校)「なつやすみうみへいったよとうめいのくらげがいたよムニムニしたよ」
  長門 未夢(高砂市立荒井中学校)「使わなくなったバランスボール見て呆れた顔をしている太陽」
  岩本 みゆき(埼玉県立桶川西高等学校)「左手と右手重ねてその中は君待つ吐息と鳴らぬ携帯」

第26回(平27年)
◇一般の部
- 1席
  岩本 幸久(広島市)「漁火に紛れようとするカノープスさみしがり屋は君だけじゃない」
- 2席
  坂西 直弘(魚沼市)
- 3席
  鈴木 加成太(池田市)
- 4席
  酒井 菊江(帯広市)
- 5席
  中根 みち子(長野県諏訪郡)

◇小・中・高校生の部
- 最優秀
  堀内 華美(加東市立滝野東小学校)「うつむいて泣いてる君に気が付いてそっとさし出すあめ玉ひとつ」
  尾崎 麻由(雲仙市立吾妻中学校)「たんぽぽは春を知らせにやってくるさゆりゆらゆらぷかりぷかぷか」
  花野 明日香(山口県立厚狭高等学校)「あえて今名前で呼ばない距離にいる最後に取っとく林檎みたいに」

131 小田観螢賞

昭和49年に創設された。「新墾」創刊主宰小田蛍観没後にその歌道精神を正統に受け

短歌　　　　　　　　　　　　　　　　　　　　　　　　　　　　　　　　　　　*131* 小田観蛍賞

継ぐべく創設された社内最高の賞。

【主催者】新墾社

【選考委員】足立敏彦, 飯田哲雄, 大原一, 桜井美千子, 寺山寿美子, 遠野瑞香, 富岡恵子, 丸山俊子, 森勝, 大和谷慶一

【選考方法】公募

【選考基準】〔資格〕「新墾」同人および幹部同人。〔対象〕作品30首（年内の誌上掲載作より自選）

【締切・発表】毎年3月末日締切。その年度の「新墾」6月号誌上に発表

【賞・賞金】賞金3万円と賞状

第1回（昭49年）
　鈴木 杜世春
第2回（昭50年）
　該当者なし
第3回（昭51年）
　該当者なし
第4回（昭52年）
　管野 美知子
第5回（昭53年）
　該当者なし
第6回（昭54年）
　該当者なし
第7回（昭55年）
　瀬戸 恵子
第8回（昭56年）
　長谷川 フク子
第9回（昭57年）
　小田島 京子
第10回（昭58年）
　山中 千代子
第11回（昭59年）
　狩野 敏子
第12回（昭60年）
　上田 律子
第13回（昭61年）
　阿部 一男
第14回（昭62年）
　該当者なし
第15回（昭63年）
　該当者なし
第16回（平1年）
　石井 ユキ
第17回（平2年）
　大塚 純子
第18回（平3年）
　金沢 郁子
第19回（平4年）
　該当者なし
第20回（平5年）
　牧 章子
　富岡 恵子
第21回（平6年）
　飯坂 禎子
第22回（平7年）
　該当者なし
第23回（平8年）
　該当者なし
第24回（平9年）
　該当者なし
第25回（平10年）
　遠野 瑞香
　森 徳子
第26回（平11年）
　斎藤 一郎
　小西 玲子
第27回（平12年）
　市川 麗子
　寺山 寿美子
第28回（平13年）
　粟野 けい子
第29回（平14年）
　桑村 ゆき
第30回（平15年）
　藤部 貴美子
　大関 法子
第31回（平16年）

詩歌・俳句の賞事典　　263

前川 桂子　「砂の時計」
　　　妹尾 紗恵子　「ルージュ・パレット」
第32回（平17年）
　　　瀬川 美年子　「蓼の種子」
　　　大島 克予　「シュガースポット」
第33回（平18年）
　　　佐野 琇子　「星の船には」
第34回（平19年）
　　　杉本 敦子　「上り下り」
　　　本間 みゆき　「神の迷路に」
第35回（平20年）
　　　渡辺 敏子　「旅の窓辺」
　◇準賞
　　　川村 健二　「此岸のみぎは」

第36回（平21年）
　　　那須 愛子　「秋の幻」
第37回（平22年）
　　　佐藤 幹子　「朱の湿原」
第38回（平23年）
　　　西 理恵　「春の畳」
第39回（平24年）
　　　堀口 淳子　「ホイップの渦」
第40回（平25年）
　　　木村 福恵　「JOKER頼み」
第41回（平26年）
　　　鮎田 慰子　「妻たる」
第42回（平27年）
　　　金田 まさ子　「虹のきれはし」

132 歌壇賞

　「歌壇」創刊2周年を記念し、平成元年に創設された。清新で瑞々しい新人の発掘を主旨とする。

【主催者】 本阿弥書店

【選考委員】（第26回）伊藤一彦,内藤明,東直子,水原紫苑,吉川宏志

【選考方法】 公募

【選考基準】〔対象〕未発表短歌作品30首。〔資格〕不問。〔応募規程〕用紙はB4版（400字詰）原稿用紙を使用し,作品の表題および作者名を明記し,右肩を綴じる。別紙に（1）氏名（ふりがな）（2）生年月日（3）性別（4）郵便番号・住所（5）電話番号（6）所属結社・簡単な略歴を記す。封筒に「歌壇賞作品」と朱書すること

【締切・発表】 9月30日締切（当日消印有効）,発表は「歌壇」2月号誌上

【賞・賞金】 賞状,賞牌および副賞20万円

【URL】 http://homepage3.nifty.com/honamisyoten/index.htm

第1回（平1年）
　　　白滝 まゆみ
第2回（平2年）
　　　大村 陽子
第3回（平3年）
　　　壇 裕子
第4回（平4年）
　　　目黒 哲朗
第5回（平5年）
　　　西崎 みどり
　　　吉見 道子
第6回（平6年）

　　　河野 小百合
　　　渡辺 松男
第7回（平7年）
　　　東 直子　「草かんむりの訪問者」
第8回（平8年）
　　　永田 紅　「風の昼」
第9回（平9年）
　　　本多 稜　「蒼の重力」
第10回（平10年）
　　　小黒 世茂　「隠国」
第11回（平11年）

短歌　　　　　　　　　　　　　　　　　　　　　　　　　　　*133* 角川全国短歌大賞

　　田中 拓也　「晩夏の川」
　　渡 英子　「アクトレス」
第12回（平12年）
　　小林 信也　「千里丘陵」
第13回（平13年）
　　田村 元　「上唇に花びらを」
第14回（平14年）
　　守谷 茂泰　「水の種子」
　　中沢 直人　「極圏の光」
第15回（平15年）
　　熊岡 悠子　「茅渟の地車」
第16回（平16年）
　　青沼 ひろ子　「石笛」
第17回（平17年）
　　樋口 智子　「夕暮れを呼ぶ」
　　米田 靖子　「水ぢから」
第18回（平18年）
　　細溝 洋子　「コントラバス」
第19回（平19年）
　　栁澤 美晴　「硝子のモビール」
第20回（平20年）
　　佐藤 羽美　「ここは夏月夏曜日」
第21回（平21年度）
　　長嶋 信　「真夜中のサーフロー」
第22回（平22年度）
　　佐藤 モニカ　「マジックアワー」
第23回（平23年度）
　　平岡 直子　「光と、ひかりの届く先」
第24回（平24年度）
　　服部 真里子　「湖と引力」
第25回（平25年度）
　　佐伯 紺　「あしたのこと」
第26回（平26年度）
　　小谷 奈央　「花を踏む」

133 角川全国短歌大賞

平成21年創設。短歌愛好家なら誰でも参加できる文芸コンテストとして実施している。
【主催者】株式会社KADOKAWA 角川学芸出版BC
【選考委員】（第7回）佐佐木幸綱，馬場あき子，永田和宏
【選考方法】公募
【選考基準】〔応募規定〕何組でも応募可（自由題2首のみ，または自由題2首＋題詠1首の組み合わせ）。新作で未発表作品に限る。〔投稿料〕自由題2首の場合2000円，自由題2首と題詠1首の場合3000円（作品集代含む）
【締切・発表】（第7回）平成27年8月31日締切（当日消印有効），平成28年1月，月刊誌『短歌』誌上で発表
【賞・賞金】大賞（自由題）・題詠大賞：賞状・賞金10万円・記念盾，準賞：賞状・賞金3万円，ほか
【URL】http://www.tanka57577.net/

第1回（平21年）
◇大賞
　髙井 忠明（兵庫県）「帰らずに今朝もフェンスに凭れゐる家出少女のやうな自転車」
◇題詠大賞
　上條 節子（広島県）「ひざまずき原爆死没者名簿に風とおす白き手袋また夏がくる」
◇準賞
　丸尾 東洋子（岡山県）「足指のひとつひとつに花咲けり紫雲英（れんげ）畑を素足に踏めば」
　乃間 保歌（山口県）「ぶら下がる臍（へそ）のピアスを光らせて君と坂道登りてゆきぬ」

133 角川全国短歌大賞

◇題詠準賞
　西田リーバウ 望東子（ドイツ・ベルリン）「涅（くり）色は君の肌いろバスでゆくわれらの街にもう壁はない」
◇全日空賞
　武藤 義哉（東京都）「朝焼けだ一日という作品の着想を今空は得たのだ」
◇与謝野晶子短歌文学賞姉妹賞
　沼尻 つた子（茨城県）「ケイタイを両手にはさみ霜月のメールをとじる押し葉のように」
◇角川学芸出版賞
　鵜木 義信（栃木県）「義肢作る技を訥訥と語りくるわが子四十いまだ娶らず」

第2回（平22年）
◇大賞
　奥山 ひろみ（東京都）「月のない夜の環八に運ばれる戦車見ており葱下げてわれ」
◇題詠大賞
　武富 純一（大阪府）「「入れてんか」半歩詰めては一人増ゆ梅田地下街立ち呑み串屋」
◇準賞
　林 由実（東京都）「朝礼で倒れた子らのためにあるジャムパン、保健室の戸棚に」
　原田 ゆり子（奈良県）「ひぐらしの翅のごとくに透きとほるブラウスまとふ転移ある身に」
◇題詠準賞
　山本 トヨ子（長崎県）「教会の鐘の音ひびく路地裏を大根さげてシスターがゆく」
◇角川学芸出版賞
　森田 小夜子（静岡県）「迫り来るガゼルの群れに立ちすくむ高校生の朝の自転車」
◇角川現代短歌集成賞
　清水 良郎（愛知県）「最終電車の運転士さんの奥さんがクルマでぽつんと迎へに来てゐる」
◇与謝野晶子短歌文学賞姉妹賞
　高田 ほのか（大阪府）「加湿器をつけて静かに目を閉じる水の分子がわたしに宿る」

第3回（平23年）
◇大賞
　松浦 美智子（千葉県）「空港の冷ゆるタイルにムバラクの大きく写る新聞を敷く」
◇題詠大賞
　森田 小夜子（静岡県）「家康公の祭りの列の後ろから馬糞を拾う足軽がゆく」
◇準賞
　松田 梨位（富山県）「決勝線すずちゃん乗せてかけ回る私は今年右後ろ足」
　高橋 元子（埼玉県）「にはとりも備品であれば監査前に何度も何度も数をかぞへる」
◇題詠準賞
　岡部 重喜（神奈川県）「村祭に求めし金魚水槽の小さくなるまで永く生きたり」
◇角川学芸出版賞
　鈴木 敏男（秋田県）「いくつかの水路の段差に揉ませたる水深々と春田に張りぬ」
◇与謝野晶子短歌文学賞姉妹賞
　橋元 典子（千葉県）「乳房張る山羊一頭がモノクロの家族写真のまん中におり」

第4回（平24年）
◇大賞
　若草 のみち（東京都）「青いまま落ちるどんぐり初めからそういう役であるかのように」
◇題詠大賞
　桜井 君代（群馬県）「老の掌にまだある力たぐりつつ朝の光のなかに米研ぐ」
◇準賞
　伊藤 かえこ（岐阜県）「声もたぬ魚のように流れにも逆らいもせず会議終わりぬ」
　近藤 久美子（長崎県）「サボテンと話が合ふと言ひし子よ今は都会に寡黙に暮す」
◇題詠準賞
　小沼 澄子（青森県）「天命に余白あるらし道すがら母の紋絽の桔梗に出逢ふ」
◇角川学芸出版賞
　武田 悟（宮城県）「フラスコで紅茶を沸かす助手のゐて研究棟は春の笑ひに」
　三浦 節子（宮城県）「君逝きて置き所なし千羽鶴のあかいたましひあをい魂」
◇題詠角川学芸出版賞
　荒井 ゆかり（香川県）「父母の明日を大きく膨らます娘に芽生えし小さな命」

嶋寺 洋子（滋賀県）「目覚むればいつも朝と思ふらし父の窓辺に電波時計おく」
◇与謝野晶子短歌文学賞姉妹賞
　萩原 慎一郎（東京都）「あの雲にベンチのように腰掛けてきみとふたりで語り合いたい」
◇WEB賞
　北斗 はるか（北海道）「古（いにしえ）のカムイの言葉に耳すます我が鳴かせるトンコリの声」
　今村 香央里（埼玉県）「休戦も致し方ない日曜はホットケーキを食べる日だから」

第5回（平25年）
◇大賞
　伊藤 里奈（三重県）「右耳を隠し眉間に皺寄せたゴッホの耳に蝶を乗せたい」
◇題詠大賞
　市川 エツ子（長野県）「ゆうらりと浅瀬の流れに身を任せ恍惚として水浴の蛇」
◇準賞
　萩原 慎一郎（東京都）「今ぼくのこころの枝に留まりたる蜻蛉のような音楽がある」
　橘 まゆ（千葉県）「ほとばしる蒼き叫びに蓋をして羊のごとく通勤バスに乗る」
◇題詠準賞
　宮武 千津子（大分県）「ただ一つの水持つ星が被曝せりこたびは海辺の町を汚染し」
◇シャープ賞
　泉 香代（兵庫県）「開くべき扉が先で待つように群れを突き抜けゆくラガーマン」
◇題詠シャープ賞
　伊藤 里奈（三重県）「クロールで泳ぐあなたの両腕に水の翼が絶えず煌めく」
◇角川学芸出版賞
　和田 智子（茨城県）「もの食むとふ三度の行をなし終へて素数のわれにかへる湯の中」
◇題詠角川学芸出版賞
　星野 秀子（新潟県）「水辺にはニーチェのような鷺一羽立ちておりたり葉月の夕べ」
◇与謝野晶子短歌文学賞姉妹賞
　馬淵 のり子（栃木県）「図書館は古紙の匂いが満ちあふれ一人ではない一人の時間」
◇WEB賞
　中島 弘恵（静岡県）「「晴れたよ。」と切り取られた空が届く そっちのほうが青いんだね今」

第6回（平26年）
◇大賞
　高橋 圭子（青森県）「わたしまだ自分の癌に泣いてない隠れていつも父が泣くから」
◇題詠大賞
　立花 和子（大分県）「天領の千年あかりの灯も尽きて川面は星の煌き拾う」
◇準賞
　浅井 克宏（愛知県）「人のみのいとなみにして時に寂し真夜にしひとり文字を書きつぐ」
　城門 るろ（埼玉県）「古代（いにしへ）の鮫の顎（あぎと）は消え失せて化石棚には歯のみが並ぶ」
◇題詠準賞
　小林 雅野（東京都）「南天の白き小さき花散れば泥土にも未知の星図ひろがる」
◇カシオ賞
　アライ メグミ（神奈川県）「スマホ打つ手がフレミングの法則に見える少女は電車に揺られ」
◇コクヨS&T賞
　松田 わこ（富山県）「ねえちゃんはすぐもらい泣きするけれど自分から泣くことはまずない」
◇与謝野晶子短歌文学賞姉妹賞
　山口 桂子（富山県）「「おかえり」と言うために居る夕まぐれ妖怪にでもなっちまおうか」
◇審査委員会特別賞
　大庭 拓郎（静岡県）「ほかほかの一番星に出会いたり肉ジャガの具を自転車にのせて」
　江尻 映子（富山県）「〈ばあちゃんのこしのいたいのとんでいけ〉七夕の竹鳴る星月夜」

飯坂 友紀子（東京都）「終点へ速度を落とし滑り込む世界の果てに手をつくうに」
◇角川学芸出版賞
　中原 弘（千葉県）「蠟燭の明かりのごとく吉野家に男ひとりが灯る真夜中」
◇題詠角川学芸出版賞
　近藤 好廣（京都府）「小指ほどの曇りを癌ときかされて星印のつく肺を眺むる」
◇WEB賞
　磯尾 隼人（北海道）「電話越しあくびかみ殺す君がいてでも話したい金曜の夜」
◇奨励賞
　小林 理央（神奈川県）「洋服のかぎ裂き見つけたかなしさはちょっと笑っちゃうようなさみしさ」

134 角川短歌賞

角川書店により「角川俳句賞」とともに昭和30年に創設された。

【主催者】株式会社KADOKAWA 角川学芸出版
【選考委員】（第61回）小池光、島田修三、米川千嘉子、東直子
【選考方法】公募
【選考基準】〔対象〕未発表の短歌50首。〔原稿〕B4判400字詰原稿用紙を使用（ワープロの場合もB4判用紙を使用。1枚10首以内）。〔応募規定〕詳細は毎月25日発売の「短歌」誌上に掲載
【締切・発表】5月末日締切（当日消印有効）、発表は「短歌」11月号誌上
【賞・賞金】賞状、記念品、副賞30万円
【URL】http://www.kadokawagakugei.com/contest/kadokawa_tanka/

第1回（昭30年）
　該当作なし
第2回（昭31年）
　安永 蕗子　「棕梠の花」
第3回（昭32年）
　加藤 正明　「草のある空」
　岡田 行雄　「古代悲笳」
第4回（昭33年）
　生野 俊子　「四旬節まだ」
第5回（昭34年）
　青木 ゆかり　「冬木」
第6回（昭35年）
　稲葉 京子　「小さき宴」
　深井 芳治　「麦は生ふれど」
第7回（昭36年）
　浜田 康敬　「成人通知」
第8回（昭37年）
　井上 正一　「冬の稜線」
第9回（昭38年）
　鷲尾 酵一　「ゴーガン忌」
　鈴木 忠次　「老に来る夏」
第10回（昭39年）
　苑 翠子　「フラノの杳」
第11回（昭40年）
　柴 英美子　「秋序」
第12回（昭41年）
　該当作なし
第13回（昭42年）
　武田 弘之　「声また時」
第14回（昭43年）
　小山 そのえ　「年々の翠」
第15回（昭44年）
　河野 裕子　「桜花の記憶」
第16回（昭45年）
　該当作なし
第17回（昭46年）
　竹内 邦雄　「幻としてわが冬の旅」
第18回（昭47年）

江流馬 三郎「縦走砂丘」
田谷 鋭「紺匂ふ」
第19回(昭48年)
　宮岡 昇「黒き葡萄」
第20回(昭49年)
　鵜飼 康東「テクノクラットのなかに」
第21回(昭50年)
　該当作なし
第22回(昭51年)
　大谷 雅彦「白き路」
第23回(昭52年)
　松平 盟子「帆を張る父のやうに」
第24回(昭53年)
　大崎 瀬都「望郷」
　新川 克之「熱情ソナタ」
第25回(昭54年)
　今野 寿美「午後の章」
第26回(昭55年)
　時田 則雄「一片の雲」
　吉沢 昌実「風天使」
第27回(昭56年)
　志野 暁子「花首」
第28回(昭57年)
　井川 京子「こころの壺」
　塘 健「一期不会」
第29回(昭58年)
　江畑 実「血統樹林」
第30回(昭59年)
　阪森 郁代「野の異類」
第31回(昭60年)
　米川 千嘉子「夏樫の素描」
第32回(昭61年)
　俵 万智「八月の朝」
第33回(昭62年)
　山田 富士郎「アビー・ロードを夢見て」
第34回(昭63年)
　香川 ヒサ「ジュラルミンの都市樹」
第35回(平1年)
　高橋 則子「水の上まで」
第36回(平2年)
　田中 章義「キャラメル」
第37回(平3年)
　梅内 美華子「横断歩道(ゼブラ・ゾーン)」
第38回(平4年)
　中川 佐和子「夏木立」
第39回(平5年)
　岸本 由紀(京都府立大学在学)「光りて眠れ」
第40回(平6年)
　中埜 由季子「町、また水のべ」
第41回(平7年)
　河野 美砂子「夢と数」
　渡辺 幸一「霧降る国で」
第42回(平8年)
　小守 有里「素足のジュピター」
第43回(平9年)
　沢田 英史「異客」
第44回(平10年)
　大口 玲子「ナショナリズムの夕立」
第45回(平11年)
　福井 和子「始まりはいつも」
第46回(平12年)
　佐々木 六戈「百回忌」
　松本 典子「いびつな果実」
第47回(平13年)
　佐藤 弓生「眼鏡屋は夕ぐれのため」
第48回(平14年)
　田宮 朋子「星の供花」
第49回(平15年)
　駒田 晶子「夏の読点」
第50回(平16年)
　小島 なお「乱反射」
第51回(平17年)
　森山 良太「闘牛の島」
第52回(平18年)
　澤村 斉美「黙秘の庭」
第53回(平19年)
　齋藤 芳生「桃花水を待つ」
第54回(平20年)
　光森 裕樹「空の壁紙」
第55回(平21年)
　山田 航「夏の曲馬団」
第56回(平22年)
　大森 静佳「硝子の駒」
第57回(平23年)
　立花 開「一人、教室」
第58回(平24年)
　藪内 亮輔「花と雨」
第59回(平25年)
　伊波 真人「冬の星図」
　吉田 隼人「忘却のための試論」

第60回（平26年）
　谷川　電話　「うみべのキャンバス」

第61回（平27年）
　鈴木　加成太　「革靴とスニーカー」

135　河野裕子短歌賞

　女として，妻として，母として，生活実感を大切に，家族や家庭生活を題材に数多くの作品を詠み，平成22年に64歳で亡くなった女性歌人，河野裕子を偲ぶ公募短歌大会。平成24年創設。

【主催者】産経新聞社
【選考委員】池田理代子，俵万智，永田和宏，東直子
【選考方法】公募
【選考基準】《家族の歌》，《恋の歌・愛の歌》，《青春の歌》（中高生部門）の3部門。2首以上の未発表作品を募集，投稿料1首1000円。中高生は無料，2首まで
【締切・発表】（第4回）締切：平成27年8月19日締切（当日消印有効），表彰式：平成27年10月24日京都女子大学にて表彰式
【賞・賞金】河野裕子賞（各部門1首）ほか。副賞：商品券/図書券ほか

第1回（平24年）
◇家族の歌
- 河野裕子賞　家族の歌
  下町　あきら（徳島県）「寄港する夫に届ける子の写真ばんそうこうの訳を書き足す」
◇恋の歌・愛の歌
- 河野裕子賞　恋の歌・愛の歌
  太田　宣子（岐阜県）「雨上がり世界を語るきみとゐてつづきは家族になって聞かうか」
◇青春の歌
- 河野裕子賞　青春の歌
  澤邊　稜（福島県）「恥ずかしいくらい手を振る母がいてバンクーバーへ僕は旅立つ」

第2回（平25年）
◇家族の歌
- 河野裕子賞　家族の歌
  澤邊　裕栄子（福島県）「帰宅した頬に涙の跡があり汗というから汗にしておく」
◇恋の歌・愛の歌
- 河野裕子賞　恋の歌・愛の歌
  和田　真由（兵庫県）「夏草をばっさばっさと踏み倒しふった男に会いに行く。明日」
◇青春の歌
- 河野裕子賞　青春の歌
  矢木　彰子（京都府）「古びたる「どくとるマンボウ」手にとりて高校生の父と出逢ひぬ」

第3回（平26年）
◇家族の歌
- 河野裕子賞　家族の歌
  足立　訓子（東京都）「みてゐてとわれがたのめばうなづきてだきつくやうに荷物まもれり」
◇恋の歌・愛の歌
- 河野裕子賞　恋の歌・愛の歌
  王生　令子（北九州市）「捨てようとすれば途端に調子よく火のつくライター君にそっくり」
◇青春の歌
- 河野裕子賞　青春の歌
  佐々木　遥（さいたま市）「ほんとうの夢は誰にも言いません正しいだけの空の青にも」

136 葛原妙子賞

平成16年に終了した「河野愛子賞」の後を引き継ぎ、平成17年に創設された。戦後短歌史に名を残す歌人・葛原妙子の業績を称え、中堅女流歌人の優れた歌集歌書に与えられる。

- 【主催者】砂子屋書房
- 【選考委員】篠弘,佐佐木幸綱,小池光,花山多佳子
- 【選考方法】非公募(毎年1月に現代歌人100人に推薦アンケートを求める)
- 【選考基準】〔対象〕前年度1月～12月に出版した中堅女性歌人の歌集・歌書
- 【締切・発表】発表は4月
- 【賞・賞金】賞状と賞金30万円

第1回(平17年)
　今野 寿美　「龍笛」(歌集)〔砂子屋書房〕
第2回(平18年)
　大口 玲子　「ひたかみ」(歌集)〔雁書館〕
第3回(平19年)
　酒井 佑子　「矩形(くけい)の空」〔砂子屋書房〕
第4回(平20年)
　横山 未来子　「花の線画」〔青磁社〕
第5回(平21年)
　小林 幸子　「場所の記憶」〔砂子屋書房〕
第6回(平22年)
　川野 里子　「幻想の重量―葛原妙子の戦後短歌」〔本阿弥書店〕
第7回(平23年)
　松村 由利子　「大女伝説」〔短歌研究社〕
第8回(平24年)
　梅内 美華子　「エクウス」〔角川書店〕
第9回(平25年)
　なみの 亜子　「バード・バード」〔砂子屋書房〕
第10回(平26年)
　百々 登美子　「夏の辻 百々登美子歌集」〔砂子屋書房〕
第11回(平27年)
　梶原 さい子　「歌集 リアス/椿」〔砂子屋書房〕

137 原始林賞

昭和25年雑誌「原始林」創刊5周年を記念して,原始林社により創設された賞。誌上で最も優秀な作を多く発表したものに与えられる。

- 【主催者】原始林社
- 【選考委員】選者9名:井原茂明,大朝暁子,大家勤,坂田資宏,松川洋子,宮川桂子,村井宏,村田俊秋,湯本竜。他に既往の原始林賞受賞者全員
- 【選考方法】推薦。各選考委員が正位1名(2点)副位1名(1点)を推薦,合計点数の多いものを受賞者とする
- 【選考基準】同人のうち,前年1年間に最も多くの優秀作を誌上に発表した者が,選考の対象となる
- 【締切・発表】毎年1月末日締切,「原始林」4月号で発表

137 原始林賞

短歌

【賞・賞金】賞状と記念品

第1回(昭25年)
　佐藤 徹
第2回(昭26年)
　山下 和子
第3回(昭27年)
　舟橋 精盛
第4回(昭28年)
　矢沢 歌子
第5回(昭29年)
　中山 信
第6回(昭30年)
　松川 洋子
　本間 武司
第7回(昭31年)
　鮫島 昌子
第8回(昭32年)
　該当者なし
第9回(昭33年)
　落合 恒雄
第10回(昭34年)
　田宮 義正
　山村 路子
第11回(昭35年)
　浪岡 豊明
　西村 淑子
第12回(昭36年)
　坂田 資宏
第13回(昭37年)
　春日 正博
第14回(昭38年)
　棚川 音一
第15回(昭39年)
　西村 綾子
第16回(昭40年)
　田村 哲三
第17回(昭41年)
　松村 忠義
第18回(昭42年)
　川上 喜代一
第19回(昭43年)
　平松 勤
　広川 義郎
第20回(昭44年)
　村上 綾朗
第21回(昭45年)
　三浦 久子
第22回(昭46年)
　猪股 泰
第23回(昭47年)
　該当者なし
第24回(昭48年)
　北川 頼子
第25回(昭49年)
　高橋 信子
第26回(昭50年)
　佐々木 千枝子
第27回(昭51年)
　岩城 三郎
第28回(昭52年)
　清水 堅一
第29回(昭53年)
　加地谷 幸夫
第30回(昭54年)
　谷口 三枝子
　湯本 龍
第31回(昭55年)
　湯本 恵美子
第32回(昭56年)
　村井 宏
第33回(昭57年)
　笠井 信一
第34回(昭58年)
　該当者なし
第35回(昭59年)
　加賀谷 ユミコ
第36回(昭60年)
　井口 精一
第37回(昭61年)
　山田 栄子
第38回(昭62年)
　平野 香
第39回(昭63年)
　志賀 磯子
第40回(平1年)
　庄司 はるみ
第41回(平2年)

渡辺 民江
第42回（平3年）
　　安彦 桂子
第43回（平4年）
　　水谷 昌子
　　葛西 幸子
（平5年）
　　福村 洋子
（平6年）
　　町田 和子
（平7年）
　　大朝 暁子
　　風間 喜美子
（平8年）
　　石川 千鶴
（平9年）
　　川西 紀子
（平10年）
　◇短歌
　　原 幹子
（平11年）
　◇短歌
　　布沢 幸
　　村田 俊秋
（平12年）
　◇短歌
　　該当者なし
（平13年）
　◇短歌

　　足立 幸恵
（平14年）
　◇短歌
　　宮川 桂子
（平15年）
　◇短歌
　　野田 家正
（平16年）
　　野田 家正
（平17年）
　　佐野 書恵
（平18年）
　　杉本 麗子
（平19年）
　　台野 登代子
（平20年）
　　髙橋 一弘
（平21年）
　　今村 朋信
（平22年）
　　鷲巣 純子
（平23年）
　　大家 勤
（平24年）
　　中田 慧子
（平25年）
　　古室 俊行
（平26年）
　　福浦 佳子

138 現代歌人協会賞

現代歌人協会が，短歌の向上発展の一助として昭和31年に創設した新人賞。

【主催者】現代歌人協会

【選考方法】現代歌人協会員の推薦（アンケートによる）に基づき候補歌集を絞り，選考委員会において最終候補を決定。理事会に諮問，理事会において授賞作品を決定

【選考基準】〔対象〕前年中に刊行された歌集に限る

【締切・発表】決定直後にマスコミに発表，6月定時総会席上にて授賞

【賞・賞金】賞金10万円

【URL】http://kajinkyokai.cafe.coocan.jp/

第1回（昭32年）　　　　　　遠山 光栄　「褐色の実」〔第二書房〕

第2回（昭33年）
　　田谷 鋭　「乳鏡」〔白玉書房〕
第3回（昭34年）
　　塚本 邦雄　「日本人霊歌」〔四季書房〕
　　真鍋 美恵子　「玻瑠」〔新星書房〕
第4回（昭35年）
　　長沢 一作　「松心火」
第5回（昭36年）
　　該当作なし
第6回（昭37年）
　　倉地 与年子　「乾燥季」
第7回（昭38年）
　　該当作なし
第8回（昭39年）
　　清水 房雄　「一去集」〔白玉書房〕
第9回（昭40年）
　　該当作なし
第10回（昭41年）
　　足立 公平　「飛行絵本」〔工房エイト〕
第11回（昭42年）
　　岡野 弘彦　「冬の家族」〔角川書店〕
第12回（昭43年）
　　該当作なし
第13回（昭44年）
　　大内 与五郎　「極光の下に」〔新星書房〕
　　小野 茂樹　「羊雲離散」〔白玉書房〕
第14回（昭45年）
　　川島 喜代詩　「波動」〔歩道短歌会〕
第15回（昭46年）
　　佐佐木 幸綱　「群黎」〔青土社〕
第16回（昭47年）
　　大家 増三　「歌集・アジアの砂」
第17回（昭48年）
　　該当作なし
第18回（昭49年）
　　竹内 邦雄　「幻としてわが冬の旅」〔白玉書房〕
第19回（昭50年）
　　該当作なし
第20回（昭51年）
　　細川 謙三　「楡の下道」〔短歌新聞社〕
第21回（昭52年）
　　河野 裕子　「ひるがほ」
第22回（昭53年）
　　池田 純義　「黄沙」〔短歌新聞社〕
　　三枝 昂之　「水の覇権」〔沖積舎〕

第23回（昭54年）
　　小池 光　「バルサの翼」〔沖積舎〕
第24回（昭55年）
　　築地 正子　「花綵列島」〔雁書館〕
第25回（昭56年）
　　道浦 母都子　「無援の抒情」〔雁書館〕
第26回（昭57年）
　　時田 則雄　「北方論」〔雁書館〕
第27回（昭58年）
　　沖 ななも　「衣裳哲学」〔不識書院〕
第28回（昭59年）
　　阿木津 英　「天の鴉片」〔不識書院〕
第29回（昭60年）
　　鳥海 昭子　「花いちもんめ」〔玄王社〕
第30回（昭61年）
　　真鍋 正男　「雲に紛れず」〔短歌新聞社〕
第31回（昭62年）
　　坂井 修一　「ラビュリントスの日々」〔砂子屋書房〕
第32回（昭63年）
　　加藤 治郎　「サニー・サイド・アップ」〔雁書館〕
　　俵 万智　「サラダ記念日」〔河出書房新社〕
第33回（平1年）
　　米川 千嘉子　「夏空の櫂」〔砂子屋書房〕
第34回（平2年）
　　辰巳 泰子　「紅い花」〔砂子屋書房〕
　　水原 紫苑　「びあんか」〔雁書館〕
第35回（平3年）
　　山田 富士郎　「アビー・ロードを夢みて」〔雁書館〕
第36回（平4年）
　　該当作なし
第37回（平5年）
　　鳴海 宥　「BARCAROLLE・バカローレ（舟唄）」〔砂子屋書房〕
　　三井 修　「砂の詩学」〔雁書館〕
第38回（平6年）
　　谷岡 亜紀　「臨界」〔雁書館〕
　　早川 志織　「種の起源」〔雁書館〕
第39回（平7年）
　　大滝 和子　「銀河を産んだように」〔砂子屋書房〕
第40回（平8年）
　　吉川 宏志　「青蟬」〔砂子屋書房〕

第41回（平9年）
　該当作なし
第42回（平10年）
　渡辺 松男　「寒気氾濫」〔本阿弥書店〕
第43回（平11年）
　大口 玲子　「海量（ハイリャン）」〔雁書館出版〕
第44回（平12年）
　該当作なし
第45回（平13年）
　永田 紅　「日輪」〔砂子屋書房〕
第46回（平14年）
　岩井 謙一　「光弾」〔雁書館〕
　真中 朋久　「雨裂」〔雁書館〕
第47回（平15年）
　渡 英子　「みづを搬ぶ」〔本阿弥書店〕
　島田 幸典　「no news」〔砂子屋書房〕
第48回（平16年）
　本多 稜　「蒼の重力」〔本阿弥書店〕
　矢部 雅之　「友達ニ出会フノハ良イ事」〔ながらみ書房〕
第49回（平17年）
　該当作なし
第50回（平18年）
　松木 秀　「5メートルほどの果てしなさ」〔ブックパーク〕
　日置 俊次　「ノートル・ダムの椅子」〔角川書店〕
第51回（平19年）
　棚木 恒寿　「天の腕」〔ながらみ書房〕
　都築 直子　「青層圏」〔雁書館〕
第52回（平20年）
　奥田 亡羊（川崎市,「心の花」所属）「亡羊」〔短歌研究社〕
第53回（平21年）
　駒田 晶子　「銀河の水」〔ながらみ書房〕
第54回（平22年）
　野口 あや子　「くびすじの欠片」〔短歌研究社〕
　藤島 秀憲　「二丁目通信」
第55回（平23年）
　光森 裕樹　「鈴を産むひばり」〔港の人〕
第56回（平24年）
　柳澤 美晴　「一匙の海」〔本阿弥書店〕
第57回（平25年）
　内山 晶太　「窓、その他」〔六花書林〕
　山田 航　「さよならバグ・チルドレン」〔ふらんす堂〕
第58回（平26年）
　大森 静佳　「てのひらを燃やす」〔KADOKAWA〕
第59回（平27年）
　服部 真里子　「歌集 行け広野へと」〔本阿弥書店〕

139 現代歌人集会賞

　現代歌人集会会員,非会員を問わず年間の優秀歌集を顕彰するため昭和50年に創設された。

【主催者】現代歌人集会

【選考委員】大辻隆弘,林和清,永田淳,前田康子,真中朋久,魚村晋太郎,安田純生,紺野万里,松村正直,中津昌子,岩尾淳子,島田幸典

【選考方法】非公募

【選考基準】会員アンケートにより,年間出版歌集から優秀作品2冊を募り,最終候補を選定。理事会において授賞作を決定する

【締切・発表】前年9月1日〜当該年8月末の出版物対象,12月総会にて発表

【賞・賞金】賞金3万円（平成10年度より）副賞と賞状

139 現代歌人集会賞

第1回（昭50年）
　斎藤 すみ子　「劫初の胎」
　浜田 康敬　「成人通知」
第2回（昭51年）
　永田 和広　「メビウスの地平」〔茱萸叢書〕
第3回（昭52年）
　水落 博　「出発以後」
第4回（昭53年）
　永井 陽子　「なよたけ拾遺」
第5回（昭54年）
　浜田 陽子　「夕紅の書」
　安森 敏隆　「沈黙の塩」
第6回（昭55年）
　蒔田 律子　「風景は翔んだ」〔古径社〕
　太田 正一　「風光る」
第7回（昭56年）
　阿木津 英　「紫木蓮まで・風舌」
　百々 登美子　「草昧記」
第8回（昭57年）
　坂野 信彦　「銀河系」
　引野 収　「冷紅そして冬」
第9回（昭58年）
　東 淳子　「化野行」〔石川書房〕
　水沢 遙子　「時の扉へ」〔不識書院〕
第10回（昭59年）
　該当作なし
第11回（昭60年）
　栗木 京子　「水惑星」
第12回（昭61年）
　高倉 レイ　「薔薇を焚く」〔不識書院〕
第13回（昭62年）
　対島 恵子　「古文花押」
　三宅 霧子　「黄金井川」〔不識書院〕
第14回（昭63年）
　力身 康子　「石の眼」〔不識書院〕
第15回（平1年）
　源 陽子　「透過光線」〔砂子屋書房〕
　欅原 聡　「光響」〔不識書院〕
　本土 美紀江　「ファジーの界」〔短歌公論社〕
第16回（平2年）
　筒井 早苗　「日のある時間」〔石川書房〕
　香川 ヒサ　「テクネー」〔角川書店〕
第17回（平3年）
　小石 薫　「木枯しの道」〔ながらみ書房〕
　間鍋 三和子　「二月の坂」〔短歌新聞社〕

第18回（平4年）
　林 和清　「ゆるがるれ」〔書肆季節社〕
　奈賀 美和子　「ふたつの耳」〔川島書店〕
第19回（平5年）
　該当作なし
第20回（平6年）
　中津 昌子　「風を残せり」〔短歌新聞社〕
第21回（平7年）
　辻 喜夫（塔会員）「わかれみち」
第22回（平8年）
　米満 英男（黒曜座主宰）「遊歌の巻」
第23回（平9年）
　池田 はるみ（未来会員編集）「妣が国大阪」
第24回（平10年）
　坂出 裕子（地中海・未来），大辻 隆弘
　「日高川水游」・「抱擁韻」（推薦同点例外として2冊）
第25回（平11年）
　沢田 英史　「異客」
第26回（平12年）
　大塚 ミユキ　「野薔薇のカルテ」
第27回（平13年）
　万造寺 ようこ　「うしろむきの猫」
第28回（平14年）
　島田 幸典　「no news」
第29回（平15年）
　小谷 陽子　「ふたごもり」
第30回（平16年）
　魚村 晋太郎　「銀耳」
第31回（平17年）
　山下 泉　「光の引用」
第32回（平18年）
　川本 千栄　「青い猫」
第33回（平19年）
　小川 佳世子　「水が見ていた」
第34回（平20年）
　紺野 万里　「星状六花」
　澤村 斉美　「夏鴉」
第35回（平21年）
　永田 淳　「1/125秒」
　森井 マスミ　「ちろりに過ぐる」
第36回（平22年）
　笠井 朱実　「草色気流」
第37回（平23年）
　黒田 瞳　「水のゆくへ」

福井 和子 「花虻」
第38回(平24年)
　　近藤 かすみ 「雲ヶ畑まで」
第39回(平25年)

　　大森 静佳 「てのひらを燃やす」
第40回(平26年)
　　楠 誓英 「青昏抄」
　　沙羅 みなみ 「日時計」

140 現代短歌女流賞

「ミセス」創刊15周年を記念して「現代詩女流賞」,「現代短歌女流賞」,「現代俳句女流賞」の三賞を制定した。この賞は将来女流歌壇を担うに足る中堅女流歌人を対象とする。第13回(昭和63年)の授賞をもって終了。

【主催者】文化学園文化出版局

第1回(昭51年)
　　石川 不二子 「牧歌」〔不識書院〕
第2回(昭52年)
　　馬場 あき子 「桜花伝承」〔牧羊社〕
第3回(昭53年)
　　山中 智恵子 「青章」〔国文社〕
第4回(昭54年)
　　安永 蕗子 「朱泥」〔東京美術〕
第5回(昭55年)
　　河野 裕子 「桜森」〔蒼土舎〕
第6回(昭56年)
　　稲葉 京子 「槐の傘」〔短歌新聞社〕
第7回(昭57年)
　　大塚 陽子 「遠花火」〔雁書館〕
第8回(昭58年)
　　河野 愛子 「黒羅」〔不識書院〕
第9回(昭59年)
　　北沢 郁子 「塵沙」〔不識書院〕
第10回(昭60年)
　　築地 正子 「菜切川」〔雁書館〕
第11回(昭61年)
　　三国 玲子 「鏡壁」〔不識書院〕
第12回(昭62年)
　　辺見 じゅん 「闇の祝祭」〔角川書店〕
第13回(昭63年)
　　今野 寿美 「世紀末の桃」〔雁書館〕

141 現代短歌新人賞

日本現代短歌界の振興と,さいたま市民の文学活動の充実を図るために,歌壇に新風をもたらす歌人を表彰し,新人芸術家の発掘・支援を行うものである。

【主催者】さいたま市,さいたま市教育委員会

【選考委員】(第15回)小池光,栗木京子,篠弘,中村稔,馬場あき子

【選考方法】推薦

【選考基準】前年の10月1日から翌年の9月30日までに刊行された原則として第1歌集を対象とする。約180名の歌人等に対してアンケートを行い,多くの推薦を受けた歌集,及び選考委員が推薦する歌集を併せ,12月の選考会で決定

【締切・発表】毎年12月選考会,発表。文化出版局月刊誌「ミセス」3月号に選考経過等掲載,3月表彰式

【賞・賞金】正賞:賞状,副賞:賞金50万円,記念品

【URL】http://www.city.saitama.jp/

第1回（平12年）
　梅内 美華子（三鷹市）「若月祭（みかずきさい）」〔雁書館〕
第2回（平13年）
　小守 有里（千葉県）「こいびと」〔雁書館〕
第3回（平14年）
　渡 英子（那覇市）「みづを搬ぶ」〔本阿弥書店〕
第4回（平15年）
　松本 典子（大和市）「いびつな果実」〔角川書店〕
第5回（平16年）
　河野 美砂子 「無言歌（むごんか）」〔砂子屋書房〕
第6回（平17年）
　後藤 由紀恵 「冷えゆく耳」〔ながらみ書房〕
第7回（平18年）
　松村 由利子 「鳥女（とりおんな）」〔本阿弥書店〕
第8回（平19年）
　小島 なお 「乱反射」〔角川書店〕
第9回（平20年）
　澤村 斉美 「夏鴉」〔砂子屋書房〕
第10回（平21年度）
　浦河 奈々 「マトリョーシカ」〔短歌研究社〕
第11回（平22年度）
　遠藤 由季 「アシンメトリー」〔短歌研究社〕
第12回（平23年度）
　柳澤 美晴 「一匙の海」〔本阿弥書店〕
第13回（平24年度）
　高木 佳子 「青雨記」〔いりの舎〕
第14回（平25年度）
　山崎 聡子 「手のひらの花火」〔短歌研究社〕
第15回（平26年度）
　富田 睦子 「歌集 さやの響き」〔本阿弥書店〕

142 現代短歌大系新人賞

'70年代新鋭の作品を募集した。入賞作品は「現代短歌大系11」（三一書房）に掲載。

【主催者】三一書房

【選考委員】大岡信，塚本邦雄，中井英夫

【締切・発表】昭和48年2月末締切。

【賞・賞金】正賞置時計，副賞10万円

（昭47年）
　石井 辰彦 「七竈」
◇次席
　藤川 高志 「イカルス志願」
　長岡 裕一郎 「思春期絵画展」
◇入選
　青砥 幸介 「不知火海考」
　柏木 茂 「父帰る」
　川島 晴夫 「懈怠者Ar」
　西出 新三郎 「ゴドーを待ちながら」
　松岡 洋史 「無花果飛行船」

143 現代短歌大賞

現代短歌界において,前年度中に最も顕著なる活動をし,業績を残した人を顕彰するために昭和52年創設。なお,過去の全業績を併せることがある。

【主催者】現代歌人協会

【選考委員】佐佐木幸綱,篠弘,高野公彦,馬場あき子

【選考方法】非公募。候補は選考委員会の選出による。毎年11月の定例理事会において最終決定する

【選考基準】〔対象〕前年一年間のすぐれた作品,作家活動,前年10月より今年9月までに刊行された著書

【締切・発表】決定直後マスコミに発表,12月初旬協会忘年会席上にて授賞

【賞・賞金】賞状並びに賞金30万円(複数授賞の場合も各30万円)

【URL】http://kajinkyokai.cafe.coocan.jp/index.html

第1回(昭53年)
　佐藤 佐太郎　「佐藤佐太郎全歌集」〔講談社〕
第2回(昭54年)
　長沢 美津　【編】「女人短歌大系」(全6巻)〔風間書房〕
第3回(昭55年)
　該当作なし
第4回(昭56年)
　五島 茂　「展く」「遠き日の霧」「無明長夜」〔白玉書房,石川書房〕
第5回(昭57年)
　木俣 修　"「雪前雪後」〔短歌新聞社〕並びに今日までの全業績"
　篠 弘　「近代短歌論争史 明治・大正編」「近代短歌論争史 昭和編」〔角川書店〕
第6回(昭58年)
　山本 友一　「日の充実」「続・日の充実」〔新星書房〕
第7回(昭59年)
　大野 誠夫　「水幻記」〔雁書館〕並びに生前の全業績
　高安 国世　"「光の春」〔短歌新聞社〕並びに生前の全業績"
第8回(昭60年)
　土屋 文明　「青南後集」〔石川書房〕
第9回(昭61年)
　中野 菊夫　「中野菊夫全歌集」〔短歌新聞社〕
　加藤 克巳　「加藤克巳全歌集」〔沖積舎〕
第10回(昭62年)
　該当作なし
第11回(昭63年)
　窪田 章一郎　「窪田章一郎全歌集」〔短歌新聞社〕
第12回(平1年)
　該当作なし
第13回(平2年)
　該当作なし
第14回(平3年)
　近藤 芳美(「未来」主宰)　"「営為」〔六法出版社〕並びに過去の全業績"
第15回(平4年)
　香川 進(「地中海」代表)　"「香川進全歌集」〔短歌新聞社〕並びに過去の全業績"
第16回(平5年)
　塚本 邦雄　"歌集「魔王」の刊行と過去の業績"
第17回(平6年)
　該当作なし
第18回(平7年)
　岡井 隆　"「岡井隆コレクション」(全8巻)と過去の業績"
第19回(平8年)
　扇畑 忠雄　"「扇畑忠雄著作集」(全8巻)と

過去の業績"
第20回(平9年)
　斎藤 史 "「斎藤史全歌集」〔大和書房〕と過去の全業績"
第21回(平10年)
　該当作なし
第22回(平11年)
　清水 房雄 "歌集「老耄章句」〔不識書院〕と評論「斎藤茂吉と土屋文明」〔明治書院〕の業績"
第23回(平12年)
　森岡 貞香 "「定本 森岡貞香歌集」〔砂子屋書房〕及び過去の全業績"
第24回(平13年)
　玉城 徹 「香貫(かぬき)」〔短歌新聞社〕
第25回(平14年)
　馬場 あき子 「世紀」〔梧葉出版〕
第26回(平15年)
　前 登志夫 歌集「流轉」〔砂子屋書房〕
第27回(平16年)
　佐佐木 幸綱 歌集「はじめての雪」〔短歌研究社〕
第28回(平17年)
　該当作なし
第29回(平18年)
　岡野 弘彦 「バグダッド燃ゆ」〔砂小屋書房〕
第30回(平19年)
　武川 忠一 "「窪田空穂研究」〔雁書館刊〕並びに過去の全業績"
第31回(平20年)
　島津 忠夫(大阪大学名誉教授) "「島津忠夫著作集」全15巻〔和泉書院〕並びに過去の全業績"
第32回(平21年)
　三枝 昂之 "「啄木―ふるさとの空遠みかも」〔本阿弥書店〕並びに過去の全業績"
　竹山 広 "「眠つてよいか」〔ながらみ書房〕並びに過去の全業績"
第33回(平22年)
　該当作なし
第34回(平23年)
　岩田 正 "「岩田正全歌集」〔砂子屋書房〕並びに過去の全業績に対して"
第35回(平24年)
　該当作なし
　◇特別賞
　短歌研究社 "短歌研究創刊80周年"
第36回(平25年)
　宮 英子 "「青銀色」〔短歌研究社〕並びに過去の全業績に対して"
第37回(平26年)
　蒔田 さくら子 "「標のゆりの樹 蒔田さくら子歌集」〔砂子屋書房〕並びに過去の全業績に対して"

144 現代短歌評評論賞

「短歌研究」創刊50周年を記念し、昭和58年に創設された。作品と評論は相互に共鳴し、相互に深化するものであり、新しい短歌の地平を開く評論の出現を期する。

【主催者】短歌研究社

【選考委員】(第33回)篠弘,佐佐木幸綱,大島史洋,三枝昂之

【選考方法】公募

【選考基準】〔対象〕応募要項は「短歌研究」2～6月号に発表。〔原稿〕400字詰原稿用紙20～30枚相当

【賞・賞金】賞状,副賞10万円

【URL】http://www.tankakenkyu.co.jp/

第1回（昭58年）
　該当作なし
第2回（昭59年）
　該当作なし
　◇特別賞
　　山下 雅人 「現代短歌とロマンチシズム」
　　日夏 也寸志 「現代短歌の"危機"と展望」
第3回（昭60年）
　　山下 雅人 「現代短歌における"私"の変容」
第4回（昭61年）
　　喜多 昭夫 「母性のありか―女流歌人の現在」
第5回（昭62年）
　　谷岡 亜紀 「ライトヴァースの残した問題」
第6回（昭63年）
　　加藤 孝男 「言葉の権力への挑戦」
第7回（平1年）
　　坂出 裕子 「持続の志―岡部文夫論」
　　大野 道夫 「思想兵・岡井隆の軌跡―短歌と時代・社会との接点の問題」
第8回（平2年）
　　島瀬 信博 「鳥はどこでなくのか」
第9回（平3年）
　　柴田 典昭 「大衆化時代の短歌の可能性」
第10回（平4年）
　　小塩 卓哉 「緩みゆく短歌形式―同時代を歌う方法の推移」
第11回（平5年）
　　猪熊 健一 「太平洋戦争と短歌という「制度」―「第二芸術論」への私答」
第12回（平6年）
　　吉川 宏志 「妊娠・出産をめぐる人間関係の変容―男性歌人を中心に」
第13回（平7年）
　　田中 綾 「アジアにおける戦争と短歌―近・現代思想を手がかりに」
第14回（平8年）
　　該当作なし
　◇優秀賞
　　岩井 兼一 「癒しの可能性―キリスト教と短歌」
　　田中 晶子 「短歌と異文化の接点―『台湾万葉集』をヒントにボーダーレス時代の短歌を考える」
第15回（平9年）
　　該当作なし
　◇優秀賞
　　岩井 兼一 「再燃する短歌滅亡論―短歌における日本語と外来語」
　　河路 由佳 「短歌と神との接点」
第16回（平10年）
　　岩井 謙一 「短歌と病」
第17回（平11年）
　　小沢 正邦 「『も』『かも』の歌の試行―小池光歌集『草の庭』をめぐって」
第18回（平12年）
　　小林 幹也 「塚本邦雄と三島事件―身体表現に向かう時代のなかで」
第19回（平13年）
　　森本 平 「『戦争と虐殺』後の現代短歌」
第20回（平14年）
　　川本 千栄 「時間を超える視線」
第21回（平15年）
　　矢部 雅之 「死物におちいる病―明治期前半の歌人による現実志向の歌の試み」
第22回（平16年）
　　森井 マスミ（玲瓏）「インターネットからの叫び―「文学」の延長線上に」
第23回（平17年）
　　なみの 亜子（塔）「寺山修司の見ていたもの」
第24回（平18年）
　　高橋 啓介（まひる野）「現実感喪失の危機―離人症的短歌」
第25回（平19年）
　　藤島 秀憲（心の花）「日本語の変容と短歌―オノマトペからの一考察」
第26回（平20年）
　　今井 恵子（まひる野）「求められる現代の言葉」
第27回（平21年）
　　山田 航 「樹木を詠むという思想」
第28回（平22年）
　　松井 多絵子 「或るホームレス歌人を探る―響きあう投稿歌」
第29回（平23年）
　　梶原 さい子 「短歌の口語化がもたらしたもの―歌の『印象』からの考察」
第30回（平24年）

三宅 勇介 「抑圧され、記号化された自然—機会詩についての考察」

第31回（平25年）
　久真 八志 「相聞の社会性—結婚を接点として」

第32回（平26年）
　寺井 龍哉 「うたと震災と私」

145 河野愛子賞

　平成元年がんで亡くなった歌人・河野愛子の業績を称えて創設された。現代歌人（中堅女性歌人）の歌集・歌書を対象とする。第14回で終了。

【主催者】砂子屋書房
【選考委員】岡井隆, 馬場あき子, 篠弘, 佐佐木幸綱, 樋口覚
【選考方法】非公募（毎年4月に現代歌人100人に推薦アンケートを求める）
【選考基準】〔対象〕前年度1月～12月に出版した中堅女性詩人の歌集・歌書
【締切・発表】発表は5月
【賞・賞金】賞状と賞金30万円

第1回（平3年）
　松平 盟子（歌人）「プラチナ・ブルース」〔砂子屋書房〕
第2回（平4年）
　佐伯 裕子（フリーライター）「未完の手紙」〔ながらみ書房〕
第3回（平5年）
　香川 ヒサ 「マテシス」〔本阿弥書店〕
第4回（平6年）
　米川 千嘉子 「一夏」〔河出書房新社〕
第5回（平7年）
　栗木 京子 「綺羅」〔河出書房新社〕
第6回（平8年）
　永井 陽子 「てまり唄」（歌集）〔砂子屋書房〕
第7回（平9年）
　小島 ゆかり 「ヘブライ暦」（歌集）〔短歌新聞社〕
第8回（平10年）
　河野 裕子 「体力」〔本阿弥書店〕
第9回（平11年）
　花山 多佳子 「空合」（歌集）〔ながらみ書房〕
第10回（平12年）
　水原 紫苑 「くわんおん」（歌集）〔河出書房新社〕
　中川 佐和子 「河野愛子論」〔砂子屋書房〕
第11回（平13年）
　大滝 和子 「人類のヴァイオリン」〔砂子屋書房〕
　久々湊 盈子 「あらばしり」〔砂子屋書房〕
第12回（平14年）
　池田 はるみ 「ガーゼ」〔砂子屋書房〕
第13回（平15年）
　川野 里子 「太陽の壺」〔砂子屋書房〕
第14回（平16年）
　日高 堯子 「樹雨」〔北冬舎〕

146 五島美代子賞

　昭和56年五島美代子3年忌を機会に創設。五島美代子は天才歌人として名高いが, 歌人としてのみならず源氏物語等の国文学の業績ででもきこえている。その賞の対象もひろ

く歌界に限らぬのを特徴とする。第4回をもって中止となる。

【主催者】 五島茂

【選考委員】 五島茂

【選考基準】 前年度7月12日より当該年度7月11日までの,短歌界ならびに国文学等の関連業績の抜群のものを選定する。

【締切・発表】 毎年1回7月12日五島美代子誕生日に授賞。当該年7月号の歌誌「立春」に発表。その他マスコミに発表。

【賞・賞金】 正賞ブロンズ賞牌,副賞20万円

第1回(昭56年)
　E・G サイデンステッカー "「源氏物語」英訳と研究に対して"
第2回(昭57年)
　玉城 徹 "詩歌集「玉城徹作品集」〈不識書院〉と,これまでの評論研究の業績に対して"
第3回(昭58年)
　月村 麗子 "五島美代子短歌作品の英訳作業に対して"
第4回(昭59年)
　某夫人 "五島美代子門での最優秀な作品業績に対して"

147 辛夷賞

　短歌作品,及び評論活動・指導力等,辛夷社の幹部会員としての実力者を顕彰するために,昭和34年創設。

【主催者】 辛夷社

【選考委員】 辛夷運営委員会

【選考方法】 推薦

【選考基準】 〔資格〕辛夷会員として永年にわたって優れた作品を発表し続けること

【締切・発表】 毎年「辛夷」1月号に発表

【賞・賞金】 賞状(額付き)

第1回(昭34年)
　市川 よし子
第2回(昭35年)
　後藤 美枝子
第3回(昭36年)
　石川 須美弘
第4回(昭37年)
　後藤 幸子
第5回(昭38年)
　山口 恵子
第6回(昭39年)
　横尾 幹男
第7回(昭40年)
　古川 タマ
第8回(昭41年)
　朝井 敏美
第9回(昭42年)
　高木 よしい
第10回(昭43年)
　渡辺 照江
第11回(昭44年)
　脇本 明子
第12回(昭45年)

嵯峨 美津江
第13回（昭46年）
　　太田 敦子
　　寺西 百合
第14回（昭47年）
　　二瓶 房
　　二村 不二夫
第15回（昭48年）
　　後藤 礼子
第16回（昭49年）
　　宮脇 和子
第17回（昭50年）
　　中井 与一
第18回（昭51年）
　　西田 初音
第19回（昭52年）
　　山川 有古
　　岡崎 正之
第20回（昭53年）
　　小出 悦子
第21回（昭54年）
　　金子 はつみ
第22回（昭55年）
　　大久保 時栄
第23回（昭56年）
　　該当者なし
第24回（昭57年）
　　小野寺 テル
　　坂井 ヨシエ
第25回（昭58年）
　　時田 則雄
　　今川 美幸
第26回（昭59年）
　　佐藤 哲彦
第27回（昭60年）
　　松川 美保恵
第28回（昭61年）
　　村岡 圭子
第29回（昭62年）
　　太田 文雄
　　野田 紘子
第30回（昭63年）
　　田辺 愛子
第31回（平1年）
　　栄 晶子
　　森本 保子

第32回（平2年）
　　＊
第33回（平3年）
　　＊
第34回（平4年）
　　井上 美子
　　山本 房子
第35回（平5年）
　　由良 ちえ
　　中田 美栄子
第36回（平6年）
　　一條 庸子　「ほくれゆく湖」
　　小原 祥子　「ネックレス」
第37回（平7年）
　　福本 東希子　「鳥より碧き」
　　屋中 京子　「青ひるがへる」
第38回（平8年）
　　赤間 秋　「余慶となさむ」
　　合浦 千鶴子　「雪の層」
第39回（平9年）
　　佐々木 礼子　「風のことば」
　　中島 三枝子　「カサブランカ」
第40回（平10年）
　　和嶋 忠治　「死時計」
　　亀田 みや子　「風を抱きて」
第41回（平11年）
　　井上 一文
　　大西 幸
第42回（平12年）
　　田畑 紀久子
　　編田 知子
第43回（平13年）
　　坂井 房子
第44回（平14年）
　　前田 紀子
　　野田 町子
第45回（平15年）
　　秋元 進一郎
　　吉田 真弓
第46回（平16年）
　　尾崎 弘子
　　原田 美和子
第47回（平17年）
　　渕上 つや子
　　髙 昭宏
第48回（平18年）

148 〔斎藤茂吉記念中川町短歌フェスティバル〕茂吉記念賞・志文内賞

柳内 祐子
山下 ひろみ
第49回（平19年）
　内田 美佐子
　柏田 末子
第50回（平20年）
　三澤 吏佐子
　川村 佳乃子
第51回（平21年）
　西田 美佐
　佐々木 良子
第52回（平22年）
　馳川 静雄
　佐々木 良子

第53回（平23年）
　小野 洋子
　島村 章子
第54回（平24年）
　立崎 トシ子
第55回（平25年）
　安達 愛子
　斉藤 純子
第56回（平26年）
　高橋 美枝子
第57回（平27年）
　大浦 節子
　佐々木 かよ子

---

148 〔斎藤茂吉記念中川町短歌フェスティバル〕茂吉記念賞・志文内賞

　昭和7年に近代短歌の巨匠・斎藤茂吉が当町で16年ぶりに三兄弟の絆を深めあった所以と茂吉の中川町における文学的足跡を後世に残す目的で、昭和53年に斎藤茂吉来町記念歌碑を二基建立。以後、毎年多くの茂吉ファンが見学に訪れる中川町で短歌を募集するとともに交流の場を開催し、短歌の発展向上に貢献することをねらいとする。「茂吉記念賞」（一般の部）と「志文内賞」（小・中・高の部）がある。

【主催者】中川町教育委員会
【選考方法】公募
【選考基準】〔対象〕未発表の短歌。1人2首まで。〔応募規定〕応募料1人2首1000円、小・中・高校生は一人一首で無料とする。短歌フェスティバル20周年となる平成25年度（第20回）は、斎藤茂吉に関する追慕詠も募集した。追慕詠も応募料は無料
【締切・発表】6月1日～7月20日締切（当日消印有効）、年によって変更あり
【賞・賞金】賞状記念品と中川町特産品セット（5000円相当分）
【URL】http://www.town.nakagawa.hokkaido.jp/

第1回（平6年）
　＊
第2回（平7年）
　◇茂吉記念賞
　　穀山 京子
　◇志文内賞
　　板垣 まゆみ
第3回（平8年）
　◇茂吉記念賞
　　山田 幸子

　◇志文内賞
　　蛯子 稔
第4回（平9年）
　◇茂吉記念賞
　　大関 法子
　◇志文内賞
　　飯村 とめ
第5回（平10年）
　◇茂吉記念賞

高　昭宏
◇志文内賞
　藤林　正則
第6回（平11年）
◇茂吉記念賞
　高橋　芳枝
◇志文内賞
　山口　園
第7回（平12年）
◇茂吉記念賞
　東　英一
◇志文内賞
　安藤　吉雄
第8回（平13年）
◇茂吉記念賞
　原　康廣
◇志文内賞
　水島　菊代
第9回（平14年）
◇茂吉記念賞
　横山　厚子
◇志文内賞
　寺町　恵美子
第10回（平15年）
◇茂吉記念賞
　徳野　美千枝
◇志文内賞
　横山　厚子
第11回（平16年）
◇茂吉記念賞（一般の部）
　網谷　千代子　「母乗せし『特急利尻』見送れば俄に雪の密度濃くなる」
◇志文内賞（小・中・高の部）
　永森　文茄（美唄市立美唄中央小学校6年）「大空が青いパレット広げたよ白い絵の具でカモメをかくよ」
第12回（平17年）
◇茂吉記念賞（一般の部）
　寺町　恵美子　「えんどうの膨らみ指に確かめて弱視の姑は初なりを捥ぐ」
◇志文内賞（小・中・高の部）
　森本　優希（稚内市立抜海小学校5年）「草原に白い蝶たち集まってシンクロ教室開いていたよ」
第13回（平18年）
◇茂吉記念賞（一般の部）
　石井　国夫　「予科練に立つ時マント買ひ呉れし兄は摩文仁の丘に眠りぬ」
◇志文内賞（小・中・高の部）
　藤田　良磨（幌延町立幌延小学校4年）「バッティングカキーンカキーンと打ちまくりイチローみたいにぼくはなりたい」
第14回（平19年）
◇茂吉記念賞（一般の部）
　奈良　民子　「水時計が時刻むごと点滴の薬液しみて我が病癒えぬ」
◇志文内賞（小・中・高の部）
　川股　冴子（茨城県立下館第一高校2年）「空腹に負けじとデッサン三時限静かに微笑むミロのヴィーナス」
第15回（平20年）
◇茂吉記念賞（一般の部）
　松浦　澄子　「信号を渡れば君待つカフェテラス若葉の下に白きシャツ見ゆ」
◇志文内賞（小・中・高の部）
　西原　正輝（北海道留萌千望高校2年）「携帯の静かになった画面には賞味期限の切れた着信」
第16回（平21年）
◇茂吉記念賞（一般の部）
　西出　嘉壽子（札幌市）「戦死せる二人の兄の齢承け生き来し吾と思ふ八月」
◇志文内賞（小・中・高の部）
　山田　風羽（美唄市立美唄中央小学校）「クロッカス一つぽつんと咲いているひっこしさせようなかまのところへ」
第17回（平22年）
◇茂吉記念賞（一般の部）
　服部　十郎（札幌市）「天北の真青な空を突き刺してえぞにふ咲けり幹たくましく」
◇志文内賞（小・中・高の部）
　髙澤　皓（音威子府村立美術工芸高等学校）「色駆ける白いカンバス青いふで手元のパレット虹ひろがって」
第18回（平23年）
◇茂吉記念賞（一般の部）
　寺町　恵美子（札幌市）「穿きしまま洗ふ軍手は百株の葱苗植ゑたるにほひ残れり」
◇志文内賞（小・中・高の部）
　中野　宏美（茨城県立下館第一高等学校）

「走れども走れどもまだ夕焼けのような瞳に飛び込めずいる」
第19回（平24年）
　◇茂吉記念賞（一般の部）
　　横山 厚子（豊富町）「後退りしながら長き昆布干すバイトのわれも四十年経つ」
　◇志文内賞（小・中・高の部）
　　中村 愛実（北海道釧路北陽高等学校）「おはやしの中に見つけた君の顔胸は高なる太鼓と共に」
第20回（平25年）
　◇茂吉記念賞（一般の部）
　　福本 範子（稚内市）「藍ふかく幾重のさざ波ひからせて君と会うたび明日が弾む」
　◇志文内賞（小・中・高の部）
　　津山 悠雅（稚内市立宗谷小学校）「きれいだな宗谷の夕日海てらすパパの船がオレンジにそまる」
　◇追慕詠の部
　　川口 せいを（中川町）「志文内に茂吉偲べばコスモスのやさしく揺れる夏は悲しき」
　　瀬川 美代子（札幌市）「記念館のスタンプに押したる翁草未だ色褪せず残りてをりぬ」
　　伊藤 典子（石狩市）「文庫本の『斎藤茂吉歌集』に「贈・母へ」娘のサインあり歳月にじむ」
　　沼沢 修（仙台市）「志文内に茂吉の詠みし蕗のうた口ずさみつつ妻と旅ゆく」
　　齋藤 京（千歳市）「茂吉翁オキナ草好きとききてゐて顎ひげめきし毛は種子つつむ」
第21回（平26年）
　◇茂吉記念賞（一般の部）
　　島村 章子（南幌町）「終電の吊輪つかめば幾人の指紋の森に入るやわがゆび」
　◇志文内賞（小・中・高の部）
　　徳長 龍星（千歳市立信濃小学校）「つかまえたバッタが小さく見えるんだママよりも背が大きくなって」

149 齋藤茂吉短歌文学賞

　山形県出身の歌人・齋藤茂吉の功績を記念し平成元年に創設された。短歌の分野において優れた業績をあげた者に齋藤茂吉短歌文学賞を贈り、その功績を顕彰する。併せて山形県の文化発信地としてのイメージアップを図る。

【主催者】山形県、齋藤茂吉短歌文学賞運営委員会
【選考委員】小池光、三枝昂之、永田和宏、馬場あき子
【選考方法】非公募
【選考基準】〔対象〕毎年1月から12月までに発行された歌集、歌論、歌人研究など
【締切・発表】贈呈式は齋藤茂吉記念全国大会当日（齋藤茂吉生誕日5月14日に最も近い日曜日）
【賞・賞金】賞状及び副賞50万円
【URL】http：//www.pref.yamagata.jp/bunkyo/bunka/mokichi/

第1回（平2年）
　岡井 隆　「親和力」〔砂子屋書房〕
第2回（平3年）
　本林 勝夫（共立女子大学名誉教授）「斎藤茂吉の研究―その生と表現」〔桜楓社〕
第3回（平4年）
　塚本 邦雄（歌人、近畿大学文芸学部教授）「黄金律」〔花曜社〕
第4回（平5年）
　前 登志夫（歌人）「鳥獣虫魚（ちょうじゅ

うちゅうぎょ）」〔小沢書店〕
第5回（平6年）
　斎藤 史　「秋天瑠璃（しゅうてんるり）」
　　〔不識書院〕
第6回（平7年）
　近藤 芳美　「希求」〔砂子屋房〕
第7回（平8年）
　小暮 政次　「暫紅新集」〔短歌新聞社〕
第8回（平9年）
　馬場 あき子　「飛種」（短歌研究社）
第9回（平10年）
　吉田 漱　「『白き山』全注釈」〔短歌新聞社〕
第10回（平10年）
　佐佐木 幸綱　「呑牛」〔本阿弥書店〕
第11回（平11年）
　伊藤 博　「萬葉集釋注」〔全11巻, 集英社〕
第12回（平12年）
　森岡 貞香　「夏至」〔砂子屋書房〕
第13回（平13年）
　竹山 広　「竹山広全歌集」〔雁書館・ながらみ書房〕
第14回（平14年）
　藤岡 武雄　「書簡にみる斎藤茂吉」〔短歌新聞社〕
第15回（平15年）
　清水 房雄　「獨孤意尚吟」〔不識書院〕
第16回（平16年）

　小池 光　「滴滴集」（歌集）
第17回（平17年）
　三枝 昂之　「昭和短歌の精神史」〔短歌史研究〕
第18回（平18年）
　花山 多佳子　「木香薔薇」〔砂子屋書房〕
第19回（平19年）
　永田 和宏（京都大教授）「後の日々」〔角川書店〕
第20回（平20年）
　河野 裕子　「母系」〔青磁社〕
第21回（平21年）
　伊藤 一彦　「月の夜声」〔本阿弥書店〕
第22回（平22年）
　品田 悦一　「斎藤茂吉―あかあかと一本の道とほりたり」〔ミネルヴァ書房〕
第23回（平23年）
　篠 弘　「残すべき歌論―二十世紀の短歌論」〔角川書店〕
第24回（平24年）
　秋葉 四郎　「茂吉 幻の歌集『萬軍』―戦争と齋藤茂吉」〔岩波書店〕
第25回（平25年）
　栗木 京子　「水仙の章」〔砂子屋書房〕
第26回（平26年）
　小島 ゆかり　「泥と青葉」〔青磁社〕

150　作品五十首募集

短歌研究社により, 昭和28年に創設された賞。昭和33年に「短歌研究新人賞」と改称し継続中である。

【主催者】 短歌研究社

第1回（昭29年）
　中城 ふみ子　「乳房喪失」
第2回（昭29年）
　寺山 修司　「チェホフ祭」
第3回（昭30年）

　原 幸雄　「白い海」
第4回（昭31年）
　小崎 碇之介　「海の中を流るる河」
第5回（昭32年）
　大寺 龍雄　「漂泊家族」

151 島木赤彦文学賞

アララギ派歌人・島木赤彦の業績を顕彰して創設。平成11年第1回授賞。

【主催者】島木赤彦研究会,長野県下諏訪町

【選考委員】田井安曇,神田重幸,大河原惇行,大塚布見子,小口明

【選考方法】アンケートを参考に,査読委員会で予備選考し,その結果をもとに選考委員が選考する

【選考基準】毎前年の1月～12月までの著作,活動を対象とする

【締切・発表】毎年6月に発表,8月に表彰する

【賞・賞金】賞金5万円と副賞

【URL】http://www.town.shimosuwa.lg.jp/

第1回～第5回
　＊
第6回(平16年)
　松坂 弘(「炸」代表)「風月言問ふ」〔雁書館〕
第7回(平17年)
　逸見 喜久雄(「青南」会員)「天心に」〔短歌新聞社〕
第8回(平18年)
　大山 敏夫(「冬雷」編集人)「なほ走るべし」〔短歌新聞社〕
第9回(平19年)
　大河原 惇行(「短歌21世紀」主宰)「雨下」〔短歌新聞社〕
　三宅 奈緒子(「新アララギ」選者)「桂若葉」〔短歌新聞社〕
第10回(平20年)
　宮川 康雄(信州大学名誉教授;「歌と評論」所属)「島木赤彦論」〔おうふう〕
第11回(平21年)
　藤原 勇次「中村憲吉」〔地方小出版流通〕
第12回(平22年)
　大辻 隆弘「アララギの脊梁」〔地方小出版流通〕
第13回(平23年)
　中根 三枝子「萬葉植物歌考」〔溪声出版〕
　雁部 貞夫「ゼウスの左足」〔角川書店〕
第14回(平24年)
　倉林 美千子「風遠く」
第15回(平25年)
　山村 泰彦「歌集 日日の庭」〔角川書店〕
第16回(平26年)
　三井 修「歌集 海図」〔KADOKAWA〕
第17回(平27年)
　島崎 栄一「歌集 苔桃」〔現代短歌社〕

152 島木赤彦文学賞新人賞

アララギ派歌人・島木赤彦の業績を顕彰して創設した新人賞。平成13年第1回授賞。

【主催者】島木赤彦研究会,長野県下諏訪町

【選考委員】田井安曇,神田重幸,大河原惇行,大塚布見子,小口明

【選考方法】アンケートを参考に,査読委員会で予備選考し,その結果をもとに選考委員が選考する

【選考基準】毎前年の1月～12月までの著作,活動を対象とする(最初の著作を対象とす

る)

【締切・発表】毎年6月に発表,8月に表彰する

【賞・賞金】賞金5万円と副賞

【URL】http://www.town.shimosuwa.lg.jp/

第1回(平13年)〜第3回(平15年)
　＊
第4回(平16年)
　徳永 文一(読売新聞論説委員) 評論「教育者・歌人 島木赤彦」〔渓声出版〕
第5回(平17年)
　該当者なし
第6回(平18年)
　三井 治枝(「迯水」会員) 研究「全国萬葉集歌碑」〔渓声出版〕
第7回(平19年)
　内藤 たつ子(「朝霧」会員)「花の階段 風の道」〔角川書店〕
第8回(平20年)
　大久保 千鶴子(「新アララギ」会員)「紅絹のくれなゐ」〔短歌新聞社〕

第9回(平21年)
　該当者なし
第10回(平22年)
　渡辺 喜子 「歌集 花に手を」〔短歌新聞社〕
第11回(平23年)
　木村 早苗 「歌集 銀色に海の膨らむ」〔本阿弥書店〕
第12回(平24年)
　該当者なし
第13回(平25年)
　該当者なし
第14回(平26年)
　該当者なし
第15回(平27年)
　前田 益女 「鑑賞 市村宏のうた」〔渓声出版〕

153 清水比庵大賞〔短歌の部〕

　岡山県高梁市生まれの清水比庵の偉業と足跡を顕彰するとともに,文化の振興に寄与することを目的として,高梁比庵会及び高梁市により平成13年に創設し,隔年で実施。優れた短歌作品を広く募集する。

【主催者】高梁比庵会

【選考方法】公募

【選考基準】〔応募作品〕短歌2首を1組として,何組でも応募可。未発表作品に限る。〔資格〕応募時に18歳以上であること。国籍は問わない。〔投稿料〕2首1組で1000円(現金または郵便小為替)。〔応募規定〕400字詰原稿用紙(B4判)を使用,右半分に郵便番号・住所・筆名・本名・年齢・性別・電話番号を明記し,左半分に作品(短歌2首)を書く(文字はかい書で丁寧に書き,漢字には必ずふりがなをつけること)

【締切・発表】(第8回)平成27年9月1日〜10月31日締切(当日消印有効),平成28年1月下旬発表。審査結果については個人宛に通知。応募原稿は未返却。応募作品については,高梁比庵会・高梁市および高梁市教育委員会の出版物に無償で掲載

【賞・賞金】(第8回)清水比庵大賞(1名):3万円,特選(高梁市長賞ほか,2名):2万円,奨励賞(3名):1万円,入選(30名):記念品

【URL】http://www.city.takahashi.okayama.jp/

第1回（平13年）
　（受賞者掲載辞退）
第2回（平15年）
　（受賞者掲載辞退）
第3回（平17年）
　◇大賞
　　津吹 節子（栃木県鹿沼市）「木枯らしは吹きつつのりゆくすすき穂の千の白狐を追い立てながら」
　◇特選・高梁市長賞
　　篠崎 駒雄（広島県広島市）「海中（わたなか）に大粒の牡蠣育てつつ大野の瀬戸に筏たゆたう」
　◇特選・高梁比庵会長賞
　　目黒 順子（東京都品川区）「鋭（と）き音をたてて一房ぶどう剪る熟せしものの重み双手に」
　◇奨励賞
　　村上 敏子（栃木県矢板市）「十キロの梅干し上げて夏の陽を宝のごとく甕に漬け込む」
　　高田 庸子（東京都府中市）「いっぱいに窓辺に五月の風入れてエンディングプランの見直し終える」
　　森岡 豊秋（東京都大田区）「白球の描く弧を追ふ外野手はひらりと秋の光りを摑む」
第4回（平19年）
　◇大賞
　　山田 洋（千葉県白井市）「ベビーバスに抱え入れれば嬰児（みどりご）は無垢の足裏（あうら）を見せて欠伸（あくび）す」
　◇特選・高梁市長賞
　　田所 妙子（栃木県佐野市）「朝霧より『わっ』と駆け来る少年ら紺のジャージの風が過ぎ行く」
　◇特選・高梁比庵会長賞
　　石崎 博美（神奈川県平塚市）「職退きてわが分身の腕時計置かれしままに時刻みおり」
　◇奨励賞
　　山崎 美智子（大分県大分市）「全盲の児が新任のわれの手に指を重ねる登校の朝（あした）」
　　澤田 榮（京都府城陽市）「激戦の鶏冠山の跡めぐる勝つことも傷し弾痕見れば（旅順郊外）」
　　田村 トモ（栃木県宇都宮市）「幸せの重量としてバスタオルにずしりと重き孫を抱き取る」
第5回（平21年）
　◇大賞
　　橋本 守（倉敷市）「透きとほる雨の雫のをやみなく生まれくるは「時」過ぎゆくも「時」」
　◇特選：高梁市長賞
　　西岡 登志子（岡山市）「三ミリの児にも心音聞こゆると電話で嫁はうれしげに告ぐ」
　◇特選：高梁比庵会長賞
　　上野 征子（岡山市）「夏の光きらめくプールにクロールの少年は白き水の刃をける」
　◇奨励賞
　　山口 紀久子（新見市）「残照に夫の作業着繕へば杉の枯れ葉が指に刺りぬ」
　　大貫 陽子（栃木県宇都宮市）「南部鉄・常滑焼の風鈴は風に個性の音いろを流す」
　　西上 精二（東京都あきる野市）「野辺山より仰ぎ続けて四十年赤岳の秀に今われ立てり」
第6回（平23年）
　◇大賞
　　田所 妙子（栃木県佐野市）「「到着はちょうど十九時」「了解」と受ける息子（こ）の居る雨の駅前」
　◇特選：高梁市長賞
　　黒田 誠二（茨城県つくば市）「峡の田を継ぎ夜神楽の笛を継ぎつまりは父の一世継ぐ吾」
　◇特選：高梁比庵会長賞
　　政井 繁之（岐阜県各務原市）「夕ぐれを使ひきるまで畦を塗りわれを限りの棚田を

守る」
◇奨励賞
　遠藤 喜久江（栃木県足利市）「畜産農家に牛の処分の決断をベクレルは風となりて迫れる」
　菅原 艶子（兵庫県佐用郡）「発条を巻けば素直に時告ぐる父の遺品のぼんぼん時計」
　山道 正登（長崎県長崎市）「原発の安全謳う看板の残りたるまま町は避難す」
第7回（平25年）
◇大賞
　加藤 三知乎（福岡県筑後市）「里芋の黒ぐろ太き髭根切り絡まる大地の呪文を解く」
◇特選：高梁市長賞

杉田 昭男（栃木県宇都宮市）「「宝積寺」寺にはあらず八十路なほ若き歌詠む君が住む町」
◇特選：高梁比庵会長賞
　遠野 杏子（福島県白河市）「放菴も比庵も篤く用いたる越前和紙を知るわが主治医」
◇奨励賞
　高野 和子（広島県広島市）「語り部のひとり逝きたり被爆樹の地に引く影の濃くなるゆうべ」
　太田 博（神奈川県藤沢市）「津波から救出されし黒牛が品評会に優等となる」
　髙原 五男（栃木県宇都宮市）「残りしか残されぬしか春の鴨波立たつ湖にしばし鳴き合ふ」

154 高見楢吉賞

　昭和41年に福島県歌人会によって創設されたが、昭和49年までで廃止、昭和51年からはこれにかわって福島県短歌賞が発足した。

【主催者】福島県歌人会

第1回（昭41年）
　遠藤 時雄 「一年」
第2回（昭42年）
　佐藤 博 「夜の歌」
第3回（昭43年）
　加藤 八郎 「稜線」
第4回（昭44年）
　染谷 信次 「陋巷」
第5回（昭45年）
　斉藤 美和子 「川あかり」

第6回（昭46年）
　該当作なし
第7回（昭47年）
　該当作なし
第8回（昭48年）
　芳賀 勇 「小世界」
　山田 進輔 「乾ける土」
第9回（昭49年）
　該当作なし

155 啄木賞

　新日本歌人協会により，故石川啄木を記念して昭和21年に創設。昭和25年（第4回）で終った。

【主催者】新日本歌人協会

【選考委員】（第1回）土岐善麿，矢代東村，坪野哲久，渡辺順三，赤木健介，窪川鶴次郎，中野重治

> 【選考基準】新聞雑誌掲載作品, 未発表の応募作の中から選定。
> 【締切・発表】「人民短歌」(のち「新日本歌人」)誌上に発表。
> 【賞・賞金】賞金3000円

第1回(昭22年)
　◇次席
　　小原 武雄 「汚辱の日」
第2回(昭23年)
　◇次席
　　布施 杜生 「鼓動短歌抄」
　　森川 平八 「北に祈る」
　　般若 一郎 「讃労」
第3回(昭24年)
　　小名木 綱夫 「太鼓」
第4回(昭25年)
　　該当作なし

156 田辺賞

原始林創刊以来の編集発行人・故田辺杜詩花を記念して昭和31年に創設した。平成12年より中山周三賞へ移行。

> 【主催者】原始林社
> 【選考方法】非公募。各選者が入選作5篇と選外佳作3篇を推薦
> 【選考基準】〔対象〕未発表短歌作品30首。〔資格〕原始林誌の同人, 会員に限る
> 【締切・発表】締切は毎年3月末,「原始林」7月号に発表
> 【賞・賞金】賞状と記念品

第1回(昭31年)
　鮫島 昌子
第2回(昭32年)
　西村 淑子
第3回(昭33年)
　川上 喜代一
第4回(昭34年)
　松村 忠義
第5回(昭35年)
　福村 洋子
　田宮 義正
第6回(昭36年)
　佐藤 徹
第7回(昭37年)
　春日 正博
第8回(昭38年)
　松川 洋子
第9回(昭39年)
　坂田 資宏
第10回(昭40年)
　田村 哲三
　棚川 音一
第11回(昭41年)
　松本 暎子
第12回(昭42年)
　橘 幹子
第13回(昭43年)
　寄貝 旅人
第14回(昭44年)
　藪 弘
第15回(昭45年)
　該当者なし
第16回(昭46年)
　湯本 龍
第17回(昭47年)
　猪股 泰
第18回(昭48年)
　北川 頼子
　三浦 久子
第19回(昭49年)

佐々木 千枝子
第20回（昭50年）
　湯本 恵美子
第21回（昭51年）
　高橋 信子
第22回（昭52年）
　大朝 暁子
第23回（昭53年）
　谷口 三枝子
第24回（昭54年）
　中山 郁子
第25回（昭55年）
　渡辺 民江
第26回（昭56年）
　石川 保
第27回（昭57年）
　井口 精一
第28回（昭58年）
　加賀谷 ユミコ
第29回（昭59年）
　安彦 桂子
第30回（昭60年）
　平野 香
第31回（昭61年）
　庄司 はるみ
第32回（昭62年）
　葛西 幸子

第33回（昭63年）
　原 幹子
第34回（平1年）
　高橋 嘉代子
第35回（平2年）
　該当者なし
第36回（平3年）
　滝内 優子
第37回（平4年）
　水谷 昌子
第38回（平5年）
　増田 悦子
　風間 喜美子
第39回（平6年）
　吉田 京未
第40回（平7年）
　石川 千鶴
第41回（平8年）
　宮川 桂子
第42回（平9年）
　川西 紀子
第43回（平10年）
　足立 幸恵
第44回（平11年）
　◇短歌
　　木村 進

157 「短歌」愛読者賞

「短歌」のその年掲載の各記事中から、もっとも面白かったもの、感銘深かったものを読者による投票で選ぶものである。第6回の授賞をもって中止。

【主催者】角川書店

【選考委員】（第6回）前川佐美雄、宮柊二、池田弥三郎

【選考基準】読者の投票数10位までの作品から、選考委員の審議を経て決定する。

【締切・発表】短歌3月号に発表。

【賞・賞金】記念品

第1回（昭49年）
　◇作品部門
　　山崎 方代 「めし」
　◇評論部門
　　岩田 正 「歌の蘇生」
第2回（昭50年）
　◇作品部門
　　片山 貞美 「洸丘歌編」

◇評論部門
　村永 大和　「第三の戦後」
　武田 太郎　「谷の思想」
第3回（昭51年）
◇作品部門
　前 登志夫　「童蒙」9月号
◇評論・エッセイ部門
　大野 誠夫　「或る無頼派の独白」1月号より連載
第4回（昭52年）
◇作品部門
　馬場 あき子　「足結いの小鈴」「花より南に」2月号,7月号
◇評論・エッセイ部門
　玉城 徹　「人麻呂」51年3月号～52年11月号
第5回（昭53年）
◇作品部門
　岡井 隆　「海底」
◇評論・エッセイ部門
　上田 三四二　「島木赤彦」
第6回（昭54年）
◇作品部門
　島田 修二　「渚の日々」6月号
　辺見 じゅん　「水祭りの桟橋」9月号
◇評論・エッセイ部門
　関 容子　「堀口大学聞き書き」53年7月～54年9月号

158 短歌研究賞

昭和38年，実力ある作家を顕彰するために短歌研究社が制定した。

【主催者】短歌研究社
【選考方法】非公募
【選考基準】〔対象〕前年度短歌総合誌に発表された20首以上の作品。「短歌研究」誌上の作品に限らない
【締切・発表】毎年「短歌研究」9月号誌上に発表。年1回
【賞・賞金】短歌研究賞：賞状、副賞50万円
【URL】http://www.tankakenkyu.co.jp/

第1回（昭38年）
　佐藤 志満　「鹿島海岸」〔短歌研究37年11月号〕
第2回（昭39年）
　福田 栄一　「囚れ人の手のごとく」〔短歌研究38年11月号〕
第3回（昭40年）
　大西 民子　「季冬日々」〔短歌研究39年5月号〕
第4回（昭41年）
　大野 誠夫　「積雪」〔短歌研究40年4月号〕
第5回（昭42年）
　富永 貢　「沼の葦むら」〔短歌研究42年11月号〕
第6回（昭43年）
　上田 三四二　「佐渡玄冬」〔短歌研究43年3月号〕
第7回（昭44年）
　宮地 伸一　「海山」〔短歌研究43年1月号〕
第8回（昭45年）
　長沢 一作　「首夏」〔短歌研究44年9月号〕
第9回（昭48年）
　礒 幾造　「反照」〔短歌研究47年4月号〕
第10回（昭49年）
　林 光雄　「大和の旅」「幾山河」〔短歌研究47年10月号〕
第11回（昭50年）
　小川 博三　「カルル橋」〔短歌研究49年9月号〕
　林 吉博　「身辺拾遺」〔短歌研究49年5月

号他〕
第12回(昭51年)
　　石本 隆一 「蓖麻の記憶」〔短歌研究50年10月号〕
第13回(昭52年)
　　清水 房雄 「春の土」〔短歌研究51年8月号〕
第14回(昭53年)
　　安田 章生 「心の色」〔短歌研究52年7月号〕
第15回(昭54年)
　　三国 玲子 「永久にあれこそ」〔短歌研究53年7月号〕
第16回(昭55年)
　　篠 弘 「花の渦」〔短歌研究54年7月号〕
第17回(昭56年)
　　川島 喜代詩 「冬街」〔短歌研究55年4月号〕
第18回(昭57年)
　　高野 公彦 「ぎんやんま」〔短歌研究56年9月号〕
　　河野 愛子 「リリヤンの笠飾」〔短歌56年5月号〕
第19回(昭58年)
　　岡部 文夫 「雪」「鯉」〔短歌研究57年4月号, 短歌57年1月号〕
第20回(昭59年)
　　山中 智恵子 「星物語」〔短歌研究58年8月号〕
　　田井 安曇 「経過一束」〔短歌58年10月号〕
第21回(昭60年)
　　板宮 清治 「桃の実」〔短歌研究59年10月号〕
第22回(昭61年)
　　石田 比呂志 「手花火」〔短歌研究60年11月号〕
第23回(昭62年)
　　安永 蕗子 「花無念」〔短歌研究61年6月号〕
第24回(昭63年)
　　鈴木 英夫 「柊二よ」〔短歌研究62年2月号〕
第25回(平1年)
　　石川 不二子 「鳩子」〔短歌研究63年10月号〕
第26回(平2年)
　　稲葉 京子 「白蛍」〔短歌研究」平1年7月号〕
第27回(平3年)
　　小市 巳世司 「四月歌」〔「短歌研究」平2年6月号〕

第28回(平4年)
　　富小路 禎子 「泥眼」〔「短歌研究」平3年7月号〕
第29回(平5年)
　　扇畑 忠雄 「冬の海」(その他)〔「短歌研究」平4年3月号〕
第30回(平6年)
　　岡部 桂一郎 「冬」〔「短歌研究」平5年2月号〕
第31回(平7年)
　　宮崎 信義 「地方系」〔「短歌研究」平6年6月号〕
　　吉田 漱 「バスティーユの石」〔「短歌研究」平6年3月号〕
第32回(平8年)
　　来嶋 靖生 「おのづから」〔「短歌研究」平7年2月号〕
第33回(平9年)
　　河野 裕子 「耳掻き」〔「短歌研究」平8年1月号〕
第34回(平10年)
　　春日井 建 「白雨」「高原抄」〔「短歌研究」平9年9月号他〕
第35回(平11年)
　　時田 則雄 「巴旦杏」〔「短歌研究」平10年10月号〕
第36回(平12年)
　　高嶋 健一 「日常」〔「短歌研究」平11年9月号〕
　　宮 英子 「南欧の若夏」〔角川「短歌」平11年7月号〕
第37回(平13年)
　　雨宮 雅子 「夕星の歌」〔「短歌研究」平12年4月号〕
　　谷川 健一 「海霊・水の女」〔「短歌研究」平12年4月号〕
第38回(平14年)
　　栗木 京子 「北限」〔「短歌研究」平13年10月号〕
第39回(平15年)
　　阿木津 英 「巌のちから」〔「短歌研究」平14年7月号〕
第40回(平16年)
　　小池 光(歌人) 「滴滴集6」30首〔「短歌研究」平15年1月号〕,「荷風私鈔」34首

〔「歌壇」平15年9月号〕
第41回（平17年）
　春日 真木子（水甕）「竹酔日」30首〔「短歌研究」平16年3月号〕
　吉川 宏志（塔）「死と塩」30首〔「角川短歌」平16年2月号〕
第42回（平18年）
　大島 史洋（未来）「賞味期限」33首〔「短歌往来」平17年3月号〕
第43回（平19年）
　日高 堯子（かりん）「芙蓉と葛と」30首〔「短歌研究」平18年9月号〕
第44回（平20年）
　穂村 弘（かばん、ラエティティア）「楽しい一日」30首〔「短歌研究」平20年2月号〕
第45回（平21年）
　桑原 正紀「棄老病棟」30首〔「短歌研究」平20年11月号〕
　松村 由利子「遠き鯨影」30首〔「短歌研究」平20年6月号〕

第46回（平22年）
　米川 千嘉子「三崎の棕櫚の木」30首〔角川「短歌」平21年6月号〕
第47回（平23年）
　花山 多佳子「雪平鍋」30首〔「短歌研究」平22年4月号〕
　柏崎 驍二「息」20首〔「短歌研究」平22年10月号〕
第48回（平24年）
　梅内 美華子「あぢさゐの夜」20首〔「歌壇」平23年8月号〕
第49回（平25年）
　大口 玲子「さくらあんぱん」28首〔角川「短歌」平24年6月号〕
第50回（平26年）
　内藤 明「ブリッジ」30首〔「短歌研究」平25年2月号〕
第51回（平27年）
　橋本 喜典「わが歌」31首〔角川「短歌」平26年8月号〕

159 短歌研究新人賞

昭和29年からはじまった「五十首詠（作品五十首募集）」を昭和33年に改称し、短歌研究新人賞とした。明日の短歌を築き上げる新人歌人のための登龍門である。

【主催者】短歌研究社
【選考委員】予め発表しない
【選考方法】公募
【選考基準】〔対象〕未発表の近作短歌30首。応募要項は「短歌研究」毎年3,4,5月号に発表。「歌人調査表」必須
【締切・発表】（第58回）平成27年5月20日締切（消印有効）、「短歌研究」9月号誌上に発表
【賞・賞金】賞状、副賞20万円
【URL】http://www.tankakenkyu.co.jp/

第1回（昭33年）
　該当作なし
第2回（昭34年）
　山口 雅子「春の風車」
　石井 利明「座棺土葬」
第3回（昭35年）
　該当作なし
第4回（昭36年）
　該当作なし
第5回（昭37年）
　根布谷 正孝「夜光虫」
第6回（昭38年）
　井野場 靖「砂漠」
第7回（昭39年）

児島 孝顕　「島」
第8回（昭40年）
　森 富男　「杣部落」
第9回（昭41年）
　大坪 三郎　「海浜」
　大塚 栄一　「往友」
第10回（昭42年）
　藤原 弘男　「大久野島にて」
第11回（昭43年）
　森川 久　「冬街」
　林田 鈴　「南を指す針」
第12回（昭44年）
　大原 良夫　「浅峡」
第13回（昭45年）
　林 市江　「消光」
第14回（昭46年）
　板橋 のり枝　「山の上の学校」
第15回（昭47年）
　外山 覚治　「入換」
第16回（昭48年）
　高橋 一子　「故郷の牛乳」
第17回（昭49年）
　神野 孝子　「花房の翳」
第18回（昭50年）
　西田 忠次郎　「歩行訓練」
第19回（昭51年）
　城島 久子　「蜂場の譜」
第20回（昭52年）
　西田 美千子　「青いセーター」
第21回（昭53年）
　井辻 朱美　「水の中のフリュート」
第22回（昭54年）
　阿木津 英　「紫木蓮まで」
第23回（昭55年）
　中山 明　「炎禱（えんとう）」
第24回（昭56年）
　奈賀 美和子　「細き反り」
第25回（昭57年）
　大塚 寅彦　「刺青天使」
第26回（昭58年）
　武下 奈々子　「反・都市論」
第27回（昭59年）
　小笠原 和幸　「不確カナ記憶」
第28回（昭60年）
　池田 はるみ　「白日光」
第29回（昭61年）

　加藤 治郎　「スモールトーク」
第30回（昭62年）
　荻原 裕幸　「青年霊歌」
　黒木 三千代　「貴妃の脂」
第31回（昭63年）
　佐久間 章孔　「私小説8（曲馬団異聞）」
第32回（平1年）
　久木田 真紀　「時間（クロノス）の矢に始めはあるか」
第33回（平2年）
　藤原 龍一郎　「ラジオ・デイズ」
　西田 政史　「ようこそ！ 猫の星へ」
第34回（平3年）
　尾崎 まゆみ　「微熱海域」
　野樹 かずみ　「路程記」
第35回（平4年）
　佐藤 きよみ　「カウンセリング室」
　大滝 和子　「白球の叙事詩」
第36回（平5年）
　寺井 淳　「陸封魚—Inland Fish」
　小泉 史昭　「ミラクル・ボイス」
第37回（平6年）
　松村 由利子　「白木蓮の卵」
　尾形 平八郎　「弱法師」
第38回（平7年）
　田中 槐　「ギャザー」
　近藤 達子　「キホーテの海馬」
第39回（平8年）
　横山 未来子　「啓かるる夏」
第40回（平9年）
　岡田 智行　「神聖帝国」
第41回（平10年）
　千葉 聡　「フライング」
　石井 瑞穂　「緑のテーブル」
第42回（平11年）
　長江 幸彦　「麦酒奉行」
第43回（平12年）
　紺野 万里　「冥王に逢ふ—返歌」
第44回（平13年）
　小川 真理子　「逃げ水のこゑ」
第45回（平14年）
　八木 博信　「琥珀」
第46回（平15年）
　黒田 雪子　「星と切符」
第47回（平16年）
　嵯峨 直樹　「ペイルグレーの海と空」

第48回（平17年）
　奥田 亡羊　「麦と砲弾」
第49回（平18年）
　野口 あや子（幻桃・未来）「カシスドロップ」
第50回（平19年）
　吉岡 太朗　「六千万個の風鈴」
第51回（平20年）
　田口 綾子（早稲田短歌会所属）「冬の火」30首
第52回（平21年）
　やすたけ まり　「ナガミヒナゲシ」
第53回（平22年）
　吉田 竜宇　「ロックン・エンド・ロール」
　山崎 聡子　「死と放埒な君の目と」
第54回（平23年）
　馬場 めぐみ　「見つけだしたい」
第55回（平24年）
　鈴木 博太　「ハッピーアイランド」
第56回（平25年）
　山木 礼子　「目覚めればあしたは」
第57回（平26年）
　石井 僚一　「父親のような雨に打たれて」
第58回（平27年）
　遠野 真　「さなぎの議題」

160　「短歌現代」歌人賞

「短歌現代」誌により昭和63年度に創設。「新人賞」が40歳未満を対象としているため、昭和63年度より年齢制限なしとして創設。生きいきとした生活からの感動、生命の具象化の歌を求める。短歌新聞社の解散により、第24回（平成23年）で終了。

【主催者】短歌新聞社

【選考委員】来嶋靖生，杜澤光一郎，秋葉四郎，石黒清介

【選考方法】公募

【選考基準】〔資格〕年齢制限なし。〔原稿〕未発表の短歌30首。〔原稿〕B4判400字詰原稿用紙を使用、第1枚目に短歌現代歌人賞と朱書の上、作品の表題，氏名を明記し、さらに現住所（電話番号），生年月日，職業，略歌歴（所属結社など）を併記。（筆名の場合は必ず筆名の下に（）で本名を記入）

【締切・発表】毎年4月10日締切，「短歌現代」8月号誌上で発表

【賞・賞金】表彰状と賞金10万円

第1回（昭63年）
　該当作なし
第2回（平1年）
　船橋 弘　「不問のこころ」
第3回（平2年）
　柳 照雄　「精霊舟」
第4回（平3年）
　森田 良子　「栗の木」
第5回（平4年）
　田丸 英敏　「備後表」
第6回（平5年）
　該当作なし
第7回（平6年）
　中村 達　「果肉の朱」
第8回（平7年）
　田村 三好　「明石の鯛」
第9回（平8年）
　森永 寿征　「杣人」
第10回（平9年）
　該当作なし
第11回（平10年）
　高橋 百代　「春の鱗」
第12回（平11年）
　神谷 由里　「朝空に」
第13回（平12年）
　神田 あき子　「風音」

第14回（平13年）
　濱田 正敏 「鉄のにほひ」
第15回（平14年）
　石原 昭彦 「フィルムを前に」
第16回（平15年）
　朝日 敏子 「夕映え」
第17回（平16年）
　小松 昶 「麻酔科日誌」
第18回（平17年）
　稲葉 範子 「綿雪」
第19回（平18年）
　倉沢 寿子 「文字のゆくへ」
第20回（平19年）
　佐々木 フミ子 「日々は過ぐ」
第21回（平20年）
　すずき いさむ 「むらは今」
第22回（平21年）
　水本 光 「残照の野に」
第23回（平22年）
　荒木 精子 「阿蘇春秋」
第24回（平23年）
　戸田 佳子 「前方の坂」

161　「短歌現代」新人賞

「短歌現代」誌創刊100号を記念して昭和61年に創設された。短歌新聞社の解散により、第26回（平成23年）で終了。

【主催者】短歌新聞社

【選考委員】杜澤光一郎, 秋葉四郎, 春日真木子, 石黒清介

【選考方法】公募

【選考基準】〔資格〕およそ40歳までの、生年による制限あり。〔原稿〕未発表の短歌30首。〔原稿〕B4判400字詰原稿用紙を使用、第1枚目に短歌現代新人賞と朱書の上、作品の表題、氏名を明記し、さらに現住所（電話番号）, 生年月日, 職業, 略歴（所属結社など）を併記。（筆名の場合は必ず筆名の下に（ ）で本名を記入）

【締切・発表】毎年4月10日締切、「短歌現代」8月号誌上で発表

【賞・賞金】表彰状と賞金10万円

第1回（昭61年）
　石原 光久 「プレスロボット」
第2回（昭62年）
　小原 麻衣子 「冬の空」
第3回（昭63年）
　立原 麻衣 「吹き抜けの階」
第4回（平1年）
　落合 けい子 「じゃがいもの歌」
第5回（平2年）
　石井 道子 「海の闇」
第6回（平3年）
　中津 昌子 「風を残せり」
第7回（平4年）
　飯沼 鮎子 「アネモネ」
第8回（平5年）
　樫井 礼子 「海辺日常」

第9回（平6年）
　該当作なし
第10回（平7年）
　石川 仁木 「蝉の木」
第11回（平8年）
　金沢 憲仁 「記念樹」
第12回（平9年）
　中村 淳悦 「日月」
第13回（平10年）
　内山 晶太 「風の余韻」
第14回（平11年）
　該当作なし
第15回（平12年）
　本田 一弘 「ダイビングトライ」
第16回（平13年）
　木戸 京子 「春の日差し」

第17回（平14年）
　古閑 忠通 「春雷」
第18回（平15年）
　白石 真佐子 「春を待つ枝」
第19回（平16年）
　中里 純子 「草守」
第20回（平17年）
　高木 佳子 「片翅の蝶」
第21回（平18年）
　山本 和之 「樹氷群」
第22回（平19年）
　楠 誓英 「葉風」
第23回（平20年）
　森垣 岳 「遺伝子」
第24回（平21年）
　今井 聡 「茶色い瞳」
第25回（平22年）
　飯島 章友 「命を隠す」
第26回（平23年）
　小田 鮎子 「迷路」

162 短歌公論処女歌集賞

「短歌公論」（月刊新聞）創刊7周年記念として創設された。休刊とともに廃止となる。

- 【主催者】短歌公論社
- 【選考委員】短歌公論社編集部
- 【選考方法】非公募。歌壇有識者からのアンケートを参考にして選ぶ
- 【選考基準】〔対象〕前年に発行された歌集
- 【締切・発表】毎年短歌公論9月号に発表
- 【賞・賞金】賞状と5万円（平5年度は7万円）

（昭59年度）
　吉村 睦人 「吹雪く屋根」（歌集）
（昭60年度）
　高瀬 一誌 「喝菜」
（昭61年度）
　該当作なし
（昭62年度）
　田村 広志 「旅の方位図」
（昭63年度）
　中野 昭子 「躓く家鴨」
（平1年度）
　源 陽子 「透過光線」〔砂子屋書房〕
（平2年度）
　本土 美紀江 「ファジーの界」〔短歌公論社〕
（平3年度）
　瀬木 草子 「風と競いし」〔短歌公論社〕
（平4年度）
　該当作なし
（平5年度）
　青城 翼 「青石榴」〔砂子屋書房〕
　羽生田 俊子 「時のつばさ」〔角川書店〕
（平6年度）
　岸本 節子 「春の距離」〔ながらみ書房〕
（平7年度）
　西台 恵 「ガルボのやうに」〔雁書館〕

163 短歌四季大賞

前年に刊行された歌集から選出する。平成16年、第4回をもって終了。

- 【主催者】東京四季出版
- 【選考委員】（第4回）三枝昂之、来嶋靖生、藤岡武雄、春日井建

- 【選考方法】選考委員並びに「短歌四季」四季吟詠欄の選者が、各2冊以内を推薦し、その中から選考委員4名が合議により決定
- 【選考基準】〔対象〕前年1月から12月までに日本国内で発行された歌集。他社の類似した賞の受賞者は原則として除く
- 【締切・発表】(第4回)平成16年5月に発表、6月15日発売の「短歌四季」7月号誌上で発表。7月6日受賞式
- 【賞・賞金】副賞30万円

第1回(平13年)
　鈴木 諄三 「海道逍遙」〔短歌新聞社〕
　山田 富士郎 「羚羊譚」〔雁書館〕
第2回(平14年)
　玉井 清弘 「六白」〔ながらみ書房〕
第3回(平15年)
　安田 純生 「でで虫の歌」〔青磁社〕
第4回(平16年)
　橋本 喜典 「一己」〔短歌新聞社〕

164 短歌新聞社賞

優れた歌集を顕彰する。短歌新聞社の解散により、第18回(平成23年)で終了。

- 【主催者】短歌新聞社
- 【選考委員】秋葉四郎,石本隆一,春日真木子,千代國一,宮地伸一,吉野昌夫,石黒清介
- 【選考方法】推薦
- 【選考基準】〔対象〕前年に出版された歌集
- 【締切・発表】その年度により異なる
- 【賞・賞金】賞金30万円

第1回(平6年度)
　佐藤 志満 歌集「身辺」
第2回(平7年度)
　窪田 章一郎 歌集「定型の土俵」
第3回(平8年度)
　小暮 政次 歌集「暫紅新集」
第4回(平9年度)
　吉野 昌夫 歌集「これがわが」
第5回(平10年度)
　石本 隆一 歌集「流灯」
第6回(平11年度)
　中野 菊夫 歌集「西南」
第7回(平12年度)
　千代 国一 歌集「水草の川」
第8回(平13年度)
　玉城 徹 歌集「香貫」
第9回(平14年度)
　該当作なし
第10回(平15年度)
　高嶋 健一 歌集「存命」
第11回(平16年度)
　小市 巳世司 「狭き蘗に」
第12回(平17年度)
　宮地 伸一 「続葛飾」
第13回(平18年度)
　大河原 惇行 「天水」
第14回(平19年度)
　秋葉 四郎 「東京二十四時」〔短歌新聞社刊〕,「新光」〔角川書店刊〕
第15回(平20年度)
　大塚 布見子 「散る桜」〔角川書店刊〕,「形見草」〔短歌新聞社〕

第16回（平21年度）
　橋本 喜典　「歌集悲母像」〔短歌新聞社〕
第17回（平22年度）
　後藤 直二　「竹の時間」
第18回（平23年度）
　岡井 隆　「歌集 X―述懐スル私」〔短歌新聞社〕

165 短歌新聞社第一歌集賞

　優れた第一歌集を顕彰する。短歌新聞社の解散により，第8回（平成23年）で終了。

【主催者】短歌新聞社
【選考方法】推薦
【選考基準】短歌新聞社で出版された第一歌集の中から，推薦で決定
【賞・賞金】賞金10万円

第1回（平16年）
　中 糸子　「夢掬う匙」
第2回（平17年）
　皇 邦子　「冬の花火」
第3回（平18年）
　本間 百々代　「濁流」
第4回（平19年）
　木村 雅子　「星のかけら」
第5回（平20年）
　高木 佳子　「片翅の蝶」
第6回（平21年）
　＊
第7回（平22年）
　＊
第8回（平23年）
　稲葉 範子　「綿雪」〔短歌新聞社〕

166 短歌新聞新人賞

　前衛短歌退潮後の歌壇の発展をうながす目的で伝統を受けつぐ真正の新人を発掘するため昭和48年創設された。昭和55年の授賞をもって廃止。

【主催者】短歌新聞社
【選考委員】佐藤佐太郎，木俣修，玉城徹，石黒清介
【選考基準】未発表短歌50首を編集部で予選の上，選者の会議によって決定。
【賞・賞金】入選1編に記念品と賞金5万円

第1回（昭48年）
　長田 雅道　「港のある町」
第2回（昭49年）
　大塚 栄一　「水の音」
第3回（昭50年）
　久保田 登　「シベリア紀行」
第4回（昭51年）
　長栄 つや　「稲田」
第5回（昭52年）
　水上 文雄　「谷中部落」
第6回（昭53年）
　該当者なし
第7回（昭54年）
　浅野 富美江　「鳩の鳴く朝」
第8回（昭55年）
　佐藤 平　「石の影」

167 中日短歌大賞

中部日本歌人会の最高賞として,最も優れた歌集又は歌書に授賞する。「中部日本歌人会 梨郷賞」が平成20年に終了した後,平成22年に第1回授賞式を行った。

【主催者】中部日本歌人会
【選考委員】大塚寅彦(選考委員長),岡本育与(選考副委員長)
【選考方法】推薦(中部日本歌人会の委員,参与,顧問の推薦),役員会において推薦された歌集から選考対象歌集を決めた後,選考委員会で決定
【選考基準】本会の最高賞として最も優れた歌集又は歌書に贈る
【締切・発表】授賞式1月
【賞・賞金】中部日本歌人会・5万円,中日新聞社・記念品

第1回(平22年)
　島田 修三 「蓬歳断想録」
第2回(平23年)
　鈴木 竹志 「孤独なる歌人たち」
第3回(平24年)
　加藤 治郎 「しんきろう」
第4回(平25年)
　小林 峯夫 「五六川」

168 沼空賞

短歌界の最高の業績をたたえる賞として,日本詩歌の興隆に力をつくした釈迢空(折口信夫)の名にちなんで,昭和42年に角川書店が俳句の「蛇笏賞」と同時に設立。短歌界で最も権威のある賞とされる。51年より角川文化振興財団が主催する。

【主催者】一般財団法人角川文化振興財団
【選考委員】(第50回)岡野弘彦,佐佐木幸綱,高野公彦,馬場あき子
【選考方法】非公募
【選考基準】〔対象〕前年1月1日から12月31日の間に刊行された歌集
【締切・発表】例年4月に選考会を開催し,受賞作を決定し,主要報道機関と「短歌」6月号誌上に発表
【賞・賞金】賞状,記念品,副賞100万円
【URL】http://www.kadokawa-zaidan.or.jp/kensyou/dakotu/

第1回(昭42年)
　吉野 秀雄 "「やわらかな心」「心のふるさと」を含むこれまでの全業績"
第2回(昭43年)
　鹿児島 寿蔵 "「故郷の灯」〔短歌研究社〕とこれまでの業績"
第3回(昭44年)
　近藤 芳美 "「黒豹」とこれまでの業績"
第4回(昭45年)
　加藤 克巳 "「球体」とこれまでの作歌,評論活動に対して"
第5回(昭46年)
　葛原 妙子 "「朱霊」とこれまでの業績"
第6回(昭47年)

前川 佐美雄 "「白木黒木」とこれまでの業績"
第7回（昭48年）
　香川 進 "「甲虫村落」とこれまでの業績"
　岡野 弘彦 "「滄浪歌」とこれまでの業績"
第8回（昭49年）
　田谷 鋭 "「水晶の座」〔白玉書房〕とこれまでの業績"
第9回（昭50年）
　上田 三四二 "「湧井」とこれまでの業績"
第10回（昭51年）
　宮 柊二 "「独石馬」とこれまでの全作歌活動に対して"
第11回（昭52年）
　斎藤 史 "「ひたくれなゐ」〔不識書院〕とこれまでの業績"
第12回（昭53年）
　前 登志夫 "「縄文紀」〔白玉書房〕とこれまでの業績"
第13回（昭54年）
　玉城 徹 "「われら地上に」（歌集）〔不識書院〕とこれまでの業績"
第14回（昭55年）
　生方 たつゑ 「野分のやうに」
　窪田 章一郎 「素心臘梅」
第15回（昭56年）
　前田 透 「冬すでに過ぐ」〔角川書店〕
第16回（昭57年）
　武川 忠一 「秋照」〔不識書院〕
　大西 民子 「風水」〔沖積舎〕
第17回（昭58年）
　岡井 隆 「禁忌と好色」〔不識書院〕
第18回（昭59年）
　佐藤 佐太郎 「星宿」〔岩波書店〕
　島田 修二 「渚の日日」〔花神社〕
第19回（昭60年）
　山中 智恵子 「星肆」〔砂子屋書房〕
第20回（昭61年）
　馬場 あき子 「葡萄唐草」〔立風書房〕
第21回（昭62年）
　岡部 文夫 「雲天」〔短歌新聞社〕
第22回（昭63年）
　吉田 正俊 「朝の霧」〔石川書房〕
第23回（平1年）
　塚本 邦雄 「不変律」〔花曜社〕
第24回（平2年）
　該当作なし
第25回（平3年）
　安永 蕗子 「冬麗」〔砂子屋書房〕
第26回（平4年）
　森岡 貞香 「百乳文」〔砂子屋書房〕
第27回（平5年）
　該当作なし
第28回（平6年）
　佐佐木 幸綱 「滝の時間」〔ながらみ書房〕
第29回（平7年）
　篠 弘 「至福の旅びと」〔砂子屋書房〕
第30回（平8年）
　該当作なし
第31回（平9年）
　富小路 禎子 「不穏の華」〔砂子屋書房〕
第32回（平10年）
　清水 房雄 「旻天何人吟（びんてんかじんぎん）」〔不識書院〕
第33回（平11年）
　尾崎 左永子 「夕霧峠」〔砂子屋書房〕
第34回（平12年）
　春日井 建 「友の書」〔雁書館〕,「白雨」〔短歌研究社〕
第35回（平13年）
　高野 公彦 「水苑（すいゑん）」〔砂子屋書房〕
第36回（平14年）
　竹山 広 「射禱」〔「竹山広全歌集」収録,雁書館,ながらみ書房〕
第37回（平15年）
　岡部 桂一郎 「一点鐘」〔青磁社〕
第38回（平16年）
　永田 和宏 「風位」〔短歌研究社〕
第39回（平17年）
　小池 光 「時のめぐりに」〔本阿弥書店〕
第40回（平18年）
　岩田 正 「泡も一途」〔角川書店〕
　小島 ゆかり 「憂春」〔角川書店〕
第41回（平19年）
　栗木 京子 「けむり水晶」〔角川書店〕
第42回（平20年）
　伊藤 一彦 「微笑の空」〔角川書店〕
第43回（平21年）
　石川 不二子 「ゆきあひの空」

河野 裕子 「母系」
第44回（平22年）
　　坂井 修一 「望楼の春」
第45回（平23年）
　　島田 修三 「蓬歳断想録」
第46回（平24年）
　　渡辺 松男 「蝶」

第47回（平25年）
　　米川 千嘉子 「あやはべる」
第48回（平26年）
　　玉井 清弘 「屋嶋」
第49回（平27年）
　　該当作なし

169 寺山修司短歌賞

寺山修司の短歌の業績を称えて創設された。現代歌人（中堅男性歌人）の歌集・歌書を対象とする。平成8年より授賞開始。

【主催者】砂子屋書房
【選考委員】篠弘, 佐佐木幸綱, 小池光, 花山多佳子
【選考方法】非公募（毎年1月に現代歌人100人に推薦アンケートを求める）
【選考基準】〔対象〕前年度1月〜12月に出版した中堅男性歌人の歌集・歌書
【締切・発表】発表は4月
【賞・賞金】賞状と賞金30万円

第1回（平8年）
　　小池 光 「草の庭」〔砂子屋書房〕
第2回（平9年）
　　永田 和宏 「華子」〔雁書房〕
第3回（平10年）
　　三枝 昂之 「甲州百目」〔砂子屋書房〕
第4回（平11年）
　　加藤 治郎 「昏睡のパラダイス」〔砂子屋書房〕
第5回（平12年）
　　坂井 修一 「ジャックの種子」〔短歌研究社〕
第6回（平13年）
　　山田 富士郎 「羚羊譚」〔雁書館〕
第7回（平14年）
　　島田 修三 「シジフォスの朝」〔砂子屋書房〕
第8回（平15年）
　　渡辺 松男 「歩く仏像」〔雁書館〕
　　大辻 隆弘 「デプス」〔砂子屋書房〕
第9回（平16年）
　　内藤 明 「斧と勾玉」（歌集）〔砂子屋書房〕

第10回（平17年）
　　伊藤 一彦 「新月の蜜」（歌集）〔雁書館〕
第11回（平18年）
　　吉川 宏志 「海雨」（歌集）〔砂子屋書房〕
第12回（平19年）
　　谷岡 亜紀 「闇市」（歌集）〔雁書館〕
第13回（平20年）
　　本多 稜 「游子」（歌集）〔六花書林〕
第14回（平21年）
　　大下 一真 「即今」（歌集）〔角川書店〕
第15回（平22年）
　　真中 朋久 「重力」（歌集）〔青磁社〕
第16回（平23年）
　　本田 一弘 「眉月集」（歌集）〔青磁社〕
第17回（平24年）
　　田中 拓也 「雲鳥」（歌集）〔ながらみ書房〕
第18回（平25年）
　　高島 裕 「饕餮の家」（歌集）〔TOY〕
第19回（平26年）
　　藤島 秀憲 「歌集 すずめ」〔短歌研究社〕
第20回（平27年）
　　小高 賢 「秋の茱萸坂 小高賢歌集」〔砂子屋書房〕

170 中城ふみ子賞

清新なる作家の発掘のため昭和40年創設。第20回を以って廃止、野原水嶺賞とする。
- 【主催者】辛夷社
- 【選考委員】中城ふみ子賞選考委員会
- 【選考基準】短歌作品新作30首による応募競詠。
- 【締切・発表】毎年4月30日締切、辛夷7月号誌上に発表。
- 【賞・賞金】賞状と記念品

第1回（昭40年）
　津金沢 正男
第2回（昭41年）
　佐賀 美津江
第3回（昭42年）
　西寺 百合
第4回（昭43年）
　安孫子 隆
第5回（昭44年）
　後藤 礼子
第6回（昭45年）
　山川 有古
第7回（昭46年）
　若松 洋子
第8回（昭47年）
　坂井 よしえ
第9回（昭48年）
　西潟 弘子
第10回（昭49年）
　小野寺 テル
第11回（昭50年）
　該当者なし
第12回（昭51年）
　今井 美幸
第13回（昭52年）
　松川 美保恵
第14回（昭53年）
　時田 則雄
第15回（昭54年）
　金子 はつみ
第16回（昭55年）
　該当者なし
第17回（昭56年）
　野田 紘子
第18回（昭57年）
　該当者なし
第19回（昭58年）
　竹内 友子
　田辺 愛子
第20回（昭59年）
　山本 房子

171 中城ふみ子賞

帯広を代表する歌人・中城ふみ子（大正11年11月25日～昭和29年8月3日）の功績を称えるとともに地域からの新たな文化の創造・発信を目的として、中城ふみ子の没後50年にあたる平成16年に創設し、隔年で実施。自らの「生きる」姿勢を短歌に託した力強い作品を募集する。
- 【主催者】中城ふみ子賞実行委員会、短歌研究社、帯広市、帯広市教育委員会
- 【選考委員】佐伯裕子、米川千嘉子、時田則雄
- 【選考方法】公募

> 【選考基準】〔対象〕自らの「生きる」姿勢を託した力強い短歌。未発表作品50首。〔原稿〕400字詰原稿用紙（B4）を使用し，タイトルをつけて原稿1部とコピー3部の計4部を提出する
> 【締切・発表】（第6回）平成26年4月30日締切（消印有効），「短歌研究」8月号に作品発表
> 【賞・賞金】大賞（1名）賞状および副賞10万円，雑誌「短歌研究」8月号への掲載
> 【URL】http://www.lib-obihiro.jp/nakajyosyou.html

第1回（平16年）
　遠藤 由季　「真冬の漏斗」
第2回（平18年）
　小玉 春歌　「さよならの季節に」
第3回（平20年）
　田中 教子　「乳房雲」
第4回（平22年）
　葉月 詠　「月の河」
第5回（平24年）
　中畑 智江　「同じ白さで雪は降りくる」
第6回（平26年）
　蒼井 杏　「空壜ながし」

172 中山周三賞

昭和28年から平成11年まで47年間にわたって「原始林」の編集発行人だった故中山周三を記念して創設。平成12年から旧田辺賞を中山周三賞に改めた。

> 【主催者】原始林社
> 【選考委員】選者9名：井原茂明，大朝暁子，大家勤，坂田資宏，松川洋子，宮川桂子，村井宏，村田俊秋，湯本竜。他に既往の原始林賞受賞者1名，中山周三賞（旧田辺賞）受賞者1名（受賞年次による順番）合計11名が選考委員となる
> 【選考方法】公募（会員のみ）。新作30首を1位（5点），2位（4点），3位（3点），4位（2点），5位（1点）で集計し，合計点の多い者を受賞者とする
> 【選考基準】原始林会員のみ（同人・会員・学生会員）
> 【締切・発表】毎年3月末日締切，「原始林」7月号で発表
> 【賞・賞金】賞状と記念品

（平12年）
　◇短歌
　　野田 家正
　　村田 俊秋
（平13年）
　◇短歌
　　佐野 書恵
（平14年）
　◇短歌
　　大川 佐稚子
（平15年）
　◇短歌
　　渡辺 秀雄
（平16年）
　　杉本 麗子
（平17年）
　　井原 茂明
（平18年）
　　勝俣 征也
（平19年）
　　髙橋 一弘
（平19年）
　　山口 濤聲
（平20年）
　　今村 朋信

(平21年)
　深尾 加那
(平22年)
　福浦 佳子
(平23年)

　中田 慧子
(平24年)
　古室 俊行
(平25年)
　有田 絢子

173 ながらみ現代短歌賞

「短歌往来」の創刊3周年を記念して創設。平成14年第10回までで終了。この後を受けて「前川佐美雄賞」が新設された。

【主催者】ながらみ書房
【選考委員】(第10回)石川不二子,大島史洋,永田和宏,坂井修一
【選考方法】推薦
【選考基準】〔対象〕前年刊行の歌集(出版社不問)。第2歌集以降のもので,歌集として新機軸を出したもの
【締切・発表】毎年5月中旬発表(「短歌往来」6月号に掲載),6月下旬から7月上旬に贈呈式
【賞・賞金】賞状と賞金30万円

第1回(平5年)
　桜井 登世子(未来会員)「夏の落葉」〔不識書院〕
第2回(平6年)
　花山 多佳子 「草舟(くさぶね)」〔花神社〕
第3回(平7年)
　黒木 三千代 「クウェート」〔本阿弥書店〕
第4回(平8年)
　竹山 広 「一脚の椅子」〔不識書院〕
第5回(平9年)
　三井 ゆき 「能登往還」〔短歌新聞社〕

第6回(平10年)
　池田 はるみ 「妣(はは)が国 大阪」〔本阿弥書店〕
第7回(平11年)
　森山 晴美 「月光」〔花神社〕
第8回(平12年)
　渡辺 松男 「泡宇宙の蛙」〔雁書館〕
第9回(平13年)
　吉川 宏志 「夜光」〔砂子屋書房〕
第10回(平14年)
　江戸 雪 「椿夜」〔砂子屋書房〕

174 ながらみ書房出版賞

「短歌往来」の創刊3周年を記念して創設。

【主催者】ながらみ書房
【選考委員】佐佐木幸綱,三枝昂之,佐々木幹郎,加藤治郎,俵万智
【選考方法】推薦
【選考基準】〔対象〕前年度にながらみ書房より刊行された歌集もしくは歌書1冊。第1歌集も対象とする
【締切・発表】毎年5月中旬発表(「短歌往来」6月号に掲載),6月下旬から7月上旬に贈呈式

【賞・賞金】 賞状と賞金20万円
【URL】 http://www.nagarami.org/

第1回（平5年）
　小野 雅子（地中海会員）「花筐」〔ながらみ書房〕
第2回（平6年）
　小関 祐子 「北方果樹」
　小橋 扶沙世 「風宮」
第3回（平7年）
　小笠原 和幸 「テネシーワルツ」〔ながらみ書房〕
　小笠原 賢二 「終焉からの問い」〔ながらみ書房〕
第4回（平8年）
　高田 流子 「月光浴」〔ながらみ書房〕
第5回（平9年）
　和嶋 勝利 「天文航法」〔ながらみ書房〕
第6回（平10年）
　恒成 美代子 「ひかり凪」（歌集）
　前川 佐重郎 「彗星記」（歌集）
第7回（平11年）
　飯沼 鮎子 「サンセットレッスン」（歌集）〔ながらみ書房〕
第8回（平12年）
　高島 裕 「旧制度（アンシャンレジーム）」（歌集）〔ながらみ書房〕
第9回（平13年）
　田中 拓也 「夏引」（歌集）
第10回（平14年）
　柴 善之助 「揚げる」（歌集）
　松村 正直 「駅へ」（歌集）
第11回（平15年）
　黒瀬 珂瀾 「黒耀宮」（歌集）
第12回（平16年）
　寺尾 登志子 歌集「われは燃えむよ」
第13回（平17年）
　菊池 裕 歌集「アンダーグラウンド」
第14回（平18年）
　上村 典子 歌集「貝母」
第15回（平19年）
　棚木 恒寿 歌集「天の腕」
第16回（平20年）
　花山 周子 歌集「屋上の人屋上の鳥」
第17回（平21年）
　駒田 晶子 「銀河の水」
第18回（平22年）
　藤島 秀憲 「二丁目通信」
第19回（平23年）
　滝下 恵子 「終のワインを」
第20回（平24年）
　森 朝男 「古歌に尋ねよ」
第21回（平25年）
　山口 明子 「さくらあやふく」
第22回（平26年）
　中川 佐和子 「歌集 春の野に鏡を置けば」
第23回（平27年）
　南 鏡子 「山雨」

175 なにわの宮新作万葉歌

　平成18年9月，難波宮跡（大阪市中央区）から7世紀中頃の木簡が出土し，その木簡には「皮留久佐乃皮斯米之刀斯・・・」の11文字が書かれていた。これは「春草のはじめの年・・・」と読むものとされることから，和歌の一部と考えられ，通説となっていた万葉仮名の成立の時期を数十年遡らせることとなり，日本語表記の発達をたどる上でも極めて重要な発見である。ただ，木簡は折れていて，続きの部分が未発見なので，これに続く和歌を一般から募集し，古代人とのコラボレーションを試みるものである。平成19年2月に第1回，平成20年1月に第2回，平成21年1月に第3回の募集を行い，受賞作品を毎日新聞紙上および毎日新聞社webサイト上で発表した。第3回をもって，なにわの宮新作万葉歌の募集は終了した。

【主催者】大阪市, 大阪市教育委員会, (財)大阪市文化財協会, 大阪歴史博物館, 毎日新聞社

【選考委員】(第3回)毛利正守(武庫川女子大学教授・古代国語学), 坂本信幸(奈良女子大学教授・万葉学), 上野誠(奈良大学教授・万葉文化論), 河野裕子(歌人)

【選考方法】公募

【選考基準】〔対象〕「春草のはじめ」で始まる短歌(「春草のはじめの年」で始まっても可)1首。〔応募規定〕はがき, ファクス, 電子メールのいずれかで応募する。万葉仮名ではなく, 普通の漢字仮名交じり文で書く

【締切・発表】(第3回)平成21年1月31日締切(必着), 2月下旬の毎日新聞紙上および毎日新聞社webサイト上で発表

【賞・賞金】なにわ万葉大賞1首:10万円, なにわ万葉賞2首:各5万円, 佳作5首:各3万円

第1回(平19年)
　◇なにわ万葉大賞
　　三鼓 奈津子(岡山県総社市)「春草のはじめの年に書く手紙君には青いインクと決めて」
　◇なにわ万葉賞
　　網谷 正美(滋賀県大津市)「春草のはじめの年や難波津にほがらほがらと田鶴啼きわたる」
　　北村 行生(兵庫県神戸市)「春草のはじめの年の蒼天にアイゼンを締め穂高を見上ぐ」
　◇佳作
　　山下 りほ(高槻市立奥坂小学校2年)「春草のはじめの年に友だちと車の形の雲にのりたい」
　　平山 陽子(宮城県仙台市)「春草のはじめの年のランドセル小さくなりて巣立ち迎えぬ」
　　後藤 祐司(京都府舞鶴市)「春草のはじめの年に片脚を茅渟(ちぬ)の海面に立てる朝虹」
　　高田 岩男(千葉県松戸市)「春草のはじめの年に踏む足よ若子(わくご)が命健やかにあれ」
　　青木 富子(岡山県浅口市)「春草のはじめの年の土手ゆけば凧もつ子らが追ひ越してゆく」
第2回(平20年)
　◇なにわ万葉大賞
　　後藤 正樹(京都府京都市)「春草のはじめの年の蒼天(そうてん)を風に乗り出し連凧(れんだこ)うねる」
　◇なにわ万葉賞
　　岩根 有紀子(兵庫県淡路市)「春草のはじめの海に低く飛ぶカモメ短く二度波に鳴く」
　　佐埜 美優(大阪市立金塚小学校5年)「春草のはじめのとしにランドセルてくてくあるくしんにゅうせい」
　◇佳作
　　坪内 健悟(兵庫県川西市立東谷中学校3年)「春草のはじめはそばにいた君が今は一番遠くの人に」
　　市原 鉄夫(千葉県東金市)「春草のはじめの蓬摘みにける妻の背まろき日溜りの中」
　　山田 幸一(大阪府高槻市)「春草のはじめの髪のキューティクル反射してゐる日向の少女」
　　小川 義之(大阪府岸和田市)「春草のはじめに降りしこぬか雨若芽のうぶ毛光り輝く」
　　白岩 晶子(高知県高知市)「春草のはじめの圃場に朝日さしハウストマトの出荷はすすむ」
第3回(平21年)
　◇なにわ万葉大賞
　　酒居 八千代(兵庫県姫路市)「春草のはじめのことば大書せる余白清(すが)しき今年の日記」
　◇なにわ万葉賞

丹波 陽子（水戸市）「春草のはじめの絵手紙『フキノトウ』緑清しくわれに届きぬ」
冨山 紗妃（大阪府立天王寺高校）「春草のはじめて粥（かゆ）を食べた日に指折り唱えたすずなすずしろ」
◇佳作
谷尾 節子（神戸市須磨区）「春草のはじめに摘める若草の餅をつくりて君に供える」
永原 侑汰（大阪市城東区）「春草のはじめにうまれたいもうとと早くいっしょにあるきたいな」
菊本 康久（奈良県橿原市）「春草のはじめに開く朝刊は第一面のインク香り立つ」
麻倉 遥（京都市北区）「春草のはじめ生まれる子のためにたまご色した靴下を編む」
三輪 優子（マリスト国際学校高等部）「春草のはじめに繋（つな）いだ小さな手一年生になりし弟」

176 新墾賞

昭和35年に新墾新人賞，新墾評論賞と共に設けられた。同人を対象としたが，第14回（昭和48年）の授賞をもって新墾評論賞と同時に廃止され，小田観蛍賞が新たに創設された。

【主催者】新墾社

第1回（昭35年）
　山口 雅子
第2回（昭36年）〜第9回（昭43年）
　＊
第10回（昭44年）
　吉田 寿人
　堀井 美鶴
第11回（昭45年）
　小田島 京子

第12回（昭46年）
　大門 淑子
　細野 陽子
第13回（昭47年）
　＊
第14回（昭48年）
　大和田 慶一
　名達 信子

177 新墾新人賞

昭和35年に新墾賞，新墾評論賞とともに設けられ，準同人会員を対象にして，将来新人としての可能性をみつけられる作者に対し，年間の作品活動を検討して賞を与えるもの。

【主催者】新墾社
【選考委員】足立敏彦，飯田哲雄，大原一，桜井美千子，寺山寿美子，遠野瑞香，富岡恵子，丸山俊子，森勝，大和谷慶一
【選考方法】非公募
【選考基準】〔対象〕年間の「新墾」誌上作品。〔資格〕準同人並に該当年に同人に昇格した直後の者
【締切・発表】発表はその年度の「新墾」4月号誌上

【賞・賞金】賞状と記念楯

第1回（昭35年）
　岩淵 文樹
　安長 くに
第2回（昭36年）
　市川 よし子
　藤川 あづさ
第3回（昭37年）
　鈴木 杜世春
　中黒 八重子
第4回（昭38年）
　三升畑 弘子
第5回（昭39年）
　百川 梢介
　小黒 葩水
第6回（昭40年）
　佐藤 文夫
　須佐 敏子
第7回（昭41年）
　小田島 京子
　福島 美重子
第8回（昭42年）
　晴山 良一
　高田 春子
第9回（昭43年）
　鈴木 渾
　桜井 美千子
第10回（昭44年）
　宮崎 正夫
第11回（昭45年）
　米沢 久子
　藤本 正次
第12回（昭46年）
　田島 智恵子
第13回（昭47年）
　笠松 幸子
第14回（昭48年）
　池田 雪江
　高松 幸子
第15回（昭49年）
　川端 みつえ
　久藤 径子
第16回（昭50年）
　小松 龍介
　津川 信子
第17回（昭51年）
　山中 千代子
第18回（昭52年）
　瀬戸 恵子
　岡田 久雄
第19回（昭53年）
　長谷川 フク子
第20回（昭54年）
　渡辺 敏子
第21回（昭55年）
　柳田 晶子
第22回（昭56年）
　須佐 くるみ
　末武 テル
第23回（昭57年）
　森 徳子
　寺山 寿美子
第24回（昭58年）
　川村 道子
　鈴木 喜久
第25回（昭59年）
　粟野 けい子
　原田 光一
第26回（昭60年）
　佐藤 里子
　川端 静子
第27回（昭61年）
　国森 久美子
　山本 祥代
第28回（昭62年）
　大塚 純子
　小西 玲子
第29回（昭63年）
　遠野 瑞香
　富岡 恵子
第30回（平1年）
　住吉 美恵
　谷本 喜久栄
第31回（平2年）
　杉本 敦子
　田中 良子
第32回（平3年）

南部 美恵子
　　日下 明子
第33回（平4年）
　　大関 法子
　　鈴木 照子
第34回（平5年）
　　木村 福恵
　　那須 愛子
第35回（平6年）
　　北原 陽子
　　山路 虹生
第36回（平7年）
　　妹尾 紗恵子
　　瀬川 美年子
第37回（平8年）
　　荻原 直子
　　斎藤 栄子
第38回（平9年）
　　福重 満江
　　大島 克予
第39回（平10年）
　　大山 玲
　　能戸 久子
第40回（平11年）
　　上野 節子
　　藤田 文子
第41回（平12年）
　　堀口 淳子
　　高橋 志麻
第42回（平13年）
　　金田 まさ子
　　佐野 琇子

第43回（平14年）
　　松田 美幸
　　桜吉 倫子
第44回（平15年）
　　松田 かおる
　　黒田 しげの
第45回（平16年）
　　上坊寺 眞博
第46回（平17年）
　　川村 健二
第47回（平18年）
　　伊藤 裕子
第48回（平19年）
　　荻山 喜子
　　三浦 琴子
第49回（平20年）
　　苫米地 美沙
第50回（平21年）
　　久我 タケ子
第51回（平22年）
　　斉藤 泰子
　　大倉 純子
第52回（平23年）
　　桑野 絹代
第53回（平24年）
　　伊早坂 亮子
第54回（平25年）
　　森田 三代子
第55回（平26年）
　　山田 五百子
第56回（平27年）
　　秋野 登志子

178 新塁評論賞

　　昭和35年に新塁賞、新塁新人賞と共に設けられた。第14回（昭48年）の授賞をもって新塁賞と同時に廃止され、小田観蛍賞が新たに創設された。
　　【主催者】 新塁社

第1回（昭35年）～第11回（昭45年）
　　＊
第12回（昭46年）
　　永井 緑苑

第13回（昭47年）
　　＊
第14回（昭48年）
　　鈴木 杜世春

179 新田寛賞

鴉族創刊に功績のあった故新田寛氏を顕彰し,新人登龍門として創設。第14回の授賞をもって中止。舟橋精盛賞とする。

【主催者】 鴉族社
【賞・賞金】 賞金2万円

第1回(昭41年)
　梶 かよ
第2回(昭42年)
　松原 みち子
第3回(昭43年)
　福村 洋子
第4回(昭44年)
　松川 洋子
第5回(昭45年)
　三宅 太郎
第6回(昭46年)
　萩野 忠夫
第7回(昭47年)
　近江 道子
　伊藤 静代

第8回(昭48年)
　結城 伶子
第9回(昭49年)
　小山 茂樹
第10回(昭50年)
　湯本 恵美子
第11回(昭51年)
　泉 兵二郎
第12回(昭52年)
　炭谷 江利
第13回(昭53年)
　西沢 たみ子
第14回(昭54年)
　昭井 成一
　藤 よう子

180 日本歌人クラブ賞

昭和30年,全国の優れた歌集を発掘する目的で日本歌人クラブ「推薦歌集」を創設表彰して来たが,49年「日本歌人クラブ賞」と改称し,現代におよんでいる。平成7年より,第1歌集を対象とした「日本歌人クラブ新人賞」,15年より「日本歌人クラブ評論賞」を併設。

【主催者】 日本歌人クラブ
【選考委員】 (第42回)佐伯裕子,三枝昂之,沢口芙美,中川佐和子,平山公一,御供平佶
【選考方法】 非公募
【選考基準】 〔対象〕前年に発行された歌集
【締切・発表】 2月末日締切,4月中旬発表
【賞・賞金】 賞状と副賞10万円
【URL】 http://www.kajinclub.com

第1回(昭49年)
　田谷 鋭 「水晶の座」〔白玉書房〕
　吉田 松四郎 「忘暦集」〔短歌新聞社〕
第2回(昭50年)
　鐸 静枝 「流紋」〔新星書房〕
　岡山 たづ子 「一直心」〔新星書房〕
第3回(昭51年)

阿部 正路 「飛び立つ鳥の季節に」〔冬樹社〕
三浦 武 「小名木川」〔国民文学社〕
第4回(昭52年)
　小谷 心太郎 「宝珠」〔短歌新聞社〕
第5回(昭53年)
　鈴木 英夫 「忍冬文」〔柏葉書院〕
第6回(昭54年)
　該当作なし
第7回(昭55年)
　植木 正三 「草地」〔草地短歌会〕
　春日 真木子 「火中蓮」〔短歌新聞社〕
第8回(昭56年)
　岡部 文夫 「晩冬」〔短歌新聞社〕
第9回(昭57年)
　蒔田 さくら子 「紺紙金泥」〔短歌新聞社〕
第10回(昭58年)
　上田 三四二 「遊行」〔短歌研究社〕
　高嶋 健一 「草の快楽」〔不識書院〕
第11回(昭59年)
　鈴木 康文 「米寿」〔短歌新聞社〕
　苫口 万寿子 「紅蓮華」〔不識書院〕
第12回(昭60年)
　野村 清 「皐月号」〔石川書房〕
　君島 夜詩 「生きの足跡」〔不識書院〕
第13回(昭61年)
　山本 かね子 「月夜見」〔不識書院〕
　来嶋 靖生 「雷」〔短歌新聞社〕
第14回(昭62年)
　野北 和義 「山雞」〔不識書院〕
　谷 邦夫 「野の風韻」〔短歌新聞社〕
第15回(昭63年)
　須藤 若江 「忍冬文」〔短歌新聞社〕
　片山 貞美 「鳶鳴けり」〔不識書院〕
第16回(平1年)
　坂田 信雄 「寒岨」〔不識書院〕
　伊藤 雅子 「ほしづき草」〔短歌公論社〕
第17回(平2年)
　三宅 千代 「冬のかまきり」〔短歌研究社〕
　清水 房雄 「絑聞抄」〔不識書院〕
第18回(平3年)
　倉地 与年子 「素心蘭」〔短歌新聞社〕
　白石 昂 「冬山」〔角川書店〕
第19回(平4年)
　星野 丑三 「歳月」〔短歌新聞社〕
　林 光雄 「無碍光」〔短歌新聞社〕

只野 幸雄 「黄楊の花」〔短歌公論社〕
第20回(平5年)
　御供 平佶 「神流川」〔短歌新聞社〕
　中野 照子 「秘色の天」〔短歌新聞社〕
第21回(平6年)
　石川 恭子 「木犀の秋」〔花神社〕
第22回(平7年)
　橋本 喜典 「無冠」〔不識書院〕
第23回(平8年)
　高松 秀明 「宙に風花」〔短歌新聞社〕
第24回(平9年)
　石黒 清介 「雪ふりいでぬ」
第25回(平10年)
　芝谷 幸子 「山の祝灯」〔短歌新聞社〕
　山本 寛太 「真菰」〔短歌新聞社〕
第26回(平11年)
　土屋 正夫 「鳴泉居」〔ながらみ書房〕
　玉井 清弘 「清漣」〔砂子屋書房〕
第27回(平12年)
　春日井 建 「『白雨』『友の書』」〔短歌研究社・雁書館〕
第28回(平13年)
　岩田 正 「和韻」〔短歌研究社〕
第29回(平14年)
　永田 和宏 「荒神」〔砂子屋書房〕
第30回(平15年)
　雨宮 雅子 「昼顔の譜」〔柊書房〕
第31回(平16年)
　三井 修 「風紋の島」〔砂子屋書房〕
　日高 堯子 「樹雨」〔北冬社〕
第32回(平17年)
　大下 一真 「足下」〔不識書院〕
第33回(平18年)
　山名 康郎 「冬の骨」〔短歌新聞社〕
　板宮 清治 「杖」〔短歌新聞社〕
第34回(平19年)
　大島 史洋 「封印」〔角川書店〕
　波汐 國芳 「マグマの歌」〔短歌研究社〕
第35回(平20年)
　松坂 弘(東京都板橋区)「夕暮れに涙を」〔角川短歌叢書〕
　三井 ゆき 「天蓋天涯」〔角川書店〕
第36回(平21年)
　安森 敏隆 「百卒長」〔青磁社〕
第37回(平22年)
　今野 寿美 「かへり水」〔角川書店〕

内田 弘 「街の音」〔短歌新聞社〕
第38回（平23年）
　中根 誠 「境界（シュヴェレ）」〔ながらみ書房〕
第39回（平24年）
　中地 俊夫 「覚えてゐるか」〔角川書店〕
第40回（平25年）
　佐波 洋子 「時のむこうへ」〔角川書店〕
第41回（平26年）
　佐伯 裕子 「流れ」〔短歌研究社〕
第42回（平27年）
　楠田 立身 「白雁」〔ながらみ書房〕

181 日本歌人クラブ新人賞

　昭和30年全国の優れた歌集を発掘する目的で日本歌人クラブ「推薦歌集」を創設表彰して来たが，昭和49年「日本歌人クラブ賞」と改称し，現在におよんでいる。平成7年よりは，第1歌集を対象とした「日本歌人クラブ新人賞」を併設，平成15年より「日本歌人クラブ評論賞」を新設した。

【主催者】日本歌人クラブ
【選考委員】（第21回）田村元，三枝昂之，岡﨑洋次郎，春日いづみ，鈴木英子
【選考方法】推薦
【選考基準】〔対象〕第一歌集で，優秀と認められたもの
【締切・発表】2月末日締切，4月中旬発表
【賞・賞金】賞状と副賞10万円

第1回（平7年）
　該当作なし
第2回（平8年）
　大橋 千恵子 「この世の秋」〔角川書店〕
第3回（平9年）
　兵頭 なぎさ 「この先 海」〔ながらみ書房〕
第4回（平10年）
　勝倉 美智子 「らせん階段」〔短歌新聞社〕
第5回（平11年）
　柴田 典昭 「樹下逍遙」〔砂子屋書房〕
第6回（平12年）
　浜口 美知子 「川千鳥」〔ながらみ書房〕
第7回（平13年）
　小島 熱子 「春の卵」〔短歌研究社〕
　本田 一弘 「銀の鶴」〔雁書館〕
第8回（平14年）
　結城 千賀子 「系統樹」〔角川書店〕
第9回（平15年）
　生沼 義朗 「水は襤褸に」〔ながらみ書房〕
第10回（平16年）
　矢部 雅之 「友達ニ逢フノハ良イ事」〔ながらみ書房〕
第11回（平17年）
　里見 佳保 「りか先生の夏」〔角川書店〕
第12回（平18年）
　春日 いづみ 「問答雲」〔角川書店〕
第13回（平19年）
　加藤 英彦 「スサノオの泣き虫」〔ながらみ書房〕
　都築 直子 「青層圏」〔雁書館〕
第14回（平20年）
　古谷 円 「千の家族」〔角川書店〕
　高木 佳子 「片翅の蝶」〔短歌新聞社〕
第15回（平21年）
　柚木 圭也 「心音（ノイズ）」〔本阿弥書店〕
　樋口 智子 「つきさっぷ」〔本阿弥書店〕
第16回（平22年）
　中沢 直人 「極圏の光」〔本阿弥書店〕
第17回（平23年）
　齋藤 芳生 「桃花水を待つ」〔角川書店〕
　田中 濯 「地球光」〔青磁社〕
第18回（平24年）
　染野 太朗 「あの日の海」〔本阿弥書店〕
第19回（平25年）

田村 元 「北二十二条西七丁目」〔本阿弥書店〕
第20回（平26年）
　大森 静佳 「てのひらを燃やす」〔角川書店〕
第21回（平27年）
　服部 真里子 「行け広野へと」〔本阿弥書店〕

182 日本歌人クラブ推薦歌集

　日本歌人クラブにより昭和29年創設された賞で、同クラブ幹事会の選定により「日本歌人クラブ推薦歌集」を決定していたが、昭和48年（第19回）で中止。昭和49年「日本歌人クラブ賞」と改称した。

【主催者】 日本歌人クラブ
【選考委員】 日本歌人クラブ幹事会

第1回（昭30年）
　土屋 文明 「自流泉」
　矢代 東村 「矢代東村遺歌集」
　鈴木 幸輔 「長風」
　斎藤 史 「うたのゆくへ」
　広島短歌会 【編】「広島」〔第二書房〕
第2回（昭31年）
　橋本 徳寿 「ララン草房」〔白玉書房〕
　年刊療養歌集編纂委員会 「試歩路」（年刊療養歌集）〔第二書房〕
　生方 たつゑ 「青粧」〔白玉書房〕
　津田 治子 「津田治子歌集」〔白玉書房〕
　長沢 美津 「雪」〔長谷川書房〕
第3回（昭32年）
　吉野 鉦二 「山脈遠し」〔新典書房〕
　阿部 静枝 「冬季」〔山光書房〕
　平田 春一 「象刻集」〔白楊社〕
　初井 しづ枝 「藍の紋」〔白玉書房〕
　山田 はま子 「木の匙」〔白玉書房〕
　北沢 郁子 「その人を知らず」〔古今社〕
第4回（昭33年）
　香川 進 「湾」〔赤堤社〕
　柴谷 武之祐 「さびさび唄」〔関西アララギ会〕
　長谷川 ゆりえ 「素顔」〔新星書房〕
　松田 さえこ 「さるびあ街」〔琅玕洞〕
第5回（昭34年）
　松村 英一 「松村英一歌集」（2巻）〔国民文学会〕
　呼子 丈太郎 「さびしき人工」〔四季書房〕
　十月会 「十月会作品」〔短歌新聞社〕
　小暮 政次 「春天の樹」〔白玉書房〕
第6回（昭35年）
　柴生田 稔 「麦の庭」〔白玉書房〕
　遠山 繁夫 「雨の洗える」〔新星書房〕
　武川 忠一 「氷湖」〔新星書房〕
　鈴木 治子, 田中 万貴子, 篠尾 美恵子, 森村 浅香, 屋代 葉子 「五季」〔古今社〕
第7回（昭36年）
　金石 淳彦 「金石淳彦歌集」〔白玉書房〕
　長谷川 銀作 「夜の庭」〔新星書房〕
　大西 民子 「不文の掟」〔四季書房〕
　山下 喜美子 「約束」〔新星書房〕
第8回（昭37年）
　四賀 光子 「四賀光子全歌集」〔春秋社〕
　堀田 稔 「金の切片」〔日本文芸社〕
　岡井 隆 「土地よ痛みを負え」〔白玉書房〕
第9回（昭38年）
　菊池 庫郎 「菊池庫郎全歌集」〔国民文学会〕
　高安 国世 「街上」〔白玉書房〕
　滝沢 亘 「白鳥の歌」〔短歌研究社〕
　山下 陸奥 「生滅」〔新星書房〕
第10回（昭39年）
　鹿児島 寿蔵 「とよたま」〔新星書房〕
　葛原 妙子 「葡萄木立」〔白玉書房〕
　佐藤 志満 「水辺」〔短歌研究社〕
　島田 修二 「花火の星」〔胡桃書館〕
第11回（昭40年）
　植松 寿樹 「白玉の木」〔新星書房〕

吉田 正俊　「くさぐさの歌」〔白玉書房〕
　熊谷 とき子　「草」〔新星書房〕
　安立 スハル　「この梅生ずべし」〔白玉書房〕
第12回（昭41年）
　筏井 嘉一　「籠雨荘雑歌」〔雑誌創生主宰〕
　千代 国一　「冷気湖」〔国民文学同人〕
　大野 誠夫　「象形文字」「山鳴」〔雑誌作風主宰〕
第13回（昭42年）
　大屋 正吉　「川鷺」〔新星書房〕
　安田 章生　「明日を責む」〔創元社〕
　宮野 きくゑ　「死者よ月光を」〔初音書房〕
第14回（昭43年）
　山本 友一　「九歌」〔新星書房〕
　中西 悟堂　「悟堂歌集」〔春秋社〕
　荻原 欣子　「流年」〔ポトナム短歌会〕
第15回（昭44年）
　前田 透　「煙樹」
　福田 栄一　「きさらぎやよひ」
　久保井 信夫　「薔薇園」
第16回（昭45年）
　礒 幾造　「寡黙なる日々」
　滝口 英子　「婦負野」
　鈴江 幸太郎　「夜の岬」
第17回（昭46年）
　石本 隆一　「星気流」
　真鍋 美恵子　「羊歯は萌えゐん」
　富小路 禎子　「白暁」
第18回（昭47年）
　高橋 暁吉　「四照花（やまぼうし）」
　江上 栄子　「春の独白」
　久方 寿満子　「天涯」
第19回（昭48年）
　畑 和子　「白磁かへらず」
　佐野 貴美子　「眼花」
　窪田 章一郎　「薔薇の苗」

183 日本歌人クラブ大賞

　日本歌人クラブは，第二次大戦終了後まもない昭和23年9月に発足し，以来今日まで多くの会員の無償の尽力により，歌壇最大の超結社団体として活動をつづけている。平成22年，創立60余年となる日本歌人クラブの伝統と蓄積を反映し，地道に励み，斯道に貢献している歌人を顕彰するため「日本歌人クラブ大賞」を設立した。

【主催者】日本歌人クラブ

【選考委員】（第6回）藤岡武雄，三枝昻之，秋山佐和子，雁部貞夫，林田恒浩

【賞・賞金】正賞と副賞30万円

第1回（平22年）
　加藤 淑子　「加藤淑子著作集全4巻」〔みすず書房〕
第2回（平23年）
　馬場 あき子　"「歌よみの眼」「能・よみがえる情念」を中心とした古典と現代短歌の関り探求への業績に対して"
第3回（平24年）
　石黒 清介　"「短歌新聞」「短歌現代」終刊号及びそれぞれ六十年，三十四年の業績ならびに一歌壇人，歌人としての功績に対して"
第4回（平25年）
　岡野 弘彦　"「美しく愛しき日本」（角川書店）を中心とした永年の歌人としての功績に対して"
第5回（平26年）
　山本 かね子　「山本かね子全歌集」〔本阿弥書店〕
第6回（平27年）
　尾崎 左永子　「佐太郎秀歌私見」〔角川学芸出版〕

184 日本歌人クラブ評論賞

　昭和30年,全国の優れた歌集を発掘する目的で日本歌人クラブ「推薦歌集」を創設表彰して来たが,昭和49年「日本歌人クラブ賞」と改称し,現代におよんでいる。平成7年よりは,第1歌集を対象とした「日本歌人クラブ新人賞」を併設,平成15年より「日本歌人クラブ評論賞」を新設した。

【主催者】日本歌人クラブ
【選考委員】(第13回)谷岡亜紀,三枝昂之,久保田登,戸田佳子,長澤ちづ
【選考方法】推薦
【選考基準】〔対象〕前年に刊行された個人評論書(研究書)
【締切・発表】2月末日締切,4月中旬発表
【賞・賞金】賞状と副賞10万円

第1回(平15年)
　秋山 佐和子　「歌ひつくさばゆるされむかも―歌人三ヶ島葭子の生涯」〔TBSブリタニカ〕
　藤岡 武雄　「書簡にみる斉藤茂吉」〔短歌新聞社〕
第2回(平16年)
　該当者なし
第3回(平17年)
　原田 清　「會津八一 人生と芸術」〔砂子屋書房〕
　松坂 弘　「定型の力と日本語表現」〔雁書館〕
第4回(平18年)
　三枝 昂之　「昭和短歌の精神史」〔本阿弥書店〕
　青井 史　「与謝野鉄幹」〔深夜叢書社〕
第5回(平19年)
　坂井 修一　「斎藤茂吉から塚本邦雄へ」〔五柳書院〕
第6回(平20年)
　今西 幹一　「佐藤佐太郎短歌の研究」〔おうふう〕
　山本 司　「初評伝 坪野哲久」〔角川書店〕
第7回(平21年)
　来嶋 靖生　「大正歌壇史私稿」〔ゆまに書房〕
第8回(平22年)
　大辻 隆弘　「アララギの脊梁」〔青磁社〕
第9回(平23年)
　品田 悦一　「斎藤茂吉」〔ミネルヴァ書房〕
　松村 正直　「短歌は記憶する」〔六花書林〕
第10回(平24年)
　渡 英子　「メロディアの笛」〔ながらみ書房〕
第11回(平25年)
　小野 弘子　「父・矢代東村」〔現代短歌社・発売〕
第12回(平26年)
　杜沢 光一郎　「宮柊二・人と作品」〔いりの社〕
第13回(平27年)
　永田 和宏　「現代秀歌」〔岩波書店〕

185 野原水嶺賞

　第20回まで続いた「中城ふみ子賞」にかえ,辛夷社創立者である野原水嶺の名を冠して昭和60年に新設された新人賞。

野原水嶺賞

【主催者】辛夷社
【選考委員】内田美佐子, 栄晶子, 嵯峨美津江, 髙昭宏, 渕上つや子
【選考方法】採点評価
【選考基準】〔対象〕30首競詠。〔資格〕辛夷の会員であること
【締切・発表】4月30日締切, 7月号にて発表
【賞・賞金】賞状(額付き)

第1回(昭60年)
　今川 美幸 「少年そして」
第2回(昭61年)
　山本 房子 「春の力」
第3回(昭62年)
　小原 祥子 「北の四季」
第4回(昭63年)
　中島 三枝子 「春の胞子」
第5回(平1年)
　合浦 千鶴子 「雪のラストカード」
第6回(平2年)
　中田 美栄子 「遮断機」
第7回(平3年)
　芳賀 順子 「鶏頭朱し」
第8回(平4年)
　福本 東希子 「花の構図」
第9回(平5年)
　鎌田 文子 「ゆり椅子のあなたに」
第10回(平6年)
　秋元 進一郎 「マグリットの空」
第11回(平7年)
　吉田 真弓 「のちは雨」
　土門 直子 「エデンより遙か離りて」
第12回(平8年)
　該当作なし
第13回(平9年)
　該当作なし
第14回(平10年)
　佐々木 良子 「描きかけの雨」
第15回(平11年)
　三澤 吏佐子 「無菌飼育」
第16回(平12年)
　能沢 紘美 「柔かな雨」
第17回(平13年)
　該当作なし
第18回(平14年)
　矢萩 麗好 「鯨のむこうの」
第19回(平15年)
　柳内 祐子 「束の間の昼」
第20回(平16年)
　該当作なし
第21回(平17年)
　ささき あゆみ 「雲の輪郭」
第22回(平18年)
　島村 章子 「春の僧主」
第23回(平19年)
　該当作なし
第24回(平20年)
　五十嵐 仁美 「カノン」
第25回(平21年)
　照井 君子 「天上の風」
第26回(平22年)
　斉藤 純子 「風媒花」
第27回(平23年)
　該当作なし
第28回(平24年)
　金尾 律子 「落し文」
第29回(平25年)
　該当作なし
第30回(平26年)
　中村 敏勝 「スプリング」
第31回(平27年)
　田中 彰 「ボラード」
　古瀬 教子 「砂の人形」

186 原阿佐緒賞

宮城県宮床町(現・大和町宮床)生まれの歌人・原阿佐緒の生家を整備して開館した、原阿佐緒記念館の10周年を記念して制定。優れた短歌作品に贈られる。

【主催者】宮城県大和町,大和町教育委員会

【選考委員】(第16回)小池光,秋山佐和子,戸板佐和子

【選考方法】公募

【選考基準】〔応募規定〕未発表短歌1人2首まで。〔出詠料〕1000円(但し,中学生・高校生は無料)

【締切・発表】(第16回)平成27年1月31日締切(当日消印有効),平成27年5月発表,入選者に通知。表彰式:平成27年6月13日

【賞・賞金】〔一般の部〕原阿佐緒賞(1点):賞状,記念品,副賞10万円,優秀賞(5点):賞状,記念品,〔青少年の部〕特別賞,奨励賞:賞状,記念品

【URL】http://www.haraasao.jp/museum/prize.html

第1回(平12年)
　阪根 まさの(京都府福知山市)「障害の人らの仕上ぐる注連飾り清やかに藁の匂ひ立つなり」
　◇優秀賞
　伊東 静江(宮城県富谷町)
　野島 光世(静岡県浜松市)
　大道寺 陽子(仙台市)
　小山田 信子(十和田市)
　河村 みゆ樹(東京都大田区)

第2回(平13年)
　大井 康江(仙台市)「麻痺の手に絵を描きゐし姉なりき遺作の紅バラ色褪せてきぬ」
　◇優秀賞
　佐藤 公男(宮城県)
　澤田 榮(京都府)
　中村 孝子(広島県)
　和佐田 稔(群馬県)
　佐藤 三代(宮城県)

第3回(平14年)
　戎野 ゆき子(宮城県)「車イスに座りしままの母なれど「北国の春」にリズムとりたり」
　◇優秀賞
　片岡 昭雄(愛知県)
　酒井 タマ子(福島県)
　奥平 とみえ(長崎県)
　山嶺 豊(佐賀県)

第4回(平15年)
　久米 新吉(青森県)「深き井戸の中のぞくがに見入りぬ病院ベットのわが初孫を」
　奥 芳雄(石川県)
　森元 輝彦(山口県)
　高橋 春子(茨城県)
　大石 聡美(福岡県)
　加藤 太江子(宮城県)

第5回(平16年)
　鈴木 蝶次(宮城県)「卒寿すぎ逝きたる母の骨拾う苦労の欠けらに言葉かけつつ」

第6回(平17年)
　大宮 源一(宮城県)「テロのイラク津波のインド洋も渡り来し月かと思ふ晧晧と光る」

第7回(平18年)
　髙橋 美枝子(宮城県)「二胡の音にかきみださるる思いあり弓にはげしく来る嫉妬心」

第8回(平19年)
　木村 とみ子(宮城県仙台市)「母を抱き共に湯槽にひたりたり小さくなりし体ささえて」
　◇優秀賞

短歌

　　大和　昭彦（宮城県石巻市）
　　今野　金哉（福島県福島市）
　　田中　雅子（青森県弘前市）
　　小佐野　豊子（静岡県裾野市）
　　粕谷　征三（千葉県館山市）
第9回（平20年）
　　畠山　みな子（宮城県）「船形はわかき山らしドキドキと脈打つように清水湧き出ず」
　◇優秀賞
　　佐藤　三代（宮城県）
　　髙橋　美枝子（宮城県）
　　八木田　順峰（青森県）
　　早川　満（宮城県）
　　大友　ときえ（宮城県）
第10回（平21年）
　　大和　昭彦（宮城県）「秘密基地のごとくに門扉開かれて集団下校の児ら出でてくる」
第11回（平22年）

　　髙橋　美枝子（宮城県）「死ぬほどの恋ひとつありと言いおればかなた天より哄笑聞こゆ」
第12回（平23年）
　　旭　千代（千葉県）「亡き夫のパジャマで編みし布草履素足に履きてシーツ干しをり」
第13回（平24年）
　　佐藤　三代（宮城県）「ちぎりし如防潮堤の津波の跡曝れたるままに又雪が来る」
第14回（平25年）
　　尾形　八重子（宮城県）「つばくろのひなのごとくに我が母は我れのスプーンに口を開けをり」
第15回（平26年）
　　北辺　史郎（宮城県）「大波に果てし人らのたましひの薄日と遊ぶすすき穂の先」
第16回（平27年）
　　島　悦子（福島県）「朝の日に等身大のわが影の映る豚舎のカーテンを上ぐ」

187 常陸国　小野小町文芸賞〔短歌部門〕

　平安時代の歌人小野小町が亡くなったという伝説の残る新治村を，全国に周知すると同時に，地方から全国へ文化を発信することを目的に創設。一般の部，小中学生の部，高校生の部がある。市町村合併に伴い，主催者が土浦市に変更。

【主催者】土浦市，(社)土浦市観光協会

【選考委員】（第14回）三枝昂之，磯田ひさ子，栗木京子

【選考方法】公募

【選考基準】〔対象〕テーマ，歌の形式は自由。〔応募規定〕2首組とし，何組でも応募可。漢字には必ずふりがなをつける。応募作品に関する一切の権利は，(社)土浦市観光協会に帰属する。〔原稿〕所定の応募用紙又はA4版の用紙に記入する。応募料2首組1000円（定額小為替）を同封。ただし小中高校生は無料

【締切・発表】（第14回）平成25年9月9日締切（当日消印有効），発表は10月下旬に入選者に通知，11月下旬に表彰式を行う

【賞・賞金】短歌大賞（1点）：賞状・記念品・特別賞，優秀賞（7点）：賞状・記念品・特別賞，秀逸（20点）：賞状，小中学生入選（20点）：賞状，高校生入選（20点）：賞状

第1回（平12年）
　◇一般の部
　　●大賞

　　　岡本　恵（茨城県水海道市）
　　●優秀賞
　　　高野　義則（茨城県友部町）

木村 佳(茨城県猿島町)
青木 克子(茨城県結城市)
鴻野 伸夫(茨城県桜川村)
鶴岡 美代子(千葉県千葉市)
第2回(平13年)
◇一般の部
● 大賞
菅谷 千恵子(群馬県吾妻町)
● 優秀賞
渡辺 ともい(茨城県龍ヶ崎市)
飯塚 武彦(茨城県利根町)
山岸 祐子(茨城県取手市)
高田 修(茨城県土浦市)
菅野 正弥(茨城県藤代町)
第3回(平14年)
◇一般の部
● 大賞
小早川 公子(茨城県三和町)
● 優秀賞
黒田 青磁(茨城県つくば市)
石井 久衣(茨城県関城町)
田所 清見(茨城県日立市)
渡辺 千紗子(茨城県桂村)
青木 青嵐(茨城県新治村)
第4回(平15年)
◇一般の部
● 大賞
萩谷 順子(茨城県大宮町)
● 優秀賞
木村 フミ子(茨城県三和町)
足立 久二男(茨城県龍ヶ崎市)
服部 青甫(茨城県霞ヶ浦市)
青木 保(茨城県河内町)
秋葉 喜代子(茨城県石下町)
第5回(平16年)
◇一般の部
● 大賞
井坂 とよ(茨城県新治村)
● 優秀賞
中島 静香(茨城県明野町)
野口 英二(茨城県土浦市)
藤林 正則(北海道稚内市)
高橋 春子(茨城県三和町)
古徳 信子(茨城県つくば市)
第6回(平17年)
◇一般の部

● 大賞
染野 光子(茨城県古河市)
● 優秀賞
三次 紀恵子(茨城県常陸大宮市)
海老澤 幸子(茨城県土浦市)
吉原 すい(茨城県つくば市)
安達 秀幸(東京都目黒区)
佐藤 和子(茨城県龍ヶ崎市)
第7回(平18年)
◇一般の部
● 大賞
斉藤 栄枝(茨城県那珂市)
● 優秀賞
酒井 正子(茨城県土浦市)
廣瀬 昭江(茨城県古河市)
渡辺 ともい(茨城県龍ヶ崎市)
高橋 美枝子(宮城県角田市)
鳥羽田 英子(茨城県牛久市)
小沼 青心(茨城県茨城町)
第8回(平19年)
◇一般の部
● 大賞
小田倉 量平(茨城県常陸大宮市)
● 優秀賞
高橋 美枝子(宮城県角田市)
渡邊 千紗子(茨城県城里町)
黒田 青磁(茨城県つくば市)
須藤 恵美子(茨城県下妻市)
廣瀬 昭江(茨城県古河市)
飯田 初江(茨城県笠間市)
第9回(平20年)
◇一般の部
● 大賞
大塚 絹江(茨城県つくば市)
● 優秀賞
田中 敬子(茨城県つくば市)
鳥羽田 英子(茨城県牛久市)
会沢 チエ(茨城県水戸市)
河野 真理(神奈川県相模原市)
海老澤 幸子(茨城県土浦市)
高梨 とし(茨城県久慈郡)
第10回(平21年度)
◇一般の部
● 大賞
柳田 昭(千葉県柏市)
● 優秀賞

小沢 真理子(茨城県笠間市)
郷内 さち子(東京都練馬区)
鳥羽田 英子(茨城県牛久市)
猿田 彦太郎(茨城県東海村)
飯島 宏(茨城県つくば市)
飯村 節子(長野県上田市)
三吉 誠(福岡県福岡市)
第11回(平22年度)
◇一般の部
● 大賞
　小沢 真理子(茨城県笠間市)
● 優秀賞
　森谷 四郎(神奈川県秦野市)
　栁田 昭(千葉県柏市)
　横山 美枝子(岐阜県羽島市)
　海老澤 幸子(茨城県土浦市)
　高梨 とし(茨城県久慈郡)
　木野内 清太郎(茨城県茨城郡)
　関 清治(茨城県古河市)
第12回(平23年度)
◇一般の部
● 大賞
　小川 文子(茨城県龍ケ崎市)
● 優秀賞
　堀越 眞知子(茨城県土浦市)
　大竹 喜代子(茨城県稲敷郡)
　小沢 真理子(茨城県笠間市)

大塚 絹江(茨城県つくば市)
川中 つね(茨城県つくば市)
中川 芳子(茨城県土浦市)
野口 初江(茨城県小美玉市)
第13回(平24年度)
◇一般の部
● 大賞
　海老澤 幸子(茨城県土浦市)
● 優秀賞
　磯野 はるの(茨城県笠間市)
　保立 牧子(東京都世田谷区)
　石毛 惠美子(茨城県美浦村)
　池上 晴夫(茨城県土浦市)
　石川 幸夫(茨城県日立市)
　矢﨑 健一(茨城県稲敷市)
第14回(平25年度)
◇一般の部
● 大賞
　八木 健輔(千葉県松戸市)
● 優秀賞
　上野 ミツ(栃木県茂木町)
　石川 幸夫(茨城県日立市)
　木野内 清太郎(茨城県茨城町)
　高橋 康子(茨城県筑西市)
　遠藤 富重(茨城県かすみがうら市)
　中山 久子(茨城県鉾田市)
　野々村 学(東京都世田谷区)

188 福島県短歌賞

「高見楢吉賞」(昭41〜昭49)解消のあとを受け、短歌文学の振興を図るため福島県歌人会が昭和51年に設けた。平成9年に短歌賞奨励賞、平成10年に歌集賞、平成18年に同奨励賞が新設された。

【主催者】福島県歌人会

【選考委員】間島勲,遠藤たか子,高木佳子

【選考方法】短歌賞・同奨励賞：公募,歌集賞・同奨励賞：推薦及び公募

【選考基準】〔資格〕福島県歌人会員であること。〔応募規程等〕短歌賞,同奨励賞：未発表作品30首,市販の200字たて書き原稿用紙に1頁3首書き。歌集賞,同奨励賞：前年1月〜12月に発行されたもの

【締切・発表】毎年8月末日締切,9月下旬「福島民報」,「福島民友新聞」及び「福島県歌人会報」にて発表

【賞・賞金】賞状及び賞金

第1回(昭51年度)
　　大庭 新之助 「風化」
　　佐藤 輝子 「風立つ」
第2回(昭52年度)
　　小池 かつ 「唐黍の花」
第3回(昭53年度)
　　長嶺 力夫 「花の季」
第4回(昭54年度)
　　根本 惣一 「稲のつぶやき」
第5回(昭55年度)
　　春山 アイ 「萩」
第6回(昭56年度)
　　千葉 親之 「候鳥のころ」
第7回(昭57年度)
　　菅家 誠 「川の畔の工場にて」
第8回(昭58年度)
　　大竹 武雄 「稲の花」
第9回(昭59年度)
　　該当者なし
第10回(昭60年度)
　　本田 昌子 「銀河」
第11回(昭61年度)
　　遠藤 純子 「ななさと私抄(冬)」
　　平出 礼子 「歯型」
第12回(昭62年度)
　　該当者なし
第13回(昭63年度)
　　星 源佐 「せめて吹雪くな」
　　薄上 才子 「日溜りの場所」
第14回(平1年度)〜第16回(平3年度)
　　＊
第17回(平4年度)
　　佐々木 勢津子 「蜘蛛の糸」
第18回(平5年度)
　　瀬谷 よしの 「農地解放」
第19回(平6年度)
　◇短歌賞
　　阿部 綾(沃野)「えごの花」
第20回(平7年度)
　◇短歌賞
　　大槻 弘(まひる野,潮音)「鏡」
第21回(平8年度)
　◇短歌賞
　　田中 滋子(沃野)「鶴を折る」
第22回(平9年度)
　◇短歌賞
　　佐藤 文一(沃野)「峡のふる里」
　●奨励賞
　　今野 金哉(アララギ,群山)「九十九里浜」
第23回(平10年度)
　◇短歌賞
　　高橋 俊彦(NHK短歌友の会,うた短歌)
　　　「不況を乗り越えて」
　●奨励賞
　　金澤 憲仁(石疊,うすくれなゐ創作会)
　　　「くにたちの」
　◇歌集賞
　　市来 勉(橋)「檜扇の花」
第24回(平11年度)
　◇短歌賞
　　及川 和子 「山霰」
　◇奨励賞
　　木村 セツ子 「ジグソーパズル」
第25回(平12年度)
　◇短歌賞
　　高萩 あや子 「野中の一樹」
　◇奨励賞
　　井上 明子 「銀に耀ふ」
第26回(平13年度)
　◇短歌賞
　　五十嵐 仲 「梵鐘」
　◇奨励賞
　　内藤 喜久子 「花の迷路」
第27回(平14年度)
　◇短歌賞
　　本田 いづみ 「床屋の絵」
　◇奨励賞
　　佐藤 貞明 「あいおいの季」
第28回(平15年度)
　◇歌集賞
　　波汐 國芳 「落日の喝采」
　◇短歌賞
　　高橋 成子 「大き手の平」
第29回(平16年度)
　◇短歌賞
　　該当者なし

- 奨励賞
  鈴木 恵美子 「季の間（あはひ）に」
◇歌集賞
　該当者なし
第30回（平17年度）
◇短歌賞
　該当者なし
- 奨励賞
  皆川 二郎 「遺言」
◇歌集賞
　該当者なし
第31回（平18年度）
◇短歌賞
　該当者なし
- 奨励賞
  平埜 年郎 「開胸手術」
◇歌集賞
　栗城 永好 「樹の海」
第32回（平19年度）
◇短歌賞
　今野 金哉 「比翼塚」
- 奨励賞
  三星 慶子 「青首大根」
◇歌集賞
　該当者なし
第33回（平20年度）
◇短歌賞
　該当者なし
- 奨励賞
  山本 圭子 「菩提樹の種」
  伊藤 雅水 「花のあとさき」
◇歌集賞
　該当者なし
- 奨励賞
  髙木 佳子 「片翅の蝶」
第34回（平21年度）
◇短歌賞
　該当者なし
- 奨励賞
  齊藤 英子 「一生（ひとよ）のうちの」
  小貫 信子 「生業」
◇歌集賞
　該当者なし
第35回（平22年度）
◇短歌賞
　該当者なし
- 奨励賞
  緑川 春男 「命綱」
  米山 高仁 「御衣黄櫻」
◇歌集賞
　該当者なし
第36回（平23年度）
◇短歌賞
　該当者なし
- 奨励賞
  三瓶 弘次 「桐の一葉」
◇歌集賞
　本田 一弘 「眉月賞」
- 奨励賞
  齊藤 芳生 「桃花水を待つ」
第37回（平24年度）
◇短歌賞
　金澤 憲仁 「あの日から」
- 奨励賞
  佐藤 正二 「米寿万歳」
◇歌集賞
　該当者なし
第38回（平25年度）
◇短歌賞
　三星 慶子 「ジャガ芋の花」
- 奨励賞
  棚木 妙子 「検査室」
◇歌集賞
　該当者なし

189 北海道歌人会賞

　新人の発掘と歌壇の振興を目的に、昭和29年北海道歌人会発足を機会に設定。
【主催者】北海道歌人会
【選考委員】明石雅子、大家勤、寺山寿美子、時田則雄、林多美子、樋口智子、内田弘

189 北海道歌人会賞

【選考方法】公募
【選考基準】〔資格〕北海道歌人会会員，会員外を問わない。〔対象〕未発表作品30首。毎年10月発行「北海道歌人会報」にて告知
【締切・発表】12月15日締切。翌年4月下旬発行の「北海道短歌年鑑」誌上にて発表
【賞・賞金】賞状，楯

第1回（昭32年）
　鶯笛 真久
第2回（昭33年）
　矢島 京子
第3回（昭34年）
　増谷 龍三
第4回（昭35年）
　田宮 義正
第5回（昭36年）
　該当者なし
第6回（昭37年）
　該当者なし
第7回（昭38年）
　松川 洋子
第8回（昭39年）
　西村 綾子
第9回（昭40年）
　松尾 秀夫
第10回（昭41年）
　山田 佐稚子
第11回（昭42年）
　近江 道子
第12回（昭43年）
　岡崎 正之
第13回（昭44年）
　鶴谷 忠恭
　金沢 美津子
第14回（昭45年）
　浅井 勇吉
第15回（昭46年）
　管野 美知子
第16回（昭47年）
　反怖 陽子
第17回（昭48年）
　志乃 翔子
第18回（昭49年）
　堀井 美鶴
第19回（昭50年）
　該当者なし
第20回（昭51年）
　該当者なし
第21回（昭52年）
　小野寺 テル 「二つの影」
第22回（昭53年）
　該当者なし
第23回（昭54年）
　該当者なし
第24回（昭55年）
　今川 美幸
第25回（昭56年）
　金子 はつみ
第26回（昭57年）
　佐々木 記代子
第27回（昭58年）
　芳賀 順子
第28回（昭59年）
　林 多美子 「冬薔薇」
第29回（昭60年）
　斉藤 京 「花間道」
第30回（昭61年）
　田辺 愛子 「北の秋冬」
第31回（昭62年）
　平野 香 「モロッコへ」
第32回（昭63年）
　中田 美栄子 「異型細胞」
第33回（平1年）
　葛西 幸子 「ウトナイ古砂丘」
第34回（平2年）
　屋中 京子 「都会の森」
第35回（平3年）
　中島 三枝子 「夏の憧憬」
第36回（平4年）
　西川 紀野 「わが領域（テリトリー）」
第37回（平5年）
　小林 和子 「全き空間」
第38回（平6年）

高 昭宏　「調査船」
第39回（平7年）
　　　池田 和子　「斜塔」
　　　橘 響（新墾）
第40回（平8年）
　　　丹羽 雅子　「北の大地に」
第41回（平9年）
　　　三澤 吏佐子　「光の幹」
第42回（平10年）
　　　三森 れい
第43回（平11年）
　　　馳川 静雄　「はじける石榴」
第44回（平12年）
　　　山川 純子　「冬天」
第45回（平13年）
　　　井上 泉　「われの聖域（サンクチュアリ）」
第46回（平14年）
　　　藤田 幸江　「心の水位」
第47回（平15年）
　　　大島 克予（新墾）「風の封印」
第48回（平17年）
　　　千葉 秀子（花林）「はるけき揺籃」
第49回（平18年）
　　　市川 章子（花林）「ベスト・ポジション」
　　　川村 健二（新墾）「ロード・マップ」
第50回（平19年）
　　　柏田 末子（辛夷）「影の往来」
第51回（平20年）
　　　今村 朋信（原始林）「尾根を行く」
第52回（平21年）
　　　下沢 風子（無所属）「てふてふと母」
　　　小林 まさい（歩道）「風鈴」
第53回（平22年）
　　　内山 昌子（辛夷）「一粒の生」
第54回（平23年）
　　　矢野 しげ子（花林）「パースの夜明け」
第55回（平24年）
　　　斎藤 純子（辛夷）「きざはし」
第56回（平25年）
　　　岡 美紗緒（トワフルール）「滅びの朝」
第57回（平26年）
　　　南場 征哉（歩道）「管理人日記」
第58回（平27年）
　　　大塚 亜希（トワフルール）「鏡の世界」

190 北海道新聞短歌賞

　北海道の歌壇、俳壇の一層の発展に寄与するため、昭和61年、北海道新聞文学賞から短歌、俳句部門を独立させ、「北海道新聞短歌賞」「北海道新聞俳句賞」を設けた。

【主催者】北海道新聞社

【選考委員】（第30回）田中綾、時田則雄、西勝洋一、松川洋子

【選考方法】公募＋推薦（選考委員＋事務局による）

【選考基準】前年9月から当年8月までの間に発表された短歌の作品集。作者は原則として道内在住者

【締切・発表】8月下旬締切、11月北海道新聞紙上にて発表。北海道新聞文学賞、北海道新聞俳句賞受賞作品と併せた受賞作品集を翌年1月末に刊行

【賞・賞金】正賞：ブロンズ・レリーフと副賞50万円、佳作：記念品と副賞15万円

【URL】http://dd.hokkaido-np.co.jp/index.html

第1回（昭61年）
　　　田村 哲三　「潮位」
第2回（昭62年）
　　　時田 則雄　「凍土漂泊」
第3回（昭63年）
　　　松川 洋子　「聖母月」
第4回（平1年）
　　　今川 美幸　「基督の足」
第5回（平2年）

191 前川佐美雄賞

  野江 敦子 「火山灰原」
第6回(平3年)
  寺西 百合 「冬木立」
第7回(平4年)
  大塚 陽子 「酔芙蓉」〔雁書館〕
第8回(平5年)
  高辻 郷子 「農の座標」〔ながらみ書房〕
第9回(平6年)
  中島 三枝子 「春の胞子」〔雁書館〕
第10回(平7年)
  該当作なし
第11回(平8年)
  野田 紘子 「麒麟(きりん)の首」(歌集)〔雁書館〕
第12回(平9年)
  該当作なし
第13回(平10年)
  高 昭宏 「北海」(歌集)〔短歌新聞社〕
第14回(平11年)
  該当作なし
第15回(平12年)
  和嶋 忠治 「月光街」(歌集)〔短歌新聞社〕
第16回(平13年)
  三沢 吏佐子 「遺構」(歌集)〔雁書館〕
第17回(平14年)
  該当作なし
第18回(平15年)
 ◇本賞
  該当作なし
 ◇佳作
  屋中 京子 「オホーツクブルー」
  山川 純子 「凍天の牛」
第19回(平16年)
  山本 司 「カザルスの鳥」(歌集)〔ながらみ書房〕
第20回(平17年)
  堀井 美鶴 「火裏(くわり)の蓮華(れんげ)」(歌集)〔短歌研究社〕
第21回(平18年)
  遠野 瑞香 「うたの始まり」(歌集)〔短歌研究社〕
第22回(平19年)
  村上 敬明 「われも花」(歌集)〔短歌研究社〕
第23回(平20年)
  日下 淳 「神の親指」(歌集)〔砂子屋書房〕
第24回(平21年)
  内田 弘 「街の音」
 ●佳作
  樋口 智子 「つきさっぷ」
第25回(平22年)
  該当作なし
第26回(平23年)
  柳澤 美晴 「一匙の海」
 ●佳作
  大朝 晩子 「木根跡(もくこんせき)」
第27回(平24年)
  山田 航 「さよならバグ・チルドレン」
 ●佳作
  湯本 龍 「光陰」
第28回(平25年)
  下沢 風子 「光の翼」
第29回(平26年)
  桑原 憂太 「ドント・ルック・バック」
 ●佳作
  斉藤 純子 「風媒花」

---

191 前川佐美雄賞

 歌人・前川佐美雄の生誕100年を記念して平成15年創設。歌集・歌書のほか,短歌関係の辞典や,雑誌の追悼号,特集,企画など,広い範囲を対象とする。14年に第10回で終了した「ながらみ現代短歌賞」の後継賞でもある。

【主催者】ながらみ書房
【選考委員】佐佐木幸綱,三枝昂之,佐々木幹郎,加藤治郎,俵万智
【選考方法】非公募
【選考基準】〔対象〕前年刊行されたスリリングで優れた歌集・歌書。ユニークと思わ

れる短歌関係の辞典(人物〈発行人・編集人〉)。雑誌の追悼号・特集・企画など,広い範囲に視野をひろげる

【締切・発表】毎年7月授賞式。発表は,毎年5月中旬(「短歌往来」6月号),主要新聞紙上(朝日,毎日,読売,日経,産経),ホームページ上にて

【賞・賞金】賞金50万円・賞状

【URL】http://www.nagarami.org/

第1回(平15年)
　大口 玲子(日本語非常勤講師)「東北」〔雁書館〕
第2回(平16年)
　小池 光(短歌人) 歌集「茂吉を読む 五十代五歌集」
第3回(平17年)
　山中 智恵子(日本歌人) 歌集「玲瓏之記」
第4回(平18年)
　稲葉 京子(中部短歌) 歌集「椿の館」
第5回(平19年)
　谷岡 亜紀(心の花) 歌集「闇市」
第6回(平20年)
　島田 修三(まひる野) 歌集「東洋の秋」
第7回(平21年)
　石川 不二子 「ゆきあひの空」〔不識書院〕
◇特別賞
　渡 英子 「詩歌の琉球」〔砂子屋書房〕
第8回(平22年)
　楠見 朋彦 「塚本邦雄の青春」
第9回(平23年)
　牧水研究会〔編〕 「牧水研究8号」
第10回(平24年)
　馬場 あき子 「鶴かへらず」〔角川学芸出版〕
第11回(平25年)
　吉川 宏志 「燕麦」〔砂子屋書房〕
第12回(平26年)
　栗木 京子 「水仙の章」〔砂子屋書房〕
第13回(平27年)
　本田 一弘 「磐梯」〔青磁社〕

192 「前田純孝賞」学生短歌コンクール

「東の啄木,西の翠渓(すいけい)」とたたえられた明治の歌人・前田純孝を顕彰する。平成7年に「前田純孝賞」を制定し,第10回目まで全国各地からたくさんの短歌が寄せられた。平成17年・第11回目からは,次代を担う若者に郷土の生んだ歌人前田純孝を知ってもらうとともに,短歌に関心を持ってもらうため,「『前田純孝賞』学生短歌コンクール」として作品を募集している。

【主催者】新温泉町,新温泉町教育委員会,神戸新聞社

【選考委員】佐佐木幸綱(「心の花」主宰・編集長)

【選考方法】公募

【選考基準】〔対象〕短歌。1人2首以内。未発表の作品。毎回テーマが決められており,第21回は「人を愛する歌」「学校生活をうたう」「ふるさとの四季をうたう」のいずれか。〔資格〕中・高校生,高等専門学校生,大学生,短期大学生,大学院生,専修学校生,各種学校(予備校も含む)であれば,誰でも自由に応募できる。〔原稿〕所定の応募用紙(HPからダウンロード可)か,A4版400字詰原稿用紙を使用。右半分に作品を,左半分に郵便番号・住所・氏名・年齢・学校名・学年・担当教諭名・電話番号を記入する

【締切・発表】(第21回)平成27年11月30日締切,平成27年2月15日発表

192 「前田純孝賞」学生短歌コンクール　　短歌

【賞・賞金】〔中高校生の部〕前田純孝賞(2点)：賞状と副賞(図書券5千円)，準前田純孝賞(4点)：賞状と副賞(図書券3千円)，新温泉町長賞(10点)：賞状，新温泉町教育長賞(10点)：賞状，神戸新聞社賞(10点)：賞状と副賞(盾)，佳作(30点)：賞状。〔大学生の部〕前田純孝賞(1点)：賞状と副賞(賞金1万円)，準前田純孝賞(2点)：賞状と副賞(賞金5千円)，新温泉町長賞(5点)：賞状，新温泉町教育長賞(5点)：賞状，神戸新聞社賞(5点)：賞状と副賞(盾)，佳作(20点)：賞状〔学校表彰の部〕学校特別賞(2校)：賞状。応募作品の著作権は主催者に帰属する

【URL】http://www.town.shinonsen.hyogo.jp/

第1回(平7年)
　井上 真一
第2回(平8年)
　宮本 由紀子
第3回(平9年)
　平木 由美
第4回(平10年)
　村尾 竹美
第5回(平11年)
　豊 英二
第6回(平12年)
　該当作なし
第7回(平13年)
　大川 けいこ
第8回(平14年)
　藤原 町子
第9回(平15年)
　小林 加奈
第10回(平16年)
　◇一般の部
　　大津 雅春(兵庫県芦屋市)
第11回(平17年)
　◇中高校生の部
　　光井 誠人(大阪府立夕陽丘高等学校)
　　村上 あかり(兵庫県立八鹿高等学校)
　◇大学生の部
　　小澤 智美(青山学院大学)
第12回(平18年)
　◇中高校生の部
　　溝口 絵里奈(大阪府立布施北高等学校二年)
　　門脇 春奈(兵庫県新温泉町立浜坂中学校一年)
　◇大学生の部
　　下妻 俊政(東京大学一年)

第13回(平19年)
　◇中高校生の部
　　安達 美幸(神奈川県立上郷高等学校)
　　荒木 翔太朗(長崎県立長崎工業高等学校)
　◇大学生の部
　　鈴木 あゆみ(立命館大学)
第14回(平20年)
　◇中高校生の部
　●前田純孝賞
　　久保 洋貴(大阪府立夕陽丘高等学校)
　　園田 一貴(長崎県立長崎工業高等学校)
　◇大学生の部
　●前田純孝賞
　　松近 悠(島根大学)
　◇学校表彰の部
　●学校特別賞
　　大阪府立夕陽丘高等学校
　　兵庫県西宮市立大社中学校
　　長崎県立長崎工業高等学校
　●学校賞
　　大阪教育大学附属平野中学校
　　兵庫県立八鹿高等学校
　　兵庫県神戸市立六甲アイランド高等学校
　　兵庫県立浜坂高等学校
　　兵庫県赤穂市立赤穂東中学校
　　兵庫県新温泉町立夢が丘中学校
第15回(平21年)
　◇中高校生の部
　●前田純孝賞
　　平岡 壮基(大阪教育大学附属平野中学校)
　　後藤 圭佑(長崎県立長崎工業高等学校)
　◇大学生の部
　●前田純孝賞
　　楚南 優梨亜(川崎医療短期大学)
　◇学校表彰の部
　●学校特別賞

332　詩歌・俳句の賞事典

大阪教育大学附属平野中学校
大阪府立夕陽丘高等学校
兵庫県神戸市立葺合高等学校
長崎県立長崎工業高等学校
● 学校賞
兵庫県新温泉町立夢が丘中学校
兵庫県西宮市立大社中学校
兵庫県赤穂市立赤穂中学校
兵庫県立浜坂高等学校
兵庫県立八鹿高等学校
兵庫県立神崎高等学校

第16回（平22年）
◇中高校生の部
● 前田純孝賞
権 尚輝（兵庫県神戸朝鮮高級学校）
岩本 誠司（大阪教育大学附属平野中学校）
◇大学生の部
● 前田純孝賞
ハン ジョンミン（大阪国際大学）
◇学校表彰の部
● 学校特別賞
長崎県立長崎工業高等学校
● 学校賞
大阪府立夕陽丘高等学校
兵庫県立浜坂高等学校
兵庫県立神崎高等学校
大阪教育大学附属平野中学校
兵庫県新温泉町立夢が丘中学校
兵庫県立八鹿高等学校

第17回（平23年）
◇中高校生の部
● 前田純孝賞
井上 恵美（埼玉県小川町立欅台中学校）
◇大学生の部
● 前田純孝賞
犬飼 公一（滋賀医科大学）
◇学校表彰の部
● 学校特別賞
大阪府立夕陽丘高等学校
長崎県立諫早農業高等学校
● 学校賞
兵庫県立浜坂高等学校
山口県立防府商業高等学校
兵庫県立神崎高等学校
兵庫県立八鹿高等学校
兵庫県新温泉町立浜坂中学校

兵庫県多可町立中町中学校
大阪教育大学附属平野中学校
兵庫県新温泉町立夢が丘中学校
兵庫県三木市立緑が丘中学校

第18回（平24年）
◇中高校生の部
● 前田純孝賞
海金 寛喜（兵庫県立神崎高等学校）
丸田 亜衣菜（長崎県立諫早農業高等学校）
◇大学生の部
● 前田純孝賞
犬飼 公一（滋賀医科大学）
◇学校表彰の部
● 学校特別賞
長崎県立諫早農業高等学校
大阪府立夕陽丘高等学校
兵庫県立浜坂高等学校
大阪教育大学附属平野中学校
● 学校賞
兵庫県立神崎高等学校
兵庫県立八鹿高等学校
兵庫県多可町立中町中学校
東京都駿台学園高等学校
頌栄短期大学
川崎医療短期大学

第19回（平25年）
◇中高校生の部
● 前田純孝賞
前川 美月（大阪府立夕陽丘高等学校）
小濱 彩香（神戸市立盲学校高等部）
◇大学生の部
● 前田純孝賞
壽崎 瀬奈（川崎医療短期大学）
◇学校表彰の部
● 学校特別賞
大阪府立夕陽丘高等学校
大阪教育大学附属平野中学校
川崎医療短期大学
長野県松本蟻ヶ崎高等学校
兵庫県立浜坂高等学校
兵庫県新温泉町立浜坂中学校
● 学校賞
兵庫県立神崎高等学校
岐阜県美濃加茂市立西中学校
兵庫県三木市立緑が丘中学校

第20回（平26年）

◇中高校生の部
● 前田純孝賞
　去来川 陸（兵庫県立神崎高等学校）
　田村 萌絵（兵庫県新温泉町立浜坂中学校）
◇大学生の部
● 前田純孝賞
　我如古 有梨（川崎医療短期大学）
◇学校表彰の部
● 学校特別賞
　大阪府立夕陽丘高等学校
　川崎医療短期大学
　兵庫県立浜坂高等学校
　長野県松本蟻ヶ崎高等学校
　大阪教育大学附属平野中学校
　兵庫県立八鹿高等学校
● 学校賞
　兵庫県立神崎高等学校
　東京電機大学中学校
　兵庫県三木市立緑が丘中学校
　宮城県名取市立第二中学校
　岐阜県美濃加茂市立西中学校
　兵庫県新温泉町立浜坂中学校
　宮崎県立宮崎商業高等学校

193 与謝野晶子短歌文学賞

　大阪府堺市出身の歌人・与謝野晶子が堺敷島短歌会に入会して本格的に作歌を始めてから，平成7年で100周年にあたることを記念し，与謝野晶子の業績を顕彰するため制定。平成15年より産経新聞社主催となった。

【主催者】 産経新聞社

【選考委員】 （第21回）一般の部：篠弘，伊藤一彦，今野寿美　青春の短歌の部：穂村弘，永田紅，伊藤一彦，今野寿美

【選考方法】 公募

【選考基準】 2首以上の未発表作品を募集，投稿料1首1050円。中高生は無料，2首まで

【締切・発表】 （第21回）締切 平成27年3月13日

【賞・賞金】 文部科学大臣賞（「一般部門」と「青春の短歌」各1首）：副賞（文庫・石川輪島塗），ほか

第1回（平7年）
　和田 明江（串木野市）
第2回（平8年）
　西田 仁子（堺市）
第3回（平9年）
　受賞取消
第4回（平10年）
　野沢 明子（名古屋市）
第5回（平11年）
◇大賞
　坂本 美根子（大阪府）
◇選者賞（尾崎左永子）
　高嶋 和恵（熊本県）
◇選者賞（河野裕子）
　小林 英雄（茨城県）
◇選者賞（前登志夫）
　坂本 美根子（大阪府）
◇「青春の歌」（河野裕子選）
● 大賞
　加古 美奈子（岡山大学大学院）
第6回（平12年）
◇大賞
　瀧野 範子（京都府）
◇選者賞（岡井隆）
　伯谷 都志恵（大阪府）
◇選者賞（尾崎左永子）
　豊田 弘美（静岡県）
◇選者賞（河野裕子）
　迫 伊都子（大阪府）
◇「青春の歌」（大学の部）（河野裕子選）

- 大賞
  森岡 政子（徳島大学）
◇「青春の歌」（高校の部）（河野裕子選）
- 大賞
  稲波 一樹 立命館宇治高校

第7回（平13年）
◇大賞
  藤島 秀憲（埼玉県）
◇選者賞（岡井隆）
  石川 和子（宮崎県）
◇選者賞（尾崎左永子）
  森本 トモエ（大阪府）
◇選者賞（河野裕子）
  下山 八洲夫（福岡県）
◇選者賞（小谷稔）
  西田 光子（大阪府）
◇「青春の歌」（大学の部）（河野裕子選）
- 大賞
  小川 春佳（横浜美術学院）
◇「青春の歌」（高校の部）（河野裕子選）
- 大賞
  有友 紗哉香（岡山県立興陽高等学校）
◇「青春の歌」（中学の部）（河野裕子選）
- 大賞
  北島 麻衣（久留米信愛女学院中学校）

第8回（平14年）
◇大賞
  城所 桂子（大阪府）
◇選者賞（岡井隆）
  武藤 敏子（宮城県）
◇選者賞（河野裕子）
  辻 弥生（兵庫県）
◇選者賞（小谷稔）
  城所 桂子（大阪府）
◇「青春の歌」（大学の部）（河野裕子選）
- 大賞
  山下 真由子（フェリス女学院大学）
◇「青春の歌」（高校の部）（河野裕子選）
- 大賞
  八木 智子（大阪府立泉北高等学校）
◇「青春の歌」（中学の部）（河野裕子選）
- 大賞
  高橋 美恵（久留米信愛女学院中学校）

第9回（平15年）
◇文部科学大臣奨励賞
  薬師寺 陽子

◇選者賞（篠弘）
  平間 美幸
◇選者賞（河野裕子）
  稲葉 貞心
◇選者賞（伊藤一彦）
  毛利 壽美子

第10回（平16年）
◇一般の部
- 文部科学大臣奨励賞
  網谷 千代子（北海道稚内市）「ストーブの上の薬缶を定位置に収めてけふの雪掻き始む」
- 選者賞（篠弘）
  中村 孝子（広島市中区）「あれはいつ野武士のごとく馬上より乳房攫みて疾駆せしひと」
- 選者賞（河野裕子）
  石原 一郎（静岡県浜松市）「妻のこの海苔のはりつくにぎりめし職場の昼に弾力を食ふ」
- 選者賞（伊藤一彦）
  一木 千尋（兵庫県芦屋市）「産卵のごとく終の雪降りしきる春生むちから天にみなぎり」
◇青春の短歌賞
- 大学生の部
  青田 美保（跡見学園女子大学）「おつかいの子に尋ねられしゃがみこむ世界はこんなに広かったんだ」
- 高校生の部
  廣幡 真侑（三田松聖高等学校）「公務員になれよと父が言いました夢を見ろよと教わったのに」
- 中学生の部
  古家 正博（町立高野中学校）「ジャンプして伸ばすグローブ掠めつつ後ろにぬけた球のはかなさ」

第11回（平17年）
◇一般の部
- 文部科学大臣奨励賞
  吉竹 純（東京都練馬区）「ガス弾を浴びし黒髪いまはもう涼しき銀河となりて梳かれぬ」
- 選者賞（篠弘）
  吉竹 純（東京都練馬区）「ガス弾を浴びし

黒髪いまはもう涼しき銀河となりて梳かれぬ」
- 選者賞（河野裕子）
 三宅 桂子（兵庫県宝塚市）「アフガンの義肢装着の少女まず踵を前へつきては歩く」
- 選者賞（伊藤一彦）
 旭 千代（千葉県茂原市）「月光に戦艦のごとく浮く病院元特攻の夫はねむれる」

◇青春の短歌賞
- 高校生の部
 坂口 将利（立命館宇治高等学校）「今にいたり世界が抱える問題は短歌だけでは表わしきれぬ」
- 中学生の部
 久保木 沙織（市立佐原中学校）「夏休みラムネの中のビー玉をだそうとしていた幼い私」
- 大阪府知事賞
 岩田 真希（同志社中学校）「空の色朱色に変わるその前にやっとシュートを決めたうれしさ」
- 産経新聞社賞
 宮本 脩平（市立佐原中学校）「いやまさかあってるはずだと思いつつ問題を解き直し始める」

第12回（平18年）
◇一般の部
- 文部科学大臣賞
 江頭 静枝（福岡県那珂川町）「古墳群戦争を知らぬ子ら集ひ頭骨あらざる甕棺のぞく」
- 選者賞（篠弘）
 通岩 道弘（東京都中央区）「『雪が降る』手話にて歌う人の指ゆらゆらゆれて雪をふらせり」
- 選者賞（河野裕子）
 小倉 太郎（群馬県邑楽郡）「こどもらに春が来ている道の上に寝転んでいる絵を描いている」
- 選者賞（伊藤一彦）
 千 灯子（島根県隠岐の島町）「去年生れし子の幸書きていぐり凧上ぐ島の空唸り溢るる」

◇青春の短歌
- 文部科学大臣賞
 福田 智也（神戸市立葺合高等学校）「青空は僕の気持ちで雨となるまけたことよりなさけないこと」
- 高校生の部
 松田 里絵（立命館宇治高等学校）「ユニホームいちごのかおり電子辞書浮いては沈む記憶のかけら」
- 中学生の部
 古家 麻里絵（庄原市立高野中学校）「母牛の息は牛舎に響きつつ吹雪の夜の出産間近」
- 大阪府知事賞
 千賀 早花（鳳高等学校）「泣きそうな冷たく重い冬の日にキコキコ開けたい春の缶詰」

第13回（平19年）
◇一般の部
- 文部科学大臣賞
 野邊 純子（宮崎市）「ゆれ動く水の踊りゐるプールの大天井はモネのキャンバス」
- 選者賞（篠弘）
 野邊 純子（宮崎市）「ゆれ動く水の踊りゐるプールの大天井はモネのキャンバス」
- 選者賞（河野裕子）
 山口 広子（名古屋市守山区）「孵卵器に孵り得ざりし鶏卵のひとつ転びぬ雛に混じりて」
- 選者賞（伊藤一彦）
 野上 洋子（岡山市）「春キャベツが送られてくる春キャベツに私を喩へてくれし人より」
- 選者賞（玉井清弘）
 永野 雅子（横浜市旭区）「ティーポットみるみる琥珀に染めあげて湯ぢからを見す朝の紅茶は」

◇青春の短歌
- 文部科学大臣賞
 中村 矩之（府立阪南高等学校）「原っぱに座ったとこまで覚えてるそこから先はつくしに聞いて」
- 高校生の部 青春の短歌賞
 西 沙織（県立長崎工業高等学校）「釘を持

つ手に一呼吸おいてから最初はコツと金
槌で打つ」
- 中学生の部 青春の短歌賞
 高松 唯(安城市立安城西中学校)「いちじ
 くを2つに分けたらハート形告白の前に
 ぜひどうぞ」
- 大阪府知事賞
 越田 有(大阪教育大学附属平野中学校)
 「縁側に神様は居て生命のあおい匂いで
 飽和していた」
- 京都府知事賞
 浅野 晃(京都市立北野中学校)「夏祭り子
 より眼差し真剣な金魚をすくう父の
 横顔」
- 高松市教育長賞
 中本 彩希子(県立三津田高等学校)「夢か
 なと思えば友達のぞきこむどこでもド
 アってほんとにあるよ」
- 菊池寛記念館賞
 佐々木 裕子(府立泉北高等学校)「しとし
 とと雨降る夜の枕元もう大丈夫もう大
 丈夫」

第14回(平20年)
◇一般の部
- 文部科学大臣賞
 石川 知子(堺市中区)「あの頃は何でもお
 揃ひ持つたよね 今ともどもに夫を介
 護す」
- 選者賞(篠弘)
 庄野 史子(東京都世田谷区)「ひつたりと
 汗にはりつくレオタード限界までを腕立
 て伏せす」
- 選者賞(河野裕子)
 中村 清美(長崎県江迎町)「望むこと『大
 人になるまで生きたい』と貧しき国の少
 女の言葉」
- 選者賞(伊藤一彦)
 石川 知子(堺市中区)「あの頃は何でもお
 揃ひ持つたよね 今ともどもに夫を介
 護す」
◇青春の短歌
- 文部科学大臣賞
 飯島 侑里(香取市立佐原中学校)「背表紙
 の最初の文字に『そ』を探し指すべらせ
 る本屋の片隅」
- 高校生の部 青春の短歌賞
 平岡 由佳(県立岡山南高等学校)「制服の
 肩にひとひら春をつけ私は地下鉄の一駅
 を乗る」
- 中学生の部 青春の短歌賞
 野田 沙希(佐賀市立城西中学校)「ひまわ
 りをおいこせないと分かっていても挑戦
 したくなるのはなぜだろう」
- 大阪府知事賞
 春木 直也(府立東百舌鳥高等学校)「すぐ
 変わる女心と秋の空一生かけて理解し
 てい」
- 京都府知事賞
 坂植 梨花(立命館宇治高等学校)「ドリカ
 ムの『未来予想図II』を聴きも一度私は
 卒業をする」
- 日向市教育長賞
 平田 笙子(三沢市立第一中学校)「大人の
 目には見えない事も存在すわたしは子供
 の目でそれを見る」
- 京都女子大学賞
 川邉 夏香(平松学園大分東明高等学校)
 「涼しげに自転車こいでる曾祖母に『お
 ねがいだから』とやめさせる祖母」
- 菊池寛記念館賞
 大格 優紀子(江東区立深川第四中学校)
 「ためいきがとなりの君と重なってそれ
 に驚きそれに笑った」
- 大阪ユネスコ協会賞
 木村 満里奈(府立泉北高等学校)「恋をす
 る友の話を聞きながら若いななんて思う
 十七」

第15回(平21年)
◇一般の部
- 文部科学大臣賞
 丸尾 東洋子(岡山県赤磐市)「神楽面とり
 たる面より魂失するごとく湯気たつ」
◇青春の短歌
- 文部科学大臣賞
 中村 英恵(東京都 星美学園高等学校)「人
 生に消しごむなんて無いけれど修正液な
 ら使えるみたい」

第16回(平22年)

◇一般部門
- 文部科学大臣賞
  嶋寺 洋子（滋賀県大津市）「猫の名をつけられわれはトムばあちゃんトムぢいちゃんと仲良く暮らす」

◇青春の短歌
- 文部科学大臣賞
  宮下 自由（群馬県藤岡市立北中学校）「障害のぼくに肩貸す友達にありがとう言えばオスと答える」

第17回（平23年）
◇一般部門
- 文部科学大臣賞
  岡部 かずみ（岡山市北区）「ゆふぐれが連絡船を待つてゐる「門司港行き」の矢印のまへ」

◇青春の短歌
- 文部科学大臣賞
  酒井 志寿花（東京都学習院女子高等科）「微笑んだ写真の中のあの人はずれた編み目のマフラー巻いて」

第18回（平24年）
◇一般部門
- 文部科学大臣賞
  丸野 幸子（大阪府堺市）「リュック背に胎の子腕の子手に引く子つれて娘は改札に来る」

◇青春の短歌
- 文部科学大臣賞
  奈良 茉梨子（秋田県立秋田高等学校）「君落とす言の葉っぱをたんねんに拾ってのばす受話器のこちら」

第19回（平25年）

◇一般部門
- 文部科学大臣賞
  木南 圭子（兵庫県たつの市）「ひとり用惣菜さわにならべたる明るきストアのこの寂しさは」

◇青春の短歌
- 文部科学大臣賞
  安田 美咲（京都光華中学校）「夏の日の窓辺の机にうつる空そのまぶしさにほおづえをつく」

第20回（平26年）
◇一般部門
- 文部科学大臣賞
  山上 秋恵（奈良市）「キュロットをはいていた夏恋をするようにはできていなかった胸」

◇青春の短歌
- 文部科学大臣賞
  谷口 真結香（金蘭千里高等学校）「並べてたおはじき君が混ぜていくほらこの方がなんか落ち着く」

第21回（平27年）
◇一般部門
- 文部科学大臣賞
  中村 千州代（兵庫県佐用町）「七十になりて告白受けてゐぬ告ぐるも受くるも漫才に似て」

◇青春の短歌
- 文部科学大臣賞
  武村 美子（広陵町立真美ヶ丘中学校）「電波とか道とか空は君にすでに誰かがつなげてくれているのに」

194 ラ・メール短歌賞

優れた女性短歌の新人を発掘する目的で昭和62年に創設された。「ラ・メール俳句賞」と隔年交替。平成5年春、「現代詩ラ・メール」誌の終刊とともに終了。

【主催者】書肆水族館, 現代詩ラ・メールの会

【選考委員】辺見じゅん

【選考方法】公募

【選考基準】〔対象〕短歌 〔資格〕「現代詩ラ・メール」投稿者（S会員）がその年度に寄

せた作品中,最も優れた作品の作者に与えられる。1号につき6首まで。未発表の作品に限る

【締切・発表】(第4回)平成4年4月・7月・10月・5年1月,各末日締切の投稿作品が選考を経て夏・秋・冬・春各号に掲載され,その中から受賞者が選ばれ5年4月・春号に発表された

【賞・賞金】 賞金10万円

第1回(昭62年)
　袖岡 華子 「黄昏流る」他
第2回(平1年)
　飴本 登之 「地上の闇」他
第3回(平3年)
　宮崎 郁子 「雨の皮膜」他
第4回(平5年)
　中里 茉莉子 「危うき平安」他

195 琉球歌壇賞

沖縄の短歌の振興と発展のため昭和55年創設。

【主催者】 琉球新報社

【選考委員】 屋部公子

【選考方法】 「琉球歌壇」投稿者から選考

【選考基準】 〔対象〕毎月1回設けている「琉球歌壇」に年刊通して欠かさず投稿し,すぐれた作品を詠んだ人

【締切・発表】 毎年1月中旬発表,表彰式

【賞・賞金】 賞状と記念品(置時計)

【URL】 http://ryukyushimpo.jp/

第1回(昭55年)
　屋部 公子
第2回(昭56年)
　崎山 好
第3回(昭57年)
　国吉 順達
第4回(昭58年)
　金城 芳子
第5回(昭59年)
　遠藤 綾子
第6回(昭60年)
　玉城 澄子
第7回(昭61年)
　鶴 ふみ絵
第8回(昭62年)
　楚南 弘子
　松川 都
第9回(昭63年)
　奥里 須枝子
第10回(平1年)
　久場川 トヨ
　北里 あき
第11回(平2年)
　百名 恒子
第12回(平3年)
　島尻 寿美子
第13回(平4年)
　下地 俊子
第14回(平5年)
　賀数 登史子
　岸本 ひさ
第15回(平6年)

上江洲 慶子
新崎 タヲ
第16回（平7年）
　大見謝 純子
第17回（平8年）
　該当作なし
第18回（平9年）
　伊波 瞳
第19回（平10年）
　田島 涼子
第20回（平11年）
　宮城 喜久子
第21回（平12年）
　城間 涼子
第22回（平13年）
　久手堅 稔
第23回（平14年）
　中村 誓子
第24回（平15年）
　與那覇 久美子
第25回（平16年）
　松瀬 トヨ子

第26回（平16年）
　銘苅 真弓
第27回（平17年）
　宮城 涼
第28回（平18年）
　与那城 哲男
第29回（平19年）
　普天間 喜代子
第30回（平20年）
　安仁屋 升子
第31回（平21年）
　瑞慶村 悦子（沖縄市）
第32回（平22年）
　伊佐 節子（那覇市）
第33回（平23年）
　宮城 鶴子（名護市）
第34回（平24年）
　萩 かさね（宮古島市）
第35回（平25年）
　髙良 芳子（那覇市）
第36回（平26年）
　前城 清子（那覇市）

196 若山牧水賞

　人間と自然への溢れる想いを歌い，日本の短歌史に偉大な足跡を残した国民的歌人「若山牧水」の業績を永く顕彰するために平成7年創設。短歌文学の分野で傑出した功績を挙げた者に賞を贈ることによって我が国の短歌文学の発展に寄与することを目的とする。

【主催者】宮崎県，宮崎県教育委員会，宮崎日日新聞社，延岡市，日向市

【選考委員】佐佐木幸綱，高野公彦，馬場あき子，伊藤一彦，特別顧問：大岡信，岡野弘彦

【選考方法】全国の有力歌人にアンケートを行い，その結果を参考にして，選考委員の総意をもって決定

【選考基準】〔対象〕選考を決定する年の前年の10月1日から当年9月30日までに刊行された歌集及び若山牧水論の著者の中から，これまでの実績を参考にし，短歌文学の分野で傑出した功績を挙げた者

【締切・発表】10月中旬〜下旬頃発表，発表の翌年1月下旬から2月上旬頃に授賞式

【賞・賞金】正賞（賞状，記念品）及び副賞（賞金100万円）

【URL】http://www.bokusui.com/

第1回（平8年）
　高野 公彦（青山学院女子短期大学教授）
　「天泣（てんきふ）」（歌集）〔短歌研究社〕
第2回（平9年）

佐佐木 幸綱（早稲田大学教授）「旅人」（歌集）〔ながらみ書房〕
第3回（平10年）
　　永田 和宏（京都大学教授）「饗庭」（歌集）〔砂子屋書房〕
第4回（平11年）
　　福島 泰樹（歌人）「茫漠山日誌」（歌集）〔洋々社〕
第5回（平12年）
　　小高 賢　「本所両国」（歌集）〔雁書館〕
　　小島 ゆかり 「希望」（歌集）〔雁書館〕
第6回（平13年）
　　河野 裕子　「歩く」（歌集）〔青磁社〕
第7回（平14年）
　　三枝 昂之　「農鳥」（歌集）〔ながらみ書房〕
第8回（平15年）
　　栗木 京子（歌人）「夏のうしろ」（歌集）〔短歌研究社〕
第9回（平16年）
　　米川 千嘉子　「滝と流星」（歌集）〔短歌研究社〕
第10回（平17年）
　　水原 紫苑　「あかるたへ」（歌集）〔河出書房新社〕

第11回（平18年）
　　坂井 修一　「アメリカ」（歌集）〔角川書店〕
　　俵 万智　「プーさんの鼻」（歌集）〔文藝春秋〕
第12回（平19年）
　　香川 ヒサ　「Perspective」（歌集）〔柊書房〕
第13回（平20年）
　　日高 堯子　「睡蓮記」（歌集）〔短歌研究社〕
第14回（平21年）
　　大島 史洋　「センサーの影」（歌集）〔ながらみ書房〕
第15回（平22年）
　　島田 修三　「蓬歳断想録」（歌集）〔短歌研究社〕
　　川野 里子　「王者の道」（歌集）〔角川書店〕
第16回（平23年）
　　大下 一真　「月食」（歌集）〔砂子屋書房〕
第17回（平24年）
　　大口 玲子　「トリサンナイタ」（歌集）〔角川書店〕
第18回（平25年）
　　晋樹 隆彦　「浸蝕」（歌集）〔本阿弥書店〕
第19回（平26年）
　　大松 達知　「ゆりかごのうた」〔開発社〕

197 若山牧水短歌文学大賞

　　短歌研究社の制定した賞に、昭和33年創設の「短歌研究新人賞」と昭和38年創設の「短歌研究賞」、それにこの「若山牧水短歌文学大賞」があり、「若山牧水短歌文学大賞」は「短歌研究賞」の大賞として制定されたものである。ただし年度は特定しない。

【主催者】短歌研究社
【賞・賞金】賞金100万円

第1回（昭45年）
　　五味 保義　"第一歌集「峽」から第六歌集「病間」と「アララギ」編集発行"
第2回（昭50年）
　　橋本 德寿

198 渡辺順三賞

　　働く人の生活感情をうたったすぐれた歌集に与えるのを目的とし、昭和54年創設された。

【主催者】新日本歌人協会

【選考委員】 佐々木妙二, 赤木健介, 碓田のぼる, 水野昌雄, 向井毬夫, 永塚恒夫, 松田みさ子

【選考基準】 毎年1月1日～12月31日に出版された歌集について新日本歌人協会内外からの推薦歌集を中心に選考する。

【締切・発表】 新日本歌人3月号又は4月号および順三忌のつどいの席上(2月第4日曜)発表。

【賞・賞金】 賞状と金5万円

第1回(昭55)
　八坂 スミ
　宮城 謙一
第2回(昭56)
　水野 昌雄
第3回(昭57)
　該当者なし

第4回(昭58)
　赤石 茂
第5回(昭59)
　佐々木 妙二
　引野 収
第6回(昭60)
　該当者なし

俳句

199 朝日俳句新人賞

次代を担う俳人の登場を期待して創設。50歳以下の若手作家を対象とする。雑誌「俳句朝日」が平成19年6月号をもって休刊したことに伴い、賞も休止。

【主催者】朝日新聞社
【選考方法】公募
【選考基準】〔対象〕自作未発表の作品50句。〔資格〕50歳以下の人。〔原稿〕400字詰大判原稿用紙（B4判）3枚
【賞・賞金】記念品と副賞30万円

第1回（平10年）
　田中 春生 「粉雪」
◇準賞
　荻原 都美子 「男鹿島」
第2回（平11年）
　該当作なし
◇準賞
　斎藤 昌哉 「明暗」
　井上 弘美 「九月の森」
　佐藤 博美 「冬の花火」
第3回（平12年）
　荒井 千佐代 「系図」
◇準賞
　柴田 八十一 「天の川」
　水野 雅子 「お花畑」
第4回（平13年）
　該当作なし

◇準賞
　河内 静魚 「栞ひも」
　駒木根 淳子 「揺れやまず」
第5回（平14年）
　高倉 和子 「決心」
◇準賞
　鳥井 保和 「吃水」
第6回（平15年）
　高橋 とも子 「夏炉」
第7回（平16年）
　該当作なし
第8回（平17年）
　久保山 敦子 「火口」
第9回（平18年）
　掛井 広通 「孤島」
第10回（平19年）
　斎藤 昌哉 「合掌」

200 芦屋国際俳句祭

21世紀のキーワード「自然と人間との共生」を俳句を通し追求して行きたいと考え、虚子記念文学館を拠点とし芦屋市が日本国内外から俳句を募集し、虚子を顕彰していくもの。文化復興イベントとして平成10年に開催された「芦屋国際俳句フェスタ」を受け、平成12年から開催されている。

【主催者】芦屋国際俳句祭実行委員会（芦屋市・芦屋市教育委員会・（社）日本伝統俳句協会・（財）虚子記念文学館）

【選考基準】〔対象〕未発表の俳句。一般の部,青少年の部(18歳未満),外国人の部(日本語または英語)の3部門。一般の部は2句1組で応募,投句料1000円。青少年・外国人の部は無料。一般の部は郵送受付のみ,他の2部門は郵送の他インターネットでも応募可

【賞・賞金】高濱虚子顕彰俳句大賞,文部科学大臣奨励賞,朝日新聞社賞,芦屋市長賞他。各賞に賞状

【URL】http://www.kyoshi.or.jp

第1回(平12年)
◇一般の部
- 高浜虚子顕彰俳句大賞
  多田羅 初美(大阪府)
- 文部大臣奨励賞
  佐土井 智津子(大阪府)
- 高浜虚子俳句奨励賞
  中村 芳子(兵庫県)
  平 俊一(岡山県)
  佐保 美千子(香川県)
- 芦屋国際俳句大賞
  大久保 白村(埼玉県)
- 芦屋国際俳句奨励賞
  渡部 志登美(愛媛県)
  星野 八郎(新潟県)
- 国際俳句芦屋市長賞
  南 稔(兵庫県)
- 審査委員奨励賞
  黒田 千賀子(兵庫県)
  小川 広一(新潟県)
  井上 秀治(大阪府)
  石本 美儀(滋賀県)
  工藤 彦十郎(岐阜県)
◇青少年の部
- 高浜虚子俳句奨励賞
  谷 まり絵(兵庫県立芦屋南高等学校2年)
- 芦屋国際俳句大賞
  富山 昌彦(私立高槻中学校1年)
- 芦屋国際俳句奨励賞
  本田 裕人(私立高槻中学校1年)
  平光 良至(私立高槻中学校1年)
- 国際俳句芦屋市長賞
  川満 智(上野村立上野中学校3年)
◇外国人の部
- 高浜虚子俳句奨励賞
  Marianne Bluger(Canada)
- 芦屋国際俳句奨励賞
  Dragon J. Ristić(Yugoslavia)
  Boris Nazansky(Croatia)
- 芦屋国際俳句大賞
  Lynn Austin(New Zealand)
- 国際俳句芦屋市長賞
  Ernest J. Berry(New Zealand)

第2回(平13年)
◇一般の部
- 高浜虚子顕彰俳句大賞
  馬見塚 吾空(福岡県)
- 文部科学大臣奨励賞
  上﨑 暮潮(徳島県)
- 高浜虚子俳句奨励賞
  水野 久美子(愛知県)
  木村 享史(東京都)
- 芦屋国際俳句大賞
  田中 利則(山口県)
- 芦屋国際俳句奨励賞
  河野 美奇(東京都)
- 芦屋市長賞
  稲田 真月(香川県)
- 朝日新聞社賞
  渡辺 萩風(大阪府)
- 芦屋ライオンズクラブ賞
  田上 眞知子(富山県)
◇青少年の部
- 芦屋国際俳句大賞
  奥田 真行(洛南高等学校附属中学校)
- 芦屋国際俳句奨励賞
  長坂 麻美(安城市立安城東部小学校)
- 芦屋市長賞
  杉浦 亜衣(安城市立安城東部小学校)
- 朝日新聞社賞
  竹末 志穂(兵庫県立芦屋高等学校)
- 芦屋ライオンズクラブ賞
  藤本 倫正(神戸市立垂水中学校)
◇海外の部

- 高浜虚子俳句奨励賞
  Darko Plažanin（Croatia）
- 芦屋国際俳句大賞
  Štefanija Bezjak（Croatia）
- 芦屋国際俳句奨励賞
  Rosonshi（Paul Faust）（日本）
- 芦屋市長賞
  Radivoje Rale Damjanovic（Yugoslavia）
- 朝日新聞社賞
  Marshall Hryciuk（Canada）
- 芦屋ライオンズクラブ賞
  David Cobb（U.K.）

第3回（平16年）
◇一般の部
- 高浜虚子顕彰俳句大賞
  浅利 恵子（秋田県）
- 文部科学大臣奨励賞
  渡辺 善舟（群馬県）
- 高浜虚子俳句奨励賞
  椋 誠一朗（鳥取県）
  渡辺 萩風（神奈川県）
- 芦屋国際俳句大賞
  椎野 たか子（徳島県）
- 芦屋市長賞
  長谷川 朝子（兵庫県）
- 朝日新聞社賞
  中谷 明子（兵庫県）
◇青少年の部
- 芦屋国際俳句大賞
  岸田 和久（山崎幼稚園）
- 芦屋国際俳句奨励賞
  古川 さゆり（九十九里町立九十九里中学校）
- 芦屋市長賞
  沢 まなみ（名古屋市立春日野小学校）
- 朝日新聞社賞
  白戸 智志（成東町立大富小学校）
◇海外の部
- 高浜虚子俳句奨励賞
  Slobodan Joksimovic（Serbia and Montenegro）
- 芦屋国際俳句大賞
  Beverley George（Australia）
- 芦屋国際俳句奨励賞
  Fay Aoyagi（U.S.A.）
- 芦屋市長賞
  Dan Brady（U.S.A.）
- 朝日新聞社賞
  James Kirkup（Principality of Andorra）

第4回（平18年）
◇一般の部
- 高浜虚子顕彰俳句大賞
  河野 美奇（東京都）
- 文部科学大臣奨励賞
  高岡 啓子（アメリカ）
- 高浜虚子俳句奨励賞
  高橋 千雁（大阪府）
- 芦屋国際俳句大賞
  井上 芙美子（兵庫県）
- 芦屋国際俳句奨励賞
  古賀 昭子（福岡県）
- 芦屋市長賞
  井田 すみ子（大阪府）
- 朝日新聞社賞
  大谷 千華（兵庫県）
◇青少年の部
- 高浜虚子俳句奨励賞
  おくむら きみか（松茂保育園）
- 芦屋国際俳句大賞
  松山 愛未（成東町立大富小学校）
- 芦屋国際俳句奨励賞
  柚木 奎亮（芦屋市立山手小学校）
- 芦屋市長賞
  香川 翔兵（洛南高校）
- 朝日新聞社賞
  宇山 譲二（千葉市立新宿中学校）
◇海外の部
- 高浜虚子俳句賞
  David Cobb（U.K.）
- 芦屋国際俳句大賞
  TITO（Stephen Gill）（(Living in) Japan）
- 芦屋国際俳句賞
  John Ower（U.S.A.）
- 芦屋市長賞
  Marie Summers（U.S.A.）
- 朝日新聞社賞
  Eduard Tara（Romania）

201 岩手日報新年文芸〔俳句〕

文学の振興。新人の登龍門として,岩手日報社が昭和22年に創設。

【主催者】岩手日報社
【選考委員】斎藤夏風
【選考方法】公募
【選考基準】はがきに3句以内
【締切・発表】締切11月15日,1月1日の紙上に掲載
【賞・賞金】1席1万5千円,2席1万円,3席5千円

(昭22年)
◇天
　河村 さと女
◇地
　田代 哀花
◇人
　鈴木 すすむ
(昭23年)
◇天
　田代 哀花
◇地
　大坪 ツタ子
◇人
　八木沢 清子
(昭24年)
◇天
　立花 柑寒子
◇地
　鎌田 華月
◇人
　轟 胡蝶亭
(昭25年)
◇天
　清水 徹亮
◇地
　伊豆 美男
◇人
　田代 哀花
(昭26年)
◇天
　中野 鶴平
◇地
　河村 紫山
◇人
　赤沢 北江
(昭27年)
◇天
　鈴木 鈴風
◇地
　川村 みどり
◇人
　宮野 小堤灯
(昭28年)
◇天
　室岡 啄葉
◇地
　佐々木 郷盛
◇人
　刈谷 秋扇子
(昭29年)
◇天
　鬼柳 哲郎
◇地
　早川 信
◇人
　柴田 冬影子
(昭30)
◇天
　茨 礼吉
◇地
　中野 鶴平
◇人
　菊池 明雲
(昭31年)

◇天
　佐々木 青実
◇地
　米本 沙魚
◇人
　戸塚 時不知
(昭32年)
◇天
　千葉 艸坪子
◇地
　美濃部 古渓
◇人
　村田 三岐路
(昭33年)
◇天
　清水 徹亮
◇地
　佐藤 郷雨
◇人
　湯目 秀咲
(昭34年)
◇天
　小原 啄葉
◇地
　吉川 敏仁
◇人
　戸塚 時不知
(昭35年)
◇天
　佐藤 一千
◇地
　中村 奈果
◇人
　藤原 ひろし
(昭36年)
◇天
　宮野 小堤灯
◇地
　中村 奈果
◇人
　田村 満子
(昭37年)
◇天
　松崎 青風
◇地
　千葉 艸坪子

◇人
　戸塚 ひろし
(昭38年)
◇天
　中村 奈果
◇地
　武田 まさを
◇人
　上村 ただを
(昭39年)
◇天
　刈谷 秋扇子
◇地
　中村 奈果
◇人
　千葉 万葉子
(昭40年)
◇天
　吉川 敏仁
◇地
　昆 ふさ子
◇人
　千葉 万葉子
(昭41年)
◇天
　刈谷 秋扇子
◇地
　中村 奈果
◇人
　阿部 翠郷子
(昭42年)
◇1席
　清水 秀哉
◇2席
　刈谷 秋扇子
◇3席
　宮野 小堤灯
(昭43年)
◇1席
　菅原 多つを
◇2席
　遠藤 篁芽
◇3席
　小菅 哲郎
(昭44年)
◇1席

201 岩手日報新年文芸〔俳句〕

　菊池 朴葉
◇2席
　淵向 正四郎
◇3席
　照井 ちうじ
(昭45年)
◇1席
　椛沢 田人
◇2席
　柴田 冬影子
◇3席
　阿部 翠郷子
(昭46年)
◇1席
　松下 正春
◇2席
　菅原 多つを
◇3席
　武田 英雄
(昭47年)
◇1席
　阿部 翠郷子
◇2席
　渡辺 加津郎
◇3席
　飯田 薄氷
(昭48年)
◇1席
　千葉 北斗
◇2席
　阿部 翠郷子
◇3席
　大友 真一郎
(昭49年)
◇1席
　照井 ちうじ
◇2席
　池元 道雄
◇3席
　多田 一荘
(昭50年)
◇1席
　小田 青雪
◇2席
　中村 奈果
◇3席

　小川 智子
(昭51年)
◇1席
　阿部 翠郷子
◇2席
　田口 正
◇3席
　蒲田 せい女
(昭52年)
◇1席
　松下 正春
◇2席
　多田 一荘
◇3席
　小田 青雪
(昭53年)
◇1席
　利府 ふさ子
◇2席
　高橋 北羊
◇3席
　多田 一荘
(昭54年)
◇1席
　中野 鶴平
◇2席
　葉上 啓子
◇3席
　柳田 杏村
(昭55年)
◇1席
　中村 奈果
◇2席
　笹木 一虫
◇3席
　田村 美樹子
(昭56年)
◇1席
　菅原 多つを
◇2席
　戸塚 時不知
◇3席
　浦田 一代
(昭57年)
◇1席
　田村 笙路

◇2席
　松下　正春
◇3席
　美濃部　古渓
(昭58年)
◇1席
　斎藤　その
◇2席
　小菅　哲郎
◇3席
　葉上　啓子
(昭59年)
◇1席
　小菅　哲郎
◇2席
　菅原　多つを
◇3席
　小田　青雪
(昭60年)
◇1席
　高橋　英雄
◇2席
　遠藤　石南
◇3席
　瀬川　禎一
(昭61年)
◇1席
　佐藤　水鳴子
◇2席
　佐々木　みよ女
◇3席
　山内　栄子
(昭62年)
◇1席
　菅原　多つを
◇2席
　斉藤　その女
◇3席
　市野川　隆
(昭63年)
◇1席
　中村　奈果
◇2席
　菅原　麦
◇3席
　北野　えみし

(平1年)
◇1席
　葉上　啓子
◇2席
　戸塚　時不知
◇3席
　犬股　百合子
(平2年)
◇1席
　菅原　麦
◇2席
　菅原　多つを
◇3席
　内形　石菖
(平3年)
◇1席
　赤沢　北江
◇2席
　椛沢　田人
◇3席
　葉山　啓子
(平4年)
◇1席
　利府　ふさ子
◇2席
　小野　穣
◇3席
　浦田　一代
(平5年)
◇1席
　松下　正春
◇2席
　吉田　ミチ子
◇3席
　後川　杜鴬子
(平6年)
◇1席
　小野　穣
◇2席
　利府　ミツ
◇3席
　美濃部　古渓
(平7年)
◇1席
　小野　穣
◇2席

201 岩手日報新年文芸〔俳句〕

　　佐々木 正躬
◇3席
　　久保 登志越
(平8年)
◇1席
　　三上 良三
◇2席
　　大里 幸子
◇3席
　　葉上 啓子
(平9年)
◇1席
　　菊池 義一
◇2席
　　佐々木 昭
◇3席
　　八角 ひで子
(平10年)
◇1席
　　佐々木 昭
◇2席
　　市野川 隆
◇3席
　　千葉 只只
(平11年)
◇1席
　　平 ふみ子(盛岡市)
◇2席
　　新田 一望(遠野市)
◇3席
　　工藤 直樹(盛岡市)
(平12年)
◇1席
　　千葉 只只(江刺市)
◇2席
　　佐々木 明(盛岡市)
◇3席
　　小水内 季子(遠野市)
(平13年)
◇1席
　　浅沼 藍子(遠野市)
◇2席
　　藤屋 狩野(盛岡市)
◇3席
　　工藤 節朗(玉山村)
(平14年)
◇1席
　　菊地 桜郷(陸前高田市)
◇2席
　　渕向 正四郎(盛岡市)
◇3席
　　畠山 悦子(北上市)
(平15年)
◇1席
　　佐々木 昭(盛岡市)
◇2席
　　藤屋 モト(盛岡市)
◇3席
　　菊地 桜郷(陸前高田市)
(平16年)
◇1席
　　小笠原 榮吉(釜石市)
◇2席
　　浦田 一代(盛岡市)
◇3席
　　小野 穣(盛岡市)
(平17年)
◇1席
　　関合 新一(久慈市)
◇2席
　　小水内 季子(遠野市)
◇3席
　　小野 穣(盛岡市)
(平18年)
◇1席
　　佐藤 忠(岩泉町)
◇2席
　　菅沼 正子(遠野市)
◇3席
　　菅崎 守(玉山村)
(平19年)
◇1席
　　工藤 成希(盛岡市)
◇2席
　　佐藤 忠(岩泉町)
◇3席
　　北田 祥子(盛岡市)
(平20年)
◇1席
　　菅沼 正子(遠野市)
◇2席
　　加藤 睦夫(一関市)

俳句

◇3席
　工藤 節朗（盛岡市）
（平21年）
◇1席
　たけだ ひでを（二戸市）
◇2席
　加藤 信子（宮古市）
◇3席
　松崎 青風（遠野市）
（平22年）
◇1席
　犬股 百合子（一戸町）
◇2席
　佐藤 忠（岩泉町）
◇3席
　亀卦川 永子（一関市）
（平23年）
◇1席
　船越 光政（山田町）

◇2席
　合川 勧（盛岡市）
◇3席
　畠山 濁水（花巻市）
（平24年）
◇1席
　工藤 なると（盛岡市）
◇2席
　松浦 流酔（盛岡市）
◇3席
　槻舘 廣夢（盛岡市）
（平25年）
◇1席
　市野川 隆（花巻市）
◇2席
　川目 まさき（宮古市）
◇3席
　金丸 博明（宮古市）

202 遠藤石村賞

　昭和55年，文化面「琉球俳壇」の初代選者であった故遠藤石村氏を顕彰するため設けられた。

【主催者】琉球新報社

【選考委員】伊舎堂根自子，中村阪子

【選考方法】選考委員の合議

【選考基準】〔対象〕過去の「琉球俳壇賞」受賞者の中から，継続して優れた作品を「琉球俳壇」に投稿し後進の指導にも当たっている人

【締切・発表】毎年1月中旬に発表する

【賞・賞金】賞状，万年筆

【URL】http://ryukyushimpo.jp/

第1回（昭55年）
　知倉 広径
第2回（昭56年）
　久田 友明
第3回（昭57年）
　該当者なし
第4回（昭58年）
　山城 青尚
第5回（昭59年）
　該当者なし
第6回（昭60年）
　該当者なし
第7回（昭61年）
　島袋 常星
第8回（昭62年）
　該当者なし
第9回（昭63年）

詩歌・俳句の賞事典

	該当者なし
第10回(平1年)	第25回(平16年)
屋嘉部 奈江	該当者なし
第11回(平2年)	第26回(平16年)
山田 静水	島袋 はる子
第12回(平3年)	第27回(平17年)
該当者なし	糸嶺 春子
第13回(平4年)	第28回(平18年)
北村 伸治	渡真利 春佳
第14回(平5年)	第29回(平19年)
大城 幸子	西銘 順二郎
第15回(平6年)	大湾 美智子
山城 美智子	第30回(平20年)
第16回(平7年)	たみなと 光
平良 良信	第31回(平21年)
第17回(平8年)	崎間 恒夫(南城市)
中村 阪子	第32回(平22年)
第18回(平9年)	大城 栄子(那覇市)
三浦 加代子	第33回(平23年)
第19回(平10年)	古波蔵 里子(豊見城市)
該当者なし	高良 亀友(那覇市)
第20回(平11年)	第34回(平24年)
該当者なし	山城 久良光(沖縄市)
第21回(平12年)	第35回(平25年)
大城 愛子	垣花 和(那覇市)
第22回(平13年)	第36回(平26年)
新垣 春子	太田 幸子(那覇市)
第23回(平14年)	宮城 安秀(那覇市)
竹田 政子	

203 鬼貫賞

伊丹を代表する俳人、上島鬼貫を顕彰するために創設。

【主催者】(公財)柿衞文庫

【選考委員】稲畑廣太郎(日本伝統俳句協会)、宇多喜代子(現代俳句協会)、大石悦子(俳人協会)、坪内稔典(也雲軒塾頭)

【選考方法】公募

【選考基準】〔対象〕雑詠2句1組、未発表作品に限る。1人何組でも応募可。〔資格〕不問。〔原稿〕投句用紙、または縦書き400字詰原稿用紙を使用する。〔応募規定〕投句料2句1組1000円(切手不可、句集代および送料代込み)。

【締切・発表】(第25回)平成27年5月31日締切(当日消印有効)、発表は入選者に直接通知。平成27年8月1日鬼貫顕彰俳句大会終了後、柿衞文庫において表彰

【賞・賞金】 鬼貫賞受賞者と入選者に賞状および記念品。句集を投句者全員に送付
【URL】 http://www.kakimori.jp/

第1回(平3年)
　◇伊丹三樹彦選
　　保尾 胖子(吹田市)「喪の帯をほどいてからの木槿風」
　◇稲畑汀子選
　　西村 草丘(姫路市)「贈られし日傘開きて病室に」
　◇後藤比奈夫選
　　朝輝 石苔子(西宮市)「水にさへつまづく田植疲れかな」
第2回(平4年)
　◇阿波野青畝選
　　原田 明(伊丹市)「戦陣訓といふものありき暑かりき」
　◇稲畑汀子選
　　千原 叡子(神戸市)「鬼貫の塋域にして蟻地獄」
　◇鈴木六林男選
　　佐藤 綺峰(狭山市)「行者宿登山の客の混じりゐし」
第3回(平5年)
　◇稲畑汀子選
　　松本 秀司(大阪市)「噴水のボタンを押して開園す」
　◇桂信子選
　　大橋 静風(大阪市)「鬼貫の句碑の盤石五月雨るる」
　◇山口誓子選
　　金田 美恵子(神戸市)「賓頭廬を撫づ遠足児順番に」
第4回(平6年)
　◇稲畑汀子選
　　大谷 千華(姫路市)「喪心を解きて祝ぎへの髪洗ふ」
　◇宇多喜代子選
　　田中 呑舟(西宮市)「酒蔵のままのよろず屋鬼貫忌」
　◇森田峠選
　　須貝 智英(伊丹市)「梅雨けむる牧牛なほも草を食む」
　◇山尾玉藻選
　　榎本 安子(神戸市)「猪名川に子供の声す鬼貫忌」
　◇和田悟朗選
　　和田 和子(神戸市)「我も赤蜘蛛の囲に来るものを待つ」
第5回(平7年)
　◇宇多喜代子選
　　三木 蒼生(堺市)「薔薇色の薔薇水色の水に挿す」
　◇千原草之選
　　喜多 千勢子(西宮市)「盆僧の話題もっぱら地震のこと」
　◇丸山海道選
　　吉村 玲子(神戸市)「腹の虫聞こえてくるも鬼貫忌」
　◇山田六甲選
　　谷口 定子(龍野市)「どこの土運んで来しかつばめの巣」
　◇鷲谷七菜子選
　　笹尾 文子(堺市)「熊蟬に目覚めのシャワー全開す」
第6回(平8年・伊丹郷町俳句ラリー実施)
　　朝貫 彩湖(大津市)「鬼貫にジョギングさせてみたい秋」
第7回(平9年)
　◇宇多喜代子選
　　南 孝(城崎郡)「蛇の皮動く形に乾きけり」
　◇大石悦子選
　　荻野 芳泉(名古屋市)「亀の子に万の齢の始まりし」
　◇山田弘子選
　　津田 好美(西宮市)「白南風や尻尾があれば振っている」
　◇山田六甲選
　　増田 治子(芦屋市)「墓守りの箒三昧夏鶯」
　◇坪内稔典選
　　山根 亀次(明石市)「草萌や中州は鳥の哺育所に」
第8回(平10年)
　◇桂信子選
　　三木 蒼生(堺市)「鬼貫と飲みたくて買ふ

新酒かな」
　◇千原叙子選
　　安井 福世(伊丹市)「鬼貫の故郷にすみて
　　　鬼貫忌」
　◇森田峠選
　　米田 けい子(伊丹市)「春闘のにぎりこぶ
　　　しを雨ぬらす」
第9回(平11年)
　◇宇多喜代子選
　　笠原 基史(伊丹市)「雨粒を乗せて平らに
　　　鉄線花」
　◇千原叙子選
　　田村 かね子(西脇市)「酒蔵の復興したる
　　　鬼貫忌」
　◇森田峠選
　　田島 竹四(三重県)「にょっぽりを使うて
　　　みたし鬼貫忌」
第10回(平12年・NHK学園伊丹俳句大会と共催)
　◇柿衞文庫賞
　　佐藤 綺峰(福岡県)「黴臭き納戸今なき帰
　　　省かな」
　◇鬼貫賞
　　吉田 愛子(大阪府)「奉る酒は「白雪」鬼
　　　貫忌」
第11回(平13年)
　◇大石悦子選
　　橋本 千代(御坊市)「径迷ふ桃に袋の掛か
　　　りをり」
　◇千原叙子選
　　住田 祐嗣(広島市)「いつまでも美し国な
　　　れ鶴わたる」
　◇和田悟朗選
　　松本 隆吉(北九州市)「青春に軍歴ありて
　　　黄砂くる」
第12回(平14年)
　◇大石悦子選
　　佐藤 綺峰(直方市)「大峯を守り雲中に夏
　　　炉焚く」
　◇千原叙子選
　　柴田 亜沙子(神戸市)「大梁の支へし歴史
　　　館涼し」
　◇和田悟朗選
　　中川 房子(伊丹市)「新緑の山に登りて山
　　　に在り」

第13回(平15年)
　◇大石悦子選
　　矢野 典子(奈良県)「大黒は蛙女房干飯
　　　して」
　◇千原叙子選
　　山口 正秋(高槻市)「震災に耐えし酒蔵燕
　　　の子」
　◇和田悟朗選
　　市原 勢津子(三木市)「鬼貫忌伊丹の街を
　　　歩きけり」
第14回(平16年)
　◇大石悦子選
　　植田 典草(伊丹市)「庭に棲むものとも見
　　　えず蛇の衣」
　◇千原叙子選
　　岡西 恵美子(寝屋川市)「古俳諧学び伊丹
　　　の新酒買ふ」
　◇和田悟朗選
　　菱野 としみ(川西市)「翁面とりても翁玉
　　　の汗」
第15回(平17年)
　◇大石悦子選
　　吉村 艶子(神戸市)「夏大根ひりひり父を
　　　恋ふ日かな」
　◇千原叙子選
　　三村 ふきえ(西脇市)「入選の一句は点字
　　　椿寿の忌」
　◇和田悟朗選
　　水田 むつみ(宝塚市)「水中花水の天地に
　　　息づける」
第16回(平18年)
　◇大石悦子選
　　佐藤 悦子(西宮市)「片陰の途切れ鬼貫生
　　　地趾」
　◇千原叙子選
　　小畑 晴子(豊中市)「虚子塔へ阿闍梨道と
　　　るほととぎす」
　◇和田悟朗選
　　中田 千惠子(東京都)「高校の茂りへ帰る
　　　鴉かな」
第17回(平19年)
　◇大石悦子選
　　小河 洋二(八幡市)「初夏の遠嶺は青砥置
　　　くごとし」
　◇千原叙子選

高木 昭子(豊中市)「神の息万緑となる屋久の森」
　◇和田悟朗選
　　田村 久美子(伊丹市)「永遠を歩くスカラベ鬼貫忌」
第18回(平20年)
　◇大石悦子選
　　深澤 鱗(神戸市)「えうなきは昼を湯浴めり山桜」
　◇千原叡子選
　　小畑 晴子(豊中市)「髭剃ればなかなか美男解夏の僧」
　◇和田悟朗選
　　佐々木 志う(京都市)「地平線なす大円や麦の秋」
第19回(平21年)
　◇大石悦子選
　　竹下 茂登子(西宮市)「すいつちよんつれの介護の腹すわる」
　◇千原叡子選
　　笹尾 文子(堺市)「藍の香をまとふてゐたる夕涼み」
　◇和田悟朗選
　　織田 亮太郎(千葉市)「実石榴の割れて世界を波立たす」
第20回(平22年)
　◇稲畑廣太郎選
　　奥村 真由美(鯖江市)「休憩も思考も蟻は走りつつ」
　◇宇多喜代子選
　　山畑 勝二(東大阪市)「山仰ぎ一酒献盃鬼貫忌」
　◇大石悦子選
　　深澤 鱗(神戸市)「色鯉の見えて揉み合ふ光秀忌」
　◇坪内稔典選
　　吉澤 忠(伊丹市)「冬の大三角形や子が戻る」
第21回(平23年)
　◇稲畑廣太郎選
　　関口 烏石(宝塚市)「ジスイズアペン蠅叩き手に教諭」
　◇宇多喜代子選
　　江南 富貴子(豊中市)「一駅をお面のままの祭りの子」

　◇大石悦子選
　　小畑 晴子(豊中市)「百硯に宿墨もなき夏書かな」
　◇坪内稔典選
　　渡邉 美保(伊丹市)「みどりさすアンモナイトの眠る壁」
第22回(平24年)
　◇稲畑廣太郎選
　　塩谷 忠正(川西市)「石鹸玉ちらと世間を見て消える」
　◇宇多喜代子選
　　間谷 雅代(堺市)「ふくらめば光のかろさ石鹸玉」
　◇大石悦子選
　　一門 彰子(柏原市)「夢殿の夢のふかさに桃の花」
　◇坪内稔典選
　　福井 絹(三木市)「丹念に育ていびつな胡瓜たち」
第23回(平25年)
　◇稲畑廣太郎選
　　森田 蓉子(松原市)「若葉して雑木林も風の歌」
　◇宇多喜代子選
　　田中 美月(橿原市)「竹林の青の深みに夏の蝶」
　◇大石悦子選
　　佐藤 公子(吹田市)「虫歯疼くざりがにずずりずずと逃げ」
　◇坪内稔典選
　　西川 登美子(箕面市)「母の日や臍のかたちに縦と横」
第24回(平26年)
　◇稲畑廣太郎選
　　藤原 純子(伊丹市)「玻璃磨く五月の空に触れたくて」
　◇宇多喜代子選
　　北野 恵美子(和歌山市)「膝小僧並ぶ足湯や緑さす」
　◇大石悦子選
　　清水 良郎(名古屋市)「牛角力目玉四つや押し合へる」
　◇坪内稔典選
　　阿部 鯉昇(新潟市)「なめくじらじはり重心ずらす音」

第25回（平27年）
　◇稲畑廣太郎選
　　勝田 展子（芦屋市）「古都に生れ古都の歴史に散る紅葉」
　◇宇多喜代子選
　　日下 冨貴子（伊丹市）「父と子と背中合わせに紙を漉く」
　◇大石悦子選
　　酒井 多加子（神戸市）「酒蔵に斎く古井や梅の花」
　◇坪内稔典選
　　菅 武夫（山武市）「春陰や乳牛に乳たまりをり」

204　鬼貫青春俳句大賞

　15歳以上30歳未満の若手俳人登竜門として、柿衞文庫開館20周年を記念し、平成16年に設けられた。

【主催者】（公財）柿衞文庫、也雲軒

【選考委員】 坪内稔典（柿衞文庫也雲軒塾頭）、稲畑廣太郎（「ホトトギス」主宰）、山本純子（詩人）、達川聡（（社）伊丹青年会議所理事長）、岡田麗（柿衞文庫副館長）

【選考方法】 公募

【選考基準】〔対象〕俳句30句、未発表作品に限る。〔資格〕高校生以上30歳未満の人。〔原稿〕A4用紙1枚にパソコンで縦書きにする

【締切・発表】 受賞者の発表は、伊丹市広報・各日刊紙・柿衞文庫友の会ニュース等で行う

【賞・賞金】 大賞1名：賞状、副賞（5万円の旅行券）、記念品。優秀賞若干名：賞状、副賞（1万円の旅行券）、記念品

【URL】 http://www.kakimori.jp/

第1回（平16年度）
　◇大賞
　　中谷 仁美（兵庫県）
　◇優秀賞
　　橋野 杏平（岡山県）
　　大角 真代（兵庫県）
　　中本 真人（神奈川県）
第2回（平17年度）
　◇大賞
　　伊木 勇人（広島県）
　◇優秀賞
　　大角 真代（兵庫県）
　　中山 奈々（大阪府）
　　藤田 亜未（大阪府）
第3回（平18年度）
　◇大賞
　　越智 友亮（兵庫県）
　◇優秀賞
　　大角 真代（兵庫県）
　　羽田 大佑（大阪府）
　　内田 久子（高知県）
　　藤田 亜未（大阪府）
第4回（平19年度）
　◇大賞
　　山田 耕平（大阪府）
　◇優秀賞
　　北嶋 訓子（茨城県）
　　中山 奈々（大阪府）
　　山口 優夢（東京都）
第5回（平20年度）
　◇大賞
　　徳本 和俊（兵庫県）
　◇優秀賞
　　勝俣 文庫（静岡県）
　　杉田 菜穂（奈良県）
第6回（平21年度）

◇大賞
　羽田 大佑　「カタカナ+ひらがな+漢字=俳句」
◇優秀賞
　北嶋 訓子　「ささくれ」
　杉田 菜穂　「曲がり角」
　山本 皓平　「ファンシー・ゲリラ2009」
第7回（平22年度）
◇大賞
　久留島 元　「こむらがえり」
◇優秀賞
　KANADA　「くすくすむずむず」
　林田 麻裕　「君が好き」
　山本 拓也　「日本男子」
第8回（平23年度）
◇大賞
　山本 たくや　「タロウとシンペイ」
◇優秀賞
　二木 千里　「毛づくろい」
　林田 麻裕　「花笑むよ」

第9回（平24年度）
◇大賞
　林 友豊　「Science」
◇優秀賞
　加納 綾子　「白玉ります？」
　諏佐 英莉　「金色」
　山本 皓平　「ハロー シティ ライツ」
第10回（平25年度）
◇大賞
　今井 心　「眼鏡をはずす時わらう」
◇優秀賞
　下楠 絵里　「星の名」
　進藤 剛至　「羊水の音」
　堀下 翔　「ふるさとはいつも雪」
第11回（平26年度）
◇大賞
　青垣 囲　「十円玉に瑕」
◇優秀賞
　坂入 菜月　「輪廻」
　小鳥遊 栄樹　「海を捨つる」
　三島 ちとせ　「ざつくりと」

205 柿衞賞

俳文学研究のさらなる発展を希求し、創設者の故柿衞翁岡田利兵衞氏の事蹟を永く顕彰するため、柿衞賞を制定する。

【主催者】（公財）柿衞文庫

【選考委員】飯倉洋一、池澤一郎、尾崎千佳、鈴木元、深澤了子、母利司朗

【選考方法】選考委員の推薦を受けた候補者の中から、委員会が受賞者を決定する

【選考基準】受賞の対象となる研究内容は、連歌・俳諧・近代俳句・川柳・雑俳などの「俳文学」全般とする。受賞の対象の「新進の俳文学研究者」とは、当該年次の6月5日において満40歳未満の者をいう。受賞者の選考は、当該年次の前年の1月から12月までに発表された論文または著書（発表月日はすべてその奥付に従う）に、それまでの研究業績ならびに、その研究の将来性を勘案して行う

【締切・発表】受賞者の発表は、伊丹市広報・各日刊紙・柿衞文庫友の会ニュース等で行う

【賞・賞金】賞状および副賞（50万円）

【URL】http://www.kakimori.jp/

第1回（平3年）
　深澤 眞二　「和漢聯句の俳諧的側面―『百物語』所引句をめぐって」

第2回（平4年）
　藤原 英城　「月尋堂とその周辺―その知られざる活動の一面」

第3回(平5年)
　飯倉 洋一 「常盤潭北論序説―俳人の庶民教化」
第4回(平6年)
　母利 司朗 「〈候〉字の俳諧史」
(平7年)
　震災のため中止
第5回(平8年)
　宮脇 真彦 「昌琢における発句の方法」
第6回(平9年)
　鈴木 元 「連歌と和歌注釈書」
第7回(平10年)
　川平 敏文 「兼好伝と芭蕉」
第8回(平11年)
　小林 孔 「『奥の細道』の展開―曽良本墨訂前後」
第9回(平12年)
　尾崎 千佳 「宗因顕彰とその時代 西山宗因年譜考」
第10回(平13年)
　池澤 一郎 「村上霽月の転和吟について 「文人」俳句最後の光芒」
第11回(平14年)
　深澤 了子 「『近世中期の上方俳壇』」
第12回(平15年)
　長谷川 千尋 「『連歌提要』に見る里村家の連歌学」「『梵灯庵袖下集』の成立」
第13回(平16年)
　岩倉 さやか 「俳諧のこころ 支考「虚実」論を読む」
第14回(平17年)
　井田 太郎 「江戸座の解体―天明から寛政期の江戸座管見」他
第15回(平18年)
　該当者なし
第16回(平19年)
　辻村 尚子 「其角『新山家』の方法」「其角と荷兮」「其角『雑談集』と尚白」
第17回(平20年)
　青木 亮人(同志社大学院生)「「天然ノ秩序」の「連想」―正岡子規と心理学」
第18回(平21年)
　該当者なし
第19回(平22年)
　野村 亞住(早稲田大学大学院博士後期課程)「芭蕉連句の季語と季感試論」"芭蕉連句における「季」の扱いについて分析し、芭蕉連句注釈史に再考を促した"
第20回(平23年)
　竹島 一希(立命館大学非常勤講師)「宗牧と宗長」"宗祇以降の重要な連歌師である宗長と宗牧について連歌史のなかで位置づけた"
第21回(平24年)
　牧藍子(鶴見大学専任講師)「元禄俳諧における付合の性格〜当流俳諧師松春を例として」"元禄時代に京都俳壇で活躍した松春を中心に、元禄俳風を具体的に論じ、元禄俳風の解明を一歩進めた"
第22回(平25年)
　陳 可冉(四川外国語大学准教授)「岡西惟中と林家の学問」「芭蕉における『本朝一人一首』の受容―『嵯峨日記』『おくの細道』を中心に」"林家の漢詩文を中心とする学問のありようと俳諧との接点について具体的に論じた"
第23回(平26年)
　稲葉 有祐(立教大学非常勤講師)「湖十系点印付嘱の諸問題―〈其角正統〉という演出」"俳諧師の批点の道具「点印」に着目し、都市系俳諧の在り方を具体的に論じた"
第24回(平27年)
　河村 瑛子(名古屋大学大学院博士後期課程)「古俳諧の異国観―南蛮・黒船・いぎりす・おらんだ考」"十七世紀の俳諧を主な資料としながら、当時の日本人の異国観を論じた"

206 桂信子賞

俳句創作に加え,地道な研究活動を怠らなかった女性俳人・桂信子(かつらのぶこ)の

関係資料は、平成17年11月3日柿衞文庫に寄贈され、俳句資料室が開室した。平成21年、その開室3周年と柿衞文庫開館25周年を記念して、桂信子を顕彰し、女性俳人の活動のさらなる発展を願って、桂信子賞を制定した。

【主催者】 (公財)柿衞文庫
【選考委員】 宇多喜代子、黒田杏子、寺井谷子、西村和子
【選考方法】 選考基準に基づき、選考委員が受賞者を決定する
【選考基準】 選考基準として、女性であること、実作と研究・評論をともに行っていること、選考の対象となる著作物は、句集のほか、俳人、俳句作品、季語など、俳句全般にかかわる研究書・評論・エッセイ等とする。広く収集された情報に基づき行う
【締切・発表】 受賞者の発表は、伊丹市広報・各日刊紙・柿衞文庫友の会ニュース等で行う
【賞・賞金】 賞状及び副賞(10万円)
【URL】 http://www.kakimori.jp/

第1回(平21年)　　　　　第4回(平24年)
　黒田 杏子　　　　　　　　遠山 陽子
第2回(平22年)　　　　　第5回(平25年)
　文挾 夫佐恵　　　　　　　柿本 多映
第3回(平23年)　　　　　第6回(平26年)
　西村 和子　　　　　　　　坂本 宮尾

207 角川全国俳句大賞

　平成18年、角川書店創立60周年記念事業の一環として創設。自らが俳人であり、俳句の振興に熱心だった創業者・角川源義の意を汲み、俳句愛好家なら誰でも参加できる文芸コンテストとして実施している。

【主催者】 株式会社KADOKAWA　角川学芸出版BC
【選考委員】 (第10回)金子兜太(特別選考委員)、有馬朗人、茨木和生、宇多喜代子、鍵和田秞子、黒田杏子、高野ムツオ、西村和子、正木ゆう子、三村純也、宮坂静生
【選考方法】 公募
【選考基準】 〔応募規定〕何組でも応募可(自由題2句のみ、または自由題2句+題詠1句の組み合わせ)。新作で未発表作品に限る。季節は問わない。〔投句料〕自由題2句の場合2000円、自由題2句と題詠1句の場合3000円(作品集代金含む)
【締切・発表】 (第10回)平成27年8月31日締切(当日消印有効)、平成28年1月、月刊誌『俳句』誌上で発表
【賞・賞金】 大賞(自由題)・題詠大賞:賞状・賞金10万円・記念盾、準賞:賞状・賞金3万円、ほか
【URL】 http://www.haiku575.net/

207 角川全国俳句大賞

第1回(平18年)
◇大賞
坂田 静子(東京都)「元旦の光をにぎる赤ん坊」
◇準賞
鈴木 一郎(埼玉県)「大地いま初蝶を産むゆらぎかな」
三浦 誠子(兵庫県)「瓢の笛淋しい顔をすれば鳴る」
田辺 海樹(長野県)「小鳥来て俺の悪口ばかり言ふ」
◇角川書店賞
和城 弘志(岩手県)「紅葉山佐武多の如く迫りたり」
◇角川学芸出版賞
山谷 青雲(北海道)「流氷のぶつかり合ひしまま立てり」
◇JTB法人東京特賞
原田 要三(群馬県)「上州や風吹くことのほかは春」
◇JTB法人東京準賞
栗原 涼子(埼玉県)「新樹光透かしては振る試験管」
竹下 竹水(東京都)「田植機を使える嫁の来てくれし」

第2回(平19年)
◇大賞
すずき 巴里(千葉県)「月光にもつとも近き山椒魚」
◇準賞
水内 和子(広島県)「きさらぎの土を広げる土の上」
廣 波青(三重県)「海鼠舟漕ぎ手叱られ通しかな」
根間 昌清(沖縄県)「差羽舞ふ宮古島市の夜明けかな」
◇角川学芸出版賞
濵岡 愛子(大阪府)「曝書して多喜二の本の強き反り」
◇角川書店賞
筒井 慶夏(沖縄県)「村ひとつ水澄むごとくありにけり」
◇JTB法人東京賞
上春 那美(神奈川県)「春愁は肩凝りほどのものなれど」

◇シャープ賞
木村 良昭(大阪府)「辣韮の袋曇らせ売られをり」
渡辺 茫子(千葉県)「秋霖や犀の背中の小さき苔」
皆川 長喜(埼玉県)「鞦をかくせし母の写真かな」
◇『毎日が発見』賞
柴田 昭子(愛知県)「一村の重たくなれり懸大根」
松原 珀子(東京都)「今生のきのふは昔秋遍路」
市川 蜜子(静岡県)「蕎麦の花声よく通る日和かな」

第3回(平20年)
◇大賞
池上 よし子(埼玉県)「向日葵にアップルパイの重さあり」
◇準賞
野口 京子(千葉県)「恋の猫丸くなったり尖ったり」
浅野 春生(岐阜県)「しろがねの伊吹に御慶申しけり」
◇角川学芸出版賞
桑原 田鶴子(愛知県)「麦秋や座長幼き旅一座」
◇角川書店賞
望月 望(東京都)「いま分かれたるごと桜貝二枚」
◇シャープ賞
長瀬 和枝「正月を忘れし母に集ひけり」
木村 修(兵庫県)「扇風機一台ニーチェ同好会」
◇熱川温泉観光協会賞
伊集 紀美子(沖縄県)「甘蔗刈つて太平洋の近づきぬ」
合志 ヒロミ(大阪府)「片膝の下に葉を敷く牛蒡掘る」

第4回(平21年)
◇大賞
山本 伊都子(埼玉県)「パラソルの熱きをたたみ黙禱す」
◇準賞
中川 雅雪(石川県)「はだしの子校長室で

勉強す」
太田 直史(神奈川県)「天の川唐三彩の楽師たち」
上田 勉(島根県)「フェリーにも取り組み掲げ牛角力」
◇角川学芸出版賞
児山 順子(広島県)「原爆の日付で日誌終りけり」
木岡 陽子(大阪府)「摺り粉木に残るみどりや雛の日」
◇角川書店賞
渡辺 政子(奈良県)「葛晒す桶に宇陀野の雲動く」
◇シャープ賞
田辺 幸子(東京都)「鷹匠の良い図も新たな拳かな」
渋谷 眞美(山口県)「歩き方忘れてしまうほど泳ぐ」
◇熱川温泉観光協会賞
藤川 三枝子(神奈川県)「陶枕の青き穴より水の音」
山下 しげ人(熊本県)「降る雪のはじめの音の草にあり」
◇ことぶき賞
岡崎 鶴子(京都府)「父と児にさくら明りの一番湯」

第5回(平22年)
◇大賞
宮田 珠子(東京都)「もう誰の形代といふこともなく」
◇題詠大賞
辰巳 佐和子(北海道)「ちぎり絵の和紙のかさなり牡丹雪」
◇準賞
高橋 芳枝(群馬県)「先生がみな戦争に行つた夏」
若林 恒子(島根県)「枯蘆の神話の色となりにけり」
髙崎 登喜子(東京都)「昭和の日女はいつも遺されて」
◇角川学芸出版賞
佐藤 憲子(北海道)「悴める手にそり返る蝶かな」
勝島 フジ子(石川県)「冬の蛸二つ丸めて届きけり」
天空 昇兵衛(栃木県)「認知症ふつと笑えば向日葵に」
◇題詠準賞
名村 柚香(京都府)「雪解けの富良野はメロンパン日和」
◇シャープ賞
鈴木 大三郎(宮城県)「掛けをへて大根明りの中にゐる」
寺本 光堂(大阪府)「月見舟月を揺らして着きにけり」
◇熱川温泉協会賞
桂田 哲夫(東京都)「去勢待つ人馬一列雪の上」
斎藤 耕心(福島県)「水美しきところをえらび鍬始」
◇ことぶき賞
倉掛 昂三(宮崎県)「茎立や天寿全うせし如く」
◇題詠ことぶき賞
土井 幻花(岐阜県)「和衣(にぎたえ)の如くに冬日浴びにけり」

第6回(平23年)
◇大賞
辻 緑瞳(大阪府)「鷹柱くずれて高き別れかな」
◇題詠大賞
井上 摂子(京都府)「山寺のしつらへ月を待つばかり」
◇準賞
石神 秋羅(茨城県)「軍手置き二時四十六分黙禱す」
植松 千英子(奈良県)「大峯の一の行場の斑雪」
中村 征子(東京都)「敏雄忌の駅新たなる八王子」
◇題詠準賞
杉山 雅城(愛知県)「寒の月嬰あをあをと睡りをり」
◇角川学芸出版賞
鈴木 実央(静岡県)「赤で見つけ青信号でつくしつむ」
中條 かつみ(三重県)「妻の名を船名にして初船出」
松本 静顕(千葉県)「がうがうと都の燃え

し春ありき」
岡田 昇子（三重県）「一色に澄みて勝独楽廻りけり」
◇シャープ賞
山田 由紀子（大阪府）「角伐りの小さき枕の濡れにけり」
津田 悦子（長崎県）「船降りて教師に続く受験生」
◇熱川温泉観光協会賞
落合 清子（埼玉県）「百歳の母に誉められ障子張る」
◇ことぶき賞
藤田 十紀子（栃木県）「凍つる夜の馬が壁蹴る故郷かな」
◇題詠ことぶき賞
横山 利光（北海道）「妻になき月日を生きて春の虹」

第7回（平24年）
◇大賞
持田 敏朗（神奈川県）「冬耕の人また風を見てをりぬ」
◇題詠大賞
大西 健司（三重県）「熊野古道鶏頭そこに濡れており」
◇準賞
井上 實（京都府）「山に降る雨も大粒丹波栗」
中谷 ただこ（奈良県）「屋根替の埃の顔の笑ひけり」
泉 耿介（石川県）「未帰還の馬犬鳩ら敗戦忌」
◇題詠準賞
菅沼 儀忠（新潟県）「高稲架に風の抜け道千枚田」
◇角川学芸出版賞
原 みさ（島根県）「一瀑を仰げば鷹の渡りけり」
吉井 美代子（群馬県）「寄せ書のラグビーボール卒業す」
◇題詠角川学芸出版賞
齋藤 伸光（宮城県）「秋天や道をたばねて富士の山」
田中 公子（京都府）「道といふ言葉の多き卒業式」
◇熱川温泉観光協会賞

山本 あきら（神奈川県）「天高しはちきれさうな握り飯」
◇ことぶき賞
永島 文江（神奈川県）「秋蝶の石よりはなれ風となる」
◇題詠ことぶき賞
上原 恒子（東京都）「鴨数へをり八十八の道草」
◇WEB賞
吉村 征子（奈良県）「星近く住みて夏炉の薪積みぬ」

第8回（平25年）
◇大賞
中根 栄子（埼玉県）「百千鳥神は大きな耳を持つ」
◇題詠大賞
小林 カズエ（埼玉県）「汚染水蹴って白鳥帰りけり」
◇準賞
三輪 初子（東京都）「原爆忌玉子かけごはんきらきらす」
中村 榮一（秋田県）「持ち上げて大きくなりぬ桜鯛」
後藤 由美（山梨県）「水槽に金魚の太る真昼かな」
◇題詠準賞
江木 明美（東京都）「新牛蒡さらせば水の琥珀色」
◇シャープ賞
梅田 ひろし（埼玉県）「まさをなる空押し上げて花樗」
◇題詠シャープ賞
宮脇 眞（岐阜県）「水澄みて己の顔のあるがまま」
◇角川学芸出版賞
鈴木 大林子（神奈川県）「進化せず絶滅もせず亀鳴りけり」
中川 恭子（京都府）「乳ふくむ子に大粒の汗光る」
◇題詠角川学芸出版賞
志村 須直（神奈川県）「満月や羊水の子の宙がへり」
杉本 征之進（岡山県）「水槽にいのちは継げず山椒魚」
◇ことぶき賞

堤 呼秋（福岡県）「遠き日の餓鬼大将も日向ぼこ」
◇題詠ことぶき賞
多田 武峰（神奈川県）「水打つて孫の恋人待ちにけり」
◇WEB賞
上中 直樹（千葉県）「戦争の正義と正義林檎落つ」

第9回（平26年）
◇大賞
高橋 俊凪（東京都）「勝凧を勉強部屋に飾りけり」
◇題詠大賞
菅原 悟（東京都）「億年の星出で囃せ御神渡り」
◇準賞
矢部 雅子（滋賀県）「戦争と同じ臭に飯饐（す）える」
高橋 八男（長野県）「徘徊の妻と足結ふ夜長かな」
清島 久門（大阪府）「土星からずり墜ちてきた墓」
◇題詠準賞
永江 大心（長野県）「熊の皮へ座れと展（ひら）く星涼し」
◇カシオ賞
三好 美津子（千葉県）「ひと晩は丼で飼ふ金魚かな」
◇コクヨS&T賞
毛利 スエ子（愛知県）「光りつつ風に色解く今年竹」
◇審査員会特別賞賞
川辺 了（埼玉県）「早苗饗の星の中なる一軒家」
佐野 いつ子（徳島県）「また星の流れて夜の動物園」
小林 万年青（秋田県）「早乙女となる黒髪を束ねけり」
◇WEB賞
金田 実奈（富山県）「ハンドルは片手で持って星の恋」
◇角川学芸出版賞
日比野 勇（奈良県）「天地（あめつち）を称へ始まる盆踊」
◇題詠角川学芸出版賞
木下 蘇陽（東京都）「星涼し縄文土器の一片（ひとかけら）」
◇ことぶき賞
大嶋 四郎（和歌山県）「少年の声に火のつく寒稽古」
◇題詠ことぶき賞
北川 渓舟（滋賀県）「天に星地にきしきしと霜強し」

208 角川俳句賞

俳人としても知られていた初代社長角川源義氏が、昭和30年に創設。俳句の賞としては、大変権威のあるものとされている。

【主催者】株式会社KADOKAWA 角川学芸出版

【選考委員】（第61回）高野ムツオ、仁平勝、正木ゆう子、小澤實

【選考方法】公募

【選考基準】〔資格〕未発表の俳句50句（未発表厳守、一句でも既発表の句が入っていることがわかれば無効・失格となる）。〔原稿〕用紙はB4判（400字詰大判）原稿用紙を使用すること。ワープロ・パソコンの場合はB4判無罫用紙を使用

【締切・発表】毎年5月末日締切（当日消印有効）。月刊「俳句」11月号誌上で発表

【賞・賞金】賞状、記念品ならびに副賞30万円

角川俳句賞

【URL】http://www.kadokawagakugei.com/contest/kadokawa_haiku/

第1回（昭30年）
　鬼頭 文子 「つばな野」
第2回（昭31年）
　沖田 佐久子 「冬の虹」
第3回（昭32年）
　岸田 雅魚 「佐渡行」
第4回（昭33年）
　村越 化石 「山間」
第5回（昭34年）
　安立 恭彦 「東京ぐらし」
　村上 しゅら 「北辺有情」
第6回（昭35年）
　磯貝 碧蹄館 「与へられたる現在に」
第7回（昭36年）
　川辺 きぬ子 「しこづま抄」
　柴崎 佐田男 「窯守の唄」
第8回（昭37年）
　鈴木 正治 「奢る電」
　松林 朝蒼 「紙漉く谿」
第9回（昭38年）
　大内 登志子 「聖狂院抄」
第10回（昭39年）
　江見 渉 「一重帯」
　山口 英二 「古書守り」
第11回（昭40年）
　該当作なし
第12回（昭41年）
　木附沢 麦青 「陸奥の冬」
第13回（昭42年）
　秋山 卓三 「旱天」
第14回（昭43年）
　山田 みづえ 「梶の花」
第15回（昭44年）
　辺見 京子 「壺屋の唄」
第16回（昭45年）
　佐藤 南山寺 「虹仰ぐ」
第17回（昭46年）
　横溝 養三 「柚の部落」
第18回（昭47年）
　鈴木 栄子 「鳥獣戯画」
第19回（昭48年）
　山崎 和賀流 「奥羽山系」
第20回（昭49年）
　米田 一穂 「酸か湯」
　民井 とほる 「大和れんぞ」
第21回（昭50年）
　黒木 野雨 「北陲羈旅」
　宮田 正和 「伊賀雑唱」
第22回（昭51年）
　伊藤 通明 「白桃」
第23回（昭52年）
　小熊 一人 「海漂林」
　児玉 輝代 「段戸山村」
第24回（昭53年）
　加藤 憲曠 「鮫角灯台」
第25回（昭54年）
　金子 のほる 「佐渡の冬」
第26回（昭55年）
　摂津 よしこ 「夏鴨」
　後藤 綾子 「片々」
第27回（昭56年）
　該当作なし
第28回（昭57年）
　稲富 義明 「かささぎ」
　田中 裕明 「童子の夢」
第29回（昭58年）
　秋篠 光広 「鳥影」
　菅原 関也 「立春」
第30回（昭59年）
　木内 彰志 「春の雁」
　大石 悦子 「遊ぶ子の」
第31回（昭60年）
　千田 一路 「海女の島」
　浅野 如水 「津軽雪譜」
第32回（昭61年）
　淵脇 護 「火山地帯」
　駒走 鷹志 「青い蝦夷」
　河村 静香 「海鳴り」
第33回（昭62年）
　林 佑子 「昆布刈村」
　辻 恵美子 「鵜の唄」
第34回（昭63年）
　鶴田 玲子 「鶴居村」
第35回（平1年）
　岩田 由美 「怪我の子」
第36回（平2年）

　　　　北村 保　「寒鯉」
第37回（平3年）
　　　　柚木 紀子　「嘆きの壁」
第38回（平4年）
　　　　寺島 ただし　「浦里」
　　　　藤野 武　「山峡」
　　　　奥名 春江　「寒木」
第39回（平5年）
　　　　松本 ヤチヨ　「手」
第40回（平6年）
　　　　阿部 静雄　「雪曼陀羅」
　　　　早野 和子　「運河」
　◇奨励賞
　　　　黛 まどか　「B面の夏」
第41回（平7年）
　　　　市堀 玉宗　「雪安居」
第42回（平8年）
　　　　山本 一歩　「指」
第43回（平9年）
　　　　若井 新一　「早苗饗（さなぶり）」
　　　　高 千夏子　「真中（まんなか）」
第44回（平10年）
　　　　依光 陽子　「朗朗」
第45回（平11年）
　　　　須藤 常央　「富士遠近」
第46回（平12年）
　　　　高畑 浩平　「父の故郷」
第47回（平13年）
　　　　桑原 立生　「寒の水」

第48回（平14年）
　　　　加藤 静夫　「百人力」
第49回（平15年）
　　　　馬場 龍吉　「色鳥」
第50回（平16年）
　　　　仲 寒蟬　「小海線」
第51回（平17年）
　　　　原 雅子　「夏が来る」
第52回（平18年）
　　　　千々和 恵美子　「鯛の笛」
第53回（平19年）
　　　　津川 絵理子　「春の猫」
第54回（平20年）
　　　　安倍 真理子　「波」
第55回（平21年）
　　　　相子 智恵　「萬茸」
第56回（平22年）
　　　　望月 周　「春雷」
　　　　山口 優夢　「投函」
第57回（平23年）
　　　　永瀬 十悟　「ふくしま」
第58回（平24年）
　　　　広渡 敬雄　「間取図」
第59回（平25年）
　　　　清水 良郎　「風のにほひ」
第60回（平26年）
　　　　柘植 史子　「エンドロール」
第61回（平27年）
　　　　遠藤 由樹子　「単純なひかり」

209 加美俳句大賞（句集賞）

「夢 海をめざし 愛 ふるさとに帰る 鮎の凛烈 川よ語れ」という町民憲章をもつ中新田町（現・加美町）が、現代俳句を通して未来に通じる新しい精神が生まれてほしいという願いを込めて制定。平成15年合併により、町名が中新田町から加美町に変更されたのに伴い賞名を変更した。第11回（平成18年度）をもって終了。

【主催者】加美町
【選考方法】非公募

第1回（平8年）
　　　　大西 泰世　「こびとになってくださいますか」
第2回（平9年）

　　　　櫂 未知子　「貴族」
第3回（平10年）
　　　　市堀 玉宗　「雪安居」
第4回（平11年）

渡辺 鮎太（草加市）
◇スウェーデン賞
　高山 れおな（東京都江戸川区）
第5回（平12年）
　夏井 いつき（愛媛県伊予郡）
◇スウェーデン賞
　増田 まさみ（兵庫県明石市）
◇ソニー中新田賞
　増田 まさみ（兵庫県明石市）
第6回（平13年）
◇中新田俳句大賞
　水野 真由美（前橋市）「陸封譚」〔七月堂〕
◇スウェーデン賞
　あざ 蓉子（玉名市（熊本県））「猿楽」〔富士見書房〕
第7回（平14年）
◇中新田俳句大賞
　ドゥーグル J・リンズィー（オーストラリア）「むつごろう」〔美容俳句界〕
◇スウェーデン賞
　坪内 稔典（箕面市）「月光の音」〔毎日新聞社〕

第8回（平15年）
◇中新田俳句大賞
　鳥居 真里子（東京都）「鼬の姉妹」〔本阿弥書店〕
◇スウェーデン賞
　水月 りの（仙台市）「人魚姫のトウシューズ」〔ふらんす堂〕
第9回（平16年度）
◇加美俳句大賞
　伊藤 淳子 「夏白波」〔富士見書房〕
◇スウェーデン賞
　筑紫 磐井 「筑紫磐井集」〔邑書林〕
第10回（平17年度）
◇加美俳句大賞
　石母田 星人 「濫觴」〔ふらんす堂〕
◇スウェーデン賞
　相原 左義長 「地金」〔本阿弥書店〕
　藤村 真理 「からい」〔富士見書店〕
第11回（平18年度）
◇加美俳句大賞
　高山 れおな 「荒東雑詩」〔沖積舎〕
◇スウェーデン賞
　橋本 喜夫 「白面」〔文学の森〕

210 虚子生誕記念俳句祭

　日本の文学，文化の一つである俳句を通して，「自然と人間の共生」を，また近年外国語圏でも広がりを見せ「HAIKU」と俳句を通して「文化の国際交流」を考える。俳壇の第一人者を招き，芦屋から発信する国際文化の一翼を担う。広く俳句作品を募集し，俳人高浜虚子の業績を顕彰するとともに，俳句文学の振興を図る。

【主催者】（公財）虚子記念文学館

【選考委員】（第6回）稲畑汀子，稲畑廣太郎，坊城俊樹　（第7回）有馬朗人，稲畑汀子，長谷川櫂，星野恒彦，稲畑廣太郎，坊城俊樹，水田むつみ

【選考方法】公募

【選考基準】〔対象〕未発表の俳句に限る。一般の部，青少年の部（高校生以下）。〔応募規定〕一般の部は2句1組で投句料1000円（高校生以下無料）。所定の用紙で郵送に限る

【締切・発表】秋頃に募集要項を発表し募集する。2月に開催される虚子生誕記念俳句祭表彰式にて発表する

【賞・賞金】入賞句は虚子生誕記念俳句祭表彰式にて表彰する。投句者全員に入選句集を送付

【URL】http://www.kyoshi.or.jp/

第1回（平20年）
　◇一般の部
　　● 虚子生誕記念俳句大賞
　　　伴 明子（岡山県）「セーターに着替へて父となりにけり」
　　◇虚子生誕記念俳句奨励賞
　　　石橋 武子（福岡県）「月の舟月を揺らして着きにけり」
　　　長山 あや（兵庫県）「木の実植う虚子の山河の片隅に」
　◇青少年の部
　　● 虚子生誕記念俳句大賞
　　　柚木 克仁（兵庫県 芦屋市立山手小学校2年）「サングラスかけてもやっぱりお父さん」
　　◇虚子生誕記念俳句奨励賞
　　　西村 孝志（兵庫県 クラーク記念国際高等学校芦屋キャンパス2年）「秋の夜に耳をすませば森の歌」
　　　坂井 育衣（愛媛県 上島町立弓削中学校3年）「運動会炎のごとく一瞬で」

第2回（平21年）
　◇一般の部
　　● 虚子生誕記念俳句大賞
　　　河野 美奇（東京）「りんだうに風は言葉となりて過ぐ」
　　◇虚子生誕記念俳句奨励賞
　　　髙石 幸平（愛媛）「少年の日の七夕と同じ星」
　　　あふひ 爽楽（広島）「秋蝶の一草に来て草となる」
　◇青少年の部
　　● 虚子生誕記念俳句大賞
　　　永田 綾（長崎県立長崎工業高等学校）「爆心地舞い立つ鳩に祈る夏」
　　◇虚子生誕記念俳句奨励賞
　　　鶴田 由美（熊本県荒尾市立荒尾中学校）「まだ秋が終わっていない空の色」
　　　荒木 翔太朗（長崎県立長崎工業高等学校）「雪蹴って走り来る犬抱きにけり」

第3回（平22年）
　◇一般の部
　　● 虚子生誕記念俳句大賞
　　　花畑 幸代（兵庫）「どの子にも太陽ひとつ夏休」
　　◇虚子生誕記念俳句奨励賞
　　　久保 スガエ（岡山）「飾られて手毬は唄を忘れをり」
　　　村田 明子（兵庫）「先生も生徒も本気瓢の笛」
　◇青少年の部
　　● 虚子生誕記念俳句大賞
　　　浦川 祐伯（長崎県立長崎工業高等学校）「冬の朝二度寝の海へオール漕ぐ」
　　◇虚子生誕記念俳句奨励賞
　　　宮内 萌々子（兵庫県芦屋市立山手小学校）「お空までまっかになった赤とんぼ」
　　　山田 帆乃香（大阪府吹田市立東山田小学校）「このなまこ最初に食べた人すごい」

第4回（平23年）
　◇一般の部
　　● 虚子生誕記念俳句大賞
　　　植田 弘（高知）「水を飲め冷房せよと娘の電話」
　　◇虚子生誕記念俳句奨励賞
　　　北野 淑子（兵庫）「一礼に終る日焼の負投手」
　　　西村 正子（兵庫）「露の世の虚子の言葉を玉と抱き」
　◇青少年の部
　　● 虚子生誕記念俳句大賞
　　　松田 麗華（石川県七尾市立中島小学校）「夕焼は遊びの終わる合図だよ」
　　◇虚子生誕記念俳句奨励賞
　　　蓼原 彰吾（愛媛県立弓削高等学校）「父パンツ一丁勤労感謝の日」
　　　橋本 晴奈（石川県七尾市立中島小学校）「父さんにおつかれさまとビールだす」

第5回（平24年）
　◇一般の部
　　● 虚子生誕記念俳句大賞
　　　青木 和子（北海道）「露涼し大きく見ゆる今朝の山」
　　◇虚子生誕記念俳句奨励賞

駒形 隼男(石川)「まだ奥に人住むといふダム凍てる」
　西村 正子(兵庫)「健やかな地球の匂ひ草いきれ」
◇青少年の部
● 虚子生誕記念俳句大賞
　河野 杏(兵庫県 ホザナ幼稚園)「ながれぼししっぽつかんでとびたいな」
◇虚子生誕記念俳句奨励賞
　松井 亮太朗(兵庫県 追手門学院小学校)「風ふいておちばのてがみふってきた」
　坂井 李帆(福岡県大牟田市立延命中学校1年)「秋空へ響く音符に思いのせ」
第6回(平25年)
　◇一般の部
　● 虚子生誕記念俳句大賞

　三宅 久美子(香川)「闘病の夫の同志となりて冬」
◇虚子生誕記念俳句奨励賞
　池田 純子(岡山)「短日に追ひ返される子供かな」
　高田 菲路(兵庫)「虚子の忌を阿蘇の大観峰に佇つ」
◇青少年の部
● 虚子生誕記念俳句大賞
　川村 慶仁(兵庫県 ホザナ幼稚園)「さんたさんえんとつないよぼくのいえ」
◇虚子生誕記念俳句奨励賞
　小島 璃子(兵庫県芦屋市立朝日ヶ丘小学校)「リコーダーゆびの先から秋の声」
　小野 楓花(兵庫県芦屋市立朝日ヶ丘小学校)「全員がねしずまった夜つもる雪」

211 現代俳句加美未来賞

　町民憲章「夢 海をめざし 愛 ふるさとに帰る 鮎の凛烈 川よ語れ」を持つ中新田町(現・加美町)が、現代俳句を通して未来に通じる新しい精神が生まれてほしいという願いを込めて制定。平成15年合併により、町名が中新田町から加美町に変更されたのに伴い、賞名を変更した。第12回(平成18年度)をもって終了。

【主催者】加美町

【選考方法】公募

第1回(平7年)
　◇中之賞
　　澤田 正博(東京都)
第2回(平8年)
　◇中之賞
　　鈴木 紀子(埼玉県越谷市)
第3回(平9年)
　◇中之賞
　　福原 実(宮城県中新田町)
第4回(平10年)
　◇中之賞
　　岩淵 正力(岩手県胆沢町)
第5回(平11年)
　◇中之賞
　　村上 幸治(仙台市)
　◇新之賞
　　福原 実(中新田町)

◇田之賞
　藤江 瑞(横浜市)
◇スウェーデン賞
　富摩 英子(入間市)
◇ソニー中新田賞
　かま長 寅彦(仙台市)
第6回(平12年)
　◇中之賞
　　高橋 修宏(富山市)
　◇新之賞
　　佐孝 石画(福井市)
　◇田之賞
　　福原 実(中新田町)
　◇スウェーデン賞
　　高橋 修宏(富山市)
　◇ソニー中新田賞
　　新津 黎子(柏市)

第7回(平13年)
　◇中之賞
　　室田 洋子(群馬県)
　◇新之賞
　　山本 泰三(長崎県)
　◇田之賞
　　尾崎 克成(田尻町(宮城))
　◇スウェーデン賞
　　伊東 辰之丞(一迫町(宮城))
第8回(平14年)
　◇中之賞
　　鈴木 雅子(埼玉県)
　◇新之賞
　　平野 美子(東京都)
　◇田之賞
　　関根 通紀(矢本町)
　◇スウェーデン賞
　　福原 貴子(中新田町)
第9回(平15年)
　◇中新田賞
　　福原 貴子(加美町)
　◇小野田賞
　　福原 貴子(加美町)
　◇宮崎賞
　　志藤 礼子(仙台市)
　◇スウェーデン賞
　　清水 喜美子(茨城県)
第10回(平16年度)
　◇中新田賞
　　朱間 繭生(東京都)「春の霊柩を運ぶ早さかな」
　◇小野田賞
　　大森 藍(仙台市)「にこにこと海馬はちぢむ桃の花」
　◇宮崎賞
　　吉本 宣子(近江八幡市)「白梅や水一枚の正座して」
　◇スウェーデン賞
　　今田 清乃(福生市)「産声のまっしぐらなり沙羅の花」
第11回(平17年度)
　◇中新田賞
　　門脇 かずお(鳥取県)「葬の客椿を落とすまた落とす」
　◇小野田賞
　　鈴木 紀子(埼玉県)「月光もまた積もるもの草千里」
　◇宮崎賞
　　福原 貴子(加美町)「粽結ふ人あざむきし指使ひ」
　◇スウェーデン賞
　　柴田 美代子(埼玉県)「片想いも体力のうち泡立草」
第12回(平18年度)
　◇中新田賞
　　村松 洋子(東京都)「朧夜の南溟あまた卵育つ」
　◇小野田賞
　　氏家 敬子(加美町)「抱きたいのは君の前世白木槿」
　◇宮崎賞
　　赤間 学(仙台市)「みちのくの訛り固まる海鼠かな」
　◇スウェーデン賞
　　関根 通紀(東松島市)「明日手術濃い夕焼を恐れけり」

212 現代俳句協会賞

　俳壇における新人の業績を顕彰するため、故川端茅舎を記念し、「茅舎賞」として昭和23年発足。第3回から「現代俳句協会賞」と改称した。協会の代表作家、作品を中心に選考するようになり、新人賞は別途に設けることにした。平成4年度から年2回の顕彰となったが、12年度からは再び年1回の顕彰に戻った。平成25年度より対象を作品50句から「句集」とした。

【主催者】現代俳句協会

【選考委員】秋尾敏、池田澄子、石寒太、大牧広、小林貴子、塩野谷仁、武田伸一

【選考方法】役員及び各地区役員等から構成する推薦人が候補句集を推薦
【選考基準】その作品力量が本賞にふさわしい優れたものと認められるもの
【締切・発表】10月の「現代俳句全国大会」にて表彰,各マスコミ紙上で発表
【賞・賞金】賞状と賞金20万円
【URL】http://www.gendaihaiku.gr.jp/prize/

第1回(昭23年)
　石橋 秀野
第2回(昭27年)
　細見 綾子
第3回(昭29年)
　佐藤 鬼房
第4回(昭30年)
　野沢 節子
第5回(昭31年)
　金子 兜太
　能村 登四郎
第6回(昭32年)
　鈴木 六林男
　飯田 龍太
第7回(昭33年)
　目迫 秩父
第8回(昭34年)
　香西 照雄
第9回(昭36年)
　赤尾 兜子
第10回(昭37年)
　堀 葦男
第11回(昭38年)
　林田 紀音夫
第12回(昭40年)
　文挾 夫佐恵
　隅 治人
第13回(昭41年)
　上月 章
第14回(昭42年)
　豊山 千蔭
　三橋 敏雄
第15回(昭43年)
　寺田 京子
第16回(昭44年)
　和田 悟朗
第17回(昭45年)
　桜井 博道
　阿部 完市
第18回(昭46年)
　杉木 雷造
　鈴木 詮子
第19回(昭47年)
　伊丹 公子
第20回(昭48年)
　穴井 太
第21回(昭49年)
　小檜山 繁子
第22回(昭50年)
　中村 苑子
第23回(昭51年)
　井沢 唯夫
　佃 悦夫
第24回(昭52年)
　津沢 マサ子
第25回(昭53年)
　友岡 子郷
第26回(昭54年)
　岩尾 美義
　竹本 健司
第27回(昭55年)
　桑原 三郎
第28回(昭56年)
　斎藤 美規
第29回(昭57年)
　宇多 喜代子
　森田 智子
第30回(昭58年)
　阿部 青鞋
　久保田 慶子
　中村 路子
第31回(昭59年)
　渋谷 道
第32回(昭60年)
　折笠 美秋

第33回（昭61年）
　飯名 陽子
　栗林 千津
第34回（昭62年）
　高島 茂
第35回（昭63年）
　金子 皆子
　柿本 多映
第36回（平1年）
　池田 澄子
　沼尻 巳津子
第37回（平2年）
　国武 十六夜
第38回（平3年）
　奥山 甲子男
　夏石 番矢
第39回（平4年上）
　寺井 谷子
第40回（平4年下）
　西野 理郎
第41回（平5年上）
　星野 明世
第42回（平5年下）
　久保 純夫
第43回（平6年上）
　花谷 和子
　中嶋 秀子
第44回（平6年下）
　岸本 マチ子
　高野 ムツオ
第45回（平7年上）
　宮坂 静生
第46回（平7年下）
　岩下 四十雀
　たむら ちせい
第47回（平8年上）
　中村 和弘
第48回（平8年下）
　津根元 潮
　森下 草城子
第49回（平9年上）
　鳴門 奈菜
第50回（平9年下）
　大坪 重治
第51回（平10年上）
　辻脇 系一
第52回（平10年下）
　須藤 徹
第53回（平11年上）
　熊谷 愛子
　鈴木 明
第54回（平11年下）
　武田 伸一
第55回（平12年）
　前田 吐実男
第56回（平13年）
　鎌倉 佐弓
第57回（平14年）
　あざ 蓉子
第58回（平15年）
　小林 貴子
第59回（平16年）
　田村 正義
第60回（平17年）
　八田 木枯
第61回（平18年）
　該当者なし
第62回（平19年）
　塩野谷 仁
第63回（平20年）
　田中 いすず
　室生 幸太郎
第64回（平21年度）
　大牧 広
第65回（平22年度）
　前川 弘明
第66回（平23年度）
　渋川 京子
第67回（平24年度）
　前田 弘
第68回（平25年度）
　星野 昌彦
　◇特別賞
　照井 翠
第69回（平26年度）
　安西 篤
　◇特別賞
　金原 まさ子
第70回（平27年度）
　渡辺 誠一郎

213 現代俳句協会大賞

現代俳句協会の会員および関係者の中から、永年の句業に対して表彰する。平成13年からは現代俳句大賞と名称を変更し、協会外にも対象者を広げた。

【主催者】現代俳句協会
【選考委員】金子兜太, 伊丹三樹彦, 小川双々子, 桂信子, 河野南畦, 瀬戸青天城, 鈴木六林男, 田川飛旅子, 松沢昭
【選考方法】非公募
【選考基準】〔対象〕現代俳句協会会員および顧問を含む協会関係者
【締切・発表】10月選考委員会により決定, 2月に授賞
【賞・賞金】賞金30万円

第1回(昭63年)
　加藤 楸邨
第2回(平2年)
　永田 耕衣
第3回(平3年)
　湊 楊一郎
第4回(平4年)
　高屋 窓秋
第5回(平5年)
　井本 農一
第6回(平6年)
　神田 秀夫
第7回(平7年)
　平畑 静塔
第8回(平8年)
　暉峻 康隆
第9回(平9年)
　石原 八束
第10回(平10年)
　田川 飛旅子
第11回(平11年)
　桂 信子
第12回(平12年)
　原子 公平

214 現代俳句協会年度作品賞

現代俳句協会会員の応募作品から選考する。前年度既発表作品または未発表作品30句を対象とする。

【主催者】現代俳句協会
【選考委員】石倉夏生, 浦川聡子, 大井恒行, こしのゆみこ, 佐藤映二, 田村正義, 原雅子
【選考方法】選考委員が一堂に会して協議し, 決定する
【選考基準】直近1年以内の作品30句
【締切・発表】6月30日締切, 9月発表, 10月の「現代俳句全国大会」にて表彰する
【賞・賞金】賞状および賞金10万円
【URL】http://www.gendaihaiku.gr.jp/prize/

第1回(平12年)　　　　　　秋元 倫　「枝の記憶」

尾堤 輝義 「鋼の水」
第2回（平13年）
　　高橋 修宏 「微熱抄」
第3回（平14年）
　　大柄 輝久江 「細氷塵」
　　原 雅子
第4回（平15年）
　　中里 結
　　吉持 愁果
第5回（平16年）
　　こしの ゆみこ 「蝶の爪」
第6回（平17年）
　　市川 葉 「火山灰地」
第7回（平18年）
　　石倉 夏生 「印象」
第8回（平19年）
　　好井 由江 「紙風船」

第9回（平20年）
　　鈴木 砂紅 「あおによし」
　　高橋 悦子 「シュトラウス晴れ」
第10回（平21年度）
　　東金 夢明
　　村田 まさる
第11回（平22年度）
　　該当者なし
第12回（平23年度）
　　該当者なし
第13回（平24年度）
　　中村 克子
第14回（平25年度）
　　大竹 照子
第15回（平26年度）
　　伴場 とく子

215 現代俳句女流賞

　「ミセス」創刊15周年を記念して「現代詩女流賞」,「現代短歌女流賞」,「現代俳句女流賞」の3賞を制定した。この賞は将来女流俳壇を担うと思われる中堅女流俳人の句集を対象とする。第13回（昭63年）の授賞をもって終了。

【主催者】文化学園文化出版局

第1回（昭51年）
　　桂 信子 「新緑」〔牧羊社〕
第2回（昭52年）
　　鷲谷 七菜子 「花寂び」〔牧羊社〕
第3回（昭53年）
　　神尾 久美子 「桐の木」〔牧羊社〕
第4回（昭54年）
　　中村 苑子 「中村苑子句集」〔立風書房〕
第5回（昭55年）
　　大橋 敦子 「勾玉」〔牧羊社〕
第6回（昭56年）
　　黒田 杏子 「木の椅子」〔牧羊社〕
第7回（昭57年）
　　永島 靖子 「真昼」〔書肆季節社〕
第8回（昭58年）
　　岡本 眸 「母系」〔牧羊社〕
第9回（昭59年）
　　佐野 美智 「棹歌」〔牧羊社〕
第10回（昭60年）
　　斎藤 梅子 「藍甕（あいがめ）」〔牧羊社〕
第11回（昭61年）
　　角川 照子 「花行脚」〔角川書店〕
第12回（昭62年）
　　山本 洋子 「木の花」〔牧羊社〕
第13回（昭63年）
　　永方 裕子 「麗日」〔富士見書房〕

216 現代俳句新人賞

　現代俳句における真に有望な新人の発掘をめざす。

216 現代俳句新人賞

【主催者】現代俳句協会
【選考委員】大石雄鬼, 渋川京子, 田中亜美, 対馬康子, 照井翠, 橋本輝久, 山本左門
【選考方法】公募
【選考基準】〔対象〕未発表30句。〔資格〕50歳未満
【締切・発表】毎年6月末日締切。10月の現代俳句全国大会で表彰
【賞・賞金】賞金10万円
【URL】http://www.gendaihaiku.gr.jp/prize/

第1回（昭58年）
　星野 昌彦
　宮入 聖
第2回（昭59年）
　工藤 ひろえ
第3回（昭60年）
　波多江 敦子
第4回（昭61年）
　瀬戸 美代子
第5回（昭62年）
　下山 光子
第6回（昭63年）
　田尻 睦子
第7回（平1年）
　橋本 輝久
　竹貫 示虹
第8回（平2年）
　鈴木 紀子
第9回（平3年）
　中里 麦外
　吉田 さかえ
第10回（平4年）
　田中 いすず
第11回（平5年）
　浦川 聡子
　山口 剛
第12回（平6年）
　河 草之介 「家族」
第13回（平7年）
　五島 高資 「対馬暖流」
第14回（平8年）
　大石 雄鬼 「逃げる」
第15回（平9年）
　渋川 京子 「手にのせて」
第16回（平10年）
　こしの ゆみこ 「平気」
第17回（平11年）
　松本 孝太郎 「急須の弦」
　山本 左門 「直立」
第18回（平12年）
　瀬間 陽子 「父の箸」
　吉川 真実 「白き一日」
第19回（平13年）
　守谷 茂泰 「帰郷」
　杉浦 圭祐 「滝」
第20回（平14年）
　照井 翠 「悲母観音」
第21回（平15年）
　松本 勇二 「夏野」
第22回（平16年）
　奥山 和子 「硝子壜」
第23回（平17年）
　高橋 修宏 「亜細亜」
第24回（平18年）
　田中 亜美 「液晶」
第25回（平19年）
　山戸 則江 「祈り」
第26回（平20年）
　岸本 由香 「鶴鳴く」
　三木 基史 「少年」
第27回（平21年度）
　宇井 十間 「千年紀」
　宮崎 斗士 「尺取虫」
第28回（平22年度）
　月野 ぽぽな 「ハミング」
第29回（平23年度）
　該当者なし
第30回（平24年度）
　柏柳 明子 「銀河系」
　中内 亮玄 「ゲルニカ」

第31回（平25年度）
　近 恵 「ためらい」
第32回（平26年度）
　岡田 一実 「浮力」
第33回（平27年度）
　瀬戸 優理子 「微熱」
　山岸 由佳 「仮想空間」

217 現代俳句大賞

従来より幅広く協会内外より現代俳句の推進，発展と興隆に貢献された方々に授賞されてきた「現代俳句協会大賞」を改称し，この趣旨を更に推し進めて，文字通り現代俳句最高の賞とするため新設した。

【主催者】 現代俳句協会

【選考委員】 宮坂静生，安西篤，加藤瑠璃子，高野ムツオ，田中不鳴，寺井谷子，森下草城子，前田弘

【選考方法】 非公募。大賞推薦人（現在32名）が各1名ずつ候補者を推し，その中から上記選考委員が合議して受賞者を決定する

【選考基準】 〔資格〕現代俳句の推進，発展と興隆に貢献した者

【締切・発表】 2月上・中旬発表

【賞・賞金】 賞金30万円

【URL】 http://www.gendaihaiku.gr.jp/prize/

第1回（平13年）
　金子 兜太（俳人，元現代俳句協会会長）
第2回（平14年）
　鈴木 六林男（俳誌「花曜」主宰）
第3回（平15年）
　伊丹 三樹彦（俳誌「青玄」主宰）
第4回（平16年）
　和知 喜八（俳誌「響焰」名誉主宰）"生活の内側から詩を摑むという壮大な実験を執拗なまでに試み，社会性俳句の展開の中で職場俳句の推進に多くの影響を残した。"
第5回（平17年）
　小川 双々子 "精神世界の在り様を独特の表現で作品化するという独自の作風を開拓。中京俳壇の要として指導的役割。"
第6回（平18年）
　齊藤 美規 "北陸の地に根ざした独特の風土性豊かな俳句を詠み続けた。地方俳壇の興隆に貢献。"
第7回（平19年）
　和田 悟朗 "広大な空間・時間を具象で創出する独自の作風で俳句革新の精神を貫いた。また実作だけでなく評論でも俳句革新を跡づけた"
第8回（平20年）
　松澤 昭 "創作及び評論活動を通じ心象造型という独自の表現手法により個性豊かな作風を開拓した。"
第9回（平21年度）
　阿部 完市
第10回（平22年度）
　澁谷 道 "古典に培われた緻密な言語感覚と，主情に富んだ心象風景を基盤に作品活動を続けた"
第11回（平23年度）
　小檜山 繁子 "若くして加藤楸邨に師事して以来一貫して潔癖な気骨で句作をつづけ，自己の姿勢を崩すことなく現代俳句の上にしずかな軌跡を残した"
第12回（平24年度）
　芳賀 徹 "比較文学の立場から広い視野で，

西洋、東洋、日本の文化、文学をとらえ、わが国の詩歌、俳諧、俳句、また、俳句の国際化に大きく貢献した"

第13回（平25年度）
ドナルド・キーン "芭蕉や子規を核とした俳諧・俳句の研究で、日本の俳文学を世界文学の中に明確に位置づけた"

第14回（平26年度）
宇多 喜代子 "俳句作家としての確立された力量によって、伝統と現代を横断する幅広い活動をし、評伝・評論にも及ぶ旺盛な執筆等で俳句界の牽引力となっている"

218 現代俳句評論賞

現代俳句のための新作書き下ろしの評論を公募し、俳壇の健全な発展興隆と、評論活動の推進を図る。

【主催者】現代俳句協会
【選考委員】綾野道江、岩淵喜代子、大畑等、恩田侑布子、高橋修宏、林桂、柳生正名
【選考方法】公募
【選考基準】〔資格〕不問。未発表作品に限る。〔原稿〕400字詰原稿用紙30枚程度
【締切・発表】5月末日締切,8月発表,10月の現代俳句全国大会で表彰
【賞・賞金】賞金10万円
【URL】http://www.gendaihaiku.gr.jp/prize/

第1回（昭56年）
　大橋 嶺夫 「詩的言語と俳諧の言語」
第2回（昭57年）
　中里 麦外 「現代俳句文体論拶入」
　四ッ谷 龍 「渡辺白泉とその時代」
第3回（昭58年）
　鈴木 蚊都夫 「対話と寓意がある風景」
　綾野 道江 「俳句における女歌」
第4回（昭59年）
　松林 尚志 「子規浄土—子規の俳句をめぐって」
第5回（昭60年）
　星野 昌彦 「鑑賞の諸相—俳句の本質を求めて」
第6回（昭61年）
　該当作なし
第7回（昭62年）
　成井 恵子 「俳句・その二枚の鏡」
第8回（昭63年）
　村松 彩石 「道と物『不易流行』に関する試論」
　前川 剛 「現代俳句原則私論」
第9回（平2年）
　該当作なし
◇佳作
　細井 啓司 「俳誌「帆」における三鬼と白泉」
第10回（平3年）
　細井 啓司 「ある自由主義的俳人の軌跡—高篤三について」
第11回（平4年）
　秋尾 敏 「子規の近代—俳句の成立を巡って」
第12回（平5年）
　該当作なし
第13回（平6年）
　前川 紅楼 「加藤楸邨論—〈旅と思索〉の果てにあるもの」
第14回（平7年）
　谷川 昇 「喜劇の人—河東碧梧桐」
第15回（平8年）
　該当作なし

第16回（平9年）
　江里 昭彦　「『近代』に対する不機嫌な身振り」（「現代俳句」7月号）
第17回（平10年）
　久保田 耕平　「二十一世紀の『私』」
第18回（平11年）
　該当作なし
第19回（平12年）
　五島 高資　「欲望の世紀と俳句」
第20回（平13年）
　該当作なし
第21回（平13年）
　守谷 茂泰　「高屋窓秋 俳句の時空」
　大畑 等　「八木三日女 小論」
第22回（平14年）
　高橋 修宏　「鈴木六林男―その戦争俳句の展開」
　小野 裕三　「西東三鬼試論―日本語の『くらやみ』をめぐって」
第23回（平15年）
　五十嵐 秀彦　「寺山修司俳句論―私の墓は、私のことば―」
第24回（平16年）
　白石 司子　「赤黄男と三鬼」
　山本 千代子　「基督者田川飛旅子―内なる迫害、そして鎮魂」
第25回（平17年）
　柳生 正名　「さすらう言葉としての俳句＝素十/耕衣の「脱構築」的読解―その通底性を巡って」
第26回（平18年）
　宇井 十間　「不可知について―純粋俳句論と現代」
第27回（平19年）
　高岡 修　「蝶の系譜―言語の変容にみるもうひとつの現代俳句史」
第28回（平20年）
　松田 ひろむ　「白い夏野―高屋正國ときどき窓秋」
第29回（平21年度）
　該当作なし
第30回（平22年度）
　近藤 栄治　「高柳重信―俳句とロマネスク」
第31回（平23年度）
　神田 ひろみ　「加藤楸邨―その父と『内部生命論』」
第32回（平24年度）
　松下 カロ　「象を見にゆく 言語としての津沢マサ子論」
第33回（平25年度）
　山田 征司　「渡辺白泉私論『支那事変群作』を巡って」
第34回（平26年度）
　竹岡 一郎　「攝津幸彦、その戦争詠の二重性」

219 歳時記の郷奥会津俳句大賞

　福島県の奥会津9町村（柳津町・三島町・金山町・昭和村・只見町・南郷村・伊南村・舘岩村・檜枝岐村）が共同で「歳時記の郷づくり」を行っている。俳句大賞は奥会津の豊かな自然・文化をPRしながら、俳句を通して地域住民と参加者との交流を図るために実施。第10回（平成17年）で終了。

【主催者】只見川電源流域振興協議会
【選考方法】公募
【URL】http://www.okuaizu.net/

第1回（平8年）
　吉田 飛龍子
第2回（平9年）
　沼沢 うめ子

第3回（平10年）
　後藤 浩子
第4回（平11年）

◇大賞
　小口 智子（宮城）
第5回（平12年）
　◇大賞
　　白鳥 寛山（長野）
第6回（平13年）
　◇大賞
　　小宮山 勇（埼玉）
第7回（平14年）
　◇大賞
　　鈴木 けいじ（山梨）
第8回（平15年）
　◇大賞
　　二瓶 清七（福島）

第9回（平16年）
　◇歳時記の郷 俳句大賞
　　坂本 一郎（千葉）
　◇歳時記の郷 俳句大賞準賞
　　小沢 房子（東京）
　◇只見川電源流域振興協議会賞
　　菅野 如伯（愛知）
第10回（平17年）
　◇歳時記の郷 俳句大賞
　　清水 八エ門（茨城）
　◇歳時記の郷 俳句大賞準賞
　　草柳 得江（神奈川）
　◇只見川電源流域振興協議会賞
　　前田 虹雨（埼玉）

220 西東三鬼賞

　津山の生んだ俳人・西東三鬼を顕彰し，三鬼俳句の精神を継承する新しい俳句文芸の振興を図ることを趣旨とする。

【主催者】西東三鬼賞委員会
【選考方法】公募
【選考基準】〔対象〕雑詠3句1組，未発表作品〔応募規定〕投句料1組1500円，何組でも応募可
【締切・発表】（第23回）平成27年11月30日締切（当日消印有効），平成28年3月発表
【賞・賞金】西東三鬼賞(1名)：賞状及び副賞50万円，秀逸(10名)：賞状及び記念品，佳作(30名)：賞状及び記念品，その他応募者全員に入賞作品集進呈
【URL】http://www.city.tsuyama.lg.jp/

第1回（平5年）
　浜田 喜夫 「五色」
第2回（平6年）
　本多 脩
第3回（平7年）
　飯塚 風像（俳人協会）「萬緑」
第4回（平8年）
　柿畑 文生（現代俳人協会）「歯車」
第5回（平9年）
　竹村 悦子 「蝶」
第6回（平10年）
　中江 三青 「窓よりも大きな太陽夏休み」
第7回（平11年）
　高橋 修宏 「くちなわをいじめ尽くせし女学校」
第8回（平12年）
　岡本 日出男 「海津見に沈みし菊や菊日和」
第9回（平13年）
　阪野 美智子 「天の川隣人とくに恐ろしき」
第10回（平14年）
　横田 昭子 「銀河系の一点に坐し藷を食ふ」
第11回（平15年）
　次井 義泰 「プラトンの国を目指せり蟻の道」
第12回（平16年）
　今井 豊 「頭の中に無数の定義木の実落つ」
第13回（平17年）
　秋山 青松 「吾と言う構造物に春一番」

俳句

第14回（平18年）
　柏木 晃「脳と言う宇宙の終わり麦の秋」
第15回（平19年）
　花谷 清（京都府，「藍」同人）「曲りたる時間の外へ蝸牛」
第16回（平20年度）
　谷川 すみれ「ガソリンの臭いの中の立葵」
第17回（平21年度）
　安藤 辰彦「惑星間会議ひまわり選出す」
第18回（平22年度）
　石井 冴「十二月みんなが通る自動ドア」
第19回（平23年度）
　澤本 三乗「流れたきかたちに流れ春の水」
第20回（平24年度）
　菊川 俊朗「人間は一つの仮説冬銀河」
第21回（平25年度）
　妹尾 武志「水馬流るる時間跨ぎけり」
第22回（平26年度）
　淺井 愼平「青き川祖国に流れ足の裏」

221 しれとこ文芸大賞〔俳句部門〕

　北海道知床「羅臼」は雄大な自然に抱かれ，世界自然遺産の候補地（平成17年7月に登録）になっている町。大自然の厳しさゆえに，たくましく生きる人々や生活が，小説・詩・句歌等の題材に取り上げられている。そんな雄大な北海道知床のイメージを主題とした新鮮な作品を募集。平成16年度（第3回）をもって休止。

【主催者】羅臼町句歌碑推進委員会
【選考委員】（第3回）木村敏男，金箱戈止夫，川島北葉
【選考方法】公募
【選考基準】〔資格〕不問。小・中・高・一般の部がある。〔対象〕自作・未発表の俳句。〔応募規定〕俳句2句を1組とし，1人3組まで応募可。応募料として1組あたり1000円の郵便小為替と作品を同封して郵送。ただし，高校生以下は無料
【締切・発表】例年10月末日締切，12月中旬発表。選考結果を入選者に通知する
【賞・賞金】最優秀賞（1点）：羅臼町100年記念公園内に作品の碑を建立，賞金5万円。優秀賞（6点）：賞状，副賞「魚の城下町」羅臼町の特産品

第1回（平14年）
◇最優秀賞
　佐竹 泰（釧路市）
第2回（平15年）
◇最優秀賞
　蔵 千英（札幌市）
第3回（平16年）
◇最優秀賞
　板倉 翠穂（根室市）

222 新俳句人連盟賞

　現代俳句を真に自覚する新鋭を全国の俳句作家から発掘することを主旨とする。

【主催者】新俳句人連盟
【選考委員】（第42回）石川貞夫，沖正子，鴨下昭，工藤博司，敷地あきら，田中千恵子，丸山美沙夫，望月たけし，吉平たもつ

【選考方法】公募

【選考基準】〔対象〕俳句作品：20句，俳句評論：20枚以上30枚以内（400字詰めB4原稿用紙使用）。各一人1篇に限る。〔資格〕共に既発表未発表問わず。既受賞作品も可。〔応募規定〕参加費2000円

【締切・発表】毎年3月末日締切，「俳句人」9月号誌上発表

【賞・賞金】作品賞・評論賞：記念品と副賞5万円，応募者には発表号を贈呈

【URL】http://www.haikujin.jp/

第1回（昭46年）
　　＊
第2回（昭47年）
　　野ざらし 延男　「吐血の水溜り」
　　松本 円平　「一打黄葉」
第3回（昭48年）
　　該当作なし
第4回（昭49年）
　　＊
第5回（昭50年）
　　＊
第6回（昭51年）
　　えつぐ まもる　「波止場・夏」
　　板垣 好樹　「はらからの花」
第7回（昭52年）～第17回（昭62年）
　　＊
第18回（平2年）
　◇作品賞
　　古田 海　「声のなか」
　●佳作
　　田畑 まさじ　「共稼ぎ歳月」
　　工藤 博司　「昭和考」
　◇評論賞
　　該当作なし
第19回（平3年）
　◇作品賞
　　該当作なし
　●佳作
　　森 洋　「木明りは夏」
　　板倉 三郎　「藷植える」
　　松村 酒恵　「ひとつぶの行方」
　◇評論賞
　　細井 啓司　「「戦争」の句とそのリアリズム」
第20回（平4年）
　◇作品賞

　　森 洋　「定時の十指」
　●佳作
　　細井 啓司　「抗癌期」
　　松村 酒恵　「西国かすむまで」
　　坂田 正晴　「車椅子雑唱」
　◇評論賞
　　野原 輝一　「プロレタリア俳句とその周辺」
第21回（平5年）
　◇作品賞
　　該当作なし
　●佳作
　　松村 酒恵　「小米雪」
　　青倉 人士　「履歴書」
　◇評論賞
　　該当作なし
　●努力賞
　　坂口 沢　「韻律私考」
第22回（平6年）
　◇作品
　　工藤 博司　「東北」
　　中村 重義　「さむい夏」
　◇評論
　　該当作なし
第23回（平7年）
　◇作品
　　成清 正幸　「崩壊」
　　鈴木 映　「舞鶴港」
　◇評論
　　該当作なし
第24回（平8年）
　◇作品
　　丸山 美沙夫　「沖縄の拳」
　◇評論
　　該当作なし
第25回（平9年）

◇作品
　該当作なし
◇評論
　該当作なし
第26回（平10年）
◇作品
　須田　紅楓　「清掃工場から」
◇評論
　該当作なし
●佳作
　千曲山人　「一茶俳句の民衆性」
第27回（平11年）
◇作品賞
　該当作なし
◇評論賞
　該当作なし
第28回（平12年）
◇作品賞
　岡崎　万寿（新俳句人連盟）「青い閃光」
　沖　正子（新俳句人連盟）「伏流水」
◇評論賞
　該当作なし
第29回（平13年）
◇作品賞
　該当作なし
◇評論賞
　該当作なし
第30回（平14年）
◇作品賞
　飯田　史朗（新俳句人連盟）「アフガン今」
　吉平　たもつ（新俳句人連盟）「男ゆび」
◇評論賞
　該当作なし
第31回（平15年）
◇作品賞
　佐藤　秀子（新俳句人連盟）「出発（たびだち）」
　田島　一彦（新俳句人連盟）「一揆谷（やつ）」
◇評論賞
　該当作なし
第32回（平16年）
◇作品の部（俳句）
●入選
　該当作なし
●佳作1位

　三上　史郎
●佳作2位
　川口　ますみ
◇評論の部
●入選
　該当作なし
●佳作
　石田　つとむ
第33回（平17年）
◇作品の部（俳句）
●入選
　該当作なし
●佳作1位
　川口　ますみ
●佳作2位
　仙　とよえ
◇評論の部
●入選
　該当作なし
●佳作
　山本　千代子
第34回（平18年）
◇作品の部（俳句）
●入選
　後藤　蕉村
●佳作1位
　かわにし　雄策
●佳作2位
　南　卓志
◇評論の部
　応募なし
第35回（平19年）
◇作品の部（俳句）
●入選
　該当作なし
●佳作1位
　かわにし　雄策
●佳作2位
　平安　裕子
◇評論の部
●入選
　該当作なし
●佳作
　該当作なし
第36回（平20年）
◇作品の部（俳句）

- 入選
  市川 花風
  伊東 健二
- 佳作1位
  不破 障子
- 佳作2位
  山科 喜一
◇評論の部
- 入選
  該当作なし
- 佳作
  該当作なし

第37回（平21年）
◇作品の部（俳句）
- 入選
  かわにし 雄策 「暖流の幅」
- 佳作1位
  谷川 彰啓 「八月六日」
- 佳作2位
  万葉 太郎 「派遣村」
◇評論の部
- 入選
  該当作なし
- 佳作
  該当作なし

第38回（平22年）
◇作品の部（俳句）
- 入選
  南 卓志 「麦青む」
  渡辺 をさむ 「非戦」
  権藤 義隆 「罌粟坊主」
- 佳作1位
  大友 麻楠 「歩兵銃」
- 佳作2位
  三井 淳一 「かざぐるま」
◇評論の部
- 入選
  該当作なし
- 佳作
  該当作なし

第39回（平23年）
◇作品の部（俳句）
- 入選
  万葉 太郎 「壊滅地帯」
  谷川 彰啓 「日出生台」
- 佳作1位
  野田 賢太郎 「冬を生く」
- 佳作2位
  三井 淳一 「八十八夜」
◇評論の部
- 入選
  該当作なし
- 佳作
  該当作なし

第40回（平24年）
◇作品の部（俳句）
- 入選
  該当作なし
- 佳作1位
  小林 万年青 「絵蠟燭」
- 佳作2位
  木田 千女 「老々介護」
◇評論の部
- 入選
  該当作なし
- 佳作
  該当作なし

第41回（平25年）
◇作品の部（俳句）
- 入選
  該当作なし
- 佳作1位
  山田 正太郎 「活断層」
- 佳作2位
  細野 一敏 「反戦」
◇評論の部
- 入選
  平敷 武蕉 「野ざらし述男序論―現代俳句の新しい地平」
- 佳作
  該当作なし

223 造幣局桜の通り抜け全国俳句大会

大蔵省造幣局の桜の通り抜けは、明治16年から始められた歴史ある行事で、毎年100万人近い人々が観桜のために訪れる。この桜の通り抜けに併せて、広く桜の俳句を募集し造幣局の桜の通り抜けを全国的に知ってもらうために創設。平成12年、第3回をもって終了した。

【主催者】（財）造幣泉友会

【選考方法】公募

【選考基準】〔対象〕2句1組、兼題・桜（造幣局の桜に限らない）、春季雑詠。〔原稿〕規定用紙か200字詰原稿用紙を使用し2句縦書き。住所、氏名、年齢、職業（学校・学年）性別、電話番号を明記。点数制限なし。応募料は1組に付き1000円（作品集代含む・郵便小為替又は現金書留）

【締切・発表】（第3回）平成12年3月13日締切（当日消印有効）,4月下旬入賞者に通知

【賞・賞金】大会大賞（1点）・優秀賞（10点）・選者賞：賞状および造幣局製の賞牌,応募者全員に入選作を掲載した作品集を送付

第1回（平10年）
　◇大賞
　　小島 國夫
第2回（平11年）
　◇大賞
　　永井 真一路
第3回（平12年）
　◇大賞
　　足立 みゑ子

224 蛇笏賞

俳句界の最高の業績をたたえる賞として、俳句の発展につくした飯田蛇笏の名にちなんで、昭和42年に角川書店によって短歌の「迢空賞」と同時に設立された。俳句界で最も権威のある賞とされる。51年より角川文化振興財団が主催する。

【主催者】一般財団法人角川文化振興財団

【選考委員】宇多喜代子、片山由美子、齋藤愼爾、長谷川櫂

【選考方法】非公募

【選考基準】〔対象〕前年度1月1日から12月31日の間に刊行された句集

【締切・発表】例年4月に選考会を開催、受賞作を決定し、主要報道機関と「俳句」6月号誌上に発表

【賞・賞金】賞状、記念品、副賞100万円

【URL】http：//www.kadokawa-zaidan.or.jp/kensyou/dakotu/

第1回（昭42年）
　皆吉 爽雨 "「三露」とこれまでの業績"
第2回（昭43年）
　加藤 楸邨 "「まぼろしの鹿」〔思想社〕とこれまでの業績"

秋元 不死男 "「万座」〔角川書店〕とこれまでの業績"
第3回（昭44年）
　大野 林火 "「潺潺集」とこれまでの業績"
第4回（昭45年）
　福田 蓼汀 "「秋風挽歌」とこれまでの業績"
第5回（昭46年）
　右城 暮石 "「上下」とこれまでの業績"
　平畑 静塔 "「壺国」とこれまでの業績"
第6回（昭47年）
　安住 敦 "「午前午後」とこれまでの業績"
第7回（昭48年）
　阿波野 青畝 "「甲子園」とこれまでの業績"
　松村 蒼石 "「雪」とこれまでの業績"
第8回（昭49年）
　百合山 羽公 "「寒雁」〔海坂発行所〕とこれまでの業績"
第9回（昭50年）
　石川 桂郎 "先年度の作句活動とこれまでの業績"
第10回（昭51年）
　相生垣 瓜人 "「明治草」とこれまでの全作句活動に対して"
第11回（昭52年）
　山口 草堂 「四季蕭嘯」〔牧羊社〕
第12回（昭53年）
　阿部 みどり女 「月下美人」〔五月書房〕
第13回（昭54年）
　細見 綾子 「曼陀羅」〔立風書房〕
第14回（昭55年）
　斉藤 玄 「雁道」〔永田書房〕
第15回（昭56年）
　石原 舟月 「雨情」〔東京竹頭社〕
第16回（昭57年）
　滝 春一 「花石榴」〔風神社〕
第17回（昭58年）
　柴田 白葉女 「月の笛」〔永田書房〕
　村越 化石 「端坐」〔浜発行所〕
第18回（昭59年）
　橘 聞石 「和栲」〔湯川書房〕
第19回（昭60年）
　能村 登四郎 「天上華」〔角川書店〕
第20回（昭61年）
　長谷川 双魚 「ひとつとや」〔牧羊社〕
第21回（昭62年）

　森 澄雄 「四遠」〔富士見書房〕
第22回（昭63年）
　該当作なし
第23回（平1年）
　三橋 敏雄 「畳の上」〔立風書房〕
第24回（平2年）
　角川 春樹 「花咲爺」〔富士見書房〕
第25回（平3年）
　該当作なし
第26回（平4年）
　桂 信子 「樹影」
第27回（平5年）
　佐藤 鬼房 「瀬頭（せがしら）」
第28回（平6年）
　中村 苑子 「吟遊」〔角川書店〕
第29回（平7年）
　鈴木 六林男 「雨の時代」〔東京四季出版〕
第30回（平8年）
　沢木 欣一 「白鳥」〔角川書店〕
第31回（平9年）
　飯島 晴子 「儚々（ぼうぼう）」〔角川書店〕
第32回（平10年）
　成田 千空 「白光」〔角川書店〕
第33回（平11年）
　鈴木 真砂女 「紫木蓮（しもくれん）」〔角川書店〕
第34回（平12年）
　津田 清子 「無方」〔編集工房ノア〕
第35回（平13年）
　宇多 喜代子 「象」〔角川書店〕
第36回（平14年）
　金子 兜太 「東国抄」〔花神社〕
第37回（平15年）
　草間 時彦 「瀧の音」〔永田書房〕
第38回（平16年）
　福田 甲子雄 「草虱」〔花神社〕
第39回（平17年）
　鷲谷 七菜子 「晨鐘」〔本阿弥書店〕
第40回（平18年）
　後藤 比奈夫 「めんない千鳥」〔ふらんす堂〕
第41回（平19年）
　岡本 眸 「午後の椅子」〔ふらんす堂〕
第42回（平20年）
　鷹羽 狩行 「十五峯」〔ふらんす堂〕
第43回（平21年）

廣瀬 直人 「風の空」
第44回（平22年）
　眞鍋 呉夫 「月魄」
第45回（平23年）
　黒田 杏子 「日光月光」
第46回（平24年）
　澁谷 道 「澁谷道俳句集成」

第47回（平25年）
　文挾 夫佐恵 「白駒」
第48回（平26年）
　高野 ムツオ 「萬の翅」
　深見 けん二 「菫濃く」
第49回（平27年）
　大峯 あきら 「短夜」

225 田中裕明賞

「日本の伝統詩としての俳句をつくる」「詩情を大切にする」という俳句つくりを続け、45歳で亡くなった田中裕明を顕彰し、俳句の未来をになう若い俳人を育てるための一助となることを目指し、平成22年に創設した。

【主催者】ふらんす堂

【選考委員】（第7回）石田郷子、小川軽舟、岸本尚毅、四ッ谷龍

【選考方法】公募（自薦、他薦）

【選考基準】〔資格〕該当年の12月30日時点で満45歳までの俳人。〔対象〕毎年1月1日から12月31日までに刊行された個人の新句集（奥付に従う）。製本された形式（洋装・和装）の句集以外は認めない。定本・アンソロジー・精選句集・自句自解・などの句文集、電子書籍等は該当しない

【締切・発表】（第7回）平成28年1月31日締切（当日消印有効）,5月ふらんす堂HP、各総合誌・新聞紙上で発表

【賞・賞金】正賞：万年筆、副賞：10万円

【URL】http://furansudo.com/award/

第1回（平22年）
　高柳 克弘 「未踏」〔ふらんす堂〕
第2回（平23年）
　該当作なし
第3回（平24年）
　関 悦史 「六十億本の回転する曲がつた棒」〔邑書林〕
第4回（平25年）
　津川 絵理子 「はじまりの樹」〔ふらんす堂〕
第5回（平26年）
　榮 猿丸 「点滅」〔ふらんす堂〕
　西村 麒麟 「鶉」〔私家版〕
第6回（平27年）
　鴇田 智哉 「凧と円柱」

226 中日俳句賞

昭和23年5月,中部日本新聞社（現中日新聞社）により、「中日総合俳句会」が設立され、月1回の例句会が現在まで継続されている。発足当初よりその句会の年度最優秀者に授賞されている。

中日俳句賞

- 【主催者】中部日本俳句作家会,中日新聞社
- 【選考委員】伊藤政美,勝野俊子,後藤昌治,橋本輝久,森下草城子
- 【選考方法】非公募
- 【選考基準】〔対象〕前年度の月例句会の選者入選の高成績者上位より選考
- 【締切・発表】毎年4月発表,中部日本俳句作家会会報及び中日新聞紙上
- 【賞・賞金】賞状,賞品

(昭24年)～(昭58年)
　　＊
(昭59年)
　坂戸 淳夫
　後藤 昌治
　◇努力賞
　　森下 草城子
　　小林 美代子
(昭60年)
　後藤 昌治
　清水 冬視
(昭61年)
　鈴木 知足
　小林 美代子
　森下 草城子
(昭62年)
　後藤 昌治
(昭63年)
　佐佐木 敏
(平1年)
　該当者なし
(平2年)
　佐伯 春甫
(平3年)
　柴田 和江
(平4年)
　横地 かをる
(平5年)
　淺井 霜崖
(平6年)
　該当者なし
(平7年)
　岩田 礼仁
(平8年)
　該当者なし
(平9年)
　金子 ひさし

(平10年)
　金子 晴彦
(平11年)
　該当者なし
　◇努力賞
　　井戸 昌子
(平12年)
　井戸 昌子
(平13年)
　浅生 圭佑子
　菊池 久子
(平14年)
　北川 邦陽
(平15年)
　森下 草城子
(平16年)
　後藤 昌治
(平17年)
　今井 真子
(平18年)
　山田 哲夫
(平19年)
　浅生 圭佑子
　長澤 奏子
(平20年)
　浅生 圭佑子
(平21年)
　金子 晴彦
(平22年)
　金子 晴彦
(平23年)
　横地 かをる
(平24年)
　今井 真子
(平25年)
　横地 かをる

227 中部日本俳句作家会賞

中部日本俳句作家会では昭和30年以来「年刊句集」を刊行して来ているが,その「年刊句集」の中の最優秀作品の作者にこの賞を贈っている。

【主催者】中部日本俳句作家会,中日新聞社
【選考委員】伊藤政美,勝野俊子,後藤昌治,橋本輝久,森下草城子
【選考方法】非公募
【選考基準】〔対象〕その年度の「年刊句集」収載の全作品
【締切・発表】毎年4月発表,中部日本俳句作家会会報及び中日新聞紙上
【賞・賞金】賞状,正賞賞品,賞金

(昭45年)
　立原 雄一郎
(昭46年)
　浅井 一邦
　森下 草城子
(昭47年)
　小笠原 靖和
(昭48年)
　白木 忠
(昭49年)
　田中 正一
(昭50年)
　伊吹 夏生
　中烏 健二
(昭51年)
　勝野 俊子
　岩田 礼仁
(昭52年)
　清水 冬視
(昭53年)
　鈴木 照子
(昭54年)
　橋本 輝久
(昭55年)
　林 英男
(昭56年)
　高桑 冬陽
(昭57年)
　該当者なし
(昭58年)
　小出 尚武
　林 政恵
(昭59年)
　岡本 信男
(昭60年)
　鈴木 知足
(昭61年)
　杉本 亀城
(昭62年)
　岸 貞男
　北川 邦陽
(昭63年)
　小林 美代子
(平1年)
　今井 真子
(平2年)
　柴田 和江
　永井 江美子
(平3年)
　村瀬 誠道
(平4年)
　植村 立風子
　佐佐木 敏
(平5年)
　竹内 まどか
(平6年)
　吉田 さかえ
(平7年)
　伊藤 政美
　山田 鍵男
(平8年)
　佐伯 春甫

(平9年)
　五藤　一巳
　前田　典子
(平10年)
　金子　晴彦
　馬場　駿吉
(平11年)
　井戸　昌子
　横地　かをる
(平12年)
　二村　秀水
　金子　ひさし
(平13年)
　小川　二三男
(平14年)
　柴田　典子
　野村　紘子
(平15年)
　岸　美世
　大西　健司
(平16年)
　淺井　霜崖

(平17年)
　浅生　圭佑子
(平18年)
　山田　哲夫
　石上　邦子
(平19年)
　中根　唯生
(平20年)
　杉崎　ちから
(平21年)
　山口　伸
(平22年)
　犬飼　孝昌
　前田　秀子
(平23年)
　稲葉　千尋
　時野　穂邨
(平24年)
　鈴木　誠
　米山　久美子
(平25年)
　神谷　きよ子

228 鶴俳句賞

年間において最も優秀な作品に鶴主宰が授与する賞。

【主催者】「鶴」(投稿誌)

【選考委員】鈴木しげを

【選考方法】推薦

【選考基準】鶴俳句への毎月の投句を1年間通して成績優秀なる者を主宰者が決定する

【賞・賞金】鶴俳句賞主宰者の色紙及時計

【URL】http://www5.ocn.ne.jp/~turu/

(平5年度)
　山田　ひろむ　「日雷」
(平6年度)
　小林　篤子　「初閻魔」
(平7年度)
　今泉　陽子　「花曇」
(平8年度)
　対馬　暮流　「青時雨」
(平9年度)
　渡邊　和夫　「夏菊」
(平10年度)
　二本柳　力弥　「春の土」
(平11年度)〜(平15年度)
　　　＊
(平16年度)
　該当者なし
(平17年度)
　内沼　源治

坂井 恵美子
(平18年度)
清水 候鳥
(平19年度)
亀井 雄子男
(平20年度)
該当者なし
(平21年度)
畠山 陽子
(平22年度)

伊藤 素広
(平23年度)
西村 貴美子
(平24年度)
大山 千代子
(平25年度)
内田 啓子
(平26年度)
富田 澄江

229 21世紀えひめ俳句賞

愛媛県出身の四俳人―石田波郷,河東碧梧桐,富沢赤黄男,中村草田男を顕彰するため平成14年創設。21世紀の俳句をリードする優れた句集,評論・研究書に贈られる。

【主催者】愛媛県文化振興財団(ほか)

【選考委員】(第1回)金子兜太(委員長・現代俳句協会名誉会長),篠崎圭介(副委員長・愛媛県俳句協会会長)

【選考方法】公募及び推薦

【選考基準】〔対象〕平成12年4月1日～平成14年3月31日に単行本として刊行された句集又は俳句に関する評論・研究書(奥付の日による)。自費出版,私家版など刊行の形態は問わない。〔応募規定〕著者本人が,同じ句集・評論書等3部を送付する。なお送付に際して(1)応募者の本名,俳号,年齢,住所,電話番号(2)希望する賞名(四俳人の中から選ぶ)を記したものを添付する

【締切・発表】平成14年8月10日締切,11月初旬発表,12月1日授賞式

【URL】http://www.ecf.or.jp/

第1回(平14年)
◇石田波郷賞
　ハルオ・シラネ(Haruo Shirane)(コロンビア大学教授)「芭蕉の風景 文化の記憶」〔角川書店〕
◇河東碧梧桐賞
　夏石 番矢(俳人,明治大学教授)「夏石番矢全句集 越境紀行」〔沖積舎〕
◇富沢赤黄男賞
　加藤 郁乎(俳人)「加藤郁乎俳句集成」〔沖積舎〕
◇中村草田男賞
　長谷川 櫂(俳人)「虚空」〔花神社〕

230 日本伝統俳句協会賞

日本伝統俳句協会は,有季定型の花鳥諷詠詩である伝統俳句を継承・普及するとともに,その精神を深め,もって我が国の文化向上に寄与することを目的として結成・設立された協会である。

日本伝統俳句協会賞

- 【主催者】（社）日本伝統俳句協会
- 【選考委員】本選：稲畑汀子,大輪靖宏,安原葉,木村享史,今井千鶴子,辻桃子
- 【選考方法】公募。無記名による選考を行う
- 【選考基準】〔資格〕会員。〔原稿〕雑詠30句
- 【締切・発表】毎年11月末日締切（当日消印有効）、機関誌「花鳥諷詠」誌上で発表
- 【賞・賞金】日本伝統俳句協会賞1名、新人賞1名
- 【URL】http://www.haiku.jp/

第1回（平2年）
　◇協会賞
　　石井 とし夫　「印旛沼素描」
　◇新人賞
　　福井 千津子　「無題」
第2回（平3年）
　◇協会賞
　　山田 弘子　「去年今年」
　◇新人賞
　　山本 素竹　「凍湖」
第3回（平4年）
　◇協会賞
　　松岡 ひでたか　「天の磐船」
　◇新人賞
　　湯川 雅　「片隅に」
第4回（平5年）
　◇協会賞
　　山本 素竹　「有鱗目ヘビ亜目」
　◇新人賞
　　高浜 礼子　「輝いて」
第5回（平6年）
　◇協会賞
　　宮地 玲子　「十一番坂へ」
　◇新人賞
　　藤 和子　「待春」
第6回（平7年）
　◇協会賞
　　伊藤 まさ子　「三輪車」
　◇新人賞
　　藤井 啓子　「ああ生きてをり」
第7回（平8年）
　◇協会賞
　　湯川 雅　「窓」
　◇新人賞
　　長谷川 春生　「約束」

第8回（平9年）
　◇協会賞
　　長山 あや　「曽爾原（そにはら）」
　◇新人賞
　　深野 まり子　「漸く春」
第9回（平10年）
　◇協会賞
　　小暮 陶句郎　「工房の四季」
　◇新人賞
　　坊城 俊樹　「ぴかぴか」
第10回（平11年）
　◇協会賞
　　吉田 節子　「雛遊」
　◇新人賞
　　三瀬 教世　「川は生きてゐる」
第11回（平12年）
　◇協会賞
　　萩野 幸雄　「樏（かんじき）」
　◇新人賞
　　吉村 玲子　「冬の城」
第12回（平13年）
　◇協会賞
　　渡辺 萩風　「角切り会（つのきりえ）」
　◇新人賞
　　湖東 紀子　「庭」
第13回（平14年）
　◇協会賞
　　坂井 光代　「生きゆく」
　◇新人賞
　　伊東 法子　「爽（さわ）やかに」
第14回（平15年）
　◇協会賞
　　今橋 眞理子　「大樹」
　◇新人賞
　　今井 肖子　「画展にて」

第15回（平16年）
　◇協会賞
　　中井 かず子 「顔」
　◇新人賞
　　涌羅 由美 「わんぱく」
第16回（平17年）
　◇協会賞
　　今井 肖子 「花一日（ひとひ）」
　◇新人賞
　　奥村 里 「授りて」
第17回（平18年）
　◇協会賞
　　佐土井 智津子 「月」
　◇新人賞
　　内原 弘美 「野に咲く」
第18回（平19年）
　◇協会賞
　　椋 誠一朗 「あそび歌」
　　湖東 紀子 「吾輩は」
　◇新人賞
　　木原 佳子 「お伽話」
　◇新人奨励賞
　　浅利 清香 「秋の日に」
第19回（平20年）
　◇協会賞
　　山田 弘子 「十三夜」
　◇新人賞
　　西 やすのり 「田」
第20回（平21年）
　◇協会賞
　　該当者なし
　◇新人賞
　　岸田 祐子 「君と」
第21回（平22年）
　◇協会賞
　　山田 佳乃 「水の声」
　◇新人賞
　　阪西 敦子 「Go, Hitch, Go！」
第22回（平23年）
　◇協会賞
　　佳田 翡翠 「木挽町」
　◇新人賞
　　竹岡 俊一 「六分儀」
第23回（平24年）
　◇協会賞
　　山本 素竹 「秋から冬へ」
　◇新人賞
　　抜井 諒一 「日向ぼこ」
第24回（平25年）
　◇協会賞
　　大谷 櫻 「瓔珞」
　◇新人賞
　　譽田 文香 「季節とともに」
第25回（平26年）
　◇協会賞
　　田中 祥子 「吉野拾遺」
　◇新人賞
　　進藤 剛至 「あるがままに」
第26回（平27年）
　◇協会賞
　　田丸 千種 「神の火」
　◇新人賞
　　能美 顕之 「月の声」

231 俳句朝日賞

朝日俳句新人賞創設の翌年, 51歳以上の誰でも参加できる賞として平成10年創設。雑誌「俳句朝日」が平成19年6月号をもって休刊したことに伴い, 賞も休止。

【主催者】朝日新聞社
【選考方法】公募
【選考基準】〔対象〕自作未発表の作品30句。〔資格〕51歳以上の人。〔原稿〕400字詰大判原稿用紙（B4判）2枚

【賞・賞金】記念品と副賞30万円

第1回（平11年）
　美柑 みつはる　「亥子餅」
◇準賞
　村中 燈子　「龍の玉」
第2回（平12年）
　百瀬 靖子　「裸」
◇準賞
　阿部 静雄　「郷國」
　宮本 輝昭　「大湖」
第3回（平13年）
　井口 光雄　「良寛の村」
第4回（平14年）
　小堀 紀子　「姨捨山」
◇準賞
　上村 佳与　「春の潮」
第5回（平15年）
　髙橋 智子　(「真中」)
◇準賞
　青山 丈　「虫送」
第6回（平16年）
　西村 梛子　「狐火」
◇準賞
　嵯峨根 鈴子　「玉手箱」
第7回（平17年）
　水谷 由美子　「大津祭」
　東條 陽之助　「寺田」
◇準賞
　都合 ナルミ　「夜神楽」
第8回（平18年）
　神保 千惠子　「右手」
◇準賞
　松野 苑子　「地球儀」
第9回（平19年）
　西出 真一郎　「少年たちの四季」
◇準賞
　中沢 三省　「医務始」

232 俳句αあるふぁ大賞

　毎日新聞社が，季刊の俳誌「俳句αあるふぁ」の創刊を記念して，平成4年に募集。1回限りの賞。

【主催者】毎日新聞社

【選考委員】加藤楸邨, 桂信子, 塩田丸男

【選考方法】公募

【選考基準】〔対象〕題材は自由〔資格〕未発表作品

【締切・発表】平成4年12月31日締切（当日消印有効），発表は2月14日の毎日新聞紙上および「俳句αあるふぁ」第2号誌上

【賞・賞金】α大賞(1句)：100万円，優秀賞(2句)：30万円，佳作(5句)：10万円

(平5年)
　小林 美代子
◇優秀賞
　鈴木 茂雄
　戸丸 泰二郎

233 俳句研究賞

　新人発掘とその育成をめざし，昭和61年に創設された。現在募集休止中。

【主催者】富士見書房（休止まで）

第1回（昭61年）
　　北野 平八　「水湜」
　　本宮 哲郎　「雪国雑唱」
第2回（昭62年）
　　佐藤 和枝　「龍の玉」
　　角免 栄児　「白南風」
第3回（昭63年）
　　河合 照子　「日向」
　　山口 都茂女　「面打」
第4回（平1年）
　　福島 勲　「閻魔の手形」
　　牧 辰夫　「机辺」
第5回（平2年）
　　片山 由美子　「一夜」
第6回（平3年）
　　高橋 富里　「点字日記」
第7回（平4年）
　　日美 清史　「涼意」
第8回（平5年）
　　西尾 一　「三寒四温」
第9回（平6年）
　　三田 きえ子　「日暮」
　　大島 雄作　「青年」
第10回（平7年）
　　野中 亮介　「風の木」
第11回（平8年）
　　猪口 節子　「能管」
第12回（平9年）
　　太田 土男　「牛守」
第13回（平10年）
　　岩永 佐保　「生きもの燦と」
第14回（平11年）
　　鈴木 厚子　「鹿笛」
第15回（平12年）
　　山根 真矢　「少年の時間」
第16回（平13年）
　　鴇田 智哉　「かなしみのあと」
第17回（平14年）
　　藤村 真理　「からり」
第18回（平15年）
　　有澤 榠櫨　「五十一」
第19回（平16年）
　　髙柳 克弘　「息吹」
第20回（平17年）
　　対中 いずみ　「螢童子」
第21回（平18年）
　　齋藤 朝比古　「懸垂」

234 俳句四季大賞

　前年に刊行された句集から優秀なものを選出する。短詩型文学の向上に多少なりとも貢献したいという念から始めた。

【主催者】東京四季出版
【選考委員】齋藤愼爾, 仙田洋子, 高野ムツオ, 星野高士
【選考方法】選考委員並びに「俳句四季」四季吟詠欄の選者が, 各2冊以内を推薦し, その中から選考委員4名が合議により決定
【選考基準】〔対象〕前年1月から12月までに日本国内で発行された句集。他社の類似した賞の受賞者は原則として除く
【賞・賞金】俳句四季大賞（賞金20万円）
【URL】http://www.tokyoshiki.co.jp/index.html

第1回（平13年）　　　　　　　　　　　　吉野 義子　「流氷」〔角川書店〕

岩淵 喜代子 「蛍袋に灯をともす」〔ふらんす堂〕
第2回（平14年）
　後藤 比奈夫 「沙羅紅葉」〔ふらんす堂〕
第3回（平15年）
　山上 樹実雄 「四時抄」〔花神社〕
　矢島 渚男 「延年」〔富士見書房〕
第4回（平16年）
　小原 啄葉 「永日」（句集）〔角川書店〕
第5回（平17年）
　大石 悦子 「耶々」（句集）〔富士見書房〕
第6回（平18年）
　友岡 子郷 「雲の賦」（句集）〔角川書店〕
第7回（平19年）
　文挾 夫佐恵 「青愛鷹」（句集）〔角川書店〕
第8回（平20年）
　今井 千鶴子 「過ぎゆく」（句集）〔角川書店〕
第9回（平21年）
　綾部 仁喜 「沈黙」〔ふらんす堂〕
第10回（平22年）
　神蔵 器 「氷輪」〔角川書店〕
　豊田 都峰 「土の唄」〔東京四季出版〕
第11回（平24年）
　宮坂 静生 「雛土蔵」〔角川書店〕
第12回（平25年）
　照井 翠 「龍宮」〔角川学芸出版〕
第13回（平26年）
　柿本 多映 「仮生」
　茨木 和生 「薬喰」
第14回（平27年）
　渡辺 誠一郎 「地祇」

235 俳人協会賞

昭和36年11月，俳人協会創立と同時に，伝統的俳句作家顕彰の趣旨のもとに，その年間に刊行された句集，及び各誌上に発表された作品を対象に制定された。

【主催者】俳人協会

【選考委員】山崎ひさを，岡田日郎，辻田克巳，榎本好宏，井上弘美

【選考方法】非公募

【選考基準】〔資格〕俳人協会会員に限る。但し過去において同協会賞，現代俳句協会賞，茅舎賞，蛇笏賞および芸術選奨などを受賞した者は，原則として対象外とする。〔対象〕毎年10月から翌年9月末日までの，年間に刊行された作品

【締切・発表】1月選考会，誌上発表は会報「俳句文学館」2・3月号

【賞・賞金】記念額と賞金20万円

【URL】http://www.haijinkyokai.jp/

第1回（昭36年度）
　石川 桂郎 「含羞」〔瑯玕洞〕
第2回（昭37年度）
　西東 三鬼 「変身」〔角川書店〕
第3回（昭38年度）
　小林 康治 「玄霜」〔学文社〕
第4回（昭39年度）
　千代田 葛彦 「旅人木」〔瑯玕洞〕
第5回（昭40年度）
　鷹羽 狩行 「誕生」〔昭森社〕
第6回（昭41年度）
　磯貝 碧蹄館 「握手」〔遊墨舎〕
　稲垣 きくの 「冬濤」〔牧羊社〕
第7回（昭42年度）
　菖蒲 あや 「路地」〔牧羊社〕
　及川 貞 「夕焼」〔東京美術〕
第8回（昭43年度）
　上田 五千石 「田園」〔春日書房〕
第9回（昭44年度）
　相馬 遷子 「雪嶺」〔竹頭社〕

第10回（昭45年度）
　石田 あき子 「見舞籠」〔東京美術〕
　林 翔 「和紙」〔竹頭社〕
第11回（昭46年度）
　岡本 眸 「朝」〔牧羊社〕
第12回（昭47年度）
　岸田 雅魚 「筍流し」〔角川書店〕
第13回（昭48年度）
　成瀬 桜桃子 「風色」〔牧羊社〕
第14回（昭49年度）
　村越 化石 「山国抄」〔浜発行所〕
第15回（昭50年度）
　赤松 蕙子 「白毫」〔牧羊社〕
　中山 純子 「沙羅」〔牧羊社〕
　山田 みづえ 「木語」〔牧羊社〕
第16回（昭51年度）
　堀口 星眠 「営巣期」〔牧羊社〕
　鈴木 真砂女 「夕螢」〔牧羊社〕
第17回（昭52年度）
　下村 ひろし 「西陲集」〔東京美術〕
第18回（昭53年度）
　殿村 菟絲子 「晩緑」〔牧羊社〕
第19回（昭54年度）
　古舘 曹人 「砂の音」〔牧羊社〕
第20回（昭55年度）
　細川 加賀 「生身魂」〔東京美術〕
第21回（昭56年度）
　橋本 鶏二 「鷹の胸」〔牧羊社〕
　古賀 まり子 「竪琴」〔東京美術〕
第22回（昭57年度）
　松崎 鉄之介 「信篤き国」〔浜発行所〕
第23回（昭58年度）
　鷲谷 七菜子 「游影」〔牧羊社〕
第24回（昭59年度）
　加倉井 秋を 「風祝」〔卯辰山文庫〕
第25回（昭60年度）
　馬場 移公子 「峡の雲」〔東京美術〕
第26回（昭61年度）
　森田 峠 「逆瀬川」〔角川書店〕
第27回（昭62年度）
　有馬 朗人 「天為」〔富士見書房〕
第28回（昭63年度）
　成田 千空 「人日」〔青森県文芸協会出版部〕
第29回（平1年度）
　村沢 夏風 「独坐」〔角川書店〕

第30回（平2年度）
　平井 さち子 「鷹日和」〔卯辰山文庫〕
第31回（平3年度）
　深見 けん二 「花鳥来」〔角川書店〕
第32回（平4年度）
　青柳 志解樹 「松は松」〔牧羊社〕
　岡田 日郎 「連嶺」〔角川書店〕
第33回（平5年度）
　皆川 盤水 「寒靄（かんあい）」
　中原 道夫 「顱頂（ろちょう）」
第34回（平6年度）
　綾部 仁喜 「樸簡」〔ふらんす堂〕
　吉田 鴻司 「頃日」〔角川書店〕
第35回（平7年度）
　黒田 杏子 「一木一草」〔花神社〕
　山上 樹実雄 「翠微」
第36回（平8年度）
　小原 啄葉 「滾滾（こんこん）」〔角川書店〕
　星野 麦丘人 「雨滴集」〔梅里書房〕
第37回（平9年度）
　清崎 敏郎 「凡（ぼん）」〔ふらんす堂〕
　宮津 昭彦 「遠樹」〔梅里書房〕
第38回（平10年度）
　加藤 三七子 「朧銀集」〔花神社〕
第39回（平11年度）
　石田 勝彦 「秋興」〔ふらんす堂〕
第40回（平12年度）
　今井 杏太郎 「海鳴り星」〔花神社〕
　林 徹 「飛花」〔角川書店〕
　本宮 哲郎 「日本海」〔ふらんす堂〕
第41回（平13年度）
　茨木 和生 「往馬（いこま）」〔ふらんす堂〕
　神蔵 器 「貴椿（あてつばき）」〔朝日新聞社〕
第42回（平14年度）
　大峯 あきら 「宇宙塵」〔ふらんす堂〕
第43回（平15年度）
　黛 執 「野面積」〔本阿弥書店〕
　藤本 安騎生 「深吉野」〔角川書店〕
第44回（平16年度）
　鈴木 鷹夫 「千年」〔角川書店〕
第45回（平17年度）
　大串 章 「大地」〔角川書店〕
　鍵和田 秞子 「胡蝶」〔角川書店〕
第46回（平18年度）
　西村 和子 「心音」〔角川書店〕

第47回（平19年度）
　大嶽 青児　「笙歌（しょうか）」〔瀝の会〕
　今瀬 剛一　「水戸」〔本阿弥書店〕
第48回（平20年度）
　淺井 一志　「百景」〔私家版〕
　伊藤 通明　「荒神」〔角川書店〕
第49回（平21年度）
　榎本 好宏　「祭詩」〔ふらんす堂〕
　栗田 やすし　「海光」〔角川書店〕
第50回（平22年度）

斎藤 夏風　「辻俳諧」〔ふらんす堂〕
第51回（平23年度）
　辻田 克巳　「春のこゑ」〔角川書店〕
　山本 洋子　「夏木」〔ふらんす堂〕
第52回（平24年度）
　片山 由美子　「香雨」〔ふらんす堂〕
第53回（平25年度）
　大石 悦子　「有情」〔角川書店〕
第54回（平26年度）
　若井 新一　「雪形」〔KADOKAWA〕

236 俳人協会新鋭評論賞

俳人協会が制定した俳句評論賞。

【主催者】俳人協会

【選考基準】（第2回）〔資格〕平成27年8月末現在で49歳以下の俳人協会会員に限る。〔対象〕評論（エッセイを除く）

【締切・発表】（第2回）平成27年8月末（必着）

【賞・賞金】大賞1名、準賞若干名

【URL】http：//www.haijinkyokai.jp/

第1回（平26年）
　◇大賞
　　青木 亮人　「明治期における俳句革新「写生」の内実について」
　◇準大賞
　　澤田 和弥　「寺山修二「五月の鷹」考補遺」

237 俳人協会新人賞

昭和52年10月、従来の「俳人協会賞」に加えて、新人を世に出す趣旨で制定された。

【主催者】俳人協会

【選考委員】栗田やすし，小島健，柴田佐知子，野中亮介，蘭草慶子

【選考方法】非公募

【選考基準】〔資格〕俳人協会会員で、年齢49歳以下を対象とする。〔対象〕作品は毎年10月から翌年9月末日までの、一年間に刊行されたものを対象とする

【締切・発表】1月選考会，誌上発表は会報「俳句文学館」2・3月号

【賞・賞金】記念額と賞金10万円

【URL】http：//www.haijinkyokai.jp/

第1回（昭52年度）
　　　　　　　　　　　　　　鍵和田 秞子　「未来図」〔卯辰山文庫〕

第2回（昭53年度）
　大串 章　「朝の舟」〔浜発行所〕
　鈴木 栄子　「鳥獣戯画」〔牧羊社〕
第3回（昭54年度）
　朝倉 和江　「花鋏」〔牧羊社〕
第4回（昭55年度）
　辻田 克己　「オペ記」〔東京美術〕
　福永 耕二　「踏歌」〔東京美術〕
　伊藤 通明　「白桃」〔東京美術〕
第5回（昭56年度）
　檜 紀代　「呼子石」〔牧羊社〕
　黒田 杏子　「木の椅子」〔牧羊社〕
第6回（昭57年度）
　新田 祐久　「白山」〔風発行所〕
　大岳 青児　「遠嶺」〔東京美術〕
　角川 春樹　「信長の首」〔牧羊社〕
第7回（昭58年度）
　西村 和子　「夏帽子」〔牧羊社〕
第8回（昭59年度）
　木内 怜子　「繭」〔東京美術〕
　坂巻 純子　「花呪文」〔卯辰山文庫〕
　田中 菅子　「紅梅町」〔浜発行所〕
第9回（昭60年度）
　上田 操　「直面」〔牧羊社〕
第10回（昭61年度）
　大石 悦子　「群萌」〔富士見書房〕
　佐久間 慧子　「無伴奏」〔本阿弥書店〕
第11回（昭62年度）
　棚山 波朗　「之乎路」〔富士見書房〕
　行方 克己　「知音」〔卯辰山文庫〕
　長谷川 久々子　「水辺」〔牧羊社〕
第12回（昭63年度）
　岡本 高明　「風の縁」〔本阿弥書店〕
第13回（平1年度）
　中原 道夫　「蕩児」〔富士見書房〕
第14回（平2年度）
　鈴木 貞雄　「麗月」〔卯辰山文庫〕
第15回（平3年度）
　千葉 皓史　「郊外」〔花神社〕
　冨田 正吉　「泣虫山」〔牧羊社〕
　村上 喜代子　「雪き降れ降れ」〔本阿弥書店〕
第16回（平4年度）
　いのうえ かつこ　「貝の砂」〔ふらんす堂〕
　岸本 尚毅　「舜」〔花神社〕
　能村 研三　「鷹の木」〔富士見書房〕
第17回（平5年度）
　仲村 青彦　「予感」
　藤田 美代子　「青き表紙」
第18回（平6年度）
　奥坂 まや　「列柱」〔花神社〕
第19回（平7年度）
　小島 健　「爽」〔角川書店〕
　橋本 栄治　「麦生」〔ふらんす堂〕
　山田 真砂年　「西へ出づれば」〔花神社〕
第20回（平8年度）
　藺草 慶子　「野の琴」〔ふらんす堂〕
　石田 郷子　「秋の顔」〔ふらんす堂〕
第21回（平9年度）
　小沢 実　「立像」〔角川書店〕
　北村 保　「伊賀の奥」〔角川書店〕
　野中 亮介　「風の木」〔角川書店〕
第22回（平10年度）
　伊藤 伊那男　「銀漢」
　柴田 佐知子　「母郷」〔角川書店〕
第23回（平11年度）
　大屋 達治　「寛海」〔角川書店〕
　藤本 美和子　「跣足」〔ふらんす堂〕
　山本 一歩　「耳ふたつ」〔狩発行所〕
第24回（平12年度）
　中岡 毅雄　「一碧」〔花神社〕
　南 うみを　「丹後」〔花神社〕
第25回（平13年度）
　小川 軽舟　「近所」〔富士見書房〕
　西宮 舞　「千木（ちぎ）」〔富士見書房〕
　林 誠司　「ブリッジ」〔遊牧舎〕
　檜山 哲彦　「壺天（こてん）」〔角川書店〕
第26回（平14年度）
　井上 弘美　「あをぞら」〔富士見書房〕
　三村 純也　「常行」〔角川書店〕
第27回（平15年度）
　中田 尚子　「主審の笛」〔角川書店〕
第28回（平16年度）
　辻 美奈子　「真咲」〔ふらんす堂〕
　松永 浮堂　「げんげ」〔文學の森〕
　山崎 祐子　「点晴」〔角川書店〕
第29回（平17年度）
　高田 正子　「花実」〔ふらんす堂〕
　鍋島 智哉　「こゑふたつ」〔木の山文庫堂〕
　中村 与謝男　「楽浪」〔富士見書房〕
第30回（平18年度）
　明隅 礼子　「星槎」〔ふらんす堂〕

石嶌 岳　「嘉祥」〔富士見書房〕
　　　津川 絵理子　「和音」〔文學の森〕
第31回（平19年度）
　　　佐藤 郁良　「海図」〔ふらんす堂〕
　　　白濱 一羊　「喝采（かっさい）」〔ふらんす堂〕
　　　井越 芳子　「鳥の重さ」〔ふらんす堂〕
第32回（平20年度）
　　　辻内 京子　「蝶生る」〔ふらんす堂〕
　　　日原 傳　「此君」〔ふらんす堂〕
　　　横井 遥　「男坐り」〔ふらんす堂〕
第33回（平21年度）
　　　加藤 かな文　「家」〔ふらんす堂〕
　　　金原 知典　「白色」〔ふらんす堂〕
　　　森賀 まり　「瞬く」〔ふらんす堂〕

第34回（平22年度）
　　　岩田 由美　「花束」〔ふらんす堂〕
　　　上田 日差子　「和音」〔角川書店〕
第35回（平23年度）
　　　押野 裕　「雲の座」〔ふらんす堂〕
第36回（平24年度）
　　　甲斐 由起子　「雪華」〔ふらんす堂〕
　　　下坂 速穂　「眼光」〔ふらんす堂〕
　　　堀本 裕樹　「熊野曼陀羅」〔文學の森〕
第37回（平25年度）
　　　今瀬 一博　「誤差」〔ふらんす堂〕
　　　矢地 由紀子　「白嶺」〔角川書店〕
第38回（平26年度）
　　　井出野 浩貴　「驢馬つれて」〔ふらんす堂〕
　　　鶴岡 加苗　「青鳥」〔KADOKAWA〕
　　　望月 周　「白月」〔文學の森〕

238 俳人協会評論賞

　昭和54年10月、「俳人協会賞」「俳人協会新人賞」に続いて俳句文芸に関する研究、評論活動に携わる作家を顕彰するために制定した。平成5年から俳人協会評論新人賞が加わる。

【主催者】俳人協会
【選考委員】柏原眠雨、関森勝夫、筑紫磐井、坂本宮尾、岸本尚毅
【選考方法】非公募
【選考基準】〔資格〕俳人協会会員に限る。〔対象〕評論、研究、伝記など
【締切・発表】1月選考会、誌上発表は会報「俳句文学館」2・3月号
【賞・賞金】記念額と賞金20万円
【URL】http://www.haijinkyokai.jp/

第1回（昭54年度）
　　　松本 旭　「村上鬼城研究」〔角川書店〕
第2回（昭56年度）
　　　桑原 視草　「出雲俳壇の人々」〔松江だるま堂書店〕
第3回（昭58年度）
　　　小室 善弘　「漱石俳句評釈」〔明治書院〕
第4回（昭60年度）
　　　村松 友次　「芭蕉の手紙」〔大修館書店〕
　　　室岡 和子　「子規山脈の人々」〔花神社〕
第5回（昭62年度）
　　　平井 照敏　「かな書きの詩」〔明治書院〕

第6回（平1年度）
　　　該当作なし
　　◇奨励賞
　　　長谷川 櫂　「俳句の宇宙」〔花神社〕
第7回（平3年度）
　　　杉橋 陽一　「剥落する青空」〔白鳳社〕
第8回（平5年度）
　　　堀 古蝶　「俳人松瀬青々」
　　◇新人賞
　　　片山 由美子　「現代俳句との対話」
第9回（平6年度）
　　　大串 章　「現代俳句の山河」〔本阿弥書店〕
　　◇新人賞

足立 幸信 「狩行俳句の現代性」〔梅里書房〕
筑紫 磐井 「飯田龍太の彼方へ」〔深夜叢書社〕

第10回（平7年度）
沢木 欣一 「昭和俳句の青春」〔角川書店〕
成瀬 桜桃子 「久保田万太郎の俳句」〔ふらんす堂〕
　◇新人賞
中田 雅敏 「芥川龍之介文章修業」〔洋々社〕

第11回（平8年度）
茨木 和生 「西の季語物語」〔角川書店〕
　◇新人賞
松岡 ひでたか 「竹久夢二の俳句」〔天満書房〕

第12回（平9年度）
石原 八束 「飯田蛇笏」〔角川書店〕
渡辺 勝 「比較俳句論 日本とドイツ」〔角川書店〕
　◇新人賞
見目 誠 「呪われた詩人 尾崎放哉」〔春秋社〕

第13回（平10年度）
川崎 展宏 「俳句初心」〔角川書店〕

第14回（平11年度）
蓬田 紀枝子 「葉柳に…」〔私家版〕
正木 ゆう子 「起きて、立って、服を着ること」〔深夜叢書社〕

第15回（平12年度）
栗田 靖（俳号＝やすし）「河東碧梧桐の基礎的研究」〔翰林書房〕

第16回（平13年度）
阿部 誠文 「ソ連抑留俳句一人と作品」〔花書院〕
西嶋 あさ子 「俳人 安住敦」〔白鳳社〕

第17回（平14年度）
星野 恒彦 「俳句とハイクの世界」〔早稲田大学出版部〕
柴田 奈美 「正岡子規と俳句分類」〔思文閣出版〕

第18回（平15年度）
坂本 宮尾 「杉田久女」〔富士見書房〕

第19回（平16年度）
西村 和子 「虚子の京都」〔角川書店〕

◇俳人協会評論新人賞
小川 軽舟 「魅了する詩型 現代俳句私論」〔富士見書房〕

第20回（平17年度）
田島 和生 「新興俳人の群像」〔思文閣出版〕

第21回（平18年度）
片山 由美子 「俳句を読むということ」〔角川書店〕
仁平 勝 「俳句の射程」〔富士見書房〕

第22回（平19年度）
小澤 實 「俳句のはじまる場所」〔角川学芸出版〕
◇俳人協会評論新人賞
高柳 克弘 「凛然（りんぜん）たる青春」〔富士見書房〕

第23回（平20年度）
綾部 仁喜 「山王林だより」〔角川SSコミュニケーションズ〕
栗林 圭魚 「知られざる虚子」〔角川学芸出版〕
◇俳人協会評論新人賞
岸本 尚毅 「俳句の力学」〔ウエップ〕

第24回（平21年度）
角 光雄 「俳人 青木月斗」〔角川学芸出版〕
日野 雅之 「松江の俳人・大谷繞石」〔今井出版〕

第25回（平22年度）
中坪 達哉 「前田普羅」〔桂書房〕

第26回（平23年度）
岸本 尚毅 「高浜虚子 俳句の力」〔三省堂〕
中岡 毅雄 「壺中の天地」〔角川学芸出版〕

第27回（平24年度）
筑紫 磐井 「伝統の探求〈題詠文学論〉」〔ウエップ〕
中村 雅樹 「俳人 橋本鶏二」〔本阿弥書店〕

第28回（平25年度）
仲村 青彦 「輝ける挑戦者たち」〔ウエップ〕
◇俳人協会評論新人賞
長嶺 千晶 「今も沖には未来あり」〔本阿弥書店〕

第29回（平26年度）
　岩淵 喜代子　「二冊の「鹿火屋」」〔邑書林〕
　榎本 好宏　「懐かしき子供の遊び歳時記」

〔飯塚書店〕
◇俳人協会評論新人賞
　青木 亮人　「その眼、俳人につき」〔邑書林〕

239 俳壇賞

「俳壇」誌が創設。

【主催者】本阿弥書店

【選考方法】公募

【選考基準】〔対象〕未発表俳句作品30句。〔資格〕不問。〔応募規程〕用紙はB4版（400字詰）原稿用紙を使用し、作品の表題および作者名を明記し、右肩を綴じる。別紙に（1）氏名（ふりがな）（2）生年月日（3）性別（4）郵便番号・住所（5）電話番号（6）所属結社・簡単な俳句歴を記す。封筒に「俳壇賞作品」と朱書すること

【締切・発表】9月30日締切（当日消印有効）、発表は「俳壇」2月号誌上

【賞・賞金】賞状および副賞20万円

【URL】http://homepage3.nifty.com/honamisyoten/index.htm

第1回（昭61年度）
　椛木 啓子　「仲秋」
第2回（昭62年度）
　鎌田 恭輔　「孑孑」
　武藤 尚樹　「少年期」
第3回（昭63年度）
　田口 紅子　「囮鮎」
第4回（平1年度）
　須賀 一恵　「良夜」
　工藤 克巳　「霜夜しんしん」
第5回（平2年度）
　早川 志津子　「甕ひとつ」
第6回（平3年度）
　平川 光子　「秋日」
　関口 祥子　「雉子の尾」
第7回（平4年度）
　柴田 佐知子　「己が部屋」
第8回（平5年度）
　夏井 いつき
第9回（平6年度）
　ふけ としこ
第10回（平7年度）
　太田 土男　「草の花」
　田村 敬子　「アスピリン」
第11回（平8年度）
　金子 敦　「砂糖壷」
第12回（平9年度）
　鳥居 真里子　「かくれんぼ」
第13回（平10年度）
　今村 妙子　「貝の砂」
第14回（平11年度）
　該当作なし
第15回（平12年度）
　茅根 知子　「水の姿に」
第16回（平13年度）
　水上 弧城　「月夜」
　椿 文恵　「まつさをに」
第17回（平14年度）
　栗山 政子　「素顔」
第18回（平15年度）
　下坂 速穂　「月齢」
第19回（平16年度）
　矢島 恵　「桜貝」
　川口 真理　「水の匂ひ」
第20回（平17年度）
　三吉 みどり　「蜻蛉の翅」
第21回（平18年度）
　高木 櫻子　「山の相」
　川嶋 一美　「上映中」
第22回（平19年度）

菅野 忠夫　「ゆつくりと」
　　陽 美保子　「遥かなる水」
第23回（平20年度）
　　田中 一光　「さみしき獏」
第24回（平21年度）
　　勝又 民樹　「日傘来る」
　　今村 恵子　「めろんぱん」
第25回（平22年度）
　　亀井 雉子男　「鯨の骨」

第26回（平23年度）
　　深川 淑枝　「鯨墓」
第27回（平24年度）
　　唐沢 南海子　「春の樟」
第28回（平25年度）
　　池谷 秀子　「よぢ登る」
　　長浜 勤　「車座」
第29回（平26年度）
　　渡邊 美保　「けむり茸」

240 浜賞

【主催者】 俳誌「浜」

第1回（昭22年）
　　野沢 節子
第2回（昭23年）
　　稲垣 法城子
　　宮津 昭彦
第3回（昭25年）
　　粟飯原 孝臣
第4回（昭26年）
　　宮津 昭彦
　　亀田 水災
第5回（昭27年）
　　村越 化石
第6回（昭28年）
　　増田 達治
第7回（昭29年）
　　山内 集外
第8回（昭30年）
　　小峰 喜代一
第9回（昭31年）
　　梅田 房子
第10回（昭32年）
　　中戸川 朝人
　　大熊 輝一
第11回（昭33年）
　　梅田 房子
　　八牧 美恵子

第12回（昭34年）
　　村上 一葉子
　　俵 谷
第13回（昭35年）
　　荒井 正隆
　　城 佑三
　　中沢 文次郎
第14回（昭36年）
　　武良 山生
　　下田 穂
第15回（昭37年）
　　鹿山 隆濤
　　恩賀 とみ子
第16回（昭38年）
　　菅原 達也
　　岡野 風痕子
第17回（昭39年）
　　小原 俊一
第18回（昭40年）
　　木附沢 麦青
第19回（昭41年）
　　櫛原 希伊子
　　黒古 フク
第20回（昭42年）
　　三浦 紀水

241 常陸国 小野小町文芸賞〔俳句部門〕

平安時代の歌人小野小町が亡くなったという伝説の残る新治村を,全国の方々に周知すると同時に,地方から全国へ文化を発信することを目的に創設。一般の部,小中学生の部,高校生の部がある。市町村合併に伴い,主催者が土浦市に変更。

【主催者】土浦市,(社)土浦市観光協会

【選考委員】(第14回)今瀬剛一,嶋田麻紀,大竹多可志

【選考方法】公募

【選考基準】〔対象〕テーマ,句の形式は自由。〔応募規定〕2句組とし,何組でも応募可。漢字には必ずふりがなをつける。応募作品に関する一切の権利は,(社)土浦市観光協会に帰属する。〔原稿〕所定の応募用紙又はA4版の用紙に記入する。応募料2句組1000円(定額小為替)を同封。ただし小中高生は無料

【締切・発表】(第14回)平成25年9月9日締切(当日消印有効),発表は10月下旬に入選者に通知,11月下旬に表彰式を行う

【賞・賞金】俳句大賞(1点):賞状・記念品・特別賞,優秀賞(7点):賞状・記念品・特別賞,秀逸(20点):賞状,小中学生入選(20点):賞状,高校生入選(20点):賞状

第1回(平12年)
◇一般の部
● 大賞
恵藤 マキ(茨城県下館市)
● 優秀賞
浅田 浦蛙(茨城県石岡市)
和田 綏子(茨城県日立市)
篠崎 す枝(茨城県結城市)
平野 貴(茨城県笠間市)
松本 淳子(茨城県大宮町)

第2回(平13年)
◇一般の部
● 大賞
三輪 閑蛙(茨城県石岡市)
● 優秀賞
浅田 浦蛙(茨城県石岡市)
飯泉 ツネ子(茨城県つくば市)
天下井 誠史(茨城県水戸市)
桜井 筑蛙(茨城県千代田町)
吉江 正元(茨城県ひたちなか市)

第3回(平14年)
◇一般の部
● 大賞
飯塚 まさよし(茨城県河内町)
● 優秀賞
野口 英二(茨城県土浦市)
荻沼 嘉枝(茨城県ひたちなか市)
栃木 絵津子(茨城県水海道市)
杉田 シヅ(茨城県つくば市)
大沼 卓郎(神奈川県相模原市)

第4回(平15年)
◇一般の部
● 大賞
恩田 紀三子(茨城県岩瀬町)
● 優秀賞
市川 薫(茨城県土浦市)
松村 律子(茨城県笠間市)
佐藤 茂夫(茨城県つくば市)
桜井 洋子(茨城県石岡市)
坪井 絢子(茨城県龍ヶ崎市)

第5回(平16年)
◇一般の部
● 大賞
程山 静子(茨城県千代川村)
● 優秀賞
桜井 愛子(茨城県千代田町)
菊地 すい(茨城県岩瀬町)
池田 鷹志(茨城県水戸市)
保泉 一生(埼玉県滑川町)

第6回(平17年)

◇一般の部
  • 大賞
    田口 逸男（茨城県古河市）
  • 優秀賞
    草間 享（茨城県常総市）
    桜井 幸江（茨城県土浦市）
    大野 いち子（埼玉県東松山市）
    矢須 恵由（茨城県那珂市）
    山﨑 百花（東京都杉並区）

第7回（平18年）
◇一般の部
  • 大賞
    浅田 浦蛙（茨城県石岡市）
  • 優秀賞
    野口 英二（茨城県土浦市）
    根本 赳（茨城県河内町）
    諏訪部 保（茨城県土浦市）
    植野 京子（茨城県ひたちなか市）
    岡本 優子（茨城県つくば市）
    中川 芳子（茨城県土浦市）

第8回（平19年）
◇一般の部
  • 大賞
    水野 かつ（茨城県ひたちなか市）
  • 優秀賞
    飯村 陽子（茨城県日立市）
    小林 宗谷（茨城県常総市）
    植野 京子（茨城県ひたちなか市）
    森島 昭（茨城県笠間市）
    羽冨 のぶ（茨城県石岡市）
    中澤 睦子（茨城県つくば市）

第9回（平20年）
◇一般の部
  • 大賞
    大野 一風子（埼玉県比企郡）
  • 優秀賞
    斉藤 つねを（茨城県つくば市）
    野口 英二（茨城県土浦市）
    佐藤 茂夫（茨城県つくば市）
    安藤 陽男（茨城県常総市）
    中川 芳子（茨城県土浦市）
    藤原 三紀（神奈川県川崎市）

第10回（平21年度）
◇一般の部
  • 大賞
    末木 智子（茨城県水戸市）
  • 優秀賞
    簗場 ゆたか（茨城県鉾田市）
    南原 亮（茨城県茨城町）
    安藤 陽子（茨城県常総市）
    斉藤 つねを（茨城県つくば市）
    桜井 愛子（茨城県かすみがうら市）
    森島 昭（茨城県笠間市）
    安田 青葉（東京都中野区）

第11回（平22年度）
◇一般の部
  • 大賞
    中島 暉子（茨城県かすみがうら市）
  • 優秀賞
    桜井 筑蛙（茨城県かすみがうら市）
    保泉 一生（埼玉県比企郡）
    関 幸子（茨城県水戸市）
    平塚 利雄（茨城県北相馬郡）
    中山 久子（茨城県鉾田市）
    猪股 民子（茨城県日立市）
    大木 海（茨城県筑西市）

第12回（平23年度）
◇一般の部
  • 大賞
    染谷 三千子（茨城県つくばみらい市）
  • 優秀賞
    野口 英二（茨城県土浦市）
    野口 まさ子（茨城県結城郡）
    桜井 愛子（茨城県かすみがうら市）
    中島 暉子（茨城県かすみがうら市）
    鴻野 伸夫（茨城県稲敷市）
    中川 美子（茨城県笠間市）
    毛塚 かつよ（茨城県笠間市）

第13回（平24年度）
◇一般の部
  • 大賞
    松本 正勝（茨城県東海村）
  • 優秀賞
    大森 弘子（茨城県鉾田市）
    桜井 筑蛙（茨城県かすみがうら市）
    小山 敏男（埼玉県加須市）
    野村 信廣（東京都町田市）
    保泉 一生（埼玉県滑川市）
    増田 信雄（埼玉県さいたま市）
    朝岡 恭子（岡山県岡山市）

第14回（平25年度）
◇一般の部

●大賞
　佐々木 リサ（千葉県松戸市）
●優秀賞
　鴻野 のぶ尾（茨城県稲敷市）
　野口 初江（茨城県小美玉市）
　平野 鋏哉（千葉県松戸市）
　桜井 筑蛙（茨城県かすみがうら市）
　飯島 宏（茨城県つくば市）
　蘇野 葭伸（茨城県つくば市）
　井原 仁子（茨城県龍ケ崎市）

242 福島県俳句賞

　会員および福島県内の俳句愛好家からその年の作品を公募して、最優秀と認められる作品に「俳句賞」を、また最も新鮮で将来性のある新人に「新人賞」を授与し、本県文化の振興に寄与するもの。

【主催者】福島県俳句連盟

【選考委員】委員長：鈴木正治、委員：森川光郎、結成良一、八牧美喜子、石川文子、江井芳朗、小林雪柳、遠藤蔦魚、伊藤ユキ子、池田義弘

【選考方法】公募

【選考基準】〔資格〕福島県俳句連盟の会員。但し、会員外の者は年会費分（3000円）を同封すれば応募可。〔対象〕応募作品は「俳句賞」30句、「新人賞」20句。〔原稿〕市販のB4判原稿用紙に、題名・作品・俳号・本名・住所（郵便番号を明記）・電話番号（ファックス番号）・「俳句賞」「新人賞」の別を朱書する。〔応募料〕3500円。現金書留又は郵便定額為替を使用

【締切・発表】（35回）平成25年10月20日締切（当日消印有効）

【賞・賞金】賞：福島県俳句賞、同準賞、新人賞、同奨励賞。賞金：無し

第1回（昭54年）
　樅山 尋　「針の道」
　◇準賞
　樋口 みよ子　「会津」
　石橋 林石　「石工の唄」
第2回（昭55年）
　佐原 琴　「キツネノカミソリ」
　坂本 玄々　「沖は弯曲」
　◇準賞
　樋口 道三　「野焼」
第3回（昭56年）
　馬場 移公子　「月出づ」
　◇準賞
　池田 義弘　「葉つき柚子」
第4回（昭57年）
　池田 義弘　「柿の朱を」
　◇準賞
　志摩 みどり　「花万朶」
第5回（昭58年）
　高橋 栄子　「祭髪」
　◇準賞
　菅野 蚊家子　「自転始まる」
　渡辺 昭子　「文鳥」
　深谷 保　「籾を蒔く」
第6回（昭59年）
　渡部 柳春　「癌に死す」
　◇準賞
　内野 浅茅　「遠郭公」
　伴野 小枝　「鶴ケ城址」
第7回（昭60年）
　該当作なし
第8回（昭61年）
　該当作なし
第9回（昭62年）
　大森 久慈夫　「廻転木馬」
第10回（昭63年）
　該当作なし
第11回（平1年）

寺島 さだこ 「鍵っ子」
　　渡辺 昭子 「万愚節」
　◇準賞
　　石川 文子 「枯土橋」
第12回（平2年）
　　該当作なし
　◇準賞
　　鈴木 麗 「捩り花」
　　永井 貞子 「冬耕」
　　赤坂 とし子 「冬銀河」
第13回（平3年）
　　橋本 絹子 「カンカン帽」
　　唐橋 秀子 「栗ふたつ」
　◇準賞
　　永井 貞子 「殉教碑」
第14回（平4年）
　　該当作なし
　◇準賞
　　鈴木 虚峰 「肘ゑくぼ」
　　高野 岩夫 「花ずおう」
　　渡部 良子 「梅雨山河」
第15回（平6年度）
　　永井 貞子（闌（らん））「春の潮」
　◇新人賞
　　益永 涼子（桔梗）「サラダ色の春」
　　深谷 昭子（寒雷）「曼珠沙華」
第16回（平7年度）
　　鈴木 麗 「土用餅」
　◇新人賞
　　古内 きよ子 「鍛冶屋」
　　鈴木 台蔵 「夕雲雀」
　　北村 寿子（河・峠）「身辺抄」
　　矢吹 遼子 「豆を煮る」
第17回（平8年度）
　　遠藤 蕉魚（青雲）「板の間」
　　増田 三果樹（桔梗）「春祭」
　◇新人賞
　　宗像 博子 「看護帽」
第18回（平9年度）
　　赤坂 とし子（桔梗）「桐の花」
　　石川 さだ子（桔梗）「無音界」
　◇新人賞
　　太田 きえ（寒雷）「夏怒涛」
第19回（平10年）
　　北村 寿子（河・峠）「身辺抄」
　◇新人賞

　　駒木根 慧（桔梗）「私の四季」
　　草野 貴代子（桔梗）「みわたせば」
第20回（平11年）〜第24回（平15年）
　　　　＊
第25回（平16年）
　◇俳句賞
　　佐藤 弘子 「青き蜥蜴」
　◇新人賞
　　兼子 澄江 「英世の川」
　　佐藤 豊子 「苔の花」
第26回（平17年）
　◇俳句賞
　　該当作なし
　◇新人賞
　　服部 きみ子 「春を待つ」
第27回（平18年）
　◇俳句賞
　　伊藤 ユキ子 「愛占い」
　◇新人賞
　　田原 洋子 「風のはざま」
第28回（平19年）
　◇俳句賞
　　田崎 武夫 「鳩時計」
　◇新人賞
　　関 春翠 「内角の和」
　　伊藤 雅昭 「枇杷の花」
第29回（平20年）
　◇俳句賞
　　該当作なし
　◇新人賞
　　蒲倉 琴子 「吉備の旅」
　　三浦 和子 「芋の露」
第30回（平21年）
　◇俳句賞
　　伊藤 雅昭 「雁渡し」
　　三星 睦子 「雛村の日」
　◇新人賞
　　阿部 清子 「花若荷」
　　佐伯 律子 「冬オリオン」
　　渡部 セリ子 「蕎麦の花」
第31回（平22年）
　◇俳句賞
　　服部 きみ子 「思惟すべて」
　　斎藤 耕心 「春の水」
　◇新人賞
　　白岩 憲次 「泥の勲章」

山口 文子 「初神籤」
第32回(平23年)
　◇俳句賞
　　蒲倉 琴子 「樹下の二人」
　◇新人賞
　　木幡 八重子 「暖愛光」
　　遠藤 隼治 「閃の秋」
第33回(平24年)
　◇俳句賞
　　大塚 正路 「蕎麦の花」

　◇新人賞
　　馬場 忠子 「尾瀬」
　　高野 裕子 「時計草」
第34回(平25年)
　◇俳句賞
　　河原 朝子 「まなざし」
　　国分 衣麻 「ナースの日々」
　◇新人賞
　　柏倉 清子 「冬解雫」
　　引地 こうじ 「冬の河」

243 放哉賞

放浪の果てに香川県・小豆島で亡くなった自由律の俳人・尾崎放哉にちなんで創設。第16回(平成26年)をもって中止。

【主催者】「放哉」南郷庵友の会, 自由律俳句結社「層雲」(共催)

【選考委員】 和久田登生(「層雲」代表), 鶴田貴久(「層雲」編集長), 井上恭好(「放哉」南郷庵友の会幹事 層雲同人)の3人。大井恒行(文学の森「俳句界」顧問)は応募句の中から「俳句界」賞1句のみを選考

【選考方法】 公募

【選考基準】〔資格〕不問。〔対象〕自由律俳人であった尾崎放哉にちなみ自由律俳句に限る。〔応募規定〕原稿用紙に楷書でひとり3句まで。住所, 氏名, 年齢, 職業, 電話番号を明記し, 出句料を同封。ホームページ内投稿フォームからの出句も可。その場合は出句料を必ず別納のこと。出句料は1句あたり1000円

【締切・発表】(第16回)平成25年12月31日締切(当日消印有効), 平成26年4月7日放哉忌にて発表及び表彰。受賞者には事前に通知する。全応募作を自由律俳誌「層雲」誌に掲載する

【賞・賞金】 放哉大賞(1名):10万円, 賞状, 副賞, 入賞(10名):1万円, 賞状, 副賞, 入選(10名):5000円, 賞状, 副賞。「大賞」の句は記念館に掲示し, 応募者全員に「層雲」を贈呈

【URL】 http://www2.netwave.or.jp/~hosai/hosaisyo/index.html

第1回(平11年)
　木村 健治(神戸市)「鍵無くしている鍵の穴の冷たさ」
第2回(平12年)
　坪倉 優美子(鳥取県)「砂ばかりうねうねと海に落ちる空」
第3回(平13年)
　篠原 和子(岡山市)「人間を脱ぐと海がよく光る」
第4回(平14年)

藤原 よし久(大分市)「おのれ失うたものさらしている冬の残照」
第5回(平15年)
　高田 弄山(京都市)「波からころがる陽に足跡がはずむ」
第6回(平16年)
　高木 和子(田川市)「無人駅の窓口は 風の音売ります」
第7回(平17年)
　黒崎 渓水(新潟市)「空いたままの指定席

が春を乗せている」
第8回（平18年）
　　富田 彌生（浜松市）「薄れ行く夕焼過去が
　　　立止まっている」
第9回（平19年）
　　富永 鳩山（防府市）「語りはじめそうな石
　　　の横」
第10回（平20年）
　　伊藤 夢山（福岡市）「闇へどうんと島が目
　　　の前」
第11回（平21年）
　　木下 草風（岡山県）「一本の向日葵と海を
　　　見ている」
第12回（平22年）

遠藤 多満（東京都）「ボーっと言って船が
　空に向かう」
第13回（平23年）
　　佐藤 智恵（熊本県）「風があるいて春を充
　　　電する」
第14回（平24年）
　　野谷 真治（神奈川県）「言葉の花束そろえ
　　　る陽だまり」
第15回（平25年）
　　中村 みや子（福岡県）「昭和一桁の頑固さ
　　　いっきに師走」
第16回（平26年）
　　井上 敬雄（神奈川県）「倒れたコスモス夕
　　　焼けをみている」

244 北斗賞

新人作家の登竜門として、雑誌「月刊 俳句界」の発行元である文學の森が平成21年に創設。応募時点で満40歳までの若手を対象とする。優秀作は、文學の森から句集として出版される。

【主催者】文學の森

【選考委員】（第6回）小島健, 浦川聡子, 木暮陶句郎

【選考方法】公募

【選考基準】〔対象〕既作・新作・未発表作を問わず、自作150句。〔資格〕年齢満40歳まで（作者誕生日）。〔原稿〕400字詰原稿用紙使用

【締切・発表】（第6回）平成27年6月30日締切（当日消印有効、郵送のみ受付）、「俳句界」平成28年2月号誌上にて発表

【賞・賞金】受賞作を句集として出版する

第1回（平22年）
　　川越 歌澄　「雲の峰」
第2回（平23年）
　　堀本 裕樹　「熊野曼陀羅」
第3回（平24年）

　　高勢 祥子　「火粉」
第4回（平25年）
　　涼野 海音　「一番線」
第5回（平26年）
　　藤井 あかり　「尖塔」

245 北海道新聞俳句賞

北海道の歌壇、俳壇の一層の発展に寄与するため、昭和61年、北海道新聞文学賞から短歌、俳句部門を独立させ、「北海道新聞短歌賞」「北海道新聞俳句賞」を設けた。

北海道新聞俳句賞

【主催者】北海道新聞社

【選考委員】（第30回）清水道子,辻脇系一,永野照子

【選考方法】公募＋推薦（選考委員＋事務局による）

【選考基準】前年9月から当年8月までの間に発表された俳句の作品集。作者は原則として道内在住者

【締切・発表】8月下旬締切,11月北海道新聞紙上にて発表。北海道新聞文学賞,北海道新聞短歌賞受賞作品と併せた受賞作品集を翌年1月末に刊行

【賞・賞金】正賞：ブロンズ・レリーフと副賞50万円,佳作：記念品と副賞15万円

【URL】http://dd.hokkaido-np.co.jp/index.html

第1回（昭61年）
　金谷 信夫　「悪友」
第2回（昭62年）
　阿部 慧月　「花野星」
第3回（昭63年）
　松井 満沙志　「海」
第4回（平1年）
　笠松 久子　「樫」
第5回（平2年）
　永田 耕一郎　「遙か」
第6回（平3年）
　岡沢 康司　「風の音」
第7回（平4年）
　松橋 英三　「松橋英三全句集」〔秋発行所〕
　橋本 末子　「雪ほとけ」〔本阿弥書店〕
第8回（平5年）
　鈴木 光彦　「黄冠（こうかん）」〔永原帯俳句会〕
第9回（平6年）
　木村 照子　「冬麗」〔東京四季出版〕
第10回（平7年）
　河 草之介　「円周率」〔私家版〕
第11回（平8年）
　高橋 遙火（本名＝高橋政男）「忘筌（ぼうせん）」〔句集〕〔にれ発行所〕
第12回（平9年）
　藤谷 和子　「生年月日」〔艀俳句会〕
第13回（平10年）
　飯野 遊汀子（本名＝飯野吉雄）「心音」〔句集〕〔本阿弥書店〕
第14回（平11年）
　松倉 ゆずる（本名＝松倉譲）「雪解川」〔句集〕〔本阿弥書店〕
第15回（平12年）
　小田 幸子　「薔薇窓」〔句集〕〔広軌発行所〕
第16回（平13年）
　該当作なし
第17回（平14年）
　荒川 楓谷　「荒川楓谷全句集」〔えぞにう社〕
第18回（平15年）
　後藤 軒太郎 句文集「潮騒」
第19回（平16年）
　永野 照子　「桃の世」〔句集〕〔ふらんす堂〕
第20回（平17年）
　金箱 戈止夫　「梨（なし）の花」〔句集〕〔角川書店〕
第21回（平18年）
　清水 道子　「花搖（かよう）」〔句集〕〔本阿弥書店〕
第22回（平19年）
　◇本賞
　　該当作なし
　◇佳作
　　佐藤 尚輔　「夢の半ば」〔句集〕〔文学の森〕
第23回（平20年）
　久保田 哲子　「青韻」〔句集〕〔ふらんす堂〕
第24回（平21年）
　該当作なし
第25回（平22年）
　谷口 亜岐夫　「道」
第26回（平23年）
　深谷 雄大　「六合（りくがふ）」
第27回（平24年）
　鈴木 八駛郎　「在地」
第28回（平25年）

該当作なし
- 佳作
 藤倉 榮子 「弦楽」
 五十嵐 秀彦 「無量」
第29回(平26年)
 杉野 一博 「肋木」

246 毎日俳句大賞

毎日新聞の創刊125年記念事業として,俳句界に新風を吹き込むため創設。一般の部,こどもの部(中学生以下),国際の部(英語・フランス語)の3部門がある。

【主催者】毎日新聞社

【選考委員】(第19回)有馬朗人,宇多喜代子,大串章,大峯あきら,小川軽舟,小澤實,鍵和田秞子,金子兜太,黒田杏子,津川絵理子,芳賀徹,石寒太

【選考方法】公募

【選考基準】〔一般の部〕2句1組,何組でも可。1組につき2000円の投句料が必要。〔こどもの部〕中学生以下。2句まで応募可。投句料は無料。小学生以上は代筆不可。〔国際の部〕英語またはフランス語による作品2句まで。投句料は無料

【締切・発表】(第19回)平成27年8月25日締切(必着),12月発表

【賞・賞金】大賞(1人):賞金30万円,大賞準賞(2人):賞金15万円,優秀賞(4人):賞金各10万円ほか

【URL】http://books.mainichi.co.jp/HaikuContest

第1回(平9年)
 ◇大賞
  飯野 定子(静岡県富士市)
 ◇佳作
  岡田 南丘(三重県白山町)
  奥田 亡羊(東京都大田区)
  山 信夫(富山県新湊市)
  小倉 満智子(埼玉県大宮市)
  池田 松蓮(福岡県添田町)
第2回(平10年)
 ◇大賞
  佐山 昭雄(あきる野市)
 ◇佳作
  福島 裕峰(栃木県足利市)
  赤沼 章二(埼玉県熊谷市)
  広 波青(三重県阿児町)
  広瀬 洋(横浜市旭区)
  服部 匡伸(山口県徳山市)
第3回(平11年)〜第7回(平15年)
  *
第8回(平16年)
 ◇大賞
  武田 安子(東京都中野区)「舞妓らに昼の顔あり羽子をつく」
 ◇準大賞
  堀木 すすむ(三重県四日市市)「蓮根掘り足は他人の如く抜く」
 ◇こどもの部最優秀賞
  赤尾 あゆみ(山梨県甲府市)「シャボン玉小さな虹が入ってる」
第9回(平17年)
 ◇大賞
  名村 早智子(京都市左京区)「昼寝覚どこへ帰らうかと思ふ」
 ◇準大賞
  佐田 昭子(東京都町田市)「寒念仏のこゑ一本となりにけり」
 ◇こどもの部最優秀賞
  永屋 克典(愛知県稲沢市)「たんぽぽがつくしのまいくでうたってる」
第10回(平18年)
 ◇大賞

佐々木 青矢（岩手県奥州市）「松島の松にかかれる蛇の衣」
◇準大賞
　松田 ひろし（札幌市北区）「畝傍山閑かに蝶を放ちけり」
◇こどもの部最優秀賞
　長瀬 麻由（岐阜県関市）「初恋の魔法のように桜咲く」

第11回（平19年）
◇大賞
　木下 栄子（奈良県三郷町）「夢殿に少し離れて蟻地獄」
◇準大賞
　佐藤 讓（埼玉県川口市）「水面より暮れて近江の星祭」
◇こどもの部最優秀賞
　成沢 希望（千葉県印西市）「画用紙に青いっぱいの夏休み」

第12回（平20年）
◇大賞
　小野崎 清美（さいたま市）「噴煙の倒れてきたる花野かな」
◇準大賞
　三沢 容一（横浜市）「昨日より春の蚊の居る書斎かな」
　渡辺 刀雲（新潟県魚沼市）「惜春やわれを限りの刀鍛冶」
◇こどもの部最優秀賞
　山下 達也（静岡県袋井市）「つきぬける鳳凰堂の風光る」

第13回（平21年）
◇大賞
　隗 一骨（神奈川県横浜市）「大阿蘇の山懐へ帰省かな」
◇こどもの部最優秀賞
　泉野 月花（大阪府大阪市）
◇国際の部優秀賞
　スコット・メイソン（アメリカ・ニューヨーク市）

第14回（平22年）
◇大賞
　筒井 慶夏（沖縄県宜野湾市）「夏休み村の大樹を抱きに行く」
◇こどもの部最優秀賞
　前岡 知夏（高知県佐川町）

◇国際の部最優秀賞
　リエット・ジャネル（カナダ・ケベック州）

第15回（平23年）
◇大賞
　宮下 白泉（長野県岡谷市）「今撃ちし熊のにほひの暮雪かな」
◇こどもの部最優秀賞
　江口 峻（三重県津市）

第16回（平24年）
◇大賞
　堀切 綾子（神奈川県横浜市）「人知れず人死ぬ国のさくらかな」
◇こどもの部最優秀賞
　山崎 桜和（高知県土佐市）「ふでばこの中がかわって春になる」
◇国際の部最優秀賞
　エレーヌ・デュック（フランス・ビシャンクール市）

第17回（平25年）
◇大賞
　鹿野 登美子（大分県大分市）「春潮に触れむばかりに着陸す」
◇準大賞
　岩田 秀夫（青森県弘前市）「白神の雪解の水を田に満たす」
　福西 礼子（奈良県王寺町）「百歳の母の声聞く夜長かな」（点字応募）
◇こどもの部最優秀賞
　山口 夢築（茨城県取手市）「南からつばめが運ぶ空の色」
◇国際の部最優秀賞
　ジャンヌ・パンショー（カナダ・モントリオール市）

第17回（平25年）
◇大賞
　永井 弘子（茨城県水戸市）「百日紅真つ赤大往生の父」
◇準大賞
　永井 経子（大阪府大阪市）「桃好きの二人に桃のような吾子」
　後藤 ひろ　「牛や鶏鳴きゐる村の盆踊」
◇こどもの部最優秀賞
　清水 悠（大阪府松原市）「きくがすき きくぐみだから きいろのきく」
◇国際の部最優秀賞
　アビゲイル・フリードマン（アメリカ）

247 正岡子規国際俳句賞

俳句という文化を愛媛から世界に発信することを目指して創設。歴史的及び国際的な観点から,世界的詩歌としての俳句(俳句的な精神を有する世界のあらゆる詩型を含む)の発展に貢献した人に賞を贈る。隔年開催。

【主催者】愛媛県文化振興財団,愛媛県,松山市
【選考基準】〔資格〕国籍,言語を問わない
【締切・発表】大賞:賞金500万円
【賞・賞金】平成12年8月発表,9月10日授賞式
【URL】http://www.ecf.or.jp

第1回(平12年)
　◇大賞
　　イヴ・ボンヌフォア(フランス)"俳句に対して深い理解と見識を持ち,それを自らの詩作に用いているほか,評論集「赤い雲」で芭蕉論を展開"
　◇国際俳句賞
　　李 芒(中国)"中国和歌俳句研究会会長などを務め,俳句の研究,紹介,翻訳に携わってきた"
　　バート・メゾッテン(ベルギー)"句集を持つ俳人で,フランドル俳句センターの創設,雑誌の刊行などを手がけた"
　　ロバート・スピース(米国)"雑誌「Modern Haiku」の編集長で,句集もある"
　◇国際俳句EIJS特別賞
　　佐藤 和夫(早稲田大名誉教授,俳誌「風」同人)"評論や翻訳,実際の交流事業を通じて,日本の俳句を海外に,海外俳句を日本に紹介し,双方向的な懸け橋となってきた"
第2回(平14年)
　◇国際俳句賞
　　Cor van den Heuvel(アメリカ俳句協会元会長)"俳句選集(The Haiku Anthology)」を編集するなど,英語圏諸国における俳句の普及と理解の深化に大きく貢献"
　　Satya Bhushan Verm(ジャワハッラール・ネール大学名誉教授,インド)"俳句をヒンディ語に翻訳するほか,俳句とインドの詩との比較研究,俳句雑誌の刊行や俳句クラブの創設などを通じて,インドにおける俳句の普及と理解の深化に大きく貢献"
　◇国際俳句EIJS特別賞
　　和田 茂樹(愛媛大学名誉教授,松山市立子規記念博物館前館長)"「子規全集」編集や子規記念博物館の設立,俳句を軸にした資料探索など,子規の研究と顕彰に大きく貢献"
第3回(平16年)
　◇大賞
　　ゲーリー・スナイダー(アメリカ)
　◇国際俳句賞
　　ヒデカズ・マスダ(ブラジル)
　　黄 霊芝(台湾)
　◇国際俳句EIJS特別賞
　　筑紫 磐井(日本)
第4回(平20年)
　◇大賞
　　金子 兜太(日本)
　◇国際俳句賞
　　河原 枇杷男(日本)
　◇スウェーデン賞
　　内田 園生(日本)
　　李 御寧(韓国)

248 三重県俳句協会年間賞

昭和50年三重県俳句協会発足を記念し、俳句文芸の発展と普及を図り俳句文芸家を顕彰するために設けられた。

【主催者】 三重県俳句協会

【選考委員】（平成25年度）常任：福山良子、永井みよ、上田佳久子、伊藤政美、橋本輝久、年度：稲葉千尋、阪脇文雄、藤井充子（計8名）

【選考方法】 三重県俳句協会年刊句集に出句された作品を対象に、理事および顧問、会計監査（25年度は49名）による推薦

【選考基準】 推薦された候補者の上位10〜15名程度（25年度は10名）を対象に、選考委員による予選を経て、最終選考委員会にて決定。年刊句集は、毎年1月10日締切（10句出句）、三重県俳句協会春季大会（6月上旬）時に発行する

【締切・発表】 三重県俳句協会秋季大会で発表、表彰する

【賞・賞金】 賞状と楯

第1回（昭51年度）
　奥山 甲子男
　伊藤 政美
　永井 みよ
第2回（昭52年度）
　増田 河郎子
　小林 とし江
　平川 美架
第3回（昭53年度）
　橋本 輝久
　山口 みち子
　西宮 美智子
第4回（昭54年度）
　中林 長生
　中西 昭子
　平野 みよ子
第5回（昭55年度）
　中川 鼓朗
　稲本 忠男
　萩原 ゆき
　林 英男
第6回（昭56年度）
　川島 雨龍
　本居 桃花
　四辻 昌子
第7回（昭57年度）
　太田 三好
　池田 千秋
　倉本 幹子
　中川 静子
第8回（昭58年度）
　中村 朱夏
　生川 きぬ
　前田 白露
　森川 幸朗
第9回（昭59年度）
　本居 三太
　大西 健司
　高﨑 律子
第10回（昭60年度）
　岡本 千尋
　増田 信子
　丸山 果崖
第11回（昭61年度）
　松岡 悠風
　丹羽 きよし
　匹田 のぶ子
　西村 礼子
　山口 幸子
第12回（昭62年度）
　福山 良子
　田中 翠
　香久山 各歩
第13回（昭63年度）

前田 典子
吉田 きみ子
近藤 昶子
第14回（平1年度）
　喜多春 梢
　南川 健児
　森口 千恵子
第15回（平2年度）
　植村 立風子
　草川 道子
　沢井 とき子
　安川 のぶ
第16回（平3年度）
　刀根 幹太
　池山 きぬ
　片山 富美子
第17回（平4年度）
　津坂 和孝
　宇留田 銀香
　安藤 弘一
第18回（平5年度）
　光永 千鶴子
　森中 香代子
　鈴木 藍
　安川 幸子
　上田 佳久子
第19回（平6年度）
　吉田 さかえ
　鈴木 秋翠
　大久保 和子
　近藤 佚子
　鈴木 しげる
第20回（平7年度）
　金子 加寿夫
　西田 誠
　飯田 晴久
　中嶋 ミチ子
　尾山 正子
　稲垣 富子
第21回（平8年度）
　津坂 裕子
　寺尾 美代子
　中西 咲央
　山崎 新多浪
　登 七曜子
第22回（平9年度）

浜地 和恵
末崎 史代
山本 浩子
第23回（平10年度）
　栗本 洋子
　大川 きよ子
　林 和琴
第24回（平11年度）
　堤 貞子
　佐々木 経子
　枝川 朝子
　平賀 節代
　松木 ちゑ
第25回（平12年度）
　和田 三恵子
　滝川 ふみ子
　鈴木 幸代
　山口 一世
　村部 たか子
　佐藤 千恵
第26回（平13年度）
　服部 みね
　小林 チカ子
　黒宮 妙子
　印南 耀子
　小津 由実
　山川 寮子
第27回（平14年度）
　池住 律子
　東海 憲治
　小宮 昌子
　廣 波青
　奥谷 郁代
第28回（平15年度）
　箱林 のぶ子
　田端 将司
　助田 素水
　村山 三千代
　中林 嘉也
第29回（平16年度）
　駒田 弘子
　築山 八重子
　島 信子
　植村 金次郎
　倉田 鈴子
　村木 澪子

249 深吉野賞

第30回（平17年度）
　橋本 理恵
　高山 左千子
　谷本 まさ子
　前田 秀子
　豊田 麻佐子
　遠原 耕雲
第31回（平18年度）
　大堀 祐吉
　中村 あい子
　平野 ひろし
　倉田 隆峯
　森中 幸枝
第32回（平19年度）
　尾崎 亥之生
　髙尾 田鶴子
　杉谷 貞子
　奥山 津々子
　野口 節子
　小津 溢瓶
第33回（平20年度）
　中森 澄治
　稲葉 千尋
　阿部 千鶴
　前田 照子
　高士 稔子
　小林 青波
第34回（平21年度）
　松尾 尚泰
　内山 森人
　石井 いさお

　森下 光江
　橋本 千代子
　森田 洋子
第35回（平22年度）
　北田 美智代
　伊藤 ゆう子
　大西 雅子
　吉田 詮子
　坂口 緑志
　阪脇 文雄
第36回（平23年度）
　西尾 敬一
　西田 尚子
　坂中 徳子
　岩田 典子
　神田 ひろみ
　田島 もり
第37回（平24年度）
　岸 幸雄
　川口 照代
　登 敏子
　西野 たけし
　中島 昭子
　池田 緑人
第38回（平25年度）
　辻本 幸子
　和田 柏忠
　中村 伊都夫
　橋本 石火
　駒田 夛津
　葭葉 悦子

---

249 深吉野賞

　自然に，歴史に恵まれた奈良県吉野郡，宇陀郡の地に分け入って，あるいはその地を思い遣って，季節感，生活感の豊かな作品を求めてもらうことで，現代俳句の発展に寄与しようとするもの。平成17年以降，休止中。

【主催者】東吉野村

【選考方法】公募

【選考基準】〔対象〕奈良県吉野郡・宇陀郡での吟詠作品，又は同地の自然，歴史を思い遣った題詠作品。未発表作品30句。一人1編に限る

第1回（平5年）　　　　　　　　　　猪口 節子　「杉苗」

若井 菊生　「千年杉」
◇佳作
　　角 和　「杣人」
　　森尾 仁子　「山河澄み」
第2回（平6年）
　　上島 清子　「春ごと」
◇佳作
　　後藤 兼志　「春障子」
　　福島 勲　「梅二月」
第3回（平7年）
　　竹居 巨秋　「さくら鮎」
◇佳作
　　半谷 洋子　「鳶の笛」
　　後藤 兼志　「春は吉野の」
第4回（平8年）
　　小野 淳子　「朴葉鮨」
◇佳作
　　山中 弘通　「春の雪」
　　滝川 ふみ子　「小正月」
　　武藤 紀子　「春の露」
第5回（平9年）
　　谷戸 冽子　「明易」
◇佳作
　　水野 紀子　「神の眉目」
　　中井 公士　「墨絵」
第6回（平10年）
　　德淵 富枝　「衝羽根」
◇佳作
　　山村 美恵子　「夢の淵」
　　深草 昌子　「真清水」

第7回（平11年）
　　戸田 道子　「水鏡」
◇佳作
　　矢田部 美幸　「鹿火屋」
　　井上 弘美　「玉串」
第8回（平12年）
　　晏梛 みや子　「狐啼く」
◇佳作
　　小林 千史　「山の光」
　　水野 露草　「朴の花」
第9回（平13年）
　　浅井 陽子　「粽結ふ」
◇佳作
　　水野 露草　「夏炉」
　　大久保 和子　「鷹の巣掛岩」
第10回（平14年）
　　山村 美恵子　「軍手」
◇佳作
　　森井 美知代　「鮎供養」
　　西村 椰子　「冬菊」
第11回（平15年）
　　名村 早智子　「鹿のこゑ」
◇佳作
　　江崎 紀和子　「蛾」
　　大槻 一郎　「田植」
第12回（平16年）
　　矢田部 美幸　「吉野川」
◇佳作
　　村中 燈子　「桐の花」
　　赤峰 ひろし　「百年杉」

250 文殊山俳句賞

　約1300年前に開かれた文殊山は越前五山の中心に位置する古くからの霊山。山頂にある本堂には昔から文殊山と俳句との関わりを留める明治時代の朽ち果てた「句額」が掲げられていることから，現代風に復活させようと俳句賞を新設した。登山道約3kmの脇に，すべての優秀作品を木製句碑にして並べている一方，将来は一般の部の優秀作品を「句額」に納める予定。第6回より高校生の部を新設した。第15回（平成25年募集）をもって終了した。

【主催者】　福井県文殊会，楞厳寺
【選考委員】　（第15回）坪田哲夫，渡邉和子
【選考方法】　公募
【選考基準】　〔資格〕不問。〔応募規定〕自作の未発表作品に限る。題は自由，1人何点で

も応募できる。葉書の場合は1枚につき1点を記入。インターネットでも応募可。作品の著作権は主催者に帰属する

【締切・発表】毎年1月1日～12月31日締切,翌年2月中旬ごろ発表

【賞・賞金】一般の部：優秀賞(3点)賞状・2万円相当の賞品,佳作(10点)2千円相当の賞品。高校生の部：優秀賞(3点)賞状・2千円の図書券,佳作(10点)千円の図書券。中学生の部：優秀賞(3点)賞状・2千円の図書券,佳作(10点)千円の図書券。小学生の部：優秀賞(3点)賞状・2千円の図書券,佳作(10点)千円の図書券

第1回(平11年度)
　◇一般の部
　　●優秀賞
　　　張山 秀一(青森県)
　　　宮川 すみ子(茨城県)
　　　峯岸 伸一(群馬県)
　◇小学生の部
　　●優秀賞
　　　山本 恭子(福井県・1年)
　　　密山 のぞみ(滋賀県・3年)
　　　吉村 治輝(福井県・5年)
　◇中学生の部
　　●優秀賞
　　　礒田 祐美子(埼玉県・1年)
　　　小宮 さやか(埼玉県・3年)
　　　忍田 佳太(埼玉県・3年)
第2回(平12年度)
　◇一般の部
　　●優秀賞
　　　中村 実(愛知県)
　　　近藤 あずさ(東京都)
　　　尾羽林 昭子(長野県)
　◇小学生の部
　　●優秀賞
　　　伊藤 彩(三重県・2年)
　　　永澤 圭太(東京都・3年)
　　　伊藤 隆(三重県・4年)
　◇中学生の部
　　●優秀賞
　　　恒木 祐樹(埼玉県・1年)
　　　鶴川 雅晴(埼玉県・2年)
　　　高野 鮎人(埼玉県・3年)
第3回(平13年度)
　◇一般の部
　　●優秀賞
　　　末廣 典子(茨城県)

　　　井上 寿郎(東京都)
　　　門脇 かずお(鳥取県)
　◇小学生の部
　　●優秀賞
　　　西 千滉(福井市・3年)
　　　伊藤 彩(三重県・3年)
　　　宮崎 愛美(埼玉県・3年)
　◇中学生の部
　　●優秀賞
　　　葉山 要子(京都市・1年)
　　　山﨑 淳市(埼玉県・3年)
　　　豊田 晃(埼玉県・3年)
第4回(平14年度)
　◇一般の部
　　●優秀賞
　　　伊藤 俊雄(仙台市)
　　　珂古 親(東京都)
　　　丸山 匡(長野県)
　◇小学生の部
　　●優秀賞
　　　永井 杏樹(神奈川県・1年)
　　　山田 つかさ(名古屋市・3年)
　　　宮﨑 愛美(埼玉県・4年)
　◇中学生の部
　　●優秀賞
　　　岩田 怜子(埼玉県・1年)
　　　梅澤 沙織(埼玉県・1年)
　　　轟 玲子(埼玉県・2年)
第5回(平15年度)
　◇一般の部
　　●優秀賞
　　　荒川 信(北海道)
　　　斉藤 浩美(愛知県)
　　　今田 十三雄(広島県)
　◇中学生の部
　　●優秀賞

岩下 可奈(埼玉県)
来栖 あゆみ(茨城県)
本田 裕之(埼玉県)
◇小学生の部
●優秀賞
河野 沙紀(高知県)
浅井 俊祐(愛知県)
勝 久美子(岐阜県)
第6回(平16年度)
◇一般の部
●優秀賞
町田 治依子(東京都)
伊東 百合子(神奈川県)
伊藤 淳(三重県)
◇高校生の部
●優秀賞
仁平井 麻衣(東京都)
小川 綾詠(北海道)
長島 慎哉(北海道)
◇中学生の部
●優秀賞
岩田 奈奈絵(埼玉県)
佐々木 舞(埼玉県)
松田 彩(石川県)
◇小学生の部
●優秀賞
横町 洲真(福井県)
田中 秀直(兵庫県)
小柴 綾香(青森県)
第7回(平17年度)
◇一般の部
●優秀賞
飯塚 八重子(北海道)
川野 忠夫(群馬県)
山市 雅美(栃木県)
◇高校生の部
●優秀賞
仁平井 麻衣(東京都)
細井 裕美(長野県)
高橋 愛(青森県)
◇中学生の部
●優秀賞
西本 真実(福井県)
小野田 美咲(埼玉県)
村田 真弥(埼玉県)
◇小学生の部

●優秀賞
田中 孝周(兵庫県)
加古川 拓海(兵庫県)
小林 清華(秋田県)
第8回(平18年度)
◇一般の部
●優秀賞
木村 聡(東京都)
井上 雅文(千葉県)
植松 起仕安(和歌山県)
◇高校生の部
●優秀賞
井上 法子(福島県)
高柳 啓太(静岡県)
富井 湧(静岡県)
◇中学生の部
●優秀賞
鶴岡 薫(千葉県)
坂本 真奈美(埼玉県)
市川 翔平(埼玉県)
◇小学生の部
●優秀賞
藤永 舜(熊本県)
上原 榛(富山県)
早川 さくら(富山県)
第9回(平19年度)
◇一般の部
●優秀賞
阿久津 凍河(青森県)
水口 達彦(岐阜県)
廣岡 光行(三重県)
◇高校生の部
●優秀賞
窪田 竜(長野県)
田中 優華(岐阜県)
関 貴一(静岡県)
◇中学生の部
●優秀賞
八木原 愛(埼玉県)
関口 巌(埼玉県)
堂本 耕都(兵庫県)
◇小学生の部
●優秀賞
藤平 晴香(兵庫県)
笠松 礼奈(福井県)
星野 秀高(山形県)

第10回（平20年度）
　◇一般の部
　　●優秀賞
　　　内田 よしひこ（高知県）
　　　吉村 金一（佐賀県）
　　　野口 成人（滋賀県）
　◇高校生の部
　　●優秀賞
　　　イエリン 彩文（静岡県）
　　　浦川 翔（長崎県）
　　　後藤 圭佑（長崎県）
　◇中学生の部
　　●優秀賞
　　　武内 京介（千葉県）
　　　中川 千里（広島県）
　　　相馬 絵里（埼玉県）
　◇小学生の部
　　●優秀賞
　　　松林 希（京都府）
　　　濱野 瑞貴（千葉県）
　　　トール・ウンダラム（東京都）
第11回（平21年度）
　◇一般の部
　　●優秀賞
　　　江田 三峰（北海道）
　　　藤林 正則（北海道）
　　　中野 康子（大阪府）
　◇高校生の部
　　●優秀賞
　　　酒井 絵里（宮城県）
　　　梶 圭一（千葉県）
　　　川口 健二（山形県）
　◇中学生の部
　　●優秀賞
　　　田中 里京（埼玉県）
　　　蓮沼 日出夫（埼玉県）
　　　斉藤 遊芳（福井県）
　◇小学生の部
　　●優秀賞
　　　藤川 礼奈（千葉県）
　　　瀧 優介（千葉県）
　　　松元 珠凜（千葉県）
第12回（平22年度）
　◇一般の部
　　●優秀賞
　　　山本 鍛（北海道）

　　　高橋 正義（福島県）
　　　三ッ山 ひろし（福井県）
　◇高校生の部
　　●優秀賞
　　　大家 涼（神奈川県）
　　　北村 鴻（宮城県）
　◇中学生の部
　　●優秀賞
　　　森島 あゆみ（広島県）
　　　乗竹 美帆（埼玉県）
　　　馬場 彩乃（埼玉県）
　◇小学生の部
　　●優秀賞
　　　山田 りょうへい（福井県）
　　　青木 れんや（福井県）
　　　中村 洸斗（福井県）
第13回（平23年度）
　◇一般の部
　　●優秀賞
　　　高城 光代（岡山県）
　　　福士 謙二（青森県）
　　　橋本 桂子（福井県）
　◇高校生の部
　　●優秀賞
　　　山本 祐己人（山口県）
　　　大江 健太（山形県）
　　　矢下 詩織（長野県）
　◇中学生の部
　　●優秀賞
　　　杉本 ありさ（神奈川県）
　　　斉藤 大和（埼玉県）
　　　蔵田 有希子（埼玉県）
　◇小学生の部
　　●優秀賞
　　　あら川 みずほ（福井県）
　　　中村 そら（福井県）
　　　豊岡 桜（福井県）
第14回（平24年度）
　◇一般の部
　　●優秀賞
　　　平松 泰輔（北海道）
　　　今田 克（東京都）
　　　吉川 弘子（神奈川県）
　◇高校生の部
　　●優秀賞
　　　野本 麻夕子（大阪府）

菅野　衣里（大阪府）
　　土居　佳織（大阪府）
　◇中学生の部
　　●優秀賞
　　山口　梨絵（福井県）
　　轟　英美里（埼玉県）
　　乗竹　美帆（埼玉県）
　◇小学生の部
　　●優秀賞
　　さいとう　ゆう（福井県）
　　すぎ本　あやめ（大阪府）
　　柏屋　魁叶（山形県）
第15回（平25年度）
　◇一般の部
　　●優秀賞
　　江口　隆人（神奈川県）
　　菊地　正男（千葉県）

　　四本木　ただし（福井県）
　◇高校生の部
　　●優秀賞
　　富樫　紀之（山形県）
　　松田　尚人（山形県）
　　松葉　栞里（大阪府）
　◇中学生の部
　　●優秀賞
　　渡邉　真衣（埼玉県）
　　柳沢　美帆（埼玉県）
　　奈良　澪（埼玉県）
　◇小学生の部
　　●優秀賞
　　水上　あいり（福井県）
　　むかい谷　なお（福井県）
　　鈴木　仁（福井県）

251 ラ・メール俳句賞

　　優れた女性俳句の新人を発掘する目的で昭和62年に創設された。「ラ・メール短歌賞」と隔年交替とした為、受賞は翌63年からとなった。平成5年春、「現代詩ラ・メール」誌の終刊とともに終了。第3回が最後の受賞となった。

【主催者】書肆水族館, 現代詩ラ・メールの会

【選考委員】黒田杏子

【選考方法】公募

【選考基準】〔対象〕俳句 「現代詩ラ・メール」投稿者（S会員）がその年度に寄せた作品中、最も優れた作品の作者に与えられる。一号につき6句まで、未発表の作品に限る

【締切・発表】（第3回）平成3年4月,7月,10月,4年1月各末日締切の投稿作品が選考を経て夏・秋・冬・春各号に掲載され、その中から受賞者が選ばれ、平成4年4月・春号に発表された

【賞・賞金】賞金10万と記念品

第1回（昭63年）
　小津　はるみ　「水の向う」
第2回（平2年）

高浦　銘子　「臘梅」
第3回（平4年）
松本　有宙　「夢のあと」（ほか）

252 琉球俳壇賞

　　昭和55年、沖縄の俳句の振興と発展を図るために創設された。

琉球俳壇賞

【主催者】琉球新報社

【選考委員】伊舎堂根自子, 中村阪子

【選考方法】選考委員合議

【選考基準】琉球新報文化面「琉球俳壇」に投句した人の中から1年間欠かさず, かつすぐれた作品を投稿した人(作品)を対象に選考委員が選ぶ

【締切・発表】毎年1月中旬に発表, 表彰式

【賞・賞金】賞状, 記念品(置時計)

【URL】http://ryukyushimpo.jp/

第1回(昭55年)
　山城 青尚
第2回(昭56年)
　北村 伸治
第3回(昭57年)
　島袋 常星
第4回(昭58年)
　伊舎堂 根自子
第5回(昭59年)
　大城 幸子
第6回(昭60年)
　山田 静水
第7回(昭61年)
　山城 美智子
第8回(昭62年)
　小橋川 文子
　渡口 澄江
第9回(昭63年)
　西村 容山
　呉屋 菜々
第10回(平1年)
　平良 龍泉
第11回(平2年)
　中村 阪子
第12回(平3年)
　三浦 加代子
　浦 迪子
第13回(平4年)
　武田 政子
　国仲 穂水
第14回(平5年)
　宮城 礼子
　新田 呂人
第15回(平6年)
　大城 栄子
　大宜見 とみ
第16回(平7年)
　徳村 光子
　与那城 豊子
第17回(平8年)
　大城 愛子
第18回(平9年)
　新垣 春子
　川崎 廬月
第19回(平10年)
　糸嶺 春子
　いなみ 悦
第20回(平11年)
　島袋 はる子
　たみなと 光
第21回(平12年)
　安里 星一
　太田 幸子
第22回(平13年)
　西銘 順二郎
　いぶすき 幸
第23回(平14年度)
　中真 靖郎
　渡真利 春佳
第24回(平15年)
　前田 貴美子
　大湾 美智子
第25回(平16年)
　崎間 恒夫
　与那嶺 末子
第26回(平16年)
　山城 久良光
　垣花 和

第27回（平17年）
　宮城 涼
第28回（平18年）
　宮城 安秀
　大城 百合子
第29回（平19年）
　高良 亀友
第30回（平20年）
　石川 宏子
　古波蔵 里子
第31回（平21年）
　稲嶺 法子（那覇市）
　伊是名 白蜂（宜野湾市）
第32回（平22年）
　前原 啓子（東京都）
第33回（平23年）
　西原 洋子（宜野湾市）
第34回（平24年）
　當間 タケ子（浦添市）
　与儀 啓子（浦添市）
第35回（平25年）
　砂川 紀子（那覇市）
第36回（平26年）
　幸喜 正吉（南城市）

川柳

253 青森県川柳社年度賞

川上三太郎の寄付金をもとに創設。主として年間優秀作品を創作した人に重点を置いている。

- 【主催者】青森県川柳社
- 【選考委員】県内14人の青森県川柳社理事による
- 【選考方法】公募
- 【選考基準】〔資格〕青森県内居住者。〔対象〕当該年1月～12月の発表作品の中から5句を自選して応募
- 【締切・発表】毎年6月末日締切、川柳誌「ねぶた」9月号に発表
- 【賞・賞金】賞状と楯、毎年9月23日川柳忌県下川柳大会で表彰

第1回（昭44年度）
　後藤 柳允
第2回（昭45年度）
　奥 昭二
第3回（昭46年度）
　高田 寄生木
第4回（昭47年度）
　五十嵐 さか江
第5回（昭48年度）
　長谷川 愛子
第6回（昭49年度）
　宮本 紗光
第7回（昭50年度）
　柏葉 みのる
第8回（昭51年度）
　小山 吉朗
第9回（昭52年度）
　西山 金悦
第10回（昭53年度）
　中林 瞭象
第11回（昭54年度）
　小泉 紫峰
第12回（昭55年度）
　松井 一寸
（昭56年度）
　不明
第13回（昭57年度）
　三上 迷太郎
第14回（昭58年度）
　三上 迷太郎
第15回（昭59年度）
　藤田 雪魚
第16回（昭60年度）
　岩淵 黙人
第17回（昭61年度）
　中野 野泣子
第18回（昭62年度）
　新岡 二三夫
第19回（昭63年度）
　対馬 一閃
第20回（平1年度）
　三国 無我
第21回（平2年度）
　対馬 一閃
第22回（平3年度）
　髙瀬 霜石
第23回（平4年度）
　小野 公樹
第24回（平5年度）
　西山 金悦

第25回（平6年度）
　　菊池 ふみを
第26回（平7年度）
　　八田 穂峰
第27回（平8年度）
　　木村 木念
第28回（平9年度）
　　西山 金悦
第29回（平10年度）
　　八木田 幸子
　　三浦 蒼鬼
第30回（平11年度）
　　西野 秋子
第31回（平12年度）
　　内山 孤遊
第32回（平13年度）
　　西谷 大吾
第33回（平14年度）
　　三浦 幸子
第34回（平15年度）
　◇大賞
　　横山 キミエ
　◇準賞
　　高橋 岳水
第35回（平16年度）
　◇大賞
　　三浦 蒼鬼
　◇準賞
　　岩淵 黙人
第36回（平17年度）
　◇大賞
　　岩淵 黙人
　◇準賞
　　上野 しんー
第37回（平18年度）
　◇大賞
　　田鎖 晴天
　◇準賞
　　内山 孤遊
第38回（平19年度）
　◇大賞
　　三浦 蒼鬼
　◇準賞
　　三浦 幸子
第39回（平20年度）
　◇大賞
　　髙橋 星湖
　◇準賞
　　福井 陽雪
第40回（平21年度）
　◇大賞
　　岩崎 雪洲
　◇準賞
　　山野 茶花子
第41回（平22年度）
　◇大賞
　　松山 芳生
　◇準賞
　　北山 まみどり
第42回（平23年度）
　◇大賞
　　守田 啓子
　◇準賞
　　北山 まみどり
第43回（平24年度）
　◇大賞
　　横山 キミエ
　◇準賞
　　内山 孤遊
第44回（平25年度）
　◇大賞
　　角田 古錐
　◇準賞
　　月波 与生
第45回（平26年度）
　◇大賞
　　北山 まみどり
　◇準賞
　　髙橋 星湖

254 岩手日報新年文芸〔川柳〕

文学の振興。新人の登龍門として，岩手日報社が昭和31年に創設。

254 岩手日報新年文芸〔川柳〕

【主催者】岩手日報社
【選考委員】森中恵美子
【選考方法】公募
【選考基準】はがきに3句以内
【締切・発表】11月15日締切,1月1日の紙上にて発表
【賞・賞金】1席1万5千円,2席1万円,3席5千円

(昭31年)
◇天
　中村 達
◇地
　小笠原 リウ子
◇人
　小笠原 杏児
(昭32年)
◇天
　三十六峰
◇地
　小荘 とも子
◇人
　中居 多佳夫
(昭33年)
◇天
　谷地 化石
◇地
　片山 吉丁子
◇人
　昆 イネ子
(昭34年)
◇天
　高橋 はな
◇地
　田沢 風信子
◇人
　山山 央陽
(昭35年)
◇天
　桃生 小富士
◇地
　西山 金悦
◇人
　高橋 鬼笑
(昭36年)

◇天
　山崎 一夫
◇地
　谷地 化石
◇人
　高橋 放浪児
(昭37年)
◇天
　小石 漫歩
◇地
　菅生 酔坊
◇人
　及川 豚木
(昭38年)
◇天
　山根 聡彦
◇地
　柳清水 広作
◇人
　田沢 風信子
(昭39年)
◇天
　長元 光威智
◇地
　及川 豚木
◇人
　藤沢 岳豊
(昭40年)
◇天
　及川 豚木
◇地
　佐々木 一本槍
◇人
　照井 武四郎
(昭41年)
◇天

及川　豚木
◇地
　　片方　栄坊
◇人
　　古館　馬仙
(昭42年)
◇1席
　　鱒沢　創太郎
◇2席
　　吉田　誠
◇3席
　　岩間　北迷
(昭43年)
◇1席
　　藤村　秋裸
◇2席
　　角掛　往来子
◇3席
　　鱒沢　創太郎
(昭44年)
◇1席
　　菅原　如水
◇2席
　　及川　豚木
◇3席
　　伊藤　与司
(昭45年)
◇1席
　　谷地　化石
◇2席
　　松崎　静浦
◇3席
　　北村　九仁夫
(昭46年)
◇1席
　　及川　豚木
◇2席
　　高橋　章
◇3席
　　菅原　白歯
(昭47年)
◇1席
　　沢藤　橘平
◇2席
　　北村　九仁夫
◇3席

　　羽生　柳江
(昭48年)
◇1席
　　高橋　斑鳩
◇2席
　　高橋　龍平
◇3席
　　新井田　虚無僧
(昭49年)
◇1席
　　坂田　ぜん治
◇2席
　　小田島　ただお
◇3席
　　谷地　化石
(昭50年)
◇1席
　　角掛　往来子
◇2席
　　北村　九仁夫
◇3席
　　盛合　秋水
(昭51年)
◇1席
　　飯岡　竹花
◇2席
　　丹治　山畝
◇3席
　　柳清水　広作
(昭52年)
◇1席
　　木村　自然児
◇2席
　　田中　士郎
◇3席
　　川崎　清美
(昭53年)
◇1席
　　渡辺　加津郎
◇2席
　　国香　早苗
◇3席
　　飯岡　竹花
(昭54年)
◇1席
　　伊藤　秀

◇2席
　　若柳 かつ緒
◇3席
　　岩間 正
(昭55年)
◇1席
　　片方 栄坊
◇2席
　　小野寺 蚕人
◇3席
　　渡辺 加津郎
(昭56年)
◇1席
　　高橋 金三
◇2席
　　及川 豚朴
◇3席
　　松崎 清
(昭57年)
◇1席
　　吉田 虎太郎
◇2席
　　塩釜 篤
◇3席
　　伊東 青鳥
(昭58年)
◇1席
　　及川 豚朴
◇2席
　　塩釜 篤
◇3席
　　金田一 陽子
(昭59年)
◇1席
　　塩釜 篤
◇2席
　　高橋 春造
◇3席
　　千葉 国男
(昭60年)
◇1席
　　松田 敏希
◇2席
　　小川 逞吉
◇3席
　　千葉 零点

(昭61年)
◇1席
　　佐藤 美枝子
◇2席
　　加差野 静浪
◇3席
　　北村 九仁夫
(昭62年)
◇1席
　　鈴木 稔
◇2席
　　小舘 昭三
◇3席
　　佐々木 正躬
(昭63年)
◇1席
　　峠 風太
◇2席
　　斎藤 好雄
◇3席
　　神山 長二郎
(平1年)
◇1席
　　片方 栄坊
◇2席
　　小舘 昭三
◇3席
　　工藤 なると
(平2年)
◇1席
　　塩釜 篤
◇2席
　　岩間 富士子
◇3席
　　加差野 静浪
(平3年)
◇1席
　　塩釜 篤
◇2席
　　片方 栄坊
◇3席
　　菅原 知良
(平4年)
◇1席
　　竹内 祐子
◇2席

川柳

　　吉田　恵子
◇3席
　　加差野　静浪
(平5年)
◇1席
　　杉本　翠穂
◇2席
　　畠山　迷刀
◇3席
　　菅原　知良
(平6年)
◇1席
　　柳清水　広作
◇2席
　　千葉　零点
◇3席
　　伊藤　清
(平7年)
◇1席
　　竹内　祐子
◇2席
　　風来坊
◇3席
　　新沼　志保子
(平8年)
◇1席
　　峠　風太
◇2席
　　伊藤　清
◇3席
　　菅原　和夫
(平9年)
◇1席
　　嵯峨　待女
◇2席
　　佐々　与作
◇3席
　　千田　良治
(平10年)
◇1席
　　橋爪　湖舟
◇2席
　　伊藤　清
◇3席
　　新里　実
(平11年)

◇1席
　　工藤　せいいち（盛岡市）
◇2席
　　主浜　安五郎（滝沢村）
◇3席
　　小関　豊治（盛岡市）
(平12年)
◇1席
　　武藤　豊（二戸市）
◇2席
　　河野　康夫（盛岡市）
◇3席
　　梅津　幸子（盛岡市）
(平13年)
◇1席
　　田中　しろう（滝沢村）
◇2席
　　田代　時子（宮古市）
◇3席
　　金丸　寿男（宮古市）
(平14年)
◇1席
　　松浦　流酔（盛岡市）
◇2席
　　鈴木　きえ（大船渡市）
◇3席
　　工藤　直樹（盛岡市）
(平15年)
◇1席
　　柳清水　広作（種市町）
◇2席
　　工藤　直樹（盛岡市）
◇3席
　　中島　久光（盛岡市）
(平16年)
◇1席
　　田中　士郎（滝沢村）
◇2席
　　鈴木　充（盛岡市）
◇3席
　　鈴木　南水（遠野市）
(平17年)
◇1席
　　小田　絹雲（野田村）
◇2席
　　岩間　広（花巻市）

◇3席
　佐々木 木治（水沢市）
（平18年）
◇1席
　谷地 実（花巻市）
◇2席
　岩間 広（花巻市）
◇3席
　岩淵 俊彦（盛岡市）
（平19年）
◇1席
　田中 士郎（滝沢村）
◇2席
　高橋 光夫（奥州市）
◇3席
　はざま みずき（宮古市）
（平20年）
◇1席
　工藤 直樹（盛岡市）
◇2席
　澤口 せい子（盛岡市）
◇3席
　田代 時子（宮古市）
（平21年）
◇1席
　宇部 功（盛岡市）
◇2席
　中島 久光（盛岡市）
◇3席

　高木 寛（山田町）
（平22年）
◇1席
　高橋 陽子（盛岡市）
◇2席
　田中 士郎（滝沢市）
◇3席
　松橋 義彦（盛岡市）
（平23年）
◇1席
　木村 徹（宮古市）
◇2席
　三浦 たくじ（盛岡市）
◇3席
　岩渕 俊彦（盛岡市）
（平24年）
◇1席
　辻 花伝（野田村）
◇2席
　森田 八重子（盛岡市）
◇3席
　長田 ふき（奥州市）
（平25年）
◇1席
　橋爪 湖舟（宮古市）
◇2席
　北川 清柳（二戸市）
◇3席
　松谷 忠和（山形県米沢市）

255 オール川柳賞

　日本で唯一の川柳総合雑誌「月刊オール川柳」が初の公募による本格的な賞として創設。
【主催者】月刊オール川柳
【選考委員】（第1回）斎藤大雄、ほか5名
【選考方法】公募
【締切・発表】（第1回）平成8年6月29日発表

第1回（平8年）
◇新人賞大賞
　和泉 香（滋賀県安土町）
◇作家大賞
　前田 義風（石川県津幡町）

第2回（平9年）
◇大賞
　山倉 洋子（新潟県五泉市）
◇準賞

川守田 秋男(青森県名川町)
笹田 かなえ(青森県八戸市)
小池 正博(大阪府和泉市)
門脇 かずお(鳥取県米子市)
◇選考委員特別賞
　外山 あきら(福岡県大牟田市)
◇オール川柳新人奨励賞
　境 一子(大阪府大阪市)
第3回(平10年)
◇大賞
　川上 富湖(和歌山県和歌山市)
◇準賞
　原井 典子(富山県上新川郡)
　海地 大破(高知県土佐市)

　和泉 香(滋賀県蒲生郡)
　田沢 恒坊(青森県青森市)
第4回(平11年)
◇大賞
　宮村 典子(三重県亀山市)
◇準賞
　西秋 忠兵衛(千葉県八千代市)
　古賀 絹子(福岡県宗像市)
　山本 忠次郎(東京都目黒区)
　犬塚 こうすけ(神奈川県横浜市)
　川上 大輪(和歌山県和歌山市)
◇オール川柳新人奨励賞
　加藤 鰹(静岡県静岡市)

256 風のまち川柳大賞

　町づくりのキャッチフレーズである「風ルネッサンス」の一環として「風」をテーマにした川柳を全国から公募する。第10回実施後休止。

【主催者】風のまち川柳大賞実行委員会
【選考委員】大野風太郎,尾藤三柳,橘高薫風,森中恵美子,斎藤大雄
【選考方法】公募
【選考基準】〔資格〕不問。〔対象〕川柳。〔応募規定〕官製ハガキに1人3句まで
【締切・発表】(第10回)平成14年4月30日締切,7月下旬発表
【賞・賞金】大賞:句碑建立,賞状,大賞句入り記念盾,町特産品,除幕式出席旅費(実費),準賞(2点):賞状,町特産品,選者特別賞(各選者天地人位,計15点):賞状と記念品,地元選考委員会特別賞(若干):記念品。入賞者に記念句集を贈呈

第1回(平5年)
　高橋 真紀(岩手県盛岡市)
第2回(平6年)
　盛合 秋水(岩手県宮古市)
第3回(平7年)
　原田 都子(福岡県宗像市)
第4回(平8年)
　蔦 作太郎(宮城県大河原町)
第5回(平9年)
　藤沢 三春(長野県生坂村)

第6回(平10年)
　西山 金悦(青森県八戸市)
第7回(平11年)
　阿部 昌彦(新潟県村上市)
第8回(平12年)
　舟辺 隆雄(兵庫県西宮市)
第9回(平13年)
　岡部 暖窓(埼玉県さいたま市)
第10回(平14年)
　住友 泰子(山口県下関市)

257 花童子賞

亀井花童子の永年川柳界につくされた功績を讃え、昭和34年に創設した賞。

【主催者】 函館川柳社
【選考委員】 磯部鈴波ほか11名。
【選考基準】 前年度川柳はこだて誌上に掲載された自選3句が選考対象。
【締切・発表】 2月末締切、6月発表。
【賞・賞金】 賞状と記念品

第1回(昭34年)
　西村 恕葉
第2回(昭35年)
　浜崎 貴代坊
第3回(昭36年)
　照井 松影
第4回(昭37年)
　昭井 節子
第5回(昭38年)
　小山内 恵子
第6回(昭39年)
　新川 洋洋
第7回(昭40年)
　照井 松影
第8回(昭41年)
　田中 蛙声
第9回(昭42年)
　飯田 昭
第10回(昭43年)
　山内 南海
第11回(昭44年)
　木村 隆
第12回(昭45年)
　坂下 銀泉
第13回(昭46年)
　米沢 苦郎
第14回(昭47年)
　山内 幸枝
第15回(昭48年)
　出村 幸司
第16回(昭49年)
　三田 地草花
第17回(昭50年)
　大面 力也
第18回(昭51年)
　野沢 素人
第19回(昭52年)
　大面 力也
第20回(昭53年)
　野村 秋花
第21回(昭54年)
　大面 力也
第22回(昭55年)
　坂下 銀泉
第23回(昭56年)
　進藤 一車
第24回(昭57年)
　平野 半七
第25回(昭58年)
　進藤 一車
第26回(昭59年)
　平野 半七
第27回(昭60年)
　進藤 一車
第28回(昭61年)
　進藤 一車
第29回(昭62年)
　進藤 一車
第30回(昭63年)
　朝倉 大柏
第31回(平1年)
　鈴木 まさとし
第32回(平2年)
　野村 秋花
第33回(平3年)
　佐藤 和佳奈
第34回(平4年)

坂本 一本杉

258 かもしか賞

同人誌「かもしか」の中から年間優秀作家を選ぶため創設された作家賞。平成14年同人解散により終了。

【主催者】 かもしか川柳社
【選考委員】 宮本めぐみ, 万迷多, 高田寄生木, 他32名
【選考方法】 非公募
【選考基準】 〔対象〕幹事作品欄「かもしか集」作品
【締切・発表】 柳誌「かもしか」に発表
【賞・賞金】 正賞津軽塗特注楯

第1回（昭48年）
　高田 和子
第2回（昭49年）
　杉山 蝶子
第3回（昭50年）
　高田 和子
第4回（昭51年）
　村上 陽子
第5回（昭52年）
　細川 静
第6回（昭53年）
　村上 秋善
第7回（昭54年）
　村上 秋善
第8回（昭55年）
　村上 秋善
第9回（昭56年）
　千島 鉄男
第10回（昭57年）
　工藤 寿久
第11回（昭58年）
　高田 寄生木
第12回（昭59年）
　野沢 省悟
第13回（昭60年）
　野沢 省悟
第14回（昭61年）
　野沢 省悟
第15回（昭62年）
　野沢 省悟
第16回（昭63年）
　野沢 省悟
第17回（平1年）
　野沢 省悟
第18回（平2年）
　北野 岸柳
第19回（平3年）
　北野 岸柳
第20回（平4年）
　矢本 大雪
第21回（平5年）
　柴崎 昭雄
第22回（平6年）
　柴崎 昭雄
第23回（平7年）
　柴崎 昭雄
第24回（平8年）
　柴崎 昭雄
第25回（平9年）
　柴崎 昭雄
第26回（平10年）
　西秋 忠兵衛
第27回（平11年）
　西秋 忠兵衛
第28回（平12年）
　西秋 忠兵衛
第29回（平13年）
　西秋 忠兵衛

259 青柳賞

鈴木青柳名誉会長の永年函館川柳社に尽くされた功績を讃え平成5年創設。

【主催者】 函館川柳社

【選考委員】 葛西未明(札幌)、西山金悦(八戸)、進藤一車(札幌)、竹本瓢太郎(立川)、柳沢花王子(北見)、森中恵美子(摂津)、佐藤古拙(黒石)、千島鉄男(弘前)、岡崎守(札幌)

【選考方法】 公募

【選考基準】 〔資格〕川柳はこだて同人・誌友・川柳はこだて誌。〔対象〕前年1月～12月までの掲載句(雑詠・課題吟)に限る。自選5句提出のこと

【締切・発表】 出句締切2月15日。発表は「川柳はこだて」5月号誌上

【賞・賞金】 合点高位3位まで:賞状と楯

第1回(平5年)
　東海 宝船
(平6年)
　◇第1位
　樺沢 弘子
(平7年)
　◇第1位
　朝倉 大柏
(平8年)
　◇第1位
　朝倉 大柏
(平9年)
　◇第1位
　丸山 不染
(平10年)
　◇第1位
　大橋 政良
(平11年)
　坂本 一本杉
(平12年)
　木村 隆
(平13年)
　朝倉 大柏
(平14年)
　坂本 一本杉
(平15年)
　坂本 一本杉
(平16年)
　木村 隆(函館川柳社同人)
(平17年)
　坂本 一本杉(函館川柳社同人)
(平18年)
　大橋 政良(函館川柳社同人)
(平19年)
　西東 正治(函館川柳社同人)
(平20年)
　坂本 一本杉(函館川柳社同人)
(平21年)
　池 さとし(函館川柳社同人)
(平22年)
　池 さとし(函館川柳社同人)
(平23年)
　坂本 一本杉(函館川柳社同人)
(平24年)
　坂本 一本杉(函館川柳社同人)
(平25年)
　坂本 一本杉(函館川柳社同人)

260 川柳文学賞

毎年1年間に出版された川柳個人句集のうち、もっとも優れた川柳句集に対して「川柳文学賞」を授与する。

> 【主催者】全日本川柳協会
> 【選考委員】大木俊秀, 久保田半蔵門, 平山繁夫, 雫石隆子, 林えり子
> 【選考方法】公募
> 【締切・発表】1月末締切, 毎年6月に発表
> 【賞・賞金】賞状, 楯, 副賞10万円
> 【URL】http://www.nissenkyou.or.jp/

第1回（平20年）
　西出 楓楽　「天秤座」〔川柳塔社〕
第2回（平21年）
　佐藤 美文　「風」〔新葉館出版〕
第3回（平22年）
　河村 啓子　「逢いに行く」〔新葉館出版〕
第4回（平23年）
　黒川 利一　「メメント・モリ —死を想え —」〔オフィスエム〕
第5回（平24年）
　荻原 鹿声　「埋み火」〔柳都川柳社〕
第6回（平25年）
　◇正賞
　　阪本 高士　「第三の男」〔新葉館出版〕
　◇準賞
　　山本 希久子　「イヤリング」〔美研アート〕

261 稲人賞

初代代表岡田稲人を追慕する作品賞として創設。平成14年同人解散により終了。

> 【主催者】かもしか川柳社
> 【選考委員】宮本めぐみ, 万迷多, 高田寄生木, 他32名
> 【選考方法】非公募
> 【選考基準】〔対象〕幹事作品欄「かもしか集」の年度最優秀作品
> 【締切・発表】「かもしか」に発表
> 【賞・賞金】入賞作品入り津軽塗楯

第1回（昭43年）
　川村 林風
第2回（昭44年前）
　村上 秋善
　布施 順風
第3回（昭44年後）
　高田 和子
第4回（昭45年前）
　村上 秋善
第5回（昭45年後）
　高田 寄生木
第6回（昭46年前）
　藤田 雪魚
第7回（昭46年後）
　末森 茶芽夫
第8回（昭47年）
　藤田 堅固
第9回（昭48年）
　蛯名 千恵
第10回（昭49年）
　相坂 酔鬼
第11回（昭50年）
　田沢 圭子
第12回（昭51年）
　新岡 二三夫
第13回（昭52年）
　高田 和子

262 冬眠子賞

第14回（昭53年）
　村上　秋善
第15回（昭54年）
　高田　寄生木
第16回（昭55年）
　野沢　行子
第17回（昭56年）
　西野　秋子
第18回（昭57年）
　新岡　二三夫
第19回（昭58年）
　野呂　背太郎
第20回（昭59年）
　北野　岸柳
第21回（昭60年）
　野沢　省悟
第22回（昭61年）
　宮本　めぐみ
第23回（昭62年）
　工藤　寿久
第24回（昭63年）
　みのべ　柳子
第25回（平1年）
　岩崎　眞里子
第26回（平2年）
　みのべ　柳子
第27回（平3年）
　高田　寄生木
第28回（平4年）
　野辺　省吾
第29回（平5年）
　岩崎　眞里子
第30回（平6年）
　矢本　大雪
第31回（平7年）
　鈴木　稔
第32回（平8年）
　高瀬　霜石
第33回（平9年）
　はざま　みずき
第34回（平10年）
　岩崎　眞里子
第35回（平11年）
　西秋　忠兵衛
第36回（平12年）
　工藤　寿久
第37回（平13年）
　岩崎　眞里子

262 冬眠子賞

　小樽川柳社の創設者の一人，清水冬眠子の遺徳をしのんで創設した賞。第33回を以て小樽川柳社賞に改称。

【主催者】小樽川柳社

【選考委員】五十嵐万依，石井有人，大野信夫，小山内恵子，曲線立歩，桑野晶子，斎藤大雄，塩見一釜，進藤一車，辻晩穂，土江田千治，長沢とLeSiteを，橋爪まさのり，細川不凍，本山哲郎，米沢苦郎

【選考方法】公募。特選1，佳作2，入選7の合計10句を各選者が選出し，その結果を集計して冬眠子賞1名，準賞1～2名を決定する

【選考基準】〔対象〕小樽川柳社発行柳誌「こなゆき」誌（前年分）より自選5句提出したもの

【締切・発表】毎年1月31日締切，「こなゆき」誌4月号発表

【賞・賞金】賞状，記念品

第1回（昭41年度）
　東田　木念人
第2回（昭42年度）
　東田　和子

第3回（昭43年度）
　大橋　政良
第4回（昭44年度）
　畠　ひろ子
第5回（昭45年度）
　高橋　洋子
第6回（昭46年度）
　斉藤　正人
第7回（昭47年度）
　斎藤　栄
第8回（昭48年度）
　細川　不凍
第9回（昭49年度）
　夏海　ぶんじ
第10回（昭50年度）
　加納　愛山
第11回（昭51年度）
　松田　竹生
第12回（昭52年度）
　谷口　茂子
第13回（昭53年度）
　宮崎　勝義
第14回（昭54年度）
　進藤　一車
第15回（昭55年度）
　進藤　一車
第16回（昭56年度）
　飯田　昭
第17回（昭57年度）
　斎藤　はる香
第18回（昭58年度）
　嘉瀬　信柳詩
第19回（昭59年度）
　北出　郁子
第20回（昭60年度）
　嘉瀬　信柳詩
第21回（昭61年度）
　大橋　政良
第22回（昭62年度）
　朝倉　大柏
第23回（昭63年度）
　進藤　一車
　◇準賞
　　福井　千鶴
　　嘉瀬　信柳詩
第24回（平1年度）
　　根本　冬魚
　◇準賞
　　府栄野　香京
第25回（平2年度）
　　府栄野　香京
　◇準賞
　　朝倉　大柏
第26回（平3年度）
　　山口　要
　◇準賞
　　北出　郁子
　　福井　千鶴
第27回（平4年度）
　　進藤　一車
　◇準賞
　　府栄野　香京
　　山田　悦子
第28回（平5年度）
　　府栄野　香京
　◇準賞
　　福井　千鶴
　　東岡　津多子
第29回（平6年度）
　　府栄野　香京
　◇準賞
　　福井　千鶴
　　棚瀬　文子
第30回（平7年度）
　　朝倉　大柏
　◇準賞
　　府栄野　香京
　　斎藤　はる香
第31回（平8年度）
　　府栄野　香京
　◇準賞
　　松田　一洲
第32回（平9年度）
　　櫟田　礼文
　◇準賞
　　斎藤　はる香
第33回（平10年度）
　◇冬眠子賞
　　河合　光子
　◇準賞
　　斎藤　はる香

263 馬奮賞

松尾馬奮の功績を記念して、昭和51年に創設した賞。第3回授賞をもって中止。

【主催者】青森県川柳社
【選考方法】句誌「ねぶた」の同人ではない一般の投句者が対象。
【締切・発表】前年1年間
【賞・賞金】記念品

第1回（昭52年）
　加藤 彩人
第2回（昭53年）
　菊池 ふみを
第3回（昭54年）
　福士 光生

264 福島県川柳賞

県民から作品を公募して優秀作品を顕彰し、地方文化の進展と県内川柳文学の振興を図るために、昭和56年に創設された。一般を対象とする「川柳賞」「準賞」「奨励賞」、青少年を対象とする「青少年奨励賞」、小学生が対象の「児童奨励賞」がある。

【主催者】福島県川柳連盟, 福島民報社, 福島県
【選考委員】（第35回）西來みわ（川柳研究社顧問）, 大河原滴翠（県川柳連盟会長）, 真弓明子（県川柳連盟副会長）, 松本幸夫（県川柳連盟副会長）, 篠木敏明（県企画調整部文化スポーツ局長）, 芳見弘一（福島民報社編集局長）
【選考方法】公募
【選考基準】〔資格〕福島県内在住者。ただし、東日本大震災の影響により県外に避難している県人及び県外で勉強中の生徒・学生を含む。〔対象〕一般は50句、青少年は20句、児童は5句を集録した原稿作品。未発表のもの
【締切・発表】毎年7月末日締切、10月上旬に本人への通知とともに、報道機関を通じ発表
【賞・賞金】川柳賞（正賞）, 準賞, 奨励賞, 青少年奨励賞, 児童奨励賞
【URL】http://www.minpo.jp/

第1回（昭56年度）
◇川柳賞（正賞）
　佐久間 蘭（郡山）「蘭」
◇準賞
　該当作なし
◇奨励賞
　玉木 柳子（郡山）「柳子百句抄」
　佐藤 義人（福島）「雪うさぎ」
　板倉 正志（原町）「野馬追の里」
◇青少年奨励賞
　佐藤 裕子（郡山）「十五の夢」
第2回（昭57年度）
◇川柳賞（正賞）
　玉木 柳子（郡山）「柳子百句抄・第二集」
◇準賞
　江尻 麦秋（いわき）「蒼海」
◇奨励賞
　佐々木 政信（原町）「振幅」
　渡辺 節子（郡山）「一枚の絵」
◇青少年奨励賞

羽田 克弘(郡山)「生生流転」
鹿岡 瑞穂(石川)「翔(かける)」
第3回(昭58年度)
◇川柳賞(正賞)
　真弓 明子(いわき)「夜の虹」
◇準賞
　渡辺 節子(郡山)「こぼれ紅」
◇奨励賞
　村上 柳影(石川)「まるい風」
　小林 忠義(保原)「四季」
◇青少年奨励賞
　木田 千枝(鏡石)「専」
　斉藤 晴美(郡山)「季」
　石坂 博之(郡山)「高校生活」
第4回(昭59年度)
◇川柳賞(正賞)
　木形 悦子(郡山)「羊の詩」
◇準賞
　桑折 美代子(浪江)「ちぎり絵」
◇奨励賞
　安田 和楽志(福島)「にんげん讃歌」
　柴田 ロク(原町)「童話」
　松山 虚舟(泉崎)「虚舟百句抄」
◇青少年奨励賞
　薄井 奈加子(須賀川)「暮らしの中で」
　福士 宏子(郡山)「紫陽花」
第5回(昭60年度)
◇川柳賞(正賞)
　該当作なし
◇準賞
　秋本 トヨ子(郡山)「手ずれ雛」
　武藤 遥山(会津若松)「凡即真」
◇奨励賞
　佐藤 仁子(福島)「返り花」
　湯田 臨子(郡山)「風媒花」
　佐々木 マサ子(原町)「絵日記」
◇青少年奨励賞
　広 健太郎(郡山)「出発」
　橋本 力(三春)「夏の扉」
　畑 憲史(郡山)「飛べ」
第6回(昭61年度)
◇川柳賞(正賞)
　猪狩 牧芳(郡山)「明日を見る眼鏡」
◇準賞
　橋本 テルミ(郡山)「一対の掌」
◇奨励賞

松本 春道(小高)「涅槃西風」
青山 吐句造(会津若松)「りんどうの詩」
根本 浩一郎(表郷)「南瓜の譜」
◇青少年奨励賞
　松本 清行(都路)「青春の汗」
　大竹 南賀子(郡山)「夕日」
　穂積 由里子(郡山)「芽」
　斎藤 仁(郡山)「十六歳」
第7回(昭62年度)
◇川柳賞(正賞)
　渡辺 節子(郡山)「一期は夢」
◇準賞
　牧野 孝子(小高)「花筵」
◇奨励賞
　山本 葉月(福島)「愛の譜」
　鷹 大典(いわき)「こころ」
　近藤 久子(郡山)「こなん五十句抄」
◇青少年奨励賞
　堀江 博之(郡山)「飛」
　小針 健朗(郡山)「にじ」
　山尾 昌徳(郡山)「今」
第8回(昭63年度)
◇川柳賞(正賞)
　高橋 圭子(福島)「手花火」
◇準賞
　斎藤 貴柳(福島)「人生いろいろ」
　佐藤 仁子(福島)「絆」
◇奨励賞
　神保 十三夜(会津若松)「暮らしの詩」
　宗像 幹夫(船引)「一芸の火」
　山田 昇(郡山)「風の辻」
◇青少年奨励賞
　半沢 郁子(郡山)「迷路」
　佐藤 貴俊(郡山)「実生活」
　山寺 早苗(須賀川)「熱気球」
　千 李(相馬)「一齣」
第9回(平1年度)
◇川柳賞(正賞)
　橋本 テルミ(郡山)「新たなる出発(たびたち)」
◇準賞
　近藤 久子(郡山)「こなん五十句抄」
◇奨励賞
　松本 幸夫(船引)「手のひら」
　西浦 能典(原町)「四季」
　やまじ 席亭(会津若松)「渓流」

◇青少年奨励賞
　春山 舞里（郡山）「ひおばあちゃん」
　高橋 久美子（郡山）「楽譜」
　遠藤 一歩（郡山）「雑草」
　井手 仁子（いわき）「ある日ふと」
第10回（平2年度）
◇川柳賞（正賞）
　佐藤 仁子（福島）「独楽」
◇準賞
　青山 吐句造（会津若松）「せんりゅう曼荼羅」
　宗像 幹夫（船引）「花の種」
◇奨励賞
　渡辺 祐子（郡山）「風蘭」
　河内 トキ子（伊達）「女なれば」
　後藤 正子（福島）「背負い餅」
◇青少年奨励賞
　細野 すみれ（船引）「少女―思い出―」
　半沢 聡子（郡山）「つゆのあいまに」
　吉田 真理子（小野）「天馬」
　酒井 夏海（いわき）「舞台の華」
第11回（平3年度）
◇川柳賞（正賞）
　秋本 トヨ子（郡山）「いろは唄」
◇準賞
　松本 幸夫（船引）「雪あかり」
　遠山 まこと（喜多方）「男の譜」
◇奨励賞
　山ノ井 すい子（郡山）「松ぼっくり」
　西海枝 典子（福島）「午後の陽だまり」
　遠藤 呑舟（いわき）「影法師」
◇青少年奨励賞
　林 美香（須賀川）「未来地図」
　影山 りか（郡山）「瞳」
　本名 理絵（須賀川）「風」
　村越 淳（郡山）「音色」
第12回（平4年度）
◇川柳賞（正賞）
　青山 吐句造（本名・徳蔵）（会津若松）「にんげん賛歌」
◇準賞
　渡辺 祐子（郡山）「洗心」
　後藤 正子（福島）「鳩時計」
◇奨励賞
　橋本 長三郎（郡山）「いろは坂」
　若木 あきら（本名・明）（いわき）「約束の酒」
◇青少年奨励賞
　渡辺 真寿美（棚倉）「節目」
　古川 智美（いわき）「心の鍵」
　橋本 隆（郡山）「しゃぼん玉」
第13回（平5年度）
◇川柳賞（正賞）
　山河 舞句（本名・弘道）（郡山）「無人駅の伝言板」
◇準賞
　清信 ヨシ子（原町）「半生記」
◇奨励賞
　柳沼 ハマ（郡山）「かすみ草」
　芳賀 千代（郡山）「無花果」
　小林 左登流（本名・悟）（会津若松）「おらのうた」
◇青少年奨励賞
　森田 幸恵（いわき）「華の舞」
　影山 淳子（郡山）「私の1日」
　渡辺 寛之（郡山）「レール」
第14回（平6年度）
◇川柳賞（正賞）
　該当作なし
◇準賞
　村上 柳影（郡山）
　熊坂 よし江（福島）
◇奨励賞
　阿部 智恵柳（白河）
　高橋 美代（郡山）
　宮原 姿郎（郡山）
◇青少年奨励賞
　尾崎 まゆみ（いわき）
　小野瀬 由香（いわき）
　関根 昭広（須賀川）
　柄沢 恵里香（郡山）
第15回（平7年度）
◇川柳賞（正賞）
　近藤 久子（郡山）
◇準賞
　鈴木 たつえ（会津若松）
◇奨励賞
　遠藤 正静（大玉）
　遠藤 無双（本宮）
　篠原 房子（いわき）
◇青少年奨励賞
　佐藤 美和子（いわき）

結城　慎也（福島）
　　結城　奈央（福島）
　　鈴木　将史（郡山）
第16回（平8年度）
　◇川柳賞（正賞）
　　村上　柳影（郡山）
　◇準賞
　　斉藤　久美子（郡山）
　　駒木　郁雄（白河）
　◇奨励賞
　　佐藤　泰子（福島）
　　熊田　巽（三春）
　◇青少年奨励賞
　　春山　秀貴（郡山）
　　中村　聡（郡山）
　　油座　真由美（いわき）
第17回（平9年度）
　◇川柳賞（正賞）
　　鈴木　たつえ（会津若松）
　◇準賞
　　山下　和子（郡山）
　　橋本　長三郎（郡山）
　◇奨励賞
　　山田　寛二（保原）
　　大河原　滴翠（郡山）
　　須田　葉柳（郡山）
　◇青少年奨励賞
　　小池　励起（郡山）
　　片山　寛王（郡山）
　　荒井　智美（いわき）
第18回（平10年度）
　◇川柳賞（正賞）
　　熊坂　よし江（福島）
　◇準賞
　　小林　忠義（保原）
　　野地　スミ（郡山）
　◇奨励賞
　　橋本　キソ子（福島）
　　渋木　久雄（矢吹）
　　浦井　隆（本宮）
　◇青少年奨励賞
　　黒野　桃子（いわき）
　　金子　真実（福島）
　　山下　舞（いわき）
　　武藤　真貴子（郡山）
第19回（平11年度）

　◇川柳賞（正賞）
　　該当作なし
　◇準賞
　　渡辺　文子（福島）
　　渋木　久雄（矢吹）
　◇奨励賞
　　坂本　忠雄（矢吹）
　　柳沼　素子（郡山）
　　久野　志奈子（いわき）
　◇青少年奨励賞
　　林　葉子（いわき）
　　半沢　佑子（いわき）
　　善方　崇臣（郡山）
第20回（平12年度）
　◇川柳賞（正賞）
　　小林　忠義（保原）
　◇準賞
　　熊田　巽（三春）
　◇奨励賞
　　ただ　のばら（郡山）
　　野木　尋子（いわき）
　　岩崎　淳子（福島）
　◇青少年奨励賞
　　原田　香織（保原）
　　三品　利恵（福島）
　　菅野　礼子（福島）
第21回（平13年度）
　◇川柳賞（正賞）
　　該当作なし
　◇準賞
　　坂本　忠雄（矢吹）
　　渡辺　フミ子（白沢）
　　久野　志奈子（いわき）
　◇奨励賞
　　渡辺　春（福島）
　　駒木　一枝（白河）
　　今村　雄之（鹿島）
　◇青少年奨励賞
　　該当作なし
第22回（平14年度）
　◇川柳賞（正賞）
　　該当作なし
　◇準賞
　　柳沼　素子（郡山）
　　三浦　サヱ子（郡山）
　　ただ　のばら（郡山）

◇奨励賞
　山村 綾子（郡山）
　三浦 哲夫（月舘）
　賀沢 マサ子（いわき）
◇青少年奨励賞
　山田 朋美（郡山）
　古宮 優至（郡山）
　樫村 理恵（郡山）
　荒川 智美（福島）
第23回（平15年度）
◇川柳賞（正賞）
　篠原 房子（いわき）
◇準賞
　山村 綾子（郡山）
　こはら としこ（郡山）
◇奨励賞
　大橋 トヱ（郡山）
　只木 すもも（会津若松）
　吉成 覚（郡山）
◇青少年奨励賞
　添田 麻利恵（長沼）
　二階堂 聖美（月舘）
第24回（平16年度）
◇川柳賞（正賞）
　該当作なし
◇準賞
　三浦 哲夫（月舘）「柩」
　小林 左登流（小林 悟）（会津若松）「影法師」
　野木 尋子（いわき）「おんな坂」
◇奨励賞
　坪内 照光（郡山）「そして…許し 許されて」
　佐藤 斗志朗（佐藤 俊保）（白沢）「囲炉裏端」
　原田 敏子（保原）「万華鏡」
◇青少年奨励賞
　佐藤 博（富岡）
　菅野 小百合（月舘）
　関根 千永（月舘）
　橋本 勝弘（長沼）
　菅原 廉典（福島）
　管 麻理恵（会津若松）
第25回（平17年度）
◇川柳賞（正賞）

　松本 幸夫（田村）「階（きざはし）」
◇準賞
　小野 清秋（小野忠男）（いわき）「蒼空」
　賀沢 マサ子（いわき）「歳月」
◇奨励賞
　菊田 祐子（保原）「絵本」
　白井 澄枝（郡山）「舞扇」
　横山 昌利（相馬）「フリーパス」
◇青少年奨励賞
　和田 幸子（須賀川）
　森 美奈子（月舘）
　小林 莉佳（只見）
　渡辺 結花（喜多方）
　高井 美紗樹（須賀川）
第26回（平18年度）
◇川柳賞（正賞）
　該当作なし
◇準賞
　坪内 照光（郡山）「そして…太陽になり風になる」
　山田 寛二（伊達）「蟻の列」
　大橋 トヱ（郡山）「架ける虹」
◇奨励賞
　高橋 成子（福島）「身辺雑録」
　柴田 郁子（いわき）「生きる」
　会田 久子（郡山）「泥軍手」
　小野 日生（いわき）「遠花火（とおはなび）」
◇青少年奨励賞
　鈴木 幸子（相馬）
　薄井 幹太（須賀川）
第27回（平19年度）
◇川柳賞（正賞）
　三浦 哲夫（月舘）「狼煙」
◇準賞
　佐藤 斗志朗（俊保）（本宮）「米寿の母」
　只木 すもも（洋子）（会津若松）「一期一会」
　西海枝 典子（福島）「午後のうつ」
◇奨励賞
　吉田 高明（田村）「亀の呟き」
　木田 みどり（ミドリ）（いわき）「埋み火」
　斎藤 照（郡山）「暖簾」
◇青少年奨励賞
　鈴木 真奈美（須賀川）

佐原　慎之介（大玉）
　　菅家　江理奈（只見）
第28回（平20年度）
　◇川柳賞（正賞）
　　坪内　照光（昭子）（郡山）「そして…生かされ生きている」
　◇準賞
　　原田　敏子（伊達）「人間模様」
　　菊田　祐子（伊達）「明日咲く」
　◇奨励賞
　　鴫原　正子（いわき）「悟り」
　　中野　敦子（いわき）「母の位置」
　　鈴木　幸美（相馬）「感謝の半世紀」
　◇青少年奨励賞
　　旗野　志穂子（伊達）
　　奥川　真冬（須賀川）
　　善方　武仁（須賀川）
第29回（平21年度）
　◇川柳賞（正賞）
　　三浦　サヱ子（郡山）「掌の四季」
　◇準賞
　　横山　昌利（相馬）「胸の振り子」
　　中野　敦子（いわき）「夕凪」
　◇奨励賞
　　三浦　一見（伊達）「からっぽの空」
　　須藤　たけし（郡山）「愛の私小説」
　　遠藤　アキオ（郡山）「生きる」
　◇青少年奨励賞
　　志波　好恵（須賀川）
　　荒川　由里（矢吹）
　　菊池　奈津子（矢吹）
　　石井　享（南相馬）
第30回（平22年度）
　◇川柳賞（正賞）
　　該当作なし
　◇準賞
　　吉田　高明（田村）「桑の実」
　　三浦　一見（伊達）「草の笛」
　　鴫原　正子（いわき）「道」
　◇奨励賞
　　佐藤　千四（桑折）「いのち」
　　大場　幸子（郡山）「風なき日」
　　山田　茂夫（郡山）「日日雑感」
　　佐藤　喜昭（新地）「途中下車」
　◇青少年奨励賞
　　伊藤　明日香（本宮）

　　星　結衣（須賀川）
　　渡辺　瑤（須賀川）
　　岡部　里美（矢吹）
第31回（平23年度）
　◇川柳賞（正賞）
　　横山　昌利（相馬）「無縁社会そして絆」
　◇準賞
　　高橋　成子（福島）「風の向き」
　　山田　茂夫（郡山）「フクシマ」
　　安田　和楽志（福島）「震災に生きる」
　◇奨励賞
　　宍戸　とし子（郡山）「花いちもんめ」
　　斎藤　和子（福島）「火の海」
　　遠藤　コウキ（郡山）「ひとり酒」
　◇青少年奨励賞
　　薄井　はあと（須賀川）
　　坂田　莉菜（郡山）
　　小野寺　拓哉（郡山）
　　中嶋　勇樹（郡山）
第32回（平24年度）
　◇川柳賞（正賞）
　　小林　左登流（会津若松）「電気料」
　◇準賞
　　遠藤　アキオ（郡山）「独り言」
　　佐藤　喜昭（新地）「笑い袋」
　　大場　幸子（須賀川）「また、明日」
　◇奨励賞
　　藤田　忠山（矢吹）「冬の棘」
　　鈴木　南枝（いわき）「負けてたまるか」
　　穂積　マチ子（郡山）「去年今年」
　　山田　三郎（郡山）「原風景」
　◇青少年奨励賞
　　永井　謙太郎（いわき）
　　古川　相理（須賀川）
　　八重樫　舞（いわき）
　　橋本　美玖（須賀川）
　　矢野　伸一（郡山）
　　野木　康生（矢吹）
第33回（平25年度）
　◇川柳賞（正賞）
　　菊田　祐子（伊達）「教室スケッチ」
　◇準賞
　　穂積　マチ子（郡山）「春なのに」
　　佐藤　千四（桑折）「あれから」
　　宍戸　とし子（郡山）「母の面影」
　◇奨励賞

菊田 信子（郡山）「まだ泣けるから」
蛇石 利男（郡山）「ドラマが動く」
三戸 利雄（いわき）「まわり道」
猪狩 啓三（福島）「老いても燃える」
◇青少年奨励賞
　安斎 俊輝（須賀川）
　渡辺 美紀（須賀川）
　遠藤 孝貴（いわき）
　石山 紫音（いわき）
第34回（平26年度）
◇川柳賞（正賞）
　野木 尋子（いわき）
◇準賞
　斎藤 和子（福島）
　鈴木 南枝（いわき）
◇奨励賞
　山口 チイ子（会津若松）
　籏野 梨恵子（伊達）
　鈴木 英峰（郡山）
　加藤木 恵美子（三春）
　橘 香（南相馬）
◇青少年奨励賞
　相楽 萌美（須賀川養護）

松澤 まどか（新地高）
吉田 竜（須賀川養護）
橋本 里菜（郡山萌世高）
近内 樹（須賀川養護）
西村 美咲（平養護）
第35回（平27年度）
◇川柳賞（正賞）
　山田 茂夫（郡山）「声の束」
◇準賞
　山口 チイ子（会津若松）「色いろな橋」
　三戸 利雄（いわき）「浮き袋」
　遠藤 コウキ（郡山）「ひとり酒」
◇奨励賞
　永木 沢代（いわき）「夢無限」
　佐藤 幸子（本宮）「名残り雪」
　渡邉 満洲（相馬）「つぶやき」
◇青少年奨励賞
　樋口 侑希（平養護）「父のからあげ」
　根本 健斗（須賀川養護）「本の虫」
　関口 颯太（須賀川二中）「心情風景」
　谷 愛梨（平養護）「私の中で輝く嵐」
　齋藤 沙羅（新地高）「花と行事」
　金澤 葵（新地高）「夏雲」

265 不浪人賞

　青森県川柳社機関誌「ねぶた」及び，青森県川柳人連盟共同で県川柳界の創始者とも言える故小林不浪人の業績を永く後世に継承するため，昭和29年に「不浪人賞」を制定した。その年の優れた川柳作品1句に重点を置いている。

【主催者】 青森県川柳社

【選考委員】 不浪人賞選考委員，「山家集」作品推薦選者と前年度受賞者の計25名による

【選考方法】 公募

【選考基準】〔対象〕当該年（1～12月）各川柳誌，新聞等発表作品，又は未発表作品の中から3句以内。〔資格〕会員及び県内の川柳同好者

【締切・発表】 毎年5月末日締切，川柳誌「ねぶた」9月号に発表

【賞・賞金】 賞状と楯，毎年9月23日川柳忌県下川柳大会で表彰

（昭29年度）
　山下 紫華王
　奥 昭二
（昭30年度）
　後藤 蝶五郎

（昭31年度）
　石沢 三善
（昭32年度）
　奥 昭二
（昭33年度）

川柳

松倉 如柳
(昭34年度)
後藤 蝶五郎
(昭35年度)
後藤 柳允
(昭36年度)
奥 昭二
(昭37年度)
五十嵐 さか江
(昭38年度)
柿崎 麗史
(昭39年度)
不明
(昭40年度)
石沢 三善
(昭41年度)
高田 寄生木
(昭42年度)
岡村 かくら
(昭43年度)
不明
(昭44年度)
不明
(昭45年度)
不明
(昭46年度)
八田 穂峰
(昭47年度)
三浦 宗一
(昭48年度)
藤田 東西門
(昭49年度)
佐藤 狂六
(昭50年度)
五十嵐 さか江
(昭51年度)
豊巻 つくし
(昭52年度)
金枝 久五郎
(昭53年度)
金枝 万作
(昭54年度)
長谷川 愛子
(昭55年度)
後藤 柳允
(昭56年度)

田崎 光星
(昭57年度)
岩淵 黙人
(昭58年度)
西野 秋子
(昭59年度)
五十嵐 一川
(昭60年度)
三上 迷太郎
(昭61年度)
袴田 よし司
(昭62年度)
佐藤 悠
(昭63年度)
菊池 ふみを
(平1年度)
森越 剣児楼
(平2年度)
三浦 蒼鬼
(平3年度)
狄守 和穂
(平4年度)
村田 善保
(平5年度)
阿部 枯葉
(平6年度)
田崎 光星
(平7年度)
藤田 雪魚
(平8年度)
三国 無我
(平9年度)
西山 金悦
(平10年度)
高橋 岳水
(平11年度)
西谷 大吾
(平12年度)
加川 燚川
(平13年度)
西谷 大吾
(平14年度)
大黒谷 サチエ
(平15年度)

◇不浪人賞
田鎖 晴天

265 不浪人賞

◇次点
　八木田 幸子
（平16年度）
◇不浪人賞
　藤田 雪魚
◇次点
　豊巻 つくし
（平17年度）
◇不浪人賞
　高瀬 霜石
◇次点
　小野 公樹
（平18年度）
◇不浪人賞
　久保田 一竿
◇次点
　岩淵 黙人
（平19年度）
◇不浪人賞
　上野 しん一
◇次点
　岩崎 眞里子
（平20年度）
◇不浪人賞
　野呂 呑舟
◇準賞
　岩崎 雪洲
（平21年度）
◇不浪人賞
　岩崎 眞里子
◇準賞
　西野 秋子
（平22年度）
◇不浪人賞
　三浦 蒼鬼
◇準賞
　岩崎 雪洲
（平23年度）
◇不浪人賞
　まきこ
◇準賞
　和田 ふみお
（平24年度）
◇不浪人賞
　西野 秋子
◇準賞
　太田 尚介
（平25年度）
◇不浪人賞
　北山 まみどり
◇準賞
　葉 閑女
（平26年度）
◇不浪人賞
　須藤 しんのすけ
◇準賞
　三浦 幸子

# 受賞者名索引

【あ】

藍 朋子 …………… 229
藍 まゆこ ………… 94
相生垣 瓜人 ……… 384
合川 勤 …………… 351
相子 智恵 ………… 365
相坂 酔鬼 ………… 433
相澤 啓三 ………… 201
相沢 正一郎 … 159, 211
相澤 史郎 ………… 237
相澤 正史 ………… 232
会沢 チエ ………… 324
会沢 未奈子 ……… 127
相澤 礼子 ………… 47
会津 八一 ………… 144
相田 謙三 ………… 224
会田 千衣子 … 173, 241
会田 綱雄 …… 145, 202
会田 久子 ………… 440
鮎田 慰子 ………… 264
間谷 雅代 ………… 355
相原 左義長 ……… 366
粟飯原 孝臣 ……… 401
粟飯原 史恵 ……… 104
粟飯原 禮子 ……… 102
青 陽子 …………… 185
蒼井 杏 …………… 308
あふひ 爽楽 ……… 367
あおい なおき …… 114
青井 史 …………… 320
葵生川 玲 ………… 207
青垣 囲 …………… 357
青木 昭子 ………… 120
青木 郁男 ………… 138
青木 魁星 ………… 91
青木 和子 ………… 367
青木 克子 ………… 324
青木 康太郎 ……… 87
青木 紫女 ………… 81
青木 信一 ………… 261
青木 青嵐 ………… 324
青木 保 ……… 110, 324
青木 千佳子 ……… 94
あおき としみち … 226
青木 富子 ………… 311
青木 はるみ … 158, 177

青木 久佳 ………… 139
青木 亮人 … 358, 396, 400
青木 幹枝 ………… 212
青木 道子 ………… 81
青木 美保子 ……… 191
青木 百々代 ……… 102
青木 ゆかり ……… 268
青木 良繁 ……… 53, 60
青木 れんや ……… 418
青倉 人士 ………… 380
蒼空 星夜 ………… 127
青田 美保 ………… 335
青戸 かいち ……… 238
青砥 幸介 ………… 278
青砥 孝子 ………… 140
青沼 ひろ子 ……… 265
青柳 晶子 ………… 212
青柳 志解樹 ……… 395
青柳 満佐美 ……… 43
青柳 悠 ……… 169, 174
青山 英梨香 ……… 186
青山 かつ子 ……… 203
青山 幸子 ………… 80
青山 丈 …………… 392
青山 吐句造 … 437, 438
青山 友子 ………… 101
青山 久子 ……… 78, 79
青山 不折庵 ……… 73
青山 凡人 ………… 76
青山 祐一 ……… 79, 81
青山 由美子 ……… 168
青山 洋子 ………… 155
赤井 摩弥子 ……… 69
赤井 良二 ………… 174
赤石 茂 …………… 342
赤尾 あゆみ ……… 409
赤尾 兜子 ………… 370
赤尾 冨美子 ……… 28
赤川 菊野 ………… 49
赤木 真也 ………… 26
赤木 比佐江 ……… 148
赤坂 恒子 ………… 105
赤坂 とし子 ……… 405
赤崎 泰司 ………… 24
赤崎 学 …………… 23
赤澤 篤司 ………… 22
赤沢 郁満 ………… 27
赤沢 北江 …… 17, 346, 349
赤沢 千鶴子 ……… 26

明石 健次郎 ……… 51
赤田 喜美男 ……… 62
赤塚 豊子 ………… 241
赤西 光子 ………… 170
赤沼 章二 ………… 409
赤野 貴子 ………… 168
赤羽 浩美 ………… 191
赤平 せつ子 … 20, 22, 23
赤間 秋 …………… 284
赤間 学 …………… 369
朱間 繭生 ………… 369
赤松 菊男 ………… 116
赤松 蕙子 ………… 395
赤峰 ひろし ……… 415
赤山 勇 ……… 115, 207
秋 亜綺羅 ………… 238
阿木 龍一 ………… 48
昭井 成一 ………… 315
昭井 節子 ………… 430
秋尾 敏 …………… 376
秋川 久紫 ………… 214
秋篠 光広 ………… 364
秋田 芳子 ………… 69
阿木津 英 ………… 42,
　　　　274, 276, 296, 298
秋野 かよ子 ……… 191
秋野 さち子 ……… 62
秋野 登志子 ……… 314
秋葉 喜代子 ……… 324
秋葉 靜枝 ………… 13
秋葉 四郎 …… 288, 302
秋村 宏 …………… 208
秋本 カズ子 ……… 69
秋元 花扇 ………… 43
秋元 炯 …………… 233
秋元 進一郎 … 284, 321
秋本 トヨ子 … 437, 438
秋元 不死男 ……… 384
秋元 倫 …………… 372
秋谷 豊 ……… 220, 236
秋山 さえみ ……… 182
秋山 佐和子 ……… 320
秋山 青松 ………… 378
秋山 卓三 ………… 364
秋山 基夫 ………… 214
秋山 喜文 ………… 121
秋吉 久紀夫 ……… 218
秋吉 秀人 ………… 87
飽浦 敏 ……… 152, 243

あくつ		
阿久津 凍河 …………… 417	浅野 牧子 ………… 39, 205	後川 杜鵑子 ……… 15, 349
阿久津 美枝子 …………… 11	浅野 政枝 ………… 133, 195	穴井 太 ………………… 370
飽浦 幸子 ………………… 28	浅野 マリ ……………… 197	安仁屋 升子 …………… 340
安黒 登貴枝 ……………… 81	浅野 光正 ………………… 31	安彦 桂子 ………… 273, 294
暁方 ミセイ ………… 178, 216	浅野 康子 ………………… 93	安孫子 隆 ……………… 307
上路 のり ……………… 153	浅原 由記 ………………… 88	油座 真由美 …………… 439
明隅 礼子 ……………… 397	朝日 彩湖 ……………… 353	油本 達夫 ……………… 244
揚田 蒼生 ………………… 57	朝輝 石苔子 …………… 353	油谷 鷹平 ……………… 166
明本 美貴 ……………… 190	旭 千代 ……… 261, 323, 336	阿部 綾 ………………… 326
あざ 蓉子 ……… 42, 366, 371	朝日 敏子 ……………… 300	阿部 岩夫 ‥ 160, 201, 203, 242
浅井 薫 …………… 204, 207	朝比奈 楓 ……………… 197	安部 歌子 …………… 75, 77
浅井 一邦 ……………… 387	朝比奈 克子 …………… 222	阿部 一男 ……………… 263
淺井 一志 ……………… 396	朝吹 亮二 ……………… 210	阿部 加津子 …………… 257
浅井 克宏 ……………… 267	浅見 政稔 ………………… 44	阿部 捷二 ………………… 18
浅井 俊祐 ……………… 417	朝山 ひでこ …………… 187	阿部 勝代 ……………… 106
淺井 愼平 ……………… 379	浅利 清香 ……………… 391	阿部 枯葉 ……………… 443
淺井 霜崖 ………… 386, 388	浅利 恵子 ……………… 345	阿部 完市 ………… 370, 375
浅井 たけの …………… 127	浅利 奈穂 ……………… 186	阿部 清子 ……………… 405
朝井 敏美 ……………… 283	味沢 通子 ………………… 37	あべ きよひろ ………… 227
朝井 美津子 …………… 261	芦原 大造 ………………… 86	阿部 慧月 ……………… 408
浅井 勇吉 ……………… 328	東 英一 ………………… 286	安部 元気 ………………… 33
浅井 陽子 ……………… 415	東 淳子 ………………… 276	阿部 弘一 ……………… 175
浅生 圭佑子 ……… 386, 388	東 聖子 ………………… 143	安部 聡 …………………… 5
浅尾 忠男 ………………… 98	あずま 菜ずな ………… 114	阿部 静枝 ……………… 318
朝岡 恭子 ……………… 403	東路 みつる …………… 100	阿部 静雄 ………… 365, 392
朝倉 勇 ………………… 237	安住 敦 ………………… 384	阿部 翔平 ……………… 195
朝倉 和江 ……………… 397	安住 多恵子 …………… 260	阿部 翠郷子 ……… 347, 348
朝倉 恭 ………………… 119	麻生 哲彦 ……………… 171	阿部 スミ子 …… 19, 20, 23
朝倉 大柏 …… 430, 432, 435	麻生 直子 ……………… 220	阿部 青鞋 ……………… 370
麻倉 遥 ………………… 312	麻生 秀顕 ……………… 233	阿部 智恵柳 …………… 438
朝倉 宏哉 ……………… 154	安宅 武夫 ………………… 6	阿部 千鶴 ……………… 414
浅田 浦蛙 ………… 402, 403	安達 愛子 ……………… 285	阿部 千代美 …………… 134
浅田 佳代美 …………… 182	足立 旦美 ………………… 78	阿部 つや子 ……………… 19
浅田 杏子 ……………… 190	足立 久二男 …………… 324	阿部 登世 ……………… 124
朝田 魚生 ……………… 121	足立 巻一 ……………… 220	安部 時子 ………………… 51
麻田 春太 ……………… 119	足立 公平 ……………… 274	阿部 俊子 ……………… 259
浅田 白道 ………………… 18	安達 さと子 ……………… 76	阿部 朋美 ……………… 226
安里 星一 ……………… 420	安立 スハル …………… 319	阿部 はるみ ……… 34, 245
安里 正俊 ……………… 243	安達 純敬 ………………… 26	阿部 仁美 ……………… 228
浅沼 藍子 ……………… 350	足立 拓也 ……………… 182	阿部 日奈子 ……… 201, 249
浅沼 恵子 ………………… 16	足立 訓一 ……………… 270	阿部 熙子 ……………… 256
浅野 明信 ……………… 235	安達 波外 ………………… 74	阿部 富美子 ……………… 43
浅野 秋穂 ……………… 235	安達 秀幸 ……………… 324	阿部 正栄 ……………… 125
浅野 晃 …………… 145, 337	足立 みゑ子 …………… 383	阿部 昌彦 ……………… 429
浅野 耕月 ………………… 62	安達 みつ子 ……………… 76	阿部 誠文 ……………… 399
浅野 言朗 ……………… 245	安達 美幸 ……………… 332	阿部 正路 ……………… 316
浅野 如水 ……………… 364	安立 恭彦 ……………… 364	阿部 昌代 ………… 112, 113
浅野 富美江 …………… 303	足立 幸恵 ………… 273, 294	阿部 鞠子 ………………… 93
浅野 春生 ……………… 360	足立 幸信 ……………… 399	安倍 真理子 …………… 365
	足立 律子 ……………… 119	

阿部 みさ … 256	荒井 えい子 … 108	荒屋敷 良子 … 226
安部 道子 … 78	新井 啓子 … 46	有江 敦子 … 6
阿部 三夫 … 153	新井 重雄 … 46	有我 祥吉 … 225
阿部 みどり女 … 384	荒井 正階 … 61	蟻川 知奈美 … 166
阿部 美晴 … 56	新井 髙子 … 161	有川 照子 … 80
阿部 佑哉 … 197	荒井 千佐代 … 9, 343	有澤 かおり … 109
阿部 ゆか … 226	新井 千裕 … 173	有澤 榠樝 … 393
阿部 優希実 … 196, 197	荒井 哲夫 … 194	有沢 佳 … 55
阿部 嘉昭 … 137	新井 利子 … 139	有田 絢子 … 309
阿部 芳恵 … 44	荒井 智美 … 439	有田 忠郎 … 72, 119, 230
阿部 鯉昇 … 355	新井 豊美 … 201, 203, 225	有田 照美 … 85
あべ 和愛 … 17, 20	新井 冨士重 … 62	有谷 良子 … 258
阿保 幸江 … 133	荒井 正隆 … 401	アーリック,リンダ … 170
尼 崇 … 164	新井 正人 … 217	有友 紗哉香 … 335
天下井 誠史 … 402	新井 雅之 … 36	有永 克司 … 90
天貝 弘 … 69	新井 美妃 … 37	有永 景雲 … 89
天笠 次雄 … 44	アライ メグミ … 267	有永 吉伸 … 133
天川 央士 … 186	荒井 ゆかり … 266	有原 昭夫 … 153
天沢 退二郎 … 146, 201, 210	荒井 良子 … 67	有原 一三五 … 80
天路 悠一郎 … 222	新井田 虚無僧 … 425	有馬 朗人 … 33, 72, 395
天辰 芳徳 … 185	荒尾 駿介 … 117	有賀 祥吉 … 124
天野 啓子 … 92	新垣 彰子 … 247	粟津 則雄 … 209
天野 翔 … 185	新垣 春子 … 352, 420	淡波 悟 … 191
天野 田鶴子 … 101	新垣 汎子 … 36, 152	粟野 けい子 … 263, 313
天野 忠 … 146, 240	荒川 あつし … 61	阿波野 青畝 … 70, 384
天野 千絵 … 228	荒川 純子 … 249	粟屋 麻里 … 35
天野 暢子 … 235	荒川 祥一郎 … 7	安西 篤 … 371
天野 礼菜 … 92	荒川 信 … 416	安斉 純二 … 255
余戸 義雄 … 231	荒川 智美 … 440	安斎 俊輝 … 442
餘目 注吉 … 156	荒川 楓谷 … 408	安西 均 … 175, 178
編田 知子 … 284	荒川 麻衣子 … 226	安西 冬衛 … 209
網谷 厚子 … 221, 243	あら川 みずほ … 418	安齋 莉香 … 129
網谷 千代子 … 286, 335	荒川 由里 … 441	杏 … 182
網谷 正美 … 311	荒川 洋治 … 146, 158, 201, 223	安藤 徏 … 40
網本 義彦 … 84	荒木 元 … 136	安藤 一郎 … 240
雨宮 雅子 … 72, 296, 316	荒木 翔太朗 … 332, 367	安藤 キサ子 … 22
雨宮 芽衣 … 93	荒木 精子 … 300	安藤 紀楽 … 96
飴本 登之 … 339	荒木 力 … 120, 231	安藤 弘一 … 413
彩子 … 80	荒木 茅生 … 41	安藤 しおん … 10
綾野 静恵 … 31	荒木 那智子 … 19, 22	安藤 善次郎 … 4
綾野 道江 … 376	荒木 緋紗女 … 77	安藤 辰彦 … 379
綾部 清隆 … 236	荒木 ひとみ … 78	安東 次男 … 71, 210
綾部 健二 … 212, 222	荒木 富美子 … 12	安藤 智貴 … 187
綾部 仁喜 … 394, 395, 399	荒木 勇三 … 216	安藤 まさみ … 205
綾見 謙 … 229	荒武 瑞枝 … 139	安藤 元雄 … 71, 179, 201, 211, 223
鮎川 ユキ … 93	荒谷 常雄 … 253	安藤 葉子 … 110
荒 幸介 … 119	荒船 健次 … 244	安藤 陽子 … 110, 111, 403
新井 秋郎 … 64	荒槇 みき枝 … 85	安藤 吉雄 … 286
新井 章夫 … 151, 235	荒巻 義雄 … 137	

あんら

安楽 健次 ……………… 173

【い】

李 御寧 ……………… 411
飯岡 竹花 ……………… 425
飯倉 洋一 ……………… 358
飯坂 禎子 ……………… 263
飯坂 弘高 ……………… 153
飯坂 友紀子 …………… 268
飯島 章友 ……………… 301
飯島 詭理 ……………… 177
飯島 耕一 ……………… 71,
　　　　146, 175, 200, 210
飯島 正治 …………… 63, 64
飯島 晴子 ……………… 384
飯島 宏 …………… 325, 404
飯島 房江 ……………… 46
飯島 侑里 ……………… 337
飯塚 虎秋 ……………… 74
飯塚 武彦 ……………… 324
飯塚 ひろし …………… 80
飯塚 風像 ……………… 378
飯塚 まさよし ………… 402
飯塚 八重子 …………… 417
飯泉 ツネ子 …………… 402
飯田 昭 …………… 430, 435
飯田 史朗 ……………… 381
飯田 伸一 ……………… 178
飯田 薄氷 ……………… 348
飯田 初江 ……………… 324
飯田 晴久 ………… 140, 413
飯田 麻依 ……………… 186
飯田 光子 ……………… 45
飯田 龍太 ………… 145, 370
いいとよ ひであき …… 226
飯名 陽子 ………… 11, 371
飯沼 鮎子 ………… 300, 310
飯沼 麻奈美 …………… 39
飯野 定子 ……………… 409
飯野 遊江子 …………… 408
飯村 仁 ………………… 124
飯村 節子 ……………… 325
飯村 とめ ……………… 285
飯村 陽子 ……………… 403
井内 白水 ……………… 100
イエリン 彩文 ………… 418
井尾 望東 ……………… 119

井奥 行彦 ………… 193, 220
五百目 義一 …………… 84
筏井 嘉一 ……………… 319
筏丸 けいこ …………… 177
伊神 慎一 ……………… 133
五十嵐 一川 …………… 443
五十嵐 さか江 …… 422, 443
五十嵐 善一郎 ………… 217
五十嵐 俊之 …………… 217
五十嵐 仲 ………… 126, 326
五十嵐 徳昌 …………… 127
五十嵐 美世 …………… 44
五十嵐 秀子 ……… 377, 409
五十嵐 仁美 …………… 321
猪狩 行々子 …………… 132
猪狩 啓三 ……………… 442
猪狩 智子 ……………… 128
猪狩 牧芳 ……………… 437
井川 京子 ……………… 269
井川 博年 …… 143, 211, 238
壱岐 梢 ………………… 96
伊木 勇人 ……………… 356
壱岐 やす江 …………… 93
藺草 慶子 ……………… 397
生田 作 ………………… 29
幾田 とし子 …………… 84
井口 精一 ………… 272, 294
猪口 節子 ………… 393, 414
井口 ひろ ……………… 39
井口 光雄 ……………… 392
生野 幸吉 ……………… 202
生野 俊子 ……………… 268
王生 令子 ……………… 270
池 さとし ……………… 432
池 青珠 ………………… 43
池 崇一 ………………… 151
池井 昌樹 ……………… 71,
　　　　176, 179, 210, 240
池井戸 至誠 ………… 39, 40
池上 晴夫 ……………… 325
池上 よし子 …………… 360
池亀 恵美子 …………… 97
池北 茂 ………………… 101
池口 功 ………………… 251
池澤 一郎 ……………… 358
池住 律子 ……………… 413
池田 昭雄 ……………… 121
池田 逸水 ……………… 166
池田 和子 ……………… 329

池田 儀代子 …………… 54
池田 邦子 ……………… 30
池田 守一 ……………… 121
池田 純子 ……………… 368
池田 順子 ……………… 221
池田 松蓮 ……………… 409
池田 澄子 ……………… 371
池田 純義 ……………… 274
池田 星爾 ……………… 114
池田 蒼水 ……………… 166
池田 鷹志 ……………… 402
池田 千秋 ……………… 412
池田 都瑠女 …………… 80
池田 ツルヨ …………… 80
池田 友幸 ……………… 259
池田 夏子 ……………… 180
池田 はるみ ……………
　　　　276, 282, 298, 309
池田 雅夫 ……………… 68
池田 康乃 ……………… 260
池田 雪江 ……………… 313
池田 由美子 …………… 170
池田 陽子 ……………… 6
池田 義弘 ………… 125, 404
池田 緑人 ……………… 414
池田 礼子 ………… 107, 108
池谷 敦子 ………… 152, 205
池知 ひろみ …………… 51
池野 絢子 ……………… 88
池野 いちび …………… 53
池野 京子 ……………… 122
池原 楢雄 ……………… 252
池松 幾生 ……………… 121
池本 登代子 …………… 260
池元 道雄 ………… 16, 348
池谷 秀子 ……………… 401
池山 きぬ ……………… 413
依光 陽子 ……………… 365
井越 芳子 ……………… 398
生駒 さが ……………… 140
伊佐 節子 ……………… 340
井坂 あさ ……………… 111
井坂 とよ ……………… 324
井坂 道子 ……………… 110
井坂 美智子 …………… 11
井坂 洋子 …… 158, 201, 211
井坂 淑子 ……………… 11
去来川 陸 ……………… 334
砂金 青鳥子 …………… 17
砂子沢 巌 ……………… 154

井沢 唯夫 ……………… 370	石川 節子 ……… 18, 19, 24	石戸谷 祐希 …………… 187
石井 いさお …………… 414	石川 敬大 ………… 121, 231	石灰 潤子 …… 107, 108, 109
石井 一舟 ……………… 44	石川 保 ………………… 294	石橋 沙也佳 …………… 187
石井 栄美 ……………… 7	石川 千鶴 ………… 273, 294	石橋 武子 ……………… 367
石井 清子 ……………… 217	石川 敏夫 ……………… 85	石橋 秀野 ……………… 370
石井 国夫 ……………… 286	石川 知子 ……………… 337	石橋 真美 ……………… 200
石井 久美子 …………… 9	石川 直樹 ……………… 187	石橋 林石 ……………… 404
石井 啓子 ……………… 256	石川 久子 ……………… 15	石原 安藝子 …………… 262
石井 紅楓 ……………… 46	石川 宏子 ……………… 421	石原 昭彦 ……………… 300
石井 沙文 ……………… 96	石川 不二子 ……………	石原 一郎 ……………… 335
石井 冴 ………………… 379	277, 296, 305, 331	石原 しのぶ …………… 59
石井 孝幸 ……………… 177	石川 文子 ……………… 405	石原 舟月 ……………… 384
石井 辰彦 ……………… 278	石川 雅子 ……………… 73	石原 純子 ……………… 259
石井 恒子 ……………… 260	石川 美来 ……………… 89	石原 武 …… 62, 203, 219, 244
石井 享 ………………… 441	石川 明 ………………… 187	石原 光久 ………… 251, 300
石井 利明 ……………… 297	石川 幸夫 ……………… 325	石原 緑子 ……………… 105
石井 とし夫 …………… 390	石川 仁木 ……………… 300	石原 靖 ………………… 189
石井 春香 ……………… 233	伊敷 大典 ……………… 91	石原 八束 ………… 372, 399
石井 久衣 ………… 110, 324	石倉 綾子 ……………… 138	石村 研次郎 …………… 153
石井 英紀 ……………… 34	石倉 かずえ …………… 81	石村 通泰 ………… 118, 231
石井 昌子 ……………… 170	石蔵 和紘 ……………… 26	石村 勇二 ……………… 134
石井 まり子 …………… 226	石倉 吉蓼 ……………… 73	石牟礼 道子 …………… 179
石井 瑞穂 ……………… 298	石倉 夏生 ……………… 373	石母田 星人 …………… 366
石井 道子 ……………… 300	石倉 正枝 ……………… 79	石本 和子 ……………… 51
石井 睦子 ……………… 67	石黒 清介 ………… 316, 319	石本 一美 …………… 95, 97
石井 夢津子 …………… 7	石毛 惠美子 ……… 110, 325	石本 美儀 ……………… 344
石井 ユキ ……………… 263	石毛 拓郎 ………… 160, 244	石本 隆一 …… 296, 302, 319
石井 僚一 ……………… 299	石坂 博之 ……………… 437	石森 明夫 ……………… 226
石岡 チイ ……………… 212	石崎 博美 ……………… 291	伊舎堂 根自子 ………… 420
石下 典子 ………… 212, 221	石崎 雅男 ……………… 111	石山 紫音 ……………… 442
石垣 りん ………… 158, 202	石沢 三善 ………… 442, 443	石山 幸弘 ……………… 44
石上 邦子 ……………… 388	石嶌 岳 ………………… 398	伊集 紀美子 …………… 360
石神 秋羅 ……………… 361	石津 ちひろ …………… 239	伊集院 昭子 …………… 66
石上 りつ ………… 253, 254	石塚 さく ……………… 110	石綿 清子 ……………… 46
石川 厚志 ……………… 97	石塚 まさを …………… 61	石原 吉郎 ………… 158, 209
石川 勲 ………………… 138	石田 あき子 …………… 395	石割 忠夫 ……………… 192
石川 逸子 ………… 157, 203	石田 雲瀞 ……………… 125	井須 はるよ …………… 185
石川 薫 ………………… 258	石田 宰 ………………… 183	伊豆 美男 ……………… 346
石川 一雄 ……………… 132	石田 勝彦 ……………… 395	泉野 月花 ……………… 410
石川 和雄 ……………… 149	石田 郷子 ……………… 397	伊豆丸 竹仙 …………… 121
石川 和子 ……………… 335	石田 京 ………………… 244	和泉 香 …………… 428, 429
石川 佳世 ……………… 97	石田 つとむ …………… 381	泉 香代 ………………… 267
石川 京子 ……………… 8	石田 利夫 ……………… 65	泉 耿介 ………………… 362
石川 恭子 ……………… 316	石田 寿子 ……………… 138	泉 静 …………………… 102
石川 桂郎 ………… 384, 394	石田 富一 ……………… 67	和泉 修司 ……………… 58
石川 さだ子 …………… 405	石田 波郷 ……………… 144	和泉 千鶴子 …………… 36
石川 笙児 ……………… 10	石田 比呂志 ………… 41, 296	泉 兵二郎 ……………… 315
石川 翔太 ……………… 196	石田 瑞穂 ………… 159, 178	泉 正彦 ………………… 195
石川 助信 ……………… 4	石田 美穂 ……………… 191	泉 麻里 ………………… 47
石川 須美弘 …………… 283		

泉川 正 …………… 16	市川 勢子 …………… 110	伊藤 一笑 …………… 18
泉田 カツ …………… 19	市川 利枝 …………… 52	伊藤 伊那男 …………… 397
イズミタ ハルカ …………… 186	市川 直子 …………… 88	伊東 悦子 …………… 64
泉谷 明 …………… 224	市川 浩子 …………… 52, 53	伊藤 恵美 …………… 88
泉谷 周平 …………… 6	市川 福寿 …………… 138	伊藤 恵理美 …………… 22, 23
狄守 和穂 …………… 443	市川 雅一 …………… 228	伊藤 かえこ …………… 266
伊勢田 史郎 …………… 229	市川 満智子 …………… 63	伊藤 一彦 …………… 32,
伊是名 白蜂 …………… 421	市川 蜜子 …………… 360	146, 288, 305, 306
礒 幾造 …………… 295, 319	市川 葉 …………… 373	伊藤 勝行 …………… 204
以倉 紘平 ‥ 158, 175, 233, 237	市川 よし子 …………… 283, 313	伊藤 喜代子 …………… 129
磯尾 隼人 …………… 268	市川 麗子 …………… 263	伊藤 清 …………… 257, 427
磯貝 碧蹄館 …………… 364, 394	一木 千尋 …………… 335	伊藤 桂一 …………… 203, 240
伊早坂 亮子 …………… 314	市来 勉 …………… 326	伊藤 啓子 …………… 193
礒田 祐美子 …………… 416	一鬼 ふく世 …………… 119	伊藤 慶子 …………… 7
磯野 伸晃 …………… 198	市来 雄大 …………… 87	伊藤 敬子 …………… 142
磯野 はるの …………… 325	一条 和一 …………… 123	伊藤 圭佑 …………… 200
磯部 巌 …………… 59	一條 庸子 …………… 284	伊藤 堅一郎 …………… 5
磯村 英樹 …………… 241	一田 牛畝 …………… 118	伊東 健二 …………… 382
井田 金次郎 …………… 43	櫟原 礼文 …………… 435	伊藤 賢三 …………… 220
井田 すみ子 …………… 345	市野川 隆 ‥ 22, 349, 350, 351	井藤 綱一 …………… 85
井田 太郎 …………… 358	市之瀬 恵美子 …………… 101	伊藤 幸也 …………… 168
井田 三夫 …………… 219	一戸 みき子 …………… 16, 254	伊藤 貞子 …………… 148
井田 善啓 …………… 47	一戸 隆平 …………… 172	伊藤 幸子 …………… 67
井田 玲子 …………… 81	市橋 進 …………… 94	伊藤 小百合 …………… 186
板垣 憲司 …………… 178	市原 勢津子 …………… 354	伊東 静江 …………… 322
板垣 ふみ …………… 6	市原 武千代 …………… 38	伊東 静雄 …………… 234
板垣 まゆみ …………… 285	市原 千佳子 …………… 238, 242	伊藤 静代 …………… 315
板垣 好枝 …………… 380	市原 鉄夫 …………… 311	伊東 志乃 …………… 108
板木 継生 …………… 120	市堀 玉宗 …………… 365	伊藤 雀畝 …………… 253
板倉 三郎 …………… 380	一丸 章 …………… 158	伊藤 秀 …………… 425
板倉 翠穂 …………… 379	一丸 文子 …………… 120	伊藤 淳 …………… 417
板倉 鞆音 …………… 204	一門 彰子 …………… 355	伊藤 淳子 …………… 366
板倉 正志 …………… 436	一才 址郎 …………… 100	伊藤 昭一 …………… 152
板倉 れいじ …………… 76	井辻 朱美 …………… 298	伊藤 信一 …………… 47
板橋 スミ子 …………… 212	一色 真理 …………… 158, 220	伊藤 信吉 …………… 71, 98, 237
板橋 のり枝 …………… 298	井手 仁子 …………… 438	伊藤 真司 …………… 207
板原 和子 …………… 52	井手 典生 …………… 120	伊藤 伸太朗 …………… 68,
伊丹 公子 …………… 370	井手 ひとみ …………… 38, 195	88, 89, 90, 114, 134, 135
伊丹 三樹彦 …………… 375	井出野 浩貴 …………… 398	伊東 青鳥 …………… 15, 426
板宮 清治 …………… 253, 296, 316	井戸 昌子 …………… 386, 388	伊藤 大輔 …………… 86
板持 玲子 …………… 75	糸井 茂莉 …………… 177	伊藤 孝恵 …………… 110
板谷 愛子 …………… 46	伊藤 あけみ …………… 112	伊藤 貴子 …………… 165
市川 愛 …………… 208	伊藤 あさ子 …………… 90	伊藤 隆 …………… 416
市川 章子 …………… 329	伊藤 明日香 …………… 441	伊東 辰之丞 …………… 369
市川 エツ子 …………… 267	伊藤 彩 …………… 416	伊藤 千代子 …………… 64
市川 花風 …………… 382	伊藤 アヤ子 …………… 19	伊藤 てい子 …………… 118
市川 薫 …………… 402	伊藤 杏奈 …………… 197	伊藤 哲也 …………… 54
市川 清 …………… 207	伊藤 郁子 …………… 226	伊藤 トキノ …………… 13
市川 賢司 …………… 190	伊藤 勲 …………… 33	伊藤 俊雄 …………… 416
市川 翔平 …………… 417		

伊藤 淑子 … 23	糸屋 鎌吉 … 225	いのうえ かつこ … 397
伊藤 敏子 … 18	稲垣 和代 … 102, 103, 104	井上 寛治 … 231
伊東 法子 … 390	稲垣 きくの … 394	井上 喜四郎 … 74
伊藤 典子 … 287	稲垣 富子 … 413	井上 京子 … 164
伊藤 晴子 … 21	稲垣 法城子 … 401	井上 清子 … 75
伊藤 久子 … 40	稲垣 道 … 251	井上 久美子 … 106
伊藤 浩子 … 193	稲川 方人 … 179, 201	井上 圭子 … 96
伊藤 裕子 … 314	稲木 信夫 … 207	井上 敬二 … 46, 194
伊藤 博 … 288	稲毛 延年 … 54	井上 けんじ … 26
伊藤 紘美 … 185	稲田 真月 … 344	井上 早苗 … 30
伊藤 比呂美 … 177, 201, 223	稲田 春英 … 258	井上 しげ子 … 76
伊藤 ふみ子 … 19	稲富 千代子 … 101	井上 志津子 … 170
伊藤 牧水 … 38	稲富 義明 … 364	井上 しのぶ … 183
伊藤 誠 … 228	稲波 一樹 … 335	井上 正一 … 268
伊藤 雅昭 … 405	稲葉 育子 … 251	井上 真一 … 332
伊藤 まさ子 … 390	稲葉 京子 … 71, 268, 277, 296, 331	井上 摂子 … 361
伊藤 雅子 … 316	稲葉 翔 … 112	井上 千尋 … 104
伊藤 正斉 … 206	稲葉 千尋 … 388, 414	井上 千代子 … 138
伊藤 真大 … 197	稲葉 貞心 … 335	井上 輝夫 … 219
伊藤 雅水 … 327	稲葉 範子 … 300, 303	井上 俊夫 … 157
伊藤 政美 … 137, 387, 412	稲葉 有祐 … 358	井上 寿郎 … 416
伊藤 正幸 … 127	いなみ 悦 … 420	井上 尚美 … 191
伊藤 真理子 … 230	伊波 真人 … 269	井上 法子 … 131, 417
伊藤 通明 … 118, 143, 364, 396, 397	稲嶺 法子 … 421	井上 初子 … 260
伊藤 路子 … 171	稲村 貞子 … 80	井上 ハツミ … 133, 134, 135
伊藤 美千代 … 50, 58	稲本 英 … 182	井上 英明 … 45
伊藤 夢山 … 407	稲本 忠男 … 412	井上 秀治 … 344
伊藤 素広 … 389	イヌイ, ウィニー・アン … 170	井上 広雄 … 163
伊藤 ヤスクニ … 108	乾 百樹 … 259	井上 弘美 … 343, 397, 415
いとう ゆうこ … 239	犬飼 公一 … 333	井上 芙美子 … 345
伊藤 ゆう子 … 414	犬飼 孝昌 … 388	井上 文子 … 77
伊藤 悠子 … 245	いぬじま 正一 … 39	井上 峰花 … 75
伊藤 友紀 … 155	犬塚 昭夫 … 36	井上 雅文 … 417
伊藤 ユキ子 … 128, 129, 405	犬塚 こうすけ … 429	井上 真実 … 59
伊藤 由美子 … 155	犬塚 堯 … 158, 175	井上 みつゑ … 91
伊東 百合子 … 417	犬間 絢子 … 214	井上 實 … 362
伊藤 よう子 … 53, 54, 55, 56, 60	犬股 百合子 … 19, 20, 21, 349, 351	井上 敬雄 … 407
伊藤 与司 … 425	稲暁 … 252	井上 佳香 … 52, 53, 59
伊藤 吉夫 … 124	猪野 睦 … 159, 207	井上 美子 … 284
伊藤 淑子 … 22	伊能 正峯 … 43	井上 瑠菜 … 87
伊藤 芳博 … 233	井上 雨衣 … 129	井野口 慧子 … 230
伊藤 律子 … 226	井上 明子 … 326	猪熊 健一 … 281
伊藤 里奈 … 267	井上 あやめ … 47	井下 和夫 … 76
伊東 良 … 232	井上 泉 … 329	井野場 靖 … 297
伊藤 諒子 … 24	井上 栄子 … 78	猪原 あやめ … 52
伊藤 玲子 … 79	井上 恵美 … 333	猪股 民子 … 403
伊東 廉 … 136, 235	井上 一文 … 284	猪俣 千代子 … 62
糸嶺 春子 … 352, 420		猪股 泰 … 272, 293
		井面 咲恵 … 227
		禱 キヨ … 248

詩歌・俳句の賞事典 **453**

伊波 亜友夢 …… 248	今西 宏 …… 93	岩佐 恒子 …… 77
伊波 伊久子 …… 183	今橋 眞理子 …… 390	岩佐 なを …… 158, 214, 222
伊波 瞳 …… 340	今宮 信吾 …… 174	岩佐 松女 …… 104
井原 茂明 …… 308	今村 香央里 …… 267	岩佐 龍泉 …… 100
井原 仁子 …… 404	今村 恵子 …… 401	岩崎 明 …… 191
茨 礼吉 …… 346	今村 俊三 …… 117	岩崎 淳子 …… 439
茨木 明香 …… 165	今村 妙子 …… 400	岩崎 雪洲 …… 423, 444
茨木 和生 …… 394, 395, 399	今村 ディーナ …… 90	岩崎 能楽 …… 97
茨木 早苗 …… 185	今村 朋信 …… 273, 308, 329	岩崎 益子 …… 75
茨木 毅 …… 54	今村 美都子 …… 48	岩崎 眞里子 …… 434, 444
茨木 優太 …… 132	今村 之 …… 439	岩崎 能江 …… 94
茨田 珠詠 …… 95	今村 嘉孝 …… 119, 231	岩下 可奈 …… 417
伊吹 夏生 …… 387	林 東植 …… 87	岩下 四十雀 …… 371
いぶすき 幸 …… 420	井村 浩司 …… 34	岩下 夏 …… 212
いぶやん …… 182, 183	井村 愛美 …… 172	岩瀬 正雄 …… 175, 203, 206
伊部 隆太 …… 186	井本 農一 …… 372	岩田 英作 …… 76, 77
今井 朝雄 …… 44	井本 元義 …… 121	岩田 かほる …… 9
今井 君江 …… 46	伊与部 恭子 …… 221	岩田 幸子 …… 94
今井 杏太郎 …… 395	伊良波 盛男 …… 242	岩田 彰峰 …… 39
今井 恵子 …… 281	伊利 桃子 …… 148	岩田 武昭 …… 127
今井 聡 …… 301	入江 延子 …… 26	岩田 正 …… 280, 294, 305, 316
今井 肖子 …… 390, 391	入江 亮一 …… 163	いわた としこ …… 152
今井 心 …… 357	入沢 康夫 …… 71, 145, 158, 179, 201, 210, 223	岩田 奈奈絵 …… 417
今井 忠弘 …… 61		岩田 典子 …… 414
今井 千鶴子 …… 394	入田 一慧 …… 212	岩田 秀夫 …… 410
今井 文世 …… 27	岩井 礼子 …… 205	岩田 宏 …… 209
今井 真子 …… 386, 387	岩井 兼一 …… 281	岩田 真希 …… 336
今井 真由美 …… 96	岩井 謙一 …… 275, 281	岩田 由美 …… 364, 398
今井 美幸 …… 307	岩井 達也 …… 44	岩田 怜子 …… 416
今井 豊 …… 378	岩井 未希 …… 185	岩田 礼仁 …… 386, 387
今井 洋子 …… 186	岩井 道也 …… 66	いわつき ともき …… 164
今泉 協子 …… 245	岩石 忠臣 …… 84, 86	岩手県詩人クラブ …… 70
今泉 静香 …… 186	岩泉 晶夫 …… 224	岩永 佐保 …… 393
今泉 陽子 …… 388	岩泉 美佳子 …… 156	岩辺 進 …… 205
今泉 令子 …… 126	岩尾 忍 …… 178	岩成 達也 …… 179, 201, 210
今岡 貴江 …… 190	岩尾 美義 …… 370	岩根 有紀子 …… 311
今川 美幸 …… 284, 321, 328, 329	岩岡 中正 …… 42, 144	岩野 将人 …… 196
今川 洋子 …… 168	岩岡 良太郎 …… 257	岩花 キミ代 …… 140
今城 久枝 …… 54	岩上 明美 …… 90	岩淵 一也 …… 217
今瀬 一博 …… 398	岩川 暁人 …… 7	岩淵 喜代子 …… 394, 400
今瀬 剛一 …… 11, 396	磐城 葦彦 …… 5, 134, 149	岩渕 欽哉 …… 161
今田 暁人 …… 165	岩城 三郎 …… 272	岩淵 正力 …… 255, 368
今田 克 …… 418	岩木 誠一郎 …… 236	岩淵 大地 …… 227
今田 清乃 …… 369	岩城 之德 …… 24	岩渕 千満子 …… 16
今田 聡 …… 8	岩城 鹿水 …… 53	岩渕 俊彦 …… 428
今田 十三雄 …… 416	岩倉 さやか …… 358	岩渕 文樹 …… 313
今辻 和典 …… 203, 244	岩合 可也 …… 53	岩佐 黙人 …… 422, 423, 443, 444
今西 幹一 …… 320	岩佐 明紀 …… 56	岩間 正 …… 426
今西 孝司 …… 174	岩佐 聖子 …… 110	岩間 広 …… 427, 428

岩間 富士子 …… 426	上田 由美子 …… 197	宇佐美 孝二 …… 205
岩間 北迷 …… 425	上田 令人 …… 123	うさみ としお …… 143
岩間 正男 …… 98	上田 律子 …… 263	宇佐見 矢寿子 …… 13
岩見 百丈 …… 15	上田 わこ …… 132	宇佐見 好弘 …… 61, 65
岩村 共繁 …… 58	上田野 出 …… 10	鵜沢 覚 …… 168, 188
岩持 文江 …… 254	上野 昭男 …… 126, 127	氏家 敬子 …… 369
岩本 克幸 …… 73	上野 晃裕 …… 67	氏家 武紀 …… 226
岩本 重樹 …… 95, 96	上野 彩 …… 165, 166	氏家 美恵子 …… 18
岩本 誠司 …… 333	上野 菊江 …… 123	牛尾 つゆ子 …… 88
岩本 敏子 …… 106	植野 京子 …… 403	牛越 敏夫 …… 260
岩本 みゆき …… 262	上野 邦彦 …… 189	牛島 敦子 …… 172
岩本 幸久 …… 85, 262	上野 里美 …… 89	牛島 麻三子 …… 229
尹 ビョル …… 19	上野 秋宣 …… 111	羽城 裕子 …… 86
印堂 哲郎 …… 62, 63	上野 しん一 …… 423, 444	後 恵子 …… 174
印南 耀子 …… 413	上野 征子 …… 291	右城 暮石 …… 384
	上野 節子 …… 314	薄井 灌 …… 176
【う】	上野 健夫 …… 173, 198	薄井 幹太 …… 130, 440
	上野 弘樹 …… 166	薄井 奈加子 …… 437
	上野 眞子 …… 121	薄井 はあと …… 131, 441
宇井 十間 …… 374, 377	上野 万紗子 …… 181, 182	薄上 才子 …… 326
ヴィークグレン,ダーヴィッド …… 167	上野 ミツ …… 325	宇宿 一成 …… 190, 198, 208
植木 京雛子 …… 118	上野 燎 …… 13	卯月 羊 …… 106
植木 正三 …… 316	上原 紀善 …… 243	碓田 のぼる …… 98
植木 里枝 …… 164	上原 恒子 …… 362	宇多 喜代子 …… 72, 370, 376, 384
上﨑 暮潮 …… 344	上原 榛 …… 417	詩村 あかね …… 197
上島 清子 …… 415	上春 那美 …… 360	内池 和子 …… 131
うえじょう 晶 …… 191	植松 起仕安 …… 417	内形 石菖 …… 349
上江洲 慶子 …… 340	植松 千英子 …… 361	内川 吉男 …… 155, 225
上江洲 安克 …… 243	植松 寿樹 …… 318	内田 啓子 …… 389
上杉 静梢 …… 76	植村 秋江 …… 65	内田 恵子 …… 96, 97
上杉 輝子 …… 36	植村 勝明 …… 42	内田 さち子 …… 117
上杉 芳子 …… 60	上村 佳与 …… 392	打田 早苗 …… 222
植田 馨 …… 57	植村 金次郎 …… 413	内田 園生 …… 411
上田 佳久子 …… 413	植村 邦子 …… 105	内田 孝子 …… 89, 90, 91
上田 幸法 …… 41	上村 耕一郎 …… 42	内田 民之 …… 45
上田 五千石 …… 394	植村 幸北 …… 12	内田 歳也 …… 137
植田 秀作 …… 27	上村 ただを …… 347	内田 豊清 …… 229
植田 拓夢 …… 90	植村 直己 …… 209	内田 久子 …… 356
上田 勉 …… 361	上村 典子 …… 310	内田 弘 …… 317, 330
植田 典草 …… 354	植村 優香 …… 92	内田 万貴 …… 54, 59
上田 日差子 …… 398	植村 立風子 …… 387, 413	内田 まきを …… 61
上田 博 …… 25	植村 玲子 …… 63	内田 美佐子 …… 285
植田 弘 …… 367	上山 しげ子 …… 231	うちだ 優 …… 160, 189
上田 房一 …… 73	魚見 孝子 …… 138	内田 よしひこ …… 418
上田 芙蓉子 …… 52, 53	魚村 晋太郎 …… 276	内田 麟太郎 …… 239
植田 麻瑚 …… 92	魚家 明子 …… 107	内田 令子 …… 9
上田 操 …… 397	鵜飼 康東 …… 269	内沼 源治 …… 388
上田 三四二 …… 295, 305, 316	ウキョウ チサ …… 79	内野 浅茅 …… 404
	鴬笛 真久 …… 328	内原 シゲコ …… 102
	宇佐美 英治 …… 210	

内原 弘美 ……… 391	浦上 新樹 ……… 28	えつぐ まもる ……… 380
内村 唐春 ……… 23	浦川 聡子 ……… 374	江戸 雪 ……… 309
内村 由惟 ……… 127	浦川 翔 ……… 418	江藤 けいち ……… 119
内山 孤遊 ……… 423	浦河 奈々 ……… 278	江藤 文子 ……… 128, 129
内山 晶太 ……… 275, 300	浦川 ミヨ子 ……… 151	恵藤 マキ ……… 402
内山 奈々 ……… 95	浦川 祐伯 ……… 367	江南 富貴子 ……… 355
内山 昌子 ……… 329	浦崎 政子 ……… 247	えぬ まさたか ……… 222
内山 森人 ……… 414	浦田 一代 ……… 348, 349, 350	榎本 櫻湖 ……… 178
内山 利恵 ……… 194	浦田 鶴喜 ……… 52	榎本 安子 ……… 353
宇津 みつを ……… 38	卜部 真希子 ……… 66	榎本 好宏 ……… 396, 400
内海 鈴子 ……… 261	漆原 成美 ……… 187	江畑 実 ……… 269
内海 康子 ……… 138	宇留田 銀香 ……… 413	江原 光太 ……… 136
有働 薫 ……… 179	ウンダラム, トール ……… 418	江原 美奈 ……… 164
うにまる ……… 37	雲藤 孔明 ……… 126	江原 律 ……… 205
宇野 雅詮 ……… 222	海野 兼夫 ……… 135	海老沢 彰 ……… 12
鵜木 義信 ……… 266		海老澤 幸子 ……… 324, 325
右原 厖 ……… 203	**【え】**	蛯子 稔 ……… 285
生方 たつゑ ……… 145, 305, 318		蛯子 泰明 ……… 56
生川 きぬ ……… 412	江井 芳朗 ……… 126, 128	戎野 ゆき子 ……… 322
宇部 功 ……… 19, 428	栄水 朝夫 ……… 62, 63	蛯名 千恵 ……… 433
宇部 京子 ……… 17	江頭 慶典 ……… 120	蛯原 方僊 ……… 13
海地 大破 ……… 58, 429	江頭 静枝 ……… 336	蛯原 由起夫 ……… 124
海野 庄一 ……… 12, 13	江頭 彦造 ……… 188	江見 渉 ……… 364
海の 空こ ……… 181	エガース, キヌコ ……… 185	江村 道子 ……… 66
海野 千秋 ……… 186	江上 栄子 ……… 117, 319	江里 昭彦 ……… 377
梅木 裕 ……… 74	江川 千代八 ……… 124	江利口 裕子 ……… 94
梅澤 沙織 ……… 416	江川 英親 ……… 118, 231	江流馬 三郎 ……… 269
梅津 幸子 ……… 427	江木 明美 ……… 362	遠藤 アキオ ……… 441
梅津 しづか ……… 126	江口 湶 ……… 98	遠藤 昭己 ……… 67, 151
埋田 昇二 ……… 204, 208	江口 桂子 ……… 52, 53, 57	遠藤 綾子 ……… 127, 339
梅田 卓夫 ……… 204	江口 節 ……… 193, 214	遠藤 一歩 ……… 438
梅田 ひろし ……… 362	江口 峻 ……… 410	遠藤 カタ子 ……… 18
梅田 ひろよし ……… 93	江口 隆人 ……… 419	遠藤 喜久江 ……… 292
梅田 房子 ……… 401	江口 ちかる ……… 31	遠藤 驕子 ……… 123
うめだ まさき ……… 163	江口 信子 ……… 10	遠藤 篁芽 ……… 347
梅内 美華子 ……… 3, 269, 271, 278, 297	江崎 紀和子 ……… 415	遠藤 コウキ ……… 441, 442
梅原 昭男 ……… 12	江﨑 マス子 ……… 239	遠藤 孝貴 ……… 442
梅原 和人 ……… 114	江島 その美 ……… 221	遠藤 竣 ……… 196
梅原 未里 ……… 90	江嶋 寿雄 ……… 119	遠藤 純子 ……… 326
梅村 光明 ……… 105	江尻 映子 ……… 109, 267	遠藤 隼治 ……… 406
梅村 五月 ……… 39	江尻 麦秋 ……… 436	遠藤 蕉魚 ……… 127, 405
梅本 千代子 ……… 13	江尻 容子 ……… 30, 31	遠藤 石南 ……… 349
梅森 サタ ……… 20, 21, 22, 24	江代 充 ……… 223, 249	遠藤 たか子 ……… 128, 129
宇山 嘉代子 ……… 103, 105	江連 博 ……… 212	遠藤 タカ子 ……… 21, 22, 257
宇山 譲二 ……… 345	江田 三峰 ……… 418	遠藤 多満 ……… 407
浦 迪子 ……… 420	枝川 朝子 ……… 413	遠藤 照子 ……… 19
浦井 隆 ……… 439	越後 千代 ……… 196	遠藤 時雄 ……… 292
浦井 伝 ……… 123	越後 直幸 ……… 4	遠藤 富重 ……… 325
		遠藤 呑舟 ……… 438

遠藤 直子 …………… 94	大上 勝三 …………… 84	大熊 輝一 …………… 401
遠藤 進夫 ……… 192, 208	大上 ミツ子 ………… 170	大蔵 栄美子 ………… 40
遠藤 英雄 …………… 128	大内 登志子 ………… 364	大倉 純子 …………… 314
遠藤 博之 …………… 90	大内 政江 …………… 81	大河内 卓之 ………… 110
遠藤 真砂明 ………… 9	大内 雅友 …………… 227	大河内 真人 ………… 131
遠藤 正静 …………… 438	大内 雅之 …………… 127	大越 厳 ……………… 130
遠藤 無双 …………… 438	大内 みゆ …………… 172	大越 弘 ……………… 149
遠藤 めぐみ ………… 227	大内 与五郎 ………… 274	大越 史遠 …………… 129
遠藤 由季 ……… 278, 308	大浦 節子 …………… 285	大越 美代 …… 16, 22, 256
遠藤 由樹子 ………… 365	大江 健太 …………… 418	大坂 邦子 …………… 22
遠藤 好美 …………… 127	大江 俊彦 …………… 91	大阪教育大学附属平野中学校
遠藤 良子 …………… 44	大江 麻衣 …………… 161	…………… 332, 333, 334
	大江 豊 ……………… 39,	大阪府立夕陽丘高等学校
【お】	114, 134, 149, 187, 191	…………… 332, 333, 334
	大岡 梅子 …………… 101	大崎 清夏 …………… 216
	大岡 信 …… 70, 179, 209, 240	大崎 二郎 ‥ 141, 160, 207, 213
及川 安津子 ………… 153,	大賀 二郎 …………… 229	大崎 瀬都 …………… 269
154, 155, 156, 157	大格 優紀子 ………… 337	大里 えつを ………… 122
及川 梅子 …………… 256	大掛 史子 …………… 220	大里 幸子 …………… 350
及川 馥 ……………… 12	大柄 輝久江 ………… 373	大里 泰照 …………… 120
及川 和子 …………… 326	大川 きよ子 ………… 413	大澤 榮 ……………… 198
及川 敬子 ……… 153, 154	大川 けいこ ………… 332	大沢 静江 …………… 232
及川 貞 ……………… 394	大川 佐稚子 ………… 308	大沢 清三 …………… 250
及川 翠嶂 …………… 154	大河原 厳 …………… 188	大沢 寿夫 …………… 250
及川 豚朴 …………… 426	大河原 滴翠 ………… 439	大沢 優子 …………… 139
及川 豚木 ……… 424, 425	大河原 惇行 …… 289, 302	大澤 優子 …………… 85
及川 寿 ……………… 257	大木 あまり ………… 147	大澤 友加 …………… 197
及川 秀士 …………… 255	大木 海 ……………… 403	大志田 幾世 ………… 256
及川 均 ……………… 224	大木 繁司 …………… 68	大下 一真 …… 306, 316, 341
生沼 義朗 …………… 317	大木 節子 …………… 47	大柴 麻子 …………… 102
呉 世宗 ……………… 219	大木 孝子 …………… 91	大島 綾子 …………… 39
逢坂 久美子 ………… 187	大木 実 ……………… 175	大島 克予 …… 264, 314, 329
王寺 ハマコ ………… 83	大岸 真弓 …………… 50	大島 邦行 …………… 11
近江 道子 ……… 315, 328	扇畑 忠雄 ……… 279, 296	大島 史洋 ‥ 143, 297, 316, 341
近江 安司 …………… 6	大宜見 とみ ………… 420	大嶋 四郎 …………… 363
大朝 暁子 …… 273, 294, 330	大串 章 …… 395, 397, 398	大島 武士 …………… 31
大井 力 ……………… 138	大口 玲子 …………… 269,	大嶋 都嗣子 ………… 138
大井 康江 …………… 322	271, 275, 297, 331, 341	大島 凪子 …………… 39
大井 義典 ……… 125, 232	大国 キヨ子 ……… 75, 76	大島 博光 …………… 98
大家 加凪 …………… 166	大久保 和生 ………… 69	大島 松太郎 ………… 44
大家 勤 ……………… 273	大久保 和子 …… 413, 415	大島 守夫 …………… 124
大池 千里 …………… 31	大久保 佳奈 ………… 102	大島 雄作 …………… 393
大石 悦子 … 364, 394, 396, 397	大久保 千鶴子 ……… 290	大城 愛子 ……… 352, 420
大石 邦子 …………… 125	大久保 月夜 ………… 11	大城 栄子 ……… 352, 420
大石 聡美 …………… 322	大久保 時栄 ………… 284	大城 玄 ……………… 248
大石 直樹 …………… 243	大久保 寿樹 ………… 227	大城 貞俊 …………… 243
大石 規子 …………… 34	大久保 昇 …………… 92	大城 幸子 ……… 352, 420
大石 雄鬼 ……… 67, 374	大久保 白村 ………… 344	大城 さよみ ………… 233
大岩 弘 ……………… 149	大久保 美穂 ………… 164	大城 鎮基 ……… 174, 209

大城 盛嗣 …………… 247	大谷 美子 …………… 67	大貫 香代 …………… 6
大城 益夫 …………… 100	大谷 従二 …………… 160	大貫 國典 …………… 108
大城 ゆり …………… 198	大谷 良太 …………… 245	大貫 陽子 …………… 291
大城 百合子 ………… 421	大津 雅春 …………… 332	大貫 喜也 ……… 136, 235
大杉 コトヨ ……… 82, 83	大塚 亜希 …………… 329	大沼 卓郎 …………… 402
大角 真代 …………… 356	大塚 栄一 ……… 298, 303	大野 新 ……………… 158
大瀬 孝和 ……… 243, 245	大塚 絹江 ……… 324, 325	大野 いち子 ………… 403
大関 法子 …… 263, 285, 314	大塚 欽一 ………… 11, 13	大野 一風子 ………… 403
太田 敦子 …………… 284	大塚 純子 ……… 263, 313	大野 圭奈子 ………… 165
太田 きえ …………… 405	大塚 昭平 …………… 254	大野 敏 ……………… 213
太田 清 ……………… 235	大塚 史朗 ……………… 47	大野 早苗 …………… 56
太田 幸子 ……… 352, 420	大塚 純生 …………… 121	大野 蒼流 …………… 75
太田 正一 …………… 276	大塚 正路 …………… 406	大野 直子 ‥ 114, 115, 205, 221
太田 尚介 …………… 444	大塚 寅彦 …………… 298	大野 展男 …………… 120
太田 多賀江 ………… 38	大塚 布見子 ………… 302	大野 信貞 …………… 62
太田 隆夫 ……… 125, 232	大塚 美都 …………… 185	大野 ひろ志 ………… 69
大田 ちず子 ………… 260	大塚 ミユキ ………… 276	大野 誠夫 …… 279, 295, 319
太田 ツエ ……………… 19	大塚 幸絵 …………… 186	大野 マスエ ………… 83
太田 土男 ……… 393, 400	大塚 洋子 ……………… 12	大野 美樹 …………… 165
太田 直史 …………… 361	大塚 陽子 ……… 277, 330	大野 道夫 …………… 281
太田 宣子 …………… 270	大槻 一郎 …………… 415	大野 素子 …………… 117
太田 登 ………………… 25	大槻 弘 ……………… 326	大野 林火 …………… 384
太田 博 ……………… 292	大辻 隆弘 …………… 139, 276, 289, 306, 320	大熨 允子 …………… 30
太田 房子 …………… 114	大坪 孝二 …………… 225	大場 可公 …………… 119
太田 冨美恵 ………… 260	大坪 三郎 …………… 298	大場 幸子 …………… 441
太田 文雄 …………… 284	大坪 重治 …………… 371	大庭 愛夫 ……… 258, 259
大田 美磯 ……………… 75	大坪 ツタ子 ………… 346	大橋 敦子 …………… 373
太田 三好 …………… 412	大坪 富枝 ……………… 38	大橋 静風 …………… 353
大滝 和子 …… 274, 282, 298	大面 力也 …………… 430	大橋 千晶 ……………… 12
大滝 清雄 ……… 123, 220	大寺 龍雄 …………… 288	大橋 千恵子 ………… 317
大滝 安吉 …………… 242	大峠 可動 ……………… 73	大橋 トエ …………… 440
大竹 晃子 …………… 114	大友 真一郎 ………… 348	大橋 政人 ……………… 45
大竹 喜代子 ………… 325	大友 ときえ ………… 323	大橋 政良 ……… 432, 435
大嶽 青児 ……… 396, 397	大友 麻楠 …………… 382	大橋 正義 ……………… 38
大竹 多可志 ………… 13	大中 留司 …………… 258	大橋 満子 ……………… 40
大竹 武雄 …………… 326	大西 健司 …… 139, 362, 388, 412	大橋 嶺夫 …………… 376
大竹 照子 …………… 373	大西 貞子 ……… 102, 105	大橋 蔭風 ……………… 5
大竹 南賀子 ………… 437	大西 幸 ……………… 284	大畠 新草 …………… 57
大竹 みづき ………… 129	大西 民子 …… 70, 295, 305, 318	大畑 千代江 ………… 81
大竹 蓉子 ……………… 12	大西 とし子 ………… 258	大畑 恵子 …………… 65
大谷 晃仁 …………… 130	大西 規子 …………… 139	大畑 等 ……………… 377
大谷 加玲 …………… 198	大西 はな …………… 191	大林 文鳥 ……… 55, 60
大谷 櫻 ……………… 391	大西 雅子 …………… 414	大原 鮎美 …………… 169
大谷 多加子 ………… 251	大西 美千代 …… 205, 208	大原 薫 ……………… 186
大谷 千華 ……… 345, 353	大西 泰世 …………… 365	大原 健三 …………… 187
大谷 忠一郎 ………… 123	大西 立笑 …………… 183	大原 康介 …………… 198
大谷 雅彦 …………… 269	大庭 新之助 ………… 326	大原 美代 …………… 122
大谷 山女 …………… 124	大庭 拓郎 …………… 267	大原 良夫 ……… 124, 298
大谷 佳子 ……………… 64		大平 修身 …………… 139

大堀 千枝子 …… 127	岡崎 桂子 …… 11, 12	岡田 日郎 …… 395
大堀 祐吉 …… 414	岡崎 史歩 …… 228	緒方 昇 …… 145
大前 逸子 …… 60	岡崎 純 …… 204, 220	岡田 久雄 …… 313
大牧 広 …… 72, 371	岡崎 清一郎 ……	尾形 平八郎 …… 298
大松 達知 …… 341	145, 202, 209, 234	岡田 昌寿 …… 212
大見謝 純子 …… 340	岡崎 鶴子 …… 361	岡田 美智子 …… 74
大峯 あきら ‥ 32, 72, 385, 395	岡崎 正宏 …… 68	岡田 素子 …… 102
大宮 源一 …… 322	岡崎 正之 …… 136, 284, 328	尾形 八重子 …… 323
大村 孝子 …… 17, 153	岡崎 万寿 …… 381	岡田 ユアン …… 193
おおむら たかじ …… 152	岡崎 佑哉 …… 196, 197, 198	岡田 幸生 …… 75
大村 廣子 …… 248	岡沢 康司 …… 408	岡田 行雄 …… 268
大村 陽子 …… 264	小笠原 榮吉 …… 350	岡田 要二 …… 23, 257
大元 和子 …… 58	小笠原 和幸 …… 298, 310	岡西 恵美子 …… 354
大森 藍 …… 369	小笠原 喜美 …… 58	岡西 雅子 …… 148
大森 久慈夫 …… 404	小笠原 杏児 …… 155, 424	岡野 絵里子 …… 220, 221
大森 健司 …… 218	小笠原 賢二 …… 310	岡野 弘彦 …… 71,
大森 静佳 …… 269, 275, 277, 318	小笠原 茂介 …… 3, 225	146, 274, 280, 305, 319
大森 千代 …… 217	小笠原 信 …… 52	岡野 風痕子 …… 401
大森 哲郎 … 16, 20, 155, 156	小笠原 正花 … 16, 21, 22, 23	岡野 満 …… 109
大森 弘子 …… 403	小笠原 鳥類 …… 178, 249	岡部 かずみ …… 338
大森 益雄 …… 11, 13	小笠原 望 …… 52, 53, 58	岡部 桂一郎 … 71, 146, 296, 305
大森 喜安 …… 124	小笠原 久枝 …… 187	岡部 玄治 …… 20, 23
大森 理恵 …… 218	小笠原 寛志 …… 52	岡部 里美 …… 441
大屋 達治 …… 397	小笠原 眞 …… 3	岡部 重喜 …… 266
大屋 得雄 …… 76	小笠原 靖和 …… 387	岡部 暖窓 …… 429
大家 秀子 …… 32	小笠原 リウ子 …… 424	岡部 文夫 …… 296, 305, 316
大屋 正吉 …… 319	小笠原 倫子 …… 56	岡部 佑妃子 …… 186
大家 増三 …… 274	岡島 弘子 …… 114, 162, 203	岡部 六弥太 …… 118
大家 涼 …… 418	岡田 一実 …… 375	岡見 裕輔 …… 229
大矢 涼太郎 …… 166	尾形 花菜子 …… 196	岡村 かくら …… 443
大藪 直美 …… 165	岡田 恭子 …… 13	岡村 禎俊 …… 85
大山 千代子 …… 389	岡田 喜代子 …… 213	岡村 民 …… 192
大山 敏夫 …… 289	岡田 幸子 …… 28	岡村 千鳥 …… 59
大山 博子 …… 79, 80	岡田 哲志 …… 166	岡村 津太夫 …… 230
大山 玲 …… 314	緒田 惇 …… 41	岡村 見美子 … 50, 51, 52, 59
大和田 千聖 …… 227	岡田 昇子 …… 362	岡村 久泰 …… 55
大和田 百合子 …… 187	岡田 昇祥 …… 166	岡本 育子 …… 182
大湾 雅常 …… 242	岡田 星雨 …… 49	岡本 邦夫 …… 9
大湾 美智子 …… 352, 420	岡田 青虹 …… 63	岡本 啓 …… 159, 178, 216
岡 昭雄 …… 230	岡田 壮三 …… 61	岡本 虹村 …… 100
丘 想人 …… 44	岡田 隆彦 …… 201	岡本 耕平 …… 31
岡 隆夫 …… 26	岡田 太京 …… 43	岡本 定勝 …… 243
岡 たすく …… 121, 231	岡田 武雄 …… 231	岡本 信子 …… 105
岡 美紗緒 …… 329	岡田 哲志 …… 166	岡本 高明 …… 397
岡 露光 …… 27	岡田 徳江 …… 45	岡本 拓己 …… 262
岡井 隆 ‥ 32, 71, 146, 201, 211,	尾形 俊雄 …… 235	岡本 保 …… 67
279, 287, 295, 303, 305, 318	岡田 智実 …… 166	岡本 太郎 …… 210
岡井 久子 …… 147	岡田 智行 …… 298	岡本 千尋 …… 412
岡崎 功 …… 160	岡田 南丘 …… 409	岡元 尚 …… 49

岡本 信男 …………… 387	沖川 とみえ …………… 82	奥山 甲子男 ……… 371, 412
岡本 典子 …………… 29	沖田 佐久子 …………… 364	奥山 隆 …………… 127
岡本 日出男 …………… 378	沖田 稔子 …………… 81	奥山 津々子 …………… 414
岡本 眸 ……… 373, 384, 395	荻津 博子 …………… 110	奥山 ひろみ …………… 266
岡本 歩城 ……… 50, 57	翁 竜生 …………… 199	奥山 雄冴 …………… 131
岡本 恵 …………… 323	沖中 実 …………… 83	小椋 貞子 …………… 28
岡本 優子 …………… 403	荻沼 嘉枝 …………… 402	小倉 淳 …………… 88
朧哉 …………… 199	荻野 須美子 …………… 61	小倉 太郎 …………… 336
岡安 信幸 …………… 181	荻本 清子 …………… 64	小倉 満智子 …………… 409
岡山 たづ子 …………… 315	荻山 喜子 …………… 314	小倉 みちお …………… 34
小川 綾詠 …………… 417	荻原 欣子 …………… 319	小倉 康雄 …………… 34
小川 アンナ ……… 192, 205	荻原 都美子 ……… 7, 343	小倉 泰夫 ……… 102, 104
小川 佳泉 …………… 28	荻原 直子 …………… 314	小倉 保子 …………… 251
小川 加女代 ……… 75, 76	荻原 裕幸 …………… 298	小椋 よ志江 …………… 38
小川 佳世子 …………… 276	荻原 汎悠 …………… 45	小黒 苊水 …………… 313
小川 賀世子 …………… 96	荻原 義則 …………… 4	小黒 世茂 …………… 264
小川 君子 …………… 75	荻原 鹿声 …………… 433	小合 千絵女 …………… 26
小川 清隆 …………… 121	奥 昭二 ……… 422, 442, 443	小河 みち子 …………… 140
小川 軽舟 ……… 397, 399	奥 芳雄 …………… 322	刑部 あき子 …………… 114
小川 広一 …………… 344	奥川 真冬 …………… 441	尾崎 亥之生 …………… 414
小川 三郎 …………… 245	億川 れい子 …………… 170	尾﨑 巖 …………… 53
小川 宗義 …………… 226	奥坂 まや …………… 397	尾崎 克成 …………… 369
小川 勢津子 …………… 245	奥里 須枝子 …………… 339	尾崎 左永子 ……… 305, 319
小川 双々子 …………… 375	小串 節子 …………… 95	尾崎 玉枝 …………… 68
小川 琢士 …………… 124	奥津 ゆかり …………… 178	尾崎 千佳 …………… 358
小川 恒子 …………… 104	奥田 勝子 …………… 77	小崎 碇之介 …………… 288
小川 逞吉 …………… 426	奥田 祥平 …………… 261	尾崎 朋子 …………… 88
小川 てるみ …………… 55	奥田 春美 …………… 179	尾崎 弘子 …………… 284
小川 智子 …………… 348	奥田 英人 …………… 86	尾崎 麻由 …………… 262
小川 とよ …………… 256	奥田 亡羊 ……… 275, 299, 409	尾崎 まゆみ ……… 298, 438
小川 南美 …………… 191	奥田 真行 …………… 344	尾崎 澪 …………… 121
小川 春佳 …………… 335	奥田 由香里 …………… 170	尾崎 鳴汀 …………… 101
小川 博三 …………… 295	奥谷 郁代 …………… 413	尾崎 怜 …………… 196
小川 二三男 …………… 388	奥名 春江 …………… 365	長田 清子 …………… 217
小川 文子 …………… 325	奥野 誠二 …………… 138	長田 典子 …………… 245
小川 真理子 …………… 298	奥野 祐子 …………… 164	長田 弘 ……… 72, 213, 240
小川 美希 …………… 165	奥野 嘉子 …………… 30	長田 雅道 …………… 303
小川 靖枝 …………… 91	奥原 真理子 …………… 87	小山内 恵子 …………… 430
小河 洋二 …………… 354	奥原 盛雄 …………… 245	小佐野 豊子 …………… 323
尾川 義雄 …………… 40	奥平 とみえ …………… 322	長利 有生 …………… 126
小川 義之 …………… 311	奥平 麻里子 …………… 172	小沢 克己 ……… 62, 63
小川 莉奈 …………… 261	小熊 一人 …………… 364	小澤 誌津子 …………… 29
岡和田 天河水 …………… 123	奥宮 武男 …………… 54	尾沢 杜郷 …………… 62
沖 石彦 …………… 58	奥宮 武雄 …………… 49	小澤 智美 …………… 332
沖 すが子 …………… 58	おくむら きみか …………… 345	小沢 房子 …………… 378
おぎ ぜんた ……… 114, 190, 196	奥村 里 …………… 391	小沢 碧童 …………… 145
沖 ななも ……… 63, 274	奥村 昭二 …………… 60	小沢 正邦 …………… 281
沖 正子 …………… 381	奥村 真眉 …………… 55	小沢 真理子 …………… 325
沖浦 京子 …………… 177	奥村 真由美 …………… 355	小澤 實 ……… 146, 397, 399
	奥山 和子 …………… 374	

小塩 卓哉 …… 281	小野 絵里華 …… 96, 191	尾羽林 昭子 …… 416
忍田 佳太 …… 416	小野 克枝 …… 27	小濱 彩香 …… 333
押野 裕 …… 398	小野 完爾 …… 93	小原 和子 …… 51, 55, 60
小津 溢瓶 …… 414	小野 清秋 …… 440	小原 金吾 …… 20, 21, 23
小津 はるみ …… 419	小野 杏子 …… 118	小原 恵子 …… 105
小津 由実 …… 413	小野 賢二 …… 52, 55, 59	小原 祥子 …… 284, 321
尾堤 輝義 …… 66, 68, 373	小野 公樹 …… 422, 444	小原 俊一 …… 401
尾世川 正明 …… 214	おの さとし …… 236	小原 啄葉 …… 71, 347, 394, 395
尾関 當補 …… 260	小野 茂樹 …… 274	小原 武雄 …… 293
小田 亜起子 …… 65	小野 静枝 …… 169	小原 樗才 …… 63
小田 鮎子 …… 301	小野 淳子 …… 415	小原 麻衣子 …… 300
小田 絹雲 …… 427	小野 ちとせ …… 193	小原 満 …… 68
小田 幸子 …… 408	小野 務 …… 258	小原 礼子 …… 18
織田 三乗 …… 189	小野 十三郎 …… 145	小俣 佳子 …… 226
おだ じろう …… 122	小野 日生 …… 440	重西 あつ子 …… 86
小田 治朗 …… 24	小野 肇 …… 68	尾山 景子 …… 113
小田 青雪 …… 348, 349	小野 弘子 …… 320	尾山 正子 …… 413
小田 智子 …… 105	小野 楓花 …… 368	小山田 信子 …… 322
小田 裕候 …… 73	小野 誠 …… 214	小山田 宣康 …… 4
織田 亮太郎 …… 355	小野 正恵 …… 183	折居 路子 …… 22
尾高 比呂子 …… 28	小野 雅子 …… 310	折笠 美秋 …… 370
小田切 敬子 …… 207	小野 眞由子 …… 97	恩賀 とみ子 …… 401
小田倉 量平 …… 111, 324	小野 裕三 …… 377	恩田 紀三子 …… 402
小田倉 玲子 …… 13	小野 穣 …… 349, 350	恩田 光基 …… 172
小竹 嘉子 …… 108	小野 由美子 …… 185	恩田 寿美子 …… 80
小田島 花浪 …… 15, 19, 23	小野 洋子 …… 285	恩田 侑布子 …… 88
小田島 京子 …… 263, 312, 313	小野 よしえ …… 52	
小田島 恭葉 …… 8	小野 善江 …… 51, 52, 58, 59	【か】
小田島 ただお …… 425	小野 連司 …… 160	
小田中 準一 …… 9	尾上 桂山 …… 100	隗 一骨 …… 410
尾谷 五女子 …… 80, 81	尾上 尚之 …… 239	櫂 未知子 …… 365
小田部 雅子 …… 11	小野木 正夫 …… 128	甲斐 由起子 …… 398
越智 友亮 …… 356	小野崎 清美 …… 410	海金 寛喜 …… 333
越智 文薫 …… 86	小野塚 登子 …… 43	貝塚 津音魚 …… 213
落合 和 …… 68	小野瀬 由香 …… 438	海沼 千代 …… 11
落合 清子 …… 362	小野田 キヨ …… 18, 19, 23	海沼 松世 …… 239
落合 けい子 …… 300	小野田 美咲 …… 417	貝原 昭 …… 36, 151
落合 敏 …… 64	小野寺 紅葉 …… 198	賀数 登史子 …… 339
落合 成吉 …… 12	小野寺 蚕人 …… 426	カーカップ, ジェームズ …… 99
落合 恒雄 …… 272	小野寺 拓哉 …… 441	加賀谷 和子 …… 6
落合 花子 …… 139	小野寺 テル …… 284, 307, 328	加賀谷 としお …… 6
落合 水尾 …… 65	小野寺 日向 …… 199	加賀谷 ユミコ …… 272, 294
落合 美佐子 …… 63	小野寺 正美 …… 257	加賀山 明 …… 48
落海 敏子 …… 73	小長谷 静夫 …… 192	加川 燚川 …… 443
小渡 みるか …… 248	小畑 晴子 …… 354, 355	香川 翔兵 …… 345
音成 京子 …… 118	小畑 柚流 …… 21	香川 進 …… 279, 305, 318
小名木 綱夫 …… 293	小畑 よしを …… 39	香川 ヒサ …… 269, 276, 282, 341
小貫 信子 …… 327	小畑 頼和 …… 38	
小沼 澄子 …… 266	尾花 仙朔 …… 203, 220, 225	
小野 恵美子 …… 68		

香川 弘夫 …………… 224	笠松 幸子 …………… 313	粕谷 征三 …………… 323
香川 紘子 …………… 236	笠松 久子 …………… 408	加瀬 かつみ ………… 168
香川 不二子 ………… 251	笠松 礼奈 …………… 417	嘉瀬 信柳詩 ………… 435
垣内 啓子 …………… 261	風山 瑕生 ……… 157, 244	加瀬 雅子 …………… 217
垣内 伸 ……………… 54	賀沢 マサ子 ………… 440	風守 ………………… 30
柿崎 麗史 …………… 443	梶 かよ ……………… 315	風木 史 ……………… 15
柿栖 陽子 …………… 89	梶 圭一 ……………… 418	風谷 豪 ……………… 55
柿添 元 ……………… 121	加治 幸福 …………… 64	潟 柊一郎 …………… 4
鍵野 杏澄 …………… 165	梶 左内 ……………… 152	肩歌 こより ………… 128
柿葉 富貴子 ………… 50	樫井 礼子 …………… 300	片岡 昭雄 …………… 322
柿畑 文生 …… 89, 90, 378	梶尾 栄子 …………… 260	片岡 明 ……………… 12
垣花 和 ………… 352, 420	梶川 裕子 …………… 79	片岡 節子 …………… 126
垣花 恵子 …………… 189	梶谷 武利 …………… 80	片岡 千歳 …………… 142
柿本 多映 … 72, 359, 371, 394	梶谷 尚世 …………… 78	片岡 虎二 …………… 66
鍵山 純子 …………… 170	樫谷 雅道 … 49, 54, 56, 59, 60	片岡 直子 …………… 158
鍵和田 柚子 …… 395, 396	加地谷 幸夫 ………… 272	片岡 文雄 …………… 124,
賀来 章輔 …………… 120	梶谷 幸子 …………… 81	141, 160, 175, 203
「核」………………… 162	鹿島 鵜 ……………… 65	片岡 美沙保 ………… 13
角田 古錐 …………… 423	加島 祥造 …………… 237	片岡 美有季 ………… 131
角免 栄児 …………… 393	樫村 理恵 …………… 440	片岡 葉子 …………… 171
香久山 各歩 ………… 412	梶山 未来 …………… 187	片岡 れんげ ………… 127
加倉井 秋を ………… 395	雅松庵 照右 ………… 40	片岸 ゆり子 ………… 257
加計 姁 ……………… 83	柏木 晃 ……………… 379	片桐 久恵 …………… 107
筧 横二 ………… 207, 220	柏木 恵美子 …… 181, 231	片桐 英彦 ……… 121, 231
掛井 広通 …………… 343	柏木 茂 ……………… 278	片瀬 博子 ……… 118, 231
掛川 真由美 ………… 47	柏木 麻里 …………… 177	片野 邦子 …………… 131
掛布 知伸 …………… 222	柏木 美和 …………… 261	片羽 登呂平 ………… 207
影山 公子 …………… 56	柏木 義雄 ……… 204, 237	帷子 耀 ……………… 177
影山 淳子 …………… 438	柏倉 清子 …………… 406	片方 栄坊 ……… 425, 426
影山 りか …………… 438	柏崎 驍二 ……… 72, 297	片山 修 ……………… 228
珂古 親 ……………… 416	柏崎 澄子 …… 95, 96, 97	片山 吉丁子 ………… 424
加古 美奈子 ………… 334	柏田 末子 ……… 285, 329	片山 貞美 ……… 294, 316
籠池 友未子 ………… 170	柏葉 みのる ………… 422	片山 静子 …………… 44
加古川 拓海 ………… 417	かしわばら くみこ … 19, 21, 155	片山 ひとみ ………… 29
鹿児島 寿蔵 …… 304, 318	柏村 四郎 …………… 110	片山 寛王 …………… 439
籠島 道城 …………… 261	柏屋 魁叶 …………… 419	片山 富美子 ………… 413
笠 怡土子 …………… 118	柏柳 明子 …………… 374	片山 由美子 ……………
笠井 朱実 …………… 276	梶原 さい子 …… 271, 281	393, 396, 398, 399
葛西 幸子 …… 273, 294, 328	梶原 貞江 …………… 261	片山 良子 …………… 102
笠井 信一 …………… 272	梶原 由加里 ………… 186	勝 久美子 …………… 417
笠井 剛 ……………… 63	春日 いづみ ………… 317	勝井 かな子 ………… 13
笠井 光起 …………… 67	春日 石疼 ……… 127, 131	勝木 治郎 …………… 101
笠井 佑起 …………… 185	春日 真木子 …… 297, 316	勝倉 美智子 ………… 317
笠井 ルリ子 ………… 130	春日 正博 ……… 272, 293	勝島 フジ子 ………… 361
加差野 静浪 …… 426, 427	春日 美恵子 ………… 9	勝田 展子 …………… 356
笠原 基史 …………… 354	春日井 建 … 296, 305, 316	勝野 俊子 …………… 387
風間 彩花 …………… 187	上総 和子 …………… 251	勝部 薫 ……………… 183
風間 喜美子 …… 273, 294	万葉 太郎 …………… 382	勝部 操子 ………… 74, 75
笠間 由紀子 ………… 246	粕谷 栄市 … 71, 200, 210, 240	合浦 千鶴子 …… 284, 321

勝又 攻 ………… 195	加藤 富夫 ………… 4	金栗 瑠美 ………… 89
勝俣 征也 ………… 308	加藤 倶子 ………… 77	金澤 葵 ………… 442
勝又 民樹 ………… 401	加藤 信子 ………… 351	金沢 郁子 ………… 263
勝俣 文子 ………… 91	加藤 八郎 ………… 292	金澤 憲仁 … 300, 326, 327
勝俣 文庫 ………… 356	加藤 はや ………… 39	金沢 秀樹 ………… 149
勝俣 麗奈 ………… 187	加藤 英彦 ………… 317	金澤 宏光 ………… 126
勝山 一美 ………… 13	加藤 文男 …… 161, 225	金沢 美津子 ………… 328
勝山 竹子 ………… 12	加藤 正明 ………… 268	金田 弘 ………… 214
勝山 秀巳 ………… 30	加藤 正美 ………… 140	金谷 洋次 ………… 109
桂 信子 …… 372, 373, 384	加藤 万知 ………… 190	金堀 則夫 ………… 220
桂 日呂志 ………… 262	加藤 三知乎 ………… 292	金丸 鐵蕉 ………… 12
桂木 雅晶 ………… 83	加藤 美智子 …… 38, 259	金丸 寿男 ………… 427
桂田 哲夫 ………… 361	加藤 三七子 ………… 395	金丸 博明 ………… 351
勝連 繁雄 ………… 243	加藤 みゆき ………… 42	金丸 桝一 ………… 202
勝連 敏男 ………… 242	加藤 美幸 ………… 96	金森 悦子 ………… 28
角 和 ………… 415	加藤 睦夫 ………… 350	金森 三千雄 ………… 181
角 晴子 ………… 104	加藤 安子 ………… 103	金森 悠夏 … 199, 200, 228
角 光雄 ………… 399	加藤 雄三 ………… 114	金谷 恵美 ………… 108
加藤 彩人 ………… 436	加藤 佑理 ………… 199	金谷 恵美子 ………… 88
加藤 郁乎 ‥ 143, 144, 241, 389	加藤 淑子 ………… 319	金谷 和子 ………… 68
加藤 エイ ………… 257	加藤 愛己 ………… 182	金谷 正二 ………… 124
加藤 英治 …… 15, 255	加藤 理花 ………… 186	金谷 信夫 ………… 408
加藤 恵美子 ………… 110	加藤 律子 ………… 178	金谷 雅子 ………… 96
加藤 和子 …… 18, 24	加藤 りほ子 ………… 18	金山 孝 ………… 109
加藤 鰹 ………… 429	加藤 亮平 ………… 215	金成 文恵 ………… 96
加藤 克巳 …… 279, 304	加藤木 恵美子 ………… 442	鹿糠 麦童 …… 17, 20, 257
加藤 かな文 ………… 398	角川 源義 ………… 145	金石 淳彦 ………… 318
加藤 要 ………… 13	角川 照子 ………… 373	金枝 久五郎 ………… 443
加藤 恵子 ………… 138	角川 春樹 ………… 33,	金枝 万作 ………… 443
加藤 憲曠 …… 3, 364	143, 146, 384, 397	金子 敦 ………… 400
加藤 悟 ………… 119	門田 照子 ‥ 118, 122, 151, 231	金子 鋭一 ………… 217
加藤 思何理 ………… 193	角森 玲子 ………… 81	金子 恵美子 ………… 62
加藤 静夫 ………… 365	門脇 かずお … 369, 416, 429	金子 加寿夫 ………… 413
加藤 志実恵 ………… 85	門脇 春奈 ………… 332	金子 貞雄 ………… 64
加藤 楸邨 …… 70, 372, 383	門脇 瓶底 ………… 73	金子 時雨 ………… 135
加藤 順子 ………… 185	金井 健一 ………… 217	金子 信吉 ………… 185
加藤 治郎 ‥ 274, 298, 304, 306	金井 茂治 ………… 44	兼子 澄江 ………… 405
加藤 真吾 ………… 84	金井 節子 ………… 68	金子 たんま … 89, 90, 92, 172
加藤 節子 ………… 105	金井 直 …… 157, 202	金子 兜太 ………… 32,
加藤 太江子 ………… 322	金井 広 ………… 207	70, 370, 375, 384, 411
加藤 隆枝 ………… 7	金井 美恵子 ………… 177	金子 とみ ………… 258
加藤 孝男 ………… 281	金井 水子 ………… 112	金子 知代 ………… 53
加藤 武 ………… 251	金井 光子 ………… 41	金子 のぼる ………… 364
加藤 龍哉 ………… 186	金井 充 ………… 62	金子 はつみ … 284, 307, 328
加藤 親夫 ………… 185	金井 雄二 …… 233, 238, 245	金子 晴彦 …… 386, 388
加藤 千香子 ………… 172	金井 裕美子 ………… 46	金子 ひさし …… 386, 388
加藤 主税 ………… 130	金石 稔 ………… 136	金子 秀夫 ………… 244
加藤 哲夫 ………… 183	金尾 由美子 ………… 30	金子 秀俊 ………… 119
加藤 トシ子 …… 8, 262	金尾 律子 ………… 321	金子 富美子 …… 64, 67

金子 正男 …………… 61, 63	紙 十一 ………………… 153	苅田 敏夫 ………………… 93
金子 真実 ………………… 439	加味 ます子 …………… 12, 13	苅田 日出美 ……………… 27
金子 光晴 …………… 144, 209	神泉 薫 …………………… 13	雁部 貞夫 ……………… 289
金子 皆子 ………………… 371	神内 八重 ……………… 205	刈谷 秋扇子 ……… 346, 347
我如古 有梨 …………… 334	神馬 せつを ……………… 9	枯木 虎夫 ……………… 160
金田 久璋 ……………… 205	神尾 久美子 …………… 373	河 草之介 ………… 374, 408
金田 まさ子 ……… 264, 314	上岡 せつ子 …………… 50, 53	河合 佳代子 …………… 116
金田 美恵子 …………… 353	上岡 智花子 ……………… 97	河合 玉峰 ………………… 39
金田 実奈 ……………… 363	神川 知子 ……………… 183	河合 紗良 ……………… 241
金築 雨学 ………………… 81	上川 美絵 ……………… 77, 79	川井 城子 ……………… 107
金築 巽 …………………… 80	上川 みゆき ……………… 76	河合 照子 ……………… 393
加藤 行 ………………… 106	神蔵 器 …………… 394, 395	河合 俊郎 ……………… 206
金野 清人 ……………… 156	上地 富子 ……………… 247	川井 豊子 ………… 30, 195
金箱 戈止夫 …………… 408	神島 宏子 ……………… 182	川井 登 ………………… 74
金原 知典 ……………… 398	上條 節子 ……………… 265	河合 はつ江 ……………… 39
金原 まさ子 …………… 371	上笙 一郎 ……………… 239	かわい ふくみ …………… 40
兼平 勉 …………………… 3	紙谷 たか十樹 ………… 100	河合 光子 ……………… 435
金巻 未来 ……………… 187	上手 宰 …………… 189, 207	河合 要子 ………………… 37
金本 かず子 …………… 186	上殿 智子 ……………… 163	河内 静魚 ……………… 343
金本 稔 ………………… 51	上中 直樹 ……………… 363	河内 トキ子 …………… 438
金山 紀九重 ……………… 73	神野 孝子 ……………… 298	川風 やすみ …………… 102
鹿野 登美子 …………… 410	神野 美知 ……………… 102	川上 明日夫 ……… 205, 214
加納 愛山 ……………… 435	神原 栄二 ………………… 12	川上 喜代一 ……… 272, 293
加納 かず江 ……………… 40	上東 なが子 ……………… 57	川上 重明 ……………… 124
加納 正一 ……………… 258	神久 たけを ……………… 46	川上 大輪 ……………… 429
狩野 彰一 ……………… 197	神谷 きよ子 …………… 388	川上 富湖 ……………… 429
叶 静游 ………………… 183	神谷 由里 ……………… 299	川上 初義 ………………… 95
狩野 敏子 ……………… 263	神山 長二郎 …………… 426	川上 平太郎 …………… 123
狩野 敏也 ………………… 61	禿 慶子 ………………… 245	かわかみ まさと ……… 243
狩野 美瑠子 …………… 155	亀井 朝子 ………………… 86	川上 未映子 ……… 201, 216
加納 綾子 ……………… 357	亀井 雄子男 … 49, 59, 389, 401	川上 弥生 ……………… 107
彼末 れい ……………… 207	亀井 しげみ …………… 52, 55	川岸 則夫 ………………… 63
辛 鐘生 ………………… 189	亀川 省吾 ………………… 34	川口 一朗 ……………… 186
蒲倉 琴二 … 130, 131, 405, 406	亀田 水災 ……………… 401	川口 幾久雄 …………… 251
椛沢 田人 ………… 348, 349	亀田 道昭 ………………… 63	川口 健二 ……………… 418
樺沢 弘子 ……………… 432	亀田 みや子 …………… 284	川口 せいを …………… 287
鏑木 恵子 ………………… 35	亀山 冨喜子 ……………… 38	川口 照代 ……………… 414
鎌倉 佐弓 ……………… 371	亀山 隆二 ……………… 215	川口 知子 ……………… 166
鎌田 文子 ……………… 321	亀割 富子 ……………… 259	川口 晴美 ……………… 144
鎌田 華月 ……………… 346	蒲生 直英 ……………… 233	川口 昌男 ……………… 160
鎌田 喜八 ……………… 224	鴨下 昭 ………………… 13	川口 ますみ …………… 381
鎌田 恭輔 ……………… 400	茅根 知子 ……………… 400	川口 真理 ……………… 400
鎌田 さち子 …………… 223	鹿山 隆 ………………… 124	川口 美根子 ……………… 62
鎌田 純一 ……………… 250	鹿山 隆濤 ……………… 401	川口 泰子 ……………… 222
蒲田 せい女 …………… 348	粥塚 伯正 ……………… 126	川口 和弓 ……………… 251
鎌田 タカ子 ……………… 6	柄沢 恵里香 …………… 438	川越 歌澄 ……………… 407
鎌倉 智恵人 …………… 130	唐沢 南海了 …………… 401	川越 政行 ……………… 229
鎌田 昌子 ………… 15, 255	唐沢 みつほ …………… 113	川崎 清美 ……………… 425
鎌田 裕子 ……………… 171	唐橋 秀子 ………… 124, 405	川崎 青蛇 ………………… 6
かま長 寅彦 …………… 368		川崎 節乃 ………………… 47

川崎 展宏 ……… 71, 146, 399	河野 とみえ …………… 58	川村 幸美 …………… 51
川崎 友子 ……………… 133	河野 道代 …………… 147	川村 林風 …………… 433
川崎 洋 …… 201, 210, 240	河野 康子 …………… 259	川目 まさき ………… 351
川崎 盧月 …………… 420	河野 裕子 ‥ 32, 218, 268, 274,	河本 恵津子 ………… 260
川崎医療短期大学 … 333, 334	277, 282, 288, 296, 306, 341	河本 佐恵子 ………… 231
河路 由佳 …………… 281	川野 由美子 ………… 163	川本 政 ……………… 139
川島 雨龍 …………… 412	川端 あや子 ………… 170	川本 千栄 ……… 276, 281
川嶋 一美 …………… 400	川端 静子 …………… 313	川本 畔 ……………… 79
川島 喜代詩 …… 274, 296	川端 進 ……………… 245	川守田 秋男 ………… 429
川島 晴夫 …………… 278	川端 隆之 …………… 249	川守田 梅 …………… 17
川島 完 ……… 45, 213, 220	川端 みつえ ………… 313	瓦家 克巳 …………… 184
川島 洋 ……………… 222	河原 朝子 …………… 406	菅 武夫 ……………… 356
川島 美紗緒 …………… 38	河原 千壽 ……………… 30	簡 智恵子 …………… 21
川島 睦子 …………… 191	河原 枇杷男 ………… 411	管 麻理恵 …………… 440
川下 喜人 …………… 174	河原 みずえ ………… 106	神崎 崇 ……………… 222
河津 聖恵 … 159, 177, 211, 249	川原 ゆう …………… 182	神田 あき子 ………… 299
川杉 敏夫 …………… 203	川平 敏文 …………… 358	かんだ かくお ………… 26
川瀬 伊津子 ………… 185	川渕 湧三 ………… 55, 56	神田 ケサヨ …………… 68
川瀬 清子 ……………… 80	川辺 昭典 ……………… 68	神田 秀夫 …………… 372
川添 郁子 ……………… 56	川辺 きぬ子 ………… 364	神田 ひろみ …… 377, 414
川田 絢音 …………… 224	川邉 夏香 …………… 337	神田 三亀男 ………… 110
川田 京子 …………… 212	川邊 房子 ………… 94, 97	かんなみ やすこ ……… 174
川田 敬子 …………… 170	河邉 由紀恵 …………… 30	金成町立津久毛小学校 … 196
川田 順造 …………… 210	川辺 義洋 …………… 194	菅野 拓也 …………… 244
河田 忠 ……………… 205	川辺 了 ……………… 363	管野 美知子 …… 263, 328
川田 とし …………… 255	川股 冴子 …………… 286	菅野 如伯 …………… 378
川田 利雄 ……………… 93	川満 智 ……………… 344	感王寺 美智子 ……… 200
川田 長邦 ……………… 48	川村 彩香 ……………… 40	神庭 泰 ……………… 222
河田 政雄 …………… 185	川村 歌子 ……………… 11	上林 猷夫 …………… 157
川田 政通 ……… 128, 129	川村 瑛子 …………… 358	
河田 明楓 ……………… 40	川村 香織 ……………… 89	**【 き 】**
川田 靖子 …………… 160	川村 佳乃子 ………… 285	
河内 さち子 …………… 66	河村 啓子 …………… 433	紀 比呂志 …………… 100
川地 雅世 …………… 171	川村 敬子 ……… 36, 205	木内 紫幽 …………… 10
川名 佳子 ……………… 68	川村 慶仁 …………… 368	木内 彰志 …………… 364
川中 つね …………… 325	川村 健二 …… 264, 314, 329	木内 宜矩 …………… 102
川中子 義勝 ………… 219	川村 幸子 ……… 54, 56	木内 怜子 …………… 397
川浪 春香 ……………… 36	河村 さと女 ………… 346	木岡 陽子 …………… 361
河西 京祐 …………… 185	河村 紫山 …………… 346	木形 悦子 …………… 437
河西 新太郎 ………… 192	河村 静香 …………… 364	木川 陽子 …………… 230
川西 紀子 ……… 273, 294	川村 貴子 ……………… 56	菊川 俊朗 …………… 379
かわにし 雄策 …… 381, 382	川村 敏男 …………… 153	菊川 芳秋 …………… 118
川西 葉吉 ……………… 40	川村 朋子 ……………… 53	菊沢 研一 …… 14, 253, 254
河内 以沙緒 …………… 27	川村 ハツエ …………… 12	菊田 信子 …………… 442
河野 カナエ ………… 102	川村 ひろし …………… 67	菊田 守 ………… 188, 236
河野 桂子 ……… 170, 171	河邨 文一郎 ………… 220	菊田 祐子 ……… 440, 441
河野 圭子 ……… 115, 198	川村 道子 …………… 313	菊池 秋光 …………… 257
河野 里子 …… 271, 282, 341	川村 みどり ………… 346	菊池 アヤ子 …………… 48
河野 忠夫 …………… 417	河村 みゆ樹 ………… 322	
	河村 深雪 ……………… 84	

菊池 映一 …………… 254	木沢 豊 …………… 27, 208	北川 渓舟 …………… 363
菊地 桜郷 …………… 350	岸 明子 …………… 74	北川 健治 …………… 39
菊池 薫 …………… 227	岸 アヤ子 …………… 45	北川 清柳 …………… 428
菊池 和子 …………… 256	岸 栄 …………… 45	北川 多紀 …………… 168
菊地 喜峯 …………… 254	岸 貞男 …………… 387	北川 透 ……… 162, 201, 211
菊池 金兵衛 …………… 254	岸 美世 …………… 388	北川 寿子 …………… 138
菊池 庫郎 …………… 318	岸 幸雄 …………… 414	北川 典子 …………… 173
菊池 順子 …………… 8	岸田 雅魚 ……… 364, 395	北川 冬彦 …………… 234
菊地 すい …………… 402	岸田 和久 …………… 345	北川 邦陽 ……… 386, 387
菊池 精 …………… 254	岸田 裕美 …………… 164	北川 頼子 ……… 272, 293
菊池 勉 …………… 254	岸田 房子 …………… 54	北川 れい …………… 153
きくち つねこ …… 11, 13, 143	岸田 将幸 …………… 201	北木 裕太 …………… 86
菊地 貞三 ……… 220, 225	岸田 祐子 …………… 391	北里 あき …………… 339
菊地 てるみ …………… 67	岸野 昭彦 …………… 177	北沢 郁子 ……… 277, 318
菊池 トキ子 ……… 19, 23	岸部 吟遊 …………… 8	北島 一夫 …………… 3
菊地 とし …………… 5	岸部 智子 …………… 6	北嶋 訓子 ……… 356, 357
菊池 敏子 …………… 173	木島 弘 …………… 148	北島 麻衣 …………… 335
菊池 尚子 …………… 261	来嶋 靖生 … 72, 296, 316, 320	北園 克衛 …………… 234
菊池 奈津子 …………… 441	岸本 明美 …………… 149	北田 静子 …………… 170
菊地 信義 …………… 210	岸本 一枝 …………… 31	北田 祥子 …………… 350
菊池 久子 …………… 386	岸本 節子 …………… 301	北田 美智代 …………… 414
菊池 ひとみ …………… 254	岸本 尚毅 ……… 397, 399	北館 廸子 ……… 254, 255
菊池 弘子 …………… 152	岸本 ひさ …………… 339	北出 郁子 …………… 435
菊地 比呂志 …………… 147	岸本 マチ子 …… 160, 203, 242, 371	喜谷 繁暉 …………… 188
菊地 富美 ………… 64, 66	岸本 康弘 …………… 36	北野 恵美子 …………… 355
菊池 ふみを … 423, 436, 443	岸本 由香 …………… 374	北野 えみし …………… 349
菊池 勉二 …………… 20	岸本 由紀 …………… 269	北野 岸柳 ……… 431, 434
菊地 朴葉 …………… 348	木塚 康成 …………… 40	北野 平八 …………… 393
菊地 正男 …………… 419	吉瀬 絢菜 …………… 97	北野 淑子 …………… 367
菊池 明雲 …………… 346	木瀬 晴也 …………… 97	北野澤 頼子 …………… 126
菊池 ヤヨヒ ……… 156, 157	木曽 蕗夫 …………… 5	北畑 光男 …… 64, 213, 237
菊池 祐次 …………… 253	喜早 章治 …………… 139	北浜 正男 …………… 252
菊池 裕 …………… 310	喜多 昭夫 …………… 281	北原 千代 …………… 168
菊池 義一 …………… 350	北 一平 …………… 219	北原 光男 …………… 66
菊池 流星 ……… 253, 254	北 きりの …………… 120	北原 陽子 … 15, 20, 21, 154, 314
菊地 隆三 ……… 236, 242	木田 くるみ …………… 131	喜多春 梢 …………… 413
菊池 玲子 …………… 23	喜田 さかえ …………… 137	北藤 徹 …………… 181
菊地原 松寿 …………… 35	木田 澄子 …………… 136	北辺 史郎 …………… 323
菊永 謙 ……… 181, 239	木田 千女 …………… 382	北見 幸雄 …………… 212
菊本 花宝 …………… 85	木田 千枝 …………… 437	北村 和枝 …………… 51
菊本 房子 …………… 84	喜多 千勢子 …………… 353	北村 喜久恵 …………… 164
菊本 康久 …………… 312	木田 春菜 …………… 127	喜多村 喜代子 …………… 58
亀卦川 永子 …………… 351	北 マヤ …………… 153	北村 九仁夫 ……… 425, 426
木坂 涼 ……… 64, 179	木田 みどり …………… 440	北村 鴻 …………… 418
木佐貫 冨美子 …………… 96	北多浦 敏 …………… 47	北村 純一 …………… 138
木佐森 流水 …………… 44	北岡 淳子 ……… 220, 221	北村 伸治 ……… 352, 420
衣更着 信 …………… 202	北川 朱実 …… 72, 138, 205	北村 保 …… 138, 365, 397
木沢 虹秋 …………… 4	北川 一深 …………… 58	北村 太郎 …… 146, 210, 240
木沢 長太郎 …… 4, 153, 154		北村 蔦子 …………… 180

北村 禎三 …… 259	木村 修 …… 360	清島 久門 …… 363
北村 寿子 …… 405	木村 風師 …… 120	清田 由井子 …… 42
北村 均 …… 82	木村 恭子 …… 82, 230	清岳 こう ‥ 37, 141, 193, 213
北村 真 …… 189	木村 享史 …… 344	清野 林次郎 …… 61
北村 守 …… 137, 208	木村 佳 …… 324	清信 ヨシ子 …… 438
北村 行生 …… 311	木村 圭子 …… 229	清村 霧子 …… 177
北森 彩子 …… 224	木村 恵子 …… 244	吉良 保子 …… 251
北森 みお …… 86	木村 健治 …… 406	樹里越 都 …… 114
北山 正造 …… 27	木村 聡 …… 417	桐谷 聖香 …… 186
北山 つね子 …… 260	木村 早苗 …… 290	桐原 美代治 …… 11
北山 まみどり …… 423, 444	木村 自然児 …… 425	桐山 歳男 …… 38
きちせ あや …… 143	木村 準 …… 132	鬼柳 哲郎 …… 346
橘浦 洋志 …… 12	木村 進 …… 294	キーン,ドナルド …… 376
木津川 昭夫 …… 161, 214, 220	木村 セツ子 …… 326	金 光林 …… 203
吉川 徳子 …… 86	木村 孝夫 …… 131	金 三路 …… 5, 6
木附沢 麦青 …… 364, 401	木村 孝 …… 219	金 鐘礼 …… 133
木戸 京子 …… 300	木村 隆 …… 430, 432	金 太中 …… 136
木戸 繁太郎 …… 46	木村 宙平 …… 174	金 忠亀 …… 258
城戸 朱理 …… 179, 249	木村 常利 …… 123	金 南祚 …… 203
木戸 多美子 …… 128	木村 照子 …… 408	金 壬生 …… 133
鬼頭 和美 …… 139	木村 徹 …… 428	金 洋子 …… 170
鬼頭 文子 …… 364	季村 敏夫 …… 143, 162, 179	金 両今 …… 133
木戸口 真澄 …… 138	木村 敏男 …… 135	金 蓮玉 …… 133
城所 桂子 …… 335	木村 とみ子 …… 322	金城 エリナ …… 247
喜納 静 …… 247	木村 信子 …… 180	金城 正子 …… 248
絹川 早苗 …… 245	木村 浩重 …… 110	金城 美代子 …… 247
木野内 清太郎 …… 325	木村 福恵 …… 314	金城 芳子 …… 339
木下 栄子 …… 410	木村 フミ子 …… 324	金子 美知子 …… 34
木下 草風 …… 28, 407	木村 まき …… 149	金田一 陽子 …… 426
木下 蘇陽 …… 363	木村 雅子 …… 303	
木下 千聰 …… 185	木村 円 …… 182	【く】
木下 知子 …… 24	木村 満里奈 …… 337	
木下 みち子 …… 31	木村 美香 …… 185	権 尚輝 …… 333
木下 恭美 …… 164	木村 美紀子 …… 171	久我 タケ子 …… 314
木下 夕爾 …… 145, 234	木村 迪夫 …… 175, 225, 237, 242	久貝 清次 …… 243
木下 幸江 …… 222	木村 木念 …… 423	久木田 真紀 …… 298
木下 涼 …… 55	木村 良昭 …… 360	久木元 絵理 …… 186
木原 昭三 …… 120	木村 福恵 …… 264	久々湊 盈子 …… 282
木原 佳子 …… 391	木目 夏 …… 190	日下 明子 …… 314
岐阜県美濃加茂市立西中学校 …… 333, 334	木本 千枝子 …… 259	日下 淳 …… 330
	木本 久枝 …… 133, 135	日下 宣市 …… 76
ギブソン・松井 佳子 …… 171	木本 由美 …… 85	日下 冨貴子 …… 356
木俣 修 …… 279	木本 好 …… 170	日下 正幸 …… 105
木股 知央 …… 25	久間 カズコ …… 128, 130	日下部 舟可 …… 117
君portal 朱美 …… 84, 85	京谷 京一 …… 7	日下部 政利 …… 226
君島 夜詩 …… 316	清岡 卓行 …… 70, 146, 175, 179, 210	草川 道子 …… 413
木南 圭子 …… 338		草倉 哲夫 …… 208
金 時鐘 …… 161, 201	清﨑 進一 …… 114	草地 豊子 …… 30
木村 朝子 …… 94, 95	清﨑 敏郎 …… 395	

草野 貴代子 ………… 405	国峰 照子 ………… 246	熊谷 徳治 ………… 196
草野 早苗 …………… 35	国森 久美子 ………… 313	熊谷 敏郎 …………… 60
草野 心平 ………… 144	国吉 順達 ………… 339	熊谷 真響 ………… 228
草野 天平 ………… 202	榛原 聡 ………… 276	熊谷 由美子 …………… 7
草野 信也 ‥ 189, 205, 207, 221	久野 治 …………… 38	熊谷 ユリヤ …… 136, 236
草野 比佐男 …… 123, 232	久野 志奈子 ………… 439	熊木 英乃 ………… 123
草野 理恵子 … 35, 191, 199	久場川 トヨ ………… 339	熊坂 よし江 …… 438, 439
草橋 佑大 ………… 197	久保 和友 …… 134, 135	熊崎 博一 ………… 172
草間 真一 …… 13, 189, 233	久保 羯鼓 ………… 131	熊澤 抱玉 …………… 39
草間 享 ………… 403	久保 スガエ ………… 367	熊代 吉彦 …………… 95
草間 時彦 …… 71, 384	久保 純夫 ………… 371	熊田 巽 ………… 439
草柳 得江 ………… 378	久保 登志越 ………… 350	組坂 道子 ………… 133
櫛原 希伊子 ………… 401	久保 俊一 ………… 108	工通 那智子 …………… 76
久城 真一 …………… 74	久保 洋貴 ………… 332	久村 美記 …………… 97
久津 晃 ………… 119	久保 満 …………… 17	久米 新吉 ………… 322
楠田 立身 ………… 317	久保井 信夫 ………… 319	くや ゆきえ ………… 163
楠 誓英 …… 277, 301	久保内 あつこ ‥ 49, 50, 53, 59	蔵 千英 ………… 379
葛原 繁 ………… 146	久保木 沙織 ………… 336	倉臼 ヒロ …………… 31
葛原 妙子 …… 304, 318	窪田 あゆみ ………… 187	倉内 佐知子 …… 136, 161, 235
葛原 りょう ………… 190	久保田 一竿 ………… 444	倉岡 智江 ………… 110
楠見 朋彦 ………… 331	久保田 清子 …………… 18	倉掛 昌三 ………… 361
くりす たきじ ………… 199	久保田 慶子 ………… 370	倉沢 寿子 ………… 300
久谷 雉 ………… 216	久保田 耕平 ………… 377	倉田 恵美子 ………… 140
久手堅 稔 ………… 340	久保田 俊介 ………… 185	倉田 茂 ………… 137
工藤 克巳 ………… 400	窪田 章一郎 ………… 70, 279, 302, 305, 319	倉田 鈴子 ………… 413
工藤 せいいち ………… 427		倉田 草平 …………… 7, 8
工藤 成希 …… 257, 350	久保田 清一 …………… 44	倉田 隆峯 ………… 414
工藤 節朗 …… 350, 351	久保田 哲子 ………… 408	くらた ちえ …………… 34
工藤 千代子 …………… 31	窪田 敏子 …… 52, 55	倉田 比羽子 ………… 177
工藤 寿久 …… 431, 434	久保田 登 ………… 303	倉田 史子 …………… 39
工藤 直樹 …… 350, 427, 428	久保田 真子 …………… 60	蔵田 有希子 ………… 418
工藤 なると …… 351, 426	久保田 穣 …… 43, 162, 207	倉地 宏光 ………… 206
工藤 彦十郎 ………… 344	窪田 竜 ………… 417	倉地 与年子 …… 274, 316
工藤 ひろえ ………… 374	久保山 敦子 ………… 343	倉橋 健一 ………… 203
工藤 大輝 ………… 173	久万 岬子 …………… 56	倉林 ひでを …………… 45
工藤 博司 ………… 380	隈 智恵子 ………… 119	倉林 美千子 ………… 289
久藤 径子 ………… 313	久真 八志 ………… 282	蔵原 伸二郎 …… 145, 192
工藤 みほ子 …… 15, 255	熊井 三郎 ………… 208	倉原 ヒロ ………… 191
工藤 泰子 …………… 32	熊岡 悠子 ………… 265	倉持 富陽女 ………… 229
工藤 玲音 …………… 23	熊谷 愛子 ………… 371	倉本 幹子 ………… 412
久仁 栄 ………… 120	熊谷 亜津 ………… 110	倉本 侑未子 ………… 221
国香 早苗 ………… 425	熊谷 絵美里 ………… 197	九里 亮太 …………… 97
くにさだ きみ …… 207, 214	熊谷 絵梨香 ………… 196	倶利伽羅 希 ………… 214
国貞 たけし …………… 28	熊谷 岳朗 …… 16, 24	栗木 京子 …… 143, 146, 276, 282, 288, 296, 305, 331, 341
国武 十六夜 ………… 371	熊谷 一也 ………… 126	
國中 治 …………… 93	熊谷 きぬ江 ………… 226	栗城 永好 …… 125, 327
国仲 穂水 ………… 420	熊谷 小夜子 …………… 39	くりす さほ …………… 80
國廣 聖 …… 55, 56	熊谷 孝子 ………… 120	栗田 津耶子 …………… 47
国見 純生 ………… 141	熊谷 つや ………… 255	栗田 尚美 …………… 35
	熊谷 とき子 ………… 319	

栗田 久夫	……………	184
栗田 みゆき	……………	182
栗田 やすし	……………	396
栗田 靖	……………	399
栗田 優輝	……………	87
栗林 圭魚	……………	399
栗林 千津	……………	371
栗原 啓輔	……………	227
栗原 憲司	……………	64
栗原 登里	……………	133
栗原 まさ子	……………	177
栗原 澪子	……………	64
栗原 洋子	……………	29
栗原 涼子	……………	360
栗本 洋子	……………	413
栗山 政子	……………	400
久留島 元	……………	357
来栖 あゆみ	……………	417
くるみざわ しん	……………	134
胡桃澤 伸	……………	135
暮尾 淳	……………	237
榑沼 清子	……………	64
榑沼 けい一	……………	63
黒岩 一平	……………	101
黒岩 喜洋	……………	46
黒岩 やよえ	……………	58
黒川 明子	……………	174
黒河 更沙	……………	128
黒河 節子	……………	45
黒川 智庸	……………	165
黒川 利一	……………	433
黒木 俊介	……………	164
黒木 尚子	……………	164
黒木 三千代	……………	298, 309
黒木 野雨	……………	123, 364
黒古 フク	……………	401
黒坂 源悦	……………	4
黒崎 渓水	……………	406
黒沢 清二	……………	67
黒沢 宗三郎	……………	62
黒沢 老眼子	……………	15
黒下 清子	……………	103
黒須 忠一	……………	124
黒住 文朝	……………	26
黒瀬 昭子	……………	93
黒瀬 珂瀾	……………	310
黒田 亜紀	……………	164
黒田 加恵	……………	139
黒田 三郎	……………	157
黒田 しげの	……………	314
黒田 誠二	……………	291
黒田 青磁	……………	324
黒田 武夫	……………	76
黒田 千賀子	……………	344
黒田 瞳	……………	276
黒田 杏子	……………	359, 373, 385, 395, 397
黒田 雪子	……………	298
黒田 喜夫	……………	157
黒野 桃子	……………	439
黒羽 英二	……………	161, 174
黒羽 文男	……………	111
黒羽 由紀子	……………	11, 13, 233
黒萩 範子	……………	55, 56
玄原 冬子	……………	191
黒部 節子	……………	204, 220, 225
黒宮 妙子	……………	413
桑折 美代子	……………	437
桑島 玄二	……………	229
桑名 知華子	……………	53, 54, 55, 59
桑野 絹代	……………	314
桑原 三郎	……………	370
桑原 視草	……………	398
桑原 田鶴子	……………	360
桑原 立生	……………	365
桑原 亘子	……………	96
桑原 正紀	……………	297
桑原 憂太	……………	330
桑原 廉靖	……………	119
桑村 ゆき	……………	263
桑本 みわ子	……………	83
郡司 乃梨	……………	68

【け】

慶徳 健	……………	124
毛塚 かつよ	……………	403
気仙 ゆりか	……………	195
源河 史都子	……………	248
見目 誠	……………	399
釼持 杜宇	……………	26

【こ】

小網 恵子	……………	167, 233
小池 亮夫	……………	204
小池 一恵	……………	121
小池 和子	……………	26
小池 かつ	……………	326
小池 圭子	……………	64
小池 珠々	……………	91
小池 光	……………	32, 274, 288, 296, 305, 306, 331
小池 弘子	……………	34
小池 正博	……………	429
小池 昌代	……………	162, 179, 201, 224, 246
小池 励he	……………	439
小池田 薫	……………	178
小石 薫	……………	276
小石 清晃	……………	253
小石 漫歩	……………	424
小泉 紫峰	……………	422
小泉 周二	……………	181, 238
小泉 忠子	……………	139
小泉 史昭	……………	12, 298
小泉 桃代	……………	12
小市 巳世司	……………	296, 302
小出 悦子	……………	284
小出 尚武	……………	387
小出 ふみ子	……………	206
小岩 巧	……………	196
髙 昭宏	……………	284
郷 松樹	……………	41
黄 聖圭	……………	25
郷 武夫	……………	126, 189
黄 得龍	……………	260
黄 霊芝	……………	411
香 蘆苗	……………	154
幸喜 正吉	……………	421
香西 照雄	……………	370
合志 ヒロミ	……………	360
神品 芳夫	……………	219
神津 不可思	……………	245
上月 章	……………	370
高祖 保	……………	234
郷田 絵梨	……………	95
幸田 和俊	……………	212
合田 和美	……………	29
甲田 四郎	……………	161, 162, 176
閤田 真太郎	……………	73, 214
幸田 弘子	……………	211
幸田 広信	……………	100
甲田 雅子	……………	131
郷内 さち子	……………	325

河野 愛子 …… 277, 296	越沢 忠 …………… 44	五藤 悦子 …… 69, 198, 199
河野 杏 ……………… 368	越田 茂 ………… 114, 115	後藤 栄里子 …… 183, 184
河野 沙紀 …………… 417	越田 有 …………… 337	後藤 薫 ………… 114, 149
河野 小百合 ………… 264	越中 芳枝 …… 37, 111, 112	後藤 一夫 ………… 204
鴻野 のぶ尾 ………… 404	こしの ゆみこ …… 373, 374	五藤 一巳 ………… 388
鴻野 伸夫 …… 324, 403	小柴 綾香 ………… 417	後藤 香澄 …… 197, 198
河野 真理 …………… 324	小柴 節子 ………… 235	後藤 恵子 ………… 40
河野 美奇 …… 344, 345, 367	小島 熱子 ………… 317	後藤 圭佑 …… 332, 418
河野 美砂子 …… 269, 278	小島 國夫 ………… 383	後藤 兼志 ………… 415
河野 穣 …… 100, 101	小嶋 誠司 ………… 163	後藤 軒太郎 ……… 408
河野 康夫 …… 22, 156, 427	児島 孝顕 ………… 298	後藤 冴子 ………… 22
郷原 節子 …………… 260	小島 隆保 ………… 119	後藤 先子 ………… 29
郷原 宏 …………… 158	小島 健 …………… 397	後藤 幸子 ………… 283
河村 花玉 ………… 39	小島 恒久 ………… 121	五島 茂 …………… 279
髙良 芳子 ………… 340	小島 なお …… 92, 269, 278	後藤 滋 …………… 127
合路 菜月 …………… 86	小島 みすず ……… 186	後藤 順 ………… 112, 113, 133, 134, 149, 196
桑折 浄一 …………… 178	児島 倫子 ………… 29	
古賀 昭子 …………… 345	児島 道昌 ………… 73	後藤 蕉村 ………… 381
古賀 絹子 …………… 429	小島 ゆかり …… 32, 218, 282, 288, 305, 341	後藤 仁 ……… 14, 153
古賀 青霜子 ……… 117		後藤 隆 ……… 89, 134
古賀 忠昭 …… 230, 238	小島 璃子 ………… 368	後藤 嵩人 ………… 90
古閑 忠通 …………… 301	小嶋 和香代 ……… 194	五島 高資 …… 374, 377
古賀 寿代 …………… 117	小杉 哲也 ………… 84	後藤 千惠子 ……… 40
古賀 博文 …… 119, 231	小杉 伴子 ………… 3	後藤 蝶五郎 …… 442, 443
古賀 まり子 ………… 395	小菅 哲郎 …… 257, 347, 349	後藤 トミ ………… 256
古賀 勇司 …………… 228	小菅 敏夫 ………… 14	後藤 直二 ………… 303
古賀 遼太 …………… 90	小菅 暢子 ………… 261	後藤 のはら ……… 198
黄金崎 舞 ………… 23	ゴスペラーズ ……… 143	湖東 紀子 …… 390, 391
子川 多栄子 ………… 252	小関 豊治 …… 21, 427	後藤 迫州 ………… 124
柯川 常子 ………… 83	小関 秀夫 ………… 181	後藤 比奈夫 …… 384, 394
国際啄木学会 ……… 25	小関 祐子 ………… 310	後藤 ひろ ………… 410
小口 智子 …………… 378	小荘 とも子 ……… 424	後藤 浩子 ………… 377
古口 博之 …………… 260	小平 房雄 ………… 43	後藤 宏 …………… 66
駒走 鷹志 …………… 364	小高 賢 …… 306, 341	後藤 正樹 ………… 311
国分 衣麻 …… 130, 406	こたき こなみ …… 161	後藤 正子 ………… 438
国分 津宜子 ………… 123	小舘 昭三 ………… 426	古藤 正福 ………… 77
国分 弥次郎 ………… 124	小谷 心太郎 ……… 316	後藤 昌治 ………… 386
穀山 京子 …………… 285	小谷 奈央 ………… 265	ごとう まゆみ …… 164
国立福岡東病院短歌会 … 147	小谷 陽子 ………… 276	後藤 美枝子 ……… 283
小暮 陶句郎 ………… 390	小玉 勝幸 ………… 7	五島 美代子 ……… 145
小暮 政次 …… 288, 302, 318	小玉 大川 ………… 7	後藤 祐司 ………… 311
小桑 文秋 ………… 44	児玉 輝代 ………… 364	後藤 ゆうひ ……… 199
苔口 万寿子 ………… 316	子玉 智明 ………… 226	後藤 由紀恵 ……… 278
孤源 和之 …………… 217	小玉 春歌 ………… 308	後藤 由美 ………… 362
小坂 太郎 …………… 160	後長 美津子 …… 74, 75, 78	後藤 ユリ子 ……… 102
小坂 由紀子 ……… 26	小寺 ひろか ……… 91	後藤 柳允 …… 422, 443
小坂 儔美子 …… 108, 109	小寺 無住 ………… 26	後藤 礼子 …… 284, 307
小境 よしはる …… 108	後藤 朱音 ………… 86	古徳 信子 ………… 324
小作 久美子 ………… 94	後藤 綾子 ………… 364	小内 春邑子 …… 62, 65

小長谷 清実 …… 158, 176, 201	小林 とし江 …………… 412	小松 召子 ……………… 65
小長谷 健 ……………… 89	小林 登茂子 …………… 68	小松 隆義 ……………… 8
小西 たね ……………… 259	小林 延子 ‥ 74, 75, 76, 78, 80	小松 蝶二 ……………… 4
小西 恒子 ………… 133, 134	小林 英雄 …………… 334	小松 宏企 ……………… 90
小西 玲子 ………… 263, 313	小林 ひろ子 …………… 21	小松 弘愛 …… 158, 220, 222
小沼 幸次 …………… 125	小林 博之 ……………… 94	小松 敏舟 ……………… 50
小沼 青心 …………… 324	小林 まさい …………… 329	小松 美奈子 ………… 129
小根山 トシ ………… 216	小林 雅子 …………… 180	小松 佳子 ……………… 59
此島 京子 ……………… 93	小林 昌子 …………… 212	小松 義光 …………… 228
木場 君代 …………… 121	小林 雅野 …………… 267	小松 龍介 …………… 313
古波蔵 里子 ……… 352, 421	小林 真代 …………… 131	小松崎 爽青 …………… 12
小橋 のぼる …………… 27	小林 幹也 …………… 281	小松崎 黎子 …………… 13
小橋 扶沙世 ………… 310	小林 未紅 …………… 186	五味 兎史郎 ……… 62, 133
小橋 ユキ ……………… 51	小林 美月 ………… 91, 172	五味 保義 …………… 341
小橋川 文子 ………… 420	小林 峯夫 …………… 304	小水内 季子 ………… 350
小畑 定弘 ………… 50, 105	小林 三冶子 ………… 105	小南 三郎 ……………… 4
木幡 八重子 ………… 406	小林 美代子 … 386, 387, 392	小峰 喜代一 ………… 401
小早川 公子 ………… 324	小林 裕子 …………… 130	小宮 さやか ………… 416
小林 篤子 …………… 388	小林 友香 …………… 185	小宮 昌子 …………… 413
小林 功 ………………… 47	小林 幸子 …………… 271	小宮山 勇 …………… 378
小林 万年青 ……… 363, 382	小林 陽子 …………… 151	小村 絹代 ……………… 77
小林 カズエ ………… 362	小林 落花 …………… 141	古村 理瑛 ……………… 46
小林 和子 …… 130, 131, 328	小林 理央 …………… 268	古室 俊行 ………… 273, 309
小林 和之 …………… 217	小林 莉佳 …………… 440	小室 幽風 …………… 125
小林 加奈 …………… 332	こはら としこ ……… 440	小室 善弘 …………… 398
小林 きく …………… 126	小針 健朗 …………… 437	米須 盛祐 …………… 243
小林 康治 …………… 394	小檜山 繁子 … 32, 370, 375	薦田 愛 ……………… 249
小林 湖村 ……………… 73	小堀 紀子 …………… 392	小森 栄子 …………… 171
小林 左登流 …… 438, 440, 441	駒井 髙治 …………… 259	小森 香子 …………… 207
小林 清華 …………… 417	小舞 真理 ……………… 29	小守 有里 ………… 269, 278
小林 小夜子 ………… 235	駒井 耀介 …………… 154	小諸 索 ………………… 6
小林 静枝 …………… 110	駒形 隼男 …………… 368	呉屋 菜々 …………… 420
小林 信也 …………… 265	駒ケ嶺 朋乎 ………… 178	こや ひろこ ……… 68, 69
小林 セイ ……………… 6	駒木 郁雄 …………… 439	小柳 玲子 …… 176, 203, 220
小林 青波 …………… 414	駒木 一枝 …………… 439	小山 和郎 ……………… 44
小林 雪柳 …………… 125	駒木戸 達 …………… 253	小山 茂樹 …………… 315
小林 泉里 …………… 5, 6	駒木根 慧 …………… 405	児山 順子 …………… 361
小林 宗谷 …………… 403	駒木根 淳子 ………… 343	小山 そのえ ………… 268
小林 高雄 …………… 252	駒込 毅 ……………… 242	小山 敏男 …………… 403
小林 貴子 …………… 371	駒田 晶子 …… 269, 275, 310	小山 正孝 …………… 236
小林 尹夫 ………… 36, 42	駒田 夛津 …………… 414	小山 道世 …………… 248
小林 忠義 ……… 437, 439	駒田 弘子 …………… 413	小山 美幸 …………… 155
小林 チカ子 ………… 413	駒谷 茂勝 …………… 241	小山 百合子 …………… 17
小林 千史 …………… 415	小町 よしこ ………… 151	小山 宜子 ……………… 26
小林 千代 ……………… 27	小松 彰 ………………… 5	小山 吉朗 …………… 422
小林 定 ……………… 104	小松 昶 ……………… 300	小山内 弘海 ………… 225
小林 輝子 ……………… 22	小松 瑛子 …………… 235	小柳 育実 ……………… 83
小林 孔 ……………… 358	小松 永日 …………… 252	是永 駿 ……………… 210
小林 徳乃 ……………… 4	小松 悦峰 ……………… 6, 7	木幡 花人 ……………… 81
	小松 静江 …………… 180	小輪田 泉水 ………… 253

昆 イネ子 …………… 424	280, 288, 306, 320, 341	斉藤 節子 …………… 112
近 恵 ……………… 375	斎坂 多一郎 …………… 73	斎藤 その …………… 349
今 久和 ……………… 195	税所 知美 …………… 165	斉藤 その女 ………… 349
昆 ふさ子 ……… 16, 347	最匠 展子 ……………… 70	斉藤 武 …………… 124
近藤 あずさ ………… 416	西条 真紀 ……………… 27	斎藤 忠男 …… 4, 5, 6, 225
近藤 東 ……… 163, 234	西條 八束 …………… 219	齋藤 多美子 ………… 127
近藤 佚子 …………… 413	西條 裕子 … 40, 104, 105, 106	斎藤 千絵美 …………… 7
近藤 一洸 …………… 101	西条 良平 …………… 154	斎藤 常夫 ……………… 5
近藤 栄治 …………… 377	斉田 鳳子 ……………… 11	斉藤 つねを ………… 403
近藤 恵美子 … 101, 105, 106	サイデンステッカー,E・G	斎藤 照 …………… 440
近藤 和正 …………… 251	………………… 283	斎藤 東風人 …………… 45
近藤 かすみ ………… 277	斎藤 アイ ……………… 6	斎藤 なつみ …… 205, 233
権頭 和弥 ……………… 63	斉藤 亜希子 ………… 185	さいとう 白沙 ………… 21
近藤 起久子 ………… 205	齋藤 朝比古 ………… 393	斎藤 はる香 ………… 435
近藤 久美子 ………… 266	斎藤 一郎 …………… 263	斉藤 晴美 …………… 437
こんどう こう ………… 34	斎藤 梅子 …………… 373	斎藤 久夫 …………… 125
近藤 さやか ………… 165	斎藤 栄子 …………… 314	斎藤 久子 …………… 131
近藤 四郎 ……………… 11	齊藤 英子 …………… 327	斎藤 紘二 …………… 161
近藤 孝子 ……………… 32	斎藤 恵美子 ………… 203	斉藤 浩美 …………… 416
近藤 千恵子 …………… 28	齋藤 恵美子 …………… 91	斎藤 史 ……………… 70,
近藤 昶子 ……… 140, 413	斎藤 岳城 ……… 14, 154	146, 280, 288, 305, 318
近藤 典彦 ……………… 24	斎藤 和子 ……… 441, 442	斎藤 文一 …………… 210
近藤 飛佐夫 ………… 252	斎藤 夏風 …………… 396	齊藤 昌子 …………… 213
近藤 久子 ……… 437, 438	齋藤 京 ………… 287, 328	斉藤 正人 …………… 435
近藤 政子 ……………… 58	斉藤 清礼 ……………… 73	西東 正治 …………… 432
近藤 真奈 …… 53, 54, 56, 59	斎藤 貴柳 …………… 437	斎藤 昌哉 …………… 343
近藤 摩耶 ……… 169, 174	斉藤 邦男 ……… 136, 235	斉藤 征義 …………… 235
近藤 達子 …………… 298	斉藤 久美子 ………… 439	斎藤 真智子 ………… 177
近藤 ゆかり ………… 119	齋藤 久美子 …… 94, 95, 96	斉藤 まち子 ………… 185
権藤 義隆 …………… 382	斎藤 恵子 …… 30, 221, 225	齋藤 美桜 …………… 198
近藤 好廣 …………… 268	斉藤 玄 …………… 384	齊藤 美規 ……… 370, 375
近藤 芳美 … 70, 279, 288, 304	斎藤 健一 …………… 217	斉藤 貢 …………… 125
近藤 隆司 …………… 118	斎藤 広一 ……………… 66	斉藤 みよ ……………… 96
近内 樹 …………… 442	斉藤 光悦 ……………… 67	斉藤 美和子 ………… 292
今野 金哉 … 127, 323, 326, 327	斎藤 耕心 …… 130, 361, 405	斎藤 茂吉 …………… 144
今野 寿美 … 269, 271, 277, 316	斎藤 琴子 ……………… 43	齋藤 もと子 …………… 47
今野 たけ子 …………… 6	斎藤 栄 …………… 435	斎藤 八重子 …………… 75
今野 珠世 ……………… 35	斉藤 栄枝 …………… 324	斉藤 泰子 …………… 314
紺野 杜山 …………… 123	齋藤 沙羅 …………… 442	斉藤 大和 …………… 418
近野 十志夫 ………… 207	西東 三鬼 …………… 394	さいとう ゆう ………… 419
紺野 万里 ……… 276, 298	齋藤 茂樹 …………… 131	斉藤 遊芳 …………… 418
	斉藤 ジュン …………… 174	斉藤 友紀子 ………… 186
【さ】	斎藤 俊一 …………… 217	斎藤 庸一 ……… 123, 224
	斎藤 淳子 ……………… 7	斎藤 義昭 …………… 253
崔 華国 …………… 158	斎藤 純子 … 285, 321, 329, 330	斎藤 好雄 …………… 426
雑賀 星枝 ……………… 26	斎藤 俊次 ……………… 7	齋藤 芳生 …… 269, 317, 327
西海枝 典子 …… 438, 440	斎藤 仁 …………… 437	齋藤 淑子 ……… 107, 108
三枝 昂之 ………… 274,	斉藤 新一 …………… 212	斎藤 隆一 ……………… 64
	齋藤 伸光 …………… 362	斎藤 林太郎 ………… 207
	斎藤 すみ子 ………… 276	

斉藤 礼子 ………… 114, 152	坂井 ミスエ ………… 73	坂巻 純子 ………… 397
最果 タヒ ………… 178, 216	坂井 光代 ………… 390	相模 音夢 ………… 127
在間 洋子 ………… 152	酒井 嶺 ………… 261	坂本 一郎 ………… 378
佐伯 紺 ………… 265	坂井 泰法 ………… 197, 198	坂本 一本杉 ………… 431, 432
佐伯 春甫 ………… 386, 387	酒居 八千代 ………… 311	坂本 梅子 ………… 4
佐伯 多美子 ………… 245	酒井 佑子 ………… 271	坂本 恵美子 ………… 76
佐伯 裕子 ………… 282, 317	酒井 勇治 ………… 83	坂本 開智 ………… 66
佐伯 律子 ………… 405	酒井 愉未 ………… 86	坂下 一美 ………… 19
三枝 新 ………… 187	坂井 百合奈 ………… 196	坂本 雅流 ………… 123
三枝 青雲 ………… 10	坂井 よしえ ………… 307	坂本 京一 ………… 181, 193
五月女 素夫 ………… 63	酒井 ヨシエ ………… 284	坂下 銀泉 ………… 430
坂 一草 ………… 8	坂井 李帆 ………… 368	坂本 玄々 ………… 404
嵯峨 待女 ………… 427	酒井 礼子 ………… 74	坂本 孝一 ………… 236
坂 多瑩子 ………… 245	境田 稜峰 ………… 6	阪本 高士 ………… 433
坂 敏子 ………… 137	坂出 裕子 ………… 276, 281	坂本 忠雄 ………… 439
嵯峨 直樹 ………… 298	坂入 菜月 ………… 357	坂本 忠作 ………… 254
嵯峨 信之 ………… 175, 179	坂植 梨花 ………… 337	坂本 つや子 ………… 161
佐賀 美津江 ………… 307	坂内 敦子 ………… 184	坂本 登美 ………… 222
嵯峨 美津江 ………… 117, 284	栄 晶子 ………… 284	阪本 ニシ子 ………… 132
坂井 育衣 ………… 367	榮 猿丸 ………… 385	坂本 秀子 ………… 15
坂井 恵美子 ………… 389	寒河江 真之助 ………… 224	坂本 浩子 ………… 121
酒井 絵里 ………… 418	栄 よみを ………… 181	阪本 雅博 ………… 140
酒井 和男 ………… 194	榊原 しげる ………… 76, 77	坂本 正博 ………… 219
境 一子 ………… 429	榊原 礼子 ………… 100	坂本 真奈美 ………… 417
酒井 一吉 ………… 161	榊山 裕子 ………… 170	坂本 瑞枝 ………… 56
酒井 加奈 ………… 197	坂口 沢 ………… 380	坂本 美根子 ………… 334
酒井 菊江 ………… 262	坂口 勉 ………… 139	坂本 稔 ………… 160
堺 冗朱 ………… 136	坂口 直美 ………… 189	坂本 宮尾 ………… 359, 399
酒井 志寿花 ………… 338	坂口 将利 ………… 336	酒本 八重 ………… 67
坂井 修一 ………… 32, 274, 306, 320, 341	坂口 昌弘 ………… 33	坂本 遊 ………… 29
境 節 ………… 27, 214	坂口 緑志 ………… 414	阪森 郁代 ………… 269
酒井 善重郎 ………… 8	坂倉 広美 ………… 138	佐柄 郁子 ………… 252
酒井 多加子 ………… 356	逆瀬川 とみ子 ………… 188	相良 蒼生夫 ………… 245
酒井 タマ子 ………… 322	坂田 静子 ………… 360	相良 平八郎 ………… 220
さかい たもつ ………… 53	坂田 資宏 ………… 272, 293	相楽 萌美 ………… 442
酒井 保 ………… 54	坂田 ぜん治 ………… 425	佐川 亜紀 ………… 161, 203, 220, 245
境 忠一 ………… 230	坂田 信雄 ………… 316	佐川 知子 ………… 16, 20, 21, 22, 256
堺 忠一 ………… 117	坂田 正晴 ………… 380	酒匂 優子 ………… 171
坂井 敏法 ………… 199	坂田 満 ………… 207	阪脇 文雄 ………… 414
酒井 直 ………… 118	坂田 燁子 ………… 119	さき 登紀子 ………… 231
酒井 夏海 ………… 438	坂田 莉菜 ………… 441	匂坂 日名子 ………… 22
酒井 菜穂子 ………… 186	坂戸 淳夫 ………… 386	崎間 恒夫 ………… 352, 420
坂井 信夫 ………… 161, 209	坂中 德忠 ………… 414	崎村 久邦 ………… 118, 230
坂井 のぶこ ………… 193	阪西 敦子 ………… 391	先山 加代子 ………… 103
坂井 房子 ………… 284	阪西 直弘 ………… 262	先山 咲 ………… 105
酒井 芙美 ………… 46	嵯峨根 鈴子 ………… 392	崎山 好 ………… 339
坂井 兵 ………… 139	阪根 まさの ………… 322	佐久間 慧子 ………… 397
酒井 正子 ………… 324	坂野 敏江 ………… 90	佐久間 隆 ………… 127
	坂野 信彦 ………… 276	佐久間 隆史 ………… 244
	阪野 美智子 ………… 378	

佐久間 章孔 ……………… 298	佐々木 イネ ……………… 5	佐々木 洋一 ……… 207, 225
佐久間 蘭 ………………… 436	佐々木 薫 …………… 126, 242	佐々木 義雄 …………… 118
作山 暁村 ……………… 123	笹木 一重 …………… 169, 174	佐々木 よし子 …………… 9
柵山 徳四郎 …………… 254	佐々木 和彦 ……………… 15	佐々木 米三郎 …………… 5
桜井 愛子 ………… 402, 403	佐々木 かよ子 ………… 285	佐々木 里緒 …………… 227
桜井 映了 ………………… 65	佐々木 経子 …………… 413	佐々木 リサ …………… 404
桜井 勝美 … 157, 168, 188	佐々木 郷盛 …………… 346	佐々木 凌雅 …………… 228
桜井 君代 ……………… 266	佐々木 聖雄 …………… 257	佐々木 良子 ……… 285, 321
桜井 さざえ …………… 245	佐々木 記代子 ………… 328	佐々木 了治 …………… 255
桜井 定雄 ………………… 93	佐々木 清志 ……………… 6	佐々木 良治 …………… 254
桜井 匠馬 ……………… 181	佐々木 恵子 ……………… 10	佐々木 亮太 …………… 197
桜井 筑蛙 ‥ 12, 402, 403, 404	佐々木 貞雄 ……… 256, 257	佐々木 礼子 …………… 284
桜井 ツ子 ……………… 120	佐佐木 敏 ………… 386, 387	佐々木 六戈 …………… 269
桜井 登世子 …………… 309	佐々木 志う …………… 355	笹沢 輝雄 ………………… 45
桜井 信夫 ……………… 238	佐々木 城 ……………… 169	笹沢 美明 …………… 234
桜井 博道 ……………… 370	佐々木 昇一 ……………… 5, 8	笹田 かなえ …………… 429
櫻井 美月 ……………… 166	佐々木 昇龍 ……………… 47	笹谷 哲也 …………… 229
桜井 美千子 …………… 313	佐々木 菁子 …………… 118	佐々野 京子 …… 95, 96, 97
桜井 幸江 ……………… 403	佐々木 青矢 …………… 410	笹本 正樹 …………… 174
桜井 洋子 ……………… 402	佐々木 勢津子 …… 131, 326	密山 のぞみ …………… 416
桜井 慶史 ………………… 49	佐々木 妙二 …………… 342	笹山 美津子 …………… 125
桜井 可美 ……………… 140	佐々木 孝保 …………… 195	佐相 憲一 …………… 161
櫻尾 道子 … 77, 79, 80, 81	佐々木 匡 ………… 15, 155	佐田 昭子 …………… 409
桜川 冴子 ……………… 121	佐々木 田三男 …………… 21	佐田 朝雄 ………………… 74
桜吉 倫子 ……………… 314	佐々木 千枝子 …… 272, 294	佐田 光子 ……………… 79, 80
桜庭 英子 ………………… 67	佐々木 忠一 …………… 253	定方 英作 ………………… 46
桜庭 芙美佳 …………… 186	佐々木 勉 ………………… 7	佐竹 君女 ……………… 73, 76
酒見 直子 ……………… 206	佐々木 丁治 …………… 256	佐竹 重生 ………………… 39
迫 伊都子 ……………… 334	佐々木 照子 …………… 253	佐竹 泰 ………………… 379
佐合 五十鈴 ……… 160, 204	佐々木 踏青子 …………… 5	佐竹 洋々 ………………… 50
佐孝 石画 ……………… 368	佐々木 とみ子 …………… 3	佐竹 玲子 ………………… 58
茶郷 葉子 ……………… 185	佐々木 七草 ……………… 20	貞久 秀紀 …………… 158
砂古口 聡 ……………… 251	佐々木 典子 ……………… 18	佐々 幸子 ……… 116, 136
笹井 愛 ………………… 30	佐々木 遥 ……………… 270	佐々 林 ……… 114, 115
笹尾 文子 ………… 353, 355	ささき ひろし …………… 68	佐々 与作 …………… 427
篠尾 美恵子 …………… 318	佐々木 フミ子 ………… 300	薩摩 忠 ……………… 241
笹岡 雅章 ………………… 48	佐々木 舞 ……………… 417	さと みずの …………… 156
佐坂 恵子 ……… 102, 104, 105	佐々木 マサ子 ………… 437	佐土井 智津子 …… 344, 391
笹川 耕市 ………………… 67	佐々木 政信 …………… 436	佐藤 章子 ……………… 185
佐々木 青実 …………… 347	佐々木 正躬 ……… 350, 426	佐藤 昭孝 ……………… 253
佐々木 茜 ……………… 198	佐々木 麻由 …………… 171	佐藤 彰 ………………… 96
佐々木 昭 ……………… 350	佐々木 幹郎 ……… 201, 224	佐藤 梓 ………………… 165
佐々木 明 ……………… 350	佐々木 みよ女 ………… 349	佐藤 綾 ……………… 227
佐々木 朝子 …………… 221	佐々木 木治 …………… 428	佐藤 彩香 …………… 186
ささき あゆみ ………… 321	佐々木 もなみ …………… 24	佐藤 郁良 …………… 398
佐々木 一空 …………… 123	佐々木 安美 ……… 158, 238	佐藤 一千 …………… 347
笹木 一虫 ……………… 348	佐々木 裕子 …………… 337	佐藤 歌子 …… 18, 256, 257
佐々木 一本槍 ………… 424	佐佐木 幸綱 ……… 70, 143,	佐藤 羽美 …………… 265
佐々木 逸郎 …………… 136	147, 274, 280, 288, 305, 341	佐藤 栄作 …………… 207

474 詩歌・俳句の賞事典

佐藤 悦子 ………… 354	佐藤 孝雄 ………… 256	佐藤 正子 ……… 46, 181
佐藤 治水 ………… 39	佐藤 貴俊 ………… 437	佐藤 正二 ………… 327
佐藤 鬼房 …… 70, 370, 384	佐藤 タケオ ………… 156	佐藤 雅通 ………… 129
佐藤 岳俊 …… 24, 156	佐藤 忠 …… 20, 24, 350, 351	佐藤 勝 ………… 25
佐藤 和枝 ………… 393	佐藤 達也 ………… 16	佐藤 真知子 ………… 19
佐藤 和夫 ………… 411	佐藤 千恵 ………… 413	佐藤 麻美 ………… 128
佐藤 和子 …… 15, 255, 324	佐藤 智恵 ………… 407	佐藤 真悠 ………… 198
佐藤 一英 ………… 192	佐藤 司 ………… 196	佐藤 美恵 ………… 227
佐藤 火星 ………… 75	佐藤 経雄 ………… 242	佐藤 美枝子 ………… 426
砂島 加根夫 ………… 253	佐藤 常子 ………… 28	佐藤 幹子 ………… 264
佐藤 喜一郎 ………… 253	佐藤 汀花 ………… 123	佐藤 瑞枝 ………… 126
佐藤 起恵子 ………… 226	佐藤 哲彦 ………… 284	佐藤 道子 ………… 257
佐藤 キサ ………… 5	佐藤 輝子 ………… 326	佐藤 通雅 ………… 72
佐藤 綺峰 …… 353, 354	佐藤 徹 …… 272, 293	佐藤 みつゑ ………… 27
佐藤 公男 ………… 322	佐藤 寿樹 …… 129, 130	佐藤 光幸 ………… 195
佐藤 公子 ………… 355	佐藤 斗志朗 ………… 440	佐藤 ミヤ子 ………… 18
佐藤 狂六 ………… 443	佐藤 十三男 ………… 29	佐藤 三代 …… 322, 323
佐藤 きよみ ………… 298	佐藤 豊子 ………… 405	佐藤 美和子 ………… 438
佐藤 恵子 ………… 45	佐藤 直樹 ………… 226	さとう めぐみ ………… 227
佐藤 鶏舎 ………… 5	佐藤 奈穂 ………… 97	佐藤 モニカ ………… 265
佐藤 賢 ………… 16	佐藤 南山寺 ………… 364	佐藤 守男 ………… 152
佐藤 健太 ………… 199	佐藤 南壬子 ………… 94	佐藤 八重子 ………… 187
佐藤 郷雨 ………… 347	佐藤 伸子 ………… 40	佐藤 康子 ………… 104
佐藤 康二 …… 154, 191	佐藤 伸宏 ………… 219	佐藤 泰子 ………… 439
さとう こずえ ………… 227	佐藤 矩男 ………… 5	佐藤 康 ………… 15
佐藤 貞明 ………… 326	佐藤 憲夫 ………… 7	佐藤 悠 ………… 443
佐藤 佐太郎 …… 144, 279, 305	佐藤 憲子 ………… 361	佐藤 雄一 ………… 178
佐藤 幸子 ………… 442	佐藤 白鷺 …… 255, 257	佐藤 佑香 ………… 199
佐藤 里子 ………… 313	佐藤 春夫 …… 125, 144	佐藤 悠樹 ………… 172
佐藤 紗也佳 ………… 186	佐藤 晴香 ………… 195	佐藤 裕子 ………… 436
佐藤 茂夫 …… 110, 402, 403	佐東 晴登 ………… 84	佐藤 裕之介 ………… 228
佐藤 重 ………… 253	佐藤 治代 ………… 77	佐藤 由理香 ………… 182
佐藤 志満 …… 295, 302, 318	佐藤 久子 ………… 44	佐藤 譲 ………… 410
佐藤 秀 ………… 118	佐藤 秀昭 …… 14, 224	佐藤 弓生 ………… 269
佐藤 秀太 ………… 88	佐藤 秀子 ………… 381	佐藤 洋子 …… 243, 256
佐藤 修平 ………… 199	佐藤 秀貴 ………… 185	佐藤 喜昭 ………… 441
佐藤 昌市 …… 126, 127	佐藤 拡子 …… 16, 17, 18, 256	佐藤 嘉金 ………… 124
佐藤 尚輔 ………… 408	佐藤 弘子 …… 128, 130, 405	佐藤 佳子 ………… 5
佐藤 仁子 …… 437, 438	佐藤 浩子 ………… 124	佐藤 好野 …… 78, 81
佐藤 水鳴子 ………… 349	佐藤 博 …… 124, 128, 292, 440	佐藤 良信 …… 18, 254, 255
佐藤 祐禎 ………… 126	佐藤 寛乃 ………… 187	佐藤 義人 ………… 436
佐藤 精一 ………… 168	佐藤 博信 ………… 161	佐藤 美文 ………… 433
佐藤 誠二 ………… 191	佐藤 弘美 ………… 251	佐藤 義行 ………… 256
佐藤 節子 ………… 11	佐藤 博美 ………… 343	佐藤 理沙 ………… 197
佐藤 説子 ………… 100	佐藤 裕幸 ………… 226	佐藤 六歩 ………… 123
佐藤 千四 ………… 441	佐藤 文生 ………… 34	佐藤 和佳奈 ………… 430
佐藤 大空 ………… 199	佐藤 文夫 …… 207, 313	里神 久美子 …… 155, 156, 256
佐藤 大祐 ………… 227	佐藤 文雄 ………… 7	里見 佳保 ………… 317
佐藤 平 ………… 303	佐藤 文一 ………… 326	里見 静江 …… 67, 68, 200

眞田 隆法 ……………… 127	澤田 佳久 ……………… 65	塩屋 高麗三 …………… 63
佐野 旭 ………………… 192	沢野 紀美子 …………… 224	志賀 秋花 ……………… 186
佐野 いつ子 …………… 363	沢藤 橘平 ……………… 425	志賀 朝子 ……………… 126
佐野 暎子 ……………… 52	澤辺 清子 ……………… 259	志賀 磯子 ……………… 272
佐野 貴美子 …………… 319	澤邊 裕栄子 ……… 131, 270	志賀 邦子 …………… 129, 130
佐野 恭子 ……………… 116	澤邊 稜 …………… 131, 270	志賀 敏彦 ……………… 46
佐野 つね ……………… 11	沢村 多美 ………… 59, 142	四賀 光子 ……………… 318
佐野 琢子 …………… 264, 314	澤村 斉美 …… 269, 276, 278	四方 彩瑛 ………… 165, 166
佐野 書恵 …………… 273, 308	沢村 光博 ………… 158, 188	鹿内 美津 ……………… 21
佐野 正芳 …………… 78, 79	沢村 洋子 ………… 51, 52	敷田 無煙 ……………… 121
佐野 美智 ……………… 373	澤本 三乗 ……………… 379	鴫原 正子 ……………… 441
佐埜 美優 ……………… 311	澤本 長清郎 ……… 19, 20	茂井 あてら …………… 257
佐野 裕貴 ……………… 262	早良 葉 ………………… 119	重井 燁子 ……………… 27
佐野 雪 ………………… 217	椹木 啓子 ……………… 400	重清 良吉 ……………… 238
佐野 善雄 ……………… 107	山河 舞句 ……………… 438	重田 真由子 …………… 165
佐波 洋子 ……………… 317	山海 清二 ……………… 208	重冨 いずみ …………… 92
佐原 琴 ………………… 404	三十六峰 ……………… 424	滋野 聰流 ……………… 107
佐原 慎之介 …………… 441	三條 ヒサ子 ……… 19, 21	茂山 忠茂 ……………… 207
佐原 怜 ………………… 176	三升畑 弘子 …………… 313	重山 宮子 ……………… 39
佐保 美千子 …………… 344	三戸 保 ………………… 26	宍戸 あけみ …………… 187
寒川 靖子 ……………… 48	三戸 利雄 ……………… 442	宍戸 祥二 ……………… 126
鮫島 春潮子 …………… 118	三宮 たか志 …………… 50	宍戸 椎草 ……………… 254
鮫島 昌子 ………… 272, 293	三宮 のり子 ……… 53, 59	宍戸 とし子 …………… 441
鮫島 康子 ……………… 120	三宮 淑 ………………… 55	零石 尚古 ……………… 188
佐山 昭雄 ……………… 409	三瓶 健明 ……………… 248	士田多良 無季 ………… 134
佐山 啓 ………………… 168	三瓶 弘次 …… 127, 130, 327	舌間 信夫 ……………… 231
沙羅 みなみ …………… 277	三本木 昇 ……………… 212	下町 あきら …………… 270
猿田 彦太郎 …………… 325		設楽 喜春 ……………… 97
猿田 秀見 ……………… 52	【し】	志藤 礼子 ……………… 369
猿渡 道子 ……………… 46		品川 濔堂 ……………… 61
沢 孝子 ………………… 177	椎名 ミチ ……………… 34	品田 悦一 ………… 288, 320
沢 まなみ ……………… 345	椎名 迪子 ……………… 94	志野 暁子 ……………… 269
沢井 とき子 …………… 413	椎名 みなみ …………… 181	志乃 翔子 ……………… 328
沢石 やえ ……………… 4	椎野 たか子 …………… 345	篠 弘 … 71, 279, 288, 296, 305
沢木 欣一 ……… 70, 384, 399	ジェイムス ……………… 184	篠木 健 ………………… 44
沢口 信治 ……………… 62	塩浦 彰 ………………… 25	篠木 登志枝 …………… 47
澤口 せい子 …………… 428	塩釜 アツシ …………… 20	篠崎 勝己 ……………… 212
沢口 美香 ……………… 227	塩釜 篤 …………… 15, 256, 426	篠崎 京子 ……………… 212
沢田 明子 ……………… 49	塩澤 佐知子 …………… 89	篠崎 駒雄 ……………… 291
澤田 和弥 ……………… 396	しおた あきこ ………… 51	篠崎 す枝 ……………… 402
澤田 かよ子 …………… 59	塩谷 忠正 ……………… 355	篠崎 道子 …………… 63, 66
澤田 榮 …………… 291, 322	塩津 美枝子 …………… 94	篠田 たけし …………… 58
さわだ さちこ ………… 239	塩野 よみ子 …………… 233	篠原 和子 ……………… 406
沢田 藤一郎 …………… 118	塩野谷 仁 ……………… 371	篠原 霧子 ……………… 218
沢田 敏子 … 160, 189, 204, 208	塩見 房子 ……………… 260	篠原 富枝 ……………… 56
沢田 寿 ………………… 253	塩見 真弓 ……………… 170	篠原 房子 ………… 438, 440
沢田 英史 ………… 269, 276	塩谷 勇 ………………… 258	篠宮 光 …………… 63, 66
澤田 正博 ……………… 368	塩谷 久星 ……………… 64	柴 英美子 ……………… 268
沢田 光能 ………… 74, 77		柴 善之助 ……………… 310

芝 憲子 …………… 207, 242	澁谷 道 ………… 370, 375, 385	清水 希志子 …………… 46
志波 好恵 ………………… 441	渋谷 代志枝 …………… 109	清水 喜美子 …………… 369
芝岡 満津子 ……………… 49	渋谷 善宏 ……………… 112	清水 径子 ……………… 71
柴口 美紀 ………………… 56	柴生田 稔 ………… 145, 318	清水 恵子 ……………… 221
柴崎 昭雄 ………………… 431	島 垢吉 ………………… 117	清水 堅一 ……………… 272
柴崎 英子 ………………… 9	志摩 一平 ……………… 119	しみず こう …………… 156
柴崎 佐田男 ……………… 364	島 悦子 ………………… 323	清水 耕一 ……………… 172
芝崎 芙美子 ……………… 63	島 祥庵 ………………… 76	清水 候鳥 ……………… 389
柴田 昭子 ………………… 360	島 なおみ ……………… 107	清水 茂 ………………… 220
柴田 亜沙子 ……………… 354	島 信子 ………………… 413	清水 修一 ……………… 120
柴田 綾子 ………………… 19	志摩 みどり …………… 404	清水 正吾 ……………… 62
柴田 郁子 ………………… 440	島 洋介 ………………… 26	清水 節郎 ……………… 44
柴田 歌子 ………………… 9	四枚田 正敏 …………… 108	清水 勉 ………………… 66
柴田 和江 ………… 386, 387	嶋岡 晨 …………… 160, 161, 214	清水 恒 ………………… 181
柴田 恭子 ………………… 205	嶋岡 妙子 ……………… 258	清水 哲男 ……………… 70,
柴田 佐知子 …… 120, 397, 400	島崎 栄一 ……………… 289	143, 158, 223, 225, 240
柴田 三吉 ……………… 189,	嶋崎 清吉 ……………… 259	清水 徹亮 ………… 346, 347
203, 207, 220, 221	島崎 光正 ……………… 148	清水 晃子 ……………… 69
柴田 茂 …………………… 44	島尻 寿美子 …………… 339	清水 冬視 ………… 386, 387
柴田 千秋 ………………… 246	島津 あいり …………… 186	清水 徹 ………………… 210
柴田 武 ………………… 125	島津 忠夫 ……………… 280	清水 延晴 ……………… 123
柴田 千晶 ………………… 245	島瀬 信博 ……………… 281	清水 ひさし …………… 239
柴田 冬影子 …… 16, 346, 348	島田 絢加 ……………… 91	清水 秀哉 ……………… 347
柴田 奈美 ………………… 399	島田 勇 …………… 149, 244	清水 弘子 ……………… 140
柴田 南雄 ………………… 210	島田 修二 ……………… 70,	清水 房雄 ………… 61, 71,
柴田 典昭 ………… 281, 317	142, 295, 305, 318	274, 280, 288, 296, 305, 316
柴田 典子 ………………… 388	島田 修三 ……………… 143,	清水 マサ ……………… 208
柴田 白葉女 ……………… 384	304, 306, 331, 341	清水 道子 ……………… 408
柴田 美代子 ……………… 369	島田 小吉 ……………… 94	清水 矢一 ……………… 260
柴田 基典 ………… 117, 231	島田 節子 ……………… 73	清水 八エ門 …………… 378
柴田 八十一 ……………… 343	島田 忠雄 ……………… 250	清水 保巳 ……………… 68
柴田 ゆうみ ……………… 92	嶋田 忠信 ……………… 39	清水 悠 ………………… 410
柴田 夕起子 ……………… 29	島田 千鶴 ……………… 45	清水 雪江 ……………… 3
柴田 ロク ………………… 437	島田 輝美 ……………… 95	清水 芳子 …………… 23, 255
芝谷 幸子 ………………… 316	島田 奈都子 …………… 65,	清水 良郎 ……… 266, 355, 365
柴谷 武之祐 ……………… 318	112, 149, 191, 196	志村 喜代子 …………… 46
芝原 恵子 ………………… 81	嶋田 麻紀 ……………… 12	志村 須直 ……………… 362
柴村 恒子 ………………… 147	島田 幸典 ………… 275, 276	志村 正之 ……………… 35
芝山 永治 ………………… 252	嶋寺 洋子 ………… 267, 338	下川 愛子 ……………… 183
芝山 久美子 …………… 101	島袋 常星 ………… 351, 420	下川 敬明 ……………… 152
芝山 輝夫 ………………… 26	島袋 はる子 ……… 352, 420	下楠 絵里 ……………… 357
渋川 京子 ………… 371, 374	島村 章子 …… 285, 287, 321	下坂 速穂 ………… 398, 400
渋木 久雄 ………………… 439	島村 三津夫 ………… 50, 51	下坂 雅道 ……………… 50,
渋沢 孝輔 …… 146, 201, 209, 223	島村 木綿子 …………… 239	51, 52, 53, 54, 55
渋田 耕一 ………………… 244	清水 昶 ………………… 177	下里 彩華 ……………… 91
渋田 説子 ………………… 164	清水 一梧 ……………… 45	下里 尚子 ……………… 38
渋谷 卓男 ………… 162, 233	清水 ゑみ子 …………… 119	下沢 風子 ………… 329, 330
渋谷 史恵 ………………… 187	清水 かおり …………… 59, 60	下地 俊子 ……………… 339
渋谷 眞弘 ………………… 361	清水 薫 ………………… 115	下地 ヒロユキ ………… 243

下島 章寿 …… 34	白井 栄 …… 102	白水 広 …… 117
下条 ひとみ …… 217	白井 澄枝 …… 440	しわた るみ …… 131
下妻 俊政 …… 332	白井 知子 …… 221	新川 和江 …… 71,
下田 榮一 …… 23, 24	白井 淑子 …… 89, 183	175, 179, 210, 237, 241
下田 チマリ …… 28	白石 温子 …… 186	晋樹 隆彦 …… 341
下田 穂 …… 401	白石 かずこ …… 146,	新城 兵一 …… 243
下平 しづ子 …… 138	158, 201, 210, 225, 240	新谷 恵俊 …… 55
下舘 幸男 …… 23	白石 公子 …… 177	新谷 葉子 …… 170
下出 祐太郎 …… 36	白石 小瓶 …… 191	進藤 一車 …… 430, 435
下斗 米八郎 …… 154	白石 昂 …… 316	進藤 小枝子 …… 5
下林 昭司 …… 174	白石 司子 …… 377	進藤 剛至 …… 357, 391
下村 ひろし …… 395	白石 はま江 …… 44	進藤 紫 …… 135
下社 裕基 …… 139	白石 はる子 …… 58	新藤 涼子 …… 201, 211, 237
下山 俊助 …… 93	白石 晴子 …… 49	神保 きく代 …… 67
下山 信行 …… 47	白石 真佐子 …… 301	神保 十三夜 …… 437
下山 光子 …… 374	白石 松則 …… 22	神保 武子 …… 46
下山 八洲夫 …… 335	白尾 千夏 …… 90	神保 千惠子 …… 392
ジャネル, リエット …… 410	白川 有理沙 …… 187	新保 吉章 …… 107
十月会 …… 318	白川 松子 …… 173	新谷 休呆 …… 122
取兜 甲児 …… 185	白川 友幸 …… 44	
主浜 安五郎 …… 427	白木 キクエ …… 37	【す】
城 侑 …… 98, 207	白木 憲 …… 40	
城 千枝 …… 151	白木 澄子 …… 39	葉 紀甫 …… 210
城 俊行 …… 139	白木 忠 …… 387	末木 智子 …… 403
祥 まゆ美 …… 9, 10	白倉 真麗子 …… 66	末崎 史代 …… 413
城 佑三 …… 401	白瀬 艶子 …… 100	末武 テル …… 313
頌栄短期大学 …… 333	白滝 まゆみ …… 264	末永 逸 …… 191
上越 深雪 …… 112	白滝 慎里子 …… 113	末永 有紀 …… 125
東海林 一有 …… 6, 8	白戸 智志 …… 345	末廣 典子 …… 416
庄司 直人 …… 224	白土 千賀子 …… 19	末房 長明 …… 121
庄司 春子 …… 75	白鳥 寛山 …… 378	末松 仙太郎 …… 119
庄司 はるみ …… 272, 294	白鳥 創 …… 171	末森 茶芽夫 …… 433
庄司 正史 …… 61	白鳥 央堂 …… 178	須賀 一恵 …… 400
庄司 満 …… 135	白鳥 北秋 …… 254	須賀 千鶴子 …… 174
東海林 勇一 …… 8	白鳥 みさき …… 195	須貝 清 …… 51
庄司 祐子 …… 42	シラネ, ハルオ …… 389	須貝 智英 …… 353
城島 久子 …… 298	白根 厚子 …… 180, 181	須谷 康子 …… 78
勝瑞 夫子子 …… 29	白根 佐知江 …… 78	菅生 酔坊 …… 424
生内 定夫 …… 253	白根 美智子 …… 28	菅崎 守 …… 350
城内 光子 …… 97	白濱 一羊 …… 398	菅沼 儀忠 …… 362
城内 里風 …… 118	白岩 晶子 …… 311	菅沼 正子 …… 350
情野 晴一 …… 173	白岩 憲次 …… 405	菅沼 道雄 …… 18
庄野 千春 …… 102	白岩 登世司 …… 226	菅野 衣里 …… 419
庄野 史子 …… 337	志良石 忠平 …… 254	菅野 幸子 …… 255, 256
菖蒲 あや …… 394	白水 優樹 …… 86	菅野 小百合 …… 440
松風軒 渓雨 …… 40	白田 敦子 …… 110	菅野 仁 …… 241
勝負澤 望 …… 19	城田 誠子 …… 253	菅野 忠夫 …… 401
正實 愛子 …… 185	城谷 文城 …… 118	菅野 利代 …… 257
上坊寺 眞博 …… 314	城間 とみ子 …… 248	
城門 るみ …… 267	城間 涼子 …… 340	

菅野 裕之 …………… 126	杉田 菜穂 ………… 356, 357	鈴木 杏奈 ……… 130, 196
菅野 蚊家子 ………… 404	杉田 瑞加 ……………… 4	すずき いさむ ……… 7, 300
菅野 正弥 …………… 324	杉谷 昭人 … 158, 163, 207	鈴木 一郎 …………… 360
菅野 礼子 …………… 439	杉谷 貞子 …………… 414	鈴木 映 ……………… 380
菅原 恵子 …………… 7, 8	杉谷 繕子 ……………… 65	鈴木 栄子 ………… 364, 397
菅家 江理奈 ………… 441	杉野 一博 …………… 409	鈴木 英峰 …………… 442
菅谷 千恵子 ………… 324	杉橋 陽一 …………… 398	鈴木 愛姫 ……………… 90
菅谷 豊治 ……………… 62	杉原 新二 …………… 118	鈴木 恵美子 … 127, 131, 327
菅家 誠 ……………… 326	杉村 総子 …………… 259	鈴木 薫 ……………… 120
菅原 和夫 …………… 427	杉村 雅 ……………… 262	鈴木 和江 ……………… 17
菅原 一真 …………… 197	杉村 幸雄 …………… 185	鈴木 和子 ………… 23, 147
菅原 知良 ……… 426, 427	杉本 敦子 ………… 264, 313	鈴木 蚊都夫 ………… 376
菅原 奏 ……………… 228	すぎ本 あやめ ……… 419	鈴木 勝好 …………… 232
菅原 キセノ …………… 15	杉本 ありさ ………… 418	鈴木 加成太 ……… 262, 270
菅原 きよ子 …………… 67	杉本 一男 …………… 207	鈴木 きえ …………… 427
菅原 健太郎 ………… 195	杉本 亀城 …………… 387	鈴木 きぬ絵 …………… 19
菅原 光波城 …………… 4	杉本 恒星 …………… 141	鈴木 虚峰 …………… 405
菅原 沙恵 …………… 197	杉本 さやか …………… 90	鈴木 庫治 …………… 252
菅原 貞子 …………… 257	杉本 翠穂 …………… 427	鈴木 けいじ ………… 378
菅原 理史 …………… 199	杉本 征之進 ………… 362	鈴木 圭祐 ………… 127, 130
菅原 悟 ……………… 363	杉本 徹 ……………… 249	鈴木 敬太 …………… 186
菅原 如水 …………… 425	杉本 知政 ……………… 26	鈴木 幸輔 …………… 318
菅原 精博 …………… 147	杉本 真維子 … 159, 178, 201	鈴木 弘太郎 ………… 256
菅原 関也 …………… 364	杉本 深由起 ………… 239	鈴木 渾 ……………… 313
菅原 壮志 …………… 199	杉本 優子 …………… 177	鈴木 砂紅 …………… 373
菅原 泰輝 …………… 198	杉本 雷造 …………… 370	鈴木 貞雄 …………… 397
菅原 多つを … 14, 347, 348, 349	杉本 麗子 ………… 273, 308	鈴木 幸子 …………… 440
菅原 達也 …………… 401	杉山 咲弥 ……………… 91	鈴木 幸代 …………… 413
菅原 力 ………… 197, 198	杉山 蝶子 …………… 431	鈴木 茂雄 …………… 392
菅原 艶子 …………… 292	杉山 春代 …………… 260	鈴木 茂信 ……………… 90
菅原 徹也 …………… 198	杉山 平一 … 162, 176, 215, 234	鈴木 しげる ………… 413
菅原 照子 …………… 255	杉山 雅城 …………… 361	鈴木 茂 ……………… 226
菅原 杜詩 …………… 254	杉山 友理 ……………… 47	鈴木 秋翠 …………… 413
菅原 麦 ……………… 349	杉山 佳成 ……………… 39	鈴木 諄三 …………… 302
菅原 白歯 …………… 425	菅田 節子 ……………… 27	鈴木 正治 …………… 364
菅原 遼 ……………… 227	助田 素水 …………… 413	鈴木 召平 …………… 230
菅原 文子 …………… 198	瑞慶村 悦子 ………… 340	鈴木 志郎康 ……
菅原 康子 ……………… 68	諏佐 英莉 …………… 357	158, 201, 223, 238
菅原 結 ……………… 200	須佐 くるみ ………… 313	鈴木 仁 ……………… 419
菅原 優子 …… 66, 181, 238	須佐 敏子 …………… 313	鈴木 すすむ ………… 346
菅原 結美 …………… 226	壽崎 瀬奈 …………… 333	鈴木 素直 …………… 222
菅原 蓮 ………… 198, 199	鐸 静枝 ……………… 315	鈴木 星児 ………… 19, 22
菅原 廉典 …………… 440	鈴江 幸太郎 ………… 319	鈴木 清次 …………… 257
杉浦 亜衣 …………… 344	鈴木 藍 ……………… 413	鈴木 詮子 …………… 370
杉浦 圭祐 …………… 374	鈴木 明子 ………… 93, 108	鈴木 大三郎 ………… 361
杉浦 盛雄 …………… 204	鈴木 明 ……………… 371	鈴木 台蔵 …………… 405
杉崎 ちから ………… 388	鈴木 厚子 ………… 83, 393	鈴木 大林子 ………… 362
杉田 昭男 …………… 292	鈴木 アヤ子 …………… 49	鈴木 孝枝 …………… 195
杉田 シヅ …………… 402	鈴木 あゆみ ………… 332	鈴木 鷹夫 …………… 395
杉田 尚美 ……………… 86		

鈴木 隆真 …… 196	鈴木 美智子 …… 181	須藤 若江 …… 316
鈴木 竹志 …… 304	鈴木 光彦 …… 408	スナイダー, ゲーリー … 411
鈴木 竹八 …… 123	鈴木 充 …… 427	須永 紀子 …… 72
鈴木 タツ …… 16	鈴木 満 …… 11, 12, 220	須永 由紀子 …… 185
鈴木 たつえ …… 438, 439	すずき みどり …… 227	砂川 紀子 …… 421
鈴木 智草 …… 126	鈴木 稔 …… 256, 426, 434	砂田 勝行 …… 108
鈴木 知足 …… 386, 387	鈴木 六林男 … 370, 375, 384	砂長 節子 …… 46
鈴木 忠次 …… 268	鈴木 八重子 …… 19,	須場 秋寿 …… 139
鈴木 蝶次 …… 322	20, 125, 167, 223, 232	洲浜 昌三 …… 73
鈴木 次男 …… 226	鈴木 八駿郎 …… 408	スピース, ロバート … 411
鈴木 哲雄 …… 205	鈴木 康文 …… 316	須並 一衛 …… 26
鈴木 照代 …… 314, 387	鈴木 勇貴 …… 166	隅 さだ子 …… 252
鈴木 藤太郎 …… 94	鈴木 悠朔 …… 197	すみ さちこ …… 245
鈴木 亨 …… 236	鈴木 裕哉 …… 198	隅 治人 …… 370
鈴木 杜生子 …… 198, 199	鈴木 友紀 …… 126	住田 祐嗣 …… 354
鈴木 敏男 …… 266	鈴木 ユキ枝 …… 68	炭谷 江利 …… 315
鈴木 豊志夫 …… 222	鈴木 幸美 …… 441	住友 光子 …… 102
鈴木 利和 …… 15	鈴木 有美子 … 12, 203, 221	住友 泰子 …… 429
鈴木 敏充 …… 185	鈴木 ユリイカ … 70, 158, 246	住吉 美恵 …… 313
鈴木 智則 …… 177	鈴木 義夫 …… 49	皇 邦子 …… 303
鈴木 智博 …… 198	鈴木 芳子 …… 156	陶山 えみ子 …… 28
鈴木 智裕 …… 97	鈴木 喜久 …… 313	駿河 岳水 …… 13
鈴木 豊一 …… 144	鈴木 理代 …… 195	諏訪 道郎 …… 153
鈴木 杜世春 … 263, 313, 314	鈴木 鈴風 …… 346	諏訪原 和幸 …… 48
鈴木 南枝 …… 441, 442	鈴木 麗 …… 405	諏訪部 保 …… 403
鈴木 南水 …… 427	鈴木 吾亦紅 …… 43	諏訪部 末子 …… 11
鈴木 紀男 …… 130, 131	鈴切 幸子 …… 65	
鈴木 紀子 …… 368, 369, 374	須々田 一朗 …… 251	【せ】
鈴木 漠 …… 40, 220	涼野 海音 …… 407	
鈴木 元 …… 358	鈴野 鳴道 …… 182	勢井 千代 …… 105
鈴木 初江 …… 239	進 一男 …… 242	清家 信博 …… 116
すずき 巴里 …… 360	鈴村 和成 …… 211	清家 マリ子 …… 52
鈴木 治子 …… 318	須田 君代 …… 130	青城 翼 …… 301
鈴木 治美 …… 36	須田 紅楓 …… 381	瀬尾 千草 …… 38, 39
鈴木 英夫 …… 296, 316	須田 たけ子 …… 75	瀬川 愛 …… 166
鈴木 博太 … 129, 130, 299	須田 とおる …… 6	瀬川 禎一 …… 349
鈴木 文子 …… 207, 257	須田 尚美 …… 64	瀬川 美年子 … 264, 314
鈴木 誠 …… 388	周田 幹雄 …… 168	瀬川 美代子 …… 287
鈴木 正枝 …… 245	須田 葉柳 …… 439	瀬川 裕 …… 254
鈴木 雅子 …… 369	須田 芳枝 …… 46	関 明子 …… 100
鈴木 正子 …… 23	須田 利一郎 …… 45	関 悦史 …… 385
鈴木 将史 …… 439	須藤 恵美子 …… 324	関 貴一 …… 417
鈴木 真砂女 … 146, 384, 395	須藤 しんのすけ …… 444	関 清治 …… 325
鈴木 まさとし …… 430	須藤 成恭 …… 127	関 貞美 …… 251
鈴木 真奈美 …… 440	須藤 隆成 …… 195	関 幸子 …… 403
鈴木 実央 …… 361	須藤 たけし …… 441	関 春翠 …… 405
鈴木 みさを …… 22	須藤 常央 …… 365	瀬木 草子 …… 301
鈴木 操 …… 222	須藤 徹 …… 371	関 富士子 …… 225
鈴木 美咲 …… 197	周藤 白鳳 …… 73	
	須藤 洋平 …… 72, 216	

関 真由子	…………	105
関 容子	…………	295
関合 新一	…………	350
関内 惇	…………	28
関口 篤	…………	241
関口 巖	…………	417
関口 烏石	…………	355
関口 順子	…………	226
関口 祥子	…………	400
関口 颯太	…………	442
関口 裕昭	…………	162
関口 ふさの	…………	45
関口 将夫	…………	45
関口 眞砂子	…………	9
関口 みさ子	…………	45
関口 涼子	…………	177
関根 昭宏	…………	438
関根 栄子	…………	65
関根 志満子	…………	65
関根 千永	…………	440
関根 尚樹	…………	130
関根 通紀	…………	369
関山 野兎	…………	29
摂待 キク	…………	16
摂津 よしこ	…………	364
瀬戸 恵子	…………	263, 313
瀬戸 哲郎	…………	235
瀬戸 美代子	…………	374
瀬戸 優理子	…………	375
銭山 昌枝	…………	79
瀬野 とし	…………	207
瀬尾 育生	…………	201
妹尾 紗恵子	…………	264, 314
妹尾 武志	…………	379
瀬間 陽子	…………	374
瀬谷 耕作	…………	10, 203, 220
瀬谷 よしの	…………	326
芹沢 加寿子	…………	192
せん	…………	22
鮮 一孝	…………	134, 191
千 灯子	…………	336
仙 とよえ	…………	381
千 李	…………	437
千賀 早花	…………	336
千田 一路	…………	364
千田 敬	…………	9
千田 良治	…………	427
善方 崇臣	…………	439
善方 武仁	…………	441
善本 彩	…………	196

【そ】

宗 左近	…………	70, 209
宗 昇	…………	220
宗田 とも子	…………	88
宗田 安正	…………	143
相場 きぬ子	…………	193
相馬 絵里	…………	418
相馬 沙織	…………	197
相馬 遷子	…………	394
相馬 智佳	…………	131
相馬 留治	…………	7
相馬 碧村	…………	6
副島 幸子	…………	259
添田 馨	…………	162
添田 勝夫	…………	129
添田 麻利恵	…………	440
そが ちあき	…………	105
十河 清	…………	31
袖岡 華子	…………	339
外崎 ひとみ	…………	167
外山 あきら	…………	429
楚南 弘子	…………	339
楚南 優梨亜	…………	332
曽根 薫風	…………	31
曽根 ヨシ	…………	43
苑 翠子	…………	268
蘇野 葭伸	…………	404
園田 一貴	…………	332
染野 太郎	…………	317
染野 光子	…………	324
染谷 信次	…………	292
染谷 多賀子	…………	63
染谷 三千子	…………	403
征矢 泰子	…………	173
そらしといろ	…………	249
そらやま たろう	…………	212, 222
白鳥 咲由莉	…………	198
宋 敏鎬	…………	162, 216

【た】

田井 安曇	…………	62, 72, 296
田井 伸子	…………	174
田井 三重子	…………	107, 218

大黒谷 サチエ	…………	443
醍醐亭 秋月	…………	40
大道 実和	…………	261
大道寺 将司	…………	218
大道寺 陽子	…………	322
対中 いずみ	…………	393
台野 登代子	…………	273
大門 淑子	…………	312
平 俊一	…………	344
平 斗羅夫	…………	123
平 ふみ子	…………	350
平良 良信	…………	352
平良 龍泉	…………	420
田浦 将	…………	23
田尾 さよ子	…………	105
高 昭宏	…………	286, 329, 330
多賀 一造	…………	56
鷹 大典	…………	437
高 千夏子	…………	365
高 典子	…………	191
高 ゆき子	…………	232
髙井 忠明	…………	265
高井 俊宏	…………	190, 196
高井 美紗樹	…………	440
髙石 幸平	…………	367
高石 晴香	…………	165
高市 宗治	…………	89
高内 壮介	…………	209
高浦 銘子	…………	419
髙尾 田鶴子	…………	414
高岡 修	…………	225, 377
髙岡 慧	…………	97
高岡 啓子	…………	345
高岡 淳四	…………	177
高貝 弘也	…………	144, 179, 201, 203, 211, 249
高垣 憲正	…………	176
高木 秋尾	…………	224
高木 昭子	…………	355
高木 和子	…………	406
髙樹 郷子	…………	181
高木 櫻子	…………	400
高木 千寿丸	…………	117
高木 敏次	…………	159
髙木 寛	…………	428
髙木 道浩	…………	127, 128
高城 光代	…………	418
高木 よしい	…………	283
高木 佳子	…………	126, 127, 278, 301, 303, 317, 327

高久 正美 ……………… 128	高槻 文子 ……………… 111	高橋 兼吉 ……………… 224
高倉 和子 ……………… 343	高辻 郷子 ……………… 330	高橋 嘉代子 …………… 294
高倉 レイ ……………… 276	高鶴 礼子 ……………… 190	高橋 喜久晴 …………… 205
高桑 冬陽 ……………… 387	たかとう 匡子 …… 162, 222	高橋 鬼笑 ……………… 424
高坂 覚治 ……………… 125	高取 美保子 …………… 231	高橋 協子 ……………… 114
高坂 哲也 ……………… 95	小鳥遊 栄樹 …………… 357	高橋 巨松 ……………… 5
高坂 光憲 ……………… 130	高梨 とし ………… 324, 325	高橋 金三 ……………… 426
髙崎 登喜子 …………… 361	小鳥遊 優 ……………… 182	高橋 邦夫 ……………… 69
高崎 乃理子 …………… 181	竹貫 示虹 ……………… 374	高橋 久美子 …………… 438
高﨑 律子 ……………… 412	高野 鮎人 ……………… 416	高橋 玖美子 …………… 3
髙澤 皓 ………………… 286	高野 岩夫 ……………… 405	たかし けいこ ‥ 77, 181, 238
高士 稔子 ……………… 414	高野 和子 …………… 82, 292	高橋 圭子 ………… 267, 437
高階 杞一 …… 158, 237, 238, 240	高野 基都 ……………… 50,	高橋 啓介 ………… 93, 281
高階 水泉明 ……………… 6	52, 53, 56, 58, 260	高橋 鋼乙 ……………… 5
高嶋 和恵 ……………… 334	高野 公彦 ……………… 32,	高橋 湖景 ……………… 155
高嶋 健一 …… 296, 302, 316	71, 147, 296, 305, 340	高橋 定吉 ……………… 125
高島 茂 ………………… 371	鷹野 五輪 ……………… 119	高橋 貞子 ……………… 16
高嶋 英夫 ……………… 191	鷹野 青鳥 ……………… 117	たかはし 重治 ………… 19
高嶋 裕美 ……………… 170	高野 園 ………………… 53	高橋 しのぶ …………… 74
高島 裕 …………… 306, 310	高野 太郎 ……………… 172	高橋 志麻 ……………… 314
高瀬 一誌 ……………… 301	高野 久子 ……………… 66	高橋 志門 ……………… 87
高勢 祥子 ……………… 407	高野 英子 ……………… 185	高橋 秀一郎 …………… 62
高瀬 霜石 …… 422, 434, 444	高野 美江子 …………… 50	高橋 秋斗 ……………… 197
高瀬 直美 ……………… 166	高野 実 ………………… 5	高橋 純一 ……………… 128
高瀬 初美 ………… 133, 134	高野 ムツオ ‥ 32, 147, 371, 385	高橋 順子 ……………… 146,
高瀬 道子 ……………… 261	高野 裕子 ……………… 406	173, 179, 211, 237, 240
高瀬 美代子 …………… 180	高野 美子 ……………… 132	高橋 俊風 ……………… 363
高田 昭子 ……………… 64	高野 義則 ……………… 323	高橋 渉二 ……………… 242
高田 明美 ……………… 122	高野 義裕 ……………… 230	高橋 新吉 ………… 210, 220
高田 岩男 ……………… 311	高野 律子 ……………… 77	高橋 新二 ……………… 123
高田 修 ………………… 324	鷹羽 狩行 ……… 71, 384, 394	高橋 洲美熈 …………… 156
高田 和子 ………… 431, 433	高萩 あや子 …………… 326	高橋 誠一 ……………… 45
高田 早苗 ……………… 100	高橋 愛 ………………… 417	高橋 星湖 ……………… 423
高田 清香 ……………… 29	高橋 愛子 ……………… 256	高橋 誠子 ……………… 94
高田 千尋 ……………… 27	高橋 明子 ……………… 235	高橋 清三郎 …………… 7
高田 敏子 ……………… 241	高橋 章 ………………… 425	高橋 静茜 ……………… 126
高田 春子 ……………… 313	高橋 敦子 ……………… 227	高橋 昻大 ……………… 199
髙田 菲路 ……………… 368	髙橋 歩夢 ……………… 198	高橋 忠 ………………… 140
高田 ほのか …………… 266	高橋 斑鳩 ……………… 425	高橋 千雁 ……………… 345
高田 正子 ……………… 397	高橋 以澄 ……………… 50	高橋 千束 ……………… 227
高田 寄生木 …………… 422,	高橋 栄子 ……………… 404	高橋 忠治 ……………… 180
431, 433, 434, 443	高橋 英司 ……………… 242	高橋 次夫 ……………… 65
髙田 庸子 ……………… 291	高橋 悦子 ……………… 373	高橋 遥火 ……………… 408
髙田 よしお …………… 27	高橋 蛙 ………………… 51	高橋 迪景 ……………… 155
髙田 頼昌 ……………… 73	高橋 岳水 ………… 423, 443	高橋 輝雄 ……………… 223
高田 律子 ……………… 119	高橋 一子 ……………… 298	高橋 トシ ………… 156, 157
髙田 流子 ……………… 310	高橋 和子 ……………… 222	高橋 俊彦 ………… 126, 326
髙田 弄山 ……………… 406	高橋 一弘 ………… 273, 308	たかはし とみお … 216, 217
高塚 かず子 ……… 158, 246	高橋 伽奈 ……………… 23	高橋 留子 ……………… 58

高橋 智子 ……… 392	髙橋 元子 ……… 266	高山 秋津 ……… 29, 30
高橋 とも子 ……… 343	高橋 元吉 ……… 202	高山 左千子 ……… 414
高橋 直子 ……… 94	高橋 百代 ……… 299	高山 千暁 ……… 185
高橋 波 ……… 219	高橋 康子 ……… 110, 325	高山 広海 ……… 31
高橋 成子 ‥ 129, 326, 440, 441	高橋 泰子 ……… 58, 198	高山 政信 ……… 259
高橋 ノブ ……… 17	髙橋 優子 ……… 109	高山 利三郎 ……… 212
高橋 伸彰 ……… 24	高橋 雄三 ……… 186	高山 れおな ……… 366
高橋 信子 ……… 272, 294	高橋 洋子 ……… 19, 435	高良 亀友 ……… 352, 421
高橋 修宏 ……… 368, 373, 374, 377, 378	高橋 陽子 ……… 428	高良 勉 ……… 242
高橋 則子 ……… 269	高橋 芳枝 ……… 286, 361	高良 優樹 ……… 247
高橋 能康 ……… 8	高橋 由枝 ……… 45	宝 譲 ……… 224
高橋 はじめ ……… 20	高橋 龍平 ……… 425	高良 留美子 …‥ 157, 175, 237
高橋 八男 ……… 363	高橋 暁吉 ……… 319	財部 鳥子 ……… 71, 159, 179, 203, 223
高橋 はな ……… 424	高橋 緑花 ‥ 22, 23, 253, 255	田川 江道 ……… 43
高橋 春子 ……… 322, 324	高橋 留理子 ……… 80	田川 飛旅子 ……… 372
高橋 春造 ……… 426	たかはし れいか ……… 228	滝 いく子 ……… 207
高橋 蟠蛇 ……… 49	高橋 禮子 ……… 11	滝 勝子 ……… 117, 230
高橋 秀明 ……… 162	髙橋 怜央 ……… 199	瀧 克則 ……… 162
高橋 英夫 ……… 211	髙橋 渉 ……… 198	滝 春一 ……… 384
高橋 英雄 ……… 349	高畑 浩平 ……… 365	瀧 優介 ……… 418
高橋 秀郎 ……… 235	高畑 弘 ……… 11	滝 葉子 ……… 212
たかはし ひろき ……… 227	高畠 フミ ……… 47	滝内 優子 ……… 294
高橋 博子 ……… 66	高浜 礼子 ……… 390	滝川 ふみ子 ……… 413, 415
高橋 富里 ……… 393	髙原 五男 ……… 292	滝川 勇吉 ……… 137
高橋 ふき ……… 255	高原 木代子 ……… 127	滝口 英子 ……… 319
高橋 ふさ ……… 20	高原 康子 ……… 27	滝口 忠雄 ……… 148
高橋 冨美子 ……… 214	髙藤 典子 ……… 199	滝口 雅子 ……… 241
高橋 放浪児 ……… 424	髙松 洒浪 ……… 66	滝沢 文美 ……… 171
高橋 北羊 ……… 348	高松 幸子 ……… 313	滝沢 亘 ……… 318
高橋 真彩 ……… 228	髙松 秀明 ……… 316	滝下 恵子 ……… 310
高橋 真紀 ……… 429	髙松 文月 ……… 68	滝瀬 麻希 ……… 185
高橋 正子 ……… 124	高松 文樹 ……… 118	瀧野 範子 ……… 334
高橋 正史 ……… 125	高松 唯 ……… 337	瀧本 博 ……… 116
高橋 正義 ……… 208, 418	高見 鐘堂 ……… 74	滝本 悠雅 ……… 41
高橋 美恵 ……… 335	田上 孝 ……… 26	田草川 きみえ ……… 171
高橋 美枝子 ……… 285, 322, 323, 324	田上 眞知子 ……… 344	田鎖 晴天 ……… 423, 443
	高見 楷吉 ……… 123	田鎖 憲彦 ……… 16, 17
高橋 美代 ……… 438	篁 久美子 ……… 64	田口 綾子 ……… 299
高橋 迪子 ……… 155, 156	高村 光太郎 ……… 144	田口 育子 ……… 170
高橋 道弘 ……… 8	高村 而葉 ……… 178	田口 逸男 ……… 403
高橋 允枝 ……… 156	高村 昌憲 ……… 190	田口 犬男 ……… 201
高橋 光夫 ……… 428	高森 文夫 ……… 215	田口 映 ……… 7, 189
高橋 岑夫 ……… 157	髙谷 善之助 ……… 66	田口 正 ……… 348
高橋 美弥子 ……… 177	髙屋 窓秋 ……… 372	田口 紅子 ……… 400
高橋 美彌子 ……… 39	髙安 国世 ……… 279, 318	田口 勉之介 ……… 156
高橋 未夢 ……… 200	髙柳 克弘 ……… 385, 393, 399	田口 三舩 ……… 46
高橋 睦郎 ……… 70, 146, 176, 179, 201, 210	髙柳 啓太 ……… 417	田口 義弘 ……… 220
	髙柳 誠 ……… 158, 201, 210	田窪 鎮夫 ……… 259
	髙柳 佳絵 ……… 226	

詫間 孝 …… 251	田 あゆみ …… 101	田島 和生 …… 399
田久和 みどり …… 79	武田 いずみ …… 245	田島 一彦 …… 381
武井 綾子 …… 252	竹田 朔歩 …… 161	田島 梧朗 …… 61
竹居 巨秋 …… 415	武田 悟 …… 266	田島 敏 …… 45
武井 幸子 …… 47	竹田 志げ子 …… 260	田島 竹四 …… 354
タクイ リエ …… 31	武田 秀 …… 17	田島 智恵子 …… 313
竹池 節子 …… 154	武田 伸一 …… 371	田島 もり …… 414
竹内 昭子 …… 40	武田 多恵子 …… 66	田島 安江 …… 121, 231
竹内 綾花 …… 91	武田 隆子 …… 219	田島 涼子 …… 340
竹内 新 …… 206	武田 忠信 …… 226	田島 良生 …… 69
竹内 菊 …… 105, 106	武田 太郎 …… 295	田尻 睦子 …… 374
竹内 京介 …… 418	たけだ ひでを …… 15, 20, 21, 351	出代 哀花 …… 346
竹内 邦雄 …… 268, 274	武田 英雄 …… 348	田代 朝子 …… 121
竹内 訓恵 …… 139	武田 弘之 …… 268	田代 素人 …… 122
竹内 敬子 …… 47	武田 まさを …… 347	田代 平 …… 125
竹内 紫蓮 …… 40	竹田 政子 …… 352	田代 時子 …… 16, 427, 428
竹内 信太郎 …… 45	武田 政子 …… 420	多田 愛弓 …… 19
竹内 すま子 …… 39	武田 安子 …… 409	多田 一荘 …… 348
竹内 千恵子 …… 53	武田 依子 …… 126	多田 達代 …… 251
竹内 智恵子 …… 124	武田 理恵 …… 31	多田 智満子 …… 146, 173, 179
竹内 てるよ …… 234	武智 イチ子 …… 262	ただ のばら …… 439
竹内 友子 …… 307	武富 純一 …… 266	多田 武峰 …… 363
竹内 徳緒 …… 253	竹中 郁 …… 145	多田 真樹 …… 17
武内 宏樹 …… 53	竹中 征機 …… 136	多田 有花 …… 186
武内 宏城 …… 56	竹野 美智代 …… 41	只木 すもも …… 440
竹内 文子 …… 229	竹の内 一人 …… 9	只野 幸雄 …… 316
竹内 まどか …… 387	竹久 清信 …… 84	只松 千恵子 …… 63
竹内 美智代 …… 221	武政 博 …… 49	多田羅 初美 …… 344
竹内 光江 …… 96	竹末 志穂 …… 344	鉏谷 君子 …… 86
竹内 睦夫 …… 185	竹村 悦子 …… 378	立川 喜美子 …… 208
竹内 弥太郎 …… 63	竹村 咲子 …… 60	立崎 トシ子 …… 285
竹内 祐子 …… 426, 427	武村 志保 …… 62	橘 千代子 …… 22
竹内 結哉 …… 200	武村 美子 …… 338	橘 香 …… 442
竹岡 一郎 …… 377	竹本 健司 …… 26, 370	立花 一臣 …… 51
竹岡 俊一 …… 391	竹本 宏平 …… 95	立花 和子 …… 267
竹川 弘太郎 …… 244	岳本 芳孝 …… 261	立花 柑寒子 …… 346
竹崎 いと …… 54, 55	竹安 啓子 …… 251	橘 上 …… 190
竹﨑 香澄 …… 55	たけやま 渓子 …… 34	立花 開 …… 269
竹澤 伸一郎 …… 94	竹山 詩奈 …… 96	橘 響 …… 329
武子 和幸 …… 13	竹山 広 …… 71, 288, 305, 309	橘 まゆ …… 267
竹治 ちかし …… 77	竹山 広 …… 280	橘 幹子 …… 293
竹下 竹水 …… 360	武良 山生 …… 401	立原 麻衣 …… 300
竹下 奈緒子 …… 81	田子 水鴨 …… 63	立原 道造 …… 215
武下 奈々子 …… 298	太宰 ありか …… 172	立原 雄一郎 …… 387
竹下 まさよ …… 95	田崎 光星 …… 443	龍興 秋外 …… 117
竹下 茂登子 …… 355	田崎 秀 …… 11, 148	竜田 道子 …… 114
竹島 一希 …… 358	甼崎 武夫 …… 130, 131, 405	立出 龍 …… 93
竹島 洋子 …… 51, 54, 55	田沢 圭子 …… 433	辰野 朱美 …… 171
竹住 英子 …… 259	田沢 恒坊 …… 429	辰巳 佐和子 …… 361
竹添 敦子 …… 36	田沢 風信子 …… 424	辰巳 泰子 …… 274

伊達 得夫 …………… 209	田中 常貴 …………… 165	田辺 愛子 …… 284, 307, 328
立石 京 ……………… 121	田中 俊子 ………… 93, 94	田辺 完三郎 ………… 83
立石 幸男 …………… 74	田中 利則 …………… 344	田辺 幸子 …………… 361
建畠 晢 …… 201, 224, 249	田中 富子 …………… 94	田鍋 はじめ ………… 117
蓼原 彰吾 …………… 367	田中 虎市 …………… 230	田邉 真利絵 ………… 187
館山 智子 …………… 130	田中 呑舟 …………… 353	田邉 海樹 …………… 360
館山 治雄 …………… 257	田中 ナナ …………… 239	田辺 美砂 …………… 177
田所 清見 …………… 324	田中 信子 …………… 73	棚山 波朗 …………… 397
田所 妙子 …………… 291	田中 教子 …………… 308	谷 愛梨 ……………… 442
田中 愛子 …………… 69	田中 春生 …………… 343	谷 恵美子 …………… 7
田中 昭子 …………… 262	田中 久雄 …………… 177	谷 邦夫 ……………… 316
田中 章義 …………… 269	田中 久子 …………… 183	谷 忠 ………………… 60
田中 彰 ……………… 321	田中 秀直 ……… 91, 417	谷 智子 ……………… 29
田中 蛙声 …………… 430	田中 裕明 …………… 364	谷 まり絵 …………… 344
田中 亜美 …………… 374	田中 浩子 …………… 64	谷 流水 ……………… 183
田中 綾 ……………… 281	田中 裕子 …………… 233	谷池 宏美 …………… 261
田中 綾花 …………… 56	田中 福三 ………… 50, 53	谷内 修三 …… 167, 177, 231
田中 濯 ……………… 317	田中 房江 …………… 102	谷尾 節子 …………… 312
田中 郁子 ……… 28, 162	田中 冬二 ……… 202, 234	谷岡 亜紀 … 274, 281, 306, 331
田中 勲 ……………… 205	田中 万貴子 ………… 318	谷岡 不可止 ………… 118
田中 いすず …… 371, 374	田中 まさき ……… 73, 74	谷川 昭男 …………… 84
田中 一荷水 ………… 125	田中 雅子 …………… 323	谷川 渥子 …………… 28
田中 一光 …………… 401	田中 晶子 …………… 281	谷川 健一 …………… 296
田中 英子 ……… 228, 229	田中 正俊 …………… 185	谷川 定子 …………… 121
田中 槐 ……………… 298	田中 雅秀 ……… 129, 130	谷川 俊太郎 ………… 71,
田中 喜美子 ………… 97	田中 末子 …………… 28	146, 178, 200, 223, 237
田中 公子 …………… 362	田中 美枝子 ………… 38	谷川 彰啓 …………… 382
田中 清光 … 71, 142, 220, 240	田中 道雄 …………… 83	谷川 真一 …………… 174
田中 国男 …………… 208	田中 美千代 ………… 67	谷川 酔仙 …………… 27
田中 啓子 …………… 40	田中 美月 …………… 355	谷川 すみれ ………… 379
田中 敬子 …………… 324	田中 光代 …………… 152	谷川 只子 …………… 83
田中 圭介 ……… 120, 231	田中 翠 ………… 139, 412	谷川 電話 …………… 270
田中 浩一 …………… 90	田中 美禰子 …… 76, 77, 80	谷川 昇 ……………… 376
田中 桜子 …………… 174	田中 美穂子 ………… 170	谷川 柊 ……………… 208
田中 祥子 …………… 391	田中 優華 …………… 417	谷口 亜岐夫 ………… 408
田中 里実 …………… 79	田中 裕子 …………… 37	谷口 ありさ ………… 187
田中 佐理奈 ………… 261	田中 洋子 …………… 53	谷口 謙 ……………… 174
田中 滋子 …… 127, 128, 326	田中 良子 …………… 313	谷口 定子 …………… 353
田中 茂二郎 ………… 191	田中 義信 …………… 142	谷口 茂子 …………… 435
田中 しのぶ ………… 62	田中 佳宏 ……… 63, 66	谷口 ひろみ ………… 68
田中 正一 …………… 387	田中 里京 …………… 418	谷口 益恵 …………… 52
田中 しろう ………… 427	田中 礼 ……………… 25	谷口 真結香 ………… 338
田中 士郎 …………… 14,	棚川 音一 ……… 272, 293	谷口 三枝子 …… 272, 294
15, 425, 427, 428	棚木 恒寿 … 252, 275, 310	谷口 幸男 …………… 210
田中 伸治 …………… 149	棚木 妙子 …………… 327	谷口 よしと ………… 29
田中 菅子 …………… 397	棚瀬 文子 …………… 435	谷崎 法隆 …………… 83
田中 聖海 …………… 236	棚橋 民子 …………… 66	谷崎 真澄 …… 137, 193, 235
田中 孝周 …………… 417	棚橋 誠 ……………… 44	谷沢 迪 ………… 204, 208
田中 拓也 … 12, 265, 306, 310	棚橋 光子 …………… 38	谷本 喜久栄 ………… 313

谷本 州子	151
谷本 まさ子	414
谷元 益男	152, 162
谷山 千絵	113
谷脇 秀生	55
種田 恵美子	55
田野倉 康一	249
田場 房子	248
田畑 紀久子	284
田端 将司	413
田畑 伯史	5
田畑 まさじ	380
田畑 隆次	4, 6, 7
太原 千佳子	173
田原 洋子	405
田淵 佐智子	26
田部 黙蛙	84
田保 鏡子	256
玉井 清弘	72, 143, 302, 306, 316
玉上 茶六朗	61
玉川 鵬心	161
玉木 恵子	108
玉城 徹	145, 280, 283, 295, 302, 305
玉木 柳子	436
玉越 孫吉	38
玉城 澄子	339
玉田 忠義	251
玉山 邦夫	15
玉利 明子	187
田丸 千種	391
田丸 英敏	299
民井 とほる	364
たみなと 光	352, 420
田宮 朋子	269
田宮 義正	272, 293, 328
田向 竹夫	250
田村 亜唯	91
田村 安里	130
田村 一三男	26
田村 和子	53
田村 かね子	354
田村 恭子	15
田村 キヨ子	101
田村 久美子	91, 355
田村 敬子	400
田村 康治	109
田村 さと子	173, 203
田村 周平	233
田村 松司	66
田村 笙路	14, 348
田村 伸一郎	50
田村 慎太郎	56
たむら ちせい	141, 371
田村 哲三	272, 293, 329
田村 敏子	101
田村 トモ	291
田村 七里	54, 55
田村 のり子	219
田村 元	265, 318
田村 光	59
田村 宏子	155
田村 広志	301
田村 博安	21, 154, 155
田村 雅之	245
田村 正義	371
田村 満智子	141
田村 美樹子	15, 348
田村 満子	347
田村 三好	299
田村 萌絵	334
田村 八重	58, 60
田村 莉子	57
田村 隆一	146, 175, 202, 240
為平 澪	194
田谷 鋭	145, 269, 274, 305, 315
多和良 悦子	182
俵 谷	401
俵 万智	269, 274, 341
壇 裕子	264
短歌研究社	280
丹下 仁	169
丹治 山畝	425
丹野 茂	242
丹波 陽子	312
反怖 陽子	328

【ち】

馳川 静雄	285, 329
千明 啓子	194
千明 紀子	194
築野 恵	173
筑間 武男	9
千曲山人	381
知倉 広径	351
千島 数子	177
千島 鉄男	431
千々和 恵美子	365
千田 さおり	195
千田 伸一	15
千田 基嗣	199
千田 洋子	19
秩父 明水	43
知念 栄喜	158, 203
千葉 明弘	227
千葉 香織	225, 246
千葉 克弘	227
千葉 国男	15, 16, 23, 426
千葉 皓史	397
千葉 さだ	255
千葉 幸子	253
千葉 聡	298
千葉 颯一朗	227
千葉 艸坪子	347
千葉 只只	350
千葉 親之	326
千葉 春雄	18
千葉 英雄	14, 254, 255
千葉 秀子	329
千葉 北斗	348
千葉 正子	16
千葉 雅人	227
千葉 万葉子	347
千葉 美津子	254
千葉 未来	227
千葉 祐子	155
千葉 零点	426, 427
千原 叡子	353
チャイニーズ・ピーターパン・クラブ	229
中真 靖郎	420
千代 国一	302, 319
丁 章	37
長 島星	120
長栄 つや	303
鳥海 昭子	274
千代田 葛彦	394
陳 可冉	358
陳 千武	203
珍部 美江子	80

【つ】

築地 正子	42, 71, 274, 277
塚 君子	256
塚越 秋琴	45
司 茜	114, 214
墳崎 行雄	116
塚田 三郎	182
塚田 高行	233
塚田 三樹子	110
津金沢 正男	307
塚本 晶子	171
塚本 国夫	34
塚本 邦雄	70, 274, 279, 287, 305
塚本 諄	42
塚本 月江	212
塚本 敏雄	13
塚本 瑠子	7
津川 絵理子	365, 385, 398
津川 信子	313
次井 義泰	378
月岡 祥朗	120
月館 寿人	17
槻舘 廣夢	351
槻谷 一葉	75
月波 与生	423
月野 ぽぽな	374
月村 麗子	283
槻山 チエ	15
築山 八重子	413
津久井 和夫	45
津久井 静明	45
津久井 通恵	194
筑紫 磐井	33, 366, 399, 411
佃 悦夫	370
継田 龍	169
柘植 周子	42
柘植 史子	365
津坂 和孝	413
津坂 治男	160
津坂 裕子	413
津沢 マサ子	370
辻 恵美子	364
辻 花伝	428
辻 文子	118
辻 まこと	209
辻 美奈子	397
辻 桃子	33
辻 弥生	335
辻 征夫	70, 179, 201, 210, 223
辻 喜夫	276
辻 緑瞳	361
辻井 喬	33, 146, 176, 179, 201, 203, 210, 241
辻内 京子	398
辻岡 絹子	101
辻田 悦子	110
辻田 克巳	396, 397
津志田 清四郎	253
津志田 武	23
遠原 耕雲	414
津島 綾子	186
対馬 一閃	422
対島 恵子	276
対馬 暮流	388
辻村 尚子	358
辻村 弘子	96
辻村 みつ子	27
辻本 幸子	414
辻本 美加	260
辻谷 将真	86
辻脇 系一	371
都築 悦子	54, 56
都築 直子	275, 317
都築 はじめ	64
鼓 直	219
廿楽 順治	159, 178
綴 敏子	41
津田 悦子	362
津田 清子	384
津田 吾燈人	56
蔦 作太郎	429
津田 治子	318
津田 好美	353
土江 江流	79
土江 清逸	76
土田 宣子	231
土田 宏美	185
土橋 茂徳	4
土谷 遠汐	8
土屋 一彦	137
土屋 枝穂	129
土屋 秀穂	44
土屋 文明	145, 279, 318
土屋 正夫	316
つちや みつぐ	232
筒井 慶夏	360, 410
筒井 早苗	276
筒井 爽風	39
筒井 稔恵	103
筒井 延満	52
筒井 野光	53
堤 呼秋	363
堤 貞子	413
塘 健	269
堤 美代	44
綱田 康平	196
綱谷 厚子	12
常石 麗子	52
恒木 祐樹	416
恒成 美代子	118, 310
常松 英江	102
津根元 潮	371
角掛 往来子	425
角田 一男	124
角田 清文	151
角田 弘子	46
角田 水津雄	67
椿 文恵	400
津吹 節子	291
津布久 晃司	207
粒来 哲蔵	147, 158, 175, 200, 224
坪井 絢子	402
坪井 勝男	231
坪井 大紀	190
坪井 博嗣	101
坪井 宗康	207
坪井 芳江	119
坪内 健悟	311
坪内 照光	440, 441
坪内 稔典	366
坪倉 優美子	406
壺坂 輝代	26
坪野 哲久	145
津村 明正	85
津村 靖憲	83
津森 太郎	207
津山 悠雅	287
津留 清美	42
都留 さちこ	212
鶴 ふみ絵	339
鶴岡 薫	417
鶴岡 加苗	398

鶴岡 美代子 ……………… 324	寺西 百合 ……………… 284, 330	田路 薫 ………………………… 31
鶴岡 祐介 ………………… 166	寺前 充 …………………………… 137	東條 陽之助 …………………… 392
鶴岡 りえ子 ……………… 62	寺町 恵美子 ……………… 286	同前 正子 ……………………… 28
鶴岡 里菜 ………………… 166	寺松 滋文 ………………………… 64	遠野 杏子 ……………………… 292
鶴川 雅晴 ………………… 416	寺本 光堂 ………………………… 361	當間 タケ子 …………………… 421
鶴田 初江 ………………… 47	寺本 まち子 …………… 36, 47, 170	堂馬 瑞希 ……………………… 166
鶴田 由美 ………………… 367	寺山 修司 ………………………… 288	堂本 耕都 ……………………… 417
鶴田 玲子 ………………… 364	寺山 寿美子 ……………… 263, 313	戸岡 尚 …………………………… 63
鶴谷 忠恭 ………………… 328	寺山 千代子 ……………………… 34	遠近 哲代 ……………………… 56
	照井 一明 ………………………… 14	遠野 真 ………………………… 299
【て】	照井 君子 ………………………… 321	遠野 瑞香 ………… 263, 313, 330
	照井 松影 ………………………… 430	遠野 翠 ………………………… 64
田原 ……………………………… 159	照井 せせらぎ …………………… 17	遠山 久美子 …………………… 187
手操 直美 ……………… 107, 108	照井 武四郎 ……………………… 424	遠山 繁夫 ……………………… 318
出島 恵美 ……………………… 183	照井 ちうじ ……………… 16, 348	遠山 信男 ……………………… 207
手島 泰六 …………………………… 33	照井 知二 ………………………… 157	遠山 まこと …………………… 438
手塚 亜紀 ……………………… 197	照井 秀雄 ………………………… 66	遠山 光栄 ……………………… 273
手塚 富雄 ……………………… 202	照井 方子 ……………………… 16, 17	遠山 陽子 ……………………… 359
手塚 美佐 …………………… 12, 13	照井 麻耶 ………………………… 35	通岩 道弘 ……………………… 336
手塚 美奈子 ………… 129, 130	照井 翠 ………… 371, 374, 394	渡海 直美 ……………………… 170
手銭 美都子 ……………………… 75	照井 良平 ………………………… 208	富樫 紀之 ……………………… 419
鉄谷 冨江 ……………… 258, 259	暉峻 康隆 ………………………… 372	栂野 孝子 ……………………… 66
デベリアク，アレク ……… 203	天海 千里 ………………………… 87	冨上 芳秀 ……………………… 168
出村 幸司 ……………………… 430	天空 昇兵衛 ……………………… 361	時里 二郎 ………… 175, 213, 225
デュック，エレーヌ ……… 410		鴇田 智哉 ………… 385, 393, 397
寺井 ウメノ ……………………… 74	**【と】**	時田 則雄 ……………………… 147,
寺井 淳 ……………………… 298		269, 274, 284, 296, 307, 329
寺井 龍哉 ……………………… 282	土居 一亭 ……………………… 118	時野 穂郁 ……………………… 388
寺井 谷子 ……………………… 371	土居 佳織 ……………………… 419	常葉 綾子 ………………………… 8
寺内 柾子 ……………………… 138	土井 幻花 ……………………… 361	徳岡 久生 ………… 171, 225
寺尾 生子 ……………………… 26	土居 志保子 ……………… 54, 55	徳田 サナエ …………………… 170
寺尾 登志子 …………………… 310	土井 大助 ……………………… 98	徳田 詩織 ……………………… 91
寺尾 美代子 …………………… 413	土居 哲秋 ……………………… 27	戸口 知秋 ……………………… 91
寺尾 百合子 …………………… 28	土肥 寛泰 ………………………… 5	徳永 逸夫 ………… 52, 55, 56
寺岡 あさ子 …………………… 112	外石 トミイ …………………… 259	徳永 文一 ……………………… 290
寺岡 広伸 ……………………… 87	塔 和子 ……………………… 201	徳永 光城 ……………………… 109
寺岡 玲 …………………………… 7	簺 やすこ ……………………… 129	徳長 龍星 ……………………… 287
寺門 仁 ……………………… 241	塔影書屋主 …………………… 253	徳野 美千枝 …………………… 286
寺下 昌子 ……………… 139, 151	東海 憲治 ……………………… 413	徳橋 夏希 ……………………… 53
寺島 さだこ …………………… 405	東海 千枝子 …………………… 93	徳弘 賀年子 …………………… 56
寺島 ただし …………………… 365	東海 宝船 ……………………… 432	徳弘 康代 ………… 90, 245
寺島 博之 ……………………… 149	東金 夢明 ……………………… 373	徳淵 富枝 ……………………… 415
寺島 保夫 ……………………… 147	東京電機大学中学校 ……… 334	徳村 光子 ……………………… 420
寺島 京子 ……………………… 370	東京都駿台学園高等学校	徳本 和俊 ……………………… 356
寺島 冴水 ……………………… 184	………………………………… 333	徳門 純子 ……………………… 248
寺島 美由記 …………………… 161	峠 風太 ……………… 426, 427	渡慶次 道検 …………………… 247
寺島 好子 ……………………… 40	峠谷 光博 ……………………… 178	渡口 喜彦 ……………………… 255
寺西 恭子 ……………………… 66	東子 ……………………………… 140	渡口 澄江 ……………………… 420
		都合 ナルミ …………………… 392

所 立子 …………… 11	富田 吟秋 …………… 124	鳥居 真里子 ……… 366, 400
登坂 喜三郎 ………… 44	富田 澄江 …………… 389	鳥井 保和 …………… 343
登坂 雅志 …………… 117	富田 勢也 …………… 166	鳥越 伊津子 ………… 28
戸崎 峯子 …………… 40	富田 正吉 …………… 397	鳥越 静子 …………… 28
利守 妙子 …………… 30	富田 睦子 …………… 278	鳥越 典子 …………… 27
戸塚 時不知 … 347, 348, 349	富田 彌生 …………… 407	鳥巣 太郎 …………… 117
戸田 和樹 …………… 114	富田 祐理香 ………… 183	取違 克子 …………… 121
戸田 宏子 …………… 29	富田 よし …………… 61	鳥羽田 英子 …… 324, 325
戸田 道子 …………… 415	冨長 覚梁 ……… 204, 220	取渕 はるな ………… 164
戸田 桃香 …………… 166	富永 鳩山 …………… 407	鳥見 迅彦 …………… 157
戸田 佳子 …………… 300	富永 紗智子 ………… 119	鳥山 ひろし ………… 97
栃木 絵津子 ………… 402	冨永 滋 ……………… 116	
栩木 歓象 …………… 73	富永 千里 …………… 68	【な】
栃窪 浩 ……………… 124	富永 たか子 ………… 245	
戸塚 ひろし ………… 347	富永 貢 ……………… 295	内藤 明 ………… 297, 306
戸恒 東人 …………… 33	富永 義典 …………… 83	内藤 麻美 …………… 164
百々 登美子 …… 271, 276	冨平 与詩夫 ………… 255	内藤 紀久枝 ………… 12
轟 英美里 …………… 419	富松 義典 ………… 83, 87	内藤 喜久子 ………… 326
轟 胡蝶亭 …………… 346	富谷 英雄 … 16, 18, 20, 21, 256	内藤 静翁 …………… 76
轟 玲子 ……………… 416	冨山 紗妃 …………… 312	内藤 たつ子 ………… 290
刀根 幹太 …………… 413	富山 富美子 ………… 110	内藤 照子 …………… 24
刀根 美奈子 ………… 140	戸村 幸子 …………… 228	内藤 麻衣子 ………… 185
殿内 芳樹 …………… 157	巴 希多 ……………… 68	内藤 正泰 …………… 123
殿岡 辰雄 ……… 204, 234	友岡 子郷 … 32, 72, 370, 394	内藤 保幸 …………… 184
外塚 喬 ……………… 63	友草 寒月 …………… 50	苗田 澄江 …………… 171
殿谷 澄子 …………… 68	ともこ ……………… 182	尚 泰二郎 …………… 121
殿村 菟絲子 ………… 395	友田 多喜雄 ………… 160	直井 友子 …………… 261
外村 文象 …………… 174	友次 洋子 …………… 261	中 糸子 ……………… 303
鳥羽 ゆき子 ………… 23	伴野 小枝 …………… 404	中 寒二 ……………… 224
鳥羽 幸子 …………… 22	友松 勇 ……………… 260	仲 寒蟬 ……………… 365
土橋 いそ子 ………… 10	友寄 祥子 …………… 247	中 健二 ……………… 102
土橋 治重 …………… 220	土門 進 ……………… 5	那珂 太郎 … 145, 175, 210, 241
トーマ ヒロコ ……… 243	土門 直子 …………… 321	中 正敏 ……………… 207
戸松 武夫 …………… 7	外山 覚治 …………… 298	奈賀 美和子 …… 276, 298
苫米地 美沙 ………… 314	當山 千嚴 …………… 247	永井 明子 …………… 101
渡真利 春佳 …… 352, 420	富山 直子 …………… 233	永井 杏樹 …………… 416
戸丸 泰二郎 ………… 392	富山 昌彦 …………… 344	永井 江美子 ………… 387
富井 湧 ……………… 417	豊岡 桜 ……………… 418	中井 かず子 ………… 391
冨岡 悦子 …………… 219	豊田 晃 ……………… 416	長井 菊夫 …………… 235
富岡 恵子 ……… 263, 313	豊田 麻佐子 ………… 414	永井 謙太郎 ………… 441
富岡 多恵子 …… 157, 241	豊田 慶子 …………… 154	中井 公士 …………… 415
富岡 千代子 …… 75, 76	豊田 武男 …………… 85	永井 貞子 …………… 405
富岡 秀夫 …………… 124	豊田 都峰 …………… 394	中井 茂 …………… 67, 69
富川 正輝 …………… 186	豊田 弘美 …………… 334	永井 真一路 ………… 383
富小路 禎子 … 296, 305, 319	豊田 豊 ……………… 67	長井 すみ子 ………… 121
富沢 智 ……………… 45	豊原 清明 …… 214, 216, 225	中居 多佳夫 ………… 424
冨沢 宏子 …………… 222	豊巻 つくし …… 443, 444	永井 孝史 …………… 134
富田 栄子 …………… 181	豊山 千蔵 …………… 370	永井 力 ……………… 12
冨田 恭月 …………… 39	鳥居 澄子 …… 17, 18, 22	

中井 千鶴子 ……… 133, 134	中川 佐和子 …… 269, 282, 310	中澤 睦士 ……………… 47
永井 恒蔵 ……………… 35	中川 静子 …………… 412	永澤 優岸 …………… 187
永井 知子 …………… 170	中川 靖風 ……………… 8	中下 重美 ……… 114, 197
永井 伴子 ……………… 40	中川 千里 …………… 418	中島 昭子 …………… 414
永井 経子 …………… 410	中川 常雄 …………… 100	中島 悦子 ……… 159, 161
永井 弘子 …………… 410	中川 輝子 …………… 260	中島 かず ……………… 59
永井 浩 ……………… 135	中川 宣子 …………… 258	中島 和代 ………… 53, 56
永井 ますみ ………… 214	中川 久子 …………… 252	中島 啓子 ……………… 77
仲井 真理子 ………… 108	中川 房子 …………… 354	中島 静香 …………… 324
永井 みよ …………… 412	仲川 文子 …………… 243	長嶋 信 ……………… 265
永井 美代 …………… 139	中川 雅雪 …………… 360	長島 慎哉 …………… 417
中井 優子 ……………… 67	中川 百合子 …………… 7	永島 卓 ……………… 204
中井 与一 …………… 284	中川 美子 …………… 403	中島 千尋 ……………… 81
永井 陽子 ……… 276, 282	中川 芳子 ……… 325, 403	中島 暉子 …………… 403
永井 緑苑 …………… 314	中川西 好幸 ………… 125	永島 直子 …………… 229
永岩 孝英 ……………… 66	永木 沢代 …………… 442	中島 信子 …………… 163
中内 かず子 …………… 58	長岐 靖朗 ……………… 93	中島 久光 …………… 16,
中内 歌鈴 ……………… 56	中北 明子 …………… 259	21, 22, 23, 427, 428
中内 治子 …………… 223	中北 有飛 …………… 108	中嶋 秀子 …………… 371
中内 亮玄 …………… 374	中桐 雅夫 ……… 202, 210	中島 弘恵 …………… 267
永江 大心 …………… 363	長久保 郁子 ………… 95	永島 文江 …………… 362
長江 時子 …………… 116	長久保 鐘多 …… 125, 223	中島 正夫 ……………… 13
中江 俊夫 …… 200, 204, 236	中黒 八重子 ………… 313	中島 真悠子 ………… 221
中江 三青 …………… 378	長坂 麻美 …………… 344	中島 三枝子 …………………
長江 優希 …………… 166	長崎 榮市 …………… 121	284, 321, 328, 330
永方 ゆか …………… 194	長崎 太郎 …………… 190	中嶋 ミチ子 ………… 413
長江 幸彦 …………… 298	中崎 長太 ……………… 12	長嶋 南子 …………… 161
中尾 一郎 ……………… 31	長崎 桃枝 ……………… 54	中嶋 充 ……………… 114
長尾 和男 …………… 206	長崎県立諫早農業高等学校	長島 三芳 …………… 157
永尾 三郎 …………… 133	…………………… 333	中島 睦子 ……………… 26
長尾 茂 ……………… 40	長崎県立長崎工業高等学校	永島 靖子 …………… 373
中尾 太一 …………… 176	……………… 332, 333	中嶋 勇樹 …………… 441
中尾 敏康 ……………… 69	中里 純子 …………… 301	中島 義雄 ……………… 27
長尾 允子 …………… 153	中里 麦外 ……… 374, 376	中島 雷太郎 ………… 75
長尾 登 ………… 153, 154	中里 茉莉子 …… 260, 339	中條 かつみ ………… 361
中尾 三九 …………… 108	中里 結 ……………… 373	中城 ふみ子 ………… 288
中尾 安一 …………… 180	中里 友豪 …………… 243	中筋 智絵 …………… 236
中尾 好郎 …………… 120	長沢 一作 ……… 274, 295	中筋 靖乃 ……………… 75
中岡 淳一 …………… 162	長沢 清子 ……………… 64	長瀬 和枝 …………… 360
なかおか 昌太 ……… 116	永澤 圭太 …………… 416	永瀬 清子 ……… 173, 203
中岡 毅雄 …… 144, 397, 399	長澤 けんじ ………… 257	永瀬 十悟 ……… 127, 365
長岡 裕一郎 ………… 278	永沢 幸治 …………… 107	長瀬 麻由 …………… 410
永方 裕子 …………… 373	永澤 康太 …………… 178	永田 綾 ……………… 367
中神 英子 …………… 205	中沢 三省 …………… 392	永田 和宏 …… 144, 146, 218,
中上 哲夫 …… 72, 201, 238, 245	長澤 奏子 …………… 386	288, 305, 306, 316, 320, 341
中島 健二 …………… 387	中沢 直人 ……… 265, 317	永田 和広 …………… 276
仲川 暁実 …………… 187	中沢 文次郎 ………… 401	永田 紅 ………… 264, 275
中川 恭子 …………… 362	長沢 美津 ……… 279, 318	中田 慧子 ……… 273, 309
中川 鼓朗 …………… 412	中澤 睦子 …………… 403	中田 健一 …………… 165
中川 さや子 ………… 171		

永田 耕衣 70, 372	中根 草子 140	中原 繁博 51, 54
永田 耕一郎 408	中根 唯生 388	中原 澄子 231
中田 重夫 138	中根 炎 138	中原 紀子 113
永田 淳 276	中根 誠 12, 13, 317	中原 弘 268
中田 千惠子 354	中根 三枝子 289	中原 政人 10
中田 竹葉子 118	中根 みち子 262	中原 道夫 65, 395, 397
中田 尚子 397	中野 昭子 259, 301	中原 みどり 27
中田 昇 131	中野 敦子 441	永原 侑汰 312
長田 裕子 95	中野 嘉一 206, 219	中東 栄子 105
長田 ふき 22, 257, 428	中野 菊夫 279, 302	永久 教子 164
永田 穂積 75	中野 幸治 132	中平 耀 162
中田 雅敏 399	ナガノ サヨコ 128	中広 未来 86
中田 美栄子 284, 321, 328	中野 始恵 165	仲程 悦子 243
永田 ゆき子 34	長野 従子 170	仲間 佐和子 247, 248
永田 豊 21	中野 妙子 244	永松 果林 187
永田 陽子 148	中野 尊子 171	長嶺 千晶 399
長田 芳江 87	中野 忠和 149	仲嶺 眞武 243
永田 理子 164	中野 千秋 186	長嶺 力夫 326
中舘 公一 23	中野 鶴平 346, 348	中村 あい子 414
中谷 明子 345	永野 照子 408	仲村 青彦 397, 399
中谷 ただこ 362	中野 照子 316	中村 明美 233
中谷 仁美 356	長野 とくはる 100	中村 伊都夫 414
中谷 木城 61	中野 敏男 219	中村 榮一 362
永谷 悠紀子 204	中野 冨子 85	中村 恵美 216
中地 俊夫 317	中野 秀人 234	中村 和弘 371
長津 功三良 162	仲埜 ひろ 181	中村 克子 373
中津 昌子 276, 300	中野 博子 222	中村 花木 191, 199
永塚 幸司 158	中野 宏美 286	中村 喜代子 226
中塚 鞠子 213	中野 文夫 62	中村 清美 337
中坪 達哉 399	中野 万紀子 170	中村 喜良雄 251
長門 未夢 262	永野 雅子 336	中村 洸斗 418
中堂 けいこ 193	長野 瑞子 121	中村 吾郎 222, 223
中戸川 朝人 401	中野 光徳 91	中村 阪子 352, 420
中富 あき 103	中野 野泣子 422	中村 聡 439
長富 健次 101	中野 康子 418	中村 重義 380
永友 暢 130	中野 優樹 87	中村 静江 184
中西 昭子 412	中野 裕子 24	中村 朱夏 412
中西 一歩 49	中埜 由季子 269	中村 純 193, 245
中西 悟堂 319	中野 与八郎 118	中村 淳悦 18,
中西 咲央 413	中野 良 49	19, 155, 256, 300
中西 定子 51, 60	長野県松本蟻ヶ崎高等学校	中村 俊亮 224
中西 播之 105	...... 333, 334	中村 祥子 21
中西 照夫 231	永橋 三八夫 59	中村 真一郎 210
中西 敏子 59, 60	中畑 智江 308	中村 晋 126, 127, 128
中西 ひふみ 217	長浜 勤 401	中村 鈴女 122
中西 弘貴 36, 214	中林 映子 38	中村 征子 361
中西 道枝 38	中林 長生 412	中村 誓子 340
中庭 房枝 45	中林 ユキ子 100	中村 苑子 .. 70, 370, 373, 384
中根 栄子 362	中林 嘉也 413	中村 そら 418
	中林 瞭象 422	

中村 泰三 …………… 61	中本 彩希子 ………… 337	生米 高 …………………… 177
中村 孝子 ………… 322, 335	中本 真人 …………… 356	浪岡 豊明 ……………… 272
中村 隆 …………… 220, 229	中元 ミスエ …………… 83	並河 健蔵 ……… 73, 74, 77
中村 隆美 …………… 52	中本 道代 ………… 238, 246	浪越 慶造 …………… 49, 51
中村 拓海 …………… 166	永森 文茜 …………… 286	波汐 國芳 ………… 316, 326
中村 竹子 ……… 55, 58, 59	中森 澄治 …………… 414	なみの 亜子 ……… 271, 281
中村 達 …………… 424	中森 都志子 ……… 17, 19, 20	波平 幸有 …………… 243
中村 千州代 ………… 338	中森 美方 …………… 193	名村 早智子 ……… 409, 415
中村 達 …………… 299	永屋 克典 …………… 409	名村 柚香 …………… 361
中村 哲二郎 ………… 248	中山 あきを …………… 28	苗村 吉昭 ……… 162, 214, 233
中村 哲也 …………… 129	中山 秋夫 …………… 207	奈良 民子 …………… 286
中村 桃舟 …………… 100	中山 明 …………… 298	奈良 正義 ………… 78, 80
中村 とき …………… 255	長山 あや ………… 367, 390	奈良 茉梨子 ………… 338
中村 時雄 ‥ 50, 52, 53, 54, 55	中山 郁子 …………… 294	奈良 澪 …………… 419
中村 敏勝 …………… 321	中山 いづみ …………… 88	奈良 峰子 …………… 250
中村 奈果 ……… 347, 348, 349	仲山 清 …………… 244	楢崎 六花 …………… 120
中村 信子 …………… 230	中山 輝鈴 …………… 61	成重 佐伊子 ………… 108
中村 範子 …………… 6, 7	中山 光一 ………… 183, 259	成田 敦 …………… 205
中村 矩之 …………… 336	中山 純子 …………… 395	成田 千空 ……… 71, 384, 395
中村 英惠 …………… 337	中山 信 …………… 272	成田 隆直 …………… 228
中村 秀男 …………… 49	中山 純花 …………… 183	成田 緑 …………… 124
中村 秀人 …………… 101	中山 多美枝 …………… 28	成田 實 …………… 185
中村 均 …………… 44	中山 俊子 …………… 52	成本 和子 …………… 27
中村 仁美 …………… 185	中山 直子 …………… 152	成井 恵子 ………… 11, 376
中村 ひろ美 ………… 177	中山 奈々 …………… 356	成清 妙子 …………… 73
中村 不二夫 ……… 203, 221	中山 初美 …………… 50	成清 正幸 …………… 380
中村 法翠 …………… 118	中山 久子 ………… 325, 403	成沢 希望 …………… 410
中村 真緒 …………… 79	中山 秀子 ………… 11, 60	成瀬 桜桃子 ……… 395, 399
中村 正男 …………… 260	仲村渠 芳江 ………… 243	成瀬 有 …………… 143
中村 雅樹 ……… 144, 399	柳樂 たえこ …………… 81	成瀬 瑠衣 …………… 200
中村 正直 …………… 50	南雲 夏 …………… 46	鳴戸 謙祥 …………… 83
中村 雅之 …………… 250	名倉 朋希 …………… 261	鳴門 奈菜 …………… 371
中村 愛実 …………… 287	名古 きよえ ………… 171	鳴海 英吉 …………… 207
中村 美枝子 ………… 68	那須 愛子 ………… 264, 314	鳴海 宥 …………… 274
なかむら みちこ …… 204, 208	那須 ヤス子 ………… 256	南郷 芳明 …………… 64
中村 路子 …………… 370	名塚 多香子 ………… 183	南條 麗子 …………… 56
仲村 美南 …………… 248	名達 信子 …………… 312	難波 紀久子 ………… 77
中村 実 …………… 416	那津 晋介 …………… 118	難波 貞子 …………… 30
中村 稔 ……… 145, 202, 210	夏井 いつき ……… 366, 400	難波 春晴 …………… 82
中村 みや子 ………… 407	夏石 番矢 ………… 371, 389	難波 白朝 …………… 27
中村 靖彦 …………… 247	夏海 ぶんが ………… 435	南場 征哉 …………… 329
中村 祐子 …………… 122	名取 里美 …………… 89	なんば みちこ …… 26, 236
中村 与謝男 ………… 397	名取 隼希 …………… 186	南原 亮 …………… 403
中村 芳子 ……… 17, 344	名取 道治 …………… 91	南部 美恵子 ………… 314
中村 龍観 …………… 18	ないろ …………… 182	
仲村 涼子 …………… 185	青天目 起江 ………… 129	【に】
中村 瑠南 …………… 198	鍋島 幹大 ………… 158, 231	
中本 瑩 …………… 193	鍋谷 福枝 …………… 7	仁井 拓 …………… 215
長元 光威智 ………… 424	鍋山 ふみえ ……… 122, 231	

仁井 甫 …………… 207	西川 登美子 …………… 355	西原 洋子 …………… 421
新岡 二三夫 …… 422, 433, 434	西川 夏代 ………… 180, 181	西堀 澄子 …………… 93
新川 克之 …………… 269	西川 はる …………… 28	西村 綾子 ………… 272, 328
新川 洋洋 …………… 430	西川 比彩 …………… 58	西村 和子 ‥ 359, 395, 397, 399
新倉 俊一 …………… 143	西川 満 …………… 234	西村 貴美子 …………… 389
新崎 タヲ …………… 340	錦 米次郎 …………… 204	西村 舜子 …………… 27
新里 実 …………… 427	錦織 英山 …………… 75	西村 麒麟 …………… 385
仁井田 梢 …………… 128	錦織 健二 …………… 73	西村 牽牛 …………… 27
新津 黎子 …………… 368	西口 昌伸 …………… 138	西村 皎三 …………… 192
新沼 志保子 …… 21, 22, 427	西込 聡子 …………… 52	西村 恕葉 …………… 430
新延 拳 …………… 203	西崎 まきこ …………… 101	西村 進 …………… 114
新見 和子 …………… 137	西崎 まき子 …………… 103	西村 草丘 …………… 353
二階堂 聖美 …………… 440	西崎 みどり …………… 264	西村 孝志 …………… 367
二階堂 晃子 …………… 131	西沢 杏子 ………… 238, 239	西村 達 …………… 97
二階堂 光江 …………… 18	西沢 たみ子 …………… 315	西村 富枝 …………… 245
二木 千里 …………… 357	西澤 智子 …………… 164	西村 椰子 ………… 392, 415
仁木 弘子 ………… 102, 105	西嶋 あさ子 …………… 399	西村 信子 …… 53, 58, 59
西 幾多 …………… 11	西田 仁子 …………… 334	西村 まさ子 …………… 133
西 沙織 …………… 336	西田 武生 …………… 102	西村 昌子 …………… 85
西 山茶花 …………… 27	西田 忠次郎 …………… 298	西村 正子 ………… 367, 368
西 千滉 …………… 416	西田 尚子 ………… 140, 414	西村 松子 …………… 80
西 はじめ …………… 4	西田 初音 …………… 284	西村 美咲 …………… 442
西 やすのり …………… 391	西田 誠 …………… 413	西村 光春 …………… 41
西 よし子 …………… 84	西田 政史 …………… 298	西村 みなみ …………… 30
西 理恵 …………… 264	西田 美佐 …………… 285	西村 泰則 …………… 152
西秋 忠兵衛 …… 429, 431, 434	西田 美千子 …………… 298	西村 容山 …………… 420
西海 ゆう子 ………… 170, 171	西田 光子 …………… 335	西村 慈 …………… 41
西浦 能典 …………… 437	西田 義隆 …………… 75	西村 淑子 ………… 272, 293
西尾 敬一 …………… 414	西田 吉孝 …………… 212	西村 嘉彦 …………… 185
西尾 啓子 …………… 39	西台 恵 …………… 301	西村 礼子 …………… 412
西尾 朋江 …………… 259	西谷 大吾 ………… 423, 443	西銘 順二郎 ………… 352, 420
西尾 友伸 …………… 261	西田リーバウ 望東子 …… 266	西本 昭太郎 …………… 229
西尾 一 …………… 393	西辻 融 …………… 114	西本 信子 …………… 49
西尾 ひかる …………… 165	西出 嘉壽子 …………… 286	西本 真実 …………… 417
西尾 浩子 …………… 66	西出 真一郎 …………… 392	西本 弥生 …………… 118
西岡 彩乃 ………… 165, 166	西出 新三郎 ……… 138, 278	西本 涼 …………… 87
西岡 栄子 …………… 50	西出 楓楽 …………… 433	西山 あかね …………… 260
西岡 映子 …………… 135	西寺 百合 …………… 307	西山 金悦 …………… 422,
西岡 寿美子 ………… 160, 213	西永 耕 …………… 185	423, 424, 429, 443
西岡 辰惟 …………… 50	西野 秋子 ‥ 423, 434, 443, 444	西山 幸一 …… 53, 54, 55, 56
西岡 登志子 …………… 291	西野 たけし …………… 414	西山 宏美 …………… 259
西岡 登美子 …………… 56	西野 徹 …………… 230	西脇 順三郎 …………… 145
西岡 光秋 …………… 219	西野 理郎 …………… 371	仁田 昭子 …………… 230
西岡 瑠璃子 …………… 49	西宮 舞 …………… 397	新田 一望 …………… 350
西方 郁子 …… 48, 50, 51	西宮 美智子 …………… 412	新田 吉司 …………… 256
西方 純成 …………… 128	西浜 髙志 …………… 51	にった さか …………… 227
西潟 弘子 …………… 307	西原 邦子 …………… 188	新田 富子 …………… 169
西上 精二 …………… 291	西原 美美江 …………… 94	新田 祐久 …………… 397
西川 紀野 …………… 328	西原 正輝 …………… 286	新田 呂人 …………… 420
	西原 裕美 …………… 243	

日登 敬子 ……… 212	根本 赳 ……… 403	野沢 行子 ……… 434
二沓 ようこ ……… 231	根本 冬魚 ……… 435	野地 スミ ……… 439
二関 天 ……… 34, 244	根本 正直 ……… 13	野島 美津子 ……… 46
二宮 澄子 ……… 69	根本 昌幸 ……… 199	野島 光世 ……… 322
仁平 勝 ……… 33, 143, 399	根本 若奈 ……… 186	野城 紀久子 ……… 31
仁平井 麻衣 … 186, 196, 417	根山 チエ ……… 255	能津 健 ……… 60
二瓶 清七 ……… 378	練尾 嘉代 ……… 31	野田 家正 ……… 273, 308
二瓶 房 ……… 284	年刊療養歌集編纂委員会	野田 賢太郎 ……… 382
二本柳 七弥 ……… 388	……… 318	野田 沙希 ……… 337
韮沢 あき子 ……… 123		野田 はつ ……… 119
丹羽 秋子 ……… 111	**【の】**	野田 寿子 ……… 118, 230, 237
丹羽 金子 ……… 38		野田 紘子 ……… 284, 307, 330
丹羽 きよし ……… 412	野 輝俊 ……… 120	野田 町子 ……… 284
丹羽 雅子 ……… 329	野池 太郎 ……… 147	能戸 久子 ……… 314
庭野 富吉 ……… 168	納庄 とし子 ……… 260	野中 亮介 ……… 120, 393, 397
	能匠 余俟子 ……… 148	野長瀬 正夫 ……… 234
【ぬ】	能美 顕之 ……… 391	野根 裕 ……… 205
	野江 敦子 ……… 258, 330	野々宮 竹堂 ……… 100
糠塚 文子 ……… 155	野上 悦代 ……… 45	野々村 学 ……… 325
糠塚 玲 ……… 20	野上 卓 ……… 184	野原 輝一 ……… 380
抜井 諒一 ……… 391	野上 洋子 ……… 29, 336	信広 進 ……… 84
奴田原 紅雨 ……… 48	野木 碧音 ……… 131	埜辺 綾香 ……… 166
布沢 幸 ……… 273	野樹 かずみ ……… 298	野邊 純子 ……… 336
布谷 ゆずる ……… 122	野木 京子 ……… 159	野辺 省吾 ……… 434
沼尾 将之 ……… 69	野木 尋子 ……… 439, 440, 442	登 七曜子 ……… 413
沼川 良太郎 ……… 41	野木 康生 ……… 441	登 丈士 ……… 166
沼宮内 凌子 ……… 19	野北 和義 ……… 316	登 敏子 ……… 414
沼倉 順子 ……… 199	野口 あや子 ……… 275, 299	野間 洋夫 ……… 84
沼沢 うめ子 ……… 377	野口 一滴 ……… 21, 23	乃間 保歌 ……… 265
沼沢 修 ……… 287	野口 英二 ……… 324, 402, 403	野町 尚道 ……… 54
沼尻 つた子 ……… 266	野口 京子 ……… 360	野宮田 功 ……… 137
沼尻 巳津子 ……… 371	野口 健治 ……… 95	野村 亞住 ……… 358
沼尻 玲子 ……… 11	野口 さやか ……… 165	野村 清 ……… 316
沼田 和子 ……… 18	野口 成人 ……… 418	野村 喜和男 ……… 179
沼田 観杏 ……… 82, 83	野口 節子 ……… 414	野村 喜和夫 …… 201, 211, 249
	野口 武久 ……… 43	能村 研三 ……… 397
【ね】	野口 敏子 ……… 11	野村 秋花 ……… 430
	野口 初江 ……… 325, 404	野村 誠子 ……… 155, 156
根木 実 ……… 196	野口 まさ子 ……… 403	野村 土佐夫 …… 53, 54, 56, 142
根岸 苔雨 ……… 44	野口 光江 ……… 111	能村 登四郎 …… 70, 370, 384
ねじめ 正一 ……… 158	野崎 有以 ……… 178	野村 信廣 ……… 403
根布谷 正孝 ……… 297	野里 幸代 ……… 19	野村 紘子 ……… 388
根間 昌清 ……… 360	野ざらし 延男 ……… 380	野村 ひろし ……… 49
根本 健斗 ……… 442	野沢 明子 ……… 334	野村 洋子 ……… 110
根本 浩一郎 ……… 437	野沢 省悟 ……… 431, 434	野村 良雄 ……… 236
根本 爽花 ……… 130	野沢 節子 ……… 145, 370, 401	野本 三郎 ……… 5
根本 惣一 ……… 326	野沢 素人 ……… 430	野本 麻夕子 ……… 418
	能沢 紘美 ……… 321	野谷 真治 ……… 407
		則枝 智子 ……… 29

乗竹 美帆 ………… 418, 419	橋川 百代 ……………… 83	橋本 美玖 …………… 441
野呂 背太郎 …………… 434	橋爪 湖舟 ‥ 17, 20, 21, 427, 428	橋本 満 ……………… 118
野呂 呑舟 ……………… 444	橋爪 さち子 ……… 36, 193	橋本 夢道 …………… 98
野呂 則代 ……………… 138	橋爪 幸子 …………… 196	橋本 幸子 …………… 79
	橋爪 つや子 ………… 38	橋本 喜夫 …………… 366
【は】	橋田 綾子 …………… 57	橋本 韶子 ………… 20, 21
	橋田 幹太 …………… 56	橋本 喜典 …………… 72,
	橋田 有真 …………… 89	297, 302, 303, 316
配島 駿 ………………… 69	橋立 佳央理 …… 172, 196	橋本 理恵 ……… 140, 414
灰原 泰子 ……………… 31	橋立 英樹 …………… 186	橋本 里菜 …………… 442
パウンド,エズラ …… 143	橋野 杏平 …………… 356	橋本 龍児 …………… 49
芳賀 勇 ………………… 292	橋場 仁奈 …………… 137	蓮岩 千夏 …………… 94
芳賀 順子 ………… 321, 328	橋本 昭和 …………… 56	葉月 詠 ………… 107, 308
芳賀 章内 …………… 188	橋本 あきら ………… 103	蓮沼 日出夫 ………… 418
芳賀 千代 …………… 438	橋本 歩 ……………… 129	長谷 茂子 …………… 74
芳賀 徹 ……………… 375	橋本 栄治 …………… 397	長谷 康雄 …………… 177
芳賀 稔幸 …………… 126	橋本 勝弘 …………… 440	長谷川 愛子 …… 422, 443
芳賀 秀次郎 ………… 241	橋本 佳代子 ………… 171	長谷川 朝子 ………… 345
袴田 よし司 ………… 443	橋本 キソ子 ………… 439	長谷川 櫂 … 146, 389, 398
葉上 啓子 …… 348, 349, 350	橋本 絹子 ……… 126, 405	長谷川 和美 ………… 30
萩 かさね …………… 340	橋本 倉吉 …………… 46	長谷川 銀作 ………… 318
萩野 忠夫 …………… 315	橋本 桂子 …………… 418	長谷川 久々子 ……… 397
萩野 文雄 ……………… 51	橋本 鶏二 …………… 395	長谷川 紫光 ………… 26
萩野 芳泉 …………… 353	橋本 孝平 …………… 166	長谷川 柊子 ………… 31
萩野 幸雄 …………… 390	橋本 定明 …………… 77	長谷川 節子 ………… 28
萩野 洋子 ……………… 97	橋本 詩音 …………… 198	長谷川 双魚 ………… 384
萩原 慎一郎 ………… 267	橋本 純子 …………… 59	長谷川 龍生 …… 201, 210
萩本 定義 ……………… 61	橋本 征一郎 ………… 137	長谷川 千江 ………… 90
萩谷 順子 …………… 324	橋本 石火 …………… 414	長谷川 千尋 ………… 358
萩原 朝子 …………… 185	橋本 隆 ……………… 438	長谷川 春生 ………… 390
萩原 梓 ………………… 66	橋本 武一郎 ………… 126	長谷川 美生 ………… 253
萩原 康次郎 ………… 43	橋本 力 ……………… 437	長谷川 英樹 ………… 128
萩原 陽里 ……………… 69	橋本 千代 …………… 354	長谷川 瞳 ………… 95, 97
萩原 碧水 ……………… 31	橋本 長三郎 …… 438, 439	長谷川 博子 ………… 75
萩原 正章 ……………… 62	橋本 千代子 ………… 414	長谷川 潤子 ………… 90
萩原 貢 …… 137, 160, 235	橋本 輝久 ‥ 138, 374, 387, 412	長谷川 フク子 …… 263, 313
萩原 安子 ……………… 30	橋本 テルミ ………… 437	長谷川 真弓 ………… 164
萩原 ゆき …………… 412	橋本 徳寿 ……… 318, 341	長谷川 安衛 ………… 43
萩原 葉子 …………… 159	橋本 俊明 …………… 138	長谷川 祐次 ………… 10
萩原 良子 ……………… 57	橋本 知春 …………… 164	長谷川 ゆき ………… 93
伯谷 都志恵 ………… 334	橋本 智美 …………… 181	長谷川 ゆりえ ……… 318
箱石 松博 …… 17, 18, 20, 23	橋元 典子 …………… 266	長谷川 陽子 ………… 88
箱林 のぶ子 ………… 413	橋本 日出香 ………… 101	はせ川 りょう ……… 87
硲 杏子 …………… 11, 220	橋本 晴奈 …………… 367	長谷川 瑠里 ………… 130
はざま みずき ………	橋本 征一 ……… 137, 235	支倉 隆子 …………… 203
17, 18, 22, 428, 434	橋本 正義 ………… 51, 52	長谷部 俊一郎 ……… 124
橋 開石 ………… 70, 384	橋本 末子 …………… 408	長谷部 高治 ………… 62
土師 世津子 ………… 31	橋本 守 ……………… 291	長谷部 奈美江 … 177, 216
橋浦 洋志 …………… 221	橋本 幹子 ……………… 84	羽曽部 忠 …………… 232

畑 章夫 ……………… 149	服部 秋扇 ………… 39, 40	馬場 元志 ………… 82, 85
畑 和子 ……………… 319	服部 十郎 …………… 286	馬場 洋子 ………… 47, 95
羽田 克弘 …………… 437	服部 澄江 …………… 75	馬場 吉彦 …………… 21
羽田 敬二 ……… 120, 151	服部 青甫 …………… 324	馬場 龍吉 …………… 365
畑 憲史 ……………… 437	服部 たか子 ………… 121	浜渦 静子 …… 53, 54, 55, 56
羽田 大佑 ……… 356, 357	服部 童村 …………… 123	浜江 順子 ……… 161, 228
畠 ひろ子 …………… 435	服部 広幹 …………… 130	濱岡 愛子 …………… 360
畑 稔 ………………… 63	服部 匡伸 …………… 409	浜口 慶子 …………… 164
秦 夕美 ……………… 119	服部 真里子 … 265, 275, 318	浜口 美知子 ………… 317
波多江 敦子 ………… 374	服部 光延 …………… 138	浜崎 貴代坊 ………… 430
畠沢 一己 …………… 5	服部 みね …………… 413	浜崎 達美 …………… 26
畑田 恵利子 …… 205, 233	服部 康人 …………… 74	浜地 和恵 …………… 413
畑田 脩 ……………… 185	羽藤 堯 ……………… 23	濱嶋 ゆかり ………… 165
畠山 えつ子 ………… 18	羽冨 のぶ …………… 403	浜条 智里 …………… 138
畠山 悦子 …………… 350	花石 邦夫 …………… 17,	濱田 喬子 …………… 51,
畠山 恵美 …………… 171	18, 19, 155, 156, 157	52, 53, 54, 55, 56
畠山 軍子 …………… 20	花石 文雄 …………… 259	浜田 幸作 …………… 49
畠山 貞子 …………… 20	花岡 としみ ………… 6	浜田 珠子 …………… 170
畠山 茂樹 …………… 57	花岡 真紀子 ………… 170	浜田 陽彩子 ………… 55
畠山 濁水 …… 16, 18, 21, 351	花川 善一 …………… 27	浜田 博子 …………… 52
畠山 拓郎 …………… 108	花崎 皐平 …………… 161	浜田 昌子 …………… 148
畠山 文雄 …………… 6	花田 英三 …………… 243	濱田 正敏 …………… 300
畠山 満喜子 ………… 107	花谷 和子 …………… 371	浜田 優 ……………… 249
畠山 美恵 ……… 256, 257	花谷 清 ……………… 379	浜田 道子 …………… 107
畠山 みな子 ………… 323	花塚 つね …………… 95	濱田 みや子 ………… 29
畠山 迷刀 …………… 427	花戸 みき …………… 182	浜田 康敬 ……… 268, 276
畠山 陽子 …………… 389	花野 明日香 ………… 262	浜田 陽子 …………… 276
肌勢 とみ子 ………… 221	花畑 幸代 …………… 367	浜田 喜夫 …………… 378
畑地 泉 ……………… 29	花房 八重子 ………… 28	濱田 淑子 ………… 59, 60
はたち よしこ …… 180, 181	花潜 幸 ……… 194, 199, 200	濱田 瑠津 …………… 52
畑中 しんぞう ……… 172	花山 周子 …………… 310	浜名 理香 …………… 42
旗野 志穂子 ………… 441	花山 多佳子 ………… 32,	濱野 和弘 …………… 139
波多野 寿扇 ………… 40	282, 288, 297, 309	浜野 勝郎 …………… 226
畑野 信太郎 ………… 235	埴谷 雄高 …………… 210	浜野 健郎 …………… 100
波多野 弘秋 ………… 74	羽生 朝子 …………… 186	浜野 桃華 …………… 105
波多野 マリコ ……… 222	羽生 柳江 …………… 425	浜野 正子 …………… 139
簱野 梨恵子 ………… 442	羽生田 俊子 ………… 301	濱野 瑞貴 …………… 418
畑山 弘 ……………… 60	羽田 麻美 …………… 186	浜村 キヨ …………… 116
蜂飼 耳 ……………… 216	馬場 あき子 …… 70, 146, 277,	浜村 半蔵 …………… 116
八下 重成 …………… 152	280, 288, 295, 305, 319, 331	濱谷 ひろし ………… 80
蜂谷 惇起 …………… 186	馬場 彩乃 …………… 418	はやかわ かずえ …… 96, 97
初井 しづ枝 …… 145, 318	馬場 移公子 …… 395, 404	速川 加保里 ………… 94
八角 ひで子 ………… 350	馬場 公江 …………… 122	早川 さくら ………… 417
初芝 彩 ……………… 187	馬場 駿吉 …………… 388	早川 聡 ………… 45, 194
八田 木枯 ………… 32, 371	馬場 ダイ …………… 185	早川 志織 …………… 274
八田 穂峰 ……… 423, 443	馬場 忠子 …………… 406	早川 志津子 ………… 400
八田 多美 …………… 148	馬場 英男 …………… 54	早川 純 ……………… 114
服部 きみ子 ………… 405	馬場 正郎 …………… 62	早川 信 ……………… 346
服部 清隆 ………… 17, 18	馬場 めぐみ ………… 299	早川 琢 ………… 64, 66

早川 友恵 …… 164, 165	速水 美代子 …… 94	遼川 るか …… 186
早川 真由 …… 185	原 育子 …… 74	春木 直也 …… 337
早川 満 …… 323	原 一男 …… 91	春名 祝代 …… 95
早坂 波津子 …… 254	原 キヨ …… 4	春名 暉海 …… 28
早坂 美咲 …… 173	原 桐子 …… 11, 13, 222	晏梛 みや子 …… 415
はやし あい …… 180, 181	原 子朗 …… 175	春山 アイ …… 326
林 郁男 …… 96	原 タカ子 …… 80	春山 秀貴 …… 439
林 勇男 …… 185	原 千恵子 …… 79	春山 舞里 …… 438
林 市江 …… 298	原 憲子 …… 84	晴山 良一 …… 313
林 和清 …… 276	原 文子 …… 102	伴 明子 …… 367
林 かよ …… 103	原 雅子 …… 365, 373	ハン ジョンミン …… 333
林 木林 …… 193	原 満三寿 …… 143	半沢 郁子 …… 437
林 舜 …… 231	原 幹子 …… 273, 294	半沢 聡子 …… 438
林 翔 …… 71, 395	原 みさ …… 362	半澤 恵 …… 129
林 昌華 …… 62	原 光生 …… 10	半沢 佑子 …… 439
林 誠司 …… 397	波羅 素子 …… 66	パンショー, ジャンヌ …… 410
林 多美子 …… 116, 328	原 康廣 …… 286	半田 信和 …… 113
林 澄山 …… 118	原 幸雄 …… 288	万代 紀子 …… 81
林 千代子 …… 118	原 陽子 …… 185	坂東 喜好 …… 102
林 徹 …… 395	原 亮 …… 197	板東 紅魚 …… 104
林 十九楼 …… 118	原 利代子 …… 152	坂東 典子 …… 106
林 敏子 …… 54, 56	原井 典子 …… 429	坂東 正照 …… 104
林 信夫 …… 34	原口 優花 …… 166	坂内 敦子 …… 186, 187
早矢仕 典子 …… 205, 233	原子 修 …… 220, 235	般若 一郎 …… 293
林 英男 …… 138, 387, 412	原子 公平 …… 372	番場 早苗 …… 236
林 政恵 …… 387	原田 明 …… 353	伴場 とく子 …… 373
林 政子 …… 167	原田 暎子 …… 231	半谷 綾子 …… 123
林 美脉子 …… 137, 171	原田 快流 …… 21	半谷 洋子 …… 415
林 美香 …… 438	原田 香織 …… 439	
林 美佐子 …… 206	原田 佳奈 …… 196	
林 光雄 …… 295, 316	原田 清 …… 320	【ひ】
林 佑子 …… 364	原田 光一 …… 313	
林 友豊 …… 357	原田 澤子 …… 85	柊 立星 …… 124
林 由実 …… 266	原田 しずえ …… 62	日岡 悦子 …… 36
林 葉子 …… 439	原田 潤 …… 196	日置 俊次 …… 275
林 佳子 …… 36	原田 純子 …… 120	比嘉 良信 …… 248
林 吉博 …… 295	原田 竹野 …… 27	檜垣 勝則 …… 174
林 和琴 …… 140, 413	原田 敏子 …… 440, 441	日笠 勝巳 …… 29
林崎 二郎 …… 208	原田 渚 …… 186	日笠 美美子 …… 27, 214
林田 紀音夫 …… 370	原田 浩佑 …… 60	東 おさむ …… 30
林田 鈴 …… 298	原田 都子 …… 429	東 香奈 …… 185
林田 親利 …… 259	原田 美和子 …… 284	東 貴美 …… 258
林田 町子 …… 94	原田 ゆり子 …… 266	東 俊郎 …… 139
林田 麻裕 …… 357	原田 要三 …… 47, 360	東 直子 …… 264
早野 和子 …… 365	原本 守貞 …… 73	東 延江 …… 236
葉山 啓子 …… 15, 349	針ケ谷 隆一 …… 66	東岡 津多子 …… 435
羽山 鈴香 …… 87	播磨 圭之介 …… 119	東塚 茂古 …… 103
葉山 要子 …… 416	針谷 まさお …… 110	東田 和子 …… 434
早見 敏子 …… 106	張山 秀一 …… 416	東田 木念人 …… 434
	春風 静 …… 34	

詩歌・俳句の賞事典 **497**

東谷 晴男 ‥‥‥‥‥‥‥‥ 56	日原 正彦 ‥‥‥‥‥ 204, 208	平賀 節代 ‥‥‥‥‥‥‥ 413
東野 正 ‥‥ 23, 154, 155, 157	日比野 勇 ‥‥‥‥‥‥‥ 363	平賀 陸太 ‥‥‥‥‥‥‥ 184
東野 伝吉 ‥‥‥‥‥‥‥ 244	日間賀 京子 ‥‥‥‥‥‥ 140	平賀 良子 ‥‥‥‥‥‥‥ 257
東山 順子 ‥‥‥‥‥‥‥ 107	日美 清史 ‥‥‥‥‥‥‥ 393	平方 秀夫 ‥‥‥‥‥‥‥ 45
東山 信一 ‥‥‥‥‥‥‥ 253	百武 皐月 ‥‥‥‥‥‥‥ 68	平川 圭一 ‥‥‥‥‥‥‥ 137
東山 美鈴 ‥‥‥‥‥ 261, 262	百名 恒子 ‥‥‥‥‥‥‥ 339	平川 茂夫 ‥‥‥‥‥‥‥ 85
日下野 仁美 ‥‥‥‥‥‥ 94	檜山 哲彦 ‥‥‥‥‥‥‥ 397	平川 節雄 ‥‥‥‥‥‥‥ 38
日下野 由季 ‥‥‥‥‥‥ 95	樋山 よしの ‥‥‥‥‥‥ 124	平川 店村 ‥‥‥‥‥‥‥ 120
引地 こうじ ‥‥‥‥‥‥ 406	兵庫県赤穂市立赤穂中学校	平川 美架 ‥‥‥‥‥‥‥ 412
疋田 恵梨 ‥‥‥‥‥‥‥ 107	‥‥‥‥‥‥‥‥‥‥‥ 333	平川 光子 ‥‥‥‥‥‥‥ 400
匹田 のぶ子 ‥‥‥‥‥‥ 412	兵庫県赤穂市立赤穂東中学校	平木 由美 ‥‥‥‥‥‥‥ 332
引野 収 ‥‥‥‥‥ 276, 342	‥‥‥‥‥‥‥‥‥‥‥ 333	平子 玲子 ‥‥‥‥‥‥‥ 129
樋口 えみこ ‥‥‥‥‥‥ 245	兵庫県神戸市立葺合高等学校	平島 慶子 ‥‥‥‥‥‥‥ 91
樋口 健司 ‥‥‥‥‥‥‥ 38	‥‥‥‥‥‥‥‥‥‥‥ 333	平島 準 ‥‥‥‥‥‥‥‥ 61
樋口 智子 ‥‥‥‥‥ 317, 330	兵庫県神戸市立六甲アイラ	平田 春一 ‥‥‥‥‥‥‥ 318
樋口 仁 ‥‥‥‥‥‥‥‥ 138	ンド高等学校 ‥‥‥‥ 332	平田 笙子 ‥‥‥‥‥‥‥ 337
樋口 智子 ‥‥‥‥‥‥‥ 265	兵庫県新温泉町立浜坂中学校	平田 羨魚 ‥‥‥‥‥‥‥ 119
樋口 伸子 ‥‥‥ 120, 221, 231	‥‥‥‥‥‥‥‥‥ 333, 334	平田 嗣光 ‥‥‥‥‥‥‥ 247
樋口 道三 ‥‥‥‥‥‥‥ 404	兵庫県新温泉町立夢が丘中学	平田 俊子 ‥‥‥‥ 176, 223, 225
樋口 みよ子 ‥‥‥‥‥‥ 404	校 ‥‥‥‥‥‥‥ 332, 333	平田 百合子 ‥‥‥‥‥‥ 95
樋口 祐海 ‥‥‥‥‥‥‥ 118	兵庫県多可町立中町中学校	平田 六露子 ‥‥‥‥‥‥ 147
樋口 侑希 ‥‥‥‥‥‥‥ 442	‥‥‥‥‥‥‥‥‥‥‥ 333	平塚 和正 ‥‥‥‥‥‥‥ 195
日暮 菫路 ‥‥‥‥‥‥‥ 65	兵庫県西宮市立大社中学校	平塚 利雄 ‥‥‥‥‥‥‥ 403
日暮 三雄 ‥‥‥‥‥‥‥ 66	‥‥‥‥‥‥‥‥‥ 332, 333	平塚 幸男 ‥‥‥‥‥‥‥ 212
彦坂 まり ‥‥‥‥‥ 152, 205	兵庫県三木市立緑が丘中学校	平出 礼子 ‥‥‥‥‥‥‥ 326
久方 寿満子 ‥‥‥‥‥‥ 319	‥‥‥‥‥‥‥‥‥ 333, 334	平野 東 ‥‥‥‥‥‥‥‥ 38
久田 友明 ‥‥‥‥‥‥‥ 351	兵庫県立神崎高等学校	平野 鍈哉 ‥‥‥‥‥‥‥ 404
久松 かつ子 ‥‥‥‥‥‥ 57	‥‥‥‥‥‥‥‥‥ 333, 334	平野 絵里子 ‥‥‥‥‥‥ 172
久松 洋一 ‥‥‥‥‥‥‥ 96	兵庫県立浜坂高等学校	平野 加恵子 ‥‥‥‥‥‥ 89
氷雨月 そらち ‥‥‥‥‥ 128	‥‥‥‥‥‥‥ 332, 333, 334	平野 香 ‥‥‥‥‥ 272, 294, 328
久屋 三秋 ‥‥‥‥‥‥‥ 73	兵庫県立八鹿高等学校	平野 加代子 ‥‥‥‥‥‥ 191
菱川 朝子 ‥‥‥‥‥‥‥ 139	‥‥‥‥‥‥‥ 332, 333, 334	平野 春作 ‥‥‥‥‥‥‥ 153
菱沼 紀子 ‥‥‥‥‥‥‥ 226	兵頭 なぎさ ‥‥‥‥‥‥ 317	平野 貴 ‥‥‥‥‥‥‥‥ 402
菱野 としみ ‥‥‥‥‥‥ 354	比与森 喜美 ‥‥‥‥‥‥ 50	平埜 年郎 ‥‥‥‥‥ 129, 327
菱山 修三 ‥‥‥‥‥‥‥ 234	平井 さち子 ‥‥‥‥‥‥ 395	平野 半七 ‥‥‥‥‥‥‥ 430
肥田 ひかる ‥‥‥‥‥‥ 170	平井 拓哉 ‥‥‥‥‥‥‥ 199	平野 ひろし ‥‥‥‥‥‥ 414
日高 堯子 ‥ 282, 297, 316, 341	平井 照敏 ‥‥‥‥‥ 143, 398	平野 文子 ‥‥‥‥‥‥‥ 62
飛高 敬 ‥‥‥‥‥‥‥‥ 67	平井 広恵 ‥‥‥‥‥‥‥ 101	平野 みよ子 ‥‥‥‥‥‥ 412
ひで ゆりか ‥‥‥‥‥‥ 227	平井 澪 ‥‥‥‥‥‥‥‥ 165	平野 洋々 ‥‥‥‥‥‥‥ 74
人見 邦子 ‥‥‥‥‥‥‥ 140	平井 玲子 ‥‥‥‥‥‥‥ 186	平野 美子 ‥‥‥‥‥‥‥ 369
日夏 也寸志 ‥‥‥‥‥‥ 281	平石 佳弘 ‥‥‥‥‥‥‥ 189	平畑 静塔 ‥‥‥‥‥ 70, 372, 384
ビナード, アーサー ‥ 143, 216	平出 隆 ‥‥‥‥‥‥ 146, 211	平林 静代 ‥‥‥‥‥‥‥ 64
日野 章子 ‥‥‥‥‥‥‥ 212	平岡 けい子 ‥‥‥‥‥‥ 37	平林 敏彦 ‥‥‥‥‥ 175, 213
日野 雅之 ‥‥‥‥‥‥‥ 399	平岡 潤 ‥‥‥‥‥‥‥‥ 215	平林 優子 ‥‥‥‥‥‥‥ 170
樋上 学 ‥‥‥‥‥‥‥‥ 164	平岡 節子 ‥‥‥‥‥‥‥ 101	平原 あをい ‥‥‥‥‥‥ 262
檜 きみこ ‥‥‥‥‥ 181, 239	平岡 壮基 ‥‥‥‥‥‥‥ 332	平間 美幸 ‥‥‥‥‥‥‥ 335
檜 紀代 ‥‥‥‥‥‥‥‥ 397	平岡 敏夫 ‥‥‥‥‥‥‥ 25	平松 泰輔 ‥‥‥‥‥‥‥ 418
檜 晋平 ‥‥‥‥‥‥‥‥ 114	平岡 直子 ‥‥‥‥‥‥‥ 265	平松 勤 ‥‥‥‥‥‥ 135, 272
日原 傳 ‥‥‥‥‥‥‥‥ 398	平岡 真実 ‥‥‥‥‥‥‥ 195	平松 良子 ‥‥‥‥‥‥‥ 27
	平岡 由佳 ‥‥‥‥‥‥‥ 337	平光 善久 ‥‥‥‥‥‥‥ 204

平光 良至 …………… 344	深川 淑枝 …………… 401	福田 勲 ……………… 76
平本 恵美 ………… 86, 87	深草 昌子 …………… 415	福田 栄一 ……… 295, 319
平本 くらら …………… 11	深沢 朝子 …………… 67	福田 甲子雄 ………… 384
平安 裕子 …………… 381	深澤 英司 …………… 185	福田 崇広 ………… 61, 66
平山 桂衣 …………… 172	深沢 キヌ …………… 255	福田 拓也 …………… 177
平山 誠介 …………… 165	深澤 眞二 …………… 357	福田 たみ子 ………… 74
平山 千江 ……… 17, 18, 23	深澤 建己 …………… 187	福田 智也 …………… 336
平山 千春 …………… 23	深澤 巴 ……………… 46	福田 尚美 …………… 151
平山 瑞幾 …………… 166	深澤 了子 ……… 143, 358	福田 典子 …………… 132
平山 陽子 …………… 311	深澤 鱶 ……………… 355	福田 久江 …………… 47
比留間 一 …………… 101	深津 朝雄 ……… 212, 213	福田 秀城 …………… 74
広 健太郎 …………… 437	深瀬 和儀 ………… 51, 52	福田 均 ……………… 229
廣 波青 ……… 360, 409, 413	深野 まり子 ………… 390	福田 弘 ……………… 139
広井 康枝 …………… 39	深堀 広子 …………… 164	福田 誠 ……………… 194
広岡 昌子 …………… 222	深町 一夫 ……… 7, 8, 111	福田 正彦 …………… 186
廣岡 光行 …………… 417	深町 文雄 …………… 148	福田 万里子 ………… 208
広川 義郎 …………… 272	深見 けん二 … 71, 144, 385, 395	福田 美鈴 …………… 192
広島短歌会 ………… 318	深谷 昭子 …………… 405	福田 みよ …………… 253
弘末 せい子 ………… 96	深谷 孝夫 …………… 114	福田 薬師 …………… 177
廣瀬 昭江 …………… 324	深谷 保 ……………… 404	福田 蓼汀 …………… 384
広瀬 鮎美 …………… 59	深谷 雄大 …………… 408	福富 奈加子 ………… 59
廣瀬 克子 …………… 102	福 明子 ……………… 151	福留 敬真 …………… 60
弘瀬 公美 …………… 59	福井 愛子 …………… 102	福永 栄子 …………… 229
広瀬 幸子 …………… 48	福井 和子 ……… 269, 277	福永 耕二 …………… 397
廣瀬 直人 ……… 32, 385	福井 絹 ……………… 355	福永 繁雄 …………… 10
広瀬 洋 ……………… 409	福井 幸子 ……… 107, 108	福中 都生子 ………… 160
廣瀬 みづゑ ………… 80	福井 千津子 ………… 390	福西 トモ子 ………… 128
広田 愛子 …………… 76	福井 千鶴 …………… 435	福西 礼子 …………… 410
広田 一歩 …………… 74	福井 緑 ……………… 250	福場 忠美 …………… 258
広田 静子 …………… 132	福井 陽雪 …………… 423	福原 逸子 ………… 79, 80
廣田 天丸 …………… 87	福浦 佳子 ……… 273, 309	福原 貴子 …………… 369
弘田 富喜 …………… 54	福岡 武 ……………… 27	福原 恒雄 ……… 34, 245
広田 航 ……………… 156	福川 徳一 …………… 250	福原 実 ……………… 368
広滝 光 …………… 63, 66	福士 謙二 …………… 418	福間 明子 ……… 119, 231
廣中 奈美 …………… 190	福地 順一 …………… 116	福間 健二 ……… 211, 224
廣幡 真侑 …………… 335	福士 宏子 …………… 437	福間 妙子 …………… 121
広畑 美千代 ………… 31	福士 光生 …………… 436	福間 正子 …………… 77
広部 英一 …… 202, 204, 213	福司 満 ……………… 6	福間 芳枝 …………… 81
広渡 敬雄 …………… 365	福士 湧太 …………… 228	福村 ミサ子 ………… 78
日和 聡子 …………… 216	福重 満江 …………… 314	福村 洋子 …… 273, 293, 315
	福島 勲 ………… 393, 415	復本 一郎 …………… 33
【ふ】	福島 榮子 …………… 46	福本 清美 …………… 106
	福島 とり …………… 45	福本 早穂 …………… 170
風来坊 ……………… 427	福島 美重子 ………… 313	福本 東希子 …… 284, 321
笛木 智恵美 ………… 69	福島 瑞穂 …………… 235	福本 範子 …………… 287
府栄野 香京 ………… 435	福島 みね子 ………… 66	ふくもり いくこ …… 68, 69
深井 芳治 …………… 268	福島 泰樹 …………… 341	福山 雅治 …………… 142
深尾 加那 …………… 309	福島 雄一郎 ………… 191	福山 喜徳 …………… 119
	福島 裕峰 …………… 409	福山 良子 ……… 139, 412

福力 明良 …………… 29	藤坂 信子 …………… 41	藤村 真理 ………… 366, 393
ふけ としこ …………… 400	藤崎 久を …………… 41	藤村 光子 …………… 69
房内 はるみ ……… 46, 172	藤崎 美技子 ………… 119	ふじむら みどり
房前 玉枝 …………… 34	藤沢 岳豊 …………… 424	………… 17, 18, 20, 256
藤 彬 ……………… 258	藤沢 晋 …………… 174	藤村 みどり …… 17, 257
藤 和子 …………… 390	藤沢 三春 …………… 429	藤本 茜 …………… 54
藤 京介 …………… 154	藤沢 美由紀 ………… 186	藤本 安騎生 ………… 395
藤 治郎 …………… 257	藤島 富男 …………… 88	藤本 清子 ……… 58, 60
藤 なおみ ………… 185	藤島 秀憲 ……… 275,	藤本 瑾巳 ………… 161
藤 房子 ……… 113, 114	281, 306, 310, 335	藤本 朋巳 …………… 87
藤 よう子 ………… 315	藤瀬 朝子 …………… 83	藤本 直規 ………… 158
藤 庸子 …………… 212	藤田 菁彦 ………… 120	藤本 正次 ………… 313
藤 洋子 …………… 217	藤田 亜希 ………… 164	藤本 倫正 ………… 344
藤 よし子 ………… 114	藤田 昭子 ………… 210	藤本 美和子 ……… 397
藤井 あかり ……… 407	藤田 亜未 ………… 356	藤森 成雄 ……… 96, 97
藤井 逸郎 ………… 154	藤田 かのえ ……… 260	藤森 重紀 …… 19, 134, 195
藤井 永子 ………… 255	藤田 今日子 …………… 5	藤森 弘子 ………… 138
藤井 和美 ………… 164	藤田 潔 …………… 119	藤森 光男 ………… 189
藤井 かなめ ……… 239	藤田 堅固 ………… 433	藤谷 和子 ………… 408
藤井 啓子 ………… 390	冨士田 三郎 …………… 54	藤屋 狩野 ………… 350
藤井 桂子 ……… 80, 81	藤田 湘子 …………… 71	藤屋 モト ………… 350
藤井 貞和 ……… 175,	藤田 雪魚 ‥ 422, 433, 443, 444	藤吉 外登夫 ……… 113
179, 201, 211, 219, 225	藤田 世津子 ………… 90	藤渡 由久子 ……… 120
藤井 五月 ………… 176	藤田 民子 ………… 235	藤原 安紀子 …… 178, 179, 249
藤井 重行 ………… 261	藤田 忠山 ………… 441	藤原 有紗 ………… 261
藤井 順子 ………… 259	藤田 輝枝 …………… 13	藤原 英一 …………… 4
藤井 智子 ………… 215	藤田 東西門 ……… 443	藤原 悦子 ………… 58
藤井 則行 ………… 181	藤田 十紀子 ……… 362	藤原 己世児 ………… 17
藤井 正彦 …………… 28	藤田 晴央 …… 223, 240	藤原 惠子 ………… 183
藤井 令一 ………… 243	藤田 文子 ………… 314	藤原 健二 …………… 27
藤江 瑞 …………… 368	藤田 光義 ………… 110	藤原 定 ……… 175, 220
藤枝 彦信 ………… 100	藤田 美代子 ……… 397	藤原 純子 ………… 355
藤枝 正昭 …………… 13	藤田 悠一郎 ……… 183	藤原 笙子 ………… 86
藤岡 武雄 ……… 288, 320	藤田 幸江 ………… 329	藤原 清次 ………… 140
藤岡 春江 …………… 79	藤田 良磨 ………… 286	藤原 勢津子 ……… 262
藤川 あづさ ……… 313	藤富 保男 …… 188, 220	藤原 拓磨 ………… 186
藤川 サヨ子 ……… 101	藤永 舜 …………… 417	藤原 とみ子 ………… 44
藤川 沙良 ………… 172	藤野 和美 …………… 94	藤原 菜穂子 …… 26, 173
藤川 高志 ………… 278	藤野 華村 …………… 74	藤原 英城 ………… 357
富士川 英郎 ……… 202	藤野 早苗 ………… 121	藤原 弘男 ………… 298
藤川 みえ子 ……… 260	藤野 武 …………… 365	藤原 ひろし ……… 347
藤川 三枝子 ……… 361	藤野 なほ子 …… 18, 21, 153	藤原 町子 ………… 332
藤川 美須子 ………… 85	藤野 益雄 …… 254, 255	藤原 美恵子 ………… 30
藤川 礼奈 ………… 418	藤林 正則 ‥ 259, 286, 324, 418	藤原 三紀 ………… 403
藤木 泉 …………… 197	藤平 晴香 ………… 417	藤原 瑞基 …… 21, 198
藤木 春華 ………… 186	藤部 貴美子 ……… 263	藤原 峯子 ………… 107
藤倉 榮子 ………… 409	藤村 秋裸 …… 14, 19, 22, 425	藤原 美幸 …… 133, 134, 224
藤倉 清光 ……… 20,	藤村 和己 ………… 260	藤原 保子 …… 21, 22, 256
153, 154, 155, 157, 187, 257	藤村 柊 …………… 217	藤原 靖子 ………… 54
藤子 迅司良 …………… 42		

藤原 勇次 ……………… 289	古川 麦子 ……………… 30	外間 重子 ……………… 247
藤原 伴 ………………… 206	古郡 優貴 ……………… 89	牧水研究会 …………… 331
藤原 よし久 …………… 406	古澤 貞夫 ……………… 20	北斗 はるか …………… 267
藤原 龍一郎 …………… 298	古沢 太穂 ……………… 98	穂坂 道夫 ……………… 125
文月 悠光 ‥ 173, 178, 216, 238	古澤 道夫 ……………… 110	保坂 康夫 ……………… 66
布施 里詩 ……………… 73	古瀬 教子 ……………… 321	星 可規 ………………… 217
布施 順風 ……………… 433	古田 海 ………………… 380	星 寛治 ………………… 241
布施 杜生 ……………… 293	古田 豊子 ……………… 52	星 源佐 ………………… 326
二井 夏子 ……………… 255	古田 のい子 …………… 66	星 貞男 ………………… 61
二上 英朗 ……………… 232	古舘 佳永子 …………… 164	星 結衣 …………… 130, 441
二橋 満璃 ……………… 106	古舘 幸子 ……………… 17	星 裕子 ………………… 88
二俣 ひな子 …………… 247	古舘 曹人 ……………… 395	星 陽子 ………………… 125
二村 秀水 ……………… 388	古舘 馬仙 ……………… 425	星 善博 ………………… 221
二村 不二夫 …………… 284	古溝 智子 ……………… 194	星川 奈美枝 …………… 85
渕上 熊太郎 …………… 245	古宮 優至 ……………… 440	星田 郁代 ……………… 12
渕上 つや子 …………… 284	古谷 恭一 …………… 48, 58	星永 文夫 ……………… 42
渕田 東穂 ……………… 89	古谷 智子 ……………… 262	星野 明世 ……………… 371
渕向 正四郎 ‥ 16, 18, 348, 350	古家 正博 ……………… 335	星野 丑三 ……………… 316
淵脇 護 ………………… 364	古谷 円 ………………… 317	星野 きよえ …………… 217
普天間 喜代子 ………… 340	古家 麻里絵 …………… 336	星野 收子 ……………… 140
舟越 健之輔 …………… 61	フロステンソン, カタリーナ	星野 恒彦 ……………… 399
船越 政子 ……………… 170	……………………… 167	星野 徹 ………………… 220
船越 光政 …………… 23, 351	不破 障子 ……………… 382	星野 八郎 ……………… 344
船越 義彰 ……………… 242	不破 よね子 …………… 38	星野 麦丘人 ………… 72, 395
船谷 清子 …………… 75, 81	分銅 志静 ……………… 4	星野 秀子 ……………… 267
舟橋 精盛 ……………… 272		星野 秀高 ……………… 417
船橋 弘 ………………… 299	**【へ】**	星野 昌彦 ……… 371, 374, 376
舟辺 隆雄 ……………… 429		星野 美奈 ……………… 165
布野 芙美夫 …………… 73	平敷 武蕉 ……………… 382	星野 由美子 …………… 212
文挾 夫佐恵 ……………	別所 花梨 ……………… 81	ボーストレム, リンダ … 172
……………… 359, 370, 385, 394	別當 正男 ……………… 53	保泉 希望 ……………… 88
富摩 英子 ……………… 368	蛇石 利男 ……………… 442	穂積 マチ子 …………… 441
文梨 政幸 ……………… 235	ペロル, ジャン ………… 99	穂積 由里子 …………… 437
冬木 好 ………………… 208	逸見 喜久雄 …………… 289	細井 啓司 …………… 376, 380
フリードマン, アビゲイル	辺見 京子 ……………… 364	細井 裕美 ……………… 417
……………………… 410	辺見 じゅん ………… 277, 295	細川 加賀 ……………… 395
ブリングル ……………… 178	辺見 庸 …………… 201, 216	細川 喜久恵 ………… 108, 109
古市 幸子 ……………… 171		細川 謙三 ……………… 274
古市 文子 ……… 129, 130, 131	**【ほ】**	細川 静 ………………… 431
古内 きよ子 …………… 405		細川 子生 ……………… 26
古河 暉枝 ……………… 94	帆足 みゆき …………… 151	細川 忠生 ……………… 229
古川 憲一 ……………… 95	保泉 一生 ‥ 92, 260, 402, 403	細川 はつ ……………… 93
古川 さゆり …………… 345	寳玉 義彦 …… 127, 128, 129	細川 不凍 ……………… 435
古川 相理 ……………… 441	北條 忠政 ……………… 96	細田 傳造 ……………… 216
古川 タマ ……………… 283	坊城 俊樹 ……………… 390	細野 一敏 ……………… 382
古川 テル ……………… 133	北条 裕子 ……………… 206	細野 すみれ …………… 438
古川 智美 ……………… 438	朋来 りん ……………… 170	細野 長年 ……………… 242
古川 春雄 ……………… 235		細野 豊 ………………… 219
古川 博幸 ……………… 106		細野 陽子 ……………… 312
古川 光代 ……………… 138		細野 美男 ……………… 46

細見 綾子 ………… 370, 384	本居 桃花 …………… 412	前川 真佐子 ………… 252
細見 和之 …………… 240	本郷 潔 ……………… 26	前川 美月 …………… 333
細溝 洋子 …………… 265	本郷 祈和人 ………… 228	前城 清子 …………… 340
細谷 節子 …………… 127	本郷 隆 ……………… 209	前川 新 ……………… 125
保立 牧子 …………… 325	本郷 武夫 …………… 212	前田 和子 …………… 6
法橋 太郎 …………… 249	梵鐘 ………………… 182	真栄田 義功 ………… 207
堀田 浜木綿 ………… 29	本田 いづみ ………… 326	前田 義風 …………… 428
堀田 稔 ……………… 318	本多 和子 …………… 139	前田 貴美子 ………… 420
程山 静子 …………… 402	本田 一弘 ………… 126,	前田 霧人 …………… 143
穂村 弘 ……………… 297	300, 306, 317, 327, 331	前田 虹雨 …………… 378
甫守 哲治 …………… 151	本田 しおん ………… 184	前田 栞那 …………… 262
堀 葦男 ……………… 370	本多 茂允 …………… 28	前田 賀信 …………… 139
堀 かずみ …………… 139	本多 脩 ……………… 378	前田 卓 ……………… 166
堀 古蝶 ……………… 398	本田 真一 …………… 41	前田 勉 ……………… 6
堀 雅子 ……………… 169	本多 寿 ………… 151, 158	前田 照子 …………… 414
堀井 万郎 …………… 5	本田 裕人 …………… 344	前田 透 ………… 305, 319
堀井 美鶴 … 312, 328, 330	本田 裕之 …………… 417	前田 吐実男 ………… 371
堀内 澄子 …………… 185	譽田 文香 …………… 391	前田 紀子 …………… 284
堀内 統義 …………… 151	本田 昌子 …………… 326	前田 典子 … 139, 388, 413
堀内 華美 …………… 262	本多 陽子 …………… 172	前田 白露 …………… 412
堀内 麻利子 ………… 165	本多 稜 …… 264, 275, 306	前田 久之 …………… 57
堀江 沙オリ ………… 225	本土 美紀江 …… 276, 301	前田 秀子 ……… 388, 414
堀江 拓也 …………… 110	本名 理絵 …………… 438	前田 弘 ……………… 371
堀江 信男 …………… 25	ボンヌフォア, イヴ … 411	前田 益女 …………… 290
堀江 典子 …………… 62	本間 酒好 …………… 5	前田 美千子 ………… 100
堀江 博史 …………… 437	本間 淳子 …………… 178	前田 美智子 ………… 59
堀江 真純 …………… 187	本間 武司 …………… 272	前田 三菜津 ………… 186
堀江 泰壽 …………… 46	本間 秀子 …………… 258	前田 三穂 …………… 164
堀江 芳子 …………… 75	本間 みゆき ………… 264	前田 美代子 ………… 105
堀川 恵美 …………… 95	本間 百々代 ………… 303	前田 有紀 …………… 91
堀川 喜八郎 ………… 41	ほんま よしみ ……… 4	前田 留菜 …………… 29
堀木 すすむ ………… 409		前原 勝郎 …………… 27
堀切 綾子 …………… 410	【ま】	前原 啓子 …………… 421
堀口 愛子 …………… 48		前原 正治 …………… 224
堀口 定義 …………… 219	米田 一穂 …………… 364	真壁 いくる ………… 74
堀口 淳子 ………264, 314	前 しおん …………… 182	馬上 広士 …………… 128
堀口 星眠 …………… 395	前 登志夫 …………… 70,	牧 藍子 ……………… 358
堀口 大学 …………… 145	146, 218, 280, 287, 295, 305	牧 章子 ……………… 263
堀口 大平 …………… 192	前岡 知夏 …………… 410	槇 さわ子 ‥ 125, 174, 222, 237
堀口 宏 ……………… 185	前川 碧 ……………… 166	牧 辰夫 …………… 11, 393
堀越 綾子 …………… 172	前川 桂子 …………… 264	まき ともゆき ……… 226
堀越 鶯林子 ………… 63	前川 幸士 …………… 191	まき まさみ ………… 177
堀越 定雄 …………… 45	前川 紅楼 …………… 376	薪 窯子 ……………… 23
堀越 眞知子 ………… 325	前川 栄 ……………… 140	万亀 佳子 …… 82, 214, 230
堀下 翔 ……………… 357	前川 佐重郎 ………… 310	まきこ ……………… 444
堀地 郁男 …………… 192	前川 佐美雄 ………… 305	真喜志 知子 ………… 247
堀地 侑宏 …………… 55	前川 剛 ……………… 376	薪塩 悠 ……………… 127
堀場 清子 …………… 175	前川 弘明 …………… 371	蒔田 さくら子 … 280, 316
堀本 和繁 …………… 58		蒔田 律子 …………… 276
堀本 裕樹 ……… 398, 407		

牧長 幸子 …… 108	益永 涼子 …… 126, 405	松川 洋子 …… 272, 293, 315, 328, 329
牧野 孝子 …… 437	桝本 和子 …… 139	
牧野 尚子 …… 84	町 耿子 …… 51	松木 秀 …… 275
牧野 真弓 …… 261	町田 和子 …… 273	松木 ちゑ …… 413
牧野 ユカ …… 21	町田 志津子 …… 168, 188	松倉 如柳 …… 443
牧野 芳子 …… 61	町田 多加次 …… 62	松倉 敏子 …… 182
槇原 京子 …… 89, 90	町田 治依子 …… 417	松倉 ゆずる …… 408
牧原 弘 …… 253	町田 千代子 …… 67	松坂 弘 …… 289, 316, 320
巻渕 寛濃 …… 172	町田 廣子 …… 51	松崎 移翠 …… 61
牧村 石水 …… 5	町田 康 …… 223	松崎 加代 …… 185
牧村 則村 …… 177	松 彬 …… 74	松崎 清 …… 426
枕木 一平 …… 189	松井 一寸 …… 422	松崎 青風 …… 347, 351
政井 繁之 …… 111, 291	松井 香保里 …… 89	松崎 静浦 …… 425
正木 一三 …… 84	松井 啓子 …… 193	松崎 鉄之介 …… 71, 395
正木 誠子 …… 58	松井 更 …… 186	松﨑 智則 …… 196
真崎 節 …… 13	松井 春陽子 …… 44	松﨑 みき子 …… 22, 155
正木 ゆう子 …… 399	松井 鐘三 …… 53	松澤 昭 …… 375
正本 豊喜 …… 104	松井 多絵子 …… 281	松澤 まどか …… 442
ましお 湖 …… 46	松井 保 …… 47	末繁 雅子 …… 138
増子 良衛 …… 127	松井 千鶴子 …… 139	松下 育男 …… 158
真島 十三枝 …… 120	松井 なるみ …… 38	松下 カロ …… 377
間嶋 真紀 …… 163	松井 満沙志 …… 408	松下 紘一郎 …… 42
真下 章 …… 44, 158	松井 みどり …… 171	松下 静祐 …… 119
真下 宏子 …… 46, 152	松井 亮太朗 …… 368	松下 のりお …… 208
益 和貴 …… 50	松内 かつみ …… 54, 55	松下 正春 …… 348, 349
益 和寛 …… 50	松浦 貞子 …… 95	松下 美恵子 …… 68
益 辰男 …… 51	松浦 澄子 …… 286	松嶋 雄昭 …… 10
増子 文江 …… 62	松浦 寿輝 …… 201, 224	松島 雅子 …… 233
鱒沢 創太郎 …… 425	松浦 美智子 …… 266	松瀬 トヨ子 …… 340
増島 淳隆 …… 10	松浦 流酔 …… 351, 427	松田 彩 …… 417
増田 悦子 …… 294	松江 ちづみ …… 132	松田 一洲 …… 435
増田 河郎子 …… 412	松尾 茂夫 …… 193	松田 悦子 …… 233
増田 啓子 …… 9	松尾 静明 …… 161, 214, 220	松田 かおる …… 314
増田 紗弓 …… 108	松尾 隆 …… 102	松田 清子 …… 78
増田 佐和子 …… 252	松尾 秀夫 …… 328	松田 軍造 …… 120
増田 純子 …… 57, 60	松尾 文恵 …… 183	松田 さえこ …… 318
増田 達治 …… 401	松尾 正子 …… 103	松田 早苗 …… 259
増田 信雄 …… 403	松尾 真由美 …… 159	松田 樹里 …… 164, 165
増田 信子 …… 412	松岡 英士 …… 116	松田 淳 …… 5, 8
増田 治子 …… 353	松岡 耕作 …… 121	松田 澄江 …… 100
升田 尚世 …… 81	松岡 孝治 …… 35	松田 孝夫 …… 44
マスダ, ヒデカズ …… 411	松岡 とし子 …… 51	松田 竹生 …… 435
増田 政 …… 110	松岡 ひでたか …… 390, 399	松田 敏希 …… 426
増田 まさみ …… 366	松岡 洋史 …… 278	松田 尚人 …… 419
増田 三果樹 …… 405	松岡 政則 …… 84, 159	松田 春栄 …… 50
増田 康洋 …… 85	松岡 悠風 …… 412	松田 博子 …… 259
桝谷 啓市 …… 119	松枝 秀文 …… 26	松田 ひろし …… 410
枡谷 優 …… 169	松川 美保恵 …… 284, 307	松田 弥斗 …… 248
増谷 龍三 …… 328	松川 都 …… 339	松田 ひろむ …… 377
益永 孝元 …… 127, 128, 131		

松田 文 …… 164	松村 律子 …… 402	的野 冷壺人 …… 119
松田 美幸 …… 314	松本 明子 …… 51	間中 ケイ子 …… 181, 239
松田 幸雄 …… 218, 241	松本 旭 …… 398	真中 朋久 …… 275, 306
松田 由紀子 …… 107	松本 勲 …… 133	間中 春枝 …… 63, 66
松田 洋星 …… 117	松本 有宙 …… 419	真鍋 呉夫 ‥ 146, 210, 218, 385
松田 里絵 …… 336	松本 暎子 …… 293	真鍋 真悟 …… 97
松田 梨子 …… 266	松本 円平 …… 380	真部 照美 …… 251
松田 麗華 …… 367	松本 一美 …… 187	真鍋 正男 …… 274
松田 わ の …… 267	松本 清行 …… 437	真鍋 美恵子 …… 274, 319
松平 盟子 …… 269, 282	松本 きりり …… 140	間宮 三和子 …… 276
松近 悠 …… 332	松本 邦吉 …… 225	馬庭 ユリ …… 74
松永 沙恵子 …… 165	松本 圭二 …… 223	馬目 単 …… 126
松永 朋哉 …… 243	松本 孝太郎 …… 374	馬渕 草 …… 18, 23, 24
松永 扶沙子 …… 165	松本 幸子 …… 49	馬淵 のり子 …… 267
松永 浮堂 …… 65, 397	松本 栞 …… 55	馬見塚 吾空 …… 344
松野 和子 …… 85	松本 静顕 …… 361	間宮 舜二郎 …… 244
松野 苑子 …… 392	松本 秀司 …… 353	摩耶 甲之介 …… 134
松野 友香 …… 187	松元 珠凜 …… 418	繭 かなり …… 190
松尾 しのぶ …… 117	松本 純 …… 218	黛 執 …… 395
松尾 尚泰 …… 414	松本 淳子 …… 402	黛 まどか …… 33, 143, 365
松葉 栞里 …… 419	松本 たかし …… 144	黛 元男 …… 204
松橋 英三 …… 408	松本 隆吉 …… 354	真弓 明子 …… 437
松橋 義彦 …… 428	松本 太吉 …… 132	万里小路 譲 …… 242
松浜 夢香 …… 184, 185	松本 建彦 …… 168	丸尾 助彦 …… 28
松林 新一 …… 186	松本 知恵子 …… 81	丸尾 東洋子 …… 260, 265, 337
松林 尚志 …… 376	松本 知沙 …… 151	丸尾 凡 …… 29
松林 朝蒼 …… 142, 364	松本 典子 …… 269, 278	丸尾 行雄 …… 29
松林 希 …… 418	松本 花子 …… 101	圓子 哲雄 …… 3
松原 一成 …… 54, 55, 56	松本 葉夏 …… 87	丸田 亜衣菜 …… 333
松原 雪春 …… 214	松本 春道 …… 437	丸田 礼子 …… 229
松原 孝好 …… 44	松本 秀三郎 …… 94, 95, 96	丸谷 長進 …… 107
松原 敏夫 …… 242	まつもと ひろと …… 227	丸地 守 …… 63
松原 珀子 …… 360	松本 文子 …… 76	丸野 きせ …… 169
松原 みち子 …… 315	松本 正勝 …… 403	丸野 幸子 …… 338
松原 立子 …… 193	松本 ミチ子 …… 213	丸茂 春菜 …… 185
松村 育子 …… 64	松本 翠 …… 63	丸本 明子 …… 174, 229
松村 英一 …… 318	松本 百子 …… 120	丸山 薫 …… 234
松村 景一路 …… 124	松本 ヤチヨ …… 120, 365	丸山 果崖 …… 412
松村 酒恵 …… 380	松本 侑り …… 129	丸山 一夫 …… 62
松村 蒼石 …… 384	松本 勇二 …… 374	丸山 香月 …… 102, 104
松村 忠義 …… 272, 293	松本 幸夫 …… 437, 438, 440	丸山 節子 …… 148
松村 照子 …… 46	松本 夜詩夫 …… 45	丸山 匡 …… 416
松村 ひさき …… 100	松本 梨沙 …… 165	丸山 太郎 …… 95
松村 正直 …… 310, 320	松谷 忠和 …… 428	丸山 乃里子 …… 114, 190
松村 美咲 …… 87	松家 千葉 …… 103	丸山 不染 …… 432
松村 茂平 …… 62	松山 愛未 …… 345	丸山 美沙夫 …… 380
松村 優作 …… 89	松山 虚舟 …… 437	丸山 美知子 …… 259
松村 由利子 …… 271, 278, 297, 298	松山 豊顕 …… 242	丸山 由生奈 …… 97
	松山 芳生 …… 423	丸山 由美子 …… 42
	まど・みちお …… 237	

丸山 令子 …………… 96	岬 多可子 …… 32, 201, 246	水野 久美子 ………… 344
万造寺 ようこ ………… 276	三沢 清雄 ……………… 79	水野 隆 ……………… 204
	三沢 浩二 ……………… 26	水野 紀子 …………… 415
【み】	御沢 昌弘 …………… 204	水野 昌雄 ………… 61, 342
	三沢 容一 …………… 410	水野 真幸 ……………… 97
	三澤 吏佐子 …………	水野 雅子 …………… 343
見上 司 ………………… 6	285, 321, 329, 330	水野 真由美 …… 187, 366
三浦 一見 …………… 441	三品 利恵 …………… 439	水野 翠 ……………… 172
三浦 和子 …………… 405	三島 久美子 ………… 193	水野 るり子 … 32, 63, 158
三浦 加代子 …… 352, 420	三島 ちとせ ………… 357	水野 露草 …………… 415
三浦 紀水 …………… 401	三島 東風 ……………… 79	水橋 晋 …………… 175, 245
三浦 琴子 …………… 314	三島 奈穂子 ………… 104	水原 紫苑 ……………… 88,
三浦 サヱ子 …… 439, 441	三嶋 洋 …………… 156, 257	143, 274, 282, 341
三浦 幸子 …… 423, 444	三嶋 正枝 …………… 134	水辺 灯子 …………… 183
三浦 誠子 …………… 360	三島 洋 ……………… 254	三角 とおる ………… 174
三浦 節子 …………… 266	水 邦子 ………………… 79	三角 みづ紀 ………… 178,
三浦 宗一 …………… 443	水井 秀雄 …………… 185	211, 216, 224, 249
三浦 蒼鬼 …… 423, 443, 444	水内 和子 …………… 360	水本 佐代子 ………… 259
三浦 たくじ ………… 428	水落 博 ……………… 276	水本 光 ……………… 300
三浦 啄治 …………… 156	水上 あいり ………… 419	三瀬 教世 …………… 390
三浦 武 ……………… 316	みずかみ かずよ …… 237	溝上 桓子 …………… 120
三浦 太郎 …………… 140	水上 弧城 …………… 400	溝木 トクエ ………… 103
三浦 哲夫 …………… 440	水上 文雄 …………… 303	溝口 章 ……………… 205
三浦 敏弘 ………………… 7	水木 萌子 ……………… 69	溝口 絵里奈 ………… 332
三浦 春水 ………………… 8	水月 りの …………… 366	溝渕 為象 ……………… 59
三浦 久子 …… 272, 293	水月 りら …………… 191	溝渕 淑 ……………… 58
みうら ひろこ ……… 128	水城書房 ……………… 62	三田 きえ子 ………… 393
三浦 ふく ……………… 15	水口 幾代 …………… 136	三田 地草花 ………… 430
三浦 雅士 …………… 210	水口 里子 ………… 53, 55	三田 洋 ……………… 207
三浦 みち子 ………… 256	水口 小百合 ………… 101	三田地 信一 ………… 256
三浦 弥生 ………………… 4	水口 秋水 …………… 101	三田地 白畝 …………… 22
三浦 優子 …………… 177	水口 達彦 …………… 417	三谷 晃一 ……… 123, 237
三浦 玲子 ………… 36, 223	水沢 遙子 …………… 276	三田村 正彦 ………… 116
三浦 礼子 ……………… 74	水島 菊代 …………… 286	道浦 母都子 ………… 274
「三重詩人」 ………… 162	水島 知周 …………… 200	道端 長七 …………… 139
三上 公太郎 …………… 87	水島 英巳 …………… 243	三千山 祐子 ………… 228
三上 史郎 …………… 381	水島 美津江 ………… 161	未津 きみ ……………… 3
三上 迷太郎 …… 422, 443	みずた 志げこ ……… 132	三井 修 …… 274, 289, 316
三上 りつよ ………… 118	水田 むつみ ………… 354	三井 淳一 …………… 382
三上 良三 ……… 17, 350	水田 佳 ………… 53, 54, 55	三井 喬子 ……… 162, 205
美柑 みつはる ……… 392	水谷 あづさ …… 186, 187	三井 治枝 …………… 290
三木 郁 ……………… 261	水谷 清 ……………… 218	光井 誠人 …………… 332
三木 蒼生 …………… 353	水谷 澄子 …………… 138	三井 ゆき ……… 309, 316
三木 卓 …… 158, 200, 211	水谷 昌子 ……… 273, 294	三井 葉子 …… 32, 71, 173
三木 基史 …………… 374	水谷 有美 ………… 94, 96	光岡 早苗 ……………… 26
三国 無我 …… 422, 443	水谷 由美 ……………… 95	三方 克 ……………… 174
三国 玲子 ……… 277, 296	水谷 由美子 ………… 392	光悦 健悦 ……… 183, 235
みご なごみ ………… 30	水永 ミツコ …………… 75	みつぎ しげる ………… 11
美崎 明 …… 53, 54, 56, 58, 59	水野 かつ …………… 403	三鲅 奈津子 …… 30, 311

光冨 郁也 …………… 245	みのべ 柳子 …………… 434	三宅 太郎 …………… 315
光永 千鶴子 …………… 413	御法川 均 …………… 149	三宅 千代 …………… 316
光野 及雄 …………… 140	箕輪 いづみ …………… 171	三宅 奈緒子 …………… 289
三橋 敏雄 ……… 370, 384	美野輪 光 …………… 95	三宅 能婦子 …………… 31
光畑 浩 …………… 27	三船 主恵 …………… 28	三宅 真奈華 …………… 87
三星 慶子 …………… 327	三船 武子 …………… 24	三宅 勇介 …………… 282
三星 睦子 …………… 405	三舩 煕子 …………… 121	宮腰 郷平 …………… 4
光本 道子 …………… 29	美村 幹 …………… 42	宮腰 流木 …………… 8
光森 裕樹 ……… 269, 275	三村 紘司 …………… 28	宮坂 静生 …… 142, 371, 394
光森 藤子 …………… 52	三村 純也 …………… 397	宮坂 翔子 …………… 185
三森 鉄治 …………… 329	三村 ふきえ …………… 354	宮崎 愛美 …………… 416
三ッ谷 平治 …………… 250	みもと けいこ …………… 207	宮崎 綾子 …………… 170
光山 楓 …………… 130	宮 静枝 …………… 225	宮崎 郁子 ……… 93, 339
三ッ山 ひろし …………… 418	宮 柊二 ……… 145, 305	宮崎 勝義 …………… 435
光吉 高子 …………… 29	宮 英子 …… 71, 280, 296	宮崎 清 …………… 207
三吉 誠 …………… 325	宮入 聖 …………… 374	宮崎 健三 …………… 220
三吉 みどり …………… 400	宮牛 昌二 …………… 254	宮崎 沙耶香 …………… 261
御供 平佶 …………… 316	宮内 徳男 …………… 209	宮崎 茂美 ……… 49, 50
緑川 春男 …………… 327	宮内 萌々子 …………… 367	宮崎 昭司 …………… 110
緑川 浩明 …………… 93	宮尾 節子 …………… 246	宮崎 巧 …………… 7
緑川 福子 …………… 95	宮尾 直美 ……… 52, 53	宮崎 斗士 …………… 374
水上 芙季 ……… 91, 92	宮岡 昇 ……… 61, 269	宮崎 登志子 …………… 114
皆川 二郎 …………… 327	宮川 菊代 …………… 81	宮崎 信義 …………… 296
皆川 長喜 …………… 360	宮川 桂子 ……… 273, 294	宮崎 英幸 …………… 127
皆川 盤水 …………… 395	宮川 すみ子 …………… 416	宮崎 正夫 …………… 313
水無川 理子 …………… 235	宮川 治佳 ……… 185, 186	宮崎 愛美 …………… 416
皆木 信昭 …………… 214	宮川 智子 …………… 67	宮崎 ミツ …………… 169
水無田 気流 … 178, 216, 225	宮川 久子 …………… 41	宮崎 祐子 …………… 215
湊 繁治 …………… 108	宮川 港 …………… 42	宮崎 良樹 …………… 5
湊 楊一郎 …………… 372	宮川 康雄 …………… 289	宮﨑 玲奈 …………… 56
南 うみを …………… 397	宮城 喜久子 …………… 340	宮崎県立宮崎商業高等学校
南 鏡子 …………… 310	宮城 謙一 …………… 342	…………… 334
南 孝 …………… 353	宮城 沙紀 …………… 247	宮澤 知里 …………… 90
南 卓志 ……… 381, 382	宮城 秀一 …………… 247	宮沢 一 …………… 189
南 輝子 …………… 260	宮城 盛吉 …………… 248	宮沢 肇 …………… 205
南 信雄 ……… 204, 208	宮城 隆尋 …………… 243	宮地 玲子 …………… 390
南 万里子 ……… 96, 97	宮城 鶴子 …………… 340	宮下 自由 ……… 198, 338
南 稔 …………… 344	宮城 英定 …………… 243	宮下 白泉 …………… 410
南川 健児 …………… 413	宮城 安秀 ……… 352, 421	宮下 誠 …………… 191
南澤 孝男 …………… 10	宮城 力也 …………… 248	宮下 隆二 …………… 190
南野 薔子 …………… 182	宮城 涼 ……… 340, 421	宮島 右近 …………… 153
源 陽子 ……… 276, 301	宮城 礼子 …………… 420	宮島 志津江 …………… 217
皆吉 爽雨 …………… 383	宮城県名取市立第二中学校	宮島 宏子 …………… 10
峯尾 博士 …………… 68	…………… 334	宮代 健 …………… 183
峯岸 伸一 …………… 416	三宅 愛子 …………… 119	宮津 昭彦 ……… 395, 401
峯澤 典子 …………… 159	三宅 霧子 …………… 276	美谷添 充子 …………… 38
美濃 千鶴 ……… 164, 168	三宅 久美子 …………… 368	宮園 マキ …………… 177
美濃地 礼子 …………… 77	三宅 桂子 …………… 336	宮田 澄子 ……… 138, 204
美濃部 古渓 ……… 347, 349	三宅 武夫 …………… 26	宮田 珠子 …………… 361
		宮田 房子 …………… 75

【む】

宮田 正和	364
宮武 千津子	267
宮地 伸一	295, 302
宮地 たえこ	50
みやの えいこ	8
宮野 榮子	6
宮野 きくゑ	319
宮野 小堤灯	346, 347
宮野 拓未	86
宮橋 和代	56
宮橋 敏機	52
宮原 姿郎	438
雅 流慕	182
深山 輝	5
宮村 典子	140, 429
宮本 永子	65
宮本 茂久	87
宮本 紗光	422
宮本 脩平	336
宮本 すず枝	107
宮本 善一	161
宮本 苑生	89, 172
宮本 髙子	95
宮本 輝昭	392
宮本 智子	96
宮本 直子	86
宮本 奈実	262
宮本 望	20
宮本 道	233
宮本 めぐみ	434
宮本 泰子	52, 54, 55
宮本 由紀子	332
宮本 洋子	84
宮脇 和子	284
宮脇 眞	362
宮脇 真彦	358
明神 未季	54
三次 紀恵子	324
三好 達治	145, 192
三好 豊一郎	201, 240
三好 美津子	363
三好 みどり	116
三輪 和	104
三輪 閑蛙	402
三輪 初子	362
三輪 博久	138
美和 澪	190
三輪 優子	312

向井 清子	140
向井 清	102
向井 成子	37, 114
向井 靖雄	261
むかい谷 なお	419
武川 忠一	71, 280, 305, 318
麦田 穣	102, 114, 195, 209
椋 誠一朗	345, 391
椋木 由起	75
六車 紅苑	101
武藤 千代美	228
武藤 敏子	38, 40, 335
武藤 尚樹	400
武藤 紀子	415
武藤 真貴子	439
武藤 瑞こ	118
武藤 豊	427
武藤 遥山	437
武藤 義哉	266
宗像 博子	405
宗像 幹夫	437, 438
村井 一朗	140
村井 聖子	94
村井 寿子	93
村井 宏	272
村尾 イミ子	152
村尾 竹美	332
村岡 圭子	284
村上 あかり	332
村上 昭夫	153, 158, 224
村上 章子	259
村上 秋善	431, 433, 434
村上 綾朗	272
村上 あゆみ	86
村上 一葉子	401
村上 恵璃華	199
村上 恵理子	227
村上 京子	186
村上 喜代子	397
村上 潔	164
村上 草彦	219
村上 国治	206
村上 けい子	74
村上 幸治	368
村上 重晃	8

村上 しゅら	364
村上 淳	231
村上 節子	64
村上 園子	76
村上 敬明	330
村上 智香	186
村上 敏子	291
村上 松夫	93
村上 美智子	17
村上 光江	86
村上 弥生	114
村上 陽子	431
村上 柳影	437, 438, 439
村木 澪子	413
村越 化石	70, 143, 364, 384, 395, 401
村越 淳	438
紫 圭子	208, 222
紫 水菜	191
村沢 夏風	395
村瀬 和子	173, 204
村瀬 誠道	387
村瀬 保子	239
村田 明子	367
村田 一人	49
村田 桂一郎	253
村田 三岐路	347
村田 真弥	417
村田 善保	443
村田 武	91
村田 鉄土	47
村田 俊秋	273, 308
村田 寿子	68
村田 冨美	39
村田 まさる	373
村田 光義	255
村田 礼子	4
村中 燈子	392, 415
村中 文人	15
村永 大和	295
村野 四郎	145, 234
村野 美優	245
村橋 清子	105
村部 たか子	413
村松 彩石	376
村松 敏子	45
村松 友次	398
村松 尚	152
村松 洋子	369

村山 明日香 …………… 227	本居 三太 …………… 412	森 優香 …………… 215
村山 精二 …………… 245	本木 和彦 …………… 185	森 悠紀 …………… 176
村山 白朗 …………… 6	元田 漠 …………… 97	森 祐希子 …………… 170
村山 三千代 …………… 413	本林 勝夫 …………… 287	森 雷音 …………… 120
村山 稔 …………… 149	本久 義春 …………… 49	森 羅一 …………… 212
室井 睦美 …………… 186	本平 進 …………… 20	森 礼子 …………… 51, 52
室井 大和 …………… 129, 131	元道 和子 …………… 79	盛合 秋水 …… 15, 16, 425, 429
室生 幸太郎 …………… 371	本宮 哲郎 …………… 393, 395	盛合 要道 …………… 188
室岡 和子 …………… 398	本宮 正保 …… 16, 17, 153, 154	森井 マスミ …………… 276, 281
室岡 啄葉 …………… 346	本村 正雄 …………… 119	森井 美知代 …………… 415
室田 洋子 …………… 369	本吉 洋子 …………… 36	森内 奈穂子 …………… 183
	桃生 小富士 …………… 424	森尾 仁子 …………… 415
【め】	物江 秀夫 …………… 232	森岡 貞香 …… 280, 288, 305
	樅山 尋 …………… 125, 404	森岡 天涯 …………… 84
	百川 梢介 …………… 313	森岡 豊秋 …………… 291
メイソン, スコット …… 410	百瀬 俊夫 …………… 96	森岡 政子 …………… 335
迷鳥子 …………… 105, 106	百瀬 靖子 …………… 392	森賀 まり …………… 398
女鹿 洋子 …………… 20	桃田 しげみ …………… 49	森垣 岳 …………… 301
銘苅 輝子 …………… 247	百谷 保 …………… 107	森川 治 …………… 13
銘苅 真弓 …………… 340	桃谷 容子 …………… 233	森川 幸朗 …………… 412
目黒 順子 …………… 291	桃原 邑子 …………… 41	森川 邇朗 …………… 147
目黒 哲朗 …………… 264	森 朝男 …………… 310	森川 久 …………… 298
目黒 裕佳子 …………… 249	杜 あとむ …………… 121	森川 一二三 …………… 81
目迫 秩父 …………… 370	森 一歩 …………… 151	森川 扶美 …………… 164
メゾッテン, バート …… 411	森 和代 …………… 101	森川 平八 …………… 293
	杜 圭介 …………… 100	森口 千恵子 …………… 413
【も】	森 貞幸 …………… 100	森口 時夫 …………… 75
	森 茂美 …………… 77	森口 規史 …………… 103
	森 志げる …………… 121	森口 啓子 …………… 102, 104
毛利 スエ子 …………… 363	母利 司朗 …………… 358	森越 剣児楼 …………… 443
毛利 壽美子 …………… 335	もり しんいち …………… 36	森崎 昭生 …………… 27
毛利 衛 …………… 211	森 真吾 …………… 118	森崎 和江 …………… 238
最上 二郎 …………… 239	森 水晶 …………… 218	杜沢 光一郎 …………… 62, 320
もぎ まさき …………… 226	森 澄雄 …… 145, 218, 384	森下 草城子 …… 371, 386, 387
木犀庵 静志 …………… 38	森 武司 …………… 57, 142	森下 百八 …………… 62
望月 佐也佳 …………… 185	森 玉江 …………… 93	森下 美智子 …………… 53
望月 周 …………… 365, 398	森 てふ子 …………… 95	森下 光江 …………… 414
望月 俊佑 …………… 92	森 哲弥 …………… 159	森島 昭 …………… 403
望月 皓実 …………… 95, 97	森 富男 …………… 147, 298	森島 あゆみ …………… 418
望月 のぞみ …………… 89	森 徳子 …………… 263, 313	森園 かな女 …………… 122
望月 望 …………… 360	森 洋 …………… 380	モリタ, エリン・ミドリ …… 170
望月 光 …………… 192	森 楳園 …………… 101	盛田 勝寛 …………… 141
望月 浩子 …………… 183	森 真佐枝 …………… 192, 208	守田 啓子 …………… 423
望月 遊馬 …………… 178	森 政代 …… 53, 54, 58, 59	森田 公司 …………… 61
望月 善次 …………… 25	森 実恵 …………… 134	森田 小夜子 …………… 266
持田 敏朗 …………… 362	森 美沙 …………… 190	森田 進 …………… 193, 203
持田 俶子 …………… 78, 81	杜 みち子 …………… 64, 167	森田 高志 …………… 139
茂木 安比古 …………… 16	森 美那 …………… 91	森田 登紀 …………… 45
	森 美奈子 …………… 440	森田 峠 …………… 71, 395

森田 智子 ……… 370		安井 福世 ……… 354
森田 農成 ……… 229		保尾 胖子 ……… 353
森田 博 ……… 149	【や】	安岡 愛宏 ……… 52, 53
森田 溥 ……… 7		安岡 抄希子 ……… 49
森田 三代子 ……… 314		安岡 智子 ……… 54, 55, 56
森田 八重子 ……… 428	八重 洋一郎 ……… 162, 242	安川 幸子 ……… 413
森田 優子 ……… 185	八重樫 克羅 ……… 152	安川 のぶ ……… 413
森田 幸恵 ……… 438	八重樫 哲 ……… 154	安田 青葉 ……… 403
森田 有理恵 ……… 196	八重樫 舞 ……… 441	安田 章生 ……… 296, 319
森田 洋子 ……… 414	八重嶋 アイ子 ……… 21, 256	安田 準子 ……… 7
森田 蓉子 ……… 355	八重嶋 勲 ……… 14, 15, 254	安田 純子 ……… 130
森田 美子 ……… 94, 95	八重嶋 みね ……… 22	安田 純生 ……… 302
森田 良子 ……… 299	屋嘉部 奈江 ……… 352	安田 雅博 ……… 217
森田 林 ……… 52	矢木 彰子 ……… 270	安田 美咲 ……… 338
森谷 四郎 ……… 325	八木 健輔 ……… 325	安田 龍泉 ……… 8
森谷 康弘 ……… 259	八木 孝子 ……… 108	安田 和楽志 ……… 437, 441
森戸 克美 ……… 212	八木 忠栄 ……… 72, 176, 179	安武 仙涙 ……… 117
森中 香代子 ……… 413	八木 藤水 ……… 253	やすたけ まり ……… 299
守中 高明 ……… 143, 249	八木 智子 ……… 335	安長 くに ……… 313
森永 寿征 ……… 299	八木 博信 ……… 114, 298	安永 俊国 ……… 231
森中 幸枝 ……… 414	八木 幹夫 ……… 179	安永 蕗子 ……… 41, 70, 268, 277, 296, 305
森野 和代 ……… 105	八木 道雄 ……… 140	
森水 陽一郎 ……… 134	八木沢 清子 ……… 346	安原 輝彦 ……… 114, 195, 196
森村 浅香 ……… 318	八木田 順峰 ……… 183, 184, 323	安英 晶 ……… 235
森村 誠一 ……… 33	八木田 幸子 ……… 22, 423, 444	安丸 槙子 ……… 59, 60
森本 翔 ……… 60	柳沼 ハマ ……… 438	安水 稔和 ……… 71, 203, 211, 225, 237
森本 青三呂 ……… 58	柳沼 素子 ……… 439	
森本 平 ……… 281	八木原 愛 ……… 417	安光 セツ ……… 59
森本 孝徳 ……… 178	柳生 じゅん子 ……… 151, 231	安森 敏隆 ……… 276, 316
森本 津弓 ……… 187	柳生 正名 ……… 377	矢田部 美幸 ……… 415
森元 輝彦 ……… 322	柳楽 恒子 ……… 78, 79	谷地 化石 ……… 15, 424, 425
森本 トモエ ……… 335	薬師寺 陽子 ……… 335	谷地 実 ……… 428
森本 道生 ……… 138	矢口 哲男 ……… 242	矢地 由紀子 ……… 398
森本 保子 ……… 284	矢口 以文 ……… 235	谷戸 冽子 ……… 415
森本 優希 ……… 286	八坂 スミ ……… 98, 342	柳井 眞路 ……… 54
守谷 茂泰 ……… 265, 374, 377	矢崎 健一 ……… 325	柳内 祐子 ……… 285, 321
守屋 ひでお ……… 259	矢崎 義人 ……… 112, 113, 177	屋中 京子 ……… 284, 328, 330
森谷 正成 ……… 109	矢沢 歌子 ……… 272	梁川 和奏 ……… 199
森山 叶保子 ……… 76	矢澤 重徳 ……… 127	柳 照雄 ……… 299
森山 耕平 ……… 253	矢下 詩織 ……… 418	柳澤 美晴 ……… 265, 275, 278, 330
森山 古遊 ……… 73, 74	矢島 京子 ……… 328	柳沢 美帆 ……… 419
森山 晴美 ……… 309	矢島 多都美 ……… 44	柳清水 広作 ……… 15, 19, 20, 21, 424, 425, 427
森山 比呂志 ……… 73, 75	矢島 渚男 ……… 394	
森山 良太 ……… 269	矢島 恵 ……… 400	柳田 晶子 ……… 313
諸井 恵子 ……… 44	矢代 東村 ……… 318	柳田 昭 ……… 324, 325
諸岡 史子 ……… 121	矢代 廸彦 ……… 222	柳田 杏村 ……… 348
諸田 洋子 ……… 46	屋代 葉子 ……… 318	柳谷 昌 ……… 68
門馬 貴子 ……… 198	矢須 恵由 ……… 403	柳坪 幸佳 ……… 67
門馬 久男 ……… 4	安井 華奈子 ……… 186	柳原 泰子 ……… 14
門馬 政隆 ……… 124		

柳瀬 和美 … 190	山木 礼子 … 299	……………… 333
梁田 ばく … 44	山岸 昭 … 108	山倉 洋子 … 428
簗場 ゆたか … 403	山岸 雅恵 … 52, 59	山崎 明子 … 50
矢沼 冬星 … 9	山岸 祐子 … 324	山崎 絢子 … 52
矢野 しげ子 … 329	山岸 由佳 … 375	山崎 栄治 … 146, 202
矢野 正一郎 … 52	山北 登 … 8	山崎 桜和 … 410
矢野 伸一 … 441	山口 明子 … 310	山崎 一夫 … 424
矢野 孝久 … 173	山口 一世 … 413	山崎 一彦 … 19
矢野 千恵子 … 186	山口 英二 … 364	山﨑 紀美子 … 56
矢野 智大 … 56	山口 果南 … 197	山崎 恭子 … 89
矢野 典子 … 354	山口 要 … 118, 435	山崎 啓 … 38
矢野 マサ子 … 47	山口 紀久子 … 31, 291	山崎 啓子 … 68
矢野 善喜 … 258	山口 圭子 … 138	山崎 聡子 … 278, 299
矢野 莉亜 … 185	山口 恵子 … 283	山崎 至誠 … 52
矢萩 麗好 … 321	山口 桂子 … 109, 267	山崎 十死生 … 66, 67
屋比久 ゆき子 … 247	山口 貞子 … 44	山崎 淳市 … 416
藪 弘 … 293	山口 幸子 … 412	山崎 純治 … 232
藪内 亮輔 … 269	山口 重吉 … 6	山崎 正治 … 93
矢吹 厨夫 … 126	山口 順子 … 39	山崎 新多浪 … 413
矢吹 泰子 … 186	山口 水青 … 124	山崎 住代 … 5
矢吹 遼子 … 127, 130, 405	山口 草堂 … 384	山崎 尚生 … 94
屋部 公子 … 339	山口 園 … 286	山崎 孝 … 64, 153, 154
矢部 居中 … 123	山口 珠美 … 95, 96	山﨑 高裕 … 176
矢部 雅子 … 363	山口 チイ子 … 442	やまさき・たどる … 55
矢部 雅之 … 275, 281, 317	山口 恒治 … 243	山﨑 知恵子 … 80
山 信夫 … 409	山口 剛 … 374	山崎 つぎの … 121
山市 雅美 … 417	山口 哲夫 … 177	山崎 久子 … 74
山内 栄子 … 349	山口 濤聲 … 308	山崎 冨美子 … 119
やまうち かずじ … 206	山口 淑枝 … 228	山崎 方代 … 294
山内 清 … 169	山口 富江 … 66	山崎 正夫 … 118
山内 靜 … 7	山口 都茂女 … 393	山崎 昌彦 … 47
山内 集外 … 401	山口 尚美 … 127	山崎 美智子 … 291
山内 南海 … 430	山口 尚哉 … 185	山崎 光子 … 52, 54, 55, 56
山内 幸枝 … 430	山口 伸 … 388	山崎 光子 … 58
山浦 正嗣 … 113	山口 春樹 … 162	山崎 美代子 … 139
山尾 昌徳 … 437	山口 広子 … 336	山崎 睦男 … 169, 174
山尾 素子 … 182	山口 文子 … 406	山﨑 百花 … 403
山丘 桂子 … 68	山口 正秋 … 354	山崎 祐子 … 397
山陰 石楠 … 144	山口 雅子 … 297, 312	山﨑 葉 … 51, 53, 54
山形 照美 … 212	山口 真澄 … 171	山﨑 蓉子 … 10
山上 秋恵 … 338	山口 みち子 … 412	山崎 緑城 … 49
山上 樹実雄 … 143, 394, 395	山口 光代 … 9	山崎 る り 子 … 88, 179, 225
山川 純子 … 329, 330	山口 祐子 … 75	山崎 和賀流 … 364
山川 精 … 136	山口 優夢 … 356, 365	山路 虹生 … 314
山川 奈々恵 … 173	山口 夢築 … 410	やまじ 席亭 … 437
山川 文太 … 243	山口 好子 … 39	山路 豊子 … 64, 66, 67
山川 有古 … 284, 307	山口 梨絵 … 419	山信田 明子 … 17
山川 寮子 … 413	山口 和歌子 … 48	山下 泉 … 276
八牧 美恵子 … 401	山口県立防府商業高等学校	山下 雅人 … 281
八巻 未希子 … 129		山下 和夫 … 44

山下 和子 ……… 272, 439	山田 正太郎 ……… 382	山中 奈己 ………… 164
山下 和代 ………… 54, 60	山田 進輔 ………… 292	山中 弘通 ………… 415
山下 寛治 …………… 9	山田 征司 ………… 377	山中 理生 …………… 50
山下 喜美子 ……… 318	山田 静水 ……… 352, 420	山中 六 …………… 243
山下 喜巳子 ……… 251	山田 石峰 …………… 5	山根 明春 …………… 85
山下 邦子 ………… 51	山田 隆昭 ……… 158, 222	山根 克典 ………… 140
山下 紫華王 ……… 442	山田 貴子 ………… 21	山根 亀次 ………… 353
山下 しげ人 ……… 361	山田 たかし ……… 134	山根 早苗 …………… 77
山下 達也 ………… 410	山田 つかさ ……… 416	山根 繁樹 …… 76, 77, 78
山下 徹 …………… 169	山田 哲夫 ……… 386, 388	山根 真矢 ………… 393
山下 奈美 ………… 185	山田 凍蝶 ………… 262	山根 千恵子 ……… 235
山下 久樹 ………… 137	山田 朋美 ………… 440	山根 聰彦 ………… 424
山下 ひろみ ……… 285	山田 昇 …………… 437	山根 はな子 ……… 73
山下 舞 …………… 439	山田 はま子 ……… 318	山根 遥 …………… 87
山下 正雄 ………… 53,	山田 春生 ………… 143	山根 芙美子 ……… 73
54, 55, 56, 58, 60	山田 春香 ………… 166	山野 茶花子 ……… 423
山下 真由子 ……… 335	山田 弘子 ……… 390, 391	山野 真寛 ………… 165
山下 実 …………… 63	山田 ひろし ……… 114	山埜井 喜美枝 … 71, 118
山下 陸奥 ………… 318	山田 洋 …………… 291	山ノ井 すい子 …… 438
山下 由美子 …… 54, 59, 60	山田 ひろむ ……… 67, 388	山之口 貘 ………… 202
山下 リエ ………… 95	山田 風羽 ………… 286	山畑 勝二 ………… 355
山下 率賓子 ……… 123	山田 富士郎 …………	山藤 照恵 …………… 80
山下 りほ ………… 311	269, 274, 302, 306	山見 いく子 ……… 118
山下 わたる ……… 190	山田 帆乃香 ……… 367	山見 都星 ………… 118
山科 喜一 ………… 382	やまだ まお ……… 227	山道 正登 ………… 292
山城 寒旦 ………… 118	山田 真砂年 ……… 397	山嶺 豊 …………… 322
山城 久良光 …… 352, 420	山田 みづえ …… 364, 395	山村 綾子 ………… 440
山城 青尚 ……… 351, 420	山田 みつる ………… 5	山村 かな ………… 91
山城 美希恵 ……… 248	山田 由紀子 ……… 362	山村 信男 ………… 113
山城 美智子 …… 352, 420	山田 よう ………… 190	山村 麻友 ………… 165
山瀬 裕之 ………… 102	山田 よしこ ……… 121	山村 美恵子 ……… 415
やまだ あかり …… 55	山田 佳乃 ………… 391	山村 路子 ………… 272
山田 明子 …………… 80	山田 りょうへい … 418	山村 泰彦 ………… 289
山田 五百子 ……… 314	山田 航 … 269, 275, 281, 330	山本 あきら ……… 362
山田 栄子 ………… 272	山寺 早苗 ………… 437	山本 絢子 ………… 51, 53
山田 悦子 ………… 435	大和 昭彦 ………… 323	山本 伊都子 ……… 360
山田 英美子 ……… 111	大和 千代子 ……… 100	山本 一歩 ……… 365, 397
山田 鍵男 ………… 387	山戸 則江 ………… 374	山本 栄子 ………… 184
山田 一子 …………… 96	大和 柳子 ………… 118	山本 沖子 ………… 173
山田 寛二 ……… 439, 440	大和田 慶一 ……… 312	山本 薫 …………… 19
山田 輝久子 ……… 29	大和田 富美 ……… 127	山本 和夫 ………… 234
山田 恵子 …………… 8	山名 康郎 ………… 316	山本 和之 ………… 301
山田 幸一 ………… 311	山中 一夫 …… 53, 54, 55	山本 かね子 …… 316, 319
山田 孝治 ………… 139	山中 園子 …… 52, 58, 59	山本 寛太 ………… 316
山田 耕平 ………… 356	山中 智恵子 …………	山本 希久子 ……… 433
山田 幸子 ………… 285	277, 296, 305, 331	山本 恭子 ………… 416
山田 佐稚子 ……… 328	山中 千代子 … 263, 313	山本 くみ …… 16, 17, 18
山田 三郎 ………… 441	山中 勉 …………… 211	山本 圭子 … 73, 130, 327
山田 茂夫 …… 40, 441, 442	山中 利司 ………… 238	山本 桂馬 …………… 9

山本 源太 ……………… 231	山本 四雄 ……………… 186	湯本 龍 ………… 272, 293, 330
山本 耕一路 …………… 160	山森 和子 ……………… 109	由良 ちえ ……………… 284
山本 高聖 ……………… 187	山谷 青雲 ……………… 360	涌羅 由美 ……………… 391
山本 航平 ……………… 86	山山 央陽 ……………… 424	由利 俊 ………………… 208
山本 皓平 ……………… 357	矢村 蕉風 ……………… 123	百合山 羽公 …………… 384
山本 こずえ …………… 132	矢本 大雪 …………… 431, 434	
山本 祥代 ……………… 313	鎗田 清太郎 ……… 188, 236	
山本 左門 ……………… 374	山家 和子 ……………… 127	【よ】
山本 俊一 ……………… 64		
山本 純子 ……………… 159		瑶 いろは ……………… 243
山本 丞 ………………… 235	【ゆ】	葉 閑女 ………………… 444
山本 素竹 …………… 390, 391		陽 美保子 ……………… 401
山本 大愚 ……………… 253	湯浅 茂子 ……………… 46	与儀 紋佳 ……………… 248
山本 泰三 ……………… 369	湯浅 ゆき恵 …………… 101	与儀 啓子 ……………… 421
山本 たくや …………… 357	油井 昭平 ……………… 19	横井 昭 ………………… 94
山本 拓也 ……………… 357	由宇 とし子 …………… 42	横井 和幸 ……………… 91
山本 太郎 …… 145, 202, 209	結城 健治 ……………… 107	横井 新八 ………… 168, 204
山本 鍛 ………………… 418	結城 慎也 ……………… 439	横井 遥 ………………… 398
山本 忠次郎 …………… 429	結城 千賀子 …………… 317	横尾 貞吉 ……………… 259
山本 千代子 ………… 377, 381	結城 奈央 ……………… 439	横尾 幹男 ……………… 283
山本 司 ……………… 320, 330	結城 みち子 …………… 12	横尾 裕 ………………… 217
山本 哲也 ……… 117, 177, 230	結城 良一 ……………… 124	横川 俊夫 ……………… 67
山本 十四尾 … 11, 12, 175, 245	結城 伶子 ……………… 315	横澤 悦子 …………… 17, 18
山本 とし子 …………… 185	遊座 英子 ……………… 18	横澤 和司 ……………… 20
山本 止 ………………… 51	遊座 昭吾 ……………… 24	横地 かをる ……… 386, 388
山本 友一 …………… 279, 319	遊子 …………………… 182	横関 丈司 ……………… 236
山本 トヨ子 …………… 266	湯川 田々司 …………… 44	横田 昭子 ……………… 378
山本 葉月 ……………… 437	湯川 雅 ………………… 390	横田 英二 ……………… 43
山本 英子 ……………… 177	悠紀 あきこ ……… 27, 209	横田 松江 ……………… 45
山本 浩子 ……………… 413	柚木 紀子 ……………… 365	横田 佑梨 ……………… 86
山本 博道 ……………… 237	ゆきなか すみお ……… 134	横町 洲真 ……………… 417
山本 房 ………… 52, 54, 55	幸松 栄一 ……………… 231	横溝 養三 ……………… 364
山本 房子 …… 284, 307, 321	ゆきゆき亭 こやん …… 190	横山 愛 ………………… 86
山本 二三 ……………… 30	行方 克己 ……………… 397	横山 厚子 ………… 286, 287
山本 正雄 ……………… 91	湧口 光子 ……………… 66	横山 キミエ …………… 423
山本 雅子 ……………… 49	弓削 一江 …………… 96, 97	横山 七郎 ……………… 241
山本 町子 ……………… 187	湯沢 和民 ……………… 212	横山 隆 ………………… 147
山本 美重子 ……… 122, 232	柚木 圭也 ……………… 317	横山 千秋 …… 126, 127, 172
山本 三香子 …………… 58	湯田 克衛 ……………… 236	横山 敏子 ……………… 131
山本 みち子 …………… 237	湯田 臨子 ……………… 437	横山 利光 ……………… 362
山本 美代子 ……… 213, 222	ユーダイ,エドワード … 197	横山 昌利 ………… 440, 441
山本 明参 ……………… 77	豊 英二 ………………… 332	横山 麻里子 …………… 186
山本 弥祐 ……………… 186	柚木 克仁 ……………… 367	横山 美枝子 …………… 325
山本 祐己人 …………… 418	柚木 奎亮 ……………… 345	横山 未来子 ……… 271, 298
山本 豊 ………………… 22	弓田 弓子 ………… 161, 244	横山 代枝乃 …………… 251
山本 楡美子 …………… 32	弓野 広貴 ……………… 187	吉井 美代子 …………… 362
山本 洋子 ………… 373, 396	湯目 秀咲 ……………… 347	好井 由江 ……………… 373
山本 世志恵 …………… 56	湯本 恵美子 … 272, 294, 315	吉江 正元 ………… 110, 402
山本 淑子 ……………… 183	湯本 嘉秀 ……………… 65	吉尾 光生 ……………… 53

吉岡 和子 80	吉田 舟一郎 50, 51	葭葉 悦子 414
吉岡 左恵子 59	吉田 修三 ... 21, 22, 23, 156	吉原 和子 260
吉岡 太朗 299	吉田 次郎 11	吉原 すい 324
吉岡 房代 78, 79	吉田 漱 288, 296	吉弘 藤枝 69
吉岡 実 ... 70, 157, 200, 210	吉田 節子 30, 390	吉増 剛造 .. 70, 178, 200, 210
吉岡 好江 46	吉田 高明 440, 441	吉見 道子 264
吉岡 良一 225	吉田 民子 259	吉村 金一 9, 197, 418
吉貝 甚蔵 120, 231	吉田 常光 49	吉村 健二 112
吉門 あや子 52, 54, 56	吉田 利子 231	吉村 艶子 354
吉川 和志 165	吉田 奈未 186	吉村 俊哉 34
吉川 朔子 141	吉田 浪 27	吉村 紀子 10
吉川 敏仁 347	吉田 隼人 129, 269	吉村 治輝 416
吉川 伸幸 233	吉田 久子 47, 48	吉村 美代子 132
吉川 弘子 418	吉田 寿人 312	吉村 睦人 301
吉川 宏志 143,	吉田 ヒサノ 45	吉村 征子 362
274, 281, 297, 306, 309, 331	佳田 翡翠 391	吉村 玲子 353, 390
吉川 真実 374	吉田 飛龍子 377	吉持 愁果 373
吉儀 芙沙緒 73	吉田 博子 27	吉本 桂香 56, 60
吉作 進一 43	吉田 博哉 174, 223	吉本 隆明 211
吉澤 忠 355	吉田 史子 22, 23	吉本 宜子 369
吉沢 巴 62, 63	吉田 文憲 ... 143, 201, 225	吉本 有公子 57
吉沢 昌実 269	吉田 誠 425	吉行 理恵 159
吉田 愛 166	吉田 正俊 ... 145, 305, 319	吉原 幸子 ... 200, 223, 241
吉田 愛子 354	吉田 松四郎 315	吉原 幸宏 139
吉田 章子 233	吉田 真弓 284, 321	余田 加寿子 28
吉田 詮子 414	吉田 まり子 120	依田 冬派 178
吉田 明 9	吉田 真理子 438	四辻 利弘 108
吉田 楓 166	吉田 万里子 107	四辻 昌子 412
吉田 薫 196, 198	吉田 茉莉子 22, 23	四元 康祐 90, 143, 223
吉田 柯城 62	吉田 ミチ子 349	四ッ谷 龍 376
吉田 一生 101	吉田 実 156	淀川 しじみ 39
吉田 加南子 201	吉田 祐倫 255	与那城 哲男 340
吉田 かほる 170	吉田 義昭 221	与那城 豊子 420
吉田 きみ子 413	吉田 竜 442	與那覇 久美子 340
吉田 恭子 253	吉田 竜宇 299	与那覇 幹夫 161, 242
吉田 京未 294	吉平 たもつ 381	与那嶺 末子 420
吉田 欣一 204	吉武 久美子 259	米井 舜一郎 86
吉田 恵子 427	吉竹 純 335	米川 征 13
吉田 詣子 231	吉武 俊子 118	米川 千嘉子 143,
吉田 慶治 224	吉富 宜康 204	269, 274, 282, 297, 306, 341
吉田 健一 126	吉永 素乃 205	米倉 雅久 138
吉田 鴻司 395	吉成 覚 440	米倉 よりえ 255
吉田 虎太郎 426	吉野 鉦二 318	米沢 苦郎 430
吉田 さかえ 374, 387, 413	吉野 トシ子 126	米沢 寿浩 190
吉田 栄 139	吉野 秀雄 145, 304	米沢 久子 313
吉田 佐紀子 251	吉野 弘 70, 145	米田 けい子 354
吉田 さほ子 104	吉野 昌夫 302	米田 憲三 107
吉田 紫乃 107	吉野 義子 393	米田 靖子 265
吉田 四馬路 118	吉野 令子 220	米満 英男 276

米本 沙魚	347
米本 卓夫	97
米屋 猛	160
米谷 恵	172
米谷 祐司	235
米山 久美子	388
米山 高仁	327
米納 三雄	42
与那覇 幹夫	163
呼子 丈太郎	318
蓬田 紀枝子	399
寄貝 旅人	293
依光 香奈	59
依光 ゆかり	58, 60
萬 柳水	17
四本木 ただし	419

【ら】

頼 圭二郎	152
駱駝 一間	97
洛中 落胡	105, 106
ランストロンメル, トーマス	167
嵐太	183, 184

【り】

李 錦玉	239
李 周南	133
李 芒	411
李 芳世	239
李 正子	139
李 美子	233
りう	94
力丸 瑞穂	67
力身 康子	276
リビツキ, エバ	172
利府 さつき	17
利府 ふさ子	22, 348, 349
利府 ミツ	349
龍 秀美	119, 158, 231
りょう 城	190
林 丕雄	24

【る】

るすいるす	55, 56

【ろ】

鹿岡 瑞穂	437
六条院 秀	28
六路木 里司	185

【わ】

和板 中	135
和井田 勢津	152
若井 基一	38
若井 菊生	415
若井 新一	365, 396
若尾 儀武	238
若木 あきら	438
若木 まりも	215
若草 のみち	266
若栗 清子	107, 114, 172
若狭 マサ	124
若狭 雅裕	113
若槻 勝男	46
我妻 信夫	12
若林 克典	245
若林 紫霞	125
若林 卓宣	138
若林 恒子	361
若林 利子	12
若林 久子	261
若林 路佳	199
若林 光江	222
若松 丈太郎	123, 233
若松 洋子	307
若宮 明彦	235
若谷 政夫	68
若柳 かつ緒	426
若山 紀子	206
脇川 郁也	121, 231
和木坂 正康	85
脇坂 琉美子	108
脇本 明子	283

脇本 幸代	95
和氣 康之	212
和合 亮一	125, 216, 225
和佐田 稔	322
鷲尾 醉一	268
鷲巣 繁男	201, 209
鷲谷 七菜子	373, 384, 395
鷲谷 峰雄	235
鷲巣 純子	273
和嶋 勝利	310
和嶋 忠治	284, 330
和城 弘志	360
和田 明江	334
和田 英子	160
和田 和子	353
和田 一菜	84
和田 慧子	229
和田 耕人	51
和田 悟朗	147, 370, 375
和田 幸恵	131
和田 幸子	440
和田 茂樹	411
和田 庄司	257
和田 伸	58
和田 榛二	124
和田 タケ	23
和田 徹三	220
和田 とみ子	217
和田 智子	267
和田 柏忠	414
和田 ふみお	444
和田 真由	270
和田 三恵子	413
和田 稔	51
和田 綏子	402
和田 よしみ	50, 51, 53, 134
渡井 雄也	88
渡辺 昭子	404, 405
渡辺 秋哉	123
渡辺 鮎太	366
渡辺 家造	132
わたなべ えいこ	131
渡辺 穎子	68
渡辺 栄治	67
渡辺 をさむ	382
渡邊 和夫	388
渡辺 加津郎	348, 425, 426
渡辺 きの	4
渡辺 きよ乃	76

渡部 鯨舟	....	79
渡辺 玄英	 120,	231
渡辺 元蔵	 124,	232
渡辺 幸一	....	269
渡部 静香	 83,	183
渡辺 ジュン	....	258
渡辺 祥子	....	172
渡辺 真吾	....	154
渡辺 真也	....	171
渡辺 誠一郎	 371,	394
渡辺 節子	 436,	437
渡部 セリ子	....	405
渡辺 善舟	....	345
渡辺 宗子	....	235
渡辺 卓爾	....	222
渡辺 雄大	....	187
渡辺 民江	 273,	294
渡邊 千紗子	....	324
渡辺 常雄	....	148
渡辺 照江	....	283
渡邉 照夫	....	260
渡辺 輝子	....	10
渡辺 刀雲	....	410
渡辺 敏子	 264,	313
渡邊 俊幸	....	128
渡辺 ともい	....	324
渡辺 知寛	....	128
渡辺 豊子	....	62
渡辺 奈津美	....	128
渡辺 信雄	....	229
渡辺 紀子	... 19, 21,	23
渡辺 春	....	439
渡辺 春江	....	31
渡辺 秀雄	....	308
渡辺 英基	....	195
渡邉 ひとみ	....	186
渡辺 平江	....	110
渡辺 洋	 222,	223
渡辺 寛之	....	438
渡辺 フミ子	....	439
渡辺 文子	....	439
渡辺 文武	....	66
渡辺 芒子	....	360
渡邉 真衣	....	419
渡辺 真樹子	....	186
渡辺 政子	....	361
渡辺 勝	....	399
渡辺 真寿美	....	438
渡辺 満千子	....	94
渡辺 松男	.. 264, 275, 306,	309
渡辺 愛	....	92
渡辺 真理子	....	222
渡部 真理奈	....	166
渡邉 満洲	....	442
渡辺 美紀	....	442
渡邉 実紀	....	127
渡邊 美保	 355,	401
渡部 未来	 128,	129
渡辺 めぐみ	 193,	221
渡辺 祐子	....	438
渡辺 雄司	....	67
渡辺 結花	....	440
渡辺 柚	....	40
渡辺 瑤	....	441
渡辺 喜子	....	290
渡辺 理恵	....	126
渡辺 力	....	205
渡邉 理子	....	89
渡辺 萩風	.. 344, 345,	390
渡部 志登美	....	344
渡部 哲男	....	126
渡部 文子	....	81
渡部 三千男	....	5, 6
渡部 良子	....	405
渡部 柳春	 124,	404
渡部 六愁	....	4
渡会 やよい	....	235
渡 英子	....	265,
	275, 278, 320,	331
渡 ひろこ	....	233
和知 喜八	....	375
和仁 良一	....	103

【英数】

Anderson,Hortensia	....	90
Ansford,Anton	....	91
Aoyagi,Fay	....	345
Arinaga,Yoshinobu	....	90
Austin,Lynn	....	344
BEGIN	....	143
Berry,Ernest J.	....	344
Beville,Ry	....	88
Bezjak,Štefanija	....	345
Bird,John	....	92
Bluger,Marianne	....	344
Brady,Dan	....	345
Buckingham,Helen	....	92
Cellini De Gruttola,Raffael		
	....	89
Cobb,David	....	345
Damjanovic,Radivoje Rale		
	....	345
Diordievic,Jasminka Nadaskic		
	....	90
Duvall,Jeff	....	89
Frans,Terryn	....	91
George,Beverley	....	345
Gerbal,Yves	....	90
Gustin,Annie	....	90
Heuvel,Cor van den	....	411
Hryciuk,Marshall	....	345
J・リンズィー，ドゥーグル		
	....	366
Jacek,Margolak	....	92
Jambresic,Zeljka Vucinic		
	....	91
Joksimovic,Slobodan	.....	345
KANADA	....	357
Kirkup,James	....	345
Kolompar,Angelika	....	90
Kudryavitsky,Anthony		
Anatoly	....	92
Kurnik,Zdravko	....	90
Lent,Jack	....	89
Leong,Jeff	....	91
Ljuticki,Milenko D. Cirovic		
	....	91
Lyles,Peggy willis	....	92
Mason,Scott	....	92
McDonald,John	....	92
McLeod,Donald	....	90
Miller,Paul	....	89
Montopoli,Carmen Elena		
	....	91
Nazansky,Boris	 90,	344
Ower,John Bernard	....	91
Ower,John	....	345
Plažanin,Darko	....	345
Ristić,Dragon J.	....	344
Rosenstock,Gabriel	....	91
Rosonshi	....	345
Ruggieri,Helen	....	91
Skotak,Zlatko	....	91
Stewart,Roderick J.	....	89
Stoller,Neca	....	89
Summers,Marie	....	345
Tara,Eduard	 91,	345
Terry,Angela	....	92
Terryn,Frans	....	90
TITO	....	345
Verm,Satya Bhushan	.....	411

Victoria,Myron Lysenko
　............................ 90
Walter Childs,Cyril 89
Wilson,John 88
Windsor,Sheila 89

詩歌・俳句の賞事典

2015年12月25日　第1刷発行

発　行　者／大高利夫
編集・発行／日外アソシエーツ株式会社
　　　　　　〒143-8550 東京都大田区大森北 1-23-8 第3下川ビル
　　　　　　電話 (03)3763-5241(代表)　FAX(03)3764-0845
　　　　　　URL　http://www.nichigai.co.jp/
発　売　元／株式会社紀伊國屋書店
　　　　　　〒163-8636 東京都新宿区新宿 3-17-7
　　　　　　電話 (03)3354-0131(代表)
　　　　　　ホールセール部(営業)　電話 (03)6910-0519

電算漢字処理／日外アソシエーツ株式会社
印刷・製本／光写真印刷株式会社

不許複製・禁無断転載　　　　《中性紙三菱クリームエレガ使用》
〈落丁・乱丁本はお取り替えいたします〉
ISBN978-4-8169-2574-0　　　**Printed in Japan, 2015**

本書はディジタルデータでご利用いただくことができます。詳細はお問い合わせください。

小説の賞事典

A5・540頁　定価(本体13,500円+税)　2015.1刊

国内の純文学、ミステリ、SF、ホラー、ファンタジー、歴史・時代小説、経済小説、ライトノベルなどの小説に関する賞300賞を収録した事典。各賞の概要と歴代の全受賞者記録を掲載。

ノンフィクション・評論・学芸の賞事典

A5・470頁　定価(本体13,500円+税)　2015.6刊

国内のルポルタージュ、ドキュメンタリー、旅行記、随筆、評論、学芸に関するさまざまな賞151賞を収録した事典。各賞の概要と歴代の全受賞者記録を掲載。

戦後詩歌俳句人名事典

A5・650頁　定価(本体9,250円+税)　2015.10刊

戦後に活躍した物故詩歌人4,501人を、詩・短歌・俳句・川柳などにまたがって幅広く収録した人名事典。生没年月日・出身地・学歴・経歴・受賞歴などのプロフィールを記載。

俳句季語よみかた辞典

A5・620頁　定価(本体6,000円+税)　2015.8刊

季語の読み方と語義を収録した辞典。季語20,700語の読み方と簡単な語義を調べることができる。難読ではない季語も含め、できるだけ網羅的に収録。本文は先頭漢字の総画数順に排列、読めない季語でも容易に引くことができる。

読んでおきたい「世界の名著」案内

A5・920頁　定価(本体9,250円+税)　2014.9刊

読んでおきたい「日本の名著」案内

A5・850頁　定価(本体9,250円+税)　2014.11刊

国内で出版された解題書誌に収録されている名著を、著者ごとに記載した図書目録。文学・歴史学・社会学・自然科学など幅広い分野の名著がどの近刊書に収録され、どの解題書誌に掲載されているかを、著者名の下に一覧することができる。

データベースカンパニー
日外アソシエーツ

〒143-8550　東京都大田区大森北1-23-8
TEL.(03)3763-5241　FAX.(03)3764-0845　http://www.nichigai.co.jp/